OLIVIA GOLDSMITH

Die Rachegöttinnen

Buch

Sie könnten unterschiedlicher nicht sein, die drei Heldinnen dieser hinreißend turbulenten Geschichte: die junge Anwältin Angela Wakefield, verheiratet mit einem Traummann aus alter Bostoner Familie; die rothaarige Michelle Russo, glückliche Bilderbuchehefrau und Mutter, Gattin eines erfolgreichen Bauunternehmers; und die tüchtige Jada Jackson, eine Bankangestellte, die ihren arbeitsscheuen Ehemann und die Kinder liebt und sich für sie abschuftet. Eines haben die drei jedoch gemeinsam: Sie leben glücklich und zufrieden wie in einer Postkartenidylle – bis zu dem Tag, an dem für sie der Himmel einstürzt. Selbstgefällig teilt Angelas attraktiver Ehemann Reid ihr ausgerechnet am Hochzeitstag mit, daß er seit Monaten eine Affäre hat. Michelles fabelhafter Gatte entpuppt sich als mieser Ganove. Und Jadas phlegmatischer Mann Clinton entwickelt plötzlich ungeahnte Tatkraft, als es darum geht, ihr mit seiner korpulenten Geliebten Kinder, Haus und Geld abzuknöpfen. Plötzlich stehen Angela, Michelle und Jada nicht nur solo da, sondern auch noch betrogen, blamiert und pleite. Doch die Wut setzt bei den Freundinnen ungeahnte kreative Energien frei. Entschlossen nehmen die drei ihr Leben selbst in die Hand und schmieden ein Rachekomplott, das die – noch – angetrauten Herren das Fürchten lehrt...

Autorin

Seit beinahe einem Jahrzehnt gehört Olivia Goldsmith zu den weltweit populärsten Autorinnen witzig-ironischer Frauenunterhaltung. Das Erfolgsgeheimnis ihrer Romane: Sie weiß genau, wovon sie spricht. Mit Mitte dreißig stand sie nach einem Scheidungskrieg vor dem Nichts und schrieb sich ihre Wut von der Seele. Das Ergebnis war der Roman »Der Club der Teufelinnen«, ein Weltbestseller. Auch der gleichnamige Film eroberte die internationalen Kinohitlisten. Olivia Goldsmith lebt abwechselnd in New York und im südlichen Florida.

OLIVIA GOLDSMITH

Die Rachegöttinnen

Roman

Deutsch von Elke vom Scheidt

BLANVALET

Die Originalausgabe erschien unter dem Titel »Young Wives«
bei HarperCollins Publishers, Inc., New York

Umwelthinweis:
Alle bedruckten Materialien dieses Taschenbuches
sind chlorfrei und umweltschonend.

Blanvalet Taschenbücher erscheinen im Goldmann Verlag,
einem Unternehmen der Verlagsgruppe
Random House GmbH.

Taschenbuchausgabe Dezember 2001

Umschlaggestaltung: Design Team München
Umschlagfoto: Mauritius/AGE
Druck: Elsnerdruck, Berlin
Verlagsnummer: 35699
KvD · Herstellung: Heidrun Nawrot
Made in Germany
ISBN 3-442-35669-7
www.blanvalet-verlag.de

3 5 7 9 10 8 6 4 2

Erster Ring

Für eine Frau gehören zur Ehe
drei Ringe. Zuerst der Verlobungsring,
dann der Ehering und schließlich
der Ring durch die Nase.

(Nan Delano)

1. Kapitel -

in dem wir – bei der Feier ihres ersten Hochzeitstages – eine Frau mit dem unglaublichen Namen Angela Rachel Goldfarb Romazzano Wakefield kennenlernen und auch vom seltsamen Ausgang dieser Feier erfahren

Angela Wakefield war zu früh gekommen: zum einen, weil sie eine zwanghaft pünktliche Person war – das hatte sie während ihres Jurastudiums gelernt –, zum anderen aber auch, weil sie die Augenblicke vor Beginn ihrer kleinen Party genießen wollte. Und so saß sie da, die Beine sittsam in Knöchelhöhe gekreuzt, ihre Handtasche auf dem dritten Stuhl abgelegt, und starrte aus dem Fenster auf das Wasser. Sie hatte sich nie vorgestellt, daß sie einmal in Marblehead, Massachusetts, leben würde, aber es war schön. Selbst jetzt, mitten im Herbst, glitten Segelboote durch den Hafen, Fischerboote kehrten heim, und in der Ferne wurde in den Häusern Licht gemacht, als der Sonnenuntergang der Dämmerung wich.

Reid hatte das Clubrestaurant gewählt, und die perfekte Ausstattung war typisch für ihn. Die weißen Tischtücher schimmerten im schwindenden Licht, Gläser und Silber funkelten. Die gestärkten Stoffservietten waren zu einem komplizierten Muster gefaltet, ähnlich wie die Helme aus Zeitungspapier, die sie und ihr Bruder sich gemacht hatten, wenn sie Soldaten spielten – allerdings waren die Servietten sehr viel hübscher. Angie, die aus New York stammte und halb Kubanerin und halb Jüdin war, sah nie so ordentlich und wohlgebügelt aus wie diese Servietten. Ihr blondiertes Haar war kurz, aber nicht wirklich gut gestylt, und ihre Kleider wirkten immer ein bißchen zerknittert oder verloren gerade einen Knopf. Sie nahm an, daß das einen Teil ihres Charmes ausmachte. Warum sonst hätte Reid sie geheiratet?

Angie sah sich im Speisesaal des Clubs um. Sie war erfahren genug, um von dem Essen in derartigen Lokalen nicht allzuviel zu erwarten: Wenn man wirklich gut essen wollte, mußte man in einen Delikatessenladen in Brooklyn oder in ein Restaurant im Süden Bostons gehen. Das Brot würde ordentlich und das Fleisch hervorragend sein, der Rest allerdings – wie ihre Mutter sich auszudrücken beliebte – Mist. Aber die Martinis waren trocken und der Service tadellos, und binnen kurzem (da er gewohnheitsmäßig zu spät kam) würde Reid Wakefield III., heute seit einem Jahr ihr Ehemann, ihr gegenübersitzen, das goldene Haar und die blauen Augen betont durch das goldene Licht und das blaue Meer jenseits des Fensters.

Der Kellner kam und erkundigte sich ehrerbietig, ob sie etwas trinken wolle. Sie mochte nicht ohne Reid anfangen, und daher entschuldigte sie sich und sagte, wenn es nichts ausmache, wolle sie warten. »Er müßte jede Minute hier sein«, fügte sie mit einem Blick auf ihre Uhr hinzu. Reid hatte bereits zwanzig Minuten Verspätung, aber daran war sie gewöhnt. Er kam chronisch zu spät, da er sich immer zuviel vornahm und dann in dem, was er gerade tat, so aufging, daß er völlig vergaß, was als nächstes auf dem Programm stand. Nein, eigentlich vergaß er es nicht, er jonglierte bloß ein bißchen damit, und wegen seines Charmes und seiner totalen Anteilnahme an der Person, mit der er gerade zusammen war, nahm ihm das keiner übel.

Angie nutzte die Zeit, um ihr Schminktäschchen herauszunehmen und ihr Make-up zu überprüfen. Sie hatte ein hübsches Gesicht – oval, mit runden Augen, gerundeter Stupsnase und einem großzügigen Mund. Nun ja, um ehrlich zu sein – einem in jeder Hinsicht großen Mund, der jetzt mehr Lippenstift brauchte. Warum verschwand das Rot eigentlich dauernd von ihren Lippen, aber nicht von den Zähnen? Und kämmen mußte sie sich auch, obwohl sie wußte, daß sie das nicht am Tisch tun sollte. Sie zuckte mit den Schultern. Was hatte es auch für einen Sinn? Ihr Haar machte sowieso, was es wollte. Reid dagegen sah immer perfekt frisiert aus, sogar wenn er aus dem Pool oder vom Tennisplatz kam.

Angie seufzte, aber sie war alles andere als unglücklich. Sie war nun mal, wie sie war, und Reid hatte sie gewählt und nicht eins von diesen naturblonden, anämischen Mädchen, die auf den Werbeplakaten für Miss Porters Schule abgebildet waren. Die hießen alle Elizabeth oder Emily oder Sloane, keine einzige trug einen so lächerlichen Namen wie Angela Rachel Goldfarb Romazzano; aber trotz ihrer dezenten, knitterfreien Kleider und ihrer ungefärbten Haare hatte keine von ihnen so einen Prinzen an Land gezogen wie sie. Tja, das sollten ihr diese perfekten Schönheiten erst mal nachmachen!

Angie war stolz auf ihr Erbe. Die Familie ihres Vaters war aus Deutschland – daher stammten vermutlich ihre blauen Augen – nach Kuba geflüchtet und dann kurz vor Castros Machtergreifung nach Amerika gegangen. Ihre Mutter stammte von russischen Juden ab – hatte sie daher das helle Haar, dessen Farbe sie etwas nachhalf? Wie auch immer, verglichen mit Reids Familie, waren sie alle ziemlich neue Einwanderer. Die Wakefields waren gleich nach der Mayflower nach Amerika gekommen. Wenn sie darüber nachdachte, war Angie nicht recht klar, worauf sie eigentlich so stolz waren – sie hatten ihr Land von den eingeborenen Amerikanern gestohlen. Aber sie hatten es früh gestohlen und besaßen in und um Marblehead noch immer reichlich davon.

Angela steckte ihren Lippenstift weg und nahm das eingewickelte Geschenk heraus, das sie für ihren Mann mitgebracht hatte. Es war ihr erster Hochzeitstag, und sie hatte sich das Gehirn zermartert, um mit dem richtigen Geschenk aufzukreuzen. Da war es: eine signierte Erstausgabe von Clarence Darrows Biographie. Reid – frischgebackener Anwalt bei Andover Putnam, der ältesten von Bostons alteingesessenen Anwaltskanzleien – verehrte Darrow. Angie tätschelte das Päckchen und grinste. Er würde begeistert sein.

Allerdings gestattete sie sich nicht, von seinem Geschenk für sie selbst allzuviel zu erwarten. Männer waren einfach nicht so gut, was Geschenke oder Romantik betraf. Besonders weiße angelsächsische Protestanten mit altem Geld. Zu ihrem ersten Weihnachtsfest als Eheleute hatte Reid ihr ein Paar Skihandschuhe geschenkt (obwohl sie überhaupt nicht Ski lief). Als sie ihm dann vorgeschlagen hatte, für ein Wochenende wegzufahren, hatte er nach Springfield gewollt, um die Basketball-Ruhmeshalle zu besichtigen. Tja. Und es kam noch schlimmer. Zum Geburtstag hatte er ihr eine elektrische Kaffeemühle geschenkt. Sie schüttelte den

Kopf, als sie sich an ihre Tränenflut erinnerte, nachdem sie den kunstvoll verpackten Karton geöffnet hatte, und daran, wie verwirrt und verletzt Reid gewesen war. »*Magst* du denn keinen frisch gemahlenen Kaffee?« hatte er gefragt und war schockiert gewesen, als sie ihm das Ding daraufhin an den Kopf geworfen hatte. Sie hatten einen furchtbaren Streit gehabt. Später hatte sie ihre Mutter angerufen, und die hatte gesagt: »Eine Kaffeemühle? Von ›Braun‹? Nun ja, er ist immerhin lernfähig. Dein Vater hat mir mal ein Bügelbrett geschenkt.«

Angela hatte auf den Hinweis verzichtet, daß sie und Angies Vater Estevan geschieden waren und daß sie nicht wollte, daß ihr und Reid dasselbe passierte. Statt dessen hatte sie weinend gefragt: »Und was hast *du* gemacht? Ich meine, als du das Bügelbrett bekamst?«

»Ich hab's ihm um die Ohren gehauen«, gab ihre Mutter zu. Angie fing an zu lachen. »Schau, Mischehen funktionieren nie«, sagte Natalie Goldfarb-Romazzano mit tröstender Stimme.

»Warum hast du mir das nicht gesagt, *bevor* ich einen Protestanten geheiratet habe?« sagte Angie.

»Ich habe nicht verschiedene Religionen gemeint«, hatte ihre Mutter schnaubend erwidert, »sondern verschiedene Geschlechter. Männer und Frauen. Mars und Venus. Wir sind nicht von verschiedenen Planeten, wir sind aus verschiedenen Sonnensystemen.«

Bei dieser Erinnerung schüttelte Angie erneut den Kopf und feixte. Ihre Mutter war schon, wie ihr Vater es ausdrückte, eine echte Nummer.

»Was soll denn das?« fragte Reid und meinte ihr Kopfschütteln. »Ein Nein ist hier nicht gestattet. Hier darf man bloß ja sagen. Das ist ein *sehr* exklusiver Club.«

Angie blickte zu ihrem großen Goldjungen auf, dem Wasserskiläufer, Bergsteiger und Princeton-Absolventen. Sie hätte schwören können, daß er im letzen Widerschein des Sonnenuntergangs glänzte. Reid, der schon ihr gegenüber Platz genommen hatte, stand auf, kam um den Tisch herum, beugte sich nieder und küßte sie lange und inbrünstig. Eine öffentliche Zurschaustellung von Zuneigung! Sie konnte es kaum glauben. Und das im Club, wo niemals irgend jemand Gefühle *hatte,* geschweige denn *zeigte!* Das war so gut wie eine öffentliche Bekanntmachung. Seine Lippen preßten sich auf ihre. Gott! Er war in letzter Zeit so süß. Angie fand mit ihrer Zunge seine. Sie spürte, wie sie rot wurde. Er nahm ihr den Atem. Was machte da schon die Kaffeemühle? Sie hatte solches Glück!

Schließlich ging Reid zu seinem Stuhl zurück, nach wie vor makellos gekämmt und unzersaust. »Nun, was möchtest du haben, Angie?« fragte er von dort aus. Dann zögerte er, legte ihre Tasche zur Seite und setzte sich auf den Stuhl neben ihr. »Zu weit von meinem Mädchen entfernt«, erklärte er mit leiser Stimme, und zu ihrem Entzücken legte er seine rechte Hand – die, die ihr unter dem Tischtuch am nächsten war – oben auf die Innenseite ihres Schenkels. Gut, daß ich gestern beim Fitneßtraining war, dachte Angie. Reid schloß seine Hand hart über ihrem Fleisch, und sie spürte, wie sie sich erwärmte und dahinschmolz. Eine Welle von Verlangen überspülte sie, so intensiv, daß sie nach draußen auf die ansteigende Flut schauen mußte. »Ich will dich«, flüsterte Reid, und Angie fühlte das Herz in ihrer Brust hüpfen. Dann erhob Reid die Stimme, um bei dem wartenden Kellner ihre Getränke zu bestellen. Aber diese Störung hielt ihn nicht davon ab, weiter ihren Schenkel zu streicheln. Sie errötete wieder, während der Kellner nickte und ging, um den Sprößling der Familie Wakefield zu bedienen. Angie entschuldigte sich ständig bei den Kellnern, während Reid sie warten ließ. Trotzdem wurde er besser bedient.

»Und was ist das?« fragte Reid und legte seine andere Hand auf ihr Geschenk für ihn. Das kleine Päckchen lag verlassen auf dem jetzt unbenutzten Gedeck ihr gegenüber. »Für wen könnte das sein?« Seine Stimme war voller Selbstvertrauen; er benutzte den scherzhaften Ton, bei dem sich die Härchen in ihrem Nacken aufrichteten.

»Ach, nichts«, sagte Angie unschuldig. »Für niemanden. Ein kleines Geschenk zum Jahrestag vielleicht, falls du jemanden kennst, der gerade einen hat.«

»Seltsamerweise ja, nämlich mich und meine Frau«, sagte Reid zu ihr. »Könnte es für mich sein?« Doch er griff nicht nach seinem Geschenk, sondern statt dessen zu ihrem Entzücken in die Innentasche seiner Jacke und nahm ein kleines Päckchen heraus. »Sieht das wie etwas von ›Braun‹ aus?« fragte er.

Angelas Herz begann noch schneller zu schlagen. Schmuck? Echter Schmuck? Außer ihrem Verlobungsring und dem Ehering hatte er ihr nie Schmuck geschenkt. Sie versuchte, ruhig zu bleiben, als sie nach der Schachtel griff. Sie war aus marineblauem Leder, unverpackt, und trug in silbernen Buchstaben die Aufschrift »Shreve, Crump und Lowe«. Bloß der beste Juwelierladen in Boston! Und der teuerste. Aber das war schließlich ein Geschenk. Reid bekam fast immer Großhandelspreise. Vielleicht hatte ihre Mutter recht. Er war lernfähig. Angie starrte die faszinierende Schachtel an und mahnte sich selbst zur Ruhe. Vermutlich war es ein Schlüsselanhänger aus Sterlingsilber oder ein Fingerhut oder so. »Tier, Pflanze oder Mineral?« fragte sie, um Zeit zu gewinnen.

»Na, ich bin das Tier, du bist die Pflanze, und das Geschenk ist ganz bestimmt aus dem Mineralreich«, sagte er. Ja! Sie nahm die kleine Schachtel in die Hand. Mineralreich. Wie Edelsteine? Bereit, in Ohnmacht zu fallen, öffnete sie den Deckel, und von seinem Satinbett glänzte ihr ein exquisiter Saphir entgegen, von winzigen Perlen umgeben.

»Ein Ring! O Gott, ist der schön.« Sie starrte ihn an. »O Gott«, wiederholte sie.

»Es ist wirklich komisch«, kommentierte Reid trocken. »Hat das was mit religiösen Unterschieden zu tun? Mit Judentum oder Katholizismus? Mir ist aufgefallen, daß du den lieben Gott nur bei Sex und bei Schmuck erwähnst.« Wieder drückte er ihren Schenkel und lachte. Angie schwor sich, morgen nach der Arbeit ganz bestimmt zum Fitneßtraining zu gehen. Sie war ihm so dankbar, daß sie diese Schenkel für alle Zeit schlank und muskulös halten würde. Sie erinnerte sich daran, daß ihr Vater angefangen hatte, ihre Mutter aufzuziehen, nachdem sie ein bißchen – nun ja – üppig geworden war. Angie versprach sich, morgen nur Obstsalat zu essen – den, der mit Wasser angemacht war. Und sie würde vier Flaschen Evianwasser trinken – die großen Flaschen –, auch wenn das bedeutete, daß sie den ganzen Tag würde pinkeln müssen wie ein Pferd.

»Weißt du, was ich möchte?« fragte Reid sie. »Ich möchte, daß du mir versprichst, etwas für mich zu tun.«

Als würde sie nicht schon für ihn hungern und sich mit kalorienfreier Flüssigkeit vollschütten! Als würde sie nicht das Atmen aufgeben, wenn er sie darum bäte. »Alles, was du willst, außer mich zu prostituieren oder mir die Nase operieren zu lassen«, antwortete ihm Angie.

Er lachte. Das war einer der Gründe, warum sie ihn liebte: Er war leicht zum Lachen zu bringen. Dann nahm sein Gesicht einen chorknabenhaften Ernst an, den sie selten bei ihm sah. »Laß uns unser Ehegelöbnis wiederholen«, schlug Reid vor und nahm ihre Hand. »Ich möchte dich noch mal heiraten.« Angie war so gerührt, daß sie rot wurde. Reid war in letzter Zeit ungewöhnlich romantisch – Blumen, kleine Geschenke –, aber das hier war so ... so überaus *süß*. Sie hatte das Gefühl, entweder lachen oder weinen zu müssen, und entschied sich für ersteres. Schließlich war das eine Familientradition der Goldfarb-Romazzano, besonders auf seiten ihrer Mutter. »Du kannst genausogut lachen«, riet ihre Mutter in Krisen. »Dann brauchst du hinterher nicht deine Wimperntusche zu erneuern.«

Angie streckte die Hand aus und legte sie auf Reids schöne, lange Finger. »Ach, Schatz, das ist ein wundervoller Gedanke. Ein entzückender Gedanke, aber ...« Sie hielt inne. Er beobachtete ihr Gesicht, aufmerksam wie ein junger Hund, aber weit weniger reif. Sie wollte ihn nicht verletzen, jetzt nicht und überhaupt nie. Wie konnte sie es erklären? »Wir haben erst vor einem Jahr geheiratet, Liebling. Es ist ... es ist unpassend, das so bald wieder zu tun. Wenn du unser Gelübde privat wiederholen möchtest, werde ich das auch tun, heute abend oder morgen oder ...«

»Nein!« unterbrach Reid sie. »Ich will es öffentlich tun. Ich meine, in Anwesenheit von Leuten. Leuten von der Arbeit. Meiner Familie. Deiner. Du weißt schon, eine Feier.«

»Eine Erneuerungsfeier?« Angie umschloß seine Hand fester mit ihrer. »Ich habe gerade erst die Hochzeit überwunden! So lange habe ich gebraucht, um deiner Familie für all die Käsebretter zu danken. Wie auch immer, Schatz, das tut man einfach nicht.« Gewöhnlich war seine Familie diejenige, die darüber redete, was man »tat«. Sie waren fast in Ohnmacht gefallen, als sie sowohl einen Rabbi als auch einen abtrünnigen (und verheirateten) katholischen Priester bei ihrer Hochzeitsfeier gehabt hatten. »Das ... tut man nicht. Jedenfalls nicht binnen zehn Jahren. Oder fünfundzwanzig.«

»Warum? Ich liebe dich jetzt mehr als bei der Hochzeit«, protestierte Reid. »Und ich will, daß das alle wissen.«

Angie spürte, wie ihr die Tränen kamen. Zur Hölle mit der Wimperntusche. »Und ich liebe dich auch mehr«, stimmte sie zu. »Es ist bloß, die Leute könnten denken, es wäre... nun ja. Gierig, weißt du. Als erwarteten wir Geschenke oder so.«

»Angie, wirst du das für mich tun?« fragte Reid. Sein Gesicht war eine ernste, bedrängende Maske. »Deine Augen sind in diesem Moment so schön, so blaugrün.« Er senkte die Stimme. »Ich möchte dich jetzt sofort. Ich möchte dich auf die Augenlider küssen.«

Dieser Art von Verlangen bei ihm konnte sie nie widerstehen. Sie war bereit, zustimmend zu nicken, als er fortfuhr: »Schau, du weißt, meine Eltern wollten nicht, daß wir heiraten. Die meisten meiner Freunde mochtest du nicht. Und sie mochten dich auch nicht. Die Leute haben gesagt, du würdest nicht zu uns passen. He, sogar ich hatte einige Zweifel.« Angie nickte, noch immer lächelnd. Ihre eigenen Zweifel wurden nicht erwähnt. Und sie hatte stark gezweifelt – an ihm. Wegen seiner Angst vor Bindung, der Kühle seiner Familie, seinem Mangel an... na ja, Tiefe. Sie hatte gedacht, er würde vielleicht im letzten Moment noch kneifen, bis er sagte: »Ja, ich will.«

»Wie auch immer«, fuhr Reid fort, »es war kein einfaches Jahr. Ich gebe zu, wir haben einige Zeit gebraucht, um uns aneinander zu gewöhnen. Und dann, vor fünf Monaten, habe ich diese Affäre angefangen. Ich dachte, die Dinge zwischen dir und mir wären nicht... na ja, ich dachte, meine Eltern hätten vielleicht recht gehabt.«

Angela starrte ihn mit offenem Mund an. »Wie? Ich meine, wer...«

»Eine ältere Frau. Aus dem Büro. Aber sie bedeutete nichts. Die Affäre... ich weiß nicht. Nachdem die erste Sinnlichkeit sich abgenutzt hatte, hat sie mir nur gezeigt, wie sehr ich in Wirklichkeit *dich* liebe. Daß ich dich allen anderen Frauen auf der Welt vorziehen würde, Angie. Es war ein Fehler, aber ich habe etwas daraus gelernt. Und ich möchte dieses Wissen einfach öffentlich machen. Ich möchte...«

Angela konnte nichts mehr hören. Sie sah, wie Reids Lippen sich bewegten, aber sie hörte nichts. Taubheit war nicht das Problem. Sie hatte Angst, gleich hier an diesem Tisch zu sterben. Aber ihr Stolz ließ das nicht zu. Ihr Herz schlug so schnell, daß Reid den Lärm hören mußte. Sie jedenfalls konnte nichts anderes hören. Sie saß da, erstarrt und schockiert, und beobachtete, wie die Lippen ihres Mannes sich bewegten. Lippen die sie gerade geküßt hatte. Lippen, die sie belogen und eine andere Frau auf den Mund oder sonstwohin geküßt hatten…

»Ich muß auf die Toilette«, sagte Angie, stand abrupt auf und rannte beinahe durch den Speisesaal.

2. *Kapitel -*

in dem wir Michelle Russo kennenlernen, der Hund Pookie spazierengeführt wird und zwei Leute zum Orgasmus kommen

Michelle brachte Frankie zu Bett und ging dann mit Pookie, ihrem Cockerspaniel, ins Freie. Frank schrie sie immer an, wenn er sie dabei erwischte. Dabei war es schlicht einfacher für sie, es selbst zu tun, als Jenna ständig darum bitten zu müssen. Außerdem konnte sie frische Luft gut vertragen. Während Michelle mit dem Hund über welkes Laub schritt, nahm sie sich einen Moment Zeit, um zu den Sternen aufzublicken. Es war kalt, und Michelle löste das Band aus ihrem Haar. Die Haare fielen ihr in einer unbezähmbaren Flut von rötlichen Locken auf die Schultern, die sie warmhalten und Frank heiß machen würden. Sie fröstelte. Die Elm Street war dunkel, und trotz der Kälte war es eine Tageszeit, die Michelle wirklich genoß. Vielleicht der einzige Moment des Tages, den sie allein verbrachte – wenn man Pookie als Gesellschaft nicht zählte. Er zog ein wenig an der Leine, und Michelle ging am Rinnstein entlang. Sie war außerhalb von Fayettville in Arkansas aufgewachsen, wo es keine Bürgersteige gab, weil die Stadt zu arm war, um welche zu bezahlen. Aber hier oben bezahlte man mehr, um in einer Stadt zu leben, in der es keine gab. Merkwürdig.

Pookie hielt inne. Au weia. Ihre Nachbarn, die Shribers und die Joyces, drehten durch, wenn Pookie auch nur irgendwo in der Nähe ihrer Grundstücke das Bein hob. Sie versuchte also diskret, ihn in die andere Richtung zu zerren. Doch die Fenster der Joyces waren dunkel. Vielleicht waren sie verreist. Seit Mr. Joyce in Pension war, taten sie das häufig. Sie wohnten länger als alle anderen in dieser Straße. Sie waren nett, aber nie wirklich herzlich. Nicht wie Nachbarn im Süden.

Trotzdem, Michelle liebte sie, genau wie sie die ganze Straße und jedes einzelne Haus darin liebte. Frank und sie hatten sich dafür entschieden, hier zu leben, hier war der Ort, an den sie ihre beiden Kinder gebracht hatte, als sie aus dem Krankenhaus kam. Hier hatte Frank Jenna beigebracht, gleich ohne Hilfsräder Rad zu fahren, und an einem Winternachmittag war Frankie Junior die Zunge an dem Laternenpfahl festgefroren, den Pookie jetzt beschnüffelte. Die Straße war voll von Leuten, die, wenn schon keine Freunde, so doch nette Bekannte waren; es war der Ort, den sie Zuhause nannten, wo ihre Kinder, ihre Katzen und Hunde über das Gras gerannt waren, sich gestritten und gespielt hatten.

Als Michelle heranwuchs, hatte sie kein Zuhause gehabt. Nun ja, eigentlich hatte sie ungefähr ein Dutzend gehabt. Vielleicht noch mehr. Sie, ihre Mutter, ihr Vater und zwei Brüder waren von Haus zu Haus gezogen – oder von Hütte zu Hütte, bis sie sie verlassen hatte. Keiner dieser Orte war jemals ein Zuhause gewesen. Ihre Mutter arbeitete gewöhnlich als Kellnerin und kam mit irgendeinem Fertiggericht und einer Sechserpackung Bier nach Hause. Ihr Vater war dauernd in das eine oder andere Projekt verwickelt, von denen keines jemals Geld einbrachte und die stets den An- und Verkauf von Autos oder Lastern oder irgendwelchen anderen Maschinen erforderten. Ihr Garten war ständig übersät mit rostigen Vergasern, kaputten Heizgeräten oder demolierten Stoßdämpfern. Ihre Brüder hatten sich an den erfolglosen Unternehmungen ihres Vates beteiligt, bis Bobby bei einem Autounfall umkam, als sie gerade ihr erstes High-School-Jahr absolvierte, und Joe einfach fortging, vielleicht zur Handelsmarine, vielleicht auch nicht. Sie selbst schaffte es gerade eben, die High-School abzuschließen, bevor sie einen Koffer packte und sich nach Norden davonmachte. In New York City hatte sie gelernt, wie ein Yankee zu sprechen, Akten abzulegen, Fotokopien zu machen und in Bars Männer zu treffen. Sie hatte sich in der Bronx ein billiges Apartment mit einer Mitbewohnerin geteilt, und so hatte sie Frank kennengelernt.

Wenn Michelle das alles noch einmal hätte durchleben sollen, ihre harten, traurigen frühen Jahre, dann hätte sie genau das getan, vorausgesetzt, am Ende stand die Gewißheit, daß sie Frank Russo und ihre beiden Kinder und ihren Hund und die Sicherheit dieser sauberen vorstädtischen Zuflucht bekam; kein Verbrechen, kein

Dreck, keine Schrecken. Gesundes Essen auf dem Tisch. Saubere Laken auf dem Bett. Ordentlich gefaltete Kleidungsstücke in Kommodenschubladen. Ein Garten voller Blumen und zwei hübsche Autos, die niemals schon in der Garage den Geist aufgaben. Während Michelle die Straße auf und ab ging, empfand sie unwillkürlich Dankbarkeit für die Tatsache, daß ihre Familie, ihre Ehe und ihre Freundschaften so gut liefen. Sie wußte, nur fünf Häuser weiter die Straße hinunter hatte Jada damit fertig zu werden, daß ihr arbeitsloser Mann auf seinem Hintern saß, während sie sich ihren den ganzen Tag bei der Bank abschuftete. Michelle konnte auch nicht darüber hinwegkommen daß Clinton, Jadas Mann, wieder Zicken machte. Wie wurde Jada damit fertig? Michelle tat es nur sehr bedingt leid, daß die Partnerschaft, die ihr Mann mit Clinton hatte begründen wollen, nie zustande gekommen war. Sie war, was ihre bigotte Mutter »unfähig« genannt hatte. Sie seufzte.

Sie war eine Überlebende, sie hatte Glück gehabt und war zufrieden mit ihrem Leben, das in einer instabilen Zeit stabil war. Zwei Dinge wußte sie sicher, nämlich, daß ihre Freundschaft mit Jada den ganzen Aufruhr überdauert hatte und daß ihre eigene Ehe gut funktionierte.

In den letzten vier Jahren hatten sie und Jada jeden Morgen zu zweit das absolviert, was die Leute in der Nachbarschaft »den Rundkurs« nannten, die vorstädtischen, gehsteiglosen Straßen entlang, so schnell das mit einem Hund im Schlepptau möglich war. Sie hatten mit geradezu religiöser Inbrunst daran festgehalten, vierzig Minuten flottes Gehen bei jedem Wetter, und Michelle glaubte, daß Jada diese Gewohnheit als ebenso tröstliche Art empfand wie sie selbst, den Tag zu beginnen (und ein bißchen abzunehmen). Sie sprachen über die Kinder, die Bank, die Schule. Als Michelles Mutter gestorben war, hatten sie darüber gesprochen. Und über Rezepte. Und Kleider. Und all die anderen Frauenangelegenheiten. Jetzt, da es zu diesem Problem mit Clinton gekommen war, redeten sie auch darüber.

Vor der Schulzeit hatte Michelle nie eine Freundin gehabt. Sie war zu arm und ein zu unbedarftes Landei gewesen, um sich mit den Mädchen von Fayettville herumzutreiben. Und seit ihrer Heirat hatte sie mit Frank und den Kindern so viel zu tun gehabt, daß sie den Kontakt mit den Freundinnen in der Bronx verloren hatte. Sie streckte ihre langen Beine und ging die Straße entlang in Richtung auf das Haus der Jacksons. Jada und sie vertrugen sich wirklich gut, aber manchmal kamen gewisse Themen auf. Keine politischen Sachen oder Diskussionen, sondern kleine Dinge, die sich stark bemerkbar machten und Schranken zwischen ihnen kennzeichneten, die Michelle nie zuvor erlebt hatte.

Michelle wußte nicht, wie Jada den unfertigen Zustand ihres Hauses ertragen konnte, und Jada machte sich über Michelles ständiges Putzen lustig und nannte sie manchmal »Cindy« – abgekürzt für Cinderella –, weil sie ständig soviel arbeitete.

Michelle schaute nach dem Haus der Jacksons und sah Clinton, der in der Küche umherging, aber Jada sah sie nicht. Sie atmete tief ein, genoß die kalte Luft und machte sich auf den Rückweg zu ihrem Haus. Sie erreichte den Rand ihres Grundstücks und wartete, während Pookie die Blätter beschnüffelte. Michelle war stolz auf ihr Heim. Ihr Haus, ihr Körper, ihre Kinder, ihr Leben waren sauber, ordentlich und geregelt. Sie schaute auf Pookie nieder. Der Hund war ein reinrassiger Cockerspaniel, kein Mischling wie die, die früher zu Hause so oft überfahren worden waren. Michelle badete Pookie zweimal in der Woche. »Stimmt's, Pookie?« fragte sie laut. Der Hund blickte auf und legte den seidigen Kopf schief. »Laß uns reingehen«, sagte Michelle, und der Hund wandte sich dem Licht über der Haustür zu.

Als Michelle wieder im Haus war, war Jenna schon aus der Wanne gestiegen, und Michelle ging ins Bad der Kinder, um aufzuräumen. »He, was ist das denn?« fragte sie Jenna und zeigte auf die volle Badewanne, aus der gerade das Wasser abzulaufen begann.

»Komm schon, Mom!« sagte Jenna. »Ich werd' schon nicht ertrinken. Es ist zu kalt, um sich in fünf Zentimetern Wasser zu waschen.«

»Du kennst die Regel«, sagte Michelle zu ihr. »Das Wasser darf nicht höher stehen als bis zum Klebeband.« Sie zeigte auf den roten Plastikstreifen, den sie auf die Innenseite der Wanne geklebt hatte, zusammen mit den rutschfesten Gummiaufklebern auf dem Keramikboden. Es war schwer, den Schmutz unter den Rändern wegzukriegen, aber das war der Mühe wert.

»Mom.« Jenna dehnte die eine Silbe, bis sie fast zu einer Arie wurde wie Marias Name, den Tony in der *West Side Story* singt.

»Die meisten Unfälle passieren im Haushalt«, erklärte Michelle ihrer elfjährigen Tochter zum, vorsichtig geschätzt, ungefähr dreitausendsten Mal. Sie ging mit ihr in Jennas perfektes Schlafzimmer – ein Zimmer, für das Michelle mit elf Jahren gemordet hätte. »Ich erlaube dir zehn Minuten VH1 – nicht MTV –, und dann machst du das Licht aus«, sagte sie zu Jenna.

»Sehe ich Daddy nicht mehr, bevor ich ins Bett gehe?« fragte Jenna, bereit zu schmollen.

»Nein, Schatz. Er hat zu arbeiten«, sagte Michelle und sah zu, wie sich Enttäuschung auf Jennas vollkommenem, rosigem Gesichtchen breit machte. Michelle wußte genau, was sie empfand. Die Russo-Frauen – Jenna, Michelle und Franks Mutter Camille – beteten ihren Frank an.

»Morgen ist Freitag«, rief sie ihrer Tochter in Erinnerung. »Daddy wird uns alle zum Abendessen ausführen. Und dann ist Wochenende.« Am Wochenende arbeitete Frank nie. Er war ein wirklich aufmerksamer Vater, und Frankie und Jenna liebten ihn abgöttisch. »Schau, Daddy hat in letzter Zeit sehr hart für uns gearbeitet. Laß uns ihm morgen einen Kuchen backen, ja?«

»Ja!« Jenna verwandelte sich binnen einer Sekunde vom mürrischen Teenager in ein entzücktes kleines Mädchen. »Darf ich selbst den Zuckerguß drauftun? Und kann ich die Schüssel ausschlecken?«

Das Versprechen von Süßem wirkte Wunder der Verhaltensänderung, das wußte Michelle, aber ganz gab sie sich nicht geschlagen. »Den Zuckerguß kannst du allein machen, aber die Schüssel mußt du dir mit Frankie teilen«, sagte sie ebenfalls ungefähr zum dreitausendsten Mal zu Jenna. Sie schaute auf ihre Uhr. »So, und jetzt noch *fünf* Minuten VH1. Dann wird das Licht ausgemacht.«

Jenna lächelte, kuschelte sich unter ihrem Quilt zusammen und seufzte. Michelle wußte, sie würde binnen weniger als drei Minuten eingeschlafen sein, und nahm sich vor, nach dem Aufräumen des Badezimmers zurückzukommen und den Fernseher auszuschalten.

Sie wischte die Wasserspritzer auf, weichte zwei Waschlappen ein, hob drei Badetücher auf und faltete sie (zwei Kinder und drei Badetücher? Da stimmte etwas nicht). Sie scheuerte das Waschbecken und wischte den Spiegel sauber. Sie sah, daß Frankie daran gedacht hatte, seine schmutzigen Sachen in den Wäschekorb zu stecken (gut), aber er hatte auch einen seiner kleinen Nike-Airmax-Turnschuhe hineingeworfen (schlecht – vor dem Frühstück hätte Chaos geherrscht). Michelle verließ das Badezimmer, nachdem alle Handtücher aufgehängt waren und die Kacheln glänzten, und schaute bei Frankie herein, der bereits seinen Quilt abgeworfen hatte. Sie stellte seine Turnschuhe neben das Bett, deckte ihn zu und küßte ihn auf die hübsche, hohe Stirn – genau wie die seines Vaters. Dann schaltete sie in Jennas Zimmer den Fernsehapparat aus. Jenna murmelte von ihrem Bett aus einen milden Protest, aber der Schlaf war übermächtig. Sie hielt Pinkie, das Spielzeugkaninchen aus ihrer Babyzeit, fest an sich gedrückt, wie gewohnt vor dem Einschlafen. Dann drehte sie sich zur Wand. Michelle lächelte.

Danach ging sie in ihr Schlafzimmer. Sie nahm ihr bestes Seidennachthemd heraus, holte die Parfumflasche mit Joy aus der Kommode und ging in das Badezimmer, das sie mit Frank teilte. Sie ließ sich ein Bad ein, aber vorher hängte sie das schimmernde Nachthemd an die Tür der Dusche, damit sich die Knitterfalten glätteten. Dann sah sie in den Spiegel.

Michelle lächelte. Sie war überdurchschnittlich groß, sie sagte gern, sie messe einsachtzig, doch in Wirklichkeit waren es nur eins sechsundsiebzig. Frank war so groß wie sie, doch ihm gefiel ihre Länge. Sehr sogar. Deshalb trug sie *immer* hohe Absätze, außer bei ihren Spaziergängen mit Jada. Die Größe half ihr – sie wirkte dadurch viel attraktiver. Aber sie räumte ein, daß sie ohnehin gut aussah. Sie hatte Glück gehabt – sie hatte die freche Nase und das klar gezeichnete Kinn ihrer schottischen Vorfahren, aber ohne den allzu schmalen Mund. Tatsächlich waren ihre Lippen so voll, daß es sie verlegen machte. In der Schule hatten die Mädchen sich über sie lustig gemacht – hatten sie »Fischmaul« und »Forelle« genannt –, aber die Jungen hatten sie umschwärmt. Sie schüttelte den Kopf, und ihr rotes Haar glänzte. Ihr einziger Nachteil war ihre Gesichtshaut – die war so zart, daß sie jede Stimmungsschwankung verriet, indem sie erblaßte oder errötete, aber auch, wenn sie nicht aufpaßte, Falten bekam wie ein zerknittertes Leintuch. Sie pflegte sie mit Cremes und Lotionen, aber sie wußte, sie hatte nur noch zehn Jahre, bis sie von feinen Falten überzogen sein würde. Nun ja. Bis jetzt sah sie nach wie vor gut aus. Da der Dampf aus der Badewanne den Raum füllte, konnte sie in den Spiegel schauen und sich so sehen, wie sie mit einundzwanzig gewesen war, vor zehn Jahren, und es hatte nicht den Anschein, als hätte sich viel zum Schlechteren verändert. Den Glanzlichtern in ihrem Haar mußte sie ein bißchen mehr nachhelfen, aber *das* war gar nicht so schlecht. Okay, ihre Taille war runder geworden, aber nur um knapp fünf Zentimeter. Sie musterte mit ihren rotgoldenen Augen das Spiegelbild ihrer Figur. Ihre Brüste – nun, die waren durch die beiden Schwangerschaften größer geworden. Das war gut (außerdem wirkte ihre Taille dadurch schmaler). Sie zog ihren Pullover aus und bewunderte sich. Nicht schlecht. In einer Stunde würde Frank zu Hause sein und sie noch mehr bewundern. Sie lächelte bei dem Gedanken und griff nach oben, um ihr Haar aufzustecken – aber nur vorläufig. Frank mochte es, wenn sie das Haar im Bett offen trug. Und sie mochte es, wenn Frank bekam, was er wollte, solange er *sie* wollte.

3. *Kapitel -*

in dem Angie ihren Vater anruft und mit einem Ring ein Taxi bezahlt

»Fünf Monate. Ich weiß nicht. Huh, huh. Weil er es mir *gesagt* hat.«

Angela weinte Spucke und Tränen in den Hörer des Telefons im Vorraum des Marblehead Yacht Club. Irgendein Mann, der aus dem Waschraum kam, sah sie an und wandte dann angewidert den Blick ab wie von einem Unfall. Na ja, sie sah ja auch wie ein Wrack aus. Sie schaute auf die Schachtel von Shreve, die sie noch immer mit der rechten Hand umklammerte. Sie bezweifelte, daß sie jemals ihre Fäuste wieder würde lockern können.

»Er hat es dir *gesagt?*« fragte ihr Vater gerade. »Dieser eiskalte Schweinehund hat dir *gesagt,* daß er mit jemand anderem geschlafen hat? Und das an eurem Hochzeitstag?«

Angie konnte nicht sprechen. Sie nickte – obwohl ihr Vater, sechshundert Kilometer südlich in Westchester County, sie nicht sehen konnte. Aber er hörte sie gurgeln. »Brutal«, sagte er. »Wo bist du im Augenblick?« fragte er barsch.

»In einer Telefonzelle. Im Club.« Jetzt ging eine Frau an Angie vorbei, sah sie und drehte sich dann tatsächlich noch einmal um, um sie anzustarren. Ihre kalten Augen schienen zu sagen: »*Hier* können Sie sich nicht so benehmen.« Sie war ungefähr im Alter von Reids Mutter. Vermutlich kannte sie beide Eltern Reids. Scheiß auf sie! Trotzig wischte Angela sich mit der Hand Augen und Nase ab. Die Frau schüttelte angewidert den Kopf. Angie schaute nach unten. Ihre Finger waren schwarz und schmutzig von Wimperntusche und Rotz, aber sie schaffte es, der alten Ziege einen Vogel zu zeigen, die daraufhin pikiert davonstelzte.

»Angie, Baby, habe ich dir nicht gesagt, du solltest nie einem Mann trauen, der römische Ziffern hinter seinem Namen hat?« fragte ihr Vater. O Gott. Würde er ihr einen Vortrag halten? Angie hatte zuerst versucht, ihre Mutter anzurufen und dann ihre beste Freundin Lisa, hatte aber nur ihre Anrufbeantworter erreicht.

»Bitte, Daddy. Keine Predigt. Nicht von dir.« Sie wischte sich mit dem Handrücken die Augen. »Ich kann es nicht glauben. Am liebsten würde ich ihn umbringen. Was soll ich machen?«

»Ist ja gut, Baby. Ist ja gut«, sagte ihr Vater beruhigend. Er sprach mit der Stimme, der sie vertraute und immer gehorchte. Die mußte er benutzt haben, als er im Seminar gewesen war, um Leute in Panik zu beruhigen. Diese Stimme hatte er auch benutzt, als er ihr gesagt hatte, sie solle sich keine Sorgen machen, sie würde die Prüfungen für die Zulassung zum Jurastudium bestimmt schaffen. Ihr Daddy, trotz seiner Fehler, liebte sie. »Hör zu«, sagte er. »Du wirst folgendes machen. Leg den Hörer auf. Dann verläßt du dieses Höllenloch und nimmst dir ein Taxi. Der letzte Delta-Shuttle nach New York fliegt in fünfundvierzig Minuten von Logan ab. Die erwischst du leicht. Und ich komme zum Marine Air Terminal und hole dich ab. Nicht einer meiner Fahrer. Ich.«

»Ich weiß nicht, ob ich die Maschine erreiche. Wenn ich Reid sage, daß ich ...«

»Du brauchst diesem Schwein überhaupt nichts zu sagen«, versetzte ihr Vater barsch. »Geh gar nicht erst an den Tisch zurück.«

»Du meinst, ich soll einfach ... weggehen? Aber ... ich habe nicht mal meine Handtasche bei mir«, sagte Angie. Sie fühlte sich nackt, hilflos. Doch der Gedanke, diesen Raum zu durchqueren, Reid anzusehen ... Dagegen einfach wegzugehen ... das hatte ... Würde. »Ich hab kein Geld, keinen Ausweis ...«, weinte sie.

»Ich lasse dir ein vorbezahltes Ticket am Schalter hinterlegen«, sagte ihr Vater. »Sie werden dich nach dem Mädchennamen deiner Mutter und deiner Sozialversicherungsnummer fragen. Weißt du die noch?«

Angie nickte. »Aber der Sicherheitsdienst. Und mein Ausweis ... ich habe *gar nichts* bei mir.« Was technisch gesehen nicht stimmte. Sie hielt noch die Schachtel von Shreve in der Hand.

»Ich werde ihnen sagen, daß Tia Maria im Sterben liegt und wie nahe ihr euch gestanden habt«, sagte er.

Tia Maria? Ihre verrückte kubanische Tante, die in Miami gelebt und unablässig ihren Rosenkranz gebetet hatte? »Aber Tia Maria ist tot...« Angie hielt inne. Dann begriff sie. »Oh. Okay.« Sie fing wieder zu weinen an. »Danke, Daddy«, sagte sie. »Gott, ich schäme ich so.«

»Du schämst dich? Weswegen solltest du dich schämen?« schimpfte ihr Vater.

»Weil ich so verflucht blöd war«, sagte Angie. »Du hast ihm nie getraut.«

»Ja, schon«, räumte er ein. »Vergiß es. Laß den Kerl einfach sitzen. Laß ihn da sitzen und sich fragen, ob du ins Klo gefallen und ertrunken bist.« Estevan Romazzano wartete auf ein Lachen, bekam aber keines. Angela war nicht nach Lachen zumute. »Okay«, sagte ihr Vater. »Versprichst du mir, daß du jetzt auflegst und sofort aus der Tür gehst?«

»Ja«, willigte Angie ein. Sie legte auf und drehte sich um. Sie holte tief Luft und zog die Manschetten ihrer Ärmel nach unten, als könne ihr diese Geste genug Mut für den ersten Schritt geben. Sie sollte auf die Damentoilette gehen und sich ein bißchen herrichten, aber welchen Unterschied würde das machen? Sie würde nur noch mehr weinen. Als sie auf die Ausgangstür zuging, hatte sie das Gefühl, alle beobachteten sie und wüßten, was passiert war. Sie konnte nicht glauben, daß sie ihn verließ – daß sie Reid nie wiedersehen würde. Aber tatsächlich erhaschte sie einen letzten Blick auf ihren Ehemann, als sie an der Tür des Speisesaals vorbeikam. Er saß ruhig auf seinem Stuhl zurückgelehnt und schaute auf das Wasser hinaus. Warum wirkte er ewig, als mache ihm gar nichts zu schaffen? So gelassen?

Angie nahm all ihre Wut zusammen, stieß die Tür des Clubs auf und bekam einen kalten Stoß salziger Meeresluft ins Gesicht. Sie winkte dem ersten Taxi in der Reihe zu, die immer auf Gäste wartete, die nicht mehr sicher heimfahren konnten, und näherte sich dem Wagen. Während sie einstieg, sagte sie: »Logan Airport, bitte. Delta Shuttle.« Dann brach sie erneut in lautes Weinen aus.

Erst als sie den Callahan-Tunnel mit seinem unvermeidlichen Verkehr erreichten, wurde Angie klar, daß sie den Fahrer nicht bezahlen konnte, da sie keinen Penny bei sich hatte. Vielleicht würde sie sogar den Flug verpassen. »Bitte beeilen Sie sich«, sagte sie. Er hatte sie schon ein- oder zweimal im Rückspiegel gemustert.

»Haben Sie Delta oder US-Air gesagt?« fragte er. Er sprach in etwas singendem Tonfall. Frisch angekommen. Im übrigen fuhr er Taxi wie ihr Vater, aber ihr Vater war dann ins Limousinengeschäft eingestiegen und reich geworden und hatte ein nettes jüdisches Mädchen geheiratet. Das taten die Iren normalerweise nicht. Die Kubaner galten als Juden der Karibik, und gewöhnlich sagten die Leute das mit Neid in der Stimme.

»Delta«, antwortete sie dem Fahrer und erklärte dann die Sache mit ihrer »Tante Maria«. Daraufhin schien er ihr Schluchzen zu akzeptieren. Aber was würde er tun, wenn sie versuchte, sein Taxi zu verlassen, ohne zu bezahlen? Die Cops rufen?

Nun, wenn er das tat, würde sie ihren Vater anrufen. Oh. Sie dachte an Estevan am Ziel ihrer Reise. Sie war ihm dankbar für seine Hilfe, aber gleichzeitig erinnerte sie sich unwillkürlich daran, daß er ihrer Mutter dasselbe angetan hatte, was Reid jetzt ihr antat. Der einzige Unterschied war, daß ihr Vater es nach mehr als zwanzig Jahren Ehe getan hatte, und er hatte es ihrer Mutter erst gesagt, als er erwischt worden war. Und er schwor noch immer, daß die Ehe nicht daran hätte zerbrechen müssen.

»Hoppla. Entschuldigung. Ich habe die Delta-Ausfahrt verpaßt. Ich muß noch eine Runde drehen«, sagte der Taxifahrer. Na großartig, dachte sie. Jetzt würde sie die Maschine wahrscheinlich nicht mehr erreichen und am Flughafen übernachten müssen. Als ob sie schlafen könnte. Schlafen! Sie war nicht einmal sicher, daß sie weiter atmen konnte. Sie fühlte sich, als hätte sie Knochen- oder Stahlsplitter oder Glasscherben in der Brust. Jedesmal, wenn sie tief Luft holen wollte oder ein Schluchzen sie erschütterte, scheuerten die Scherben gegeneinander. *Wie war ihr das passiert?* Sie war so vorsichtig gewesen.

Sie hatte gewartet, bis sie mit dem College fertig war und das Jurastudium fast beendet hatte, bevor sie sich erlaubte, etwas Ernstes mit einem Mann anzufangen. Sie hatte sich die Ratschläge ihrer Mutter und die Erfahrungen – alle schlecht – aus den Ehen der Freundinnen ihrer Mutter angehört. Sie hatte Alkoholiker, Neurotiker und allgemein frauenfeindliche Typen gemieden. Schließlich hatte sie einen gewählt, der hinter ihr her war und nicht umgekehrt. Er kam aus einer Familie, in der es keine Weiberhelden gegeben zu haben schien: Reids Vater war kalt, nicht heiß. Sie hatte sich Sorgen gemacht, Reid würde sie vielleicht nicht heiraten, ihre Familie würde seinen sozialen Standards vielleicht nicht entsprechen, aber niemals, daß er sie nach der Heirat betrügen würde. *Wie war ihr das passiert?* Das Taxi hielt vor dem Delta-Terminal. Angie schaute auf ihre Hände nieder. In einer hielt sie eine zerknitterte Masse gelber Seiten, die sie im Club aus dem Telefonbuch gerissen hatte und die jetzt völlig verschmutzt waren. Mit der anderen umklammerte sie noch immer die Schachtel von Shreve, die den perfekten Saphirring enthielt.

Der Fahrer fuhr an den Randstein und bremste. Dann stieg er mit einer an der Nordküste unbekannten Höflichkeit tatsächlich aus und öffnete ihr die Tür. »Tut mir leid, daß Sie solchen Kummer haben«, sagte er mit starkem irischem Akzent. »Ich habe meine Tante Mary auch sehr geliebt, ihre Seele ruhe in Frieden.« Er schaute sie an, und Angie wußte, daß ihr Haar völlig wirr und ihr Gesicht schwarzgestreift und verschwollen sein mußte. »Das macht einundvierzig Dollar«, sagte der Fahrer beinahe widerstrebend.

Angela zuckte mit den Achseln. Es gab nur eine Möglichkeit. Sie öffnete die Schachtel von Shreve, Crump und Lowe und nahm den Ring heraus. »Hier«, sagte sie und gab ihn dem Mann. »Ich habe meine Handtasche vergessen. Aber sie können den hier haben. Er ist sehr wertvoll.« Und zu seiner Verwirrung fügte sie völlig zusammenhanglos hinzu: »Ich weiß, meine Tante Maria würde wollen, daß sie ihn bekommen.« Dann ging sie mit der leeren Schachtel in der Hand durch die elektronisch überwachten Türen des Flughafens, fort von ihrer Ehe, hin zum Schalter von Delta Airlines.

4. *Kapitel -*

in dem wir Jada R. Jackson, die Lebenshaltungskosten im republikanischen Westchester und den Zustand ihrer Ehe kennenlernen

Jada schaute auf ihre Uhr, merkte, daß es im Wagen zu dunkel war, um das Zifferblatt zu erkennen, und sah nach der Uhr am Armaturenbrett. Verdammt! Es war schon halb sieben. Die Kinder würden schon gegessen haben und – wenn sie Glück hatte – an ihren Hausaufgaben sitzen. Sie wandte den Blick vom Armaturenbrett, aber nicht ohne erschrocken zu bemerken, daß die Benzinuhr fast auf leer stand. Verflucht! Sie war ohnehin spät dran und mußte sich jetzt auch noch die Zeit zum Tanken nehmen. Wie kam es, daß Clinton, der arbeitslos war, gestern ihren Wagen benutzt, sich aber nicht die Mühe gemacht hatte, den Tank aufzufüllen?

Sie schäumte vor Entrüstung. Sie kannte den Grund. Clinton hatte andere Dinge im Kopf als ihre Bequemlichkeit.

Jada fuhr in die Bedienabteilung der Shell-Tankstelle, schaltete den Motor aus und wartete auf den vollen – oder auch nur teilweisen – Service. Sie hatte aus Erfahrung lernen müssen, daß ihre Zeit jetzt wertvoller war als Geld, aber wenn man sie hier an der Zapfsäule so lange warten ließ – welchen Sinn hatte es dann, mehr zu bezahlen? Sie hupte, und widerwillig kam ein älterer Mann aus der Glaskabine, um ihr zu helfen. »Volltanken« war alles, was sie zu ihm sagte. Um die Sache zu beschleunigen, reichte sie ihm gleichzeitig ihre Shell-Karte, bevor sie das Fenster hochkurbelte, um die Oktoberkälte auszusperren. Die Karte rutschte dem Tankwart aus den Fingern, und sie sah zu, wie sie über den öligen Asphalt schlitterte und er sich bücken mußte, um sie aufzuheben. Sie seufzte und drehte die Heizung hoch, obwohl das nichts nützen würde, da der Motor nicht lief.

Jada fröstelte und sah ihre Bewegung im Rückspiegel. Ihre Augen wirkten in der Dunkelheit sehr hell. Ihre Lippen waren aufgesprungen, und unter ihren Augen gab es schon trockene Hautstellen ... ein Anzeichen für den Winter. Jada seufzte. Als Frau von Anfang Dreißig sah sie noch immer gut aus, aber während sie im Rückspiegel nach dem Tankwart schaute, fragte sie sich, wie lange ihr Aussehen bei diesen harten Wintern noch bestehen bleiben würde.

Der Alte hatte endlich ihre Karte aufgehoben und war zur Zapfsäule gegangen, aber jetzt schien er mit dem Tankdeckel des Volvo nicht zurechtzukommen. Himmelherrgott! Es war das, was sie als BDUSHDA-Syndrom bezeichnete: Beeil Dich Und Sie Halten Dich Auf. Sie kannte das von der Bank her. Wie kam es, daß irgendwelche Trottel am langsamsten arbeiteten, wenn man es eilig hatte?

Jada riß die Tür auf, stieg aus dem Wagen und ging zur hinteren Stoßstange. Mit einer einzigen Bewegung nahm sie den Tankdeckel ab, riß dem alten Mann den Schlauch aus den schmutzigen Händen und steckte den Stutzen selbst in den Tank.

Vermutlich war er für ihre Hilfe nicht dankbar, aber sie zahlte dafür drei Cent mehr pro Gallone und mußte es tun. Jada hatte das Gefühl, das sei die Geschichte ihres Lebens – alles mußte sie selbst machen. Sie war nahe daran, in Tränen auszubrechen.

Manchmal hatte sie Zweifel an ihrem Glauben. In diesem Moment, während sie im kalten Wind des Staates New York fror, fragte sie sich, ob Gott sie wohl liebte. Gott hatte die Ehe geschaffen, stellte sie sich vor, um herauszufinden, wie sehr zwei Leute sich gegenseitig reizen können. Wenn ihre Theorie stimmte, hatten Clinton und sie wahrhaftig Gottes Werk getan. Im Augenblick sprachen sie kaum noch miteinander, und zu ihrer Bestürzung wurde ihr klar, daß das Nicht-Sprechen gegenwärtig sogar eine Verbesserung ihrer Beziehung war. Natürlich würden sie heute abend reden müssen. Sie mußten unbedingt über die Frage sprechen, die sich zwischen ihnen ergeben hatte.

Jada stieg wieder in den Volvo. Nach einer viel zu langen Pause kam der alte Mann mit ihrer Karte und der Quittung zurück. Fröstelnd öffnete sie das Fenster, um das kleine Tablett entgegenzunehmen, das er ihr hinhielt, damit sie unterschreiben konnte. Sie nahm es aus seiner ölverschmierten Hand, kritzelte ihren Namen – Jada R. Jackson –, riß ihre Kopie ab und schob ihm das Tablett wieder zu.

Doch statt es zu nehmen und zurückzutreten, beugte sich der alte Mann nach vorn. »Hübsches Auto«, sagte er im Konversationston. Als ob sie Zeit gehabt hätte, mit ihm zu reden. Nun aber los. Es war fast Viertel vor sieben! Aber er sprach weiter. »Und mit einer richtig hübschen Frau drin«, sagte er. Sie wollte schon danken und das Fenster schließen, als er hinzufügte: »Und verdammt hochnäsig dazu«, und das mit einer Stimme, die zu vergessen sie schon fast geschafft hatte. Sie drückte auf den Fensterknopf, um ihn auszusperren, so gut es ging. Und dann, als hätte sie es nicht gewußt, es nicht vorhersagen können, das nächste Wort, das aus seinem Mund kommen würde – und es kam, das Wort mit N, und danach spuckte er gegen die Fahrertür.

Dieser blöde, fanatische Spinner! Jada ließ den Motor aufheulen, verließ die Tankstelle und bog, ohne nach links zu sehen, in die Post Road ein. Sie schnitt einen Tanklaster und wurde mit ohrenbetäubendem Hupen belohnt. Tränen der Wut stiegen ihr in die Augen, und sie hätte fast die Kreuzung verpaßt, an der sie links nach Weston abbiegen mußte.

In der Dunkelheit und relativen Ruhe dieser gewundenen Straße versuchte sie, sich wieder zu fassen. Um fair zu sein, an dem Zwischenfall mit dem widerlichen, ignoranten alten Mann war sie selbst schuld: Sie wußte, daß ständige Wachsamkeit und nie versagende Höflichkeit der Preis waren, den sie und Clinton – zusammen mit den hohen Grundsteuern und Schulgebühren – dafür bezahlten, in diesem Teil von Westchester County zu leben. In einem reichen weißen Vorort schwarz zu sein war nicht mehr so schwer, wie es einst gewesen war, aber noch immer nicht einfach. Sie waren nicht die Huxtables. Finanziell konnten sie kaum den Kopf über Wasser halten. Aber sie boten den Kindern die Art von Leben, von der alle Amerikaner träumten. Doch es kostete einen sehr hohen Preis.

Sie lebten unter ständigem finanziellem Druck. Sie waren von ihrer Kirche daheim in Yonkers abgeschnitten. Es gab in der Nachbarschaft keine schwarzen Familien und in der Schule nur wenige schwarze Kinder. Shavonnes Freunde waren weiß, und Kevon verbrachte all seine Freizeit mit Frankie von nebenan. Selbst ihr war ihre Nachbarin Michelle zur besten Freundin geworden, doch obwohl sie Michelle liebte, fühlte sie sich manchmal, nun ja, allein. Am schlimmsten aber war Clintons Entfremdung.

Manchmal war Jada nicht sicher, ob sich der ganze Kampf lohnte. Als Clinton zuerst als Zimmermann begonnen hatte, hatten er und Jada in Yonkers gelebt und eine Zweizimmerwohnung gemietet. Dann hatte er einen Job bekommen, der alles veränderte. Einem wohlhabenden leitenden Angestellten von Armonk war Clintons Arbeit an einem kommerziellen Projekt in White Plains aufgefallen, und er engagierte ihn, um eine Garage für drei Autos in ein Gästehaus umzuwandeln. Clinton hatte die Vor- und Nachteile selbständigen Arbeitens schon kennengelernt. An diesem ersten Job verdiente er nichts, aber er hatte ihn als Sprungbrett für andere Aufträge benutzt. Der Bauboom und vielleicht auch gewisse Schuldgefühle liberaler Weißer hatten dafür gesorgt, daß Clinton immer beschäftigt war, wenn es etwas zu tun gab.

Aber er war verrückt nach Maschinen. Er verwendete den ganzen Profit für einen Bagger, einen Schaufellader und einen Bulldozer. Er ließ T-Shirts mit der Aufschrift »Jackson Bau- und Ausschachtungsunternehmen. Wenn wir nicht bauen, dösen wir« bedrucken. Nun ja, im Augenblick döste er wahrscheinlich tatsächlich – auf dem Sofa. Weil er alles in den Sand gesetzt hatte.

Zuerst war alles, was Clinton anfaßte, zu Gold geworden. Sie und er hatten gedacht, er hätte ein Vermögen gemacht. Im Dunkeln schüttelte Jada den Kopf. Vielleicht war er sogar leicht überheblich, ein bißchen arrogant geworden. Er hatte das Gefühl, anders zu sein als die meisten anderen Männer in ihrer Kirche. »Sie sind Angestellte«, pflegte er zu sagen, »und ich bin Unternehmer.« Er ging nicht so weit, Republikaner zu werden, aber er kaufte sich einen Satz Golfschläger. Und sie glaubte fest an ihn.

Es war komisch. Wenn sie Clinton auf einer Baustelle oder beim Einweisen seiner Leute gesehen hatte, war sie total hingerissen von ihm gewesen. Er war einfach umwerfend, schien verantwortungsbewußt und voller Autorität. Jetzt war er nur noch voll.

Wie sich herausstellte, war ihr Glaube blind gewesen. Sie wußten nicht, daß sie nur auf der steuerlichen Welle der Zeit ritten. Als die Konzerne Leute zu entlassen begannen, trocknete Clintons Geschäft einfach aus und wurde weggefegt, genau wie viele leitende

Jobs bei den Weißen. Er konnte keine Zahlungen für seine Maschinen und für Löhne mehr leisten und mußte Leute gehen lassen. Es dauerte etwas länger – der Ausblutungseffekt –, aber am Ende waren auch Clintons Gemüt und Stolz zerstört. Fast vier Jahre lang versuchte er weiterzumachen und lieferte einen detaillierten Kostenvoranschlag nach dem anderen für Häuser, die nie gebaut, und Anbauten, die nie durchgeführt wurden.

Endlich waren sein ganzer Stolz, ihr Glaube und ihrer beider Geld weg, aber ihre Hypothekenzinsen mußten nach wie vor bezahlt werden. Jada flehte Clinton an, sich einen Job zu suchen, und als er das nicht konnte oder wollte, nahm sie – die seit der Geburt ihres ersten Kindes nicht mehr gearbeitet hatte – den einzigen Job an, den sie fand: als Kassiererin für ein minimales Gehalt. Selbst um diese Stellung zu bekommen, hatte sie die Hilfe ihrer Freundin Michelle gebraucht. Es gab in Westchester viele arbeitshungrige Ehefrauen. Das Geld, das Jada verdiente, reichte kaum für die Lebensmittel, aber von dem Tag an bezahlten sie ihr Müsli wenigstens in bar statt mit der Mastercard.

Doch Clinton hatte keine Erleichterung empfunden. Tatsächlich machte es ihn nur noch elender, daß sie Arbeit hatte. Er schlich trübselig herum, nörgelte und meckerte. Er sagte, es gefalle ihm nicht, daß sie außer Haus arbeite, der Job bringe zuwenig ein und sei unter ihrer Würde. Sie stimmte dem zu, aber sie wußten beide, daß sie sich keine Verhandlungen leisten konnten. Irgendwie wurde Clinton einfach nicht damit fertig. Er lebte verbittert und zurückgezogen und wartete darauf, daß sich »das Klima änderte«. Er hatte mindestens vierzig Pfund zugenommen. Er schrie die Kinder an und schien ihr an allem die Schuld zu geben.

Zu Hause hatte sie es zwar nicht geschafft, doch Jada hatte es überraschend einfach gefunden, sich bei der Arbeit zu behaupten. Die Bank war eine Erleichterung: Was da von ihr erwartet wurde, war viel weniger mühsam als ihre Aufgabe zu Hause. Zu ihrer eigenen Überraschung war sie fast sofort zur Oberkassiererin befördert worden – eine schwarze Frau, der drei andere schwarze Frauen *und* ein weißes Mädchen unterstanden! Sie hatte nie jemand anderen als ihre Kinder überwacht. Als sie schließlich für Kredite verantwortlich und Chefin der gesamten Kreditabteilung geworden war, war sie genauso verblüfft wie alle anderen. Mr.

Feeny, der Zweigstellenleiter, mochte sie – sie kamen wirklich gut miteinander aus, und bis zu seiner Pensionierung war sie seine Stellvertreterin gewesen. Als er dann in Pension gegangen war, war das einzige, was sie überraschte, ihr Widerstreben, Clinton die gute Nachricht mitzuteilen.

Jetzt war sie Zweigstellenleiterin und hatte zwei Dutzend Leute unter sich, darunter auch Michelle! Gott sei Dank hatte das an ihrer Freundschaft nichts geändert: Michelle war gern in der Kreditabteilung und wollte nicht länger als bis drei Uhr nachmittags arbeiten. Nicht, daß Jada das *gewollt* hätte; es *ging* einfach nicht anders. Die Bank zahlte ihr ungefähr die Hälfte dessen, was Mr. Feeny verdient hatte, und trotzdem wollten sie noch Blut sehen. Vor zwei Monaten hatten sie ein paar Unternehmensberater vorbeigeschickt, um zu sehen, ob sie die »Gesamtunkosten durch effizienteren Informationsfluß und Personaleinsatz verringern konnten«. Was in Wirklichkeit bedeutete, daß sie einen Weg suchten, noch ein paar weitere Leute zu feuern, obwohl Jadas Zweigstelle höhere Einlagen und Transaktionen aufwies als jede andere Zweigstelle dieser Größe im ganzen Bezirk.

Natürlich waren alle aufgebracht gewesen. Jeder brauchte seinen Gehaltsscheck – vielleicht mit Ausnahme von Michelle – ebenso dringend wie Jada. Manchmal mußte Jada den Kopf schütteln über die Art und Weise, wie Männer die Dinge managten. Sie legten Lippenbekenntnisse zu dem Gedanken ab, »das Personal« (niemals »die Menschen«) würde mehr leisten, wenn die Moral gut sei, aber dann taten diese Hurensöhne ständig Dinge, die die Moral verschlechterten.

Der Bericht war vor zwei Wochen eingegangen, und Gott sei Dank hatte die Zweigstelle das erhalten, was Filmkritiker vielleicht als dickes Lob bezeichnen würden. Aber Jadas Leute waren erschrocken und voller Groll. Um dagegen anzukämpfen, richtete Jada ein wöchentliches Treffen ein, um Verbesserungsvorschläge einzuholen und umzusetzen. Das Problem war, daß es wenig Verbesserungsmöglichkeiten gab und jeder das Treffen dazu benutzte, sich wichtig zu machen. Nun, jedenfalls taten die Männer das. Dauernd wiederholten sie alte Ideen, als seien sie neu und von ihnen. Die Frauen ihrerseits mußten jedes verdammte Ding zu Tode reden.

Das Treffen heute abend war dumm und eine reine Zeitvergeudung gewesen. Warum konnte ein Mensch allein binnen zehn Minuten eine Entscheidung treffen, während eine Organisation aus zehn Leuten zwei Stunden brauchte, um zu überhaupt keiner Entscheidung zu gelangen?

Jada seufzte, als sie den Volvo in die Einfahrt steuerte. Im allerletzten Moment sah sie Kevons Fahrrad auf dem Asphalt vor der Garagentür liegen. Sie wich aus und bremste. Gottverdammt, verdammt, verdammt, verdammt! Oh, sie gab sich schon Mühe, den Namen des Herrn nicht müßig im Munde zu führen. Jada stürmte aus dem Auto in die Kälte, riß das Fahrrad hoch und lehnte es an die Seitenwand der Garage, öffnete das Tor (warum hatte Clinton den automatischen Türöffner nicht repariert? Der Mann war so nutzlos wie ein Loch im Kopf!), stellte das Fahrrad unter, fuhr den Wagen in die Garage, stieg aus, schloß das Garagentor und stapfte über den Rasen. Dann, aus dem Nirgendwo, fuhr ein Auto vorbei, und sie blieb stehen, um ihm nachzuschauen. Es war eine Limousine, ein ungewöhnlicher Anblick in diesem Viertel. Und sie fuhr viel zu nah vorbei. Unter der Laterne konnte sie die Frau auf dem Rücksitz sehen – geisterhaft blaß hinter der Scheibe, die Augen dunkel mit Wimperntusche verschmiert. Ich kenne das Gefühl, dachte Jada bei sich, und vor Müdigkeit konnte sie kaum sehen, wie sie den Schlüssel ins Schloß steckte.

Drinnen herrschte das Chaos. Clinton lag auf dem Sofa im großen Zimmer. Er warf ihr einen Blick zu, der besagte: »Ich helfe doch im Haus.« Dabei hatte er es lediglich geschafft, ein einziges Mal ein Handtuch in den Wäschekorb zu stecken. Jetzt telefonierte er gerade, während Shavonne Kekse aß und fernsah. Beides war zu dieser frühen Stunde, vor den Hausaufgaben und einem Kapitel Lektüre, verboten. Kevon, stellte Jada schockiert fest, war überhaupt nicht zu Hause. Wenigstens schlief das Baby, wenn Clinton es nicht ebenfalls in der Einfahrt hatte liegenlassen.

»Wo ist dein Bruder?« fragte sie Shavonne.

»Weiß ich nicht«, murmelte Shavonne, ohne den Blick vom Bildschirm zu wenden. »Gibt es bald Essen?«

»Ihr habt noch nicht zu Abend gegessen?« Jada warf Clinton einen mörderischen Blick zu und ging zum Kühlschrank. Sie nahm die Milch heraus, griff nach einer Schachtel Makkaroni und Käse samt der letzten Büchse Thunfisch und beschloß, die übriggebliebenen grünen Bohnen (eine Menge davon – warum machte sie sich überhaupt die Mühe, grünes Gemüse zuzubereiten) vom Vorabend dazuzugeben.

Nach neunzehn Minuten war der Tisch aufgeräumt und gedeckt, der Fernseher aus, Shavonne gewaschen, Kevon von Frankie zurückgerufen und die Kasserolle für vier Personen aufgetragen. Das Leben hatte wieder seine Ordnung, und sie sah, daß sogar Clinton dankbar war. Das und die Kinder waren der einzige Grund, warum er noch da war. Sie würde mit ihm reden müssen. Einen Monat lang hatte diese neue Krise über ihrem Kopf gehangen. Sie sollte es heute abend tun. Ihn zur Rede stellen. Ich bin die eigentliche Leidtragende, dachte Jada. Sie wußte, daß sie heute trotz ihrer unglaublichen Müdigkeit noch Shavonne und Kevon zu Bett bringen, das Baby baden und füttern und ihren Mann zur Rede stellen und eine Entscheidung von ihm fordern mußte, eine Entscheidung, die er nicht treffen und sie nicht hören wollte.

Jada begann, das, was in der Kasserolle noch übrig war, in eine Plastikschüssel zu löffeln, um es anschließend in den Kühlschrank zu stellen. Die schlaffen, zweimal gekochten grünen Bohnen – ein unzutreffender Name, denn sie waren auch nicht mehr entfernt grün – lagen vor ihr.

Irgendwie machte der Anblick sie unsagbar traurig.

5. *Kapitel -*

in dem das Wandern der Frauen Frust ist

Als Frank Russo an diesem Abend etwas vor elf ins Elternschlafzimmer kam, lag Michelle mit offenem Haar in ihrem Satinnachthemd auf dem Bett und las; ihre Brüste sprangen förmlich aus einem weißen Spitzendekolleté. Sie blickte von der Seite auf, als Frank sie ansah. Er grinste und versuchte dann, nonchalant zu wirken. Als ob. Sie lächelte vor sich hin und wartete. Sie wußte, daß der Duft ihres Parfums, das sie an Abenden wie diesem trug und das er ihr noch immer jede Weihnachten schenkte, in seine Richtung wehte. Sie sagte kein Wort – lächelte nur und schaute auf den Stoff seiner Hose direkt unter der Gürtelschnalle. Sie fragte sich nicht zum erstenmal, ob sie ihn wohl trainiert hatte wie einen dieser russischen Hunde, bei denen Speichelfluß einsetzte, wenn eine Glocke läutete. Würde ihr Parfum ihm jedesmal, wenn er es roch, eine Erektion verschaffen? Frank setzte sich neben ihr aufs Bett und musterte sie. »Was hast du denn vor?« fragte er mit leiser, heiserer Stimme. »Willst du die Garage anstreichen?«

Eine Sekunde öffnete Michelle den Mund, um zu protestieren. Dann schloß sie ihn wieder. Sie würde nicht lachen. Statt dessen schüttelte sie langsam den Kopf, ließ ihr Haar über ihre Schultern gleiten und senkte den Blick sittsam wieder auf ihr Buch. »Ach je«, sagte sie. »Aber das Öl im Lexus *hab'* ich gewechselt«, fügte sie mit schleppender Stimme hinzu.

»Braves Mädchen«, sagte er und begann lässig, seinen Gürtel zu öffnen. »Wenn du schon mal dabei bist, mein Laster könnte eine Überholung vertragen.« Erst jetzt gestattete sie sich ein Prusten und legte das Buch weg. Dann nahm sie Franks Hand und hielt sie an ihren weit offenen, weichen Mund. Sie leckte seine Handfläche. Jetzt konnte Frank nicht mehr den Coolen spielen; er stöhnte, zog sein Hemd und sein Unterhemd und zuletzt seine Jeans und seine Boxershorts mit einer einzigen Bewegung aus. Michelle hielt beinahe die ganze Zeit seine Hand an ihrem Mund und versprach ihm mit den Augen alles, aber nachdem er im Bett lag, zog er die Decke hoch, so schnell er konnte, wandte ihr den Rücken zu und nahm seine zusammengerollte Schlafposition ein. »Gott, ich bin fix und fertig«, sagte er. Schweigend lagen sie da, bereit zu schlafen.

»Frank!« jammerte Michelle, und da mußte er lachen und drehte sich zu ihr um, die Arme geöffnet, sein Fleisch hart.

Nach all der Zeit zusammen war es nach wie vor toll, mit Frank zu schlafen. Vielleicht, dachte Michelle, lag es daran, daß sie sich so gut kannten, aber ständig gegenseitig zu überraschen vermochten. Die Art, wie sie sich liebten, reichte von ganz sanft bis zu wildem, athletischem Herumgetolle. Von winzigen, subtilen Bewegungen und dem richtigen Wort im richtigen Ton bis zu etwas Wildem, das sich wie Sex mit einem Fremden anfühlte. Aber was Michelle so mochte, war, daß sie sich am Ende bei Frank immer sicher fühlte.

Einmal war er mit einem Karton von Gap nach Hause gekommen. Er ließ nicht zu, daß sie ihn anrührte, bis die Kinder schliefen. »Später«, sagte er und zog seine dunklen Brauen hoch. Aus seinem lüsternen Blick schloß sie ängstlich, es sei vielleicht ein Sexspielzeug oder ein Pornovideo, aber als sie die Schachtel aufmachte, war nur ein blaues Kleid darin. Sie hatte ihn verständnislos angesehen. »Und jetzt«, hatte er gesagt, »geh und hol mir einen Schlips.«

»Warum?« hatte sie gefragt.

»Weil wir Oval Office spielen werden«, sagte er. »Ich bin Mr. President, und du bist Monica.« Sie hatte gelacht und gelacht, bis er sie überredet hatte, seine Innenministerin zu werden.

Doch heute nacht spielte Frank keine Spielchen. Er war nur überaus zärtlich. Ohne Präliminarien rollte er sich über und auf sie und stützte sein Gewicht mit den Ellbogen neben ihrer Brust ab. Dann hob er ihre beiden Hände hoch, hielt sie an den Handgelenken und legte sie über ihr Haar. »Hast du eine Ahnung, wie schön du bist?« fragte er flüsternd.

Sie schüttelte den Kopf, obwohl seine Hände ihr Haar festhielten, so daß sie sich kaum bewegen konnte. »Sag's mir«, flüsterte sie.

»Nur, wenn ich dabei in dir sein kann«, flüsterte er zurück.

»Du machst es mir nicht leicht«, sagte sie und verschob ihr Gewicht auf eine Hüfte. Er hielt nach wie vor ihre Hände, aber jetzt nur noch mit einer Hand. Mit der anderen zog er ihr Nachthemd hoch; zart bauschte sich der Satin um ihre Schenkel. Sie war schon feucht, als er sein Fleisch in sie preßte.

»Du bist wie Seide«, flüsterte er. »Überall. Überall«, wiederholte er. »Manchmal sehe ich dich an und bin erstaunt. Du bist so schön. Und jede Stelle, an der ich dich berühre, ist so weich.« Er war noch immer in ihr – still und hart –, aber er bewegte nur einmal kurz die Hüften, damit sie sich erinnerte, wo sie endete und er begann. Er sah ihr in die Augen. »Reicht das?« fragte er.

Sie schüttelte verneinend den Kopf.

»Du willst mehr?« raunte er. »Mehr?«

Sie nickte.

»Du bist gierig«, sagte er und wandte den Blick von ihren Augen ab. Sie beobachtete, wie er sie betrachtete. »Dein Mund«, murmelte er. »Männer würden morden, nur um deinen Mund zu berühren, nur einmal, mit der Fingerspitze.«

Sie lächelte. Ein kleiner Schauder durchlief sie. »Womit möchtest du ihn berühren?«

»Mit der Handfläche«, sagte er und legte sie auf ihren Mund, aber nur für einen Moment. »Mit meiner Zunge«, fügte er hinzu und leckte ihre Mundwinkel. »Mit meinen Zähnen«, sagte er und zog ihre Unterlippe in seinen Mund, um sie sanft, aber fest zu beißen. Er kannte die Grenze zwischen äußerster Lust und geringstem Schmerz genau und konnte perfekt damit umgehen. Er veränderte die Stellung seiner Hüften und stieß tiefer in sie hinein. Gleichzeitig küßte er sie und ahmte mit der Zunge den drängenden, feuchten Stoß seines Penis nach.

»Dein Mund ist so schön«, sagte er fast stöhnend, »aber er ist nicht das Schönste an dir. Bei weitem nicht.« Und dann ließ er ihre Hände los, damit sie ihn eng an sich ziehen konnte. Was sie gerne tat.

Später, als Michelle im Dunkeln lag, ihr Nachthemd ruiniert, ihr Körper geliebt und entspannt, hatte sie vor dem Einschlafen noch ein oder zwei Augenblicke, um ihr Glück zu genießen. Sie streckte die Hand nach Franks Rücken aus, der so dunkel war, so breit. Er war nicht groß, aber schön und kräftig gebaut. Sie legte die Hand auf seine Schulter. Er war schon erschöpft eingeschlafen, aber sie fühlte sich nicht allein. Ihre Vereinigung war dauerhaft, und die tausend Male, die er in sie eingedrungen war, die tausend Male, die sie sich ihrem Mann hingegeben hatte, hatten eine Art Gleichgewicht geschaffen, eine Art Bonus der Verbundenheit zwischen ihnen, selbst wenn sie nicht fleischlich vereint waren. Sie fühlte sich neben seiner schlafenden Gestalt nicht einsam.

Frank hatte sich für sie und ihre Kinder verausgabt, dachte Michelle. Er hatte dieses Haus für sie gebaut, mit seinen eigenen Händen, seiner Geschicklichkeit und seiner Kraft. Er ernährte sie und kleidete sie. Er lehrte seinen Sohn werfen und seine Tochter tanzen. Er lehrte sie alle, sich geliebt und sicher zu fühlen.

Ich habe großes, großes Glück, dachte Michelle, ehe sie in einen anderen tiefen, tiefen Traum fiel.

Als Michelle am nächsten Morgen aufwachte, stellte sie fest, daß es in der Nacht geschneit hatte. Einen Augenblick lang dachte sie daran, wieder neben Frank in das warme Bett zu schlüpfen, aber Jada würde sie wie eine Rakete mit Wärmesensoren finden und ins Freie schleppen. Michelle zog sich extra warm an, band ihr langes, wirres Haar zu einem Pferdeschwanz zusammen und zog statt ihrer Laufschuhe Stiefel an. Binnen Minuten war sie die Treppe hinunter und fast aus dem Haus. Aber Pookie wartete an der Tür, und seine braunen Augen schauten fast so bittend, wie die von Frank geschaut hatten.

»Okay«, sagte sie, obwohl sie wußte, daß Pookie ihren Gang verlangsamen würde. Jada würde das nicht gefallen. Sie liebte Jada, doch zuerst war es eigenartig gewesen, sich mit einer schwarzen Frau anzufreunden. Es gab in ihrer Gegend nicht viele davon. Und obwohl Michelle stolz darauf war, *keine* Vorurteile zu haben, waren Frank und seine Familie... nun ja, sie hatten jedenfalls besondere Wörter und Ausdrücke, wenn sie über Afroamerikaner sprachen. Aber vor Michelle oder ihren Kindern durften sie das nicht tun. Michelle hatte vor der High-School keine Freundin gehabt. Sie und ihre Mutter waren zu oft umgezogen. Es war ein Luxus, jetzt eine enge Freundin zu haben. Sie und Jada vertrugen sich wirklich gut, aber manchmal kamen bei ihren Morgenspaziergängen Themen auf, keine politischen Dinge oder Diskussionen über irgendwelche Berühmtheiten, sondern kleine Sachen, die sich stark bemerkbar machten und Schranken zwischen ihnen kennzeichneten, wie Michelle sie nie erlebt hatte. Etwas an der Art, wie Jada ihren Mann gleichzeitig entschuldigte und anklagte, kam Michelle eigenartig vor. Und da war das Essen, das Jada ihren Kindern servierte, keine frischen, vitaminreichen Gerichte, sondern ungesundes amerikanisches Zeug. Dazu kamen die unterschiedlichen Fernsehsendungen, die sie sich ansahen, ihre unterschiedlichen Reaktionen auf Filme. Es gab einige solcher Sachen, und sie hatten beide gelernt, nicht an sie zu rühren. Jetzt knipste Michelle die Leine an Pookies Halsband und verließ das Haus. Sie hatte die Erfahrung gemacht, daß sie überhaupt nicht hinauskam, wenn sie nicht jeden Morgen um zwanzig vor sechs rasch ins Freie trat.

Der Schnee knirschte unter ihren Stiefeln und verursachte ihr den kleinen Schauder am Rücken, den Leute bei bestimmten Geräuschen empfinden. Es war nicht wirklich kalt, aber es versprach kalt zu werden. Obwohl sie aus dem Süden stammte, liebte sie die Frische der Luft im Winter. Sie roch so sauber. Auch die Schneedecke, vor allem, wenn sie frisch gefallen war, sah so sauber aus. Sie ging die Straße hinunter, fast widerstrebend, die vollkommene Schneedecke mit ihren Stiefelabdrücken und Pookies kleinen Pfotenspuren zu zerstören. Der Asphalt der Straße schimmerte schwarz durch den weißen Schnee, der so licht und weich war wie Puderzucker. Ihre Schritte waren die einzigen, die die Vollkommenheit störten. Das war das Gute an der frühen Morgenstunde.

Michelle schaute von dem Schnee auf und sah Jada aus ihrem Haus kommen. Sie würde mieser Stimmung sein. Jada haßte den Winter. Nun ja, Michelle war bereit, sich ihre Klagen und ebenso das anzuhören, was sich in der Ehe der Jacksons abspielte.

Jada zog sich die Kapuze enger ums Gesicht. Auf der Haut unter ihren Augen bildeten sich schon graue, flockige Stellen. Sie dachte, daß sie nicht dafür geschaffen war, in diesem Klima zu leben, obwohl sie ihr ganzes Leben im Nordosten verbracht hatte. Wenn sie ihre Eltern in Barbados besuchen würde, würde ihre Haut feucht bleiben. Dort ringelte sich ihr Haar zu perfekten schwarzen Locken und war elastisch. Sie hatte das, was Clintons Großmutter als »gutes Haar« bezeichnete – was bedeutete, daß es nicht kraus war und geglättet werden mußte. Jada wußte, es bedeutete, daß es dem von Weißen ähnlicher war als dem von Schwarzen. Sie haßte solche Feststellungen und nahm sich selbst übel, daß sie sich freute, weil Shavonne ihr Haar geerbt hatte. Daß Kevon es bekam, war nicht so wichtig. Als das tatsächlich nicht geschah und er eine Krause entwickelte, die Clintons sehr ähnlich war, hatte Jada es akzeptiert. Sie nahm an, daß sie sich damit als Rassistin und Sexistin zu erkennen gab. Sie beschloß, Sherrilees Haar dem lieben Gott zu überlassen.

Jada spitzte die herzförmigen Lippen und griff nach dem Lippenfett. In der Karibik waren ihre vollen Lippen nie rissig und trocken. Sie steckte die Hand in die Tasche ihres Parka, nahm die Tube Vaseline heraus und rieb sich damit Gesicht und Hände ein, bevor sie ihre Handschuhe anzog. Das war die einzige Art, wie sie verhindern konnte, daß sich ihr Gesicht den ganzen Winter schälte. Sie würde glänzen, aber was machte das schon, niemand würde sie sehen außer Michelle und Pookie und den vereinzelten Verrückten, die in Shorts an ihnen vorbeirannten und ihre ältlichen Sehnen überdehnten und ihre Knie ruinierten.

Sie war erschöpft und sah vermutlich auch so aus. Sie schaute zu Michelle hinüber, die jetzt näher kam und hellwach wirkte. Ihr Gesicht glühte bereits in der Kälte. Ihre lange, aber perfekte Nase war nur an der Spitze ein wenig rosa. Ansonsten sah sie fabelhaft aus. Das reichte fast, um sie nicht zu mögen. Gut, daß ich Christin bin, dachte Jada und zupfte liebevoll an Michelles rotem Pferdeschwanz. Irgendwo hatte sie gelesen, daß Kaukasier so große Nasen hatten, weil ihre Nüstern lang genug sein mußten, um die kalte Luft des Nordens beim Einatmen zu wärmen. Vielleicht war das der Grund, warum Michelle Kälte vertrug und Jada nicht – der Unterschied ihrer Nasen.

Sie sah Michelle an, ihre Freundin, Mitspaziergängerin und Mitarbeiterin, und fragte sich, ob sie in Michelles Augen wie ein gereizter Stier wirkte – dieser Ferdinand aus einem alten Kinderbuch, das Kevon so liebte.

Jada ging gern mit Michelle spazieren, unter anderem deshalb, weil Michelles Beine noch länger waren als ihre eigenen. Sie konnten gut miteinander Schritt halten. Aber der kleine Hund hielt sie auf, und Jada *haßte* es, in der Kälte stehenzubleiben. In der Dunkelheit des frühen Morgens wurde Jada unwillkürlich gereizt, wenn sie auf den Hund warten mußten. Gehen und stehenbleiben. Gehen und stehenbleiben. Michelle brauchte diesen Hund ungefähr so nötig, wie Jada weitere Dehnungsstreifen brauchte.

»Sorg dafür, daß der Hund sich bewegt, sonst erwürge ich ihn und benutze ihn als Muff«, drohte Jada. Manchmal, obwohl sie sich Michelle nahe fühlte, glaubte Jada, daß in vieler Hinsicht eine unüberbrückbare Distanz zwischen ihnen bestand. Vielleicht lag es an der Sache mit der Hautfarbe. Vielleicht auch an Michelles Ehe. Die war so glücklich. Jada wußte, wie Michelle Frank liebte, und Jada glaubte, daß er sie ebenso liebte. Und das Wichtigste war – er liebte seine Kinder *und* brachte jede Woche Geld nach Hause. Also hielt Jada den Mund und hoffte, daß Michelle und Frank Russo das einzige verdammte Ehepaar in Westchester sein würden, das es schaffte, in diesem oder dem nächsten Jahrzehnt glücklich und zusammen zu bleiben. Jada liebte Michelle und wollte, daß sie glücklich war. Denn was sollte aus ihrer Freundschaft werden, wenn sie *beide* die ganze Zeit sauer waren? Nicht nur das, sie brauchte Michelle auch als Gefährtin bei ihren Spaziergängen. Sehen wir den Dingen ins Auge, dachte sie. Eine schwarze Frau, die am dunklen Morgen allein in dieser weißen Gegend herumläuft, wäre eine unmißverständliche Einladung, sie zu verdächtigen.

»Pookie, nun komm schon, Schätzchen«, sagte Michelle.

Jada begriff einfach nicht, warum weiße Leute ihre Haustiere behandelten, als wären sie Kinder. Nach Jadas Auffassung behandelte Michelle ihre Kinder ganz bestimmt, als wären sie Haustiere. Sie ließ ihnen alles durchgehen – sie räumten nie hinter sich auf und dachten nicht daran, »bitte« oder »danke« zu sagen. Und dann gab es da diese physische, persönliche Sache. Jada würde *niemals* auch nur daran denken, in Michelles Haus ein Glas aus dem Schrank zu nehmen oder den Kühlschrank zu öffnen. Michelle aber tat das in ihrem Haus, ohne um Erlaubnis zu fragen. Jada hatte Michelle deswegen noch nie kritisiert. Es war unwichtig im Vergleich zur Herzlichkeit ihrer Freundschaft. Vielleicht gab es genauso viele Dinge, die Michelle Jada gegenüber nicht aussprach. Aber jetzt gestattete Jada sich, den undisziplinierten Hund zu mustern. Dann sah sie Michelle ins Gesicht. »Hier«, sagte sie und hielt ihr das Lippenfett hin. »Ich schwöre, du bist die einzige Weiße, die vollere Lippen hat als ich. Bist du sicher, daß wir nicht entfernt verwandt sind? Weil ich nur sehr ungern den Hund meiner Kusine umbringen würde.«

Michelle lachte, nahm die Lippenpomade und die Andeutung feixend entgegen und rief nach dem Hund. Pookie stellte das Schnüffeln ein und begann zu laufen. Jada gab ein rasches Tempo vor. Michelle beschmierte ihren breiten Mund großzügig mit Pomade und gab Jada den Stift zurück. »Wenn wir ihn beide benutzen, reicht er nicht über den Winter«, sagte Michelle.

»Wenn du soviel nimmst, reicht er nicht mal für heute«, gab Jada zurück.

Einen Moment lang ging sie schweigend dahin. »Findest du, daß ich fett werde?« fragte Michelle dann wie fast jeden Morgen.

»Ja. Und ich werde weiß«, erwiderte Jada. Michelle kicherte. Dann nahm ihr Gesicht den ernsten Ausdruck an, den Ausdruck, der bedeutete, daß das Quiz bald beginnen würde. Jada wollte das so lange wie möglich hinausschieben.

Es war so früh, daß die Straßenlaternen noch brannten, aber als die beiden Frauen unter einer vorbeigingen, erlosch sie. »Also, wie stehen die Dinge, Jada?« fragte Michelle, vorhersehbar wie ein Stundenplan.

»Ich weiß nicht. Wir hatten gestern abend keine Zeit zu reden.« Jada berichtete erzürnt vom Zustand ihrer Kinder und ihres Hauses am gestrigen Abend, während sie und Michelle rasch an den stillen Häusern vorbeimarschierten.

»Du mußt eine Grenze ziehen«, sagte Michelle. »Du mußt...« Aber dann verstummte sie. Jada dachte manchmal, ihre Freundin fürchtete sich, Ratschläge zu geben.

»Ich glaube nicht, daß ich es aushalte. Ich werde ihm wohl eins mit der Axt überziehen müssen, obwohl er der Vater meiner Kinder ist.«

»He, wann hat dich das früher behindert?« fragte Michelle, und Jada mußte grinsen.

Michelle war definitiv freigiebig. Sie war eine großzügige Freundin und großzügig zu ihrem Mann und ihren Kindern. Aber irgendwie war Jada nicht danach, sich in diesem Moment von Michelle bemitleiden zu lassen. »Er benimmt sich unmöglich zu dir, Jada«, sagte Michelle. »Wenn Frank jemals ...«

Jada hatte dichtgemacht, weil sie Michelle liebte – ihre beste Freundin, obwohl sie aus dem Süden und weiß war, einen dämlichen Hund hatte und manchmal in sämtliche Fettnäpfchen trat.

Es war seltsam gewesen, als Jada gemerkt hatte, daß sie eigentlich keine engen schwarzen Freunde mehr hatte. Sie konnte sich nicht mit den afroamerikanischen Kassierern der Bank abgeben und verkehrte auch nicht mit den wenigen Aufsteigern in der Nachbarschaft, deren Väter und Großväter selbständig waren und die auf Colleges gingen. Auf richtige Colleges, in denen man auch wohnte. Mit Clintons Kumpeln, die glaubten, es sei normal, wenn beide nichts verdienten, und Karriereplanung bestehe in der Heirat mit einem Postbeamten, konnte sie schon gar nichts anfangen.

Michelle war eine wirklich enge Freundin geworden. Sie hatten viel gemeinsam, aber Michelle glaubte tatsächlich, Frank sei vollkommen, und verschloß die Augen vor all den merkwürdigen Dingen, die in Franks Geschäft passierten und durchaus nicht komisch waren. Verträge mit dem Bezirk, Insidergeschäfte. Frank Russo prosperierte, obwohl die wirtschaftliche Lage äußerst düster war. Es war unmöglich, daß Frank nicht bestach, nicht in Verbindung stand mit ... nun ja, Jada dachte nicht gern darüber nach. Das ging sie nichts an. Aber vor ein paar Jahren, als Frank an Clinton herangetreten war und ihn aufgefordert hatte, sich mit ihm zusammenzutun, war Jada tatsächlich erleichtert gewesen, als Clinton ein einziges Mal die richtige Entscheidung getroffen hatte. Es war nicht Neid, der Jada glauben machte, die Russos hätten ein bißchen zuviel Bargeld. Wenn Michelle die Augen davor verschließen wollte, dann war das ihre Sache.

Die Jacksons hatten den Volvo-Kombi, den Jada fuhr, von den Russos gekauft. Es war Michelles Wagen gewesen. Aber Michelle bekam alle achtzehn Monate oder so ein neues Modell. Seit Jada den Kombi übernommen hatte, hatte Michelle zwei – nein, drei – Luxusautos verschlissen. Und Jada erzählte, daß Frank jedes Auto bar bezahlte. Jada mußte zugeben, daß Frank ein guter Mensch war – für einen Mann. Aber das Wichtigste war, daß er Michelle wirklich anbetete. Doch das täuschte Jada nicht: Wenn es um Großzügigkeit ging, war auch der alte Frank jemand, der die Hand aufhielt. In gewisser Weise war er *schlimmer* als Clinton. Er tanzte Michelle auf der Nase herum. Jada bezweifelte, ob Frank wußte, wo im Haus sich die Waschmaschine oder der Wäschetrockner befanden. Oder der Herd. Wenn Michelle Frank jemals für zwei Tage mit den Kindern allein lassen würde und er nicht seine Mutter rufen könnte, würden die Russos verhungern, trotz eines Kühlschranks voller Lebensmittel. Frank, der sein glänzendes dunkles Haar genau richtig kämmen konnte, war unfähig, eine Scheibe Käse zwischen zwei Scheiben Brot zu legen, Wäsche zu sortieren oder das Bett zu machen. Im Vergleich zu ihm war Clinton ein perfektes, schwarzes, männliches Hausmädchen. Und Michelle beklagte sich nie.

He, Mädchen, sagte sich Jada. Hör mit den Vergleichen auf. Versuche, dich dankbar zu zeigen. Kritisiere nicht. Dieser tägliche Spaziergang, diese Freundschaft und die sichere, hübsche Wohngegend waren drei von den guten Dingen in ihrem Leben. Sie sprach ein stilles Gebet und vergaß nicht, sich für ihre kräftigen Beine und Lungen, ihre Freundschaft und ihr Zuhause zu bedanken. Sie sah sich zwischen den Häusern um. Auf den grauen Bäumen glänzte pudriger Schnee. Hübsch. »Schau«, sagte sie und zeigte auf ein Haus, an dem gebaut wurde. »Sie bauen eine Sonnenterrasse an.« Michelle und sie musterten alle Um- und Anbauten und billigten sie – oder auch nicht. Michelle sah nach dem Loch, das in die Seite eines Ziegelhauses im Kolonialstil geschlagen worden war.

»Oh, das würde mir gefallen. Sieht aus, als würde es ein richtiger Wintergarten. Ich frage mich, ob Frank mir auch einen bauen könnte.«

Er sollte vorher eine Hundehütte bauen, dachte Jada, während sie über die Leine stieg, da Pookie ihr schon wieder den Weg versperrte. Sie wandten sich nach rechts. Pookie schleifte Michelle förmlich über die verschneite Straße. Als Jada sich ärgerlich abwandte, sah sie etwas Seltsames – für einen Moment erschien ein Gesicht in einem Fenster. Es war so bleich, daß es im Morgenlicht fast leuchtend wirkte, die Augen allerdings waren so verschattet, daß sie in der Dunkelheit des Hauses zu verschwinden schienen. Irgendwie kam ihr etwas an diesem Gesicht vertraut vor, oder … hatte sie einen Traum gehabt? Sie fröstelte und schüttelte das Gefühl ab. »Ich könnte schwören, daß ich gerade einen Geist gesehen habe«, sagte Jada zu Michelle. »Oder da drinnen wird eine verängstigt aussehende Frau gefangengehalten. Wer wohnt jetzt in diesem Tudorhaus?«

»Ach, das ist dieser Neue. Du weißt schon. Der ältere Mann, der da allein wohnt. Er ist Puertoricaner oder so was. Romazzano. Er hat dieses –«

»Der mit den schönen Autos?« unterbrach Jada sie.

Michelle nickte. »Der mit dem Limousinenservice. Und einer sehr kleinen Hypothek.« Jada dachte daran, daß man als Kreditsachbearbeiterin Einblicke hatte, die anderen nicht vergönnt waren. »Ich glaube nicht, daß er verheiratet ist«, fuhr Michelle fort.

»Na, dann hat er eine sehr unglückliche Freundin.«

»Vielleicht war es eine Zweckheirat«, sagte Michelle. »Du weißt schon, so als ob ein Knilch nach Rußland schreibt und sich irgendeine junge Frau bestellt.«

»So was ist keine Zweckheirat, sondern krank«, sagte Jada. Schweigend gingen sie eine Weile weiter.

»Und was wirst du jetzt mit Clinton unternehmen? Wirst du ihn zwingen, eine Verpflichtung einzugehen?«

»Clinton? Eine Verpflichtung? So etwas kennt er gar nicht. Ich meine, Clinton ist der einzige aus seiner Clique, der sich nie hat tätowieren lassen. De Beers lügen, wenn sie sagen, daß ein Diamant für immer hält. Eine *Tätowierung* ist ewig.«

»Ich kann mir nicht vorstellen, warum er so etwas tun sollte«, sagte Michelle. »Du bist doch perfekt.«

»Warum er sich nicht tätowieren läßt?« fragte Jada und wich damit der Diskussion aus. Manchmal begriff Michelle einfach nicht, dachte Jada. Lag das an ihrem Erbe als Südstaatenschönheit? »Das ist es ja grade, Michelle. Ich bin perfekt, und das macht Clinton krank. Ich bin doppelt so stark wie er. Das weiß er, und er haßt es!«

»Nein! Jada, sag so etwas nicht! Du machst eine harte Zeit durch; eine wirklich harte Zeit, aber das stimmt nicht. Clinton bewundert dich. Er haßt dich nicht.«

»Ich hab ja nicht gesagt, daß er mich haßt. Ich habe gesagt, daß er meine Stärke haßt.« Jada seufzte. »Er konnte es vor zehn Jahren schaffen, als es leicht war, aber jetzt, wo es hart wird, schafft er es nicht. Ich dagegen schaffe es. Ich *kann* es. Scheiße, mir bleibt ja nichts anderes übrig. Und das nimmt er mir übel.« Sie kamen an das Tor, wo sie umkehrten. Wie immer tätschelte Michelle den Eckpfeiler. Jada lächelte beinahe, trotz ihrer schlechten Laune. Wenn Michelle den Pfosten nicht berühren könnte, würde sie sich fühlen, als hätten sie diese eiskalte, atemraubende Dreiviertelstunde Folter nicht absolviert. Sie betrachtete die langen Beine ihrer Freundin und ihre herrliche rote Mähne, die zu einem Pferdeschwanz zurückgebunden war. Michelle sah aus wie ein Fohlen – bloß Beine und Augen und Schwanz. Währenddessen beschnüffelte Pookie den Pfosten, als habe der verdammte Hund ihn noch nie zuvor gesehen.

»Ich dachte immer, sie wollten, daß wir perfekt sind«, sagte Michelle, als sie sich wieder in Bewegung setzten. »Frank merkt es, wenn ich ein Pfund zunehme oder mir nicht die Beine rasiere. Ich meine, er liebt mich trotzdem, aber ...«

»He, es geht nicht darum, ob deine Beine rasiert sind. Und auch nicht darum, daß deine Beine einen halben Meter länger sind als meine. Dazwischen haben wir dasselbe. Und das wollen die Männer, ohne große Probleme.«

»Jada, das ist schrecklich! Ich arbeite hart, um weiter gut auszusehen. Es geht nicht nur ums Aussehen, aber es geht auch nicht bloß um Sex. Ich meine, ich weiß, daß es unmöglich ist, aber ich habe versucht, für Frank vollkommen zu sein.«

»Sie wollen uns nicht vollkommen«, versetzte Jada ärgerlich. »Sie wollen uns abhängig. Allerdings auch wieder nicht *zu* abhängig. Sonst fühlen sie sich erstickt. Und sie wollen, daß wir uns um sie kümmern. Aber auch wieder nicht zu sehr, sonst fühlen sie sich kontrolliert. Und sie wollen uns sexy, aber wir dürfen auch wieder nicht zu oft Liebe machen wollen. Sonst sind wir fordernd. Weil sie sich dann kastriert fühlen.«

Michelle seufzte. »Du mußt mit ihm reden. Rede mit ihm, wenn du gleich nach Hause kommst. Am besten bringst du es sofort hinter dich.«

Jada mußte zugeben, daß sie geladen war. Ihr Adrenalinspiegel stieg. »Du hast recht. Entschuldige mich in der Bank. Ich werde wahrscheinlich eine Stunde später kommen. Ich serviere Clinton heute morgen mit seinen Rühreiern noch etwas extra.«

»Aber werde bloß nicht bitter, Jada«, sagte Michelle flehend. »Trotz allem, du darfst nicht verbittert werden.«

»Zu spät«, antwortete Jada ihrer Freundin. »Ich bin's schon.«

6. *Kapitel -*

in dem Angie den Geschmack ihres Vaters für Inneneinrichtung mit ihrem Geschmack für Kleidung vergleicht und eine kurze – sehr kurze – Gnadenfrist erhält

Angie schlug wie jeden Morgen – sinnloserweise – um Viertel vor sechs die Augen auf. Das erste, was sie sah, war der Rauchglasspiegel an der Wand gegenüber dem schwarzen Ledersofa, auf dem sie schlief. Sie kniff die Augen wieder zu. Sie war bereits so deprimiert, daß sie wußte, sie konnte nicht aufstehen. Dabei war der Tag noch keine zehn Sekunden alt. Mit nach wie vor geschlossenen Augen rollte sie sich von der Seite auf den Rücken. Also gut, das konnte als ihre Gymnastik für heute gelten. Sie zog sich die grüne afghanische Decke über den Kopf. Gut. Noch etwas Gymnastik. Jetzt würde der Tag vielleicht verschwinden.

Eigentlich wußte sie gar nicht genau, was für ein Tag es war. Ihr Hochzeitstag war am Dienstag gewesen, also war heute entweder Freitag oder Samstag. Oder vielleicht auch Sonntag. Wenn es Sonntag war, würde ihre Mutter von ihrer Reise zu diesem oder jenem Seminar zurückgekehrt sein. Sie selbst war bei ihrem Vater untergeschlüpft, dessen Haus im mittelalterlichen, vorstädtischen Verzweiflungsstil eingerichtet war. Aber Angie wußte nicht, wo sie sonst hingehen sollte. Ihre Mutter war kürzlich in ein neues Apartment gezogen, das Angie noch nicht kannte. Daher konnte sie nicht einmal in der Wohnung ihrer Mutter sitzen und sich von ihrer Umgebung trösten lassen. Sie mußte also warten auf Natalie Goldfarb, die Trösterin und Verkünderin weiser Sprüche, sie mußte darauf warten, all ihren Schmerz und ihre Enttäuschung in die Ohren ihrer Mutter zu blasen.

Aber was würde das nützen, fragte sich Angie. Unter der Decke (in BH und Höschen, die sie schon zwei – möglicherweise auch drei – Tage trug) versteifte sie sich bei diesem Gedanken. Sie war kein Kind mit einem Wehwehchen. Was konnte ihre Mutter ausrichten? Sie hatte Angie in den Armen gehalten, wenn sie weinte, aber das war auch schon ungefähr alles. Irgendwie hatte Angie bis zu dieser Minute das Gefühl gehabt, ihre Mutter könne Dinge in Ordnung bringen. Sie könne ihr nicht nur Trost und Mitgefühl geben, sondern ihr tatsächlich den Schlüssel zur Lösung der Probleme verschaffen, in denen sie sich befand. Nein. Mehr. Die Probleme verschwinden lassen. »Ach, der erste Hochzeitstag, an dem er dir verkündet hat, daß er dich betrogen hat. Klar. Daddy hat das auch getan. Du mußt bloß ...«

Aber es gab kein »bloß ...« Während sie dalag und sich so tot und schlaff fühlte, wie ihr Haar jetzt aussehen mußte, wurde Angie klar, daß sie sich mehr als alles andere wünschte, wieder bei Reid zu sein. Wieder bei ihm, in ihrem Bett in dem hellen, sauberen Schlafzimmer, das sie gemeinsam eingerichtet hatten. Sie wollte *seinen* muskulösen Arm um sich und nicht den ihrer Mutter. Sie wollte die Augen aufschlagen und den frühen Morgen in Massachusetts leuchten sehen, gedämpft durch die weißen Netzvorhänge, die bis auf den blanken Schlafzimmerboden reichten. Sie empfand solches Heimweh und solche Sehnsucht nach allem, was sie oben im Norden zurückgelassen hatte, daß sie tatsächlich die Augen aufschlug und stöhnte. Aber da war lediglich die leere Schachtel von Shreve, Crump und Lowe. Sie griff danach und drückte sie an ihre Brust. Statt ihrer weißen Kopfkissen hatte sie nur ein klumpiges Ledersitzkissen unter dem Kopf. Statt ihres flauschigen Quilts hatte sie diese alte Wolldecke. Statt eines Oberlichts über ihrem Bett hatte sie nur eine mit widerlichen Achtern gemusterte Decke mit einer Lampe, bei deren Anblick man schier blind wurde. Angie setzte sich auf, schwindlig und benommen. Wer *hatte* ihrem Vater bloß die Wohnung eingerichtet? Dieser Kronleuchter mußte aus dem Speisesaal eines miesen italienischen Restaurants stammen.

Eine Bewegung hinter dem Fenster fiel ihr ins Auge. Es war noch immer ziemlich dunkel, aber zwei Frauen trotteten vorbei, gegen die Kälte warm eingemummelt. Sie hatte sie schon vorher gesehen. Eine trug eine Strickmütze, die ihr rotes Haar fast verdeckte, aber heute wandte die andere sich ihrer Gefährtin zu – und damit dem

Fenster –, und Angie sah überrascht, daß die Frau schwarz war. Das war etwas, das man in Marblehead nicht erwartete. Die beiden Frauen waren jetzt am Fenster vorbei und folgten der Biegung der Straße. Als sie aus ihrem Sichtfeld verschwanden, spürte Angie mit einem Stich ein Gefühl von Verlust. Es war lächerlich – aber sie wünschte sich, sie könnte ihre Freundin Lisa anrufen. Doch es war noch nicht einmal sechs. Sie würde Lisa noch ein bißchen Zeit lassen müssen.

Natürlich *hatte* sie ihre Freundin bereits angerufen. Sogar mehrmals täglich, jeweils für eine Stunde. Ihr Vater würde sich wundern, wenn er die Rechnung bekam. Angie vermißte ihr Handy, aber das befand sich in ihrer Handtasche, zusammen mit allem anderen. Vielleicht würde Lisa ihre Brieftasche für sie holen können.

Lisa war Anwältin und arbeitete mit ihr zusammen oben in Needham. Als Angie Lisa kennengelernt hatte, war sie von ihrer großen, blonden Vollkommenheit und ihrem Studium in Harvard angewidert gewesen. Aber sie hatte ihre Voreingenommenheit überwunden, weil Lisa so freundlich gewesen war. Nach einer Weile hatten sie fast jeden Tag zusammen zu Mittag gegessen, und dabei hatte Lisa sie mit jeder grauenhaften Verabredung ergötzt, die sie in den letzten acht Monaten durchlitten hatte. Jetzt war es an der Zeit, sich dafür zu revanchieren, und Lisa hatte ihr geraten, sich vom Telefon fernzuhalten und bei ihrem Entschluß zu bleiben, nicht mit Reid zu reden. Angie hatte Urlaub genommen, und Lisa übernahm ihren Teil ihrer Arbeit. Sie war eine gute Freundin. Als Angie auf die Uhr schaute und sah, daß es erst zwei Minuten nach sechs war, hatte sie Mitleid mit Lisa und rief sie nicht an.

Sie dachte daran, eine Dusche zu nehmen. Noch ein oder zwei Tage, und ihr Haar würde aussehen wie eine Rastafari-Frisur, aber das war ihr egal. Gott, sie hatte nicht bloß ihren Mann, sie hatte auch ihren Friseur verloren. Wer konnte solche Strähnen machen wie Todd? Sie war zu müde, um aufzustehen, und ihr Körper fühlte sich zu schlaff an, um gefahrlos in der Badewanne zu liegen. Andererseits war die Vorstellung, in einer Wanne voller Wasser zu ertrinken, gar nicht so unattraktiv. Bis auf die Tatsache, daß sie Wasser würde einatmen müssen. Und das würde verdammt weh tun. Sie haßte es, Wasser in die Nase zu bekommen. Wenn ihr Vater doch bloß Schlaftabletten hätte – eine Menge Schlaftabletten und gute dazu, die Sorte, die einen umbrachte. Nicht so wie dieses rezeptfreie Sominex-Zeug, von dem man bloß Durchfall bekam. Das einzig Brauchbare, was sie in Estevans Medizinschränkchen gefunden hatte, war eine halbleere Flasche Nyquil. He, dachte Angie, hör auf, so negativ zu sein – die Flasche war halb voll. Oder war es zumindest gewesen, bis sie sie in die Finger bekommen hatte.

Angela beugte sich vor, griff nach ihrer Trainingshose – nun, eigentlich nach der Trainingshose ihres Vaters – und schlüpfte hinein. Als sie das Taillengummi über ihre Beine zog, wurde ihr klar, daß Reid diese Oberschenkel erst vor zwei – oder vielleicht auch drei – Abenden gestreichelt hatte. Eine heiße Träne und dann noch eine rann unter ihrem rechten Augenlid hervor und an ihrer Wange entlang in die Falte neben ihrer Nase. Sie haßte Reid. Sie haßte es, daß er *ihre* Schenkel berührte, und dann fragte sie sich, wessen Schenkel er sonst noch berührt hatte. Was hatte er gesagt? Eine ältere Frau? Jemand bei der Arbeit. Konnte das Jan Mullins sein, die einzige weibliche Partnerin bei Andover Putnam? Nein. Sie war zweiundfünfzig und eine faltige alte Ziege. Eine von den faden Assistentinnen? Undenkbar. Vielleicht eine Sekretärin? Oh, wen hatte er berührt, wen hatte er geküßt? Hatte er ihr gesagt, daß er sie liebte?

Der Gedanke machte sie so wütend, daß sie genug Energie bekam, um aufzustehen und das Rangers-Sweatshirt aufzuheben, das auf dem Boden neben dem Sofa lag, und es anzuziehen. Ihr Dad interessierte sich im Gegensatz zu den meisten Kubanern nicht für Baseball, schwärmte aber für Hockey. Er hatte sie zu Dutzenden von Spielen mitgenommen. Vielleicht stammte das Sweatshirt von einem dieser Vater-Tochter-Ausflüge.

Sie begann, sich durch das Haus in Richtung Badezimmer zu bewegen. Als sie am Wohnzimmer vorbeischlich, fragte sie sich unwillkürlich, in welcher geistigen Verfassung ihr Vater sich wohl befunden haben mochte, als er dieses Haus möblierte. Die Sessel waren zu dick gepolstert und mit blauem Samt überzogen. Das Sofa war aus Leder und eines von diesen modernen italienischen Modellen, die aussahen wie eine surrealistische Gebirgskette. Angie fröstelte bei dem Gedanken, tatsächlich darauf sitzen und es mit ihrer nackten Haut berühren zu müssen.

Nach der Scheidung von seiner zweiten Frau – eine Ehe, die kürzer gedauert hatte als ein normaler Menstruationszyklus – hatte ihr Vater das Leben auf der Park Avenue, das er kurz ausprobiert hatte, wieder aufgegeben und war in einen Vorort gezogen. Er hatte Verabredungen mit einigen vorstädtischen Damen gehabt, aber geklagt, sie langweilten ihn. Also arbeitete er geradezu zwanghaft und sah sich eine Menge Sportsendungen im Fernsehen an. Es muß Freitag sein, wurde Angie klar, weil er da wäre, wenn es Samstag wäre, und vermutlich auf diesem blöden Sofa sitzen würde. Was für ein Leben.

Es war ein erschreckender Gedanke, daß sich auch ihr Leben so entwickeln könnte. Sie war noch nicht lange hier, aber sie empfand schon die mittelalterliche, vorstädtische Verzweiflung. Und das nicht nur wegen der grauenhaften Inneneinrichtung. Wie kam es, fragte sie sich, daß Männer sich nach einer Scheidung so unmöglich einrichteten, während Frauen ihre Garderobe zum Teufel jagten? Das war, als würde jedes Geschlecht binnen eines einzigen juristischen Moments ein ganzes Zeitalter guten Geschmacks in den Wind schießen lassen. Wie lange würde es dauern, bis sie Stretchhosen in Erdfarben und eine Kunstlederjacke tragen würde, die perfekt zu diesem Zimmer paßte? Ihr Leben war zu Ende.

Angela fröstelte, obwohl das Sweatshirt warm war. Jawohl, ihr Leben war zu Ende. Da war die Kindheit gewesen, die High School, das College zusammen mit Jungen, das Jurastudium, die kurze Ehe, und jetzt würde sie den Teil der Miss Haversham aus Westchester beginnen, einen Teil, der möglicherweise – wenn sie so gesund blieb wie ihre Tante Tia Maria – fünfzig Jahre dauern konnte. Sie musterte das Rangers-Sweatshirt und überlegte, ob es auch so lange halten würde. Nicht so dramatisch wie ein Hochzeitskleid, aber praktischer, dachte sie. Alles, was ich jetzt noch brauche, ist ein Rosenkranz.

Sie wankte zur Couch zurück und schlief wieder ein, wachte lange genug auf, um das Ende der *Today*-Show zu sehen, und schlief dann erneut ein. Es war fast elf, als sie die Augen erneut aufschlug. Eigenartig: Sie hatte ein morbides Bedürfnis, auf die Uhr zu sehen. Sie mußte nirgends hin, hatte nichts zu tun. Trotzdem, der Gedanke, daß fast fünf Stunden verstrichen waren, seit sie das erste Mal aufgewacht war, erschreckte sie. Als das Telefon läutete, zuckte sie zusammen. Sollte sie antworten? Es könnte ihr Dad sein, der sich nach ihr erkundigen wollte. Sie nahm den Hörer ab und war erleichtert, als Lisas Stimme sie begrüßte. »He, Angie«, sagte sie. »Wie ist es dir ergangen?«

Bloß Lisa konnte ein Wort wie »ergangen« benutzen. Man mußte schon in Back Bay Boston geboren sein, um damit durchzukommen. »Nun, ich möchte es mal so ausdrücken«, antwortete Angie ihrer Freundin. »Wenn ich jetzt noch in der ersten Klasse wäre, würde Mrs. Rickham mir in Betragen die Note mangelhaft geben.« Angie hielt inne. »Mir geht es wirklich schlecht. Ich vermisse Reid.«

»Dann will ich dir mal sagen, wie dein Betragen sein sollte«, meinte Lisa. »Du solltest wütend und verletzt und unversöhnlich sein. Was Reid wirklich gemeint hat, war, daß er dich nicht liebt. Er hat es vermutlich nie getan. Du warst seine Vorzeigejüdin. Ein bißchen Rebellion gegenüber seiner Familie. Das hast du nicht nötig. Du brauchst dich bloß daran zu erinnern und weiterzuleben.«

»Ich weiß, ich weiß«, stimmte Angie zu. »Ich habe mich mißbrauchen lassen. Natürlich weiß ich das, aber ich habe so ein komisches Gefühl. Ich habe das Gefühl, daß ich einfach seine Stimme hören will, um ihn noch mal zu fragen, ob er das wirklich so gemeint hat.«

»Er hat es so gemeint«, sagte Lisa voller Gewißheit und Zorn. »Schau, es war unglaublich, was er getan hat, und unverzeihlich, wie er es dir gesagt hat.«

Angie wollte gerade zustimmen, als die Türglocke läutete. Sie fuhr zusammen. »He, Lisa, da ist jemand an der Tür. Ich muß Schluß machen.«

Was war das? Niemand kam mitten an einem Wochentagsvormittag an eine vorstädtische Haustür in Westchester – nicht in diesem Teil Westchesters –, ohne eingeladen zu sein. Wer zum Teufel konnte das sein? Eine Avon-Vertreterin? Zeugen Jehovas? Hausierer? Wer immer es war, Angie beschloß, daß sie nicht öffnen würde, bis sie aus dem Fenster spähte und den Wagen des Blumengeschäfts sah. Da flog sie an die Tür, riß sie auf, griff nach den zwei Dutzend weißen Rosen und hatte nach weniger als drei Sekunden die Karte aus dem Zellophanpapier gerissen.

Sie war von Reid! Natürlich war es nicht seine Handschrift, aber er hatte die Worte diktiert. »Ich liebe dich. Bestraf mich nicht dafür, daß ich die Wahrheit gesagt habe. Verzeih mir. Reid.« Der Duft der Rosen war schwach, aber süß. Ein einziger Akt der Großzügigkeit ihrerseits könnte sie und Reid von diesem Schmerz befreien. Mit einem Schlag waren ihre Gespräche mit ihrem Vater und Lisa in ihrem Kopf ausgelöscht.

Ja. Ja! Sie würde Reid verzeihen. Was er getan hatte, war entsetzlich, unverzeihlich, aber sie würde ihm vergeben. Sie war heißblütig wie ihr Vater und ihre Mutter. Aber sie würde genug Größe besitzen, um es zu tun. Er hatte seine Lektion gelernt. Angie würde diesen entsetzlichen Vorfall als letztes Austoben ansehen. Oh, sie räumte natürlich ein, daß man sich normalerweise vor der Hochzeit austobte, aber emotional war Reid halt ein bißchen langsam. Daran war er nicht allein schuld. Man brauchte sich bloß seine Eltern anzusehen. Er würde versprechen, es nie wieder zu tun, er würde sie mit weiteren Schachteln von Shreve, Crump und Lowe überschütten, und sie würden in ihr großes, weißes Bett zurückkehren. Sie konnte einen Schauder nicht unterdrücken. Nun ja, vielleicht würden sie nicht *sofort* dorthin zurückkehren, wurde ihr klar. Vielleicht wäre eine gewisse Zeit der Heilung nötig.

Binnen einer Sekunde sah sie Reid vor sich, allein, elend, wie ein Fötus auf ihrem großen, weißen Bett zusammengerollt. Voller Schuldgefühle. Verzweifelt. Lange hatte er gebraucht, um sie aufzuspüren. Er war erschrocken gewesen und dann reumütig. Sie wußte, daß er ohne sie verloren war. Er brauchte ihre Energie, ihren Antrieb, ihre Wärme. Angie preßte seine Karte an ihr Ranger-Sweatshirt, rannte zum Telefon und tippte ihre Nummer ein. Sie hörte das erste Läuten und sah, wie er sich reckte, wie er seinen schönen Rücken dehnte, um nach dem Hörer zu greifen. Sie konnte sich genau vorstellen, wie seine Hand in vierhundert Meilen Entfernung in Marblehead sich über das Laken nach dem Hörer ausstreckte. Er war da, sie wußte es, zu verloren, zu krank, um zur Arbeit zu gehen. Er hatte dort gelegen in einer schmerzhaften Verstrickung aus Schuld und Reue. Schlimmer als ihr eigenes Elend. Weil er sie *doch* liebte. Trotz seiner kalten Eltern, trotz ihrer Mißbilligung, trotz seiner eigenen Grenzen liebte er sie. Die Karte in ihrer Hand sagte es, und Angie wußte es tief in ihrem Inneren.

Als der Hörer beim zweiten Läuten abgenommen wurde, lächelte Angie bestätigend und wartete darauf, seine Stimme zu hören, eine Stimme, so tief und klar wie das Meer vor der Küste von Marblehead.

»Hallo«, hauchte eine Frauenstimme. Angie hätte fast den Hörer fallen lassen. »Hallo?« sagte die Stimme wieder, diesmal in fragendem Ton.

Angie ließ den Hörer auf die Gabel fallen und zog die Hand weg wie von einem benutzten Kondom. »O mein Gott«, sagte sie laut. »O mein Gott.«

Ihr Kopf war ein einziges Durcheinander. Sie hatte bei sich zu Hause angerufen. Wer hatte abgenommen? Sie hatte keine Schwester und Reid auch nicht. Und die Stimme seiner Mutter war es bestimmt nicht gewesen. *Was war da los?* Angie schaute das Telefon an. Sie mußte sich verwählt haben. Sie hatte sich verwählt, oder, schlimmer noch, Reid hatte das Telefon schon abstellen lassen. Jemand unbekannter hatte ihre Telefonnummer. Es mußte das eine oder das andere sein. Angela griff nach dem Hörer und wählte ihre alte Nummer, aber diesmal sorgfältiger. Hatte sie auch daran gedacht, die Vorwahl einzutippen? Vielleicht nicht, und sie hatte jemanden in Westchester angerufen. Das Telefon läutete, und Angie hielt den Atem an. Erneut stellte sie sich Reid vor, aber diesmal war das Bild, nun ja, ein bißchen verschwommener. Wieder wurde beim zweiten Läuten der Hörer abgenommen, und wieder sagte die Sopranstimme: »Hallo?«

Und wieder war Angie sprachlos. Es war keine falsche Nummer, also war ihre zweite Annahme richtig. Reid hatte eine neue Telefonnummer. Aber vergaben sie neue Nummern so schnell? Sie könnte sich erkundigen. Doch ihre Stimmbänder waren gelähmt. Vielleicht war es eine Putzfrau. Ja. Das war es. Oder eine Fremde, die etwas lieferte oder den Strom ablas. So etwas war möglich, sagte sie sich. Sie schaute auf die Karte des Blumengeschäfts, die sie noch immer an die Brust drückte.

»Hallo?« hörte sie den Sopran erneut hauchen. »Hallo, Reid, bist du das?«

Da sie nicht er war, legte Angie den Hörer auf.

7. *Kapitel -*

in dem Clinton und Jada ihr Gespräch führen und wir die Natur des Mannes und den Unterschied zwischen Milch, Wasser und Blut kennenlernen

»Clinton, wir müssen reden.«

»*Schon* wieder?«

»Ich fürchte, ja«, sagte Jada und schloß die Küchentür, nachdem die Kinder in den Bus gestiegen waren. Sie wandte sich ab und begann, den Herd abzuwischen, aber sie sah auf dem Edelstahl sein Spiegelbild. Sie fragte sich, wann er zum letzten Mal den Herd gesäubert hatte. »Ich fürchte, ja«, sagte sie nochmals, aber eigentlich fürchtete sie sich nicht. Sie war empört. Verdammt, diesmal hatte er zuviel Schmutz ins Haus getragen.

Jada hatte seit Jahren geargwöhnt, daß Clinton vielleicht gelegentlich fremdging. Sie dachte lieber nicht darüber nach, obwohl das Bewußtsein sich ihr manchmal geradezu aufgedrängt hatte. Diese reiche, gelangweilte Frau in Armonk, die sich den Zweihunderttausend-Dollar-Pool hatte bauen lassen, hatte ein bißchen zu oft angerufen. Auch die Frau dieses schwarzen Plattenproduzenten, die aus Pound Ridge, die gerne singen wollte. Jada hatte beschlossen, sie zu ignorieren. Sie hatten ihre Ehe nie gestört und Clinton nie daran gehindert, seinen Gehaltsscheck nach Hause zu bringen, mit seinen Kindern zu spielen oder sie zu lieben. Seither hatte sie gelernt, daß die allzu aufmerksame Behandlung von Kunden im Geschäftsjargon »den Goldfisch streicheln« hieß, und wenn Clintons Arbeit manchmal ein bißchen zu eng und persönlich wurde, hatte Jada die Augen davor verschlossen. Er war schließlich ein Mann. Und ein gutaussehender, viriler dazu. Wenn Männern etwas angeboten wurde, was sie als PAT betrachteten – Pussi Auf dem Tablett –, fiel es ihnen schwer, sich abzuwenden. Besonders in Pound Ridge.

Jada seufzte. Das war damals, als ihre Ehe noch gut ging und die Kinder klein waren und sie bei ihnen zu Hause blieb. Jetzt bestand ihr Leben aus Arbeit den ganzen Tag und Putzen den ganzen Abend. Sie stellte das Essen auf den Tisch, faltete die Wäsche und erwachte am nächsten Morgen, um wieder das gleiche zu tun. Clintons Leben, soweit sie das sehen konnte, bestand darin, herumzuliegen, fernzusehen, sich mit seiner neuen Freundin herumzutreiben und in seinen freien Momenten darauf zu achten, daß die Kinder nicht das Haus in Brand steckten. Jada beklagte sich nicht über ihr Leben – sie tat es für ihre Familie und konnte damit weitermachen, solange sie mußte. Es war nur so – wenn sie sich Clintons Leben ansah, wäre für sie beide alles einfacher, wenn er nur ein paar kleine Veränderungen vornehmen würde. Einfacher und der Mühe wert. Sie wußte, ein Teil von ihm wünschte sich ein Leben, das der Mühe wert war. Aber ein Teil von ihm war auch bereit, das, was sie hatten, aufs Spiel zu setzen, indem er faul war, sie für selbstverständlich nahm und irgendeiner Frau in Pound Ridge nachstieg. »Nun, ich bin nicht in Pound Ridge«, sagte Jada laut und ging ins Eßzimmer, wobei sie ein Tablett und einen Lappen ergriff, als sie an ihrem Mann vorbeikam.

»Was soll das heißen?« sagte er und folgte ihr in das unordentliche Eßzimmer.

Jada fing an, leere Tassen, Müslischalen und zerknitterte Papierservietten auf das Tablett zu räumen. Ich verliere, dachte Jada. Es waren nicht nur die Glasschalen, die angeschlagen waren, sie war es auch. Sie sprach ihre Gedanken laut aus. Das war eine Familieneigenschaft – ihre Mutter tat das auch, wenn etwas sie störte. »Ich habe gesagt, wir müssen reden«, sagte sie schnippisch.

»Mußt du nicht zur Arbeit?« fragte er nervös.

»Nein. Warum? Erwartest du jemanden? Dann laß mich für deinen Gast aufräumen.« Sie wischte den Tisch ab. Es erstaunte sie, daß Clinton nach all diesen Jahren nach wie vor dastehen und zusehen konnte, wie sie aufräumte, ohne auch nur eine Gabel in die Hand zu nehmen.

Nun, das war noch das Geringste. Jada spürte, daß sie über Kleinigkeiten erhaben war; vor langer Zeit hatten sie und Clinton einander versprochen, wenn sie Kinder hätten – und tatsächlich hatten sie welche –, würden diese im Unterschied zu zwei Generationen von Jacksons vor Clinton *mit* einem Vater aufwachsen. Das war das Wichtigste. Bis jetzt hatte Jada trotz irgendwelcher kurzer Flirts, die sich bei seiner Arbeit ergaben oder auch nicht, nie daran gezweifelt, daß Clintons NV am Werk war – ein Begriff, den Jada erfunden hatte, um die »Natürliche Vorliebe« einer Person zu kategorisieren. Wie bei den meisten Männern. Aber es gab eine Chance.

Selbst jetzt, während Clinton unruhig und nutzlos hinter ihr stand, während sie die Platzdecken aufnahm und den Eßtisch abwischte, versuchte Jada, kein moralisches Urteil zu fällen. Die Leute hatten einfach ihre NV, genau wie ihre Haarfarbe. Jada mußte zugeben, daß Shavonne ihre ebenfalls entwickelte. Kevon, zumindest in diesem Alter, war eher wie sie … seine natürliche Vorliebe war es, zu geben. Als sie und Clinton sich kennengelernt hatten, hatte Jada sogar *gern* gegeben. Sie hatte sich dabei wichtig und nützlich gefühlt. Clinton war jemand, um den man sich kümmern mußte, und Jada nahm an, daß sie es nötig hatte, gebraucht zu werden. Sie hatte ihm die Haare geschnitten, seine Kleidung gekauft, für ihn gekocht. Alles, was Clinton tun mußte, um sie glücklich zu machen, war zu sagen: »Niemand kann Maisbrot backen wie Jada. Ich kann niemals kein anderes Maisbrot essen.« Jada verzieh ihm die doppelte Verneinung und war dann glücklich und zufrieden. Und buk fünfzig weitere Maisbrote.

Doch seit Clintons Geschäft verfiel, war es auf seiner Seite ein einziger langer Abstieg gewesen. Stückchen für Stückchen. Zuerst hatte er aufgehört, Geld nach Hause zu bringen, dann, sich nach Arbeit umzusehen, die Nachwuchsliga zu trainieren, im Haus Zimmerarbeiten zu erledigen. Er hatte sogar mit dem aufgehört, was ihrer Meinung nach die vordringlichste Aufgabe eines verheirateten Mannes war – den Müll hinauszutragen.

Ihr Vater und ihre Mutter waren bitter enttäuscht gewesen, als Jada einen schwarzen Amerikaner heiratete. Sie war zwar in New York geboren, doch Jadas Eltern stammten aus Barbados und betrachteten das als ihre Heimat. »Amerikaner kannst du vergessen. Sie haben keinen Antrieb«, hatte ihr Vater gesagt. »Sie haben keine Moral«, hatte ihre Mutter sie gewarnt. Jada fand sie auf gewisse Weise altmodisch und entschieden voreingenommen. Aber nicht so sehr gegen Weiße wie gegen Schwarze. Am meisten voreingenommen waren sie gegen andere Inselbewohner. Die Jamaikaner verachteten sie, die Leute von Antigua galten als Konkurrenz, und die Einwohner der französischen Inseln wurden herablassend und argwöhnisch betrachtet. Lächerlich. Schwarze Amerikaner standen ganz unten auf der Liste. Jada hatte darüber gelacht. Aber jetzt fragte sie sich gelegentlich, ob ihre Eltern nicht recht gehabt hatten, zumindest was Clinton betraf. Sie hoffte, daß ihre Ehe sich wieder einrenken würde, denn sie wollte ihren Eltern ungern schlechte Nachrichten übermitteln. Sie wußte nicht über alle schwarzen Amerikaner Bescheid, aber ihrer war unzuverlässig und faul.

Vielleicht stimmte das auch nicht, aber im Moment sah es danach aus. Vielleicht hatte es einmal eine Art Gleichgewicht zwischen ihr und Clinton gegeben, als sie gab und Clinton dafür Geld verdiente und sie sich wunderbar liebten, aber beides hatte schon lange aufgehört. In fast fünf Jahren hatten sie nicht mehr miteinander geschlafen (außer am Silvesterabend, als sie beide betrunkener waren, als sie hätten sein dürfen, und zufällig Sherrilee gezeugt hatten). Sie hatten schon so lange keinen Sex mehr gehabt, daß ihr Diaphragma defekt gewesen sein mußte. Sie war nicht sicher, aber sie war schwanger geworden und – nach dem, was einmal zuvor passiert war – hatte den Gedanken nicht ertragen können, das Baby nicht zur Welt zu bringen. Sie hatte darum gebetet, und Gott oder ihr Herz hatten gesprochen. Sherrilee war ein anbetungswürdiges Baby, gut wie Gold, und obwohl es ihr schwergefallen war, während der Schwangerschaft zu arbeiten, und es ihr jetzt schwerfiel, das Baby zurückzulassen, wenn sie zur Arbeit ging, bereute Jada ihre Entscheidung nicht. Sie hatte gedacht, das Baby würde sie einander vielleicht näherbringen, denn Clinton hatte sich entzückt und teilnehmend gezeigt. Aber wie die meisten Dinge hielt er das nicht durch, und jetzt fragte sie sich, ob sie das Richtige getan hatte.

»Jada, bitte hab Geduld. Ich brauche dich«, sagte Clinton.

Brauchen? Jada war so verdammt oft gebraucht worden, daß sie sich erschöpft hatte – sie war ständig die Gebende, aber nicht mehr glücklich dabei. Außerdem zeigten die Kinder ihr, daß es so natürlich wie das Atmen war, einem Neunjährigen etwas zu geben, aber entschieden unnatürlich, dasselbe für einen vierunddreißigjährigen Mann zu tun. Natürlich oder nicht, Jada hatte es verdammt satt.

»Ja. Du brauchst mich. Aber du sagst, daß du sie *liebst.*« Jada konnte nicht glauben, daß er ihr von seiner neuesten Affäre erzählt hatte. Sie hatte kein Wort davon hören wollen, aber er hatte darauf bestanden. »Dann geh und brauche doch sie«, empfahl sie Clinton und drehte ihm den Rücken zu.

Jada streckte den Kopf in Shavonnes Zimmer und hielt nach schmutziger Wäsche Ausschau. Clinton folgte ihr. Sie hob den Stapel auf und eilte durch den Flur. Tonya Green, die Frau, mit der Clinton sich traf, behauptete, Kinder zu lieben, aber Jada hatte gehört, daß ihre eigenen beiden Kinder bei ihrer Mutter lebten. Was macht *sie* den ganzen Tag, fragte sich Jada. Sie arbeitete nicht. In ihrer Kirche stand sie in dem Ruf, sehr fromm zu sein. Sie unterrichtete in der Sonntagsschule. Ging sie zu Gebetsversammlungen? Hing sie in Bars herum und hoffte, einen verheirateten Mann zu finden, dem sie gefiel? Vielleicht wechselte sie ab. Montags, mittwochs und freitags Gebete. Und dienstags, donnerstags und samstags wurden ihre Gebete erhört. Jada schnaubte. Für sie war das Merkwürdigste an all dem, daß es ihr, was Sex betraf – den von Clinton mit Tonya –, einfach gleichgültig war. Vor zehn Jahren wäre sie eifersüchtig gewesen. Sie hatte gedacht, mit Clinton zu schlafen sei ein entscheidend wichtiger Teil ihres Lebens. Und jetzt vermißte sie es nicht einmal. Neben ihm zu schlafen war schon schlimm genug. Sex wäre ... nun ja, sie war zu wütend, zu müde und zu enttäuscht von ihm, um Sex zu wollen.

Jada glaubte nicht, daß Clinton sie liebte. Er brauchte sie lediglich und wollte, daß sie ihn bedingungslos akzeptierte. Das konnte sie jedoch nicht. Clinton wollte unverändert manchmal mit ihr schlafen. Clinton hatte ihr Baby gewollt. Clinton kümmerte sich jetzt gut um das Baby. Aber Jada war nicht danach, mit ihm zu schlafen, und ihr war auch nicht danach, sich um ihn zu kümmern. Sie wollte, daß *er* sich um *sie* kümmerte. Sie hatte den Respekt vor Clinton verloren. Vielleicht war sie in gewisser Weise mitverantwortlich für seine jämmerliche Affäre mit Tonya.

Jada war bloß verblüfft gewesen, daß Clinton sich die Mühe gemacht hatte, ihr überhaupt davon zu erzählen. Das hatte er früher nie getan. Sie hatte – was sie selbst überraschte – nur gedacht:

»Eine Sache weniger, die ich tun muß. Soll sich doch Tonya sein blödes Gerede über den nächsten nutzlosen, unrealistischen Plan anhören, mit dem er scheitern wird.« In diesem Moment hatte Jada gemerkt, daß sie ihm seit Jahren nicht mehr richtig zugehört hatte, nachdem Dutzende von Vorhaben, die sie sich angehört, die sie kritisiert und für die sie gebetet hatte, zu nichts geführt hatten. Aber Männer brauchten eben jemanden, der ihnen zuhörte.

Was *sie* brauchte, wofür sie sich abrackerte, war eine stabile Familie. Sie wollte in ihrem Haus wohnen, dem Haus, das Clinton begonnen, aber noch immer nicht fertig gebaut hatte, und sie wollte sehen, daß die Kinder sich in der Gemeinde gut bewährten und wirklich tüchtig in der Schule waren. Sie wollte sehen, wie Shavonne die örtliche Meisterschaft im Eislauf gewann, und sie wollte zu ihrer Abschlußfeier gehen. Sie wollte, daß Kevon besser in Mathe wurde und ein Stipendium für ein wirklich gutes College bekam. Sie wollte, daß die Kinder mit einem Vater aufwuchsen, wie sie es beide vor Gott gelobt hatten. Sie alle brauchten ihn im Haus. Er mußte auf das Baby aufpassen, während sie arbeitete. Er hatte versprochen, bei der Erziehung der Kinder zu helfen. Über die Qualität ihrer Ehe dachte sie nicht nach – was hatte das für einen Sinn? Aber sie mußten dieses Gespräch führen. Zu schade, daß sie so verdammt müde war. Sie war dauernd müde. Jada gelangte zur Tür ihres Schlafzimmers. Clinton war direkt hinter ihr. »Ich mach mich für die Arbeit fertig«, sagte sie.

»Ich dachte, wir würden reden«, sagte Clinton.

Er hatte natürlich recht. Sie hatte damit angefangen, aber irgendwie hatte sie nach dem Aufräumen von Küche und Eßzimmer, dem Durchsehen der Wäsche und anderen Dingen, die sie zu erledigen versuchte, fast keine Energie mehr. »Richtig«, gab sie zu. »Das habe ich gesagt.«

»Ich werde mich entscheiden«, sagte Clinton. »Ich versprech's dir. Ich werde mein Leben in Ordnung bringen.«

Er machte sie verrückt. »Das hab' ich alles schon mal gehört«, sagte Jada ohne Ironie oder Humor. Sie drehte sich um, sah Clinton zum erstenmal an, seit sie in der Küche gewesen war, und merkte, daß sie sich wünschte, ihm ins Gesicht zu schlagen. »Ist dir klar, daß du genau dasselbe an genau dieser Stelle und im genau selben Ton schon vor einem Monat gesagt hast?«

»Wovon redest du?« fragte Clinton, schon in der Defensive. Der Mann war BUD – blind und dumm –, wenn er nicht sah, was auf ihn zukam.

»Dann laß mich deine Erinnerung auffrischen.« Jada fing an, das Bett zu machen. Sie haßte es, sich in ein Rattennest aus zerwühltem Bettzeug zu legen. Es erstaunte sie, daß Clinton nicht einmal die Laken und die Decke glattziehen konnte, wenn er jeden Morgen – Stunden später als sie – aus ihrem Bett aufstand.

»Damals hast du mir das mit Tonya erzählt«, sagte Jada mit neutraler Stimme. »Als du nachmittags angefangen hast, außer deinem Budweiser Light auch noch Wahrheitsserum zu trinken.« Sie ermahnte sich selbst, daß es unproduktiv war, sarkastisch zu werden. Sie stand auf ihrer Seite des Bettes. Aber Clinton reagierte nicht. Dieser Mann vergaß alles. »Clinton«, sagte sie zu ihm, »um die Wahrheit zu sagen, es ist mir egal, was du mit deinem Schwanz machst. Aber diese Familie ist mir *nicht* egal. Und ich werde nicht zulassen, daß du sie mit deinem verdammten Egoismus zerstörst. Ich gebe mein Blut für diese Familie. Ich habe mein persönliches Leben aufgegeben, ich habe meine sonstigen Interessen aufgegeben. Ich stehe im Finsteren auf und lasse meine Babys in ihren Betten schlafen, um Essen auf den Tisch zu stellen. Ich mag meinen Job nicht. Habe ihn nie gemocht. Ich habe mir nie eine Karriere gewünscht. Ich wollte nie erfolgreich sein, ich wollte nie der Boß sein. Ich habe das nur aus Not getan …«

»Okay. Genug«, unterbrach Clinton sie. »Ich erinnere mich. Versuch nicht, mir ein noch schlimmeres Gefühl zu geben als üblich.« Clinton senkte den Blick. »Ich gebe mir ja Mühe.«

Einen Moment lang empfand Jada genug Zorn, um ihm tatsächlich eine Ohrfeige zu verpassen. Als würde sie irgend etwas von all dem sagen, damit er sich schlecht fühlte! Bei Clinton drehte sich immer alles um Clinton. Sich Mühe geben? Der Mann machte nicht mal das verdammte Bett! »Sei still, Clinton. Das kannst du alles Tonya erzählen. Was ich sage, ist, daß du zu ihr ziehen kannst, und ich mache mit den Kindern weiter, oder du kannst sie aufgeben und versuchen, uns als Familie zusammenzuhalten. Wie hättest du's denn gerne, Clinton?«

Jada dachte an ein Sprichwort, von dem ihre Mutter ihr erzählt hatte. Es mochte aus der Bibel sein oder ein alter Spruch ihres

Volkes. »Ein Getränk, das unverlangt gegeben wird, ist wie Milch. Dasselbe Getränk, nur auf Verlangen gegeben, ist wie Wasser. Aber ein Getränk, um das du betteln mußt und das widerwillig gegeben wird, ist wie Blut.« Jada mußte Clinton um alle möglichen Kleinigkeiten anbetteln, und dann blieben sie die Hälfte der Zeit ungetan. Ihr Haus brauchte beispielsweise einen Fliesenboden in der Küche und ein Dutzend anderer Arbeiten, um fertig zu sein. Jada wußte, daß Michelle, ihre Nachbarin und beste Freundin, um nichts zu bitten brauchte. Einen Moment, bevor sie auch nur merkte, daß sie durstig war, bot Frank dieser Frau Milch an. Jada versuchte, ihrer Freundin das nicht übelzunehmen, aber manchmal fiel es ihr schwer.

»Jada, ich weiß, daß du gekränkt bist. Ich weiß, daß du Angst hast.« Er stieg wieder ins Bett und schlüpfte unter die Decke, als brauche er Schutz vor ihr. Das machte sie wütend. Sie brauchte Schutz vor ihm, nicht umgekehrt.

Jada riß sich am Riemen. »Clinton, ich bin nicht deswegen gekränkt. Ich bin gekränkt, daß du nicht dafür arbeiten willst, diese Familie zusammenzuhalten.«

Clinton hob den Kopf vom Kissen und wollte etwas sagen, aber Jada hob die Hand und sprach als erste weiter. »Ich *hatte* Angst, als ich dachte, ich könnte unseren Lebensunterhalt nicht verdienen. Aber jetzt bin ich nicht gekränkt und habe auch keine Angst, Clinton. Ich sage dir bloß noch einmal klar und deutlich, daß du eine Entscheidung treffen mußt.« Sie begann, ihre Sportkleidung auszuziehen, hatte aber plötzlich Hemmungen, sich ihm nackt zu zeigen. Er war nach wie vor ein gutaussehender Mann. Seine Brust war breit und flach. Sein Magen war so straff wie eh und je. Seine Haut wurde nie trocken und rissig. Während sie Dehnungsstreifen und Falten hatte. Es war ein seltsames Gefühl – sie schämte sich vor dem Mann, mit dem sie so viele Jahre verheiratet war. »Du bist derjenige, der ein Gebot bricht, nicht ich. Ich versuche, rechtschaffen zu leben.« Jada öffnete die Tür des Kleiderschranks und stellte sich dahinter, während sie ihre Bürokleidung anzog.

»Jada, du verstehst nicht... diese Sache zwischen Tonya und mir ist nicht bloß fleischlich. Wir haben eine spirituelle Beziehung.«

Jada streckte den Kopf hinter der Tür hervor und starrte ihn an. Barmherziger! Manchmal konnte sie nicht glauben, was für ein Blödsinn aus dem Mund dieses Mannes blubberte. Lieber Jesus, du hast diesen Mann geschaffen, dachte sie. Nun laß ihn das Licht sehen. Oder bring seine Dunkelheit woanders hin. »Ich kann dir verzeihen«, sagte sie. »Ich kann mit dir leben. Und ich kann noch mehr als zuvor versuchen, diese Familie zusammenzuhalten. Aber nicht, wenn du mir von den spirituellen Qualitäten dieser Frau erzählst. Jeder muß eine Grenze ziehen, Clinton. Ich will verdammt noch mal nichts über diese Frau hören. Beleidige mich nicht mit Vergleichen.«

»Ich habe nicht verglichen«, begann Clinton, was seine Version einer Entscheidung war. »Meine Familie bedeutet mir alles«, fügte er rasch hinzu. »Du weißt das. Vielleicht sind wir nicht so gut miteinander ausgekommen, aber es gab Zeiten, in denen es glatt lief, und Zeiten, in denen es schwer war.« Er fuhr sich mit den langen Fingern durch die Haare und hielt dann seinen Nacken, als ob er schmerze. »Es kann wieder glatt laufen«, sagte er. »Ich weiß das. Ich hoffe es. Daher kommt meine Bindung. Aber mit Tonya ... nun ja, ich habe das Gefühl, daß das, was da passiert, für *mich* ist. Nicht für meine Kinder, nicht für die Familie, nicht, um die Hypothek abzuzahlen. Nur für mich.« Er hielt inne. »Und ich habe das Gefühl, daß ich etwas verdient habe.« Er schüttelte den Kopf. »Das macht mich unglücklich. Und es macht dich unglücklich. Und Tonya, denn sie ist eine gute Frau. Sie macht es ...«

»Sag mir nicht, wie *sie* sich fühlt, Clinton. Das ist kein Weg, um mein Herz zu öffnen«, versetzte Jada barsch. Sie stieg ins Bett und riß ihm die Decke weg.

»Es ist nicht leicht, in der Welt des weißen Mannes ein schwarzer Mann zu sein«, sagte Clinton.

»Oh, verschone mich!« rief Jada. »Es ist auch nicht leicht, eine schwarze Frau zu sein. Und allmählich denke ich, es ist auch nicht leicht, eine weiße Frau zu sein. *Nichts* auf dieser Welt ist leicht, Clinton. Dafür haben wir Kirchen.«

»Jada, ich habe deswegen gebetet. Tonya und ich haben zusammen gebetet.« Jada rollte die Augen, aber Clinton ignorierte das. »Ich versuche bloß zu erklären, wie schwer es ist ...«

»Hör auf zu erklären und fang an, dich zu entscheiden«, sagte sie. »Sieh dir die gute Seite an, Clinton. Du hast die Wahl: deine Familie oder deine Geliebte. Das sind mehr Optionen, als die meisten anderen Leute haben. Aber ich sage dir, du kannst nicht beides haben. Wenn du also keine Entscheidung triffst, dann werde ich für dich entscheiden. Und dann, Clinton, ist nichts mehr zu machen. Nächste Woche räume ich dein ganzes Zeug hier aus und in die Garage. Ich sage es den Kindern, und ich sage es Reverend Grant. Ich gehe zu einem Anwalt. Deine Entscheidung wird also auf jeden Fall getroffen, von dir oder von mir.« Sie wandte ihm den Rücken zu und stopfte sich die Bluse in den Rock.

Aber ihre Babys. Ihre Familie. Jada wußte, daß die letzten paar Jahre sie hart gemacht hatten, und es gefiel ihr nicht. Aber sie konnte jetzt nichts dagegen tun. Wenn sie doch bloß ihre Babys retten könnte, Shavonne, Kevon und Sherrilee etwas mehr geben könnte, um ihr Leben damit zu beginnen. Sie fand die Kraft, sich umzudrehen und ihren Mann anzusehen. »Clinton, denk nur mal einen Moment nach. *Dein* Daddy hat *dich* im Stich gelassen. *Sein* Daddy hat *ihn* im Stich gelassen. Du bist frei, deine Kinder ebenfalls im Stich zu lassen. Aber das ist nicht, was wir ihnen versprochen haben. Es sind auch *deine* Kinder. Ich glaube, du willst etwas Besonderes für sie. Ich weiß, daß ich das will, aber ich werde nehmen, was du mir gibst, Clinton. Ich kann es nur nicht ertragen, daß du mit Tonya zusammen bist und alle in der Kirche darüber reden. Und dich dann hier zu haben, wo du in meinem Haus und meinem Bett Platz einnimmst.«

»Es ist auch *mein* Haus«, protestierte Clinton. »Um Himmels willen, Weib, ich habe dieses Bett *gebaut.*«

»Dann bring das verdammte Bett zu Tonya«, gab Jada zurück. »Und sprich in diesem Haus den Namen Gottes nicht müßig aus. Der Punkt ist, daß du hier mit mir und den Kindern leben kannst, wenn du versuchen willst, daß wir wieder eine Familie sind. Oder du kannst mit Tonya leben. Sie hat Kinder, stimmt's? Zwei? Drei? Vier? Von wie vielen Männern? Nun, du kannst die oder unsere haben. Du kannst bloß nicht beides haben.«

»Ich will nicht beides«, jammerte Clinton. »Ich weiß bloß nicht, was ich will.«

Als ob mir das etwas ausmachen würde, dachte Jada. »Nun, du

hast eine Woche, um es herauszufinden«, sagte sie zu ihm. Sie wandte ihm wieder den Rücken zu. »Oh, noch was, Clinton«, sagte sie dann. »Du solltest besser anfangen, dein Benzin selber zu bezahlen.« Sie schlug die Tür zu und ging zur Arbeit.

8. Kapitel -

das ökonomisch gesehen sowohl Michelles Korsage als auch ihre Büste enthält

Michelle bückte sich, um eine weitere Disney-Figur aufzuheben, wobei sich die Stangen ihrer Korsage in ihre Rippen bohrten. Das hast du davon, daß du zur Hausarbeit Reizwäsche anziehst, sagte sich Michelle.

Ach, diese Spannung zwischen Leidenschaft und Besonnenheit. Natürlich könnte sie das Zeug auch einfach herumliegen lassen, aber obwohl sie manchmal Lust hatte, sich für Frank anzuziehen wie eine Edelnutte, wußte Michelle, daß unter dem hochgeschnürten Busen das Herz einer sehr ordentlichen Hausfrau schlug. Vielleicht sollte sie sich Reizwäsche aus Frankreich kaufen. Sie lächelte bei diesem Gedanken, während sie das rote Plastikspielzeug aufhob. Frankie hatte so viele von den Dingern, daß Michelle nicht mehr sagen konnte, wer sie waren. Lag es daran, daß er ein Junge, oder daran, daß er das zweite Kind war? Zu Jennas Zeiten hatte Michelle den Unterschied zwischen einer Kleinen Meerjungfrau und einer Belle gekannt, aber jetzt war das Kontinuum von Herkules, Aladin und Moses zu verwirrend. Sie seufzte und wünschte sich schuldbewußt, Frankie wäre beim König der Löwen geblieben. Er hatte zwar mehr Spielzeug, aber weniger Aufmerksamkeit bekommen als Jenna.

In ihrer gebückten Stellung sah Michelle ein halbes Dutzend Legosteine unter dem Sofa – gut, daß sie nicht staubgesaugt hatte. Sie hatte schon mehr winzige Spielsachen aufgesaugt, als irgendein Elektrolux zu verdauen vermochte. Pookie kaute an seinem Plastikknochen und knurrte sie an. Michelle schüttelte den Kopf und warf das lange rote Haar zurück, das sie für Frank offen trug.

Dann griff sie an Pookie vorbei nach den Legosteinen und sammelte sie in ihrer rechten Hand ein, da sie in der linken die Spielfigur hatte – sie glaubte, daß es Jafar war. Sie schaffte es, sich mit einer einzigen Bewegung ohne Zuhilfenahme der Hände wieder aufzurichten. Nicht schlecht für eine Frau von einunddreißig Jahren.

Sie drehte den Kopf. Über der Rückenlehne des Sofas konnte sie Franks dunkles Haar und an seiner Schulter den Oberkopf von Jenna sehen. Jenna hielt mit dem rechten Arm Pinkie umschlungen. Frankie mußte mittlerweile auf dem Schoß seines Vaters liegen, eingeschlummert durch das Piepsen und Summen irgendeines Nintendo-Spiels, das sein Vater und seine Schwester spielten. Michelle lächelte. Sie hatten alle einen schönen Abend gehabt: Die Freitagabende waren immer sehr harmonisch. Sie und Frank hatten sich ein Porterhouse-Steak und Nudeln geteilt, während die Kinder Hamburger gegessen hatten, ihr Lieblingsgericht. Frank hatte fast eine halbe Stunde lang mit Frankie Ball gespielt, anschließend ein Rug-Rats-Video durchlitten, gefolgt vom gegenwärtigen Nintendo-Marathon. Jenna hatte ihren Bruder mit Daddy spielen lassen, während sie ihrer Mutter half, den Abendbrottisch abzuräumen. Ihre Belohnung dafür war, daß sie Frank in der letzten Stunde ganz für sich hatte, während Michelle aufräumte. Michelles Belohnung würde die Zeit mit Frank allein im Bett sein. Ihr Lächeln, das zu beiden Seiten ihres üppigen Mundes eine Klammer bildete, wurde breiter.

Sie ging zu Frank und berührte sachte seine Schulter. Schon vor langer Zeit hatte sie gelernt, nicht von hinten zu kommen und ihn zu fest anzufassen – er erschrak dann immer. Jetzt lehnte Frank den Kopf nach hinten gegen die Sofakissen und sah zu ihr auf. Jenna und Frank rührten sich nicht. Nichts bewegte sich außer der tanzenden kleinen Zelda auf dem Bildschirm. Beide Kinder schliefen, und Frank spielte das idiotische Spiel allein! »Zeit fürs Bett!« sagte Michelle mit einem kehligen Flüstern, und Franks Lächeln war ein Echo ihres eigenen. »Du trägst Frankie, und ich bringe Jenna nach oben«, sagte sie zu ihrem Mann. Frank nickte. Dann streckte er den Arm aus und nahm einen Legostein aus ihrer rechten Hand.

»Hast du den extra für mich gebacken?« fragte er mit leiser Stimme.

»Plastik bäckt man nicht«, sagte Michelle. »Es wird ausgestoßen.«

»Ich dachte, das würden wir später tun, oben.« Er zog die Augenbrauen hoch. Michelle schüttelte den Kopf und legte ihre Hand auf Jennas Schulter.

»Komm, meine Große«, murmelte sie. Sehr widerstrebend erwachte Jenna aus ihrem Schlummer und ließ sich von Michelle auf die Füße ziehen.

»Schlafenszeit für Bonzo«, fügte Frank hinzu, hob seinen schlafenden Sohn auf seine Schulter und umfaßte mit einer Hand sanft den Kopf des Jungen.

»Sei vorsichtig mit ihm. Die meisten Unfälle passieren im Haushalt.«

Oben zog Michelle Frankie aus und streifte ihm das Oberteil seines Pyjamas über, während Jenna sich eigenständig ins Bett legte. Michelle hatte Mitleid mit ihrer Erstgeborenen und bestand nicht darauf, daß Jenna sich das Gesicht wusch und die Zähne putzte. Einmal würde es nichts schaden. Sie wußte genau, wie müde Jenna war. Sie selbst freute sich auch darauf, sich hinzulegen.

Als sie in ihr Schlafzimmer kam, war Frank bereits ausgezogen und lag unter der Decke. Wie üblich hatte er den Bettüberwurf nicht zusammengefaltet, also tat Michelle es zum dreitausendstenmal. Er war ein guter Mann und ein guter Vater. Sie hatten einen wundervollen Abend gehabt, aber sie konnte ihm einfach nicht beibringen, die Tagesdecke wegzunehmen, bevor er sich hinlegte. Na ja. Es gab Schlimmeres.

»Komm her, meine Schöne«, sagte Frank, dessen Stimme bereits schläfrig klang, und Michelle setzte sich auf ihre Seite des Bettes, zog die Schuhe aus, wand sich aus ihrem Rock, behielt aber ihren Slip und ihre Korsage an. Sie wollte, daß Frank bemerkte, wie hübsch sie darin aussah. Frank nahm eine ihrer lockigen Haarsträhnen in die Hand und zog ihr Gesicht sanft zu seinem hinunter. »He, Rotschopf, wieviel für die ganze Nacht?« fragte er.

»Sehr viel«, informierte sie ihn, bevor er sie küßte.

»Und jeden Penny wert«, sagte er. Er griff nach ihrer hochgeschnürten Brust. »Zieh das Ding aus«, sagte er. Michelle folgte seinem Befehl in weniger als sechs Sekunden. »So ist es schon besser«, murmelte Frank, schlang locker einen Arm um sie, legte die Hand auf ihre Hüfte und zog sie an sich.

»Besser als Nintendo?« scherzte Michelle.

»Na ja, nicht so aufregend, aber...«, murmelte er. Sie gab ihm einen Stoß in die Rippen. »Okay, okay. Besser als Nintendo«, räumte er ein und küßte sie auf den Hals. Sie seufzte tief und hörte als Echo seinen Seufzer. Die Freitagabende waren lang und anstrengend, aber sie lohnten sich. Sie war glücklich und müde und Frank ebenfalls. »Schatz, du weißt, ich will dich, aber...«

Michelle küßte ihn auf die Wange, die sexy und stachelig war. Später vielleicht, irgendwann mitten in der Nacht, würde er sie aufwecken, indem er fest den Arm um sie legte und sich mit dem Rest seines Körpers an sie drängte. Als Michelle die Augen schloß, freute sie sich auf diese Möglichkeit.

Es war nicht Frank, der Michelle weckte. Es war ein entsetzliches, krachendes Geräusch und der Lärm – viel Lärm – von Füßen auf der Treppe. Irgendwo unten bellte der gewöhnlich ruhige Pookie wie besessen. Michelle hatte kaum Zeit, sich aufzusetzen, da sah sie auch schon rotes Licht im Zimmer flackern. Mein Gott, das Haus muß in Flammen stehen. »Frank!« kreischte sie, aber er war schon so gut wie wach. Im selben Moment öffnete sich die Schlafzimmertür. Dann war ihr Bett umringt von Männern, einige in Uniform, andere in Zivil, aber alle mit gezogener Waffe.

»Polizei!«

»Polizei!«

»Polizei! Keine Bewegung! Hände hoch!« Die Stimmen gellten und waren hart wie Hiebe. Michelle drehte sich zur Seite, um Frank anzusehen, aber eine Stimme brüllte ihr ins Ohr: »Keine Bewegung! Hände hoch!«

Einen Moment fragte sich Michelle, ob das ein Traum sein konnte – ein sehr, sehr übler Traum. Doch ehe sie es herausfinden konnte, beugte sich einer der uniformierten Polizisten vor und legte ihr Handschellen an. Die kalte Realität des Metalls an ihrem Handgelenk machte ihr klar, daß dieser Alptraum Wirklichkeit war. Pookie war jetzt auch im Zimmer und bellte. Dann verstummte er plötzlich. Was hatten sie ihm getan?

»Frank!« schrie sie wieder.

»Verdammt, rühren Sie sie nicht an!« schnauzte Frank, und die zwei Männer, die ihn bei den Schultern hielten, begannen mit ihm zu ringen. Dabei wurden Laken und Decke heruntergezogen, und Michelle spürte, wie gelähmt vor Schreck, daß ihre linke Brust vor diesem Dutzend Männern in der kühlen Luft des Schlafzimmers entblößt wurde.

»Das muß ein Irrtum sein. Sie sind im falschen Haus!« rief Michelle. »Wir sind die Russos. Familie Frank Russo.«

»Klappe!« zischte einer der Männer.

»Mommie?« Michelle hörte Frankies Jammern aus dem Flur und setzte sich trotz ihrer Nacktheit auf. »Mommie?« Die Stimme klang jetzt völlig verängstigt, und Michelle rief nach ihrem Sohn.

»Alles in Ordnung«, rief sie, obwohl nichts in Ordnung war. »Lassen Sie meine Kinder in Ruhe!« schrie sie heiser. »Das muß ein Irrtum sein. Lassen Sie meine Kinder in Ruhe.«

»Verraten Sie mir, was für ein Irrtum das ist, Russo«, sagte einer der Polizisten, die ihren Mann festhielten. Frank stieß einen Schwall von Flüchen aus, von denen Michelle einige noch nie aus seinem Mund gehört hatte. »Laßt die Finger von ihr, ihr Schwanzlutscher«, brüllte er. »Laßt meine Kinder in Ruhe, ihr verdammten Schweine.«

Zwei der Beamten hatten sie hochgezogen und standen zwischen ihnen. Sie hoffte, daß ihr Haar den größten Teil ihrer Blöße bedeckte. Sie mußte zu ihren Kindern. Das war alles, was sie dachte.

Als Frank ausholte, um den Mann zu seiner Linken mit seinen gefesselten Händen zu schlagen, und die Polizisten zum zweitenmal als Schwanzlutscher bezeichnete, sah Michelle, daß der Bulle ihm kräftig das Knie in die Lenden stieß. Frank jaulte auf, wie Pookie gejault hatte, und brach dann neben dem Bett zusammen.

»Mommie? Mommie?« Frankies immer dringlichere Rufe waren jetzt von denen seiner Schwester und schrecklichem Krachen von unten begleitet. Michelle begann zu zittern. Pookie rannte an all den Männern vorbei, vielleicht, um ihre Kinder zu beschützen.

»Herrgott, nehmt den Hund an die Leine, und gebt der Frau was zum Anziehen«, sagte ein Mann in Zivil, der das Schlafzimmer betrat, und warf ihr eine Decke über.

»Scheiß doch auf die Kokshure«, erwiderte ein anderer, und dann war Frank auf den Füßen, nackt und brüllend, und prügelte sich erst mit einem, dann mit drei der Polizisten.

»Frank!« wimmerte Michelle, als die beiden Beamten neben ihr anfingen, sie aus dem Raum zu zerren.

»Schafft sie hier raus«, sagte der Mann, der ihr die Decke gegeben hatte, zu den Polizisten. »Und ruft McCourt. Sorgt dafür, daß ständig eine Beamtin bei ihr ist.«

»McCourt nimmt die Kinder.«

Sie waren schon im oberen Flur. Hinter ihr brüllte Frank. »Wo bringen Sie meine Kinder hin?« fragte Michelle schrill. »Halt! Bitte. Wo sind meine Kinder?«

Sie beachteten sie nicht. Es war, als sei ihre Stimme unhörbar. »Gottverdammt, holt McCourt!« schrie der Mann in Zivil. »Wir bräuchten zwei Beamtinnen. Und was zum Teufel macht ihr Bundesleute hier? Das ist unser Bezirk.«

»Das ist RICO, Baby. Jeder will dabei sein. Und der Bezirk ist auch vertreten.«

»Frankie? Jenna?« rief Michelle. »Wo seid ihr?«

Jemand packte Michelle grob an der Schulter und zerrte sie durch den Gang. Nein. Sie wollte nicht. Wo waren ihre Kinder? Was passierte da? Sie hörte Frank wieder schreien. Sie versuchte, trotz der Handschellen die Decke um sich zu halten und sich gleichzeitig an das Treppengeländer vor Frankies Zimmer zu klammern. Darin befanden sich zwei Polizisten und fingen gerade an, Spielfiguren, Bauklötze und Legosteine von der Tischplatte auf den Boden zu fegen, die Matratze vom Bett zu werfen, Schränke aufzureißen. Frankie wurde von einer Beamtin aus dem Raum geführt.

»Mommie!« schluchzte er. Tränen und Rotz vermischten sich in seinem Gesicht. »Der böse Mann hat Pookie rausgelassen.«

»Gehen wir!« sagte der Beamte hinter Michelle und versetzte ihrer Schulter einen Stoß. »McCourt, bleiben Sie bei ihr. Johnson kann das Kind nehmen.«

»Nein!« beharrte Michelle. Sie hielt sich am Geländer fest und beugte sich zu ihrem Sohn vor. »Ich nehme das Kind«, sagte sie mit fester Stimme.

»Nein, das tun Sie nicht«, antwortete die Stimme hinter ihr, und sie erhielt einen weiteren, härteren Stoß. Das lange Haar fiel ihr ins Gesicht. Sie mußte das Geländer loslassen und stürzte auf die Knie. Ihr Sohn begann lauter zu jammern. »Ist schon gut, Frankie«, beruhigte Michelle ihn, obwohl es nie weniger gut gewesen war, niemals.

»Johnson!« schrie die Beamtin – McCourt, oder wer immer sie war – die Treppe hinunter. Das Geräusch von zersplitterndem Glas übertönte die Antwort. »Johnson!« rief McCourt noch einmal. Hinter McCourt wurde Jenna halb schlafwandelnd aus ihrem Zimmer geschubst.

»Sie haben Pinkie«, sagte sie. Die ganze Gruppe hinter Michelles Rücken kam ihretwegen nicht weiter. Sie konnte nicht die Decke festhalten, die Handschellen vor ihren Kindern verbergen und sie gleichzeitig in die Arme nehmen. Sie wußte nicht, was sie tun sollte. Sie hatte keine Ahnung, was da vor sich ging. Sie brauchte ihre ganze Willenskraft, um nicht noch lauter zu schluchzen als Frankie. »Sie haben Pinkie!« weinte Jenna, und als sie an Jennas Tür vorbeigestoßen wurde, sah Michelle einen Polizisten, der das Plüschtier aufriß und die Kapokfüllung herauszog. »Nein! Nein!« kreischte Jenna und streckte die Hände nach ihrem Kaninchen aus. Jemand hinter dem Polizisten begann mit der Zerstörung von Jennas Zimmer.

»Aufstehen«, befahl jemand hinter Michelle, und sie spürte, wie sie an den Haaren hochgezogen wurde. In diesem Moment kam eine weitere Frau in Uniform die Treppe heraufgerannt, faßte Michelles Tochter bei der Schulter und schob sie am Geländer vorbei auf die Treppe zu.

»Gehen wir«, sagte sie. Die Polizistin sah zu dem schreienden Frankie hoch, der sich gegen McCourt wehrte. »Den nehme ich auch«, sagte sie und warf Michelle einen Blick zu. Es war ein mitleidiger, besorgter Blick. Das einzig Menschliche in diesem Alptraum. »Es wird alles wieder gut«, beruhigte sie. »Alles wird wieder gut. Sagen Sie ihnen, daß sie nach unten kommmen sollen«, bat sie Michelle. »Wir gehen alle nach unten.«

Michelle, die nun auf den Füßen stand, aber noch immer in Panik war, nickte geistesabwesend. »Alles in Ordnung«, murmelte sie, obwohl sie sich nicht sicher war, ob Frankie sie hören konnte. »Alles in Ordnung«, wiederholte sie, an Jenna gewandt. »Wir gehen jetzt alle nach unten.«

Aber nichts war in Ordnung. Nicht unten und nicht draußen. Nicht jetzt oder in nächster Zeit. Das Wohnzimmer der Russos war binnen Sekunden von einem gemütlichen Raum in ein Höllenchaos verwandelt worden. Mehr als ein Dutzend Männer zerrten Bücher aus den Regalen, zerschnitten die Sofakissen, rissen den Teppichboden heraus. Die Zerstörung war so schockierend, daß Michelle ein atemloses Gurgeln ausstieß.

Jemand steckte sie in einen Mantel und nahm ihr dazu die Handschellen ab, legte sie ihr aber gleich wieder an. »Frank!« schrie sie. Ihre Lalique-Vase war zerschlagen worden, Franks Blumen lagen auf dem Boden. »Geben Sie acht auf die Scherben!« rief sie automatisch. »Passen Sie auf die Kinder auf. Sie sind barfuß.«

»Zieht ihnen Schuhe an«, befahl jemand.

»Pookie! Pookie, hierher!« rief Frankie.

»Frank! Frank!« schrie Michelle wieder. Im oberen Stock herrschte Lärm, und dann, schneller, als sie es für möglich hielt, wurde Frank mit blutigem Gesicht die Treppe hinunter und an ihr vorbei und aus der Tür geführt, umgeben von einem Rudel Polizisten.

»Es kommt alles wieder in Ordnung, Michelle. Es wird wieder«, rief Frank. Hinter ihm bellte der Polizist, der ihr die Decke gegeben hatte, Befehle.

»Bringt die Kinder in einen Wagen«, knurrte er Johnson zu. »Besorgt ihnen warme Sachen. Wir bringen sie in ein Kinderheim.«

Michelle riß die Augen auf. »Nein! Bitte!« weinte sie. »Bitte! Ich weiß nicht, was das alles soll. Aber bitte, kann ich die Kinder nicht bei meiner Nachbarin lassen?«

»Nein, tut mir leid.« Er wandte sich ab. »Holt ihr was zum Anziehen. Bringt sie in meinen Wagen. Haltet sie getrennt von Russo.«

»Was zum Teufel ist eigentlich los?« konnte sie gerade noch herausquetschen, während ihre Kinder weggebracht wurden. »Das ist gegen das Gesetz. WAS IST HIER LOS?« Ein Satz aus einer Fernsehsendung fiel ihr ein. »Ich verlange meine Rechte!« schrie sie nun.

»Ach, du liebe Güte.« Mit müder Stimme begann jemand zu leiern: »Sie haben das Recht zu schweigen. Sie haben das Recht ...« Es war wie eine schlechte Fernsehsendung, als säße sie im Kino oder sähe sich benommen die Nachrichten an. Das konnte nicht real sein. Aber Michelle bekam ihre Rechte vorgetragen und Schuhe angezogen und wurde in die kalte Nachtluft hinausgezerrt. Die Kinder waren bereits fort, aber andere Leute, Nachbarn, standen da und starrten sie an. Ihre Nachbarn! Die Joyces. Die McCarthys. Und Fremde! Was war los?

Blitzlichter leuchteten auf. Wer zum Geier konnte da fotografieren? Sie wandte den Kopf nach der Garage um und sah ihre Gartenmöbel überall verstreut. Die Einfahrt stand voller neutraler Wagen und Männer in Schwarz, die Kopfhörer trugen. Sechs oder mehr Polizeiautos umgaben mit blinkenden Lichtern das Haus. In Häusern weiter unten in der Straße wurden Lampen eingeschaltet. Mehr Leute strömten herbei. Michelle glaubte sogar, Jada zu sehen. Sie hob die Hand, um sich vor dem Blitzlicht zu schützen und besser zu sehen. Doch ehe sie ihre Freundin rufen konnte, fühlte sie, daß eine Hand ihren Kopf nach unten drückte und sie in den am Straßenrand stehenden Polizeiwagen gezwungen wurde.

9. *Kapitel -*

in dem Jada ihre bereits enorme Arbeitslast noch steigert

Jada saß an ihrem Schreibtisch. Ihre Bürotür war geschlossen. Das war ungewöhnlich: Wenn sie sonst am Samstag vormittag arbeitete, hatte sie gern ein Auge auf das, was in der Schalterhalle vor sich ging. Ihr persönlicher Gemütszustand allerdings war noch weit ungewöhnlicher. Letzte Nacht – nein, um genau zu sein, um zwei Uhr zehn in der Frühe – hatte sie die Augen aufgeschlagen und war ans Fenster getreten, um zuzusehen, wie das Leben ihrer Freundin zerstört wurde. Streifenwagen, zivile Fahrzeuge, unheilverkündende graue Mannschaftswagen, alle mit Blinklicht und Waffenhalterungen. Schockiert hatte Jada Clinton grob geweckt und war hastig in ihren Mantel geschlüpft. Sie kam gerade noch rechtzeitig zum Tor der Russos, um mitzuerleben, wie Jenna und Frankie von einer uniformierten Beamtin weggebracht wurden. Sie hatte nach ihnen gerufen, und Jenna hatte in ihre Richtung geschaut, aber Frankie war in seinem Elend total gefangen.

Als der Wagen mit den Kindern abfuhr, musterte Jada die versammelten Leute. Die Gesichter ringsum waren alles andere als freundlich. Die Nachbarn aus der Straße und sogar aus den Nebenstraßen hatten sich versammelt. Jada fragte sich, ob sie auch dann so schnell herbeigeeilt wären, um Michelles Tragödie mitzuerleben, wenn die Nacht kälter gewesen wäre. Normalerweise konnte man sie trotz vorheriger Benachrichtigung kaum dazu bekommen, auch nur zum Recycling aus dem Haus zu gehen.

Aber was in aller Welt ging da vor sich? Jada schnappte ein paar unfreundliche, gemurmelte Bemerkungen und ein paar noch unfreundlichere Gerüchte auf. »Ein Kinderpornoring«, sagte Mr.

Shriver, und seine Frau, eine nette, dickliche Person, die Jada eigentlich gemocht hatte, nickte wissend mit dem Kopf. »Da waren dauernd viele Kinder«, verkündete sie dumpf.

»Ja, weil ihre Kinder beliebt waren«, versetzte Jada barsch. »Und weil Michelle die ganze Nachbarschaft in ihrem Garten spielen ließ.« Die Shrivers waren berüchtigt für die Perfektion ihres Rasens und ihrer Blumenbeete. Keiner durfte jemals ihr Grundstück betreten. Einmal hatten sie sich formell über den Briefträger beschwert, weil dieser den Gehweg verlassen hatte. »Geben Sie bloß acht, daß Sie sich keine Verleumdungsklage einhandeln; dann ist es aus mit Ihrer Gartengestaltung«, knirschte Jada.

Dann hatte sich Jada durch den Rest der Menge gedrängt und versucht, rauszukriegen, was da vor sich ging. Ihre eigentliche Sorge war, daß weit und breit kein Krankenwagen auftauchte. Die Ironie, daß ein Krankenwagen ein erfreulicher Anblick wäre, war Jada durchaus klar. Wenigstens stand kein Leichenwagen da. Sie hatte noch ein paar Minuten hilflos gewartet. Endlich, nachdem sie – und die ganze verdammte Nachbarschaft – mit angesehen hatte, wie Michelle in Handschellen in einen Polizeiwagen gesetzt und weggefahren wurde, hatte sie einen der schwarzen Cops gefragt.

»Drogenrazzia«, hatte er berichtet. »Großer Dealer. Das wird uns etliche neue Streifenwagen einbringen.« Jada war das Kinn heruntergefallen.

Ihr Schock hatte sich noch nicht gelegt. Sie saß an ihrem Schreibtisch, das Memo, das korrigiert werden mußte, unberührt vor sich. Sie konnte seinen Inhalt kaum in sich aufnehmen. Eine Drogenrazzia – eine große – in ihrer sicheren Straße, ausgerechnet bei ihren Freunden. Nicht, daß sie glaubte, Michelle habe damit zu tun oder sei schuldig. Nur, daß es passieren konnte, daß wohlhabenden, arbeitenden Weißen, die ein eigenes Haus besaßen, das Leben und das Mobiliar zertrümmert werden konnte, und das vor aller Augen... Als sie heute morgen an dem ganz mit gelbem Band abgesperrten Haus vorbeigefahren war, hatte sie zwei von Michelles Eßzimmerstühlen gesehen, mit klaffender Polsterung und herausquellender Füllung verloren auf dem welken Laub vor ihrem Haus stehend. Alle möglichen anderen Haushaltsgegenstände waren im Vorgarten verstreut: Sofakissen, Franks Fußschemel, die mit Muscheln gefüllte Lampe, die Michelle so liebte und die Jada immer ein bißchen geschmacklos gefunden hatte. Die Sachen, wie Müll verstreut, hatten ihr einen solchen Stich versetzt, ein solches Gefühl von Unheil und der Unvermeidlichkeit des Todes, daß es fast so schlimm war, als hätte sie Leichen dort liegen sehen. Jada wußte genau, wie oft Michelle das Holz dieser Eßzimmerstühle polierte. Sie war sogar dabeigewesen, als Michelle den grünrosa gestreiften Stoff auswählte, mit dem sie neu bezogen wurden, den Stoff, der jetzt, zerfetzt an einem halben Dutzend Stellen, flatterte wie zerrissene Augenlider.

Jada stützte beide Ellbogen auf die Schreibtischplatte, legte den Kopf in die Hände und schloß für einen Moment die Augen. Sie konnte ihre langen Finger spüren, die auf die Haut am Oberkopf drückten.

Als sie gestern nacht nach Hause zurückgekehrt war, hatte Clinton vor der Haustür gestanden, das Baby im Arm. Er hatte ihr keine einzige Frage gestellt. Er hatte sie nur getadelt.

»Du solltest nicht da draußen sein«, hatte er sie gerügt.

»Verdammt, warum denn nicht?« hatte Jada gezischt, weil sie dachte, er kritisiere sie als Gafferin wie alle anderen. »Ich wollte bloß sehen, ob ich helfen kann. Sie ist meine beste Freundin.«

»Du solltest nicht da draußen sein, weil wir nicht in diese Sache hineingezogen werden wollen.« Sie war ins Haus gegangen, und Clinton hatte die Tür hinter ihr geschlossen. »Frank Russo hat immer anrüchige Geschäfte gemacht. Was glaubst du, wie er an diese Verträge mit dem Bezirk gekommen ist?« Clinton war schon seit Jahren gegen Frank. Jada hatte nie herausfinden können, ob es daran lag, daß Frank so erfolgreich und Clinton neidisch war, oder ob an Clintons Bedenken wirklich etwas dran war.

Letzte Nacht hatte sie ihm aufgebracht geantwortet: »Es geht nicht um einen verdammten Vertragsstreit«, und bitter hinzugefügt: »Es geht um Drogen.«

»Dieses Arschloch hat mit Drogen gedealt?« war Clinton explodiert. »Unglaublich.« Das Baby zuckte zusammen, wachte auf und begann zu quäken. Clinton wiegte es kurz und gab ihr dann das greinende Kind. »Ich habe dir gesagt, du sollst dich nicht mit ihnen einlassen. Morgen werden die Bullen hier sein und uns vernehmen. Sie sehen Drogen, sie sehen Nigger. Jesus! Wie konnte er sich das erlauben? Dieser schmierige kleine Arsch bringt unsere ganze Familie in Gefahr.«

»Nicht so sehr wie seine eigene Familie«, hatte Jada kalt entgegnet und war die Treppe hinaufgegangen, das Baby beruhigend, ohne zu wissen, was sie glauben sollte, um sich selbst zu beruhigen. »Wenn es ein Schwarzer wäre, würdest du nicht denken, daß er gedealt hat. Du würdest denken, daß man ihm was anhängen will«, hatte sie Clinton von der Treppe aus zugeknurrt. »Wir wissen nicht, was da läuft«, hatte sie noch hinzugefügt.

Natürlich war Michelle nicht zur Arbeit gekommen, und Jada hatte niemandem etwas von der letzten Nacht erzählt. Sie hatte mehr als ein dutzendmal bei Polizeirevieren und beim Gericht angerufen. Sie hatte auch ihren Anrufbeantworter abgehört, um festzustellen, ob Michelle nicht vielleicht irgendwie die Möglichkeit gehabt hatte, sie anzurufen. Aber es gab keine Nachricht. Als Anne, Jadas Sekretärin, zweimal kurz an die Tür klopfte, richtete sich Jada rasch auf und griff nach einem Stift. »Ja«, sagte sie, und Anne stürmte mit weit aufgerissenen Augen herein.

Sie hatte eine Zeitung in der Hand, nicht die *New York Times* oder das *Wall Street Journal,* die Jada täglich nach Geschäftsnachrichten durchzusehen gelernt hatte, sondern das lokale Boulevardblatt. »Schauen Sie«, hauchte sie und legte die Zeitung auf Jadas zwanghaft aufgeräumten Schreibtisch. Jada wollte nicht, aber sie mußte sich den Schauplatz des Verbrechens ansehen. Auf zwei Seiten waren Michelles Haus, eine Nahaufnahme von Franks blutigem und offensichtlich geschlagenem Gesicht und – o Gott – Michelle selbst in ihrem blauen Wintermantel und Handschellen abgebildet. Jada hob entsetzt die Hand an den Mund. »DROGENBOSS AUFGEFLOGEN«, lautete die Schlagzeile. Sie konnte es kaum glauben.

»Ist das nicht unglaublich?« fragte Anne. In ihrer Stimme lag etwas, das Jada das Gefühl gab, sie freue sich über den aufregenden Vorfall.

Jada packte die Zeitung und zerknitterte sie. »Die Schlagzeile ist empörend. Warum schreiben sie nicht ›beschuldigt‹? Dieser Mann wird lediglich beschuldigt, er ist nicht verurteilt«, klärte sie Anne giftig auf. »Die Presse ist mal wieder zu weit gegangen.« Sie sah Anne streng an, während sie die Zeitung in den Papierkorb warf.

»Wenn Michelle wieder zur Arbeit kommt, werden Sie sich hoffentlich alle daran erinnern, daß ihr bis jetzt nicht einmal etwas vorgeworfen wird. So. Haben Sie eigentlich nichts Besseres zu tun?«

Nachdem Anne gegangen war, schlenderte Jada in die Schalterhalle hinaus, sprach so natürlich wie möglich mit einigen ihrer Mitarbeiter und begrüßte einen wichtigen Kunden. Sie kehrte in ihr Büro zurück, als wäre nichts, schloß die Tür und nahm die Zeitung wieder aus dem Papierkorb. Sie strich sie glatt, so gut es ging, und verschlang die unzulänglichen Informationen. Trotz der ungünstigen Berichterstattung sah es Gott sei Dank nicht so aus, als seien irgendwelche Drogen gefunden worden, und die Polizei war unglaublich brutal mit Franks Gesicht und mit dem Haus umgegangen. Jada wußte, seit dem RICO-Fall durfte die Polizei hart durchgreifen. Sie wußte auch, daß Erfolg Neider schafft und Frank, anmaßend, wie er war, sich im Bezirk wohl eine Menge Feinde geschaffen hatte.

Die Sprechanlage summte. »Michelle ist am Telefon«, sagte Anne atemlos, als sei Al Capone von den Toten auferstanden und überfalle nun telefonisch Banken.

»Hast du's gehört?« fragte Michelles Stimme.

Jada fragte sich, ob Anne wohl am anderen Apparat mithörte. »Schätzchen, jeder hat's gehört«, sagte Jada. »Wo bist du?«

»Ich bin zu Hause«, brachte Michelle mühsam heraus, und dann folgte ein schreckliches Keuchen, das Jada nicht gefiel und von dem sie hoffte, Anne höre es nicht. Sie nahm das Telefon vom Schreibtisch und zog es mit sich, so weit die Schnur es gestattete. Dann stellte sie es neben das Sideboard auf den Boden, erreichte knapp die Tür und öffnete sie. Anne und einige der anderen Frauen schauten in ihre Richtung, drehten sich aber sofort um und wichen ihrem Blick aus. Keine hatte einen Telefonhörer in der Hand. »O Gott, Jada, es ist schrecklich. Das Haus... es ist...« Michelle begann zu weinen. »Ich muß gehen. Ich muß die Kinder holen. Man hat sie letzte Nacht in ein Heim gebracht. Kannst du dir das vorstellen?« Sie fing an zu schluchzen, so daß Jada sie kaum verstehen konnte. Sie stammelte etwas über Frank und das Aufstellen einer Liste und den Spiegel und noch irgend etwas.

»Nur die Ruhe, Michelle«, sagte Jada. »Der ganze Scheiß, den du jetzt siehst, all die kaputten Sachen sind nicht wichtig. Wichtig sind die Kinder, und denen geht es gut. Du kannst heute abend zu mir kommen. Und morgen können wir bei dir aufräumen.« Die arme Frau. Wie sie da inmitten der Trümmer kniete, sah sie vermutlich *tatsächlich* wie Cinderella aus, aber jetzt war nicht der richtige Moment für Jadas »Cindy«-Witze.

»Ach, Jada.« Michelle gab ein weiteres schreckliches Geräusch von sich und sagte dann etwas über Frank.

»Ist er zu Hause?« fragte Jada. Sie wollte nicht neugierig sein. Sie kannte eine Menge Leute, die in Schwierigkeiten gewesen waren, und für zwanzig Fragen war jetzt keine Zeit. »Ist er bei dir?« drängte sie.

»Nein«, schluchzte Michelle. »Sie wollten mich nicht mit ihm reden lassen, aber ein Anwalt ist gekommen und hat gesagt, er würde heute abend oder morgen nach Hause kommen. Jada«, flüsterte Michelle. »Es ist ein Alptraum. Frank hat nichts verbrochen. Wie konnte die Polizei uns das antun?« Sie war nicht imstande weiterzusprechen, und Jada stiegen Tränen in die Augen.

»Michelle? Ich weiß, es ist schlimm. Aber nun wasch dir das Gesicht und kämm dich, und reiß dich für Jenna und Frankie zusammen. Willst du, daß ich mitkomme, wenn du sie abholst? Ich habe Erfahrung mit Kinderheimen.«

»Das schaffe ich schon«, flüsterte Michelle. »Das schaffe ich schon«, wiederholte sie, als wolle sie sich selbst Mut machen, und Jada nahm an, daß sie genau das tat.

»Also gut«, sagte Jada. »Ich gehe hier so früh wie möglich weg und hole Pizza, und die essen wir dann bei mir. Und wenn du mit den Kindern bei mir schlafen möchtest, ist das kein Problem.«

»Schlafen?« fragte Michelle. »O Gott, Jada, ich werde nie wieder schlafen können.«

»Auch gut«, sagte Jada. »Damit vergeudet man sowieso nur zuviel Zeit. Und du hast allerhand aufzuräumen. Geht's wieder?« fragte sie.

»Den Umständen entsprechend, ja«, schluckte Michelle. »Den Umständen entsprechend. Und – Jada?«

»Ja?« sagte Jada.

»Danke. Das werde ich dir nicht vergessen.«

»Ich hoffe, doch. Ich hoffe, du vergißt die ganze Sache, wenn sie erst mal geklärt ist. Inzwischen verrate mir etwas, das wirklich wichtig ist. Ich habe vergessen, ob die Kinder Wurst auf der Pizza mögen oder nicht.«

10. *Kapitel -*

in dem Angie einen Aufruhr verschläft und die Gesetze eines Ausnahmezustands gleich doppelt erklärt bekommt

»Du mußt etwas unternehmen, Angie«, sagte Estevan, ihr Vater, von der Tür des Arbeitszimmers aus. »Es ist nicht gesund, einfach nur hier herumzuliegen. Du siehst auch absolut nicht gesund aus.« Er streckte den Kopf vor. »Du interessierst dich für gar nichts. Du bist nicht mal bei dem Aufruhr letzte Nacht aufgestanden.«

»Was für ein Aufruhr?« fragte Angie dumpf.

»Hast du die Polizei und den Betrieb am Ende der Straße nicht gehört?« Angie schüttelte nur den Kopf. »Nun, aber du hast doch heute gesehen, wie die Polizei das Haus abgesperrt hat, oder? Sie haben die Bude total zerlegt.«

Angie schüttelte erneut den Kopf. Sie hatte keine Ahnung, wovon er sprach, und es war ihr auch gleichgültig.

»Angie, gleich an der Ecke war eine riesige Drogenrazzia, etwa zehn Häuser weiter.« Er sah sie überrascht an. »Wann bist du zum letztenmal an die frische Luft gegangen?« fragte er.

»Das mach ich später«, sagte Angie ausweichend. Sie war eine Woche nicht aus dem Haus gegangen. Sie lag nach wie vor in dem Rangers-Sweatshirt auf dem Sofa.

»Na, großartig! Hast du eine Verabredung?« Er kam näher und setzte sich auf die Armlehne der Couch.

»Ja. Mit meiner Mutter«, sagte Angie grimmig. Er sollte besser nicht zu nahe kommen. Sie hatte sich, seit sie angekommen war, nicht gewaschen und nicht die Zähne geputzt oder das Haus ihres Vaters verlassen, und sogar sie war bereit zuzugeben, daß sie sich ein bißchen kraus benahm.

»Ach, ist sie zurück?« fragte Estevan. Unwillkürlich fiel Angie auf, daß er ganz beiläufig fragte, aber dahinter spürte sie seine sehr reale Neugier. Verzweiflung erkannte Verzweiflung. Soweit sie informiert war, redeten ihre Eltern nicht miteinander. Ihr Vater war einfach aus den Gesprächen ihrer Mutter verschwunden. Aber irgendwie wußte Estevan immer, wo Natalie war.

»Du wirst dich doch nicht darauf einlassen, für diese Schnorrer zu arbeiten?« fragte er. »Ich habe dir nicht das Jurastudium bezahlt, damit du einer Bande von Nassauern hilfst.«

»Du hast mein Jurastudium nicht bezahlt«, erinnerte Angie ihn. Ihr Vater war äußerst seltsam mit Geld. Er war arm gewesen und dann sehr reich, und es hatte ihn stets verstört, daß weder Natalie noch Angie von seinem Geld abhängig schienen. Jetzt hatte er zwar geschäftliche Rückschläge erlebt, war aber noch immer wohlhabend.

»Bitte, Angie. Du könntest binnen einer Minute einen Job in der Park Avenue haben. Ich könnte dir helfen.«

»Du hilfst mir jetzt schon«, sagte Angie. »Du warst toll.« Sie gab ihm einen Kuß auf die Wange.

Estevan verlagerte sein Gewicht, griff in seine hintere Hosentasche und nahm seine Brieftasche heraus. Er zog ein Bündel Scheine hervor und reichte es ihr, ohne ihr zu nahe zu kommen. »Hör mal, du bist ein schönes Mädchen. Geh aus. Geh zum Friseur. Laß dich maniküren.«

Sie setzte sich auf, küßte ihn noch einmal und nahm das Geld. Sie wollte es nicht, aber sie wußte, daß es seine Art war, freundlich zu sein. »Als nächstes wirst du mir sagen, daß ich mir einen Hut kaufen soll.«

»Möchtest du einen Hut?« fragte Estevan und öffnete erneut die Brieftasche. »Ich kaufe dir so viele Hüte, wie du willst.«

Angie konnte über seine Ahnungslosigkeit nicht einmal lächeln. »Nein, Dad. Das war nur so eine Redewendung. Früher dachten Männer, wenn Frauen unglücklich waren, bräuchten sie sich bloß einen Hut zu kaufen, um wieder froh zu sein.«

»Wann?«

»In den fünfziger Jahren, glaube ich.«

»Nein, so war das nicht. Ich habe deiner Mutter nie gesagt, daß sie sich einen Hut kaufen soll.«

»Auch gut«, erwiderte Angie düster. »Das hat dir zweifellos das

Leben gerettet.« Sie ließ sich wieder auf den Rücken fallen, schon an das warme, aber unangenehm klebrige Leder gewöhnt, das sie erwartete. Vermutlich die einzige Haut, die je wieder ihre berühren würde, dachte sie trübsinnig und starrte auf die gräßlichen Muster an der Decke. Ihre Mutter kam heute abend nach Hause, und sie selbst sollte sich duschen. Da sie keinerlei Kleidung mitgebracht hatte und lieber sterben würde, als wieder das dämliche Kleid anzuziehen, das sie im Club getragen hatte, würde es nichts schaden, wenn sie beim Cross-Country-Einkaufszentrum vorbeifahren und eine Jeans und ein paar Hemden erstehen würde. Aber der Gedanke allein an all das ermüdete sie bis zur Erschöpfung. Die Vorstellung, sich in die Senkrechte zu erheben, in den Wagen zu steigen, nach Poughkeepsie zu fahren, einen Parkplatz zu suchen und ihre Mutter zu sehen, war abschreckend genug. Angie fühlte sich, als habe sie jede Energie verloren. Sie hatte keine Reserven mehr. Aber sie mußte gehen. Ihre Mutter war ihre einzige Hoffnung. Natalie Goldfarb würde ihr sagen, was sie tun sollte. Das mußte ihre Mutter tun, denn Angie nahm an, daß sie sonst verloren sei.

Lisa, ihre einzige enge Freundin, sagte ihr dauernd, sie solle sich bloß fernhalten, versuchen, nicht an Reid zu denken, und sich erinnern, wie unverzeihlich sein Verhalten gewesen war. Das war ein guter Rat, und Angie war es fast peinlich, wenn sie daran dachte, wie oft sie geweint hatte, wenn sie mit Lisa redete.

Bei ihrem Vater konnte sie nicht weinen. Es würde ihn zu sehr bestürzen. Als Kubaner würde er entweder mit ihr weinen oder drohen, Reid umzubringen. Angie sah zu Estevan hinüber. Seine Finger zupften müßig am Kordsamt seiner Hose. Er stand auf, ging ans Ende der Couch und gab ihr mit einer Kopfbewegung zu verstehen, sie solle die Füße einziehen. Sie tat es und rollte sich zu einer halbfötalen Position zusammen. Jetzt war ihr Rücken an das Leder des blöden Sofas gepreßt. Es fühlte sich kühl an. Angie fröstelte. Ja, daran sollte sie sich gewöhnen. Sie würde ihr Leben verbringen, ohne je wieder echte Haut zu spüren. Sie würde ihr Leben damit zubringen, sich an etwas Kaltes zu lehnen und auf ein winziges bißchen Wärme zu hoffen.

Angie schaute zu den Blumen hinüber, die ihr Bastard von einem Ehemann geschickt hatte. Sie hatte sie nicht ins Wasser gestellt, und die Blüten welkten bereits; die Ränder der Blütenblätter waren schon braun geworden. Der Strauß war eine Metapher für ihr Leben – sie würde weit vor der Zeit welken, und zwar aus einem tragischen Mangel an Zuwendung. Nicht umsonst hatte sie all diese Kurse in vergleichender Literaturwissenschaft belegt. Als ihr Vater ihr eine Hand auf den Fußknöchel legte, wandte sie den Blick von den toten Blumen ab, um ihn anzusehen.

Er hatte ihrer Mutter dasselbe angetan, dachte sie, während er zu sprechen begann. »Angie, hör mir zu. Du kannst nicht nur herumliegen. Reid war ein verwöhnter Schweinehund. Das war er immer. Du kommst darüber hinweg. Was er getan hat, war falsch, aber die Tatsache, daß er es dir *erzählt* hat, ist unverzeihlich. Du…«

»Was meinst du damit?« fragte Angie, aber sie kannte die doppelte Moral ihres Vaters. Das war eine Latino-Sache. »Du meinst, es wäre okay gewesen, wenn er irgendein anderes Mädchen gevögelt hätte, solange ich nicht davon wußte?« Sie zog die Knie eng an die Brust und schüttelte den Kopf. »Gott sei Dank war er reuig – oder idiotisch – genug, es mir zu sagen. Sonst wäre ich vielleicht immer noch da in Marblehead, ahnungslos, und würde in einer Lüge leben.«

In diesem Augenblick haßte Angie ihren Vater und alle Männer. Ahnungslose, verdorbene, egoistische, unsensible Schweine. Aber Reid war der Schlimmste. Während sie in diesen Tagen – wieviel waren es? Fünf? Eine Woche? – auf dem Rücken gelegen hatte, hatte Angie vor ihrem inneren Auge eine Szene nach der anderen aus ihrer Verlobungszeit, der Hochzeit und ihrer Ehe abgespult. Die Woche, die sie und Reid in Vail verbracht hatten, ohne jemals auf die Pisten zu gehen. Der Streit, den sie einmal in einem Bostoner Supermarkt über Mayonnaise ausgefochten hatten. Die Art, wie er sie angesehen hatte, als sie zum erstenmal ihr blaues Kleid trug. Alles vorbei. Alles nutzlose, dumme Erinnerungen eines dummen Mädchens.

Aber ein Teil von Angie konnte nicht glauben, daß die guten Zeiten für ewig Vergangenheit waren. Sie nahm an, wenn Reid gestorben wäre, wäre sie damit fertig geworden, weil sie dann gewußt hätte, daß er sich ebensosehr wie sie gewünscht hätte, die guten Zeiten mit ihr fortzusetzen. Das Wissen, daß ihr Leben fortschreiten konnte, bereits fortschritt, Reid die guten Zeiten aber mit jemand anderem teilte, zerriß ihr das Herz. Der Gedanke, daß sie einige ihrer bewegendsten gemeinsamen Augenblicke allein erlebt hatte, während er bloß danach gierte, die Frau mit der Sopranstimme zu treffen, war ihr unerträglich. Ihre Blödheit, ihr Mangel an Einsicht, ihre schlechte Wahl... alles war unerträglich. Angie wußte, daß viele, vielleicht die meisten Menschen Kompromisse machen und ihre Vorstellungen von der Ehe ändern müssen, wenn sie tatsächlich verheiratet sind. Aber sie *hatte* gar keine Ehe geführt, obwohl sie sich das eingebildet hatte. Er war nicht mit ihr verheiratet gewesen, außer vielleicht einen Monat oder so nach der Hochzeit, sondern hatte sie betrogen. Sie hatte eine eingleisige Phantasie gelebt.

Ihr Vater am Ende des Sofas begann, mit seinen fleischigen Händen ihre Fußsohlen zu reiben. Heiße Tränen stiegen ihr in die Augen. Berührt zu werden war qualvoll. Sie hätte ihn am liebsten weggestoßen und sich dann zu einem Ball aus Scham und Angst und Wut zusammengerollt, aber statt dessen lächelte sie und akzeptierte die Massage. Er wollte sie trösten. Er liebte sie. Aber Angie starrte ihn an und konnte nur denken, daß auch er eine Frau betrogen hatte – ihre eigene Mutter. Nun, zumindest hatte Estevan nicht hinter Natalies Rücken herumgespielt. Er war ihrer einfach müde geworden, hatte sie wegen einer anderen Frau verlassen und gleichzeitig versucht, jeden Cent festzuhalten, den er je verdient hatte. Er war ihr Vater, aber auch ein Mann. Sie entzog ihm ihre Füße.

Der einzige Mensch, der ihr jetzt helfen konnte, war ihre Mutter. Auf einmal wünschte sich Angie nur noch, von ihm fort zu sein, bei Natalie zu sein, sich von Natalie erzählen zu lassen, wie sie ihr Leben reparieren konnte. Ihre Abscheu war das einzige, das ihr genug Energie verlieh, um sich vom Sofa aufzuraffen. »Ich werde Mom besuchen gehen«, sagte Angie zu ihrem Vater.

»Angie, es reicht jetzt mit der unzulänglichen Körperpflege und dem Selbstmitleid«, sagte Natalie Goldfarb zu ihrer Tochter und beugte sich dabei über den Tisch. »Wenn du dich zu Hunden legst, stehst du mit geringem Selbstwertgefühl wieder auf.« Natalie streckte den Arm aus, streichelte ihrer Tochter über das Haar, zog aber dann die Hand weg. »Igitt«, sagte sie und wischte sie mit einer Serviette ab. »Davon bräuchte ich was in der Kurbelwelle von meinem Buick.« Sie öffnete ihre Handtasche und nahm einen Lippenbalsam heraus. Schweigend gab sie ihn Angie, die in der ganzen letzten Woche heftig auf ihrer Unterlippe herumgebissen hatte. Angie trug den Balsam auf. Ihre Mutter sah ihr dabei zu und stieß dann einen Seufzer aus. »Ich liebe dich, mein Schatz, aber ein Teil von dir hat immer gewußt, was für ein verwöhnter kleiner Bastard Reid ist. Vielleicht bist du schockiert, aber du kannst mir nicht erzählen, daß du wirklich überrascht bist.«

Mutter und Tochter saßen an dem winzigen Tisch in der Miniküche des kleinen Apartments, das Natalie gemietet hatte. Es wirkte nicht wie ein Zuhause – es war eher ein großer Lagerraum mit Kartons, Büchern und Zeitungen überall. Zwei Stühle standen aufeinander, zusammengerollte Teppiche lehnten an der Wand, nirgends gab es Bilder, Gemälde oder Fotos. Angie dachte an das gemütliche Heim, das Natalie für ihre Familie geschaffen hatte, und auch an die häusliche Art, wie Natalie mit Laura, ihrer Anwaltspartnerin, zusammengelebt hatte. Sie sah sich ängstlich und angewidert um. Hatte ihre Mutter aufgegeben? Konnte sie nur für andere Leute ein Heim schaffen? Das hier war keine gemütliche Wohnung und schon gar keine, die *ihr* Zuflucht bieten würde.

»Du solltest in einem Heim für obdachlose Frauen arbeiten«, sagte Natalie. »Du solltest sehen, wie schlecht es einigen unserer Schwestern geht. Ich war gerade in Indien, und ich kann dir verraten, wenn da ein Mann seine Frau satt hat, dann übergießen er und seine Mutter sie mit Kerosin und zünden sie an. Sie haben einen Namen dafür. ›Unfälle am häuslichen Herd‹.«

Angie schauderte. »Sehr nett. Ich soll Reid also dankbar sein, daß er mich nicht als Fidibus benutzt hat?« fragte sie. Natalie stand auf, nahm Angie den unberührten Salat aus Sprossen und Sonnenblumenkernen ab und ging hinüber zur Spüle.

»Möchtest du was anderes?« fragte sie Angie. »Ich glaube, ich habe Sardinen, aber ich weiß nicht, ob noch Cracker da sind.«

Angie schüttelte den Kopf. Sie hatte seit Tagen nichts Richtiges gegessen, aber wenn sie es tat, würde es nichts Unappetitliches sein. Auf einmal tat sie sich selbst sehr leid. Erinnerte ihre Mutter sich nicht einmal mehr daran, daß sie Sardinen haßte? Sie hatte sie immer gehaßt, seit frühester Kindheit. Ihre Mutter und ihr Vater waren ein merkwürdiges Paar gewesen; ihre Mutter hatte so gar nichts von einer Hausfrau, während ihr Vater sich danach sehnte, bemuttert zu werden. Fast zwanzig Jahre lang stritten sie sich darüber, wer sich um wen zu kümmern hatte. Und wer hatte sich inzwischen um sie gekümmert?

Plötzlich fühlte Angie sich sehr, sehr klein. Fünf Jahre alt oder vielleicht vier. Und verloren wie damals, als sie sich im Zoo verirrt hatte, herumgewandert war und erkannt hatte, daß sie keine Möglichkeit besaß, nach Hause zu finden. Damals hatte sie beschlossen, sich einfach auf einen Felsen zu setzen und darauf zu warten, daß sie erwachsen würde, weil sie wußte, daß sie allein nicht heimgehen konnte. Als ihre Mutter sie gefunden hatte, hatte sie nicht geweint. Sie hatte nur das Gefühl gehabt, sehr, sehr großes Glück zu haben.

Doch ihr Glück hatte sich gewendet. Wenn sie tatsächlich all die Jahre auf dem Felsen sitzen geblieben wäre, bis sie so erwachsen war wie heute, wäre sie immer noch nicht in der Lage gewesen, sich selbst ein Heim zu schaffen. Sie dachte an all die Sorgfalt und Aufmerksamkeit, die sie auf ihr Apartment in Marblehead verwandt hatte. Allein die Auswahl der Vorhänge, der Kauf des Sofas, das sorgfältige Einräumen des Porzellans, das sie zur Hochzeit bekommen hatte. All das war aufregend, aber anstrengend gewesen. Sie würde das nicht noch einmal schaffen.

Sie sah sich um. War es also das, wozu sie verurteilt war? Ein Raum wie ein Lagerhaus mit nichts als ein paar Büchsen im Küchenschrank? Ihre Mutter hatte einmal einen Haushalt geführt, warme, nahrhafte Abendmahlzeiten serviert und die Kopfkissen aller Betten mit gestärktem Leinen bezogen. Angie erinnerte sich, wie angenehm das gewesen war. Was war geschehen? Angie fragte sich, ob ihre Mutter dabei war zu zerbrechen. Sie wirkte heiter, aber auch zerstreut und jetzt um Angie besorgt. War das die Art, wie alle Frauen lebten, wenn sie nicht für jemand anderen lebten? Oder litt ihre Mutter mehr, als sie zeigte? Der Bruch mit Laura konnte nicht leicht für sie gewesen sein.

Was immer es war, wie immer ihre Mutter sich fühlte, es war Angie klar, daß es hier keinen Platz für sie gab. Diese Wohnung war kein Heim, und wenn sie das Zuhause ihrer Mutter war, dann war es für ihre Mutter genauso ungastlich wie für sie. Angie konnte sich genausogut unter freiem Himmel einen Felsblock suchen, auf dem sie sitzen konnte.

Bei dieser Erkenntnis wurde ihr bestürzend bewußt, was sie alles verloren hatte. Sie begann zu weinen, was sich in Schluchzen steigerte. Ihre Schultern zuckten krampfhaft, und das Geräusch, das sie verursachte, war fast... obszön.

Sofort schlangen sich Natalies Arme um sie. »Ach, Kind. Ach, Liebes«, sagte Natalie und streichelte liebevoll Angies fettiges Haar. »Ach, mein kleines Baby. Hast du ihn so sehr geliebt? Hast du diesen Idioten so sehr geliebt? Trauere, solange du es brauchst. Aber ich denke, es könnte nicht schaden, wenn du anfangen würdest, etwas für dich zu tun. Du mußt dir definitiv die Haare richten lassen. Soll ich meinen Friseur bitten, das zu machen?«

»Mom, meine Probleme lassen sich nicht durch blonde Strähnchen lösen.«

»Nein, aber sie sind ein Anfang.« Natalie holte tief Luft. »Du hast diesen Job da oben in Needham nie wirklich gemocht. Du hast ihn bloß genommen, um Reid näher zu sein.« Angie zuckte mit den Achseln. Sie konnte sich jetzt nicht erinnern, warum sie mit dem Job einverstanden gewesen war, aber sie wußte, daß sie Glück gehabt hatte, ihn zu ergattern. Es war auch nicht einfach gewesen, einen Monat Urlaub zu bekommen. Aber Angie war nicht bereit, zurückzugehen oder zu kündigen. Sie ließ den Kopf sinken, krümmte die Schultern und wußte, was sie jetzt hören würde.

»Warum gibst du diese Treuhandfonds und Testamente von reichen Leuten nicht auf?« fragte ihre Mutter sie. »Warum kommst du nicht in unsere Kanzlei?«

Angie blickte von der Resopaltischplatte auf und starrte ihre Mutter an. Natalie leitete eine juristische Beratungsstelle für Frauen, deren Klientel hauptsächlich aus so bedürftigen, heruntergekommenen und jämmerlichen Frauen bestand, daß sie nicht die paar Tausender für den Vorschuß an einen Anwalt besaßen. »Da kann ich nicht arbeiten«, sagte Angie, erschrocken sowohl über den Gedanken als auch über ihren snobistischen Widerwillen. Die Praxis ihrer Mutter widmete sich größtenteils armen oder kämpfenden Frauen, die alles mögliche, von verheerender Scheidung über Einwanderungsprobleme bis zu sexueller Belästigung, zu bewältigen hatten. Angie war nicht bereit, ihre Zeit damit zu verbringen, anderen deprimierten Frauen zu helfen. Dazu war sie selbst zu deprimiert. »Ich habe hier keine Zulassung als Anwältin.«

»Das bedeutet nicht, daß du nicht arbeiten kannst. Ich kann für dich auftreten, bis du eine Zulassung bekommst«, sagte Natalie und stellte schwungvoll eine Flasche Burgunder auf den Tisch. Sie schenkte sich ein Glas ein – ein Limonadenglas mit blauen Dinosauriern darauf – und dann eines für Angie. »Hör mir zu«, sagte Natalie, beugte sich vor und nahm ihr Glas Wein. »Was zum Teufel hat es für einen Sinn, an den Schauplatz des Verbrechens zurückzukehren? Was hat es für einen Sinn, zu einem egoistischen Leben zurückzukehren, wo du an nichts als dein eigenes Vergnügen denkst – oder deinen eigenen Schmerz? Glaub mir, eines ist schlimmer als das andere. Komm zu uns. Wir beschaffen dir im Nu deine Zulassung, und wir haben hundert Frauen mit so dringenden Problemen, daß dein Abenteuer mit Reid sich daneben wie ein Tag im Zirkus ausnimmt. Habe ich dir von der zweiundachtzigjährigen Frau erzählt, die man aus ihrer Wohnung vertrieben ...«

»Mom, ich will von ihren Schwierigkeiten nichts hören«, unterbrach Angie und trank einen Schluck von ihrem Wein. »Ich habe meine eigenen.« Das war nicht, wonach sie sich gesehnt hatte, was sie erwartet und gebraucht hatte. Sie wollte, daß ihre Mutter ihr altes Leben für sie reparierte, nicht, daß sie ihr ein neues bot ... ein langweiliges, schreckliches neues Leben mit einem Haus wie eine Garage und einem Job, der schlimmer war als Sozialarbeit.

»Glaubst du, ich verstehe das nicht?« fragte Natalie und zog dabei die Augenbrauen hoch. »Natürlich verstehe ich es. Du kannst nichts anderes tun als an ihn denken. Daß es vielleicht doch nicht passiert ist, daß du ihn entschuldigen kannst oder, wenn es keine Entschuldigung gibt, daß es vielleicht deine Schuld ist und du ihm dann doch verzeihen kannst. Daß es einmal passiert ist, aber ja nicht unbedingt noch einmal passieren muß. Ach, ich weiß, was du denkst. Aber all das sind die verzweifelten Manöver einer Ratte, die in einem Labyrinth gefangen ist und nach dem kleinen Hebel sucht, auf den sie drücken muß, damit sie das Kokain bekommt, das der Wissenschaftler ihr am Ende jedes Tests gibt. Du bist besessen von deinem zukünftigen Exmann, weil du noch immer hoffst, daß du seine Zuneigung gewinnst. Und den Sex.«

Angie wandte den Kopf ab. Ihre Mutter mochte recht haben, aber das war nicht, was sie im Moment brauchte. Natalie beugte sich über den Tisch und versuchte, ihr näher zu kommen, aber Angie blieb von ihr abgewandt. Natalies Stimme wurde weicher. »Du fühlst dich, als könntest du ohne das nicht weitermachen, als säßest du in der Falle. Aber ich kann dir sagen, Verliebtsein ist bloß eine Sucht. Es hält Wahnvorstellungen in Gang. Es trennt dich von deinem realen Leben, von wirklicher Liebe, die du für eine Freundin, Gott, ein Tier, sogar einen Mann empfinden kannst. ›Verliebtheit‹ verurteilt dich dazu, Prinz Reid zu verehren, ein falsches Idol, das du in deinem Tempel aufgestellt hast. Du warst nur ein Jahr mit ihm zusammen, Angie. Du bist jung – erst achtundzwanzig. Oh, es kann einen Mann geben, später, wenn du einen willst. Einen guten Mann, einen, der für dich dasein könnte.« Jetzt wurde Natalies Stimme härter. »Einen, der in keiner Weise wie Brad Pitt aussieht.«

Angie stand auf und griff nach ihrer Tasche. Irgendwie fühlte sie sich stärker deprimiert, aber weniger hysterisch als vorher. Ihre Mutter umarmte sie. »Du siehst schlimm aus«, sagte Natalie und tätschelte ihre Schulter. Sie umarmte sie noch einmal, und Angie, zu schwach, um die Umarmung zu erwidern, schmolz an der Brust ihrer Mutter dahin. Das war es, was sie sich wünschte: zu schmelzen, zu verschwinden, sich selbst für immer zu verlieren.

»Möchtest du hier schlafen?« fragte Natalie. »Ich kann dir ein Klappbett aufstellen, das ich benutze, wenn im Krisenzentrum alles belegt ist.«

Angie beherrschte sich, um nicht zu erschauern. Die Idee, hier in diesem Lagerraum auf einem Elendsbett zu schlafen, machte das Sofa ihres Vaters und die Unendlichkeitssymbole aus Gips an der Decke zu einer fast himmlischen Aussicht. »Nein«, sagte Angie. »Mir geht es ganz gut.«

»Ja«, sagte ihre Mutter. »Dir geht es gut, und ich bin mager.«

Angie brachte ein zittriges Lächeln zustande, bevor sie in ihren Mantel schlüpfte und ging.

11. *Kapitel -*

in dem ein Dinner und ein Ultimatum serviert werden

Jada und Michelle hatten sich bei Post Road Pizza verabredet, als Michelle noch einmal angerufen hatte, um mitzuteilen, sie müsse Frank abholen. Jada steuerte den Wagen in die Einfahrt, stieg aus und öffnete für Jenna die hintere Tür. Jenna stieg aus. Sie bewegte sich dabei so langsam, als sei ihr zwölfjähriger Körper über Nacht zu dem einer alten Frau geworden. Aber wenigstens bewegte sie sich. Frankie schien wie gelähmt, zu einem Steinblock oder zu Eis geworden durch das Trauma der letzten vierundzwanzig Stunden. Als Jada ihn vom Autositz hob, war sie überrascht, wie schwer er war. Das Kind konnte nicht mehr als vierzig Pfund wiegen, aber als totes Gewicht fühlte er sich an wie die riesigen Zementsäcke, die Clinton sich in den alten Zeiten so mühelos über die Schultern geworfen hatte. Jada drückte den kleinen Jungen an sich und machte dann eine Hand frei, um sie auf Jennas Schulter zu legen. Sie führte die Kinder ins Haus.

Als Clinton vom Küchentisch aufblickte, wußte Jada sofort, daß es Probleme geben würde. Sie beschloß, ihn so lange wie möglich zu ignorieren. Normalität war hier das Ziel, und da sie Clinton normalerweise sowieso ignorierte, war das der richtige Weg. »He, Kevon, he, Shavonne! Ratet mal, wer hier ist?« rief sie laut. Shavonne war in letzter Zeit nicht sonderlich verrückt auf Jenna – manchmal vertrugen sie sich, manchmal stritten sie –, aber Kevon liebte Frankie. Kevon kam in die Küche gerannt, bremste aber schlitternd, als sie Frankie auf das Linoleum stellte. Kevon stand fast so still wie sein Freund, und seine Augen flackerten von Frankies Gesicht zu ihrem.

»Was ist mit ihm los?« fragte er mit heiserem Kinderflüstern, als wisse er bereits, daß Frankie nicht sprach und vielleicht nicht hören konnte.

Jada spürte quer durch den Raum Clintons Mißbilligung. Er war ein solcher Heuchler! Er hatte mit einigen Brüdern aus der Nachbarschaft herumgelungert, die jede Menge Probleme hatten, und ein- oder zweimal hatte er die Burschen sogar mitgebracht, bis sie protestiert hatte.

»Er hat eine schlimme Nacht hinter sich«, sagte sie. »Weißt du noch, wie du mal bei Billy übernachtet hast?« Kevon nickte. Es war nicht leicht für ihren Sohn, der einzige Afroamerikaner in seiner Klasse zu sein. »Nun, es war noch schlimmer als *das*. Aber jetzt ist er okay. Er ist bei uns.« Sie legte den Arm enger um Frankie, da sie in Wirklichkeit zu ihm sprach. Kevon, gesegnet sei sein Herz, streckte Frankie die Hand hin. Dieser stand noch immer unbeweglich da.

»Komm, Frankie«, sagte Kevon. »Wir hassen Billy.« Jada merkte, daß Kevon dachte, Frankie habe die Nacht bei seinem kleinen Feind verbracht. Aber sie würde sich nicht die Mühe machen, diese Vorstellung zu korrigieren, denn Gott sei Dank ließ Frankie sich von Kevon aus dem Raum ziehen. Sie wandte sich an Jenna, die an ihren Haarspitzen herumkaute.

»Kommt meine Mutter jetzt wieder?« fragte Jenna.

»Sie ißt mit deinem Dad zu Abend. Er wollte Pizza. Wir essen auch bald«, sagte Jada. Dann erhob sie die Stimme und rief noch einmal nach ihrer Tochter. Shavonne kam in die Küche, das Baby auf dem Arm.

»Oh, hi«, sagte sie übertrieben lässig. Sie sah Jenna an. »Ich kann jetzt wirklich nicht mit dir spielen«, sagte sie wichtigtuerisch, »ich passe auf meine kleine Schwester auf.«

»Jenna wird dir dabei helfen«, sagte Jada. Am liebsten hätte sie ihre Tochter erwürgt, und dabei war das Mädchen noch nicht mal ein Teenager. »Wenn ihr euren Job beide gut macht, bezahle ich euch auch beide dafür.« Sie spürte förmlich Clintons Starren, obwohl er hinter ihr saß. »Geh mit dem Baby nicht nach oben«, mahnte sie sanfter, als sie sich fühlte. »Spielt im Wohnzimmer mit ihr«, riet sie den beiden. Jenna bewegte sich scheinbar widerwillig mit Shavonne durch das Wohnzimmer. Jada war dicht hinter ihnen. Sei nett zu ihr, Shavonne, dachte sie. Jetzt ist nicht der Moment für Distanz. Das Baby gurgelte und spie dann auf Shavonnes Schulter.

»Ach je! Igitt!« sagte Jenna. Sie hatte den Reinlichkeitsfimmel ihrer Mutter geerbt.

»Das ist noch gar nichts«, sagte Shavonne zu ihr. »Du hättest ihren Rotz sehen sollen, als sie erkältet war.«

Jada fühlte sich erleichtert und verließ die beiden Mädchen. Anschauliche Beschreibungen körperlicher Funktionen würden sie verbinden. Sie schloß die Wohnzimmertür und dann die der Küche, vermied es aber, Clinton anzusehen. Jenna hatte keine Pizza gewollt, also nahm Jada zwei Tüten tiefgekühlte Pommes frites und ein Backpapier heraus, bestrich es mit Pflanzenöl, öffnete die Ofentür und schob das Blech hinein. Sie füllte einen Topf mit Wasser, um Würstchen heiß zu machen. Zumindest waren es Truthahnwürstchen, nicht das ungesunde Zeug. Schuldbewußt suchte sie nach etwas Grünem, um es den Kindern aufzutischen. Sie fand nichts als sehr altes Erdbeerjoghurt (das rosa sein sollte), denn sie hatte keine Zeit gehabt, und Clinton hatte in den letzten zwei oder drei Wochen nicht den Ehrgeiz gehabt, den Kühlschrank zu bestücken. Nun, sagte sie sich, ich werde ihnen einfach grünen Wackelpudding geben und so tun, als wäre das eine ausgewogene Mahlzeit. Sie verdienten etwas Besseres und sie selbst auch, aber hier hatten alle mit äußerst widrigen Umständen zu tun.

Noch widrigeren, als sie dachte. Clinton stand von dem Küchenstuhl auf, auf dem er sich geflätzt hatte, und trat neben sie. Er wollte ihr nicht bei dem verdammten Abendessen helfen, sondern zog ihr die Tür des Kühlschranks aus der Hand und schlug sie zu. Er lehnte sich dagegen. »Was glaubst du eigentlich, was du da machst?« fragte er.

»Das Abendessen, das du hättest machen sollen«, antwortete sie. Er war schlimmer als BUD. Der Mann war *tot* und dumm.

»Stell dich nicht dümmer, als du bist«, sagte er zu ihr. »Was machen diese Kinder hier?«

Sie kniff die Augen zusammen. »*Diese* Kinder?« fragte sie. »Meinst du Frankie und Jenna? *Diese* Kinder sind immer hier, oder unsere Kinder sind bei ihnen.«

»Jetzt nicht mehr«, sagte Clinton.

»Oh, Clinton, fang nicht damit an.« Sie hatte keine Geduld für solchen Blödsinn. Nicht heute. Nicht jetzt. Nicht von diesem Bastard, der seine Tage damit verbrachte, seinen Schwanz in eine andere Frau zu stecken, und seine Nächte damit, seine Kinder für selbstverständlich zu halten.

»Diese Kinder sollten nicht hier sein.«

»Nein? Warum denn nicht?«

»Weil ich nicht will, daß sie meine Kinder beeinflussen.«

»Ach, heute sind sie *deine* Kinder?« Sie starrte ihn an. »Wann sind sie denn *deine* Kinder geworden? Gestern abend, als Shavonne ihre Buchbesprechung schreiben mußte, oder vorgestern, als Kevon Durchfall hatte, waren sie nicht deine Kinder. Meinst du, Jenna wäre eine Gefahr für Shavonne, die sie schändlich herumschubst? Und meinst du, daß Frankie im Augenblick irgend etwas beeinflussen könnte?« Sie durchquerte die Küche und begann, den Tisch zu decken.

»Bist du fertig mit deinem Gerede?« fragte er. »Du kapierst gar nichts. Nummer eins. Sie sind die Kinder eines Drogendealers. Nummer zwei: Wenn du glaubst, die Polizei würde im Moment nicht alles beobachten, was sie tun …«

»Die Polizei beobachtet alles, was Frankie tut? Na, das ist einfach. Das könntest sogar du. Weil Frankie nicht viel tut.«

»Sei nicht so schnippisch«, sagte Clinton und kniff die Augen zusammen. »Ich sage dir, daß ein schwarzer Mann in Westchester keine Verbindung zu einem Drogenboß braucht.«

»Drogenboß? Verdammt noch mal, Clinton. Ich weiß, du magst Frank nicht, und ich weiß, du bist neidisch auf ihn. Vielleicht ist er nicht schuldig. Jedesmal, wenn einer von deinen verdammten, nichtsnutzigen Jungs aus White Plains Probleme bekommt, erzählst du mir nächtelang von Verschwörungen und Machenschaften der Polizei. Clinton, sie haben nebenan keine Drogen gefunden. Ich glaube nicht, daß der Mann mit Drogen zu tun hat. Vielleicht ein paar Bestechungen, vielleicht ein paar unsaubere Verträge, aber keine Drogen.« Sie ging näher zu ihm, aber nicht in seine Reichweite. Jadas Stimme war lauter geworden. Jada wollte nicht, daß die Kinder dieses Gespräch mit Clinton hörten, sie hatte nicht einmal Lust, es überhaupt zu führen. Aber sie fragte sich, ob sie ihre Ehe, ihre Familie gerade jetzt für ihre Freundschaft mit einer weißen Frau aufs Spiel setzen sollte. Ihr kam der Gedanke, daß Michelle das für sie wahrscheinlich nicht tun würde. »Du kennst Michelle. Du kennst diese Kinder. Und du weißt, wie sehr Frank sie liebt, also hör damit auf, Clinton. Hab ein wenig Mitgefühl. Würdest du deine Kinder in dieses Haus zurückbringen wollen, nachdem uniformierte Vandalen es auseinandergenommen haben? Michelle ist drüben und räumt auf, und nach dem Essen gehe ich zu ihr und helfe ihr.«

»Du gehst da nicht hin«, sagte Clinton, kam um den Tisch herum und griff nach ihrer Hand. Er hielt sie fest gepackt.

Sie riß sich los und hielt ihm die Hand vors Gesicht. »Sprich zu meiner Handfläche, Clinton. Weil meine Ohren dich nicht hören.« Sie wandte sich ab. »Hast du je von einem fairen Verfahren gehört? Laß uns versuchen, uns in dieser Sache wie Christen zu benehmen, Clinton. Tu nicht so scheinheilig. *Du* gehst doch bloß in die Kirche, um deine Geliebte zu treffen.«

»Komm schon, Jada. Frank Russo ist die Art von weißem Mann, die ...«

»Das hat nichts mit der Hautfarbe zu tun, Clinton«, versetzte Jada bissig. »Ich weiß nicht, was Frank Russo getan oder nicht getan hat. Aber ich weiß, daß *er* nicht herumschläft und seine Familie zerstört. Ich weiß, daß *er* seine Kirche nicht als Single-Treffpunkt benutzt. Du hattest reichlich Zeit, deine verdammte Entscheidung zu treffen, und ich bin es leid, darauf zu warten. Ich habe gewartet, und ich habe gehofft, daß du eine Entscheidung treffen würdest – irgendeine Entscheidung. Aber das hast du nicht. Also muß ich es tun. Wenn du zu Tonya gehst, komm nicht wieder, Clinton. Das meine ich ernst. Die Frist ist schon lange verstrichen.«

»Droh mir nicht. Du kannst mir die Kinder nicht wegnehmen. Du wolltest das Baby nicht mal.«

Jada warf den Kopf zurück, als sei sie geohrfeigt worden. »Ich zwinge dich nicht, irgend etwas aufzugeben«, sagte sie. »Du entscheidest, es hinter dir zu lassen, uns hinter dir zu lassen.«

Clinton trat ganz dicht vor sie, und für einen Augenblick erschreckten sie seine Größe und die Wut, die sie in ihm spüren konnte. Sie wich keinen Schritt zurück, aber sie hatte Angst, obwohl sie hoffte, daß man es nicht merkte. »Wage nicht, nach drüben zu gehen«, knurrte Clinton.

»Wage nicht, mir Befehle zu geben«, gab Jada zurück. »Warum gibst du nicht statt dessen den Kindern ihr Abendessen? Tu etwas Nützliches.« Sie beugte sich zu ihm, um ihm zu zeigen, daß er sie nicht ängstigte. »Ich höre auf Gott und mein Gewissen, bevor ich auf dich höre. Sie ist meine Freundin. Sie würde das für mich auch tun.« Damit wandte Jada sich um und verließ ihn und die Küche, um in die angenehm kühle Dunkelheit zu treten.

12. *Kapitel -*

in dem Angie den ersten Schritt wagt und gleich ins Rennen geschickt wird

Angie trug zum erstenmal seit fast zwei Wochen ein richtiges Kleid.

Sie hatte das an, was sie als »billiges Bürokostüm« betrachtete – eines dieser Jackenkleider aus einer Woll-Rayon-Mischung in Marineblau, wie sie alle Frauen in ihrer ehemaligen Kanzlei zu tragen pflegten. Dies allerdings war *wirklich* billig. Und weit. Sie hatte sich auf zweistellige Zahlen beschränkt, weil sie ihre wirkliche Größe und ihren IQ verheimlichen wollte. Gestern hatte sie sich vom Sofa und aus dem Haus geschwungen und sich zu einem Laden namens Hit or Miss geschleppt. Jetzt schaute sie, während sie am Steuer des Dodge Dart ihres Vaters saß, an sich hinunter. Das da konnte man sicherlich nicht als Hit bezeichnen, also mußte es ein »Miss« sein, eine Niete. Und sie selbst war jetzt auch eine Niete. Oder auf dem Weg, eine zu werden. Eine unverheiratete Niete.

Sie brauchte das Kostüm, weil sie das juristische Krisenzentrum für Frauen aufsuchte. Ihre Mutter, gewiß in Angies Interesse, hatte darauf bestanden, daß sie dort heute erschien. Angie war zwar nicht danach zumute, aber eigentlich war ihr nach gar nichts zumute. Sie war es allerdings auch leid, auf dem Rücken zu liegen und die gipsernen Achter an der Decke anzustarren. Sie hatte in den letzten vier oder fünf Tagen auch nichts Gutes im Fernsehen gesehen, nicht einmal auf A & E. Außerdem gab es bei ihrem Vater nichts Gutes mehr zu essen – sie war inzwischen bei fettfreien Snackwell-Keksen angelangt und hätte ebensogut Pappe oder gar nichts essen können. Sie fühlte sich nach wie vor entsetzlich unglücklich, aber, wie sie zugeben mußte, auch gelangweilt. »Du mußt etwas *tun*«, darauf hatte ihre Mutter bestanden. »Komm uns doch bloß mal besuchen.« Also willigte Angie ein. Das war schließlich auch egal, obwohl sie sich jetzt, in das Kostüm in Größe 40 gewandet (als sie an Bord der Boston Shuttle gegangen war, hatte sie mühelos in Größe 38 gepaßt) und in diesem Auto in dieser geisterhaften Stadt unterwegs, nur wieder nach dem schwarzen Sofa sehnte.

Angie steuerte das Gebäude neben der Post Road an, wo sich das Women's Legal Crisis Center, das WLCC, befand. Sie fuhr auf den Parkplatz. Ihr fiel auf, daß das Parken hier ganz anders aussah als bei ihrer vorstädtischen Bostoner Kanzlei, wo jeder Wagen entweder ein Lexus oder ein Volvo war. Oder ein Jaguar oder BMW oder Mercedes, wenn es um die Partner ging. Hier sahen die Autos aus wie Fahrzeuge einer gänzlich anderen Kultur – Leute, die Ratenzahlungen auf Gebrauchtwagen leisten mußten, die sie sich eigentlich nicht leisten konnten. Angie stieg aus und ging an den verbeulten Chevys, den uralten Buicks und den verrosteten Ford Escorts vorbei. Als sie die Halle erreichte, gab es kein Schild, weswegen sie sich nach dem Büro erkundigen mußte, und dann stieg sie die Treppe hinauf, statt den Aufzug zu nehmen. Es würde die erste Gymnastik ihres neuen Lebens sein. Sie war außer Atem, als sie oben ankam, obwohl es nur ein Stockwerk war. Sie, die es sonst fünfundvierzig Minuten lang am Stairmaster aushielt! Na ja, rief sie sich in Erinnerung, sie hatte schließlich auch gerade zwei Wochen in der Horizontale verbracht.

Und jetzt sollte sie Natalie gegenübertreten. Angie wartete, bis sie wieder ruhig atmen konnte. Das würde sie nötig haben, wenn sie Natalie sah. Nach ihrer eigenen Scheidung hatte ihre Mutter mit Feuereifer die verschiedensten Dinge in Angriff genommen. Angie nahm an, daß das gut gewesen war. Sie hatte Jura studiert, ihren Abschluß gemacht und seither nur für bedürftige Frauen gearbeitet. Angie hatte sich davon inspiriert gefühlt, und ihre Mutter war sicher einer der Gründe, warum sie Jura studiert hatte. Andererseits war es unbequem, eine Mutter zu haben, deren Prioritäten so politisch waren.

Zögernd und plötzlich scheu, betrat Angie das WLCC-Büro. Eine schwarze Empfangssekretärin blickte auf, und hinter ihr sah Laura Hampton einige Papiere durch. Laura schaute auf und lächelte. »Oh. Hi, Angie. Schön, dich zu sehen.« Laura kam um den

Empfangsschalter herum und küßte sie auf die Wange. Angie mochte Laura, die Frau, die die Scheidung ihrer Mutter in die Hand genommen und danach ihre Mutter… nun ja, auch in die Hand genommen hatte. Die beiden Frauen hatten fast fünf Jahre zusammengelebt, sich aber letzte Weihnachten getrennt. Angie hatte nie nach dem Grund gefragt. Jetzt ergriff Laura mit beiden Händen Angies linke Hand und hielt sie fest. »Ich hab von deiner Mutter das mit Reid gehört«, sagte sie leise. »Es tut mir *so* leid.«

Angie nickte und sah sich kurz in dem Warteraum um, in dem sie standen. Zwei schwergewichtige Frauen mittleren Alters hockten wie Buchstützen an beiden Enden eines durchgesessenen Sofas, und eine furchtbar dünne Inderin in einem Sari ließ auf der anderen Seite des Zimmers auf einem der Stühle mit gerader Rückenlehne nervös ihre Armreife klappern. Angie sank das Herz. Es war so schlimm, wie sie es sich vorgestellt hatte, vielleicht noch schlimmer. Alle drei Frauen sahen aus, als würden sie in ihrem eigenen Elend ertrinken. Angie nahm an, daß sie ihnen ihr eigenes nicht mitzuteilen brauchte. Sie nickte Laura nur zu, und die verstand den Hinweis.

»Wo ist meine Mutter?« fragte Angie, während Panik in ihr aufstieg.

»Deine Mutter mußte zum Gericht, aber nur für kurze Zeit. Sie wird innerhalb einer Stunde wieder hier sein.« Angie versuchte zu lächeln, brachte aber nur ein Nicken zustande.

Sie hängte ihren Mantel auf und folgte Laura durch einen kurzen Gang in ein winziges Zimmer mit nur einem Fenster hoch an der Wand. Der Rest des Raumes war vollgestopft mit metallenen Aktenschränken, einem verschrammten Schreibtisch und zwei Stühlen. Auf jeder freien Fläche lagen Stapel von Papieren und Akten. »Karen Levin-Thomas ist unsere Gerichtsanwältin, die hier normalerweise arbeitet«, sagte Laura zu ihr. »Aber sie ist momentan im Krankenhaus und wird für ein paar Monate ausfallen. Warum setzt du dich nicht hier hinein?«

Lieber Gott, bitte nicht. Die rohen Wände, die mittellosen Mandantinnen, das greifbare Flair von Unglück. Es war das juristische Äquivalent der Intensivstation in einem Krankenhaus, und das war zuviel. Das war absolut nichts für sie. Angie dachte an ihr sonniges Büro in Needham, die Pflanzen auf dem Fensterbrett, das

Licht, das jeden Nachmittag schräg durch die teuren vertikalen Jalousetten fiel. Und auf einmal vermißte sie es schrecklich: die Ordnung, die Stille, die unpersönlichen Probleme, den Puffer, den Geld bedeutete, und ihre elegante Freundin Lisa. Laura schien Angies Verfassung nicht wahrzunehmen oder sich nicht dafür zu interessieren – sie entschuldigte sich, verließ das Zimmer und schloß die Tür, und Angie blieb fast verzweifelt und wie eingesperrt zurück. Gott, was war mit ihr passiert? Was war mit ihrem Leben passiert? Sie schaute an sich hinunter. Ihr billiges Kostüm hatte schon die Knitterfalten unter dem Bauch und dem Rockbund, die bei Mischgeweben nie wieder herausgingen. Sie hatte ihren Mann, ihr Zuhause, ihre blonden Strähnen, ihren Job, ihre Kleidergröße und ihre Garderobe verloren, alles auf einen Schlag. Kein Wunder, daß sie zusammenbrach. Was machte sie hier? Schlimmer konnte es nicht werden. »Schau dir die Fälle hier an, während du auf deine Mutter wartest«, hatte Laura vorgeschlagen, freundlich und kühl und völlig blind für Angies totalen emotionalen Kollaps.

Angie wischte sich mit dem Handrücken die Tränen aus den Augen. Doch zum erstenmal seit Wochen waren es keine Tränen des Selbstmitleids. Es waren Tränen des Mitleids für andere und auch etwas... etwas Erschreckendes, das sie nicht genau definieren konnte. Es schien, als ob die Stunde oder so, die sie in diesem unordentlichen Raum verbracht hatte, sich zu Tagen gedehnt hätte... oder als sei sie lange genug in dem Zimmer gewesen, um das ganze Leben anderer Leute zu durchleiden. Angie hatte sich Akte um Akte angesehen. Jede einzelne hatte sie schockiert. Die Geschichten waren entsetzlich. Es ging nicht bei allen um den Betrug durch Ehemänner, aber es gab davon eine Menge. Es gab auch andere Arten von Betrug, aber bei fast allen handelte es sich um den Betrug von Männern an Frauen – Männern, die Macht hatten, weil die Frauen sie liebten, oder Männern, die Macht hatten, weil sie der Boß einer Frau waren oder weil das Gericht ihnen Macht verliehen hatte. Die Akten warfen eine Menge Fragen auf, die Angie nicht beantworten konnte. Bis auf eine vielleicht: warum sie da war. So viele der Fälle hatten sie schockiert, weil das Justizsystem den Frauen schlechte Dienste erwiesen hatte und sie Entsetzliches durchmachen mußten. Eine Frau, deren gewalttätiger Ehemann sich ihr nicht nähern durfte, sie aber trotzdem verfolgte; eine andere, die ihr Haus verloren hatte und mit ihren Kindern in einem Asyl wohnte, während ihr Mann die gesamte gemeinsame Habe mitgenommen hatte und in Kanada lebte. Väter, die keinen Unterhalt zahlten. Mehrere ältere Frauen, die von »Investmentberatern« ausgenommen worden waren. Oh, die Listen waren endlos. Nicht jede dieser Frauen konnte einen miserablen Anwalt gehabt haben – obwohl davon zweifellos genügend herumliefen.

Die Frauen hier brauchten Hilfe, und Angie wurde klar, daß sie ihnen helfen konnte. Aber diesem Wissen war sie lange, lange Zeit ausgewichen. Während des Studiums, nach dem Examen, während sie einen Job suchte, als sie sich mit Reid verlobte. Sie hatte immer um die schwierige Arbeit ihrer Mutter gewußt. Sie hatte bloß nichts mit dieser Art von Unfairneß zu tun haben wollen. Sie wollte ihr perfektes, egoistisches Leben, am liebsten mit Reid.

Nun, da sie Needham und Reid nicht mehr hatte, warum wollte sie nicht das hier? Sie spürte die Ungerechtigkeit durchaus, und sie spürte sie zutiefst. Aber etwas stand ihr im Weg. So schwer es ihr auch fiel, Angie erforschte dieses Gefühl. Da wurde ihr klar, daß es unter ihrem Mitleid eine Art Übelkeit war, die sie als Furcht erkannte. Diese traurigen Fälle, diese traurigen Leben könnten auch ihr eigenes sein. Sie könnte ebenso allein und ungeliebt enden, wie diese Frauen zu sein schienen. Die Angst, die sich in ihrem Magen angesammelt hatte, stieg ihr fast in die Kehle. Tagelang hatte sie den Impuls abgewehrt, Reid noch einmal anzurufen.

Sie versuchte sich eine Million Gründe auszudenken, warum der Sopran an den Apparat kommen konnte: Reid könnte eine Hausangestellte genommen haben, er könnte bei seinen Eltern wohnen, und eine Nachbarin kümmerte sich um die Pflanzen, er könnte eine neue Schwester gefunden haben, die seit dreißig Jahren verschollen gewesen war, er könnte einen Eunuchen als Mitbewohner aufgenommen haben. Doch Angie gestand sich ein, daß sie sich selbst etwas vormachte. So weit hergeholt die Gründe auch waren, sie wollte tatsächlich an einen davon glauben. Bisher hatte sie dem Telefon widerstanden und die Annahme der beiden weiteren Lieferungen verweigert, die Reid veranlaßt hatte – noch einen Blumenstrauß und etwas aus einer Buchhandlung. Bisher hatte sie durchgehalten.

Doch jetzt, hier, umgeben von Leben in Aktenordnern, Leben, die so leer und lieblos schienen wie ihres, griff Angie nach dem Telefon. Sie wählte die Büronummer ihres Mannes. Als das Telefon am anderen Ende zu läuten begann, wußte sie, sie sollte auflegen. Sie sollte Lisa anrufen und sich durch Reden beruhigen lassen wie nach einem bösen Acid-Trip. Aber das Gefühl, der Zwang waren so stark, daß sie sich nicht kontrollieren konnte. »Andover Putnam«, meldete sich die Telefonistin.

»Reid Wakefield bitte«, sagte Angie, und allein das Aussprechen seines Namens jagte ihr einen Schauder über den Rücken.

Genau in diesem Moment öffnete sich die Tür des vollgestopften kleinen Büros, und ihre Mutter kam herein. Angie legte schnell den Hörer auf, als sei sie mit einem Vibrator statt mit einem Telefon in der Hand erwischt worden. Sie spürte, wie sie errötete, und hoffte, daß ihre Mutter es nicht bemerkte. »Na, amüsierst du dich?« fragte Natalie.

»Amüsieren? Ich bin so bestürzt, daß ich nicht mehr geradeaus denken kann«, gab Angie zu. Sie brauchte nicht alle Gründe für ihre Bestürzung zu gestehen. Sie holte ein- oder zweimal Luft und schaute auf einige der Ordner. »Ich meine diesen Sorgerechtsfall Carolyn Stoyers, und dann, was die Einwanderungsbehörde vietnamesischen Frauen antut ...«

»Das ist noch gar nichts«, sagte Natalie und warf einen dicken Ordner auf den Schreibtisch vor Angie. »Schau dir das hier an. Du willst Ungerechtigkeit? Dann sieh mal, was sie mit JoAnn Bloom zu machen versucht haben. Zu schade, daß Karen krank ist«, sagte Natalie. »Aber sie ist ein zähes Luder. Sie wird wiederkommen. Zumindest, nachdem sie die Chemotherapie hinter sich hat.« Chemotherapie? Wenn sie alles bisher schon weiß Gott deprimierend gefunden hatte, das war ja noch schlimmer! Da sie nicht wußte, was sie sonst tun sollte, setzte sich Angie in der kleinen Kammer auf den Stuhl der Krebskranken und musterte die neue Akte.

»Und was passiert bis dahin?« fragte Angie, sah in das ausdruckslose Gesicht ihrer Mutter und mußte grinsen. Sie wußte, ihre Mutter warf den Haken aus und hoffte, daß sie anbiß, und sie fürchtete, sie könne es vielleicht tun. Deswegen war sie dem hier so lange aus dem Weg gegangen. »Weißt du«, sagte sie, »seit Daddy und du sich haben scheiden lassen, habe ich immer gedacht, du wärst, nun ja, ein bißchen unnachgiebig. Ich weiß, er hat versucht, dich übers Ohr zu hauen, aber ich habe einfach nicht geglaubt, daß alle Frauen übers Ohr gehauen werden. Ich dachte, du wärst vielleicht … paranoid.«

Natalie sah ihre Tochter achselzuckend an. »Du weißt doch, was William Burroughs immer gesagt hat, nicht?« Angie schüttelte den Kopf. »›Paranoia bedeutet, alle Fakten zu kennen.‹« Natalie musterte das Zimmer. »Hübsches Büro, was?« fragte sie.

Angie sah zu ihr auf. »Was willst du wissen?«

»Ob du bereit bist, ein paar Stunden deiner Zeit zu opfern und uns auszuhelfen.«

»Ein paar Stunden?« Angie lachte. »Ich würde mein ganzes Leben brauchen, um das in Ordnung zu bringen.«

»Oh, das würde nicht reichen«, sagte Natalie. »Aber du könntest einen kleinen Happen übernehmen. Bloß etwas, woran du kauen kannst, bis du wieder auf die Beine kommst.«

Angie kannte ihre Mutter, kannte ihre Strategie, aber sie nickte trotzdem. Sie würde sich nicht für immer einfangen lassen. Dennoch konnte sie das hier jetzt tun. Sie konnte nicht nach Needham zurück. »Aber es ist nur vorübergehend«, betonte sie. »Nur für kurze Zeit.«

13. Kapitel -

in dem Michelle mit ein bißchen Hilfe von ihrer Freundin die Trümmer wegräumt

Michelle versuchte auf Händen und Knien, die größeren Glasscherben aus dem Teppich zu puhlen. Sie hatte schon lange zu weinen aufgehört – irgendwann, nachdem sie aufgehört hatte, draußen im Dunkeln nach Pookie zu suchen, und bevor sie sich bemüht hatte, etwas Ordnung in die Überreste der Zimmer ihrer Kinder zu bringen. Sie hatte sich damit zufriedengeben müssen, Dinge auszurangieren, und hatte sechs Müllsäcke mit all den zerrissenen Kissen, zerbrochenen Spielsachen, kaputtem Schnickschnack, zerfetzten Postern und anderen Überresten des materiellen Lebens ihrer beiden Kinder gefüllt. Frank hatte ihr geholfen, das Etagenbett ihres Sohnes wieder aufzustellen, aber da er selbst mürbe war und mindestens eine gebrochene Rippe verzeichnen konnte, hatte er sich endlich hingelegt. Weder sie noch Frank wollten, daß die Kinder heute abend oder morgen das Gesicht ihres Vaters sahen. Sogar Michelle war erschrocken. Sie hatte es mit Eis gekühlt, aber dazu war es im Grunde zu spät. Er würde mindestens eine Woche lang erschreckend aussehen.

Michelle kniete auf dem Teppich. Sie dachte an Jadas Scherz. Sie war jetzt wie Cinderella, aber es gab keine gute Fee. Sie wollte gerade aufstehen, als sie noch mehr Glasscherben sah, die unter dem Sofa glänzten. Als sie die Hand ausstreckte, um sie aufzuklauben, wurde ihr klar, daß sie genau die gleiche Bewegung erst vor vierundzwanzig Stunden gemacht hatte, doch da war ihr Haus noch perfekt gewesen, und sie hatte nur nach unschuldigen Legosteinen gegriffen. Tränen begannen über ihre Wangen zu laufen. Da sie aber beide Hände voller Glasscherben hatte, konnte sie sie nicht wegwischen. Was hätte das auch für einen Zweck? fragte sie sich hilflos. Sie würde vermutlich jahrelang weinen. Sie fühlte sich wie das Opfer eines Autounfalls. Wie recht sie gehabt hatte. Die meisten Unfälle passieren im Haushalt.

Nach dem Horror der letzten Nacht hatte Frank vom Polizeirevier aus einen Anwalt angerufen. Der Anwalt hatte sie und – nach erheblicher Verzögerung – dann Frank selbst aus dem Gefängnis geholt. Der Mann, der Rick Bruzeman hieß, war ein kleiner, sehr gut gekleideter Bursche, der tüchtig wirkte, aber alles andere als mitfühlend. Michelle wollte ihm sagen, wie empörend, wie schrecklich die Polizei sich benommen hatte, daß Frank und sie unschuldig waren und daß dieser Übergriff, diese ungerechtfertigte Invasion auf die Titelseite der Zeitung gehörte. »Keine Sorge, das kommt schon«, sagte er, »aber nicht sofort.« Er schien ihr nicht zuhören zu wollen. Vielleicht kannte er das alles von früher, und zwar von Leuten, die nicht unschuldig waren. Was er getan hatte, war wirksam und effizient gewesen – er hatte sie herausgeholt, er hatte die Kinder wieder in ihre Obhut gebracht, und er hatte Franks Kaution heruntergehandelt und ihn aus dem Westchester Detention Center herausgepaukt – wenn man seine legale Entlassung so bezeichnen konnte –, aber er wirkte mehr als kalt. Er wirkte professionell. Stärker als die Polizei gab er Michelle das Gefühl, eine Kriminelle zu sein.

Jetzt stand Michelle auf, das Glas in den Händen, die Tränen auf den Wangen, und sah sich erneut in all der Zerstörung um. Es war unglaublich, unfaßbar. Wenn die Polizei nach Drogen, oder was immer sie argwöhnte, suchen mußte, mußte sie unbedingt bei dieser Suche *alles* zerbrechen, zerreißen und zerfetzen? Sie ging auf die Mülltonne zu, die sie in die Mitte des Raumes gestellt hatte, und dabei knirschte etwas im Teppich unter ihrem Fuß. Sie schaute nach unten. Was zum Teufel war das? Sie bückte sich und schaute genauer hin. Zuerst dachte sie, daß Blumenerde von ihrer Maispflanze auf den Teppich geraten war, aber dann erkannte sie, daß es sich um Kaffee handelte. Kaffee. Jemand hatte, nun ja, es sah aus wie zwei oder drei ihrer vakuumverpackten Reservepackungen mit gemahlenem Kaffee, jemand hatte sie aufgerissen und war nicht zufällig durch das Zeug gestapft, sondern hatte es hier auf den Boden gekippt. Der Kaffee war schon in das Gewebe des Teppichs eingesunken, aber an manchen Stellen lag er dick genug, um kleine Hügel zu bilden. Sie fragte sich ironisch, ob Frankie diese Überreste vielleicht gern als Spielwiese fur seine Actionfiguren benutzen würde – ein wahrhaft realistisches Schlachtfeld-Diorama.

Sie richtete sich auf und warf die Glasscherben in den Müll. Gerahmte Bilder waren von den Wänden genommen, die Leinwand zerschlitzt, die Rahmen zerbrochen worden. Der große Spiegel neben dem Sideboard hatte einen Sprung. Sämtliche Inhalte aller Schränke und Schubladen waren herausgerissen worden und lagen nun in Bergen auf dem Boden. Es gab kein gepolstertes Möbelstück, das nicht aufgeschnitten, kein Kissen, das heil war. Die leeren Kissenhüllen lagen wie riesige, zerknitterte Kondome auf dem Fußboden.

Es war ein scheußliches Bild, aber all das hatte auch etwas fast brutal Sexuelles, dachte Michelle, als sie den Besen holte. Ihr Zuhause war zerlegt worden. Sie fühlte sich beinahe, als wäre sie Opfer eines Einbruchs oder vergewaltigt worden. Was würden erst Frank und ihre Kinder empfinden? Sie würde alles wieder in Ordnung bringen, so gut sie konnte, aber die Risse und die Tränen und der Schmutz ließen sich nicht auslöschen.

Sie schaute am Eßzimmertisch vorbei in die Diele. Sie wußte, sie sollte nach draußen gehen und ihre Stühle hereinholen, die Stühle, die in ihrem Vorgarten herumlagen wie betrunkene Verwandte und von der Tragödie ihrer Familie kündeten. Sie sollte auch noch einmal nach draußen gehen und Pookie suchen. Aber Tatsache war, daß sie nicht den Mut dazu hatte. Sie spürte die Blicke der Nachbarn auf sich, wenn sie draußen war. Wie auch immer, sie mußte dieses Haus aufräumen, bevor die Kinder nach Hause kommen konnten, aber die Aufgabe war so überwältigend, es gab so viel, was getan werden mußte, daß sie nicht genau wußte, was sie als nächstes anpacken sollte. Und so ging sie, statt eine neue Packung Müllsäcke zu öffnen, nach oben, lief an den ausgeleerten und zerstörten Zimmern der Kinder vorbei ins Elternschlafzimmer. Frank lag auf dem Bett, vielleicht eingenickt. Er hatte ein blaues Auge und blaue Flecken auf beiden Wangen. Sie sollte ihn eigentlich in Ruhe lassen, aber sie war nicht dazu imstande. Als sie sich auf das Bett legte, schlug er die Augen auf. Das war alles, was sie brauchte – seine dunklen Augen, die gequält in ihre starrten –, um wieder in Tränen auszubrechen. »O Frank, es ist so entsetzlich. Sie haben uns kaputtgemacht, Frank.«

»Nein, das haben sie nicht«, sagte er, streckte den rechten Arm aus und legte ihn um sie. Dabei zuckte er vor Schmerz zusammen, aber sein Arm auf ihrer Schulter und ihrem Rücken fühlte sich so gut an. Er tröstete sie, während sie an seiner Seite weinte. »Michelle, Baby, sie haben uns attackiert. Aber sie haben uns nicht kaputtgemacht«, sagte er mit seiner tiefsten, ernstesten Stimme. »Ich weiß nicht, warum, und ich weiß nicht, wer beschlossen hat, uns diesen entsetzlichen Blödsinn anzutun, aber ich werde es herausfinden und mich darum kümmern, Schatz. Ich schwöre es. Wir haben den besten Anwalt. Sie haben uns gefilzt, und hier war nichts. Nichts.« Sie nickte, den Kopf jetzt an seiner Brust. »Gott sei Dank haben sie hier nichts eingeschmuggelt.« Ihr schauderte bei dem Gedanken. »Wir werden die Stadt verklagen, wir werden den Bezirk verklagen, wir werden den Staat verklagen. Stell eine Liste auf von allem, was kaputt ist. Sie werden bezahlen.« Er sah sie an. »Dich haben sie doch nicht verletzt? Dich haben sie doch nicht angefaßt…«

»Nein. Nein«, antwortete sie.

»Sie werden bezahlen. Und ein paar Leute werden noch auf andere Art bezahlen. Das schwöre ich, Michelle.«

»Aber warum, Frank? Wie konnten sie…«

»Ich weiß es nicht, Schatz. Aber ich werde es herausfinden. Bruzeman hat Beziehungen. Er ist teuer, aber er ist es wert.« Michelle wollte ihm nicht sagen, wie Bruzeman auf sie wirkte. Sie nickte nur. »Vielleicht war es wegen dem Deal mit diesem Einkaufszentrum«, murmelte Frank nachdenklich. »Ich weiß es nicht. Aber sie haben uns nicht kaputtgemacht. Sie haben dich wirklich nicht angerührt, oder? Keiner auf dem Polizeirevier hat dich angerührt?«

Sie schüttelte den Kopf. »Aber schau, was sie dir angetan haben, Frank. Und den Kindern. Sie…«

Franks Hand auf ihrem Rücken versteifte sich. »Diese verdammten Bastarde.«

»Sie haben die Möbel ruiniert, Frank. Meine Stühle. Das Sofa. Sie haben den Teppich ruiniert, und… Pookie ist weg. Er kommt einfach nicht, wenn ich ihn rufe. Und die Nachbarn…«

»Er wird wiederkommen, keine Sorge, Michelle. Und morgen

gehst du los und kaufst neue Möbel«, sagte Frank zu ihr. »Hörst du? Kaufe, was du willst, was sofort lieferbar ist. Möbel machen noch keine Familie. Und stell eine Liste auf, Michelle. Schreib alles auf, was kaputt ist. Wir werden alles zurückbekommen. Wir halten alle zusammen, niemand kann uns etwas anhaben.« Er bewegte seine Hand zu ihrer Wange und umfaßte sie sanft. Ihr Haar, dachte sie, war völlig wirr. Sie hatte es heute nicht gewaschen. »Du weißt, daß ich nie so etwas tun würde wie mit Drogen handeln, Michelle. Das weißt du doch, nicht?« Sie schaute in sein geschundenes Gesicht und nickte. »Wir halten zusammen, und niemand kann uns etwas anhaben«, wiederholte Frank. Er beugte sich vor und küßte sie. Dann zog er ihren Kopf an seine Schulter und lehnte seine Wange behutsam an ihr Haar, als wärme ihn dessen rötlicher Glanz.

Michelle blieb, an ihn und seine Kraft gelehnt, liegen, bis sein Atem tiefer und regelmäßig wurde. Dann ging sie getröstet wieder nach unten, um sich den Trümmern zu widmen.

»O mein Gott!« Am liebsten wäre Jada in Tränen ausgebrochen, aber ein Blick in Michelles Gesicht sagte ihr, daß sie einen leichten Ton anschlagen sollte. »Räumst du schon wieder um?« fragte sie und schüttelte den Kopf. »Tz, tz, tz. Hier wohnt nicht Martha Stewart, Cindy. Wie konnten sie das mit dem Haus eines weißen Mädchens machen?« Jada musterte die Verwüstung. »Lieber Gott, steh uns bei.«

Michelle, die gerade eine weitere Mülltüte hinausschleppte, zuckte mit den Achseln. »Wenn der liebe Gott uns helfen will, dann sag ihm, er soll mehr Mülltüten bringen«, sagte sie.

Jada schüttelte über diese Pietätlosigkeit den Kopf und stellte einen der Eßzimmerstühle hin, den sie hereingetragen hatte. »Ich hole die anderen auch«, sagte sie.

»Hast du Pookie eventuell gesehen?« fragte Michelle, obwohl sie nicht viel Hoffnung hatte.

»Ist er weg? Ich hab' ihn in der Nacht, in der die Polizei hier war, durch die Straße rennen sehen.« Jada berührte Michelles Arm. »Gott, es tut mir leid. Die Kinder müssen ...« Sie schüttelte den Kopf. »Mann, das sieht aus wie ein Unfallschauplatz«, meinte sie.

»Na, du weißt ja, was ich immer sage ...« Michelle wollte einen Witz machen, aber sie war nicht dazu imstande. Sie war gerührt, daß ihre Freundin dieses schreckliche gelbe Absperrband der Polizei überschritten hatte und an ihrer Seite war, sie verstand. Michelle war nicht dumm, auch wenn sie keine Collegeausbildung hatte. Sie wußte, daß sie in ihrem ruhigen, verlassen aussehenden Wohnblock aus jedem Haus beobachtet wurde. Alle hier waren ständig mit dem Wert ihres Besitzes beschäftigt. Würde die Neugestaltung des kleinen Parks den Wert ihrer Grundstücke erhöhen? Würde die Anhebung der Schulgebühren die Verkaufspreise ihrer Häuser verringern? Was, so fragte sie sich, bewirkte eine große Drogenrazzia nebenan? Vermutlich drückte sie den Wert der Häuser genauso, wie sie ihre Stimmung drückte. Michelle wußte nicht, ob sie je wieder fähig sein würde, in ihrem Garten zu stehen und Mr. Shriver zuzuwinken, wenn er langsam vorbeijoggte, oder vorbeifahrende Nachbarn in ihren Autos zu grüßen. Und daß Jada, eine Frau, deren Familie es nicht leicht gehabt hatte, hier akzeptiert zu werden, all diese unsichtbaren, aber spürbaren Augen ignorierte und die Linie überschritt, also das… Michelle spürte, wie ein Schluchzen in ihr aufstieg. Es war mehr, als sie erwarten konnte, aber sie wollte nicht zusammenklappen und Jada zeigen, wie elend sie sich wirklich fühlte, wie schlimm es war. Sie nahm an, daß sie das auch nicht brauchte. Jadas Augen ließen erkennen, daß Jada es wußte.

»Tut mir so leid, daß ich dich da reinziehe…«, begann Michelle. »Ich weiß, ihr habt alle eure eigenen Probleme.«

»Davon gibt es allerdings reichlich«, stimmte Jada zu und fing an, Trümmer aufzusammeln.

Michelle fühlte sich plötzlich schuldig. Sie hatte Jada nicht mal gefragt, wie es mit Clinton stand. Gott. Es gab *wirklich* reichlich Probleme.

»Hast du endlich mit Clinton geredet?«

Jada nickte. »Ich habe ihm gesagt, daß er sich bis Ende der Woche entscheiden muß oder ich nehme mir einen Anwalt.«

»O Jada. Ich kann es nicht fassen. Wie konnte er bloß?« Michelle schüttelte den Kopf. »Er ist verrückt geworden, Jada.«

»Verrückt? Vergiß Clinton. *Tonya* solltest du sehen! Die hält Clinton für einen Fang! Ob sie für ihn sorgen wird? So lächerlich, wie sie sich anzieht, kann sie nicht mal für sich selber sorgen. Sie ist eine Irre aus Martinique, die sich für die Kaiserin Josephine hält.« Jada öffnete den letzten Müllsack und fing an, Sachen hineinzustopfen.

»Du meinst, sie ist die, die ich bei eurer Kirchenaufführung gesehen habe?« fragte Michelle ungläubig. »Die mit dem Hut und den schrecklichen hennagefärbten Haaren? *Nein!*«

»*Jaaa.*« Jada schnaubte, beugte sich vor und warf etwas Polsterung in den Müllsack. »Du kannst mir glauben, wenn ich dir sage, daß ich nicht eifersüchtig bin. Ich will nicht mit ihm schlafen. Aber er ist mein Mann und an die Familie gebunden, oder er ist draußen. Ich komme einfach nicht über seinen schlechten Geschmack hinweg. Man sollte meinen, fünfzehn Jahre würden den verbessern. Ich habe ihm Colt 45 abgewöhnt und ihn dazu gebracht, Budweiser zu trinken. Ich habe diese Peach-Glow-Frisiercreme weggeworfen und ihn mit dem Gel von Paul Mitchel bekannt gemacht. Aber dieser Mann ist schon wieder unterwegs zu den irren Angewohnheiten von Yonkers.«

»Wie fandest du die Kinder?« fragte Michelle.

»Ein bißchen durcheinander«, gab Jada zu. »Aber wer wäre das nicht? Das war keine Durchsuchung, das war eine Vendetta«, sagte Jada mit einem bezeichnenden Blick über den sichtbaren Schaden.

»Es war noch schlimmer«, sagte Michelle. »Du hättest es sehen sollen, bevor ich die ersten elf Mülltüten rausgebracht habe.«

Jada schüttelte den Kopf. »Diese Männer waren darauf aus, etwas zu finden«, sagte sie. »Und du meinst, sie hätten nichts gefunden? Verdammt, wenn du mein Haus so auseinandernehmen würdest, würdest du noch Marihuanasamen aus den sechziger Jahren finden.« Wieder schüttelte sie den Kopf und biß sich auf die Lippen. »Mensch, ich wußte nicht, daß Polizisten mit weißen Leuten so umgehen.«

Michelle zuckte mit den Achseln. »Frank sagt, sie waren drauf aus, ihn dranzukriegen.«

»So, wie es hier aussieht, haben sie ihn drangekriegt«, sagte Jada.

»Wie meinst du das?« fragte Michelle.

Jada hob beide Hände. »Frag nichts, sag nichts«, antwortete sie. Sie trat nahe an Michelle heran und faßte sie an den Schultern. »Ich weiß, daß du keine Kirchgängerin bist, Michelle, aber in solchen Zeiten muß sich jeder auf Gott besinnen, weil es schlimmer werden wird, bevor es besser wird.«

»Ich habe mich auf Frank besonnen«, sagte Michelle. »Und schlimmer als das hier kann es nicht mehr werden«, fügte sie hinzu und musterte die zerstörten Räume.

Jada seufzte. »Ich hoffe es, so Gott will. Aber Menschen können wirklich sehr, sehr grausam sein. Und die Gerichte können schlimmer sein als die Cops. Glaub mir, ich kenne jede Menge Leute in White Plains, die das durchgemacht haben. Unschuldige Menschen. Und ein paar Schuldige, die es trotzdem nicht verdienten, daß man sie wie Hundescheiße behandelte.« Sie ließ Michelles Schultern los, tätschelte ihr aber kurz sanft den Rücken. »Okay, Herzchen, das war meine Version von Ermutigung. Und jetzt laß uns dieses Haus aufräumen, so gut wir können, bevor die Kinder kommen.«

Michelle sah ihre Freundin an. »Soll ich sie morgen nicht in die Schule schicken?« fragte sie. »Damit sie sich einen Tag erholen können. Oder würde das alles noch schlimmer machen?«

Jada dachte an Anne und ihre morbide Neugier, ja ihr Vergnügen an Michelles Pech. »Kinder können grausam sein«, sagte Jada. »Richtig gemein. Aber wenn man bedenkt, daß sie sich dem sowieso stellen müssen, dann können sie das genausogut morgen wie übermorgen tun.«

14. Kapitel -
in dem Jada aufräumt, nach Hause geht und feststellt, daß Clinton ausgeräumt hat

Als Jada in ihr eigenes Haus zurückkam, war es weit nach drei Uhr morgens. Jada war total erschöpft. Michelle und sie hatten mehr als zwanzig Müllsäcke gefüllt, das ganze Untergeschoß staubgesaugt, die noch brauchbaren Geräte, Töpfe und Pfannen eingeräumt, alles zerbrochene Porzellan und andere Trümmer aus der Küche entfernt und dann den Küchenboden gefegt und gewischt. Das Haus hatte natürlich immer noch nicht wirklich gut ausgesehen, aber etwas von seiner alptraumhaften Wirkung verloren.

Jada, endlich zu Hause, zog ihre Schuhe aus und stellte sie auf die Matte neben der Tür. Der kleine Bereich hier sollte eine Art Vorraum werden, aber Clinton hatte die Arbeit nicht beendet. Der Boden bestand aus Sperrholz, die Schieferplatten lagen da, wo die Bank und der Schrank für Stiefel und Schuhe hinkommen sollten. Jada war viel zu erschöpft, um sich zu ärgern, zog den Mantel aus und warf ihn über einen Küchenstuhl. Obwohl sie mit Clinton und den Kindern schimpfte, wenn sie so etwas taten, war sie jetzt viel zu müde, um ihn aufzuhängen. Alles, was sie wollte, war ein bißchen Schlaf. Die Trümmer nebenan wegzuräumen war nicht nur physisch anstrengend, sondern auch emotional belastend gewesen. Und es hatte Jada erschreckt. Irgendwie hatte sie den Eindruck, als sei das Leben der meisten anderen Leute sicherer als ihres. Ha! Sie wußte, daß alles in Gottes Hand lag, aber Michelles Zuhause zerstört, ihren Mann verprügelt und ihre Kinder vor Angst gelähmt zu sehen entsetzte Jada doch. Sie dachte an Anne und die anderen Mädchen bei der Bank. Zwei von ihnen waren alleinerziehende Mütter, und sie wußte, daß sie ebenso wie sie selbst von Gehaltsscheck zu Gehaltsscheck lebten. Sie sah sich ihren unfertigen Vorraum und den Sperrholzboden in der Küche an. Einst war sie stolz auf Clinton gewesen. Sie hatte ihn als jemanden gesehen, der etwas aufbaut, tatkräftig ist und Leute und Dinge zusammenbringt. Aber jetzt zerstörte und trennte er sie. Na ja, sie mußte versuchen, dankbar zu sein. Sie sprach ein kurzes Dankgebet. Es war immerhin möglich, daß Dinge viel schlimmer ständen.

Sie ging die Treppe hinauf, so leise sie konnte, und kam an der Tür des Babyzimmers vorbei. Diesen einen Job hatte Clinton beendet. Er hatte das Zimmer gestrichen und einen Wickeltisch für Sherrilee gebaut. Er hatte sogar ihren Namen an die Tür gemalt. Jetzt stieß Jada die Tür auf und streckte für einen Moment den Kopf ins Zimmer, nur zur Sicherheit. Aber Sherrilee war nicht da. Sie hoffte, daß Clinton nicht zugelassen hatte, daß sie bei Jenna und Shavonne schlief. Beunruhigt eilte sie zu Shavonnes Zimmer und schaute hinein. Jenna lag zusammengerollt auf einer Seite von Shavonnes Doppelbett, aber weder Shavonne noch Sherrilee waren da.

Jada runzelte die Stirn. Sie dachte, daß das seltsam war, aber vielleicht waren beide zu ihrem Daddy ins Bett gekrochen, obwohl Shavonne das nicht mehr oft tat. Natürlich konnte Shavonne auch eine ihrer häufigen Streitereien mit Jenna gehabt haben und nicht bei ihr schlafen wollen. Jada durchquerte den Flur. Irgendwie fühlte sich das alles nicht richtig an. Überhaupt nicht richtig. Aber sie sagte sich, daß sie vermutlich von den Problemen nebenan einfach mitgenommen war.

Sie erreichte die Tür ihres Schlafzimmers und riß sie auf. Alles in Ordnung, dachte sie bei sich, aber etwas war ganz und gar nicht in Ordnung. Kein Baby, keine Shavonne, kein Clinton. Nur ein Zettel, der mitten auf dem ungemachten Bett lag. Jada rannte hin und nahm ihn auf.

Jada,
ich habe meine Entscheidung getroffen. Ich habe die Kinder mitgenommen, und ich verlasse Dich. Deine Arbeitszeiten, Dein Verhalten und jetzt eine Freundschaft mit unerwünschten Leuten haben mich zu der Annahme gebracht, daß Du nicht nur eine schlechte Ehefrau bist, sondern auch eine schlechte Mutter.

Du wirst von meinem Anwalt hören, George Creskin & Partner. Meine Kinder haben mir gesagt, daß sie nicht bei diesen Drogenkindern bleiben wollen.

Clinton.

Jada überflog die Seite ein zweites Mal. Dann ein drittes. Clinton schrieb nicht so. Was *war* das? War er verrückt? Ihr Herz begann so schnell zu schlagen, daß sich das Pochen anfühlte, als sei es außerhalb ihrer Brust. Es war ihr egal. Es spielte keine Rolle. Sie hetzte zu Kevons Zimmer, aber nur Frankie schlief darin, und zwar im unteren Bett. Sie drehte sich um und raste wieder in die Diele. Sie riß die Tür des Wäscheschranks auf, wo die Familie auch ihre Koffer und Rucksäcke aufbewahrte. Alle Gepäckstücke waren weg. Wie eine Verrückte rannte sie wieder in Shavonnes Zimmer und schob die Schranktür auf. Viele leere Kleiderbügel baumelten da. Sie zog die Schubladen von Shavonnes Kommode auf: Unterwäsche, Socken und T-Shirts waren verschwunden. Verschwunden! Und ihre Kinder waren auch verschwunden.

Panisch jagte sie wieder durch den Flur zu ihrem eigenen Schlafzimmer. Clintons sämtliche Schuhe waren weg, außerdem seine beiden guten Anzüge und seine Lederjacke. Er war wahnsinnig! Wahnsinnig! Er hatte ihre Kinder entführt. Glaubte er, sie würde das dulden? Glaubte er, sie hätte sich so krummgelegt und geschuftet, damit er ihre Familie nehmen und das Haus verlassen konnte? Und was zum Teufel würde er mit ihnen machen, mit ihren Kindern, nachdem er sie nun hatte? Er kümmerte sich ja nicht mal *hier* um sie. Clinton hatte keinen Ort, an den er gehen konnte. Wie wollte er ein Hotel, einen Babysitter bezahlen? Er hatte keinen Job, kein Geld, keine Hilfe. Er stand nicht gut mit seiner Mutter – schon seit ihrer Heirat. Sie lief erneut in den Flur, aber am Treppenabsatz wurde ihr plötzlich alles klar. Sie hielt inne und stand still wie eine Statue. Eine tiefere Furcht, als Jada je erlebt hatte, traf ihre Brust wie ein Schlag, und sie mußte sich auf die oberste Stufe setzen, ein Bein unter den Körper gezogen, das andere herunterhängend wie der lange, glatte Schwanz eines geprügelten Hundes. Wen sollte sie anrufen? Was sollte sie tun? Sie hielt sich eine Hand vor den Mund, um nicht laut aufzuschreien. Noch immer schliefen zwei Kinder im Haus, wenn es auch nicht ihre Kinder waren.

Wieder fragte sie sich, wen sie anrufen sollte. Sie konnte nicht die Polizei anrufen – das war keine Sache für die Polizei, oder? Um diese Nachtstunde konnte sie auch keinen Anwalt anrufen. Außerdem kannte sie sowieso keinen Anwalt. Ihre Mutter und ihr Vater waren in Barbados, und beide waren nicht mehr jung. Sie konnte und wollte sie nicht mit dieser Sache schockieren.

Jadas rechte Hand umklammerte die Stäbe des Geländers. Wie erstarrt saß sie auf dem Treppenabsatz. Das konnte ihr Clinton nicht antun. Sicher haßte er sie nicht *so* sehr. Und die Kinder: Würden sie sie freiwillig verlassen? Hatte er sie zum Mitgehen gezwungen? Hatte er sie belogen? Jada bewegte den Kopf vor und zurück, als versuche sie, die Realität abzuschütteln. Aber sie ließ sich nicht abschütteln.

Ihre Ehe war zu Ende. Das war klar. Ihre Familie war zerbrochen, aber Jada wußte, daß sie ihre Babys finden, nach Hause bringen und retten würde. Dieses Haus und diese Kinder waren das, wofür sie ihr Leben geopfert hatte, und niemand würde sie ihr wegnehmen. Sie war stark genug, um dafür zu sorgen.

Aber jetzt, in der Dunkelheit auf dem oberen Treppenabsatz, senkte Jada den Kopf auf die Knie und begann herzzerreißend zu schluchzen.

15. Kapitel -

in dem jemand, der auch einen harten Schädel hat, Marblehead besucht

»Wenn du willst, komme ich mit«, sagte Estevan, als er Angie am Flughafen absetzte. »Du mußt das nicht tun. Und du mußt das schon gar nicht allein machen. Ich kann meine Geschäftsreise gern verschieben und dich begleiten.«

»Ich muß allein gehen, Daddy«, wehrte Angie ab und tätschelte seinen Arm. »Mom hat angeboten mitzukommen, und ich hätte eine große Sache daraus machen können, aber mir ist es lieber, das alleine hinter mich zu bringen. Und dann schnell wieder weg. Wegen meiner Sachen. Reid kann die Stereoanlage und den Mixer behalten. Ich hole mir bloß ein paar von meinen Kleidern, meine Bilder ... du weißt schon.«

»Wird er da sein?« knurrte Estevan. »Weil dieser Schweinehund ...«

»Er weiß nicht mal, daß ich auftauche«, versicherte Angie ihrem Vater. »Ich fliege da nicht hin, um ihn zu sehen. Mach dir keine Sorgen. Er ist ein Idiot, und er hat in meinem Leben keinen Platz mehr. Ich will bloß meine eigenen Kleider.« Sie musterte stirnrunzelnd ihr billiges Bürokostüm.

»Okay. Und mit den Möbelpackern hast du alles so besprochen, wie ich es dir gesagt habe?«

»Ja«, sagte sie und nahm ihre Tasche und ihren Schal. »Nur zwei Mann mit ein paar Kartons und einem Lieferwagen. Sie fahren oft zwischen Boston und New York hin und her und bringen die Sachen nächste Woche zu dir.«

Estevan nickte und beugte sich linkisch über die Gangschaltung, um sie zu umarmen. »Okay, Baby«, sagte er. Sie wollte aussteigen.

»Bist du sicher, daß du nicht von einem Wagen abgeholt werden willst?« Sie schüttelte den Kopf. »Brauchst du Bargeld?«

Angie nickte, sie wollte ihn nicht um Geld bitten und haßte es, das zu akzeptieren, aber sie war wirklich ziemlich knapp bei Kasse. Estevan gab ihr einige Hundert-Dollar-Noten und eine Kreditkarte, auf der ihr Name stand.

»Für alle Fälle«, sagte er. Ihr stiegen Tränen in die Augen. Sie beugte sich nieder, um zum Fahrersitz zu schauen. »Vielen Dank«, sagte sie.

»Kein Problem«, sagte er. »Und heute abend bist du wieder bei mir zu Hause?«

»Bestimmt«, sagte sie. »Vielleicht treffe ich Lisa zu einem Drink, bevor ich abfahre, aber dann rufe ich dich auf jeden Fall an.«

Angie war früh dran, und deswegen bekam sie einen der guten, geräumigen Fensterplätze. Mitten in der Woche um elf Uhr vormittags war die Maschine nicht voll; die Flüge um sieben, acht und neun Uhr waren sicherlich überfüllt gewesen. Beim Start war der Sitz neben ihr nach wie vor leer. Sie schlug bequem die Beine übereinander. Eigentlich war sie nicht hundertprozentig sicher, warum sie das alles machte – so eine Art Einbruchs- und Brandrodungsaktion. Sie hatte weder Lisa noch Reid informiert. Er brauchte auch nichts zu wissen. Sie war entschlossen, seine Sachen nicht anzurühren. Alles, was ihm oder ihnen beiden gehörte, war ihr widerlich. Aber sie wollte jede Spur von sich selbst dort beseitigen, damit ihm ganz klar wurde, daß sie sich für immer von ihm getrennt hatte.

Angie war der Meinung, daß ein Ort die Eigenschaften des oder der Menschen annahm, die dort lebten – selbst wenn sie das gar nicht wollten. Das neue Haus ihres Vaters wirkte so verlassen und verloren wie er. Es war das Haus eines Familienvaters, der seine Familie verloren hatte. Die Wohnung ihrer Mutter schien in gewisser Hinsicht noch schlimmer. Aber Angie erinnerte sich an die Wohnung, in der sie gemeinsam gewohnt hatten, damals, als sie noch eine Familie waren. Die war erfüllt gewesen von Wärme – abgenutzte Töpfe in der Küche, Kissen auf allen Polstermöbeln, überall Familienfotos und Zeichnungen, Postkarten und Andenken. Es war eine behagliche Wohnung gewesen. Sie hatte angefangen, einen ähnlichen Ort für Reid zu schaffen. Aber diese Aufgabe würde sie nie beenden.

Das Unterfangen würde allerdings schwerer werden, als sie gedacht hatte. Je mehr Angie darüber nachgrübelte, desto überzeugter wurde sie, daß sie Hilfe brauchte. Der einzige Mensch, den sie kannte und der ihr helfen konnte, war Lisa. Angie nahm das in den Sitz eingebaute Handy heraus und schob ihre Kreditkarte durch. Dann wählte sie die Nummer. Sie hoffte, daß Lisa in ihrem Büro war. Lisas Anrufbeantworter schaltete sich ein. Scheiße. Nun ja, sie würde einfach eine Nachricht hinterlassen und hoffen, daß Lisa nicht den ganzen Tag bei einer Verhandlung verbrachte. Sie nahm an, daß es besser war, als sich an eine Sekretärin zu wenden, die Lisa eventuell holen könnte. Die Sekretärinnen dort waren alle Klatschbasen. Gott weiß, was sie über ihr Verschwinden sagten. Sie hatten Reid immer gierig beäugt, wenn er sie von der Arbeit abholte, und sie hätte schwören können, daß sie sich jetzt über sie das Maul zerfetzten. Falls sie Bescheid wußten. Hörten sie Lisas Anrufbeantworter ab, oder tat das nur Lisa selbst? Angie beschloß, so diskret wie möglich zu sein.

»Lisa«, sprach Angie auf das Band, »ich weiß nicht, wann du diese Nachricht bekommst, aber ich möchte dich für heute um einen Gefallen bitten. Ich rufe in ungefähr einer Stunde wieder an.« Sie trennte die Verbindung und fragte sich dann, ob Lisa ihre Stimme erkennen würde, denn sie hatte ihren Namen nicht genannt. Sie schob das Handy in seine Halterung zurück und lehnte ihren Kopf an die Seitenwand der Maschine. Aus dem Fenster starrte sie in die Wolken.

Sie hatte plötzlich keine Energie mehr. Es würde viel schwieriger werden, als sie erwartet hatte. Ihr Zuhause wiederzusehen, ihr Bett, ihre Hoffnungen zu spüren. Nun ja, sie würde zwei starke irische Männer dabeihaben, die ihr halfen. Sie würde das alles so schnell wie möglich über die Bühne bringen. Und vielleicht, vielleicht würde ja Lisa kommen können. Aber dann schoß ihr der Gedanke durch den Kopf, daß die Sache für sie eventuell abgeschlossener wäre, wenn sie Reid noch ein einziges Mal sehen könnte. Wenn sie mit ihm sprechen und ihm sagen könnte, daß er einen Teil von ihr getötet hatte. Es könnte ja sein, daß sie sich besser fühlte. Sie könnte die Last dieses Schocks loswerden, falls sie sich nicht womöglich verstärken würde. Irgendwie gab ihr die Idee, Reid zu sehen, eine Art nervöser Energie. Sie nahm erneut das Handy heraus, kramte nach ihrer Kreditkarte und rief ihn im Büro an. Gott, sie hoffte, daß seine Nummer nicht aufgeführt sein würde, wenn ihr Vater die Rechnung bekam. Er würde ausflippen. Definitiv. Reids Sekretärin, eine ältere Frau namens Shirley, meldete sich, und als Angie Reid sprechen wollte, fragte Shirley, wer bitte am Apparat sei. Zum erstenmal fiel Angie auf, was für eine hohe Stimme Shirley hatte. Einen Moment fragte sie sich, ob Shirley der Sopran war. Aber sie kannte Shirley. Shirley war wirklich alt. Angie mußte so kühl wie möglich die Worte »seine Frau« bilden, um es hinter sich zu bringen.

»Oh«, sagte Shirley, offenbar verblüfft, war aber klug genug, nichts weiter zu äußern.

Angie hörte das leise Klicken, mit dem sie kurz auf Warten geschaltet wurde, dann hatte sie Reids Stimme im Ohr.

»Angie, bist du das wirklich?«

»Ja«, sagte sie.

»O Gott, Angie. Ich dachte, ich könnte nie wieder mit dir sprechen. Ich dachte, daß... Von wo rufst du an?«

»Ich sitze im Flugzeug«, sagte Angie, und merkwürdigerweise fühlte sie sich dadurch viel zuversichtlicher. Es klang so glamourös, ihn in ihrem geschäftigen Leben von einem Flugzeug aus anzurufen. Einen Moment lang wünschte sie sich, sie könnte ihm sagen, sie säße in einer Maschine nach Rio oder an einen noch exotischeren Ort.

»Angie«, sagte er. »Danke, daß du mich anrufst.« Er hielt inne, und sie konnte tatsächlich hören, wie er schluckte. »Ich weiß, was ich getan habe, war unentschuldbar...«

Was er getan hatte? Und was war mit dem, was er noch immer tat? Angie hörte die Vergangenheitsform und wunderte sich über ihre Anrufe bei dem Sopran. War es möglich, daß es sich tatsächlich um Vergangenheit handelte? Angie, reiß dich zusammen, rief sie sich zur Ordnung. Gott, an was dachte sie da? Welche Rolle spielte das? Sie spähte durch den Gang des Flugzeugs, um zu sehen, ob jemand mithören konnte. Es war verrückt, dieses Gespräch an einem so öffentlichen Ort zu führen.

»Ja, das war es«, sagte sie. »Es war unentschuldbar, weil es mich so verletzt hat, wie mich nie wieder etwas verletzen wird. Ich habe zugelassen, daß ich verwundbar war. Mein Vertrauen hättest du nie und nimmer ausnutzen dürfen.«

»Angie«, sagte er noch einmal. Er sagte es auf eine Art wie niemand sonst. Seine Stimme hatte den Beiklang von Verlangen. Er war der einzige, der einzige Mann, der ihr je das Gefühl gegeben hatte, schön zu sein und geliebt zu werden. Der Gedanke, daß sie sich nie wieder so fühlen würde, war unerträglich, und Angie schloß die Augen. »Angie, hör zu. Das ist vielleicht das wichtigste Gespräch, das wir je führen werden. Ich sehe jetzt ein, wie dumm ich war, dir zu sagen, was ich getan hatte. Nun, ich habe es getan. Aber Angie, Angie...« Er machte eine Pause. »Ich habe es getan, um reinen Tisch zu machen. Ich habe es getan, um die Wahrheit zu sagen und die Dinge zwischen uns für den Rest unseres Lebens richtigzustellen. Ich verspreche es, Angie.«

Sie schwieg. Ihre Augen waren geschlossen, und eine heiße Träne kullerte aus einem Augenwinkel.

»Bist du noch da?« fragte er.

»Ja«, brachte sie hervor.

»Gott sei Dank. Hör zu, ich liebe dich. Ich werde dich immer lieben. Und so etwas wird nie wieder passieren. Ich gebe dir mein Wort.« Er machte eine Pause. »Bestraf mich nicht dafür, daß ich die Wahrheit gesagt habe.«

Sie sagte sich, daß sie ihn nach dem Sopran fragen sollte. Daß sie ihn verfluchen und auflegen sollte. Sie sollte...

»Angie, zieh nicht aus. Zieh wieder ein. Bitte«, sagte er.

»Die Maschine landet jetzt«, sagte sie. »Ich muß auflegen.«

»Landet wo?« fragte er, und sie hörte die Verzweiflung in seiner Stimme. Sie hatte ihn verletzt, indem sie ausgezogen war und bis jetzt nicht mit ihm gesprochen hatte, und sie war froh darüber. »Wo bist du?«

»Ich lande in Boston«, gab sie ehrlich zu. »Aber nur für ein paar Stunden. Ich komme vorbei und hole ein paar von meinen Sachen.«

»Boston! Angie, ich...«

»Ich hoffe, du hast nichts dagegen«, sagte sie mit soviel Würde, wie sie aufbringen konnte. Dann legte sie auf.

Im Taxi auf dem Weg nach Marblehead legte Angie Make-up auf. Ihr Gesicht sah gut aus. Ihre runden blauen Augen wirkten mit ein bißchen Wimperntusche richtig munter. Das viele Schlafen hatte ihrem Gesicht tatsächlich gutgetan, und ihre Aufregung gab ihr Farbe – sie brauchte kein Rouge. Sie nahm einen dunklen Lippenstift heraus, entschied sich dann aber für einen rosa Farbton.

Ihr Haar war eine Katastrophe. Sie bauschte es auf, so gut es ging, und hoffte, daß es reichen würde.

Wozu tue ich das, fragte sie sich selbst, weigerte sich aber, ihre eigene Frage zu beantworten. Sie zog aus. Keine Frage. Wenn Reid auftauchte, würde sie vielleicht mit ihm sprechen, vielleicht aber auch nicht. Wenn er *nicht* auftauchte … Sie lehnte sich auf dem gesprungenen Sitz des schäbigen, schmutzigen Taxis zurück und war gespannt. Von Logan aus hatte sie die Packer angerufen und sich vergewissert, daß sie unterwegs waren. Lisa hatte sie eine zweite Nachricht hinterlassen, in der sie ihr sagte, daß sie in der Wohnung sein würde. In gewisser Weise hoffte sie, daß Lisa nicht auftauchte, weil sie hoffte, daß Reid es tun würde.

Nervös befingerte Angie den Schlüssel zu ihrer Eigentumswohnung. In ihrer feuchten Hand war er warm geworden. Was würde passieren? Sie schaute in die triste Novemberlandschaft hinaus. Was machte sie da? Das war Wahnsinn.

Reid stand für Sonnenschein, Vitalität und die Art zu leben, bei der man keine Niederlage zur Kenntnis zu nehmen brauchte. Abgeschirmt durch Geld und Kontakte, fuhr seine Familie Boot, spielte Tennis und beging Geburtstage, Hochzeiten und sogar Begräbnisse auf eine würdige Weise, die Ordnung und Kontrolle ausstrahlte. Sie dachte, das würde ihr Leben sein. Sie hatte gedacht, sie würde so anders sein als die Frauen, die in die Beratungsstelle kamen. Frauen, die verängstigt, besiegt, mit ihrer Weisheit am Ende waren. Angie wollte sich nicht unter sie einreihen. Sie wollte nicht das innere Wissen teilen, daß ein großer Teil des Lebens aus Leid und Unfairneß bestand.

Sie wußte, was sie tun sollte, aber sie wußte nicht, was sie vielleicht auch erhoffen durfte. Gab es noch eine Chance, eine winzige Chance, daß Reid irgendwie alles in Ordnung bringen würde? Sie wußte, es war möglich, ohne ihn zu leben, verletzt und leer, aber weiterzuleben. War es noch immer möglich, daß es vielleicht einen Weg gab, wie sie *mit* ihm leben konnte?

Sie überlegte nicht mehr. Sie hatte ihren Plan. Nur ihre Sachen zu holen. Falls Reid auftauchte, würde sie einfach abwarten, was als nächstes passierte.

»Warten Sie einen Moment«, sagte Angie, »ich glaube, ich habe irrtümlich doppelt abgeschlossen.« Der Schlüssel war schlüpfrig von ihrem Schweiß. Sie wandte sich an Sean und Thomas, die beiden hübschen jungen Einwanderer aus Irland, die ihr beim Umzug halfen.

»Soll ich Ihnen helfen?« fragte Sean mit fragenden Augen und entzückendem irischen Tonfall.

Angies Finger rutschten wieder vom Schlüssel ab. Ihr war der Gedanke gekommen, Reid habe vielleicht die Schlösser ausgewechselt, aber daran mochte sie gar nicht denken. Und am Telefon hatte er nichts gesagt. Sie versuchte es noch einmal.

Ihr Herz pochte. Sie rief sich in Erinnerung, daß sie Anwältin war. Was sie tat, war nicht illegal. Solange keine Scheidung eingereicht und keine Vereinbarung geschlossen war, gehörten ihr diese Wohnung und deren Inhalt ebenso wie Reid. Das sagte sie sich, aber ihre Hände und ihre Achselhöhlen waren jetzt feucht. Ihr Magen spielte verrückt. Auf einmal war ihr so übel, daß sie dachte, sie müsse sich übergeben. Sie versuchte, ein paarmal tief einzuatmen, aber die Übelkeit verschwand nicht.

Sie fummelte mit dem Schlüssel herum. Wurden die Möbelpacker argwöhnisch? Wenn sie sie im Stich ließen, würde sie sterben. Sie würde sich am Rinnstein übergeben und dann daliegen wie eine Betrunkene. Warum ging die Tür nicht auf? Endlich erinnerte sie sich, daß die Tür ein bißchen verzogen war und man dagegen drücken mußte, wenn man aufsperrte. Sie tat es, und das willkommene Geräusch des sich öffnenden Schlosses machte es möglich, die Tür aufzustoßen. »So, da wären wir«, sagte sie und hoffte, daß man ihr die Panik, die sie empfunden hatte, nicht ansah.

Wie eine Fremde trat sie in ihr eigenes Wohnzimmer, aber es hatte sich kaum etwas verändert. Nun ja, sie war ja nur ein paar Wochen fort gewesen. Sie schaute auf das Denim-Sofa, das sie in der Pottery Barn gekauft hatte, den langen Tisch am Fenster, den sie aus einem Katalog von Crate & Barrel bestellt hatte. Das alles würde sie zurücklassen, auch wenn sie teilweise dafür bezahlt hatte. Denk nicht an Reid, sagte sie sich. Alles, was sie hier interessierte, waren ihre persönlichen Habseligkeiten. »Stellen Sie ein paar von den Bücherkartons auf«, sagte sie zu den Packern. Sie ging zu den Regalen hinüber. »Die hier und die dort alle«, sagte sie. »Ich komme später zurück und sehe mir dieses Regal an. Und wenn einer von Ihnen bitte ein paar Kleiderkartons ins Schlafzimmer tragen würde.« Sean nickte und warf Thomas einen Blick zu. War ihnen jetzt klar, um was für eine Operation es sich hier handelte? Kam es oft vor, daß sie für scheidungswillige Frauen arbeiteten, die ihre Sachen abholten? Ohne sich noch weitere müßige Fragen zu stellen, ging Angie in ihr Schlafzimmer.

Es überraschte sie, daß das Bett ungemacht war. Natürlich war sie diejenige gewesen, die es früher gemacht hatte, aber sie nahm an, daß Reid Ordnung brauchte. Tatsächlich sah das ganze Zimmer chaotisch aus. Nicht schmutzig, aber unordentlich, mit Kleidungsstücken auf dem Boden, willkürlich verstreuten Zeitungen und Stapeln von Illustrierten. Aber etwas an dem Raum traf Angie fast wie ein Kraftfeld. Einen Moment lang fühlte sie sich, als versuche sie, sich unter Wasser zu bewegen, oder als sei die Luft fest geworden und drückte schwer auf ihre Schultern, ihre Arme, ihre Brust. Ihr Magen spannte sich an, und sie spürte, wie die Übelkeit zurückkehrte. Dieses Zimmer, wo sie so glücklich gewesen war, fühlte sich nun sehr, sehr bedrohlich an. Irgendwie erfüllte es sie mit tiefem Kummer – einem Kummer, der ihre Wut vergehen ließ. Sie wußte, daß sie hier beide glücklich gewesen waren. Was für eine Vergeudung, daß dieses Glück zerstört worden war.

Angie stellte schnell ein visuelles Inventar auf. Von allen Dingen im Raum würde sie nur mitnehmen, was ihr gehörte. Sie begann es einzusammeln und in den Armen zu halten wie Lebensmittel aus dem Regal in einem Supermarkt. Ihr Parfum, die beiden steinernen Schildkröten, die Reid ihr in Mexiko gekauft hatte, die schmale Rosenthal-Vase, die auf ihrem Nachttisch stand. Sie hatte eigentlich keine Lust, das Bettzeug zu berühren, aber sie nahm das kleine Kissen, das sie seit dem College hatte – das mit den Blütenknospen –, und hätte dabei fast alles andere fallen lassen. Sie rief Sean zu, er solle einen Karton bringen. Das tat er, und sie füllte ihn mit dem Krimskrams. Dann trat sie ins Badezimmer und füllte einen weiteren Karton mit ihrem Deodorant, ihrem Make-up, ihrem Fön, ihren Haarbürsten und anderem Zeug. Sie wollte nichts davon, aber sie würde ihre Tampons oder ihr Sprühgel ganz bestimmt nicht für den Sopran zurücklassen – oder irgendein anderes fremdes Mädchen, das Reid voraussichtlich hierherbringen würde.

Doch sie hielt einen Moment inne und betrachtete sich im Spiegel. Ihre Augen wirkten jetzt eher grün als blau. Lag es daran, daß ihr Gesicht ein bißchen gerötet war von der Anstrengung und den Gefühlen, mit denen sie fertig werden mußte? Ihre Wimperntusche war auf einer Seite verschmiert, und sie nahm sich die Zeit, sie abzuwischen und sich die Haare zu bürsten. Da sie schon einmal dabei war, legte sie auch frischen Lippenstift auf. Sie betrachtete sich im Spiegel. »Du hoffst, daß er kommen wird«, murmelte sie, und das Gesicht nickte ihr zu. »Du bist widerlich«, zischte sie laut. Genau in diesem Moment kam Sean wieder ins Schlafzimmer. Er hörte sie.

»Wie bitte?« fragte er verdutzt.

Verlegen erklärte sie, es sei nichts. Daraufhin lächelte er und musterte sie anerkennend von oben bis unten. Sie mußte besser aussehen, als sie dachte. »Ich brauche den Kleiderkarton dort«, fügte sie hinzu und wies auf den Schrank. Sie begann, Kleider, Kostüme und Jacken in den Kleiderkarton zu räumen, und drückte sie fest aneinander, um Platz zu sparen. Aber anscheinend besaß sie mehr zum Anziehen, als sie in Erinnerung hatte. Sie bemerkte ein blaues Seidenkleid, weil es sich von dem üblichen Braun, Beige und Rot abhob, das sie sonst trug. Sie nahm es heraus und hielt es von sich, den anderen Arm mit einer Ladung Kleider an Bügeln beschwert. Angie betrachtete das Kleid und ließ das andere Zeug – ihre eigenen Sachen – auf den Boden fallen.

»Kommen Sie, ich helfe Ihnen«, sagte Sean, der meinte, das sei ein Versehen gewesen, und hob die Kleidungsstücke wieder auf.

Wie aus weiter Ferne murmelte Angie ihren Dank. Dann ging sie, das blaue Kleid über dem Arm, ins Badezimmer zurück. Sie schloß die Tür hinter sich, sperrte sie ab und hängte das Kleid an den Haken neben der Wanne. Sie setzte sich auf den geschlossenen

Toilettendeckel und starrte das Kleid an. Es gehörte ihr nicht. Es hatte ihr nie gehört. Und selbst wenn Reid ein Transvestit war, ihm gehörte das Kleid auch nicht. Es mußte eine kleine Größe sein, er hätte nicht mal einen Arm hineingebracht. Angie starrte das böse Kleid an.

Es mußte dem Sopran gehören. Hatte Reid sie schon eingeladen, bei ihm zu wohnen? Angie und Reid waren seit weniger als einem Monat getrennt. Konnte das sein?

Angie ließ das Kleid, wo es war, und ging zurück ins Schlafzimmer. Wahrhaftig, dort im Schrank waren eine Jacke, einige nicht vertraute Jeans, zwei Blusen – eine weiße, eine blaue – und ein graues Bürokostüm. Darunter standen ordentlich aufgereiht vier Paar Schuhe: zwei Paar Pumps (eins schwarz, eins marineblau), ein Paar Reeboks und noch ein Paar flache Schuhe. Angie bückte sich. Sie hatten Größe siebeneinhalb. Sie nahm einen der schwarzen Pumps und streichelte das Wildleder. Während sie da auf dem Boden hockte, fühlte Angie sich plötzlich, als würde ihr Herz brechen. Irgend etwas zerrte innerlich fast physisch an ihr.

»Ich bringe den schon mal in die Diele«, sagte Sean, der den vollen Kleiderkarton wuchtete. »Soll ich den anderen reinholen?«

Angie sah sich um und nickte schweigend. »Wissen Sie, ich habe gedacht, ob Sie ... na ja, ob Sie vielleicht mit mir ein Bier trinken möchten, bevor wir mit dem Laster abfahren«, sagte Sean. »Das heißt, wenn Sie mit Helfern trinken.« Angie lächelte. Er war süß und hatte irische Grübchen. Aber im Augenblick mußte sie an anderes denken, wenn sie das Kompliment auch zu schätzen wußte.

»Ich bin verheiratet«, sagte sie. Sean zog die Augenbrauen hoch, sagte aber nichts. Er ließ sie allein, und sie stand auf, den Pumps noch immer in der Hand, und setzte sich auf den kleinen Stuhl in der Ecke, den sie aus ihrem alten Zimmer mitgebracht hatte. Sie hielt sich mit beiden Händen fest, als könne sie jemand herunterwerfen. Der Schuh lag wie ein totes Ding auf ihrem Schoß. Sie würde diesen Stuhl mitnehmen, dachte sie. Den Stuhl und alles andere und dann verschwinden.

Sie konnte Reid nicht verstehen. Sie konnte vielleicht noch verstehen, daß er sie betrogen und sich dann sogar besonnen hatte und sie wiederhaben wollte. Er hatte ihr den Ring möglicherweise als aufrichtige Geste geschenkt. Aber was sie nicht verstehen konnte, war, wie er ihr hatte sagen können, er wolle sie, er wolle ihr Gelübde erneuern, und sich dann binnen weniger Wochen mit einer anderen Frau zusammengetan hatte. Hatte er sie *überhaupt* je geliebt? Würde irgendein Partner sie lieben? War sie einfach ein Accessoire von Reid Wakefield gewesen wie seine Golfschläger, seine Squashrackets, seine marineblauen Blazer?

Die Erkenntnis, daß sie ihn angerufen und eine Tür geöffnet hatte, entsetzte sie. Wie peinlich, wie schwach. Sie wurde dunkelrot. Vielleicht würde er noch auftauchen. Das war das letzte, was sie wollte. Gott, sie sollte besser schnell machen, daß sie wegkam. Angie stand auf und rief Sean. »Ich nehme den hier mit«, sagte sie und meinte den Stuhl. In diesem Moment kam Reid ins Schlafzimmer.

»Ich kann es nicht glauben«, sagte er. »Gott sei Dank, daß du zu Hause bist.«

»Ich bin nicht zu Hause«, sagte Angie. »Ich packe, um zurückzufahren.« Unwillkürlich war sie verblüfft, wie groß und wirklich schön er war. Die zu langen Knochen und die zu breiten Schultern hätten ihn eigentlich klobig wirken lassen müssen, aber er besaß irgendeine angeborene Anmut, eine Art, sich zu bewegen, die ihn elegant wirken ließ. Sie wandte ihre Gedanken von seinem Aussehen und seiner Anziehungskraft auf sie ab, wenn es ihr auch schwerfiel. Ihr Magen verkrampfte sich schon wieder.

Reid kam nur einen Schritt weit ins Zimmer. »Bitte, Angie«, sagte er. »Sag mir, daß du hier bleiben möchtest, Angie.«

»Den Teufel möchte ich«, sagte Angie und wies in den Schrank. »Warum sollte ich auch? Damit sie und ich beide das Badezimmer mit dir teilen können? Sag mir nur, ob sie diejenige ist, mit der du das ganze Jahr geschlafen hast, oder eine neue.«

Angie haßte es, wie sie sich anhörte – zänkisch und darunter so offenkundig verletzt. Aber was sonst konnte sie tun, außer sich wie eine echte Wakefield benehmen und den Mund halten? Das konnte sie vergessen. Reid kam auf sie zu, und sie wich einen Schritt zurück und stieß gegen den Stuhl. Genau in dem Moment streckte Sean seinen Kopf ins Zimmer.

»Mit den Büchern sind wir fertig«, sagte er. »Was kommt als nächstes?«

»Der Couchtisch und die beiden blauen Lampen«, sagte sie zu

ihm, ohne den Blick vom Gesicht ihres Mannes zu wenden. Sean schaute rasch von ihr zu Reid und sagte kein Wort. Nachdem er verschwunden war, trat Reid einen weiteren Schritt vor.

»Angie, bitte. Beachte das gar nicht. Ich weiß, es war falsch und dumm. Ich war bloß so einsam ohne dich.« Er setzte sich auf die Kante ihres Bettes.

Jetzt wurde ihr klar, daß Reid eine gewisse attraktive Kindlichkeit an sich hatte. Vielleicht hätte er nicht so lieb und anziehend gewirkt, wenn er nicht so gut ausgesehen hätte. Aber zuzusehen, wie ein sexy, gutaussehender, großgewachsener Mann seine Schwächen und Ängste eingestand, wie Reid es immer getan hatte, war für Angie in gewisser Weise zutiefst rührend. Reid wurde wie ein kleiner Junge von seinen Gefühlen beherrscht. Vielleicht hatte sie sich deshalb mächtig gefühlt. Oder vielleicht hatte sie deshalb das falsche Empfinden gehabt, sie allein habe den Panzer seiner Vollkommenheit durchbrochen.

»Du weißt nicht, wie das gewesen ist. Gerade, als ich gemerkt hatte, wie leer und oberflächlich ich war und daß nur unsere Liebe zählte, hast du mich verlassen.« Er hatte den Kopf in die Hände gestützt, wies dann aber in Richtung Schrank. »Ich habe nur versucht durchzuhalten«, sagte er. »Ich kann mich nicht konzentrieren. Ich kann nicht essen. Ich trinke jeden Abend eine halbe Flasche Scotch. Ich fühle mich beschissen. Ich meine, ich weiß, ich bin beschissen, aber so fühle ich mich auch die ganze Zeit.« Er sah sie an, und seine Wimpern waren naß. »Nichts bedeutet mir etwas außer dir. Und du bist weggegangen.«

Ja. Seine Naivität war überaus attraktiv. Sie fragte sich, ob ihre eigene Bedürftigkeit irgend jemanden anziehen würde, entschied aber, daß dem nicht so war. Vermutlich meinte Reid sogar, was er sagte. Aber er hatte wahrscheinlich auch gemeint, was immer er zu dem Sopran gesagt hatte. Irgendwie war seine simple Art Falschheit. Er war so verwundbar. »Also hast du deine Freundin gebeten, bei dir einzuziehen – obwohl du sie gar nicht willst«, sagte Angie, nahm den Wildlederpumps in die Hand und schleuderte ihn mit aller Kraft nach Reid. Er traf ihn beinahe an der Brust, aber er hob schnell genug die Hände, um den Aufprall abzufangen. Das war Reid – im Grunde nie ohne einen gewissen Schutz. Unwillkürlich schüttelte Angie den Kopf. Was für eine dumme, unwirksame weibliche Waffe – mit einem schwarzen Wildlederpumps Größe siebeneinhalb auf das Herz des zukünftigen Exmannes zu zielen! Warum nicht mit einer Kugel Kaliber .38, einer von denen, die an der Spitze eingekerbt sind, so daß sie explodieren, wenn sie ihr Ziel treffen?

Reid stand vom Bett auf, ließ den Schuh fallen und kam durch den Raum zu ihr. Angie hatte auf einmal das Gefühl, alles bewege sich in Zeitlupe – während Reid näher kam, schien er sich zu entfernen. Sie wußte nicht, ob sie ihn an ihrer Seite wollte oder heraus aus dem Zimmer, dem Gebäude, ihrem Leben. Sie konnte sich nicht rühren. Sie fühlte sich, als vergingen Minuten, vielleicht Stunden, während er einen und dann noch einen Schritt auf sie zukam. Endlich stand er vor ihr, so dicht, daß sie den Wäschereigeruch seiner Hemdbrust riechen konnte. Schweigend stand er vor ihr, doch selbst während sie nicht mit Worten sprachen, spürte sie, wie jede Zelle ihres Körpers zu ihm hingezogen wurde, während seine Zellen ihr zustrebten. War es das, fragte sie sich, obwohl es jetzt irrelevant war, was man als animalischen Magnetismus bezeichnete? Endlich sprach er. »Ich liebe dich, Angie. Ich schwöre, ich liebe dich. Wenn du mir verzeihst, wirst du es nie bereuen.«

Angie lehnte den Kopf an seine Schulter, und sanft, ganz sanft legte er einen Arm um sie. »Ich habe den Ring weggegeben, den du mir geschenkt hast«, sagte Angie.

»Ich schenke dir einen neuen«, versicherte ihr Reid.

»Ich habe meinen Eltern gesagt, was du getan hast«, sagte Angie.

»Ich werde für den Rest meines Lebens mit der Schande leben.« Sanft, zärtlich streichelte er ihr Haar. Unwillkürlich erschauerte sie. Ihr Gesicht war gut, ihr Haar war gut, alles an ihr war gut. Ihr Kopf war leer, und das war eine Erleichterung. Sie ignorierte alle Schuldgefühle, alle Zweifel, die sie hatte.

Es fühlte sich so gut an, in seinen Armen geborgen zu sein … so gut, so gut. Angie wollte zuerst die eine und dann die andere Wange an seiner Brust reiben, wie Katzen es tun, um ihr Revier zu markieren.

Der Sopran bedeutete ihm nichts. Vielleicht konnte man diese ganze bizarre Zeit abschreiben, vergessen. Vielleicht war es nur ein Ausrutscher, und Reid hatte seine Lektion gelernt. Im Augenblick konnte Angie nicht denken. Es ging nicht um Denken.

Ein Geräusch kam aus dem Wohnzimmer, das Geräusch von etwas, das umfiel, aber mit einem Plumps, nicht krachend. Einer der Männer rief etwas, und eine weibliche Stimme antwortete ihm. Angie erstarrte. Das konnte nicht wahr sein. War es aber doch. Die Stimme. Der Sopran.

Die Tür schwang auf, und Lisa stand da. Angie, die sich ertappt und schuldig fühlte, trat einen Schritt von ihrem Mann zurück. Auch Reid wich einen Schritt zurück. »Was zum Teufel ist hier los?« fragte Lisa, eindeutig wütend, und blickte von Angie zu Reid.

Angie schämte sich. Schließlich hatte sie stundenlang Lisas Zeit damit vergeudet, ihr zu erzählen, wie sie diesen Mann haßte. Sie schaute zu Lisa hinüber, die sehr, sehr gut aussah – ihr Haar wirkte blonder, und sie wirkte größter und dünner denn je. »Du hast meine Nachricht bekommen«, begann Angie, aber im selben Moment sagte Reid: »Wie hast du ...?«

»Was zum Teufel machst du hier?« sagte Lisa zu Reid.

»Es ist meine Wohnung«, sagte er defensiv wie ein Kind.

»Lisa, es ist okay«, sagte Angie. »Wir haben angefangen, über alles zu reden.«

»Den Teufel habt ihr«, sagte Lisa, noch immer Reid ansehend. »Ich sollte dich beim Amt für Narzißmus anzeigen. Sie würden sofort herkommen und euch beide einsperren.«

»Wovon redest du?« fragte Angie.

»Oh, halt den Mund«, sagte Lisa heftig. »Weißt du, wie satt ich es habe, mir dein Gejammer anzuhören?« Sie sah Reid an. »Was glaubst du eigentlich, was du mir antust?« fragte sie.

So lange brauchte Angie, bis sie begriff. Doch dann begriff sie. Endlich. Sie sah von Reid, der die Augen abwandte, zu Lisa, die sie unverschämt anstarrte. Das blaue Kleid, die Schuhe, der Rat, sich fernzuhalten. Jetzt ergab alles einen Sinn. Größe vier. Der Sopran. Warum hatte sie bei den stundenlangen Gesprächen, ihren Klagen und Verwünschungen nie auf Lisas Stimme geachtet? Angie schüttelte den Kopf, drängte sich an Lisa vorbei und ging ins Wohnzimmer. »Das war alles«, sagte sie zu Sean und Thomas. »Packen Sie zusammen. Wir gehen.«

16. *Kapitel -*

in dem Michelle, die Kuchenfee, ein süßes Angebot macht

Michelle hatte seit der Razzia nicht schlafen können. Sie war erschöpft, aber jedesmal, wenn sie einzuschlummern begann, fuhr sie ruckartig wieder hoch, in kalten Schweiß gebadet. Sie konnte ihre rasenden Gedanken nicht abstellen. Sie wollte Frank nicht wecken, deswegen schlurfte sie hinunter in die Küche und beschloß, die Fächer aufzuräumen, die Post, Zeitschriften und Frankies Schulpapiere enthielten. Dort fand sie einen neongrünen Zettel mit der Erinnerung an den Gebäckbasar, der heute während aller Schulpausen stattfinden sollte. Gebäckbasare brachten immer am meisten ein, und so beschloß sie zu backen. Um halb vier Uhr morgens Schokoladentörtchen zu backen gehörte zwar nicht gerade zu ihren Hobbys, aber sie war zumindest beschäftigt.

Während sie die trockenen Zutaten abmaß – Mehl, Zucker, Walnüsse – und die acht Eier für die vier Bleche aufschlug, die sie backen würde, mußte Michelle sich eingestehen, daß Backen eine beruhigende Wirkung auf sie ausübte. Als das Aroma der Schokolade die Küche erfüllte, war sie dankbar für die Routine und den Optimismus ihrer Aufgabe.

Eine völlig aufgelöste Jada hatte ihr kurz nach halb vier den Schlüssel zu ihrem Haus gebracht, damit sie die Kinder rüberholen und in ihre eigenen Bettchen verfrachten konnte. Michelle hatte nicht ganz begriffen, was los war, aber kommentarlos gehandelt.

Nun ging Michelle auf die Eingangstür der Eleanor S. Windham Middle School zu, eine Hand fest um Frankies geschlossen, in der anderen einen großen Karton mit ihren hausgemachten Schokoladentörtchen. Frankie ging neben ihr, aber Jenna war schon vorausgelaufen – sie war bereits alt genug, um sich gedemütigt zu fühlen, wenn man sie überhaupt irgendwann mit ihrer Mutter in der Schule sah, und jetzt war die Situation noch viel abnormer –, damit es nicht so offensichtlich war, daß ihre Mutter sie hergefahren hatte.

Michelle tat, was sie konnte, um sich zu erholen und ihren Kindern zu helfen, den Schrecken der Festnahme zu überwinden, aber sie war nicht einmal sicher, ob es richtig war, Jenna zur Schule zu fahren – sie und Frank waren für Jenna ein Teil des Problems, also sollte sie vielleicht nicht erwarten, daß sie ein Teil der Lösung sein konnte. Üblicherweise fand sie, Kinder sollten lernen, für sich selbst einzustehen. Aber dies war keine normale Situation. Sie konnte nicht zulassen, daß ihre Tochter wegen des juristischen Problems ihrer Eltern im Schulbus angepöbelt wurde. Das war zuviel.

Michelle wußte aus eigener Erfahrung, wie grausam Kinder sein können – ein- oder zweimal war ihre Mutter erschienen, um sie von der Schule abzuholen, und Michelle, entsetzt über ihren Anblick, betrunken und schlampig, hatte gebetet, daß schnell Gras über die Sache wachsen würde. Danach hatte es Spott gegeben, und Michelle hatte ihn einfach ausgesessen, indem sie so tat, als höre sie nichts. Aber sie war insgesamt härter als Jenna – sie hatte es sein müssen. Michelle wollte auf keinen Fall, daß ihre Tochter so hart sein mußte wie sie selbst damals. Das war nicht gut für ein Kind. Jetzt, während sie zusah, wie Jenna in der Menge verschwand, als sie die schiefergepflasterte Vorhalle der Schule betrat, zwang sie sich, Frankies Hand loszulassen. Sie wollte nicht, daß er spürte, wie verängstigt und verloren sie war. Sie war nicht sicher, wie sie Mrs. Spencer, der Direktorin, oder auch nur Mrs. Spencers hochnäsiger, abweisender Sekretärin gegenübertreten sollte.

Die Razzia war schlimm genug gewesen, aber das Schlimmste hatte Michelle nicht gewußt – daß ihre private Folter groß und breit in der Zeitung gestanden hatte. Zwei Tage lang hatte Michelle bei allem Schlimmen den Vogel Strauß gespielt, dumm genug, sich einzubilden, ihre Demütigung sei privat gewesen – zumindest so privat, wie eine Polizeirazzia mit zwanzig Streifenwagen mitten in der Nacht eben sein kann. Ihr war nicht klar, daß ihre Erniedrigung auf den Frühstückstischen in ganz Westchester County nachzulesen gewesen war, bis Rick Bruzeman am Telefon erwähnt hatte, »das Presseecho« übe »keinen günstigen Einfluß auf die Grand Jury« aus. »Welches Presseecho?« hatte sie gefragt und gedacht, er scherze. Michelle war in sein Büro gefahren, um zu sehen, wovon er sprach, und war total schockiert gewesen. Aber sie hatte sich in der Kanzlei nicht danebenbenommen oder geweint, trotz des wachsenden Abscheus, den sie vor diesem Mann empfand. Sie hatte gewartet, bis sie in das Wrack ihres Hauses zurückkam, und sich dann zwei ganze Stunden lang im Badezimmer eingeschlossen. Sie hatte den Wecker auf halb drei gestellt, so daß sie genug Zeit hatte, ihr Gesicht mit Eis zu kühlen und die Kinder nicht zu erschrecken, wenn sie aus der Schule kamen.

Die beiden waren mit zusätzlichen Horrorgeschichten heimgekommen. Jenna weinte, weil ihr zwei ältere Mädchen im Bus vor der ganzen Horde hämischer Kinder den Rucksack abgenommen und so getan hatten, als durchsuchten sie ihn nach Drogen. Jenna war in ihr Zimmer gelaufen und hatte die Tür abgeschlossen. Frankie war still nach Hause gekommen und hatte schweigend einen Zettel hochgehalten. Er ging zum Fenster und schaute nach dem verschwundenen Pookie aus, während Michelle den Zettel las. Er kam von seiner Kindergärtnerin und berichtete, Frankie habe in der Klasse seine Hose genäßt, und man könne nicht von ihr erwarten, daß sie das saubermache. Sie habe ihn bestraft. Michelle hatte Frankie die urindurchweichten Osh Kosh ausgezogen, ihn gebadet und vor den Fernseher gesetzt, bevor sie nach oben ging, um Jenna zu trösten. Als Frank nach Hause kam, überließ sie ihm den Job. All das war die Hölle gewesen und war es noch. Aber sie und Frank hatten entschieden, es sei der richtige Weg, allem mit erhobenem Haupt standzuhalten.

Jetzt, an der Schultür, hob Michelle Frankie auf den Arm. Er war so klein, so leicht. Als sie durch den Gang ging, umgeben von lärmenden Kindern, konzentrierte sie sich auf den Gedanken, daß sie sich immer nur gewünscht hatte, ihren Mann und ihre Kinder zu lieben. Warum lag es in der Natur der Welt, diese eine Sache, die man wollte, zu nehmen und in soviel Schmerz zu verwandeln?

Heute morgen in das Büro der Direktorin zu gehen war genauso schwierig wie damals, als sie erst elf war. Aber Michelle würde nicht zulassen, daß man ihren Sohn oder ihre Tochter verletzte, ohne sich zu wehren. Sie erwartete nicht, daß die Schule sich dafür verantwortlich fühlte, die Dinge wieder ins Lot zu bringen, aber ihr konnte auch nicht erlaubt sein, alles noch schlimmer zu machen.

Michelle trat ein, nickte den vereinzelten Lehrern an ihren Postfächern zu und ging sofort zu Hillary Gross, der Sekretärin. »Ich bin hier, um Mrs. Spencer zu sprechen«, verkündete sie und war stolz, daß ihre Stimme nicht zitterte. »Kann ich den hierlassen, während ich mit ihr spreche?« fragte sie und stellte einen schweren Karton auf die Arbeitsplatte.

»Was ist das?« fragte Hillary Gross mit argwöhnischer Stimme.

Michelle wollte schon schnippisch antworten: »Herointörtchen!« Aber sie behielt die Nerven und lächelte statt dessen Frankie zu. »Nur etwas für den Gebäckbasar«, sagte sie mit der Stimme, die sie innerlich ›professionelle Mutter‹ nannte. Sie steuerte zielstrebig auf die Tür von Mrs. Spencers Büro zu. Jemand kam gerade heraus, und ehe sie daran gehindert werden konnte, streckte Michelle den Kopf hinein, hielt Frankie noch etwas höher, betrat Mrs. Spencers Zimmer und schloß hinter sich vor all den neugierigen, feindseligen Augen die Tür.

Mrs. Spencer saß an ihrem Schreibtisch, den Rücken zum Licht. Sie war eine der älteren weiblichen Bürokratinnen, ein bißchen moderner als die Feldwebel, von denen Michelle unterrichtet worden war, aber gewiß nicht das, was man als hingebungsvoll oder progressiv im Denken hätte bezeichnen können. Sie hatte zu stark dauergewellte graue Haare, und ihr burgunderroter Lippenstift war dunkler, aber nicht viel dunkler als ihre Altersflecken um Augen, Nase und Mund. »Bring das Boot nicht zum Schaukeln« hätte das Motto unter ihrem Foto im Jahrbuch der High-School sein können. Michelle versuchte erneut, ein freundliches Lächeln aufzusetzen, und nahm auf dem Stuhl gegenüber von Mrs. Spencer Platz, Frankie nach wie vor auf dem Arm.

»Danke, daß Sie mich empfangen«, sagte sie mit leiser, heiterer Stimme. »Ich muß schon in zehn Minuten beim Gebäckbasar sein, also habe ich nicht viel Zeit, und ich weiß, wie beschäftigt Sie sind.« Mrs. Spencer nickte. Sie war nicht scharf auf Klatsch oder Probleme. »Sie kennen Frankie, nicht wahr?« fragte Michelle.

»Ja. Natürlich«, sagte Mrs. Spencer, aber Michelle zweifelte daran. Die Frau war entschieden ein Schreibtischmodell und verließ ihr Büro so selten wie möglich.

»Ich werde Frankie bitten, sich draußen auf den Stuhl zu setzen«, sagte Michelle, noch immer mit freundlicher Stimme. Sie wandte sich an ihren Sohn. »Ich habe dir ein Buch mitgenommen, und es wird nicht lange dauern«, versprach sie. Sie stand wieder auf, ging zur Tür, setzte ihn auf die Bank, die davorstand, und gab ihm nicht nur sein Buch über *Pat, das Kaninchen,* sondern auch eine Tüte Saft und eine kleine Schachtel Rosinen. Frankie starrte nur auf seine Füße. Ihr brach das Herz, als sie ihn ansah, aber sie ließ ihn dort und ging zu Mrs. Spencer zurück, wobei sie die Tür hinter sich schloß.

»Ich bin nicht sicher, ob Sie unterrichtet sind«, sagte sie, und ihre Stimme klang jetzt herausfordernd, »aber meine Familie ist bestürzt über eine falsche Anschuldigung. Sie sollten unbedingt wissen, daß die Polizei zwar beteiligt war, daß es aber zu keiner Anklageerhebung gekommen ist und wahrscheinlich auch nicht kommen wird. Wir denken daran, die Stadt und den Bezirk wegen unrechtmäßiger Festnahme zu verklagen.« Michelle spürte, wie Mrs. Spencer sich bei ihren Worten versteifte. Sie suchte in ihrer Tasche herum, als wisse sie nicht genau, wo der beleidigende Zettel von Frankies Kindergärtnerin war, der, sorgfältig gefaltet, im Seitenfach steckte.

Mrs. Spencer beugte sich über ihren Schreibtisch, als wolle sie ihr bei der Suche helfen. »Ich hatte von der Festnahme gehört, und ich …«

»Wie ich schon sagte, es kam zu keiner Anklage«, unterbrach Michelle sie. »Mein Mann und ich wurden für ein paar Stunden festgenommen. Man hat uns große Angst eingejagt und uns dann wieder freigelassen. Er und ich waren Opfer irgendeiner Schmutzkampagne. Wie auch immer, ob Sie mir glauben oder nicht, unsere Kinder sind jedenfalls unschuldig, da stimmen Sie mir sicher zu.«

»Nun, in solchen Fällen sind die Kinder stets gewissen Dingen ausgesetzt, die …«

»In unserem Haus sind meine Kinder Liebe, Respekt und moralisches Verhalten gewöhnt«, sagte Michelle, während sie den Brief herausnahm und der Direktorin hinschob. »Das dagegen betrachte ich als lieb*loses,* respekt*loses* und *un*moralisches Verhalten.«

Mrs. Spencer nahm den Brief und warf einen kurzen Blick darauf. »Davon wußte ich nichts«, sagte sie. »Aber ich werde mich darum kümmern.«

»Nein, *ich* kümmere mich darum«, sagte Michelle. »Hier ist eine andere Einschätzung nötig. Sicher hat Miss Murchison gewußt, daß mein Sohn einigem Streß ausgesetzt war. Und daß Kinder untereinander äußerst unfreundlich sein können. Frankie ist im Kindergarten noch nie ein Mißgeschick passiert.« Michelles Stimme wurde lauter, und ihre Hände begannen zu zittern. »Wie konnte sie es wagen, ihn den ganzen Morgen in seinem Urin sitzen zu lassen? Vor den anderen Kindern. In der Ecke wie ein böser Junge. Wie konnte sie es wagen, ihn so zu demütigen und zu verraten?«

»Sie wissen, unsere Verwaltungspolitik hier ist, daß die Kinder sauber sein müssen, um den Kindergarten zu besuchen. Aber ich denke tatsächlich, daß Miss ...«

»Ich weiß definitiv, daß solche Mißgeschicke auch schon anderen Kindern passiert sind und daß die Standardpraxis dann darin besteht, dem Kind so schnell und diskret wie möglich etwas Trockenes anzuziehen. Warum hat Miss Murchison sich anders verhalten? Warum hat sie meinen Sohn bestraft?« Ohne auf eine Antwort der nutzlosen Frau zu warten, stand Michelle auf. »Das sollte besser nicht noch einmal vorkommen, Mrs. Spencer«, sagte sie zu ihr. »Tatsächlich sollten meinem Sohn etwas mehr Freundlichkeit und nette Behandlung zuteil werden, denn sonst werden wir diese Schule verklagen, und diese Klage wird so teuer werden, daß die Bezüge aller Direktoren des Bezirks auch nicht *annähernd* ausreichen, um sie zu bezahlen.« Michelle drehte sich um und ging zur Tür. »Ich bringe Frankie zu Miss Murchison hinunter«, sagte sie. »Dann gehe ich zum Gebäckverkauf. Ich verlasse mich darauf, daß Sie mit dieser Frau reden und daß mein Sohn morgen Gruppenerster sein darf und heute neben ihr sitzen wird, wenn Geschichten vorgelesen werden. Weil er im Moment ein bißchen Hilfe gebrauchen kann.«

Michelle fühlte sich, als müsse sie unbedingt in Bewegung bleiben. Sie schnappte sich ihren Sohn und den Karton mit ihren Törtchen und nickte Hillary Gross und allen anderen zu, die sich dort als Publikum versammelt hatten. Sie trug den Kopf mit dem Pferdeschwanz hoch, und ihr langer, angespannter Körper drückte mit jeder Bewegung stolze Haltung aus. Nachdem sie ihren Sohn und ihr Gebäck wiederhatte, wandte sie allen den Rücken zu und strebte den Gang hinunter.

Sie setzte Frankie bei Miss Murchison ab, wobei es zu einem geflüsterten, aber heftigen Wortwechsel kam, und ging dann weiter in die Cafeteria. Dort hatten zwei Frauen bereits die traditionellen Papiertischtücher mit der Aufschrift »Heute Gebäckbasar« aufgelegt und verteilten die eintreffenden Backwaren.

Die große, hallende Cafeteria zu betreten, fiel Michelle schwer. Sie brauchte Frank wirklich. Sie brauchte seine Kraft. Aber das Komische war, daß seine Stärke manchmal auch effektiv ein Problem sein konnte. Er hätte Mrs. Spencers Büro kurz und klein geschlagen. Er hätte alles noch schlimmer gemacht. Er hätte geschrien, wobei Hillary Gross und alle anderen in diesem Büro endlich etwas zu gaffen gehabt hätten. Aus diesem Grund hatte Michelle trotz seiner Stärke gelernt, manche Dinge allein zu erledigen. Sie war nicht wirklich gut darin, aber auf lange Sicht war es so am besten. Jetzt jedoch vermißte sie ihn verzweifelt.

Bleib in Bewegung, sagte sie sich, und halt den Kopf hoch. Eine andere Mutter, eine ältere Frau mit schwarz gefärbten Haaren, packte einen Biskuitkuchen aus, während eine rothaarige, die sie beim Elternabend kennengelernt hatte – Minna oder Mona, Michelle wußte es nicht mehr genau –, vor einer Geldkassette saß und Scheine und Münzen zählte. Rotschöpfe verbündeten sich gewöhnlich mit anderen Rotschöpfen. Gut. Michelle hob den schweren Karton und setzte ihn vor Mona (oder Minna) ab. Wieder lächelte sie strahlend. »Hi«, sagte sie und streckte die Hand aus. »Wir sind uns schon mal begegnet. Ich bin Michelle Russo.«

Minna – oder Mona – nickte, schaute dann aber weg. Ihre Augen wanderten zu irgendeiner Stelle über den geschlossenen Fenstern der Cafeteria. Sie gab weder ihre Hand noch ihren Namen preis. Michelle wußte, sie hätte sich kühl geben und einfach den Mund halten sollen, aber sie versuchte, es durchzustehen. »Ich habe Schokoladentörtchen gebacken«, zwitscherte sie. »Mrs. Russos berühmte Spezialmischung mit der doppelten Portion Schokolade.« Sie wandte sich an die andere Frau, die sie schweigend beobachtete. »Ich weiß, viele Frauen bringen Schokoladentörtchen mit«, sagte sie, »aber meine sind mit echten Schokostreuseln verziert. Andere behaupten das auch, aber bei mir stimmt es wirklich. Und sie gelingen immer.« Das Schweigen war ein bißchen erschreckend. Sie schaute auf den Tisch nieder. Krümel. Sie fing an, sie zu einem kleinen Häufchen zusammenzuschieben. Einer klebte an der Resopalplatte fest, und sie kratzte ihn mit dem Fingernagel ab. »Ich habe vier Bleche gebacken«, fuhr sie fort, entsetzt über ihre eigene Verzweiflung. »Das sind achtundvierzig Törtchen. Und ich mahle die Nüsse dafür selbst. Finden Sie nicht, daß geschält gekaufte Walnüsse nie richtig frisch schmecken?« Nichts. Keinerlei Reaktion. Es war, als hätten sie sie nicht gehört. Diese beiden Frauen starrten sie an, als sei sie ein Wesen von einem anderen Planeten, das vor ihnen in der Luft schwebte und völlig sinnlos den Mund öffnete und schloß.

Michelle hatte keine Zeit zum Nachdenken. Sie stand vor ihnen und mußte einen Kontakt herstellen. Sie wischte die Krümel in ihre Hand und wußte dann nicht, was sie damit machen sollte. Sie konnte sie nicht einfach zu Boden fallen lassen. Also steckte sie sie in ihre Tasche. Widerlich. »Wissen Sie, das war so komisch – als meine Tochter hier auf die Schule kam, gab es in der zweiten Klasse gerade einen großen Gebäckbasar, um ein paar zusätzliche Laptops oder so etwas anzuschaffen, ich weiß nicht mehr genau.« Sie hielt eine Minute inne, um nachzudenken, und hörte, wie ihr ein kleines Lachen entschlüpfte. Die beiden Frauen standen da, und eine weitere trat hinzu, eine Platte mit Kuchen in der Hand. Halt doch einfach den Mund, Michelle, sagte sie zu sich selbst, aber sie brachte es nicht fertig. Irgendwie war es ganz, ganz wichtig geworden, daß sie die gläserne Wand durchbrach und die Menschlichkeit dieser Frauen ansprach. Wenn sie das jetzt schaffte, würde alles gut werden. Wenn nicht... »Wie auch immer, eines der Kinder brachte eine riesige Fahne mit, und man spannte sie vor die Tische. Erst spät am Tag bemerkte jemand, was auf der Fahne stand, nämlich ›Altbackener Kuchen‹. An dem Tag haben sich nicht mal meine Schokoladentörtchen gut verkauft.« Sie stieß ein kleines, selbstironisches Kichern aus. Die Frau mit der Platte stellte diese auf dem Tisch neben Michelle ab. Im Gegensatz zu den beiden anderen machte sie kein erstarrtes Gesicht, Gott sei Dank. Sie runzelte die Brauen und starrte Michelle offen und fragend an.

»Ihr Gesicht habe ich schon mal gesehen«, sagte sie. »Woher kenne ich Sie?«

»Aus den Zeitungen«, antwortete das rothaarige Luder, ehe Michelle irgend etwas sagen konnte. Soviel zur Solidarität unter Rotschöpfen.

Michelle ließ ihre Schokoladentörtchen stehen.

Sie ging zurück zu Frankies Kindergartenzimmer, schaute hinein und sah ihn auf seinem Stühlchen neben Miss Murchison sitzen. Dann ging sie so langsam wie möglich, damit es nicht aussah, als trete sie geschlagen die Flucht an, zu ihrem Auto hinaus. Noch war es nicht wirklich kalt. Nur frisch. Trotzdem empfand sie sich als merkwürdig gefroren oder gesprungen, wie ein Stück Eis. Sie stieg in den Wagen, schob eine Kassette von Celine Dion in den Recorder und drehte den Zündschlüssel. Sorgfältig steuerte sie aus der Parklücke. Sie behielt eine Hand am Steuer, doch die andere drückte sie leicht an ihr Herz. Sie weinte nicht, sondern tätschelte sich ein wenig und sagte laut: »Das war hart. Das war hart, aber du hast es gut gemacht. Die anderen sind unwichtig. Du hast es wirklich gut gemacht.«

Sie hoffte, sich selbst zu überzeugen.

»O Frank, sie waren schrecklich«, sagte Michelle zu ihrem Mann. Er hielt sie um die Taille gefaßt, und sie stand in der behaglichen Wärme ihrer Küche an ihn gelehnt. »Schrecklich. Ich meine, kein Wunder, daß die Kinder so durcheinander sind. Ich bin erwachsen und…« Sie verstummte. Was war sie? Wütend, verletzt, empört. Und – sie haßte es, das zuzugeben – sie schämte sich sogar.

Frank ließ sie los und entfernte sich vom Tisch, wobei er krachend einen Stuhl wegstieß. »Ich fahre da hin«, sagte er. »Ich fahre da hin und rede mit diesen miesen Weibern.«

O Gott! Das hatte noch gefehlt. Michelle konnte die Schlagzeile förmlich sehen: DROGENBOSS VERPRÜGELT BEI GEBÄCKVERKAUF ALTE SCHULDIREKTORIN UND SCHÜLERMÜTTER. Sie faßte Frank beim Handgelenk und zog ihn wieder an den Tisch. Warum hatte sie nicht daran gedacht, ein paar von den Schokoladentörtchen für die Familie aufzuheben? Gott, was war sie für eine Idiotin! Sie hatte so übertrieben überkompensiert, daß sie die ganzen vier Dutzend der Schule gegeben hatte. Sie wünschte sich, sie könnte jetzt eines vor Frank hinstellen, ihm ein beruhigendes Glas Milch einschenken und seine Aufmerksamkeit ablenken. Manchmal war Frank, so stark und gut er auch war, viel zu direkt. Gewisse Dinge konnte man nicht durch die Wahrheit oder durch größere Lautstärke in Ordnung bringen. Sie bemerkte einen Schmutzfleck auf dem Chromgriff der Kühlschranktür. Sie hatte gedacht, nach dem Backen hätte sie alles saubergemacht. Sie nahm den Schwamm und ging auf den Kühlschrank zu.

»Was tust du, Michelle?« fragte er.

Sie hielt inne, doch der Schmutzfleck starrte sie an. Sie mußte ihn abwischen. Sie tat es. Dann legte sie den Schwamm hin und sah Frank an. »Nichts«, sagte sie.

In den letzten zwei Tagen war er ausgegangen und hatte Rechtsanwälte angeschrien, oder er hatte zu Hause telefoniert und andere Anwälte angeschrien. Michelle hätte ihm gern gesagt, daß es vielleicht hilfreich wäre, mehr zuzuhören und weniger zu schreien, aber er war halt ein sehr direkter Mensch. Michelle sah, daß er von den Fallstricken und Tücken des Gesetzes bereits unerträglich frustriert war. Wie würde es ihm erst gehen, wenn diese Sache sich hinzog? Ihr lief ein kalter Schauder über den Rücken. Gott sei Dank hielt Frank inne und faßte sie am Handgelenk. Er zog sie auf den anderen Stuhl. Sie sah ihn an.

Sie erzählte ihm stets alles. Das war nicht in allen Fällen richtig – er war so besorgt, daß er sich ständig einmischen wollte –, aber Michelle hatte bereits heute morgen, bevor sie ging, erklärt, daß es zwecklos war, die Lehrer und die anderen Kinder anzubrüllen, damit sie ihre Kinder besser behandelten. Das hatte er verstanden. Jetzt sah er sie an und packte ihr Handgelenk fester. Auch sie verstärkte den Druck ihrer Hand.

»Michelle, ich kann es nicht fassen, daß ich euch soviel Kummer zumute«, sagte er. »Verdammt, ich kann es nicht fassen.«

»Es ist nicht deine Schuld«, sagte Michelle. Sie fühlte sich von dem eigentlichen Problem abgeschnitten. Sie kämpfte nur mit den Nachwirkungen. Sie legte die Hände auf den Eßtisch. Sie würde versuchen, in Ruhe das Gesamtbild zu betrachten.

»Frank, was geht da vor? Wie können sie dir das antun?«

»Das zu erklären würde zu lange dauern, Michelle.« Unwillkürlich mußte sie denken, daß er selbst keine Ahnung hatte.

»Warum versuchst du nicht, es mir zu erklären? Weißt du, es ist auch mein Leben.«

»Schau mal, sie wollen jemandes Blut sehen. Aber meines werden sie nicht kriegen. Der Bezirksstaatsanwalt hat irgendeinen geheimen Informanten, aber wenn Anklage erhoben würde, wäre das inzwischen bereits passiert.«

»Also wirst du nicht angeklagt?«

»Nein. Sie können mir nichts vorwerfen.«

»Und es wird keinen Prozeß geben.«

»Natürlich nicht. All das wird vorbeigehen. Aber stell eine Liste auf, Michelle. Stell eine Liste auf.«

»Das tue ich bereits.«

»Schau, wenn diese Sache vorbei ist und wenn sie sich bei mir entschuldigt haben, dann werde ich dafür sorgen, daß von Pataki an abwärts jeder herkommt und dir die Füße küßt«, sagte er mit leuchtendem Blick. Sie liebte seine tiefen braunen Augen. Derentwegen hatte sie ihn geheiratet.

»Mit oder ohne Schuhe?« fragte Michelle. Für ihn mußte sie sich stark geben, um ihm da hindurchzuhelfen.

»Mit Schuhen«, sagte er, ohne zu lachen oder seine Intensität zu verlieren. »Ich will nicht, daß sie es genießen. Nur ich darf deine nackten Füße küssen.« Er bewegte seine Hand zu ihren Fingerspitzen und zog sie an seine Wange; dann küßte er jede einzelne. »Du warst sehr tapfer, Michelle. Du bist nicht mehr das kleine Mädchen, das ich geheiratet habe.«

Michelle wußte nicht, warum diese schreckliche Sache über sie gekommen war. Es war unfair, es war erschreckend, es war furchtbar. Ein ganz, ganz vereinzelter Teil von ihr hatte sich gefragt, ob nicht eine entfernte Möglichkeit bestünde, daß Frank irgendwie, sie wußte nicht wie, aber daß Frank irgendwie vielleicht – nicht schuldig war, sie wußte, daß er das nicht war, aber ... in etwas verwickelt war oder ... etwas wußte. Es war nur eine verschwindend kleine Ungewißheit gewesen, aber als Michelle jetzt in Franks Augen sah, schämte sie sich, auch nur im entferntesten daran gedacht zu haben.

Michelle stand den Rest des Vormittags durch, und als Frank am frühen Nachmittag etwas besorgen mußte und sie fragte, ob mit ihr alles in Ordnung sei, konnte sie fast ehrlich mit ja antworten. Sie hatte weiter geputzt und aufgeräumt. Das Auflisten kaputter Sachen, die sie ersetzen mußten, übte einen beruhigenden Einfluß auf sie aus. Kaputte Dinge konnte man reparieren oder ersetzen. Aber was war mit ihrem Leben? Sie beschloß, am nächsten Morgen zur Arbeit zu gehen. Sie atmete ein paarmal tief durch. Und so drehte sich Michelle um Viertel nach drei, als Jenna durch die Tür kam, nach ihr um und begrüßte sie mit einem strahlenden Lächeln – bis sie Jennas ausdrucksloses Gesicht sah. »Was ist?« fragte Michelle und kniete sich neben ihre Tochter nieder. »Was ist?«

Jenna zog sich den Schulrucksack vom Rücken. »Was ist?« wiederholte Michelle, und diesmal meinte sie den Rucksack. Aber noch während sie dort kniete und hineinspähte, wußte sie Bescheid.

»Die Schokoladentörtchen«, sagte Jenna mit tonloser Stimme. »Die Dame hat gesagt, ich soll dir sagen, daß sie keiner wollte.«

17. *Kapitel -*

das eine fruchtlose Suche enthält

Jada stieg aus dem Wagen und lief zur Telefonzelle, die nur drei Parklücken von ihrem Auto entfernt war. Sie rief erneut im Büro an, um sicherzustellen, daß alles unter Kontrolle war, und gab Anne kurze Anweisungen, was zu tun sei. Dann betrat sie den Supermarkt, benutzte die dortige Toilette und kaufte sich noch einen Becher Kaffee, obwohl das Koffein bereits in den Arterien ihres Kopfes surrte. Sie wußte, sie sollte etwas essen, aber ihr Magen rebellierte, und die scheußlichen Gebäckstücke und billigen Brote und Brötchen, die in der schmutzigen Theke ausgestellt waren, beleidigten ihre Augen. Gräßliches Yonkers. Sie nahm den Kaffee und ging zum Auto zurück.

Sie hatte drei Stunden vor Mrs. Jacksons Haus zugebracht, aber sie hatte keinerlei Akvititäten gesehen. Natürlich, es waren die Stunden von vier bis sieben Uhr früh gewesen, aber auch jetzt war an diesem grauen Novembermorgen im ersten Stock des schäbigen Dreifamilienhauses, das Mrs. Jackson als ihr Heim bezeichnete, weder Licht noch Bewegung wahrzunehmen.

Doch irgendwo mußte Clinton mit ihren Kindern sein. Er war sicher nicht mit ihnen in ein Hotel oder Motel gezogen. Erstens konnte er sich das gar nicht leisten, und zweitens würde nicht einmal Clinton die Kinder so durcheinanderbringen. Im übrigen – würde irgendein anständiges Hotel mitten in der Nacht einen Mann mit drei kleinen Kindern aufnehmen? Sie hoffte nicht.

Sie stieg in den Wagen und ließ den Motor an, um es etwas wärmer zu haben. Gott sei Dank waren Volvos für Skandinavien gebaut. Sie schaltete die Sitzheizung ein, um nicht mehr zittern zu müssen, aber sie war nicht sicher, ob sie vor Kälte zitterte. Eher vor Wut und Angst.

Ihr war in den Sinn gekommen, daß es schon unzurechnungsfähige Väter gegeben hatte, die mit ihren Kindern wegliefen, um sie zu verbrennen oder zu erschießen oder... aber während sie den Rücken an die sich erwärmende Lehne drückte, sagte sie sich entschlossen, daß Clinton nicht unzurechnungsfähig war. Wütend, rachsüchtig, selbstverliebt, das ja. Aber unzurechnungsfähig – nein. Sie durfte nicht an unrealistischen Wahnsinn denken, sondern mußte sich auf den Wahnsinn ihrer gegenwärtigen Realität einstellen.

Obwohl Jada sich nie wirklich mit ihrer Schwiegermutter verstanden und im letzten Jahr nur bei Besuchen mit den Kindern mit ihr gesprochen hatte, sagte sie sich, daß jetzt nicht der Moment für falschen Stolz war. Es war nach neun, und da oben war kein Lebenszeichen zu sehen. So seltsam es Mrs. Jackson auch vorkommen mochte, sie würde zu ihr gehen müssen, um festzustellen, ob ihre Schwiegermutter irgend etwas wußte. Sie hoffte, daß es so war. Vielleicht würde sie Glück haben: Wenn die Tür aufging, würde sie eventuell Kevon an einem Ende des Sofas und Sherrilee am anderen schlafen sehen. Dann würde sie hineinstürmen und sich ihre Kinder nehmen, und keiner würde sie daran hindern können. Keiner.

Jada trank noch einen Schluck Kaffee, stellte den Becher in den Ständer, schaltete die Zündung aus, nahm die Schlüssel, stieg aus dem Auto, versperrte die Tür und überquerte die Straße. Jede einzelne dieser Handlungen erschöpfte sie, aber jetzt mußte sie den Krieg ausfechten. Während sie die Holztreppe in den ersten Stock hochstieg, warnte sie sich, daß sie auf alles gefaßt sein mußte – sogar auf physische Gewalt. Clinton hatte nie die Hand gegen sie erhoben, aber wenn er sie auch nur anfaßte, wenn er sie daran zu hindern versuchte, sich ihre Kinder zurückzuholen, würde sie ihn mit allem angreifen, was sie hatte. Es war komisch – all die kleinen Aktivitäten, wie Anne anzurufen, sich Kaffee zu holen, den Motor abzustellen, schienen entmutigend und kaum zu bewältigen, aber mit Händen und Füßen auf Clinton einzuschlagen und zu treten kam ihr vor, als könne sie das stundenlang, ohne zu ermüden.

Als sie zur Tür kam, gestattete sie sich nicht, noch einen Moment nachzudenken. Sie klopfte und wartete auf Antwort. Als sich nichts rührte, klopfte sie erneut. Und sie lugte durch das Glas des Fensters, aber die Küche war dunkel und völlig leer. Sie rüttelte ergebnislos an der Tür.

Jada hatte nie das Gesetz gebrochen. Als Kind hatte sie nie Süßigkeiten gestohlen, sie hatte nie die vorgeschriebene Geschwindigkeit überschritten. Sie hatte nicht einmal verkehrswidrig die Straße überquert. Eine schwarze Frau in einer weißen Stadt konnte das nicht. Aber jetzt mußte sie in dieses Haus hinein. Vielleicht versteckte Clinton ihre Kinder. Sie war kein Einbrecher, aber ohne auch nur einen Augenblick zu zögern, zog sie ihren Schuh aus, schlug ein Loch in eine Ecke der Scheibe, um die Öffnung zu vergrößern. Dann zog sie ihren Schuh wieder an und streckte die Hand durch die zerbrochene Scheibe, drehte am Schloß und öffnete die Tür.

Sobald sie in der Wohnung war, wußte sie, daß niemand zu Hause war. Die Luft hatte die stille Qualität der Leere, nicht schlafender Menschen. Doch um sicher zu sein, ging sie durch alle wie stets unaufgeräumten Zimmer. Mrs. Jackson war als Hausfrau genauso faul wie ihr verdammter Sohn. Jada schüttelte den Kopf über die mit schmutziger Wäsche und Schlimmerem vollgestopften Plastiktüten, die an den Wänden herumlehnten. Nachdem sie auch noch in Mrs. Jacksons Schlafzimmer geschaut hatte, wollte sie schon gehen – bis ihr einfiel, zum Telefon zu gehen. Auf einem Stück Pappe, das aus einer Getreideflockenpackung herausgerissen worden war, standen einige Telefonnummern. Eine erkannte sie sofort als die Nummer in Yonkers, die so oft auf ihren Rechnungen aufgetaucht war.

Tonya Greens Nummer. Das würde er nicht tun. Er würde nicht ihre Babys nehmen und in das Haus dieser Schlampe bringen. Das war unmöglich. Sie konnte es kaum fassen, aber sie wußte, daß es so sein mußte. Sie mußten das zusammen ausgeheckt haben. Tonya war eine gute Christin, die versuchen würde, die Schuldgefühle wegen ihres Ehebruchs dadurch zu beschwichtigen, daß sie sich um die Kinder ihres neuen Mannes kümmerte.

»Dort waren sie auch nicht«, berichtete Jada, und Michelle streckte die Hand aus und tätschelte ihr Knie. »Sie waren nicht da, Clinton war nicht da, aber Tonya war auch nicht da. Ich glaube, sie sind alle zusammen irgendwohin gefahren. Ich habe umsonst die halbe Nacht da draußen in Dunkelheit und Kälte gesessen.«

»Und ich habe die ganze Nacht Schokoladentörtchen gebacken, damit man meine Tochter beleidigen konnte. Die Dinge stehen nicht gut.« Kopfschüttelnd stand Michelle auf. Ihr Pferdeschwanz schwang hin und her, als sie zur Kaffeemaschine ging und die Kanne an den Tisch trug. Sie schenkte zwei weitere Becher ein, obwohl Jada wußte, wenn sie noch eine einzige Tasse Kaffee trank, würde sie ein Fall fürs Krankenhaus werden. »Wohin können sie nur gegangen sein?« fragte Michelle. »Ach, Jada, es ist so furchtbar. Ich dachte, das Schlimmste wäre mir passiert. Ich weiß, wie schrecklich das Wissen ist, daß Pookie irgendwo da draußen ist, ohne daß wir ihn finden können. Für dich muß es weitaus grauenvoller sein. Es ist ein Alptraum. Ein Horrorfilm. Wie konnte das alles passieren?«

»Hast du schon mal daran gedacht, daß es daran liegen könnte, daß wir in der Elm Street wohnen? Du weißt schon, Unglücksbringer wie im Kino oder so?« fragte Jada, um die Belastung zu lindern.

»Vielleicht«, räumte Michelle ein, »aber Lucy Perkins aus dem Maple Drive hat ein Kind mit Leukämie. Das ist noch fürchterlicher.« Jada nickte und sprach ein stilles Gebet für das Kind der Perkins' und ein Dankgebet dafür, daß ihre Kinder gesund waren, wenn auch verschwunden, aber sie fühlte sich danach nicht besser. In diesem Moment, Gott möge ihr verzeihen, wünschte sie Clinton eine Leukämie an den Hals. Und sie wollte ihre Kinder wiederhaben.

»Ich weiß, was du im Augenblick durchzumachen hast, aber ich wußte nicht, wo ich sonst hingehen sollte. Ich bin ... es tut mir wirklich leid, ich ...«

»Ach, komm schon. Hör mal, du brauchst einen Anwalt, und zwar sofort. So ungefähr das einzig Gute an all dem ist, daß ich jetzt einen Anwalt habe, und wenn der nicht weiß, was zu tun ist, dann kennt er jemanden, der es weiß. Wasch dir das Gesicht, während ich ihn anrufe. In fünfzehn Minuten können wir bei ihm sein. Der Kerl ist der widerlichste Kotzbrocken, den du je getroffen hast, aber er hat geschäftliche und sonstige Beziehungen zu jedem im Bezirk. Du brauchst einen guten Anwalt, Jada. Rick Bruzeman ist kein guter Mensch, aber Frank sagt, daß er ein wirklich guter Anwalt ist.«

Jada, die versuchte, eine Art emotionaler Kontrolle zu behalten, stand auf. »In Ordnung«, nickte sie. »Zuerst das, und dann gehe ich zu meinem Pfarrer.«

»Also abgemacht. Wir haben einen Plan«, bestätigte Michelle.

Binnen weniger als fünfzehn Minuten saßen sie im Auto, und in Anbetracht der Zeit, die Michelle sonst brauchte, um sich fertig zu machen, war das ein großes Opfer ihrerseits. Sie fuhren zusammen in Michelles Auto – Jada hatte für eine Weile mehr als genug von dem Volvo. Unterwegs, während Michelle in der Gegend nach Pookie Ausschau hielt, erzählte sie Jada von Bruzeman und dem, was er gesagt hatte. Jada zog aus all dem den etwas verkürzten Schluß, daß Zeit eine wesentliche Rolle spielte.

Das bedeutete jedoch nicht, daß seine Empfangssekretärin sie nicht fast fünfundzwanzig Minuten warten ließ. Jada nahm ein *Fortune* zur Hand – die Art Zeitschrift, die weiße Anwälte in ihren weißen Wartezimmern liegen hatten – und blätterte es durch. Bei einem Artikel über den einsiedlerischen Clan der Moyers – einige alte Brüder, die soviel Reichtum geerbt hatten, daß sie den größten Teil ihres Lebens mit Streitereien darüber verbrachten, wem wie viele Milliarden gehörten – hielt sie inne. Sie zeigte Michelle den Artikel. »Meinst du, Charles Henderson Moyer würde mir ein paar Dollar leihen, um eine Scheidung zu bezahlen?«

»Das bezweifle ich. Wenn einer von denen ein Hobby hat, dann Nehmen, nicht Geben. So sind sie überhaupt erst reich geworden.«

Jada konnte inzwischen kaum noch sprechen, so hysterisch, verängstigt und wütend war sie. Auf dem Tisch im Warteraum lagen noch mehr Zeitungen und Finanzmagazine, aber sie konnte sich nicht mehr konzentrieren. Sie hatte nicht geschlafen, war aber trotzdem nicht müde. Sie mußte mit dieser überdrehten Energie etwas tun. Sie hatte sich gerade entschlossen, noch einmal in der Bank anzurufen, als Bruzemans Sekretärin erschien und sie durch den Gang führte.

»Hallo, Michelle«, sagte Rick Bruzeman, als sie den riesigen Raum betraten. Als er zu ihr aufblickte, sah Jada in seinen Augen die Überraschung über die Tatsache, daß sie schwarz war. Er war ein kleiner Mann mit einer Sonnenbräune, die aussah, als habe er sie an einem tropischen Ort erworben, vielleicht in diesem Ferienhotel in Barbados, von dem ihre Eltern weniger als eine Meile entfernt wohnten, in dem sie aber nie gewesen waren. Sein graues Haar wurde dünn, und sie war groß genug, um den kahlen Fleck auf seinem Oberkopf zu sehen. Sein Schnurrbart war überraschend schmal und schien in seinem Gesicht herumzuwandern, wenn er sprach. Er schaffte es, Michelle so zu umarmen, daß es kühl wirkte. Dann lächelte er, sein Schnurrbart zuckte, und er forderte sie auf, sich auf das Sofa zu setzen, damit sie es bequem hätten – als könne Jada überhaupt Bequemlichkeit empfinden. Michelle tätschelte Jadas Hand, als sie sich neben ihre Freundin auf das Sofa niederließ. Bruzeman fragte, ob sie Kaffee wollten, doch beide Frauen schüttelten den Kopf.

»Ich möchte einfach anfangen«, sagte Jada.

Michelle erzählte die ganze traurige Geschichte. Sie gab Bruzeman nur einige wenige Hintergrundinformationen und schilderte dann, wie Jada ihr beim Aufräumen geholfen hatte und dadurch belohnt worden war, daß ihr Mann verschwunden war und ihre Kinder entführt hatte.

»Nun«, sagte Bruzeman, als sie fertig war. »Das ist keine Entführung, also keine Sache für die Polizei. Er ist der Vater der Kinder, aber es ist ernst.« Jada beherrschte sich und sagte nur, das wisse sie. »Es ist ernst, aber es ist nicht ungewöhnlich, obwohl es meistens die Frau ist, die mit den Kindern weggeht. Was wir brauchen, ist eine sofortige Entscheidung über das vorläufige Sorgerecht. Das bedeutet, daß ich heute noch zum Gericht gehen und das beantragen muß. Wir müssen sowohl aggressiv als auch schnell vorgehen. Ich schlage vor, daß Sie auch ein anhängiges Verfahren geltend machen.« Er legte eine Pause ein und wartete darauf, daß eine von ihnen fragte, was das sei. Jada und Michelle fragten gleichzeitig. »Bei anhängigen Verfahren können Sie sofortige Unterhaltszahlungen für die Kinder bis zum Prozeß beantragen. Wenn wir schnell genug sind, haben wir den Vorteil, daß wir als erste zuschlagen. Das anhängige Verfahren gilt, bis vor Gericht offiziell über Sorgerecht und Unterhalt verhandelt wird.« Er beugte sich vor und lächelte zum erstenmal. »Tatsache ist, daß das Monate dauern kann. In der Zwischenzeit muß Ihr Ehemann Unterhalt zahlen.«

»Er hat kein Geld«, sagte Jada.

»Dann muß er sich welches beschaffen. Weil er ins Gefängnis kommt, wenn er nicht zahlt. Wegen Mißachtung. Am Ende kann das Gericht natürlich entscheiden, daß der Betrag gesenkt oder geändert wird, aber bis dahin bezahlt er, oder er sieht den Himmel hinter Gittern.« Er nahm einen Notizblock und zog einen goldenen Stift aus der Tasche. »Drei Kinder?« fragte er. »Sagten Sie das?« Jada nickte schweigend. Sie hatte nichts dagegen, Clinton halb totzuprügeln, aber der Gedanke, daß der Vater ihrer Kinder im Gefängnis saß, paßte ihr nicht. Wenn er schon ins Gefängnis sollte, dann wegen Kindesentführung und nicht wegen Mißachtung des Gerichts, aber so funktionierten die Dinge anscheinend nicht. Dann stellte Bruzeman eine Menge Fragen über ihren Job, ihr Einkommen, ihr Zuhause, Clintons Geschäft, den Wert ihres Hauses nach Abzug der Belastungen und dergleichen. Sie hörte zu und antwortete, so gut sie konnte, obwohl sie jetzt nur noch daran dachte, daß er so schnell wie möglich zum Gericht ging, wo über ihre Zukunft entschieden würde. »Hmm«, sagte Bruzeman endlich. »Ich denke, ich sehe jetzt das ganze Bild. Sie sind die Ernährerin. Das könnte ein Problem sein, wenn jemand nicht weiß, wie man das richtig anpackt.«

»Machen Sie sich darüber keine Gedanken. Wie finden wir ihn?« fragte Jada. Vergiß seine Fragen darüber, ob oder ob nicht Clinton einen Pensionsfonds oder andere signifikante Rentenansprüche hat. »Wie finden wir ihn, holen meine Kinder und legen ihm diese Papiere vor?«

»Oh, dafür gibt es Leute. Prozeßservice. So schwierig ist das nicht. Normalerweise nicht.«

»Sie will ihre Kinder wiederhaben«, betonte Michelle. »Sie will nur so schnell wie möglich ihre Kinder wiederhaben.«

»Nun, dies ist der schnellste Weg«, sagte Bruzeman. Er wandte sich an Michelle. »Danke, daß Sie Mrs. Jackson hergebracht haben«, sagte er zu ihr. »Ich glaube, sie und ich müßten ein paar Dinge unter vier Augen besprechen, wenn Sie nichts dagegen haben.« Er streckte die Hand aus, tätschelte ihr mit öligem Lächeln die Schulter und sagte: »Wie geht es Frank? Hat er sich ein bißchen beruhigt?«

»Er wird sich erst beruhigen, wenn wir diese Kanalratten alle verklagen«, sagte Michelle und stand auf. Sie wandte sich an Jada. »Ich warte draußen im Vorraum«, sagte sie. Bruzeman legte einen Arm um Michelles Schulter und begleitete sie hinaus. Für einen Moment war Jada allein. Sie versuchte, ein Dankgebet zu sprechen: Dieser Mann schien zu wissen, was er tat und wie es getan werden mußte. Gewiß, sie mochte ihn nicht, aber sie dachte auch nicht gerne daran, was sie allein hätte durchmachen müssen. Und es war nett von ihm, daß er sie ohne Voranmeldung empfangen hatte. Er hatte nicht einmal ein Honorar verlangt.

Bruzeman kam wieder herein und schloß die Tür hinter sich. Er setzte sich Jada gegenüber. Irgend etwas an seinem Verhalten war verändert. In gewisser Weise schien er entspannter, obwohl sie nicht genau definieren konnte, woran das lag. Er erinnerte sie an Leute, die nach einer der Vorstellungen im Gemeindetheater von der Bühne kommen. Sie tragen noch ihre Kostüme, aber sie sind wieder sie selbst und nicht mehr ihre Rolle. Bruzeman schaute zu ihr herüber. »Ein schwarzer Mann bekommt nicht statt Ihrer das Sorgerecht, außer Sie nehmen Crack oder gehen auf den Strich.«

Jada blinzelte. Stellte er ihr eine Frage? Beleidigte er sie? »Ich arbeite für die County Wide Bank«, sagte sie. »Ich tue das nur wegen des Geldes. Ich bin Zweigstellenleiterin. Das ist eine Form von Prostitution, aber es ist legal.«

»Nun, das führt uns zum Geld.« Bruzeman sah sie weiterhin ohne jede erkennbare menschliche Regung an. »Eine Scheidung ist teuer«, sagte er. »Und im Augenblick sind eine Menge juristischer Manöver vonnöten. Ich muß um einen Vorschuß von zehntausend Dollar bitten, und ich fürchte, damit werden wir nicht weit kommen – nicht, wenn wir die Situation nicht schnell stabilisieren. Ich habe nichts von einem Anwalt Ihres Mannes gehört, was bedeutet, daß ich da nicht viele Probleme erwarte, aber ich kann nicht weitermachen, solange Sie mir keinen Vorschuß bezahlen.«

Jada war wie vom Donner gerührt. Zehntausend Dollar. Sie hatte keine zehntausend Dollar übrig, auch keine tausend, nicht einmal hundert. Wie hatte sie denken können, dieser Bursche würde ihr eine Atempause verschaffen?

Er fixierte sie unverwandt. »Sie müssen sofort handeln, Mrs. Jackson. Sie müssen rasch handeln, wenn Sie Ihre Kinder wiederhaben wollen.«

»Aber ich habe das Geld nicht«, mußte Jada gestehen.

Bruzeman stand so mühelos auf, als habe er Sprungfedern. »Dann habe ich keine Zeit mehr«, sagte er.

Jada saß bewegungslos da. Während sie ihn musterte, wußte sie, daß Worte ihr nichts einbringen würden.

»Schnelligkeit ist hier wesentlich, Mrs. Jackson.«

Jada rechnete aus, daß sie vielleicht etwas über siebenhundert Dollar auf ihrem Girokonto hatte. Die Hypothek war fällig und dazu die Telefonrechnung, womit schon zweihundert Dollar fort wären. Trotzdem griff sie in ihre Tasche, nahm ihr Scheckbuch heraus und stellte ihm einen Scheck über den höchsten Betrag aus, den sie je geschrieben hatte. Ihre Hand zitterte ein bißchen. Sie legte den Scheck auf den Couchtisch, stand auf und konnte jetzt auf ihn herabsehen. »Dann machen Sie sich am besten gleich an die Arbeit«, empfahl sie spröde und verließ den Raum.

18. *Kapitel -*

in dem ein Hund und die vier goldenen Hausregeln gefunden werden

»Laß uns einen Spaziergang machen«, sagte Jada, die draußen in der Kälte vor Michelles Küchentür stand.

Michelle zögerte. »Weißt du, ich glaube, ich kann heute nicht...« Sie hielt inne, da sie ein starkes Widerstreben empfand, nach draußen zu gehen. Sie fühlte sich von ihrem Haus wie festgehalten. »Ich sollte wirklich was mit dem Wäscheschrank unternehmen. Und ich muß waschen...« Michelle war bis halb drei nachts auf den Beinen gewesen, um sauberzumachen, aber es gab noch so viel zu tun. Putzen war etwas, das sie beruhigte: Ordnung in eine aus den Fugen geratene Welt zu bringen war ein Trost.

Jada sah sie mit großen Augen an. »Bist du vollkommen verrückt geworden, Cindy?« fragte sie und nahm Michelles Skijacke vom Haken. Sie fing an, Michelles schlaffen rechten Arm in den Ärmel zu schieben. »Für die Wäsche hast du noch den ganzen Nachmittag. Und den ganzen Abend. Ich meine, du bewirbst dich doch heute abend nicht als Miss Amerika oder so? Außerdem kannst du nach Pookie Ausschau halten.« Michelle feixte und schlüpfte achselzuckend in ihre Jacke, obwohl der Gedanke an die Handtücher, die im Wäscheschrank gestapelt und noch nicht nach Farben sortiert waren, sie verfolgte. Na ja, vielleicht würde sie nach dem Frühstück ein paar Minuten Zeit dafür haben.

Nachdem sie draußen waren, beäugte Jada sie von oben bis unten. Michelle hatte ihr Haar seit zwei Tagen nicht gewaschen. Sie trug eine Trainingshose von Frank, ein altes Hemd von Jenna und Jennas ausgelatschte, schmutzige Turnschuhe. »Du siehst hinreißend aus«, sagte Jada. »Frühe Leprakolonie. *Ganz* dein Stil.«

Michelle blieb stehen und sah an sich hinunter. »Okay. Richtig zum Abgewöhnen. Also, was hat Bruzeman gesagt?« fragte sie Jada, als sie durch ihre Einfahrt trotteten. Sie schob die Hände in die Taschen. Verdammt! Schon wieder hatte sie ihre Handschuhe vergessen. Jetzt würden ihre Hände erfrieren, wenn sie ihre Arme gebrauchte, also würde sie sie in den Taschen lassen müssen. Weniger aerobisches Training. Nun, auch gut.

Jada hatte noch nicht auf ihre Frage reagiert, daher dachte Michelle für einen Moment, ihre Freundin habe sie nicht gehört. Sie traten auf die Elm Street hinaus, und da sah sie, daß Jada auf ihre ohnehin rissige Unterlippe biß. »So schlimm?« fragte Michelle.

»Du hast ja keine Ahnung«, antwortete Jada kopfschüttelnd. »Er kann mir ein sofortiges Besuchsrecht verschaffen, aber nicht das Sorgerecht. Anscheinend kann er auch meine Anrufe nicht in weniger als vierundzwanzig Stunden beantworten. Ich meine, ich werde ganz verrückt, während ich darauf warte, von ihm zu hören.«

Michelle nickte. »Frank steht ebenso kurz vorm Durchdrehen. Er telefoniert pausenlos mit Bruzemans Büro. Ich sage dir, das ist das einzige, was ihn aufrecht hält. Gestern abend – so was ist noch nie vorgekommen – hat er Frankie beinahe verhauen, weil er seine Milch über den Eßtisch verschüttet hat.«

Jada schüttelte den Kopf. »Männer sind schwach. Außer wenn sie darauf aus sind, dich dranzukriegen.«

»Also wirst du die Kinder sehen?« fragte Michelle. Sie wandte den Kopf und blieb stehen, um in die Gärten der Häuser zu schauen. In einem Vorgarten raschelte etwas im Gebüsch. Aber es war nicht Pookie, es war nur ein Vogel. Michelle ging weiter und suchte alle Rasenflächen nach Pookie ab.

»Ja. Aber das Sorgerecht kriege ich vorerst nicht. Nicht, bevor wir eine Anhörung bekommen.«

»Und wann wird das sein?« fragte Michelle. »Bei seinen Beziehungen sollte Bruzeman in der Lage sein, sofort einen Termin beim Familiengericht für dich zu kriegen.«

»Anscheinend ist das gar nicht so einfach«, stöhnte Jada. Sie drehte sich um, um ihre Freundin anzusehen, als sie um die Ecke der Oak Street bogen und den langen Aufstieg begannen.

»Tatsächlich glaube ich, daß ihm der Fall scheißegal ist. Er hat gesagt, er würde schnell vorgehen, aber das tut er nicht.«

Ihre Schritte wurden größer, und Michelle hatte alle Mühe, ihr zu folgen. »Außerdem habe ich solchen Hunger«, knirschte Jada. »Ich bin sicher, das ist bloß die Angst, denn wenn ich keinen Hunger habe, ist mir schlecht.«

»Na, ich hätte dir vier Dutzend Schokoladentörtchen spendieren können«, schnaufte Michelle. »Ohne Pookie bleibe ich darauf sitzen.« Als Jada sie daraufhin fragend ansah, erzählte ihr Michelle die Geschichte von den Frauen beim Gebäckverkauf.

»Diese Hexen!« knurrte Jada verächtlich. »Und dafür hast du die ganze Nacht gebacken? Du bist nicht mal wegen irgendwas angeklagt. Der Teufel soll sie holen!« Sie schüttelte den Kopf. »Ich weiß, eigentlich sollte ich die andere Wange hinhalten und für ihre kleinen, jämmerlichen Seelen beten, aber das war wirklich gemein, Michelle. Und Jenna dafür zu benutzen. Wer waren sie? Ich hätte Lust, ihnen eine Abreibung zu verpassen.«

Michelle fühlte sich trotz der Kälte von der Empörung ihrer Freundin gewärmt. »Ach, das sind fromme Christinnen, da bin ich sicher. Die halten bestimmt ergeben die andere Wange auch noch hin.«

»Gut«, sagte Jada. »Dann ohrfeige ich sie rechts und links.« Sie schaute Michelle an. »Es gibt wirklich so 'ne und solche Christen«, sagte sie düster.

»Am schlimmsten war eigentlich Miss Murchison.« Sie erzählte auch diese Geschichte, und Jada nickte mitfühlend.

»Kevon hatte sie letztes Jahr. Die Frau ist eine Hexe. Und so fanatisch. Kevon kam überhaupt nicht mit ihr klar, bis ich selbst hingegangen bin und mit ihr Tacheles geredet habe.«

»He, können wir hier anhalten, damit ich ins Gebüsch schauen kann? Pookie hat hier gerne Eichhörnchen gejagt.«

»Michelle, es ist November. Jetzt gibt es keine Eichhörnchen.«

Michelle warf ihr einen strengen Blick zu, und Jada hob die Hand, als müsse sie einen Laserstrahl abwehren. »Dann mach schon«, sagte sie augenrollend.

Michelle kauerte sich nieder und rief nach dem Hund. Nach ein paar Minuten gab sie auf, und sie liefen weiter den Hügel hinunter und setzten ihren Rundkurs schweigend um die nächste Ecke fort.

Michelle atmete tief und versuchte, sich der Geschwindigkeit ihrer Freundin anzupassen. Die Bewegung tat ihr wirklich gut. Sie war verrückt gewesen, als sie zu Hause bleiben wollte. Weil sie nicht gut hatte atmen können, war sie letzte Nacht mit flatterndem Herzen und keuchend aufgewacht. »He, Jada, kennst du das Gefühl, keine Luft zu kriegen?«

»Ja. Besonders im Augenblick«, japste Jada, als sie den längsten Hügel auf ihrer Strecke in Angriff nahmen.

»Nein, ich meine, wenn du einfach daliegst. Oder im Schlaf.« Jada drehte den Kopf und musterte Michelle aufmerksam.

»Du meinst so was wie einen Panikanfall?« fragte sie. »Oder wie wenn man Asthma hat? Oder Herzprobleme?«

Michelle war plötzlich verlegen und senkte den Blick. Sie war immer so dumm. »Ich weiß nicht«, sagte sie. »Letzte Nacht bin ich aufgewacht, na ja … Ich wache nachts dauernd auf und kann nicht atmen. Dann setze ich mich auf, aber das hilft auch nichts. Ich will Frank nicht stören, aber es nützt nichts, wenn ich durchs Haus tigere, sogar ein heißes Bad bringt nichts. In den letzten drei Tagen habe ich von zwei Uhr früh bis fünf Uhr geputzt. Das scheint das einzige zu sein, was mich ablenkt.«

»Mein Gott, Cindy, kein Wunder, daß du so lausig aussiehst.«

»Danke.« Michelle brachte ein Lachen zustande.

»Wieso hast du nicht früher was gesagt? Ich dachte, du wärst vielleicht auf diesen Heroinlook aus oder so«, scherzte Jada. »He, *du* siehst beschissen aus, aber *ich* fühle mich beschissen. Bis ich meine Babys nicht wiedersehe, bin ich einfach …« Jada verstummte. Michelle wußte, daß Jada trotz ihrer Freundschaft sehr zurückhaltend war.

»Du wirst sie sehen«, versicherte sie ihr. »Bruzeman holt sie dir zurück. Er könnte nicht so erfolgreich und widerlich sein, wenn er nicht gut wäre. Das ist kein Problem.« Jada nickte nur. »Weißt du«, sagte Michelle, um das Schweigen zu überbrücken, »ich glaube, ich werde zu Dr. Brown gehen. Ich werde ihm von meinen Atemproblemen erzählen.«

»Wahrscheinlich verschreibt er dir Schlaftabletten oder Valium oder so was«, sagte Jada achselzuckend. »Ich schätze, im Moment wäre das gar nicht so übel.«

»Da bin ich nicht sicher«, wehrte Michelle ab, während sie an ihrem liebsten Haus auf dem Baugelände vorbeigingen. »Du weißt

Bescheid über meinen Vater und meine Mutter. Ich trinke nicht gern und will auch nicht riskieren, süchtig nach irgendwas zu werden.«

»Nun komm schon. Ärzte sind dazu da, einem zu helfen. Außer wenn sie beim Gesundheitsamt sind«, sagte Jada. »Die Bank wird dafür bezahlen. Du mußt schließlich arbeitsfähig bleiben.«

»Hoffentlich schaffe ich das«, sagte Michelle. Sie dachte an Frank und sein Verhalten, das immer rätselhafter wurde. Sie wußte, der Druck auf ihn war stärker als auf sie, aber sie ließ das nicht an den Kindern oder an Frank aus – jedenfalls noch nicht.

»Ich glaube, Frank bräuchte auch ein Beruhigungsmittel«, gestand sie Jada. »Er ist wirklich schwierig. Aber er will nichts nehmen.«

Jada schüttelte den Kopf. »Männer können nicht für sich selbst sorgen«, sagte sie.

»Es ist nicht fair«, sagte Michelle. »Das ist alles so unfair.« Sie atmete wegen der Steigung allmählich schwer, und ihr Atem bildete wie Jadas weiße Wölkchen in der frostigen Luft. »Es ist einfach unfair.«

»Das kann ich nur zu gut nachempfinden«, sagte Jada und nahm sich vor, nicht zu weinen. »Wir sollen uns stets um alles kümmern. Ich muß mich um die Kinder kümmern. Ich muß mich um das Haus kümmern. Dann muß ich mich darum kümmern, daß ich nicht gefeuert werde, muß alles Nötige tun, um meinen Job zu behalten. Aber das reicht noch nicht. Ich mußte mich zusätzlich um meinen Mann kümmern. Und wie ich mich um ihn gekümmert habe! Denn wenn ich mich nicht darum schere, wie ich aussehe, verliere ich ihn, und dann bin ich allein und muß mich um mich selbst und alle anderen kümmern. Aber ich *habe* mich die ganze Zeit um mein Aussehen gekümmert, verdammt!« Jada malmte mit dem Unterkiefer, ihre Brauen bildeten eine fast durchgehende Linie. »Weil er sich nie um mich gekümmert hat. Er wollte nie wissen, wie ich mich gefühlt habe. Und die Kinder langweilten ihn schon überhaupt.«

Jada schüttelte den Kopf. »Ich weiß nicht, wo er jetzt mit ihnen ist, aber ich weiß, wenn Shavonne eine Stunde lang ihr übliches Verhalten an den Tag legt und außerdem noch das Baby quengelt, dann würde er sie zur Adoption freigeben.« Sie biß sich auf die

Lippe, und Michelle hätte am liebsten nach ihrer Hand gefaßt, aber sie wagte es nicht. »Clinton hat das nur gemacht, um mich zu ängstigen und zu bestrafen. Er will die Verantwortung für die Kinder nicht, er kann damit gar nicht umgehen. Er will nichts von Kevons Problemen in der Schule hören. Er will ja nicht mal was von der verdammten kaputten Garagentür hören.«

»Ich weiß«, sagte Michelle mitfühlend. »Ich weiß es wirklich.«

»Natürlich weißt du das. Natürlich weißt du's. Jede verdammte Frau in Amerika weiß das. Aber das ist nicht das Schlimmste. Keineswegs. Frag die First Lady. Das Schlimmste ist, daß wir nach einer Weile verdammt gut darin werden, uns um uns selbst zu kümmern. Wir kümmern uns, weil wir *müssen*. Nur so können wir und unsere Kinder überleben. Aber dann schau dir an, was Clinton macht. In dem Fall darfst du nicht mal das Messer ziehen. Dann kriegst du nämlich gesagt, daß du hart bist. Daß du deine Verletzlichkeit verloren hast. Daß du nicht mehr das kleine Mädchen bist, das sie geheiratet haben.«

»Genau das hat Frank mir gestern abend gesagt«, hauchte Michelle. »Aber ich glaube, er hat es nett gemeint.«

»Ach, wirklich?« fragte Jada mit sarkastischem Unterton. »Na, das ist erst der Anfang, Schätzchen. Wenn du das jetzt überlebst und dich um Jenna und Frankie junior kümmerst, dann wird er, noch bevor es zu Ende ist, zu dir sagen, du wärst eine verdammt kastrierende Hexe.« Obwohl sie kaum noch Luft kriegte, beschleunigte sie ihre Schritte. »Erst versprechen sie dir, sich um *dich* zu kümmern, dann mußt du dich um *sie* kümmern, dann zwingen sie dich, dich um dich selbst und deine Kinder zu kümmern, und dann machen sie dir deswegen auch noch Vorwürfe.«

»O mein Gott!« keuchte Michelle. »Das hört sich an wie Buddhas Vier Edle Wahrheiten. Jada, das ist es. Das ist der Kern der Sache.«

Jada nickte emphatisch. »Zum Teufel mit Buddha. Ich bin Christin. Aber das sind die Vier Häuslichen Wahrheiten, Baby«, röchelte sie und steigerte noch ihre Geschwindigkeit.

»Jada, du solltest so ein Zwölf-Schritte-Programm anfangen wie die Anonymen Alkoholiker. Bloß, daß das für alle Ehefrauen gilt, und statt der zwölf Schritte sind es diese vier.«

»Michelle, da kommst du ein bißchen zu spät. *Alle* verheirateten Frauen *überall* durchleben diese Schritte. Und sie haben sie verdammt satt, besonders den letzten.« Jada ballte die Fäuste, und Michelle mußte fast rennen, um Jada zu folgen.

»Warte«, flehte Michelle. Sie fiel etwas zurück, weil sie nach Pookie Ausschau gehalten hatte, und hielt eine Hand an ihren Brustkorb. »Ich habe Seitenstechen«, rief sie.

»Gewöhn dich an den Schmerz«, empfahl Jada. »Der vergeht so schnell nicht.» Plötzlich blieb Jada stehen, fast auf dem höchsten Punkt des Hügels. Michelle, die wußte, daß Jada es haßte, ihren Lauf zu unterbrechen, nutzte die Gelegenheit, holte tief Luft und stürmte bergan, um ihre Freundin einzuholen.

»Danke, daß du gewartet hast«, schnaufte sie atemlos.

»Ich habe nicht gewartet, ich habe nachgedacht«, erklärte Jada. »Michelle, warum zum Teufel tun wir das eigentlich?«

»Warum wir das tun?« fragte Michelle. »Du meinst, warum wir verheiratet bleiben? Du meinst, warum wir uns um unsere Familien kümmern?«

»Nein. Ich rede von diesen verdammten Spaziergängen. In der Kälte. In der Dunkelheit. Wir machen diese Spaziergänge, damit wir noch immer wie fünfundzwanzig aussehen können, während wir eigentlich erwachsene Frauen von fast fünfunddreißig sind.« Jada sah Michelle an. »Denk darüber nach. Du bist noch ärger als ich, aber ich verbringe zumindest jede Woche Stunden mit dem Versuch, dasselbe Gewicht zu halten, das ich auf dem Junior College hatte. Es ist lächerlich.« Jada wandte dem Rest des Hügels den Rücken zu. Zum erstenmal, seit sie und Michelle diese Spaziergänge begonnen hatten, war sie bereit aufzugeben. Michelle sah zu, wie sie anfing, bergab zu gehen. »Inzwischen«, sagte Jada, »hat mein Mann meine Kinder gestohlen und liegt wahrscheinlich mit einer Frau im Bett, die einen fetten schwarzen Arsch hat. Ich tue das nicht mehr, Michelle. Ich stehe nicht mehr in der Morgendämmerung auf, marschiere durch die New Yorker Kälte und schleppe mich die Hügel von Westchester rauf und runter, damit ich keine Zellulitis an den Oberschenkeln kriege. Ich habe Besseres zu tun.« Jada lief weiter, womöglich noch schneller als vorher. Michelle mußte rennen, um mit ihr Schritt zu halten. Kalte Angst, die nichts mit der Novemberkälte zu tun hatte, stieg in ihr auf.

»Jada, hör zu. Ich weiß, wie schlecht du dich fühlst. Na ja, ich weiß es *fast*. Was Clinton dir da angetan hat, ist schrecklich. Aber wir tun das nicht bloß, um gut auszusehen. Wenigstens ich nicht. Ehrlich.« Sie streckte die Hand nach der ihrer Freundin aus. »Ich gehe mit dir, weil ich mit dir zusammen sein will. Weil ich mit dir reden will. Du bist meine einzige wirkliche Freundin, Jada. Und du bist so gut zu mir. Unsere Spaziergänge sind die einzige Zeit am Tag, in der ich…«, Michelle suchte nach Worten, »in der ich einfach ich selbst sein kann. Ehrlich sein kann. Und nicht denke, daß ich blöd oder verrückt bin, wenn ich das bin.«

Jada schaute sie schräg an. »Na, du *bist* blöd *und* verrückt, wenn du denkst, Zeit mit Leuten wie mir zu verbringen wäre gut für dich«, sagte sie, doch gleichzeitig beugte sie sich vor und nahm Michelle fest in die Arme. Michelle erwiderte die Umarmung. Sie war erstaunt, welche Dankbarkeit sie für Jadas Geste der Freundschaft empfand.

»Du hast recht, Michelle«, sagte Jada. »Ich glaube, das ist der Grund, warum ich dich heute früh in deine Jacke gesteckt habe. Wir brauchen diese Spaziergänge beide.«

»Danke«, sagte Michelle. Sie hatten das Ende der Laurel Street erreicht, die Stelle, an der sie immer kehrtmachten. Jada sah Michelle an.

»Na los«, griente sie. »Faß den Pfosten an. Ich weiß, daß du das willst.«

»Zur Hölle mit dem Pfosten. Ich habe ihn immer angefaßt, damit er Glück bringt, aber das hat nicht funktioniert, oder? Absolut nichts funktioniert momentan bei uns beiden«, knurrte Michelle. Dann zuckte sie mit den Achseln und faßte den Pfosten doch an.

»Vergiß das Glück. Denk an Gott«, schlug Jada vor, und dann huschte ein breites Lächeln über ihr Gesicht.

»Wenn du an ihn denkst, schickt Gott dir ein Wunder«, orakelte Jada, und Michelle drehte sich um, um in die Richtung zu sehen, in die Jada wies. Hinter einer Garage hervor trottete Pookie auf sie zu, so beiläufig, als begleite er sie lediglich auf ihrem üblichen Spaziergang. Michelle fiel auf die Knie und klatschte in die Hände. Pookie kam bereitwillig zu ihr, und sie schmiegte das Gesicht an den glatten Kopf des Hundes.

»Wir haben ihn gefunden! Oder er hat uns gefunden. Ein Wunder«, jubelte sie.

»Nein«, feixte Jada. »Ich wußte, daß wir ihn finden würden.

Das Wunder ist, daß ich mich so freue, ihn zu sehen. Den verwöhnten kleinen Idioten.« Sie schaute zu Michelle hinüber. »Das wird es den Kindern leichter machen, nicht?« Michelle umarmte den Hund und nickte. »Dann laß uns versuchen, heiterer zu sein«, sagte Jada.

Worum Michelle sich aufopfernd bemühte. Während sie nach Hause strebten, sprach Jada abwechselnd darüber, wie sehr ihre Kinder ihr fehlten und wie herzlich gerne sie Clinton erwürgen und vierteilen würde. Und auf dem ganzen Rückweg stimmte Michelle ihr mit guten, gemeinen Ratschlägen bei.

19. Kapitel -

in dem es hageldick Erkenntnisse regnet

Als sie aus Marblehead zurückgekehrt war, schwirrte es in Angies Kopf nach wie vor wie in einem aufgescheuchten Bienenstock. Sie war froh, daß ihr Vater nicht da war – sie wäre nicht imstande gewesen, ihm ihre Dummheit zu erklären. Das einzige, wonach sie sich sehnte, war Schlaf. Jeder Gedanke, der ihr in den Sinn kam, wenn sie morgens oder nachts im Haus ihres Vaters aufwachte, tat so weh und machte sie so wütend oder gedemütigt, daß sie ihr eigenes Bewußtsein kaum noch ertragen konnte. Es fiel ihr schwer genug zu glauben, daß Reid, dieser miese Schleimer, sie betrogen hatte. Doch noch schwerer war es, die Tatsache zu akzeptieren, daß Lisa diejenige gewesen war, mit der er sie betrogen hatte. Was war sie für eine dämliche Gans gewesen! Es mußte einen Namen geben für die blöde, bescheuerte vertrauensselige, schwachsinnige Idiotin, die sie war, aber ihr fiel keiner ein außer »Angie«. »Angie« mußte die Abkürzung für Frauen sein, die so gehirnamputiert waren, daß sie ihr eigenes Leben hingebungsvoll ruinierten.

Diese Angie war vom Flughafen zurückgekommen und hatte zwei Tage nur geschlafen. Sie mußte zwischendurch aufgewacht sein, um zu pinkeln und vielleicht etwas zu trinken, aber eigentlich konnte sie sich nicht daran erinnern. Woran sie sich erinnerte, waren ihre Träume. Die waren lebhaft und verworren gewesen und hatten sie oft mit häßlichen Bildern geweckt, gewalttätig und erschreckend, aber die Realität war schlimmer gewesen. Und so hatte sie jedesmal, wenn sie aus dem Schlaf aufgeschreckt war, die Augen wieder geschlossen und war in ihre Bewußtlosigkeit zurückgesunken.

Doch da sie nicht telefonierte, hatte am Montag ihre Mutter angerufen und gedroht, vorbeizukommen, um sie aus dem Bett zu zerren. Angie hatte es dann tatsächlich geschafft, sich anzuziehen und in ihr Büro zu wanken. Sie sah eher aus wie eine verzweifelte Frau, die Hilfe brauchte, als wie eine Anwältin, die Hilfe geben konnte. Aber die Mitarbeiter waren nett gewesen: Michael Rice hatte sie freundlich angesehen und ihre Hand getätschelt. Bill, der Anwaltshelfer, hatte sie zum Lunch ausgeführt und ihr von all den Männern erzählt, die *ihm* das Herz gebrochen hatten. Susan, die Empfangsdame, hatte ihr eine ganze Schachtel Gebäck mitgebracht. »Und du brauchst es mit keinem zu teilen«, hatte Susan sie angelächelt.

Nach der allgemeinen Freundlichkeit traf Angie ihre Entscheidung. Sie konnte nicht den Rest ihres Lebens damit verbringen, auf dem Sofa ihres Vaters zu liegen – obwohl das eigentlich alles war, was sie sich wünschte. Doch in der Zwischenzeit konnte sie wenigstens anderen Frauen helfen. Ihre Mutter hatte recht, es war der Mühe wert, sein Leben damit zu verbringen. Sie würde diesen Job übernehmen – auch wenn er nicht von Dauer war – und ihr Bestes tun. Sie würde für andere etwas bewirken, auch wenn es für sie selbst zu spät war. Und wenn man sie nicht mehr gebrauchen konnte, wenn Karen Levin-Thomas zurückkehrte (falls sie zurückkehrte), dann würde Angie einen anderen Job als Pflichtverteidigerin oder beim NOW Legal Defense Fund oder etwas in der Richtung finden und die Art von Arbeit leisten, die sie schon immer hätte machen sollen.

Allerdings waren die ersten »Erfolge« spärlich. Sie starrte die Akten an, die zu Dutzenden vor ihr lagen, aber die Worte in den Dokumenten verschwammen vor ihren Augen. Soviel Schmerz, soviel Betrug, soviel Enttäuschung. Sie wußte, sie war nicht die einzige Angie, nicht die einzige dumme, vertrauensselige Frau auf dieser Welt, die sich durch ihr eigenes rosarotes Urteil das Leben hatte ruinieren lassen, aber die Fälle all der anderen Angies schienen überwältigend.

Sie blieb an diesem Abend lange im Büro und versuchte, sich zu konzentrieren. Das war nicht leicht, aber sie konnte nur dies tun oder noch mehr schlafen, und den Gedanken an das leere Haus ihres Vaters, ihr zerwühltes Bett und ihre leere Zukunft konnte sie nicht ertragen.

Ihre Kollegen wünschten ihr einen schönen Abend, und Angie mußte die Lampe auf dem Schreibtisch einschalten, als die Dunkelheit draußen ihre innere Dunkelheit einholte. Sie plagte sich weiter durch die Fälle, machte sich Notizen und notierte Gerichtstermine auf den großen Kalender. Eines hatte sie beim Jurastudium gelernt, nämlich, sich an einer Sache festzubeißen und trotz Ablenkung und Erschöpfung weiterzumachen, einfach, weil man sonst zu keinem Ergebnis kam.

Sie machte keine Pause, um etwas zu essen. Gegen sieben Uhr öffnete sie die Schachtel mit dem Gebäck, und um halb zehn hatte sie sie geleert. Und dann geschah etwas. Sie war nicht sicher, weshalb ihr Kopf frei geworden war, ob es an der Müdigkeit lag oder nur an dem hohen Zuckerkonsum, aber während sie dasaß und ihre Notizen durchlas, wurde sie allmählich wütend. Sehr, sehr wütend.

Nichts von all dem war fair. Und das war nicht die Schuld von Mrs. Huang, deren Ehemann ihr Dinge falsch übersetzte und sie dann unterschreiben ließ, die sie in Konflikt mit all seinen Missetaten und der Steuer- wie der Einwanderungsbehörde brachte. Und es war auch nicht die Schuld von Terry Saunders, daß der Mann, mit dem sie seit siebenundzwanzig Jahren verheiratet war, ihr ganzes Geld genommen hatte, einschließlich dessen, was sie von ihrer Familie geerbt hatte, dann ihre Unterschrift gefälscht und das Geld ins Ausland geschafft hatte, wo er jetzt mit dem Babysitter ihrer Kinder zusammenlebte. All das war unfaires, mieses Verhalten. Es war besser, als vertrauensvolle Seele zu leben, als ein Jín Huang oder ein Henry Saunders zu sein, bereit, die Partnerin zu belügen und zu betrügen. Besser eine Angie Romazzano sein als ein Reid Wakefield oder eine Lisa Randall, dachte sie; und zum erstenmal seit ihrem ersten Hochzeitstag fiel die Scham, die sie gelähmt hatte, von ihr ab. Sie dehnte ihren Rücken wie ein Käfer, der einen steifen, dunklen Panzer, der ihn eingeengt hat, abwirft. Um Gottes willen, dachte sie, wofür muß ich mich eigentlich schämen? Wofür muß sich irgendeine dieser Frauen schämen? Sie hatten die Regeln befolgt und sich ehrenwert verhalten. Bei den meisten von ihnen bestand die einzige Sünde darin, daß sie zu vertrauensselig gewesen waren.

Wieder streckte und dehnte sie sich und ballte die Hände zu

Fäusten. Ein Adrenalinstoß durchschoß ihren ganzen Körper. Ihr war danach, zu schreien, hinunter auf die Straße zu stürmen und auf dem Parkplatz oder in der Post Road ein lautes Kriegsgeheul anzustimmen. Sie dachte an den Film, in dem Peter Finch ein Fenster aufreißt und schreit: »Ich bin total verrückt, und ich lasse mir das nicht mehr gefallen.« Das Problem bei den meisten der Frauen, die sie in der Beratungsstelle gesehen hatte, war, daß sie nicht verrückt waren. Sie schämten sich oder hatten Angst oder beides.

Angie würde sich auf die Arbeit in der Beratungsstelle konzentrieren. Merkwürdigerweise würde sie es trösten, die Wut zu empfinden, die viele der Mandantinnen, mit denen sie sprach, nicht zu äußern wagten. Ihre Wut war groß genug für sie alle.

Es kam Angie so vor, als sei eines durchweg falsch: reich oder arm, jung, in mittleren Jahren oder alt, die Frauen schienen immer am falschen Ende des Gesetzes zu stehen. Die Gesetze, die man geändert hatte, um sie zu schützen oder größere Gleichheit herzustellen, waren gegen sie benutzt worden. Irgendwie, das wußte Angie jetzt, würde sie sich davon erholen, daß sie betrogen worden war. Sie war jung, stark und gebildet, und es würde andere Chancen für sie geben. Bei einigen ihrer Mandantinnen war das nicht der Fall. Und dennoch wußte Angie, daß sie beraubt worden war, dauerhaft beraubt. Sie würde nie wieder so vertrauen können. Schlimmer noch, wenn sie je einen anderen Mann finden und an Heirat denken würde, würde sie nicht in der Lage sein, durch das Kirchenschiff zu gehen, ohne an Reid zu denken, und zumindest etwas von ihrem ersten Eheversuch würde den zweiten belasten. Wie bei einer deflorierten Jungfrau konnte der zweite Mann besser sein, aber der erste war nicht zu vergessen. Das einzig Positive, was Angie mit ihrer Wut anzufangen wußte, war, diese Dinge zu ändern.

Die Beratungsstelle, entschied sie, war nicht nur ein vorübergehender Job. Sie war ihre Mission. Sie würde diese Fälle übernehmen, und sie würde sie gewinnen. Sie wußte, daß sie intelligent war, und vor allem wußte sie, daß sie hart arbeiten konnte. Sie persönlich hätte sich nicht dafür entschieden, ihr Leben und ihre Energie dieser Aufgabe zu widmen, aber die Aufgabe hatte sie gewählt. Sie konnte nichts anderes tun als voranschreiten. Vielleicht hätte sie ihr Leben in einem hübschen Haus in Marblehead verbringen, in einer angesehenen Kanzlei arbeiten und eindreiviertel Kinder aufziehen können, während ihr Mann, ein netter, hübscher, beliebter Bursche, sie diskret betrog und sie die Augen davor verschloß. Aber das war nicht das Leben, das für sie bestimmt sein würde. Dagegen konnte sie jetzt nichts mehr tun.

Sie hatte sich nun für ein anderes Leben entschieden. Und zwar nicht unter Zwang, sondern weil sie es gewählt hatte. Es würde vielleicht nicht fröhlich machen, aber sie würde etwas bewirken können.

Angie blickte auf, als ihre erste Mandantin zur verabredeten Zeit ins Büro trat, die Schultern gebeugt, den Kopf gesenkt, eine Frau, die daran gewöhnt war, von allen herumgeschubst zu werden, eine Immigrantin, die ihre Rechte nicht kannte und vor jeder männlichen Autorität Angst hatte. Arme Mrs. Huang.

Angie begleitete gerade Mrs. Huang nach einer neuerlichen Besprechung zum Ausgang und tätschelte ihre Schulter in dem jämmerlichen Versuch, sie zu trösten, als ihre Mutter hinter ihr auftauchte und ihr Zeichen machte. Mrs. Huang verabschiedete sich, und Angie wandte sich fragend ihrer Mutter zu. »Hast du Zeit zum Lunch?« lächelte Natalie.

Angie runzelte die Augenbrauen. »Na ja«, sagte sie, »eigentlich habe ich eine Verabredung mit Brad Pitt, aber wie ich höre, betrügt er mich mit einem Sopran, also könnte ich ihm absagen.«

Natalie stieß einen tiefen Seufzer aus. »Schätzchen, ich wollt's dir ja nicht verraten, aber es ist nicht bloß ein Sopran, sondern der ganze Monrom-Tabernacle-Chor.«

»Warum bin ich nicht überrascht?« erwiderte Angie achselzukkend.

Die beiden Frauen zogen ihre Mäntel an. »Vielleicht möchtest du dich kämmen. Läßt du die Strähnen rauswachsen oder was? Ach, und nimm deinen Wagen mit«, setzte Natalie hinzu, »ich bleibe vielleicht noch länger.«

»Den Wagen?« staunte Angie. »Um in die kleine Kneipe zu fahren? Ich wollte nicht mal meine Handtasche mitnehmen. Heute zahlst du, okay?«

»Nicht ganz«, sagte Natalie. »Nimm deine Tasche und deine Autoschlüssel mit.« Angie nickte, obwohl sie lediglich auf ein schnelles Sandwich Lust hatte. Sie legte etwas Lippenstift auf, bürstete ihr Haar und erneuerte ihre Wimperntusche. Sie sah immer noch beschissen aus, aber jetzt immerhin so, als würde sie sich Mühe geben.

Sie waren aus der Halle und schon fast auf dem Parkplatz, als sie mit einer Kopfbewegung in Richtung Blue Bird Coffee Shop zeigte. »Warum gehen wir nicht dort hinein?«

»Nein«, sagte Natalie. »Heute nehmen wir einen richtig schikken Lunch. Folg mir einfach.«

Angie versuchte ihr Bestes. Natalie war nämlich die schlechteste Autofahrerin, die sie je erlebt hatte – und sie hatte in Massachusetts gewohnt. Da Angie die Gegend noch immer nicht kannte, folgte sie blind ihrer Mutter, die sich erst in den Verkehr einer dreispurigen Straße einfädelte, dann in den einer zweispurigen, bis sie in einer Wohngegend durch eine enge Straße zockelten, in der Natalie halb auf dem rechten Gehsteig fuhr, wenn sie nicht gerade die weiße Mittellinie überfuhr. Angie fragte sich, ob Natalie gelegentlich trank oder häufiger wegen Verkehrsübertretungen angehalten wurde. Bestimmt. Dann fing sie an, über ihre Begegnung mit Mrs. Huang nachzudenken. Die Frau hatte die Hände gerungen, bis sie wund waren. Ihr oblag es, Mrs. Huang zu helfen, doch sie war nicht sicher, ob sie dazu imstande war.

Der Schmerz überkam sie stets erst gegen elf Uhr nachts, wenn sie sich wusch und den Pyjama anzog, den ihr Vater ihr geliehen hatte. Wenn sie allein zu Bett ging, mußte sie an ihren arbeitsreichen Tag und zwanghaft an Reid und Lisa denken. Knurrend schob Angie die ungebetenen Gedanken beiseite. Sie beobachtete, wie ihre Mutter links in eine andere Straße einbog, ohne vorher zu blinken. Es gab Bilder, Bilder von ihrem Mann und ihrer Freundin, die so klar und stark vor ihrem inneren Auge erschienen, daß sie sie beinahe riechen konnte.

Reid hatte so gut gerochen – ein frischer Geruch, nicht wie Seife oder ein Rasierwasser, sondern eher wie der Ozean. Wenn sie sich an seine Seite kuschelte und er den Arm um sie legte, strömte er einen köstlichen Salzduft aus. Und Lisa, erinnerte Angie sich jetzt, hatte stets irgendein hochklassiges, dezentes Parfum getragen. White Linen? Wenn sie darüber nachdachte, war das die Art von Duft, die zu Reids paßte – natürlich und frisch. Angie hatte jahrelang Giorgio benutzt. Das war kein Duft, der nach Marblehead gehörte. Vielleicht, dachte Angie, sollten Leute sich einfach anhand ihrer Gerüche zusammentun. Sie hatte irgendwo einen Artikel gelesen, in dem stand, daß jeder ohnehin ständig unbewußt von Gerüchen beeinflußt wurde. Sie hatte geglaubt, sie habe Reid wegen seines guten Aussehens, seines Humors, seines Verstandes, seiner guten Gene, langen Beine und sexy Hände gewählt, aber vermutlich lief es bloß auf den Geruch seiner Achselhöhlen hinaus. Doch die Theorie hielt nicht stand. Denn wenn er Angie wegen ihres Geruchs gewählt hatte, warum war er dann zu Lisa übergelaufen?

»Du spinnst«, rügte Angie sich selbst laut. Menschen sind keine Beagles, die schnüffeln wie Staubsauger, dachte sie. Und wenn du heute noch ein einziges Mal an diesen Schwachkopf denkst, dann machst du zehn Liegestütze. Du wirst ihn nicht anrufen, ihn nicht sehen und ihm nicht schreiben. Mit einem Schauer dachte sie daran, daß sie es beinahe getan hätte.

Jetzt setzte ihre Mutter den linken Blinker, bog an der nächsten Kreuzung aber nicht links ab. Angie schüttelte den Kopf. Nur eine Frau, die den größten Teil ihres Lebens ohne Auto in New York City verbracht hatte, konnte so schlecht fahren. Doch Angie wurde schlagartig wieder an ihre eigene Situation erinnert. Sie hatte kein Leben, und bei ihrem Vater zu wohnen und die alte Karre zu fahren, die er ihr geborgt hatte, war auch kein Weg, zu einem Leben zu kommen.

Sie mußte sich irgendeine Art von Lebensplan zurechtlegen – sie verdiente nicht mal ihren Lebensunterhalt. Die Beratungsstelle bezahlte ihr nur einen winzigen Tagessatz, der für kaum mehr als Lunch und Benzin reichte. Sie war nicht sicher, ob sie mehr bezahlen würden oder könnten. Wo sollte sie also wohnen, wenn sie nicht bei ihrem Vater blieb? Der Gedanke an eine eigene Wohnung ängstigte sie außerdem. Es hatte Spaß gemacht und war leicht gewesen, Bettwäsche und Staubsauger und eine Kaffeemaschine auszusuchen, als es um ihr Zuhause mit Reid gegangen war. Aber für sie allein? Alles schien zu teuer, zu schwierig und schlichtweg sinnlos. Aber es war auch sinnlos, es für einen Mann zu tun, der mit deiner Freundin schläft, rückte sie die Tatsachen zurecht. Vielleicht ist es wichtig, ein Heim zu schaffen. Sie seufzte. Es gab zuviel, woran sie denken mußte.

Sie sah sich die alten Azaleenpflanzen, die Lorbeerbüsche und Ligusterhecken an, die am Rand der Straßen wuchsen, durch die sie fuhren. Dieser Teil von Westchester war schön und teuer. Und reif wie seine Gärten. Irgendwie konnte Angie sich hier selbst nicht wohnen sehen. Sie sah sich auch nicht in White Plains oder den paar größeren Städten in Westchester. Sie konnte sich nur in New York City vorstellen, aber dort konnte sie sich kein Apartment leisten. Deshalb hatte sie die Stadt gemieden. Und sie wußte, wie schwer es war, als Juristin dort einen guten Job zu finden. Die Konkurrenz war groß.

Und jetzt saß sie widerwillig in diesem Wohltätigkeitsjob fest. Es schien allerdings um sehr viel mehr zu gehen als bei dem Kleinkram mit Testamenten und Grundstücken, den sie vorher abgewickelt hatte. Außerdem hatte sie soviel Autonomie – vielleicht zuviel. Die Beratungsstelle war so überlaufen von potentiellen Mandantinnen, daß für Supervision durch die erfahreneren Mitarbeiter nicht viel Zeit blieb. Die Erfahreneren benahmen sich jedoch eigentlich auch nicht wie Chefs: Alle behandelten sich kameradschaftlich. In ihrer früheren Kanzlei hatte es eine strenge Hierarchie gegeben – wie viktorianische Kinder wurden die Mitarbeiter dann am besten eingestuft, wenn sie einen Partner nicht ansprachen, ehe dieser sie nicht dazu aufforderte.

Gerade als Angie sich zu fragen begann, wohin in aller Welt ihre Mutter sie brachte, tauchte auf der linken Seite ein Restaurant auf einem wunderschönen Grundstück auf. Es war ein riesiges altes Haus, das man in ein Gasthaus umgewandelt hatte. Angie bog in die Einfahrt und parkte gleich neben ihrer Mutter. »Wen treffen wir hier?« fragte sie. »Ich glaube, das ist mehr als bloß ein kleiner Lunch.«

Natalie lachte. »Oh, warte ab. Es wird dir Spaß machen.«

JoAnn Metzger sah großartig aus. Sie war jetzt eine berühmte Autorin, aber Angie kannte sie noch von früher, als sie in den Sommerferien im Büro von JoAnns Mann gearbeitet hatte. »Wie geht es dir?« fragte JoAnn. »Das ist wirklich eine nette Überraschung, dich zu sehen.«

JoAnn war zu Angies Hochzeit eingeladen gewesen, hatte aber nicht teilnehmen können, da sie gerade in Japan war. Statt dessen hatte sie das allerschönste Hochzeitsgeschenk geschickt, das Angie überhaupt erhalten hatte: einen antiken Kimono, wunderbar bestickt und in einem beleuchteten Glaskasten gerahmt. Sie hatte ihn natürlich mitgenommen, und nun fristete er sein Dasein in einem Lagerraum. Der Gedanke an den Kimono und seine schönen Farben, in einen Karton verpackt und in einem Lagerhaus vergraben, machte sie melancholisch. Eventuell wollte sie doch ihre eigenen vier Wände, nur um den Kimono aufhängen zu können.

»Mir geht's gut«, sagte Angie achselzuckend. Ihre Mutter lachte.

»O ja. Sie ist einfach großartig«, feixte Natalie, die neben JoAnn saß, und beugte sich vor, um Angies Hand zu nehmen. Natalie erzählte JoAnn nun Angies Geschichte, während Angie zuhörte. Merkwürdigerweise empfand sie dabei keinen Schmerz, sondern helle Empörung. Sie dachte, das sei vielleicht gut – ein Zeichen von Wachstum oder Genesung. Entweder das, oder es war der Anfang eines totalen Nervenzusammenbruchs.

JoAnn griff über den Tisch und nahm Angies andere Hand. »Ich kann dir gar nicht sagen, wie leid mir das tut.«

»Sie kennt das, sie hat es auch erlebt«, erklärte Natalie Angie.

Als der Kellner kam, sahen die drei Frauen aus, als seien sie im Begriff, eine Séance oder etwas dergleichen abzuhalten. »Und ich kann dir sagen, daß ich es verstehe.« Alle drei bestellten Cobb-Salat. »Aber bitte mit dem Dressing extra«, ordnete Natalie an. Angie mußte lächeln. Sie wußte, ihre Mutter würde das ganze Dressing verschlingen und am Ende wohl auch noch das der mageren JoAnn. Als ihre Getränke kamen, hörten sie auf, über Angie und Reid zu reden, und Natalie begann von der Beratungsstelle zu sprechen. Angie wußte, daß JoAnn zum Vorstand gehörte, aber während Natalie sprach, wurde ihr klar, daß ihre Mutter JoAnn bereits einiges über Angies Hilfe erzählt hatte.

»Es ist so«, sagte sie. »Wir haben immer mehr Fälle, wir bezahlen Karen, solange sie krank ist, aber wir brauchen noch einen Anwalt und werden ihn bezahlen müssen. Also schlage ich Angie vor. Findest du, daß das Nepotismus ist?«

JoAnn lachte. »Natürlich ist es das«, sagte sie, »aber deswegen ist es ja nicht falsch. Ich habe meinem Sohn beispielsweise einen Job im Verlagswesen besorgt.« Ihre Salate kamen. JoAnn musterte

Angie über den Tisch hinweg. »Aber bist du dem gewachsen?« fragte sie. »Ich meine nicht intellektuell. Ich bin sicher, daß du eine gute Anwältin bist. Was ich meine, ist, ob du der Sache im Moment emotional gewachsen bist. Als Aaron mich verlassen hat, war ich, nun ja…« Sie wandte sich an Natalie. »Wie würdest du es beschreiben?«

»Du hattest Wahnvorstellungen«, griente Natalie. Sie funkelte Angie amüsiert an. »Sie dachte dauernd, sie würden wieder zusammenkommen. Was vielleicht auch Alaska und Sibirien eines Tages tun werden, wenn du lange genug wartest.«

JoAnn sah Angie ernst an. »Wartest du darauf, daß er dich anruft? Bist du besessen von ihm? Glaubst du, daß du zu ihm zurückgehen wirst?«

Angie schüttelte den Kopf. »Niemals«, sagte sie fest.

»Ich bin stolz auf sie. Sie ist hingefahren, hat ihre Sachen abgeholt und ist sofort wieder zurückgekommen.«

Angie atmete tief durch. Sie hatte nichts von Lisa erzählt. Sie war nicht sicher, ob sie das wollte, aber als sie die beiden älteren Frauen ansah und vermutete, daß sie das alles schon einmal gehört hatten, beschloß sie, ein weiterer Fall für die Statistik zu werden, eine weitere dumme Frau. »Ich habe herausgefunden, mit wem er schläft«, gestand Angie. »Es war meine beste Freundin aus der Kanzlei.«

JoAnn schloß die Augen und schüttelte den Kopf. Natalie wandte sich ihrer Tochter zu. »O Gott«, stöhnte sie. »Die kleine Hexe. Aber du brauchst dir nicht wie eine Idiotin vorzukommen, Angie. *Sie* ist die Idiotin, nicht du.«

JoAnn öffnete die Augen. »Ich weiß, es hilft dir nicht, das zu hören, aber es könnte wirklich schlimmer sein«, sagte sie. »Er könnte auch mit deiner Sexualtherapeutin schlafen.«

Obwohl Angie den Mund voller Cobb-Salat hatte, mußte sie lachen oder doch beinahe. Es war eine Erleichterung, von Lisa zu erzählen, und es war eine Erleichterung, diese gesunde Reaktion zu hören. »Ja, aber das passiert im wirklichen Leben nicht.«

»O doch«, sagte Natalie, zog die Augenbrauen hoch und nickte in Richtung JoAnn. »Sie hat dieser Schlampe zweihundert Dollar die Stunde bezahlt, um über ihr Sexualleben mit ihrem Mann zu reden, während die Therapeutin mit ihm bumste.«

»Ist das wahr?« fragte Angie JoAnn schier sprachlos.

»Nun, ich würde es vielleicht nicht mit genau diesen Worten ausdrücken«, stellte JoAnn nüchtern fest. »Es waren hundertfünfundsiebzig Dollar pro Stunde, und ich glaube nicht, daß ›Bumsen‹ das ist, was sie taten, während ich zu ihr ging. Sie waren erst auf dem Weg dazu.« JoAnn lächelte achselzuckend. »Damals war mir das so wichtig. Heute ... ich betrachte mich nicht mehr als Opfer. Ich bin weitergegangen. Nicht, daß es nicht ewig ein schlimmer Teil meines Lebens bleiben würde, aber ich bin darüber hinweg«, erklärte sie mit einem hinreißenden Lächeln. »Ich schätze, ich würde mich als Exehefrau auf dem Weg der Genesung bezeichnen.« Es gab eine Pause, während sie ihren Lunch beendeten. Dann fing Natalie an, weiter über die Beratungsstelle zu reden, und sie und JoAnn diskutierten ein Weilchen das Budget, bis der Kellner Cappuccinos brachte.

»Ich frage mich, ob wir uns an Adrianne wenden könnten«, sagte Natalie gerade, als Angie wieder aufmerksam wurde. Sie wußte, sie sprachen von Adrianne Lender, der berühmten Schauspielerin und Produzentin.

»Unterstützt sie die Beratungsstelle?«

»Schickt ein Exmann den Kindesunterhalt zu spät?« fragte Natalie trocken. »Schatz, sie *ist* die Beratungsstelle.«

»Was glaubst du, wieviel zusätzliche Mittel wir brauchen?« frage JoAnn. »Weil mein neuer Buchvertrag ...«

Angie entschied, daß dies ein guter Zeitpunkt war, sich zu entschuldigen. Und zwar aus zwei Gründen. Erstens wollte sie die beiden nicht über ihre finanziellen Möglichkeiten reden hören. Zweitens fühlte sie sich auf einmal benommen, und ihr war ein bißchen übel. Vielleicht war sie diejenige, die zuviel von dem kalorienreichen Dressing auf ihren Salat gegeben hatte.

Als sie sich durch das Lokal geschlängelt und den kleinen Gang erreicht hatte, der zur Damentoilette führte, begann sie alarmiert zu rennen. Sie betrat die Toilette, riß die Tür einer Kabine auf und übergab sich. Die Heftigkeit war schockierend – drei Krämpfe, und ihr Magen war leer, aber sie mußte noch mehrmals würgen. Sie lehnte sich an die Wand. Ihre Stirn und ihre Oberlippe waren schweißnaß. Sie nahm an, daß ihr Geständnis vor ihrer Mutter und JoAnn sie emotional mehr gekostet hatte, als ihr bewußt gewesen war. Sie wandte die Augen von der Toilette ab und betätigte die Spülung. Wenn es Lisa und Reid waren, die sie wegspülte, dann war sie froh, sie verschwinden zu sehen.

Es gab doch nichts Besseres als ein gut gezieltes Erbrechen, um sich für den Nachmittag fit zu machen.

20. *Kapitel -*

in dem Michelle allein und Jada davonschwebt

Michelle zog den rosa Pullover über den Kopf und zwängte sich dann in den grauen Flanellrock. Nun ja, eigentlich mußte sie sich nicht mehr hineinzwängen. Die Schrecken der letzten Woche hatten ihr den Appetit genommen und ihren Stoffwechsel vermutlich angekurbelt. Jedenfalls hatte sie offensichtlich abgenommen, denn sie brauchte die Ränder des Reißverschlusses nicht mehr zusammenzuhalten, um ihn schließen zu können. Sie sah in den Spiegel.

Ihr Körper, der zwar immer lang gewesen war, sah in der Senkrechten aus, als sei er noch über seine üblichen eins sechsundsiebzig hinausgewachsen. Sie nahm an, daß sie den Gewichtsverlust als positiv betrachten sollte, aber der Gedanke verging ihr wieder, als sie im Spiegel ihr Gesicht betrachtete. Es bestand nur noch aus Knochen und Vertiefungen, und ihre Nase stach scharf hervor. Irgendwie sah es aus, als wäre ihr Schädel kleiner geworden, die Haut aber nicht. Ihr Haar wirkte im Kontrast zu ihrem Gesicht so rot, daß es ihm jede Farbe nahm. Michelle war eigentlich immer ziemlich mühelos hübsch gewesen. Doch dieses Gesicht würde eine Menge Make-up brauchen, ehe sie es in der Bank zeigen konnte.

Michelle hatte mit Jada gesprochen, und beide waren übereingekommen, daß sie am besten zu ihrem Arbeitsalltag zurückkehrten. »Wenn du den ganzen Tag zu Hause sitzt oder stundenlang Pookie bürstest, landest du am Ende in der Klapsmühle«, hatte Jada gesagt, und Michelle wußte, daß sie auch für sich selbst sprach.

Also hatte Michelle Frank gestern abend eröffnet, daß sie ihren Job wiederaufnehmen würde. Frank hatte wie stets behauptet, das sei nicht notwendig, aber Michelle wollte – nein, sie brauchte – die Regelmäßigkeit ihrer alten Routine. Sie wollte aus diesem Haus heraus, das auf eine Weise besudelt worden war, die sich nicht mit Putzmitteln von Wänden, Fenstern und Möbeln schrubben ließ. Und in der Bank hatte sie einige Kolleginnen, die sie kannten. Keine wirklichen Freundinnen wie Jada, aber ein paar andere Frauen, mit denen sie jetzt seit Jahren angenehm zusammenarbeitete. Sie feierten Geburtstage gemeinsam, und sie mochten sie. Sie hatte die Liste zu führen. Sie hatte in einem Notizbuch all ihre alten Quittungen gefunden und zu den neuen gelegt. Im übrigen hatte Michelle noch ihre Arbeit in der Kreditabteilung, und daran zu denken war produktiver, als über ihre wachsende Angst vor dem juristischen Sumpf nachzugrübeln, in den sie und Frank gefallen waren. Außerdem könnte ihre Verteidigung so teuer werden, daß sie das Geld tatsächlich brauchen würde, obwohl sie Frank davon nichts sagte. Frank machte sich Sorgen, aber er wollte mit ihr nicht über die Probleme sprechen. »Schau, sie haben mich nicht angeklagt. Sie haben nichts in der Hand.« Das war alles, was er dauernd wiederholte, aber sie wußte, daß er Stunden am Telefon und bei Besprechungen mit Bruzeman verbrachte. Wie konnte Frank sich leisten, weniger Zeit mit Arbeit zu verbringen, aber mehr denn je auszugeben – um das Haus zu reparieren, alles zu ersetzen und auch noch seine Anwaltskosten zu bezahlen?

Michelle verließ das Schlafzimmer und ging durch den Flur, um ihre heizbaren Lockenwickler zu holen – die Jenna sich geliehen und typischerweise nicht zurückgegeben hatte. Sie hörte ein Geräusch, blieb stehen und lauschte. Kratzen. War das der Hund? Sie lief sofort nach unten, zwei Stufen auf einmal nehmend. »Pookie! Pookie!« Glücklicherweise ging es Frankie viel besser, seit der Hund wieder da war. Er schlief jetzt nachts wieder durch.

Der Hund saß in der Diele und kratzte an der Haustür. War da draußen jemand – ein Polizist oder Schlimmeres? Frank war sogar gegenüber den Telefonen paranoid – er hatte Angst, die könnten abgehört werden. Aber Michelle wollte sich in ihrem eigenen Haus nicht einschüchtern lassen. Sie riß die Tür auf und fand davor das kostenlose Lokalblatt, obwohl sie sich dessen Zustellung ausdrücklich verbeten hatte. Michelle brachte nicht einmal die Energie auf, sich zu bücken und es aufzuheben. Sie machte die Tür einfach wieder zu und beugte sich nieder, um Pookie hinter den Ohren zu kraulen. »Braver Hund«, lobte sie.

Sie holte die heizbaren Lockenwickler, ging ins Badezimmer, öffnete den kleinen Wandschrank, in dem sie an die vierzig Plastikdosen, Tuben und Schachteln aufbewahrte, und wählte etliche davon aus, um ihr Gesicht zu bemalen. Sie drehte ihr Haar auf und schüttelte die Flasche mit der Grundierung kräftig, denn sonst würde sie sich nur öliges Wasser mit gelegentlichen zementähnlichen Farbbröckchen ins Gesicht schmieren. Kein Wunder, daß man das als Grundierung bezeichnete! Als sie ihre blasse Haut, die rußähnlichen Ringe unter ihren Augen und die Farblosigkeit ihrer Lippen betrachtete, schüttelte Michelle mißbilligend den Kopf. Dann machte sie sich an die Arbeit. Während sie sich anmalte, dachte sie an das Lied, das mit den Worten begann: »Der graue Himmel klärt sich auf, mach ein fröhliches Gesicht.« An den Rest konnte sie sich nicht erinnern, aber sie zwang sich, es zu summen. Sie *mußte* aufhören, sich selbst zu bemitleiden.

Nachdem sie mit dem Rouge fertig war, trug sie Eyeliner auf. Wie schlecht sie sich auch fühlte, sie erinnerte sich daran, daß Jada zehnmal schlimmer dran war. Wie mochte es für Jada nebenan sein, ohne die Kinder und ohne Nachricht, seit Clinton sie entführt hatte, ausgenommen eine kurze Botschaft mit Clintons kalter Stimme auf ihrem Anrufbeantworter, die lautete: »Ich habe die Kinder, und es geht ihnen gut.« Jada hatte sie zu sich gerufen und ihr das Band vorgespielt.

Ja, Jada war viel schlimmer dran. Michelle war über den erlebten Horror entsetzt und erschrocken gewesen. Und dann empört. Man hatte ihr Haus auseinandergenommen, ihre Kinder traumatisiert und ihren Mann geschlagen. Im Grunde waren sie jetzt alle gedemütigt, wann immer sie sich in der Nachbarschaft blicken ließen. Aber, erinnerte sich Michelle, während sie die Lockenwickler herausnahm, sie hatte ihren Mann und ihre Kinder noch. Ihre Familie war noch intakt. Sie konnte sich nicht vorstellen, wie Jada sich fühlen mochte, verlassen, allein, von allen isoliert, die sie liebte und um die sie sich sorgte. Bei ihr war der Horror nicht öffentlich, aber in gewisser Weise war er grausiger, viel schrecklicher als Michelles. Als Michelle eine weitere Schicht Wimperntusche auf ihre Unterlider verteilte, mußte sie innehalten, weil sie feuchte Augen bekam. Nun ja, sie war ohnehin fertig. Es war schon fast acht Uhr.

Sie sah sich ihre Renovierungsarbeiten im Spiegel an. Ihre Haut war jetzt gleichmäßig elfenbeinfarben, ohne Sommersprossen und mit hübschen rosa Wangen und einem entsprechenden Mund. Die Falten über ihren Augen hatten genau die richtige Menge hellbraunen Lidschatten abbekommen, während die dunklen Ringe verschwunden waren. Komisch, daß man Schatten über den Augen haben soll und nicht darunter, dachte sie. Sie sah gut aus. Tatsächlich hatte sie sich Mühe gegeben, also sah sie besser aus als sonst und war bereit für den Tag. Jetzt mußte sie einfach tapfer sein und ihren Auftritt hinter sich bringen. Als sie das Badezimmer verließ, begann sie als kleine Ermutigung zu summen, daß der graue Himmel sich aufklärte.

Michelle und Jada hatten miteinander gesprochen und entschieden, daß Michelle heute morgen etwas später kommen konnte. Jada ging ebenfalls zur Arbeit. Sie konnte sich nicht noch einen freien Tag leisten, nicht bei den Anwaltskosten, die sie zahlen mußte. Und obwohl beide Frauen lieber gemeinsam zur Bank gefahren wären, hatte Jada das nicht für gut erachtet. Einen Moment lang war Michelle verletzt gewesen und hatte gedacht, Jada wolle vielleicht nicht mit ihr in der Öffentlichkeit gesehen werden. Dann mahnte sie sich zur Ordnung. Sie waren früher fast nie zusammen zur Arbeit gefahren. Warum sollten sie es jetzt tun?

Kurz vor neun parkte Michelle den Wagen, stieg aus und holte tief Luft. Dies war Normalität, und es fühlte sich besser an als das Auf und Ab der letzten Woche. Sei jetzt bloß stark und freundlich, sagte sie sich. Du hast dir nichts zuschulden kommen lassen. Sie ging zum Personaleingang und klingelte. Bobbie, der Teilzeitwachmann, öffnete ihr. Er war ein netter Kerl. »Hallo!« sagte er beiläufig, und sie lächelte. Vielleicht würde es kinderleicht sein.

»Guten Morgen«, sagte Michelle, ging an ihm vorbei, öffnete den Schrank, um ihren Mantel aufzuhängen, legte ihre Handschuhe und ihre Mütze an die Stelle auf dem Fachbrett, an die sie sie immer legte, und ging direkt an die Kaffeemaschine. Sie war nur für einige Arbeitstage fort gewesen, aber es rührte sie zu sehen, daß ihr Becher unverändert an seinem Platz stand. Sie schenkte ihn fast voll und trug ihn zu ihrem Schreibtisch. Aber ehe sie ihn absetzen konnte, sah sie, daß es nicht ihr Schreibtisch war. Ihre Bilder von Frank, den Kindern und Pookie samt dem kleinen Efeu, den sie zum letzten Muttertag bekommen hatte, waren verschwunden. Ihr Magen verkrampfte sich, und scheu, fast ängstlich sah sie sich um. War das nur ein gemeiner Scherz? Beobachteten sie alle, um zu sehen, wie sie reagieren würde? Mehrere Angestellte sprachen mit Kunden. Ben und Anne telefonierten, und alle anderen schienen ihrem Blick auszuweichen. Sie setzte sich trotzdem hin, unsicher, was sie jetzt tun sollte. Ihre Hand begann zu zittern. Sie würde den Kaffee verschütten, wenn sie ihn nicht bald absetzte. Da legte Anne den Hörer auf und kam auf sie zu. »Hi, Michelle«, sagte sie mit spröder Stimme, »während du weg warst, haben die Berater die Schreibtische umgestellt. Deiner ist jetzt da drüben, in der Nische.« Sie zeigte auf die Stelle, wo die Innenwand eine Ecke hatte und einen kleinen Alkoven neben dem Tresorraum bildete. Manche hätten diesen Platz gern gehabt, weil man da nicht den Blicken aller Bankkunden ausgesetzt war. Aber genau deswegen eignete er sich nicht für das allgemeine Büro.

»Aber da sitzt doch Betsy«, protestierte Michelle. Betsy war für den Service an den Schließfächern zuständig und hatte hier leichten Zugang zum Tresorraum.

Anne zuckte nur mit den Schultern. »Betsy sitzt jetzt dort, da vorne, damit wir nicht immer gestört werden, wenn jemand an sein Schließfach will. Hat irgendwas mit Effizienz zu tun.« Ohne ein weiteres Wort drehte Anne Michelle den Rücken zu und strebte ihrem eigenen Schreibtisch zu. Sie setzte sich, senkte den Kopf und sah geschäftig einen Aktenordner durch.

Michelle, deren Gesicht sich unter der elfenbeinfarbenen Grundierung gerötet hatte, stand langsam auf und ging an ihren neuen Arbeitsplatz. Sie schlüpfte zwischen Wand und Schreibtisch durch und sank dann auf den Stuhl. Wenn man in einer Nische sitzt und mit dem Rücken fast die Wand berührt, hat man den Schreibtisch wie ein Bollwerk vor sich. Man hätte ebenso in einem Schrank sitzen können. Michelles Blickwinkel war eingeengt. Sie dachte an die Nonnen, die sie in der Grundschule unterrichtet hatten. Sie trugen Hauben, die wie ein Sichtschutz wirkten, genau wie die Position dieses Schreibtischs. Michelle konnte keinen hereinkommenden Kunden sehen, und sie konnte auch die beiden ersten Reihen der Angestelltenschreibtische nicht sehen, nur Annes Tisch und dahinter Jadas Büro mit dem Glasfenster. Sie war ganz allein, isoliert und außer Sicht. War das reiner Zufall? Sie glaubte es nicht. Michelle senkte den Kopf und tat so, als betrachte sie die Kreditanträge auf ihrem Schreibtisch, aber in Wirklichkeit versuchte sie, sich daran zu erinnern, wie man ein fröhliches Gesicht aufsetzt.

Michelle arbeitete den ganzen Vormittag liegengebliebenen Papierkram auf und rief ein paar Kunden an, die ihre Kreditanträge nicht vollständig ausgefüllt hatten. Sie hatte auch einige Bewilligungen mitzuteilen, aber diese Anrufe hob sie sich für die Mittagszeit auf, weil die Leute dann eher zu Hause waren. Sie würde gern jemandem eine gute Nachricht geben, im Gegensatz zu ihrer eigenen Situation.

Sie hatte den ganzen Vormittag gearbeitet, es war fast halb zwölf, und außer zwei Kreditbewerbern hatte niemand mit ihr gesprochen. Sie war zu ängstlich gewesen, um aufzustehen und zu Bens Schreibtisch oder einem der Schalter zu gehen und ein bißchen Konversation zu versuchen. Was war, wenn man sie so grob zurückwies, wie die Frauen beim Gebäckbasar es getan hatten? Michelle hätte das nicht ertragen.

Sie fragte sich erneut, ob ihr Schreibtisch hierhergeräumt worden war, damit die »anständigen Leute« sie nicht sahen. Sie wollte nicht paranoid sein, und sie konnte sich nicht vorstellen, daß Jada die Unternehmensberater oder die Mitarbeiter der Bank so etwas hätte tun lassen, aber ganz sicher war sie nicht. Schließlich war Jada nicht nur ihre Freundin, sondern auch eine berufstätige Mutter, die finanziell für ihre Kinder zu sorgen hatte. Das bedeutete Jada alles.

Nun, da ihr Job offensichtlich gefährdet war, wurde Michelle klar, daß er ihr auch emotional sehr viel bedeutete. Es machte ihr Spaß, Leuten zu helfen. Sie zeigte ihnen gern Wege, ihre finanziellen Bedürfnisse neu zu organisieren und die Formulare auszufüllen. Ihre Arbeit war sehr befriedigend, wenn sie das Gefühl hatte, etwas Sinnvolles geleistet zu haben. Sie konnte sich mit Kollegen unterhalten, selbst wenn es nur um eine lustige Seinfeld-Episode oder die neue Imbißstube ging, die neben der Bank eröffnet hatte. Sie hatte abends Gesprächsstoff. Wenn Frank ihr von seinem Tag erzählte, konnte sie auch über ihren berichten. Obwohl der Job manchmal kompliziert war und sie gelegentlich die schwere Aufgabe hatte, Leuten Geld zu verweigern, die es verzweifelt nötig brauchten, fand sie den größten Teil ihrer Arbeit ziemlich einfach und hatte untertags Zeit, zu scherzen und sich zu amüsieren.

Aber das hier war kein Spaß. Es war ein entsetzliches Gefühl, daß sie wie in einer Zelle saß, von allen anderen abgetrennt war und die Mitarbeiter ihr die kalte Schulter zeigten. Sie dachte an die Anlässe, bei denen sie den armen Pookie in seine Hütte gesperrt hatte, wenn er ungezogen gewesen war. So ähnlich fühlte sie sich jetzt. Ihr stiegen Tränen in die Augen. Vielleicht, dachte Michelle, war es nur die Kombination aus ihrem ersten Arbeitstag, dem neuen Arbeitsplatz und der Verlegenheit der Leute. Wenn sie den ersten Schritt tat, würde sich eventuell alles wieder einrenken, und sie würde diesen Schreibtisch als Vorzug betrachten. Das Telefon läutete. Sie hob den Hörer ab.

»Michelle? Ich bin's, Jada.«

»Oh, hallo«, sagte Michelle. »Bist du aufgehalten worden?«

»Tut mir leid, daß ich dich noch nicht angerufen habe. Aber zuerst hatte ich eine Unterredung mit Mr. Marcus und dann eine stundenlange Konferenz mit Data Processing, und ich schwöre dir, ich habe kein Wort von dem verstanden, was dabei gesagt wurde.«

»Hört sich nicht gut an«, meinte Michelle. Was für eine Erleichterung! Jada schnitt sie nicht. »Soll ich zu dir rüberkommen? Machst du eine Mittagspause? Wir könnten zum Lunch ausgehen.«

»Keine gute Idee. Schau, ich wäre nicht ehrlich, wenn ich dir nicht sagen würde, daß ich wegen deines Jobs hier unter einigem Druck stehe. Nichts Wildes. Nur ein bißchen Druck. Aber ich denke, wir sollten besser … nun ja …«

»Kein Problem«, sagte Michelle, obwohl ihre Kehle eng wurde, als sie das hörte.

»Im übrigen brauche ich dringend deine Hilfe.«

»Klar«, versprach Michelle. »Worum geht's?«

»Zieh deine rechte untere Schreibtischschublade auf«, sagte Jada. »Und schau nicht auf.«

»Ist es ein Geschenk?« fragte Michelle. »Ein Geschenk für mich?« Langsam öffnete sie die Schublade.

»He, das ist nicht mal ein Geschenk für *mich.*« Jadas Stimme am Telefon klang brüchig. »Aber ich brauche es.« Michelle zog ein Blatt Papier heraus und erkannte es binnen einer Sekunde. Es war ein von Jada ausgefüllter Kreditantrag. Ein Kredit ohne Sicherheiten über zehntausend Dollar. Au weia.

»Ich hab's«, sagte Michelle. »Was jetzt?«

»Michelle, ich weiß nicht, was ich machen soll. Ich habe Rick Bruzeman schon einen Scheck über zehntausend Dollar als Anwaltsvorschuß gegeben.«

»Zehntausend Dollar?« flüsterte Michelle. »So viel hat er verlangt?«

»Das war erst der Anfang«, schluckte Jada. »Aber er will aggressiv vorgehen und mir meine Kinder zurückholen.«

»Das ist wie Lösegeld. Ich hätte nie gedacht...« Gott, sie fragte sich, was Bruzeman Frank in Rechnung stellte. Das mußte mehr sein, sehr viel mehr als dies. Sie dachte an einen bitteren Witz, den Frank ihr erzählt hatte. Was kann eine Gans, das eine Ente nicht kann und ein Anwalt können sollte? Sich seine Rechnung in den Arsch schieben. Sie hatte Angst, ihn Jada zu erzählen, nicht nur, weil das nicht der richtige Zeitpunkt war, sondern auch, weil Jada keine Vulgaritäten mochte. »Wie wirst du das handhaben?« fragte Michelle Jada.

»Die Antwort liegt direkt vor dir.« Michelle schaute von dem Blatt Papier in ihrer Hand auf und hinüber zu Jadas Büro. Jada stand, den Telefonhörer mit einer Hand ans Ohr haltend, während sie sich mit der anderen den Nacken massierte. Sie schüttelte den Kopf, als sie Michelles Blick bemerkte, und wandte sich ab. »Schau nicht zu mir rüber«, zischte sie ziemlich unfreundlich. Und dann schwiegen beide Frauen für eine lange, lange Minute.

»Hör zu, Michelle«, sagte Jada. »Das hier ist kein Whitewater-Schwindel. Ich verlange nichts von dir, was du nicht tun dürftest. Ich denke, ich kann für den Kredit garantieren. Ich kann das Haus nicht als Sicherheit geben, weil ich dazu Clintons Unterschrift brauche. Aber ich kann den Kredit zurückzahlen, sobald ich meinen Anteil bekomme. Was ich von dir brauche, ist, daß du diesen Antrag genauso behandelst wie jeden anderen, nur sehr viel schneller. Denn wenn ich nicht bald Bargeld auf meinem Konto habe, kann ich Mr. Bruzeman definitiv vergessen. Okay?«

»Okay«, sagte Michelle. »Hör mal, da ich dich schon am Telefon habe, kannst du mir sagen, warum man mich in diese Ecke verbannt hat?«

»KG«, sagte Jada.

»Soll das heißen, ich stinke?« fragte Michelle – Michelle, die mindestens zweimal täglich duschte und das Haus fast nie verließ, ohne sich vorher die Haare zu waschen.

»Nicht Körpergeruch. Kommando der Geschäftsführung«, sagte Jada. »Marcus hat sich Sorgen gemacht. Ein paar Spinner haben irgendwas Blödes gesagt. Aber ich denke, wenn sich erst einmal alles gelegt hat, wirst du keine Probleme mehr haben bis auf ein oder zwei Arschlöcher. Aber im Augenblick sind sie *alle* Arschlöcher. Ich sehe aus diesem Fenster ein ganzes Meer von Arschlöchern.«

»Keine hübsche Vorstellung«, meinte Michelle.

»Ich weiß nicht. Immer noch besser als ihre Gesichter«, sagte Jada, und Michelle mußte lachen. Das Lachen befreite sie, so niederträchtig das alles auch war. Jada war ihre Freundin, und sie würden das beide durchstehen.

Michelle hatte den größten Teil des Nachmittags getan, was sie konnte, um die Unzahl von Formularen auszufüllen, die für Jadas Kredit nötig waren. Sie hatte auch herumtelefoniert und von einer Abteilung nach der anderen verbale Zustimmungen erhalten. Das Schwierigste war gewesen, alles zurückzudatieren, damit es so aussah, als habe Jada in der Warteschlange gestanden und sei nur wegen Michelles Abwesenheit oder Nachlässigkeit noch nicht zum Zuge gekommen.

Es war nicht schwer, Leute anzurufen und zu sagen: »Sie glauben gar nicht, was mir passiert ist. Ich bin mit der Bearbeitung eines Kredits für meine Chefin um eine Woche in Rückstand.« Die Menschen waren überraschend kooperativ, wenn sie ihnen sagte, daß vielleicht ihr Job auf dem Spiel stünde.

Und Michelle hatte nichts dagegen, das zu tun. Die Zahlen, die Jada ihr gegeben hatte, machten die Bewilligung nicht unwahrscheinlich oder gänzlich undenkbar.

Das Problem, zumindest wie Michelle es sah, bestand darin, daß Jada diesen Kredit wohl schließlich zurückzahlen konnte (vermutlich unter großen Schwierigkeiten), daß sie danach aber keine weiteren Anwaltsrechnungen würde bewältigen können, von den Kosten der Scheidung ganz zu schweigen. Ihre Kreditwürdigkeit und ihr Einkommen würden mehr Ausgaben nicht verkraften. Und Bruzeman war schlau, nicht geduldig. Michelle bezweifelte, daß er lange warten würde.

Aber welche anderen Möglichkeiten hatte die arme Jada? Einen schlechten Anwalt zu einem niedrigeren Preis? Irgendeine gesetzliche Rechtshilfe? Michelle schüttelte den Kopf. Sie sah auf ihre Armbanduhr – in ihrer neuen Nische konnte sie auch die Wanduhr nicht mehr sehen – und stellte fest, daß es kurz vor drei war. Sie stand auf, um sich die Füße zu vertreten und sich noch einen Becher Kaffee zu holen, als sie die Auseinandersetzung an der Tür hörte.

Sie seufzte, reckte sich und ging weiter. Fast jeden Tag kam unmittelbar vor Schließung der Bank irgendein Spinner, der unbedingt – dringendst – noch eine Einzahlung oder Abhebung tätigen mußte, ehe die Bank zumachte. Und jeden Tag warteten ihre Sicherheitsleute auf diesen Moment, damit sie, die sechs Dollar in der Stunde verdienten und den ganzen Tag auf den Beinen waren, irgendeinem reichen Vorstadtbewohner sagen konnten, er oder sie habe leider kein Glück. Michelle schaute nun zur Wanduhr und dann zur Tür. Es war Punkt drei, und der Wachmann drückte buchstäblich mit Gewalt die Tür zu, während irgendein Typ in braunen Schuhen und dunklem Anzug einen Fuß zwischen die beiden Glasflügel geschoben hatte, die die Öffentlichkeit ausschlossen. Michelle kannte den Wachmann nicht; er gehörte nicht zur regelmäßigen Belegschaft, und er drückte ziemlich energisch. Die Mitarbeiter an den Schaltern machten sich nicht einmal mehr die Mühe, dem Vorgang zuzusehen, und die restlichen Leute in der Schalterhalle schienen anderweitig beschäftigt.

Aber der Fuß des Mannes wurde zerquetscht. Der Wachmann drückte mit seinem ganzen Gewicht gegen die Tür. Etwas mußte nachgeben, und Michelle wollte nicht, daß es der Knochen des Mannes sein würde. »Hören Sie damit auf!« fuhr sie den Wachmann scharf an. »Hören Sie auf. Sonst verletzen Sie ihn, und die

Bank wird verklagt.« Der Wachmann drehte sich aufgeregt nach ihr um und nahm für einen Moment die Schulter von der Tür.

Das reichte dem Kunden, um hineinzuschlüpfen. Er hinkte auf sie zu. Sie lächelte und wartete auf seinen Dank, aber er knurrte lediglich: »Wo ist das Büro der Zweigstellenleiterin?«

So eine Verschwendung, dachte sie, ich habe ihn hereingelassen und seinen Fuß gerettet, und er wird uns trotzdem verklagen. »Müssen Sie wirklich zu ihr?« fragte sie mit einem Lächeln. »Vielleicht kann ich Ihnen helfen.«

»Heißen Sie Jada Jackson?«

»Nein«, sagte Michelle.

»Dann will ich nicht mit Ihnen reden«, raunzte er und ging an ihr vorbei auf die Glastür am Ende der Halle zu. Michelle zuckte nur mit den Achseln und wandte sich in die Richtung des Kaffeeautomaten. Aber sie behielt den unangenehmen Burschen im Auge. Sie sah ihn zu Anne treten, während Michelle sich Kaffee einschenkte. Anne rief über die Sprechanlage Jada an, doch ungerührt schob sich der unhöfliche Mensch an ihrem Schreibtisch vorbei, öffnete die Bürotür und marschierte unangemeldet hinein! Von ihrem Standpunkt aus konnte Michelle sehen, wie Jada sich überrascht nach der offenen Tür umdrehte, während Anne protestierend von ihrem Stuhl aufsprang.

Michelle ließ ihren Kaffee stehen und eilte zu Jada, so schnell sie konnte. Als sie die Tür erreichte, fragte der Mann gerade, ob sie »Mrs. Jada Jackson« sei. Michelle wollte sich schon einmischen und rufen: »Nein, Mrs. Jackson ist nicht da.« Aber es war zu spät. Jada hatte schon genickt, und der Gerichtsbote – denn das war er, und Michelle hätte das erkennen müssen – griff in seine Manteltasche und beförderte einen großen Umschlag heraus. »Das ist für Sie«, fuhr er Jada an. »Damit sind Ihnen die Papiere zugestellt.« Damit drehte er sich um und hinkte an Michelle vorbei zur Ausgangstür zurück. Michelle konnte nicht erkennen, ob er hinkte, weil er einen gequetschten Fuß hatte, oder ob das sein normaler Gang war. Geschockt wandte sie sich zu Jada um, die den Umschlag bereits geöffnet hatte und den Inhalt wie eine giftige Viper anstarrte.

»O mein Gott. O mein Gott«, hauchte Jada – eigentlich war es eher ein Stöhnen – und sank auf ihren Stuhl. »Das ist eine Festsetzung des vorläufigen Sorgerechts«, flüsterte sie und schaute zu Michelle auf. »Er bekommt das vorläufige Sorgerecht und das anhängige Verfahren.« Michelle schüttelte den Kopf.

»Aber ihr wart doch noch gar nicht vor Gericht. Du ...«

Jada sah weiter die Papiere durch. »*Er* ist zum Gericht gegangen. *Er* ist gegangen. Clinton, der König der Saumseligkeit, ist beim Gericht gewesen.« Zerstreut blätterte sie die Papiere durch. »Er erwartet von mir, daß ich Unterhalt zahle, während er die Kinder behält.«

»Das ist lächerlich«, empörte sich Michelle. »Das ist absolut lächerlich. Das kann das Gericht doch nicht machen, oder?«

Jada sah Michelle völlig verstört an. »Doch, es kann«, sagte sie mit heiserer Stimme. »Wir wollten zuerst hingehen und versuchen, dasselbe mit *ihm* zu machen. Zumindest dachte ich, daß Bruzeman das tun würde.« Sie sah wieder auf die Dokumente in ihrer Hand.

»Weißt du, was Frank mir gesagt hat?« fragte Michelle. Jada schüttelte den Kopf. »Er hat gesagt, die Post hätte ihre neuesten Briefmarken zurücknehmen müssen.«

»Warum?«

»Weil darauf Anwälte abgebildet waren, und die Leute wußten nicht, welche Seite sie anspucken sollten«, sagte Michelle. »Hat Bruzeman deinen Scheck eingelöst? Du solltest ihn sperren lassen.«

»Ich sollte mir vor allem einen anderen Anwalt nehmen«, sagte Jada. »Ich kann das nicht glauben«, fügte sie fassungslos hinzu. »Ich muß dafür bezahlen, daß Clinton mir meine Kinder vorenthält?« Sie schüttelte den Kopf, als wolle sie ihre Gedanken klären.

»Es ist lächerlich«, tobte Michelle. »Absolut lächerlich. Deine Kinder kommen nicht ohne dich zurecht, und Clinton ignoriert sie die meiste Zeit. Dafür mußt du doch nicht zahlen, oder?«

Mit tonloser Stimme antwortete Jada: »Nein. Das muß ich nicht bezahlen. Ich kann einfach die Zahlung verweigern und mich wegen Mißachtung des Gerichts einsperren lassen.«

21. Kapitel -

ein folgenschweres Zusammentreffen für alle

Jada saß reglos auf dem Beifahrersitz neben Michelle, reglos bis auf die Hände, die in ihrem Schoß lagen und zitterten. Jada wußte, das Zittern war Folge einer unerträglichen Mischung aus Angst und Wut, aber dieses Wissen beendete das Zittern nicht. Vor einer halben Stunde, noch im Büro, hatte sie versucht, ein Memo zu unterschreiben, das Anne ihr gebracht hatte. Da hatte das Zittern begonnen. Sie hatte Anne den Rücken zugedreht, aber trotzdem hatte sie kaum den Stift halten können, und ihre Unterschrift war unleserlich gewesen.

Ihr restlicher Körper fühlte sich an, als sei er zu Stein geworden, so kalt und schwer, daß sie überrascht gewesen war, die Stoßdämpfer von Michelles Wagen nicht ächzen zu hören, als sie sich in den Sitz fallen ließ. Jetzt saß sie unbeweglich – bis auf die zitternden Hände –, während Michelle vergeblich versuchte, sie abzulenken und zu trösten. »... weil das ein *besserer* Ansatz ist«, sagte Michelle gerade. »Ich meine, es ist wichtig, die besten Leute zu bekommen, aber du hast es mit Bruzeman versucht, und Clinton hat dich reingelegt. Egal, diese Leute müssen sich mit Frauen auskennen. Ich meine, sie haben ›Frauen‹ in ihrem Namen. Ich frage mich, ob alle Mandanten Frauen sind. Und ich frage mich, ob alle ihre Anwälte Frauen sind.«

Michelle plapperte, ahnte aber, daß davon nicht viel bei Jada ankam. Nachdem Jada die gerichtlichen Dokumente zugestellt worden waren, war sie in eine Art Erstarrungszustand gefallen. Michelle hatte ihr geholfen. Sie hatte Jada mit einem Stoß Papiere in den Kopierraum geführt, als sei das normal. Hatte ihr gesagt, sie solle die Tür abschließen, obwohl das gegen die Vorschriften war, hatte ein Schild mit »Außer Betrieb« an die Tür geheftet und dann für Jada einige Anrufe getätigt. Jetzt fuhren sie auf dem Cross County Highway zu einer Art Rechtshilfeorganisation.

»Okay. Also, die werden jedenfalls wissen, was in dieser Sache zu tun ist, weil sie so etwas vermutlich schon hundert Millionen Mal gehört haben. Und sie werden dir sagen, zu welchem Anwalt du statt diesem miesen Bruzeman gehen sollst. Und du mußt nicht diesen halsabschneiderischen Anwaltsvorschuß bezahlen.« Michelle verstummte abrupt, drehte sich zur Seite und sah Jada an. »Tut mir leid«, platzte sie heraus. »Es ist bloß – ich fühle mich so elend, und ich weiß nicht, wie ich dir helfen kann. Soll ich lieber still sein?«

Jada schüttelte den Kopf. Sie konnte nicht sprechen. Sie konnte nicht glauben, daß Clinton so weit gegangen war. Dieser Mann hatte seit Jahren so gut wie nichts getan, und dennoch waren ihm jetzt eine Entführung, ein juristischer Coup und eine heimliche Rache gelungen, schnell und unglaublich effizient. Jada glaubte den Mann zu kennen, mit dem sie verheiratet war, aber dieses Verhalten war neu – und sehr, sehr erschreckend. Wozu war er noch fähig?

Michelle redete wie ein Wasserfall und äußerte lauter tröstende, sinnige Klischees. Sie waren zum Verrücktwerden. »Am dunkelsten ist es immer vor der Morgendämmerung«, gab sie gerade zum besten.

»Außer wenn der Morgen Tornados bringt«, antwortete Jada dumpf.

»Ach, komm. Es muß einfach besser werden. Jede Wolke hat einen silbernen Rand.« Sie konzentrierte sich auf die Straße, als könne der Highway jeden Moment um tausend Fuß abfallen oder in Treibsand verschwinden. Alle paar Minuten jedoch wandte sie den Blick von der offenbar so unzuverlässigen Straße und munterte Jada mit »kostbaren« Worten auf. »Laß dich nicht unterkriegen. Laß dich einfach nicht unterkriegen.«

Jada gab sich Mühe. Sie kramte in den Papieren, die auf ihrem Schoß lagen. Es verursachte ihr Schwindelgefühle, ja Übelkeit, sie zu lesen, aber sie mußte sie immer wieder anschauen. Ihre Zukunft lag vor ihr. Einzelne Formulierungen sprangen ihr ins Auge. *»Hauptérnährerin der Familie«, »tagsüber und an vielen Abenden* *für die Kinder nicht verfügbar«, »übermäßig engagiert in ihrem Beruf«, »für sich selbst ehrgeizig bis zur Vernachlässigung ihrer Verantwortung für die Familie«.* Ihre Hände begannen wieder, unkontrollierbar zu zittern, und die Wörter verschwammen vor ihren Augen.

Die gefalteten weißen Papiere fühlten sich an wie eine gebleichte Tarantel, die mit jeder Falte ein anderes schreckerregendes Bein, einen weiteren Stachel enthüllte. Jada hätte sie am liebsten von sich geworfen und die verlogenen, verletzenden Seiten auf dem Boden vor Michelles Auto zu Tode getrampelt. Aber sie wußte, daß dabei – ähnlich wie bei den Besen, die der Zauberlehrling zerstückelt – nur noch mehr von diesen giftigen Papieren erwachsen würden. Unwillkürlich entschlüpfte ihr ein leises Stöhnen.

»Es wird alles wieder gut«, sagte Michelle so beruhigend, wie sie konnte. Sie hörte sich an, als rede sie mit Jenna oder Frankie, aber hier ging es leider nicht um Kindergartenkränkungen.

»Kapierst du nicht, was er hier sagt?« zischte Jada mit unfreundlicherer Stimme, als sie wollte, aber nicht so wütend, wie sie sich fühlte. »Es wird *nicht* wieder gut. Er versucht tatsächlich zu sagen, daß ich eine schlechte Mutter bin. Daß mir meine Arbeit wichtiger war als meine Kinder. Daß ich die Ernährerin war, weil ich meine Karriere an die erste Stelle gesetzt habe, und daß ich jetzt weiter für ihn und die Kinder sorgen muß, obwohl sie ausgezogen sind.«

»Das ist lächerlich«, wandte Michelle heftig ein und fädelte sich in die rechte Spur ein. »Jada, du bist eine wunderbare Mutter. Du bist diejenige, die *alles* für die Kinder getan hat. Ich weiß das. Sie wissen das. Das hier ist bloß irgendeine juristische Finte. Du weißt, wie gemein die sein können. Ich weiß es auch. Aber wir bringen das in Ordnung. Und es wird klappen. Ich weiß das. Die in der Beratungsstelle werden gezielt helfen können.«

Jada schüttelte den Kopf und starrte in die hereinbrechende Dunkelheit. Sie nahm an, daß sie froh war, nicht wieder zu Rick Bruzeman gehen zu müssen, aber wie gut konnte eine kostenlose Beratungsstelle sein? Wenn eines ihrer Kinder krank war, hatte sie sie immer privat behandeln lassen. Und bei dem hier, dem wichtigsten Problem in ihrem Leben, ging sie zu irgendeiner verdammten kostenlosen Beratung?

Was hatte Michelle schon für eine Ahnung? Sie war ein weißes Mädchen, das sich von seinem Mann versorgen ließ. Sie wußte nicht, wie hart das Leben wirklich war. Konnte irgendeine weiße Frau das Vorurteil verstehen, mit dem Jada ständig konfrontiert wurde, die Angst vor Anwälten, Behörden und Gerichten, die sie von ihren eingewanderten Eltern geerbt hatte? Jada wußte, wie schnell die Polizei in das Leben eines unschuldigen Bürgers einbrechen und es ruinieren konnte, aber konnte Michelle verstehen, wie leicht es passieren konnte, daß Jada schlecht vertreten und dann als nutzlose, untüchtige, sogar schlechte Mutter abgestempelt wurde? Und welche praktische Urteilskraft hatte Michelle? Michelle hatte sie schließlich zu Bruzeman gebracht. Deswegen machte sie sich für all das verantwortlich, obwohl es nicht fair war. Es lag auf der Hand, daß Clinton ihr – zum ersten und einzigen Mal in seinem Leben – zuvorgekommen war, und ganz gleich, wen sie angeheuert hätte, er wäre nicht schneller gewesen als dieser Anwalt Creskin. Jada schaute zu Michelle hinüber. Sie versuchte ihr zu helfen, aber manchmal dachte Jada, der Graben, der sie trennte, sei zu breit und tief, um ihn zu überbrücken.

Als könne sie ihre Gedanken lesen, berührte Michelle ihr Knie und bat: »Versuch es bitte.« Dann bogen sie in den Parkplatz ein. »Ich habe von Ruth Adams gehört, daß diese Beratungsstelle ihrer Schwester aus vielen Problemen herausgeholfen hat.« Michelle parkte und stellte den Motor ab, und in der Stille hätte Jada am liebsten den Kopf auf das Armaturenbrett gelegt und geweint. Statt dessen zwang sie sich, ihren Schoß voll weißer Taranteln zu berühren, und faßte die Dokumente mit spitzen Fingern an.

»Ich habe gerade erst von dieser Stelle erfahren«, erklärte Michelle. »Ich meine, Ruth hatte mir davon erzählt, aber das ist schon eine Weile her, und ich hatte es vergessen.« Sie öffnete die Tür, und Jada folgte ihr schweigend in den Vorraum. »Mir gefällt die Idee einer Rechtsberatungsstelle für Frauen.« Michelle mußte sich erkundigen, wo das Büro war, und nachdem sie ein Dutzend Stufen hinaufgeklettert waren, hatten sie ihr Ziel erreicht.

Jada setzte sich im Wartezimmer neben eine winzige Asiatin in einer chinesischen Jacke, die die Hände übereinandergelegt hatte und mit der oberen die untere rieb. Ständig und immer wieder. Jada zuckte zurück, als sie erkannte, daß die untere Hand unangenehm wund auszusehen begann. Neben ihr und Michelle auf der anderen Seite saß eine ältere Frau mit einem blauen Auge. Wunderbar, dachte Jada. Ich bin hier unter den zwanghaften und den geprügelten Ehefrauen.

O Herr, vergib mir und gewähre mir Mitgefühl mit ihnen, rief sie sich dann zur Ordnung. Ich schätze, ich verdiene es nicht, anderswo zu sein. So sehr sie auch versucht hatte, ihre Familie zusammenzuhalten und ihre Ehe irgendwie weiterzuführen, sie war gescheitert. Sie hatte lauter falsche Entscheidungen getroffen und war genauso erbärmlich wie diese anderen elenden, verängstigten Frauen. Mein Stolz war falscher Stolz, gestand sie Gott. Und dabei bin ich doch all die Jahre in die Kirche gegangen.

Sie saß zusammengesunken auf ihrer Bank und ließ Michelle mit der Frau am Empfang sprechen. Zweimal wurde Michelle an den Schalter gerufen, und zweimal kam sie mit weiteren Fragen zurück. Dann, nachdem die beiden anderen Frauen in dem dunklen Gang verschwunden waren, wurde Jadas Name aufgerufen. Michelle tätschelte ihr aufmunternd die Schulter. Jada dachte einen Moment daran, Michelle zurückzulassen. Sie wollte von ihr nicht in dem totalen, besiegten Elendszustand gesehen werden, in dem sie allmählich versank. Andererseits brauchte sie Michelle an ihrer Seite, damit sie sie tröstete und die Anwältin informierte, damit die Person, die sie jetzt traf, sie nicht so herablassend mustern konnte wie Rick Bruzeman. Oder, schlimmer noch, glauben konnte, daß all diese widerlichen Behauptungen stimmten.

Während Jada aufstand, umfaßte sie mit ihrem dunklen Zeigefinger und Daumen Michelles helles Handgelenk und zog sie wortlos mit sich durch den Gang. Michelle lächelte und schien tatsächlich erfreut, sie begleiten zu dürfen.

Die Empfangssekretärin öffnete eine Tür, und die beiden Frauen fanden sich in einem winzigen, total vollgestopften Büro wieder. Es gab zwei leere Stühle, umgeben von Akten, und eine junge Frau – jünger als Jada und Michelle, wie es schien – saß auf dem Stuhl hinter dem kleinen, unaufgeräumten Schreibtisch.

Die Frau stand auf. Sie hatte helles Haar, kleine, aber leuchtende Augen mit langen Wimpern und einen breiten Mund mit eigenartig lachsfarbenem Lippenstift. »Hallo, ich bin Angie Romazzano«, sagte sie und streckte Jada die Hand hin. Jada wollte ihr weder die

Hand schütteln noch sonstwelche Höflichkeiten austauschen. Sie gab diesem kleinen Mädchen einfach die weiße Tarantel in die Hand. Dann ließ sie sich auf einen der Stühle fallen und stellte dabei fest, daß die Rückenlehne einen Sprung hatte und ihr in die Schulter stach.

Michelle begann zu sprechen. Jada fiel auf, daß ihre Stimme hoch und fast atemlos klang. »Das ist die unfairste Sache der Welt«, sagte Michelle. »Meine Freundin hat die letzten fünf Jahre damit zugebracht, ihre Familie zusammenzuhalten, und nun hat ihr Mann, der in dieser ganzen Zeit nicht einen Penny verdient hat, ein Verhältnis, verschwindet mit den Kindern und will Ehegatten- und Kindesunterhalt. Damit kommt er doch nicht durch, oder?«

Das Mädchen Angie sah die papierene Tarantel durch. »Er hat es zumindest vor«, sagte sie und schüttelte den Kopf. »Und er hat noch Schlimmeres getan. Er hat das vorläufige Sorgerecht verlangt, und es gibt mehr als Andeutungen über die Unzulänglichkeit der Mutter, während er sich selbst als stabilen häuslichen Einflußfaktor darstellt.« Angie blickte auf. »Trifft das zu?« fragte sie Jada.

Jadas Augen füllten sich mit Tränen der Wut. Bevor sie irgendeine erstickte Antwort hervorpressen konnte, sprach Michelle für sie. »Schauen Sie, meine Freundin hat einen Job als Bankkassiererin angenommen und wenig verdient, aber sie konnte Milch und Eier auf den Tisch bringen. Monatelang haben sie Makkaroni gegessen. Und in den letzten fünf Jahren hat sie sich zur Zweigstellenleiterin hochgearbeitet. Keiner hat ihr geholfen. Keiner wollte sie in diesem Job. Sie war einfach nur zu gut, als daß man sie hätte ignorieren können. Aber sie war auch jeden Abend zu Hause. Ich habe sie erlebt. Sie hat Hähnchen aufgetaut, sie hat spanischen Reis gekocht, sie hat dafür gesorgt, daß die Kinder Brokkoli essen, du liebe Güte. Meine tun das nicht. Jada hat sie sogar in die Kirche mitgenommen, geschrubbt und herausgeputzt.« Jada warf ihrer Freundin einen dankbaren Blick zu. Jemand setzte sich für sie ein! »Und inzwischen hat dieser Taugenichts von einem Ehemann den ganzen Tag auf seinen Händen gesessen, außer wenn er mit jemandem herumspielte. Und dann schnappt er sich die Kinder und geht. Sie hat sie seither nicht mehr gesehen. Mich würde das umbringen. Sie ist stärker, sie wird lediglich verrückt. Würde es Sie nicht umbringen?«

»Ich kann mir das nicht mal vorstellen.«

Es war ihr Ton, das wirkliche Mitgefühl, das Jada darin hörte, der sie zusammenbrechen ließ. Sie holte tief und zittrig Luft, atmete aus, aber der nächste Laut, den sie ausstieß, war vollkommen unartikuliert. Und dann heulte, gurgelte und hustete sie nur noch. Sie weinte nie, darin war sie nicht gut. Sie hob die Hände, um ihr Gesicht zu verbergen, damit niemand ihre Wut, ihr Entsetzen und ihre Scham sah. Angie streckte den Arm aus, nicht, um sie zu tätscheln, sondern um ihre Hand zu fassen. Angies Hand war überraschend stark und fest. »Hören Sie«, sagte sie ruhig. »Sie haben nichts Unrechtes getan. *Er* hat sich unanständig verhalten, und dann hat er als erster einen schlauen, skrupellosen Anwalt gefunden. Das läßt sich alles korrigieren. Ich kann Ihre Ehe nicht retten, aber ich *kann* Ihre Kinder und Ihre Scheidung retten.«

Jada blickte auf, schluckte schwer und wischte sich mit den Fingerknöcheln die Augen. Dabei merkte sie, daß sie genau die gleiche Geste benutzte wie Kevon. »Aber im Moment kann ich die Kinder nicht sehen, oder?« fragte sie. »Im Moment muß ich auf sie verzichten.« Sie griff nach dem Tarantel-Papier. »Und all das Geld. Fast alles, was ich verdiene. Er dagegen kann bei seiner Freundin wohnen, einer arbeitslosen Schlampe, während ich arbeiten muß, um meine Familie zu unterstützen, die er gestohlen hat.«

Angie Romazzano' Hand legte sich um Jadas Handgelenk und drückte es noch fester. Für Jada fühlte es sich gut an, als zöge sie sie in eine Welt zurück, in der sie leben konnte. »Schauen Sie, er äußert hier Vorwürfe, die einfach nicht wahr sind«, sagte sie. »Das ist gemein, aber es ist nicht ernst. Tatsächlich ist es sogar typisch. Wir haben schließlich ebenfalls Beschuldigungen vorzubringen. Das einzige Problem ist, daß er den ersten Schritt getan hat. Also ist er für den Moment im Vorteil. Aber natürlich macht ihn das auch angreifbarer«, versicherte sie den beiden Frauen. »Inzwischen werde ich Ihnen sofort ein Besuchsrecht verschaffen. Vielleicht schon für morgen. Wir haben ein paar sehr gute Freundinnen beim Familiengericht, und ich werde mit dem Richter sprechen und mich mit dem Anwalt Ihres Mannes unterhalten.«

»Mir wäre am liebsten, wenn Frank mit Clinton diskutiert, und zwar mit einem Schlagring«, knirschte Michelle. »Ich hätte einfach nie gedacht...«

Angie schüttelte den Kopf, daß ihr kurzes Haar nur so flog. »Nein, nein, nein«, unterbrach sie Michelle. »Wir können hier eine Menge machen, das wirksam ist. *Und* legal. Es wird nur einige Arbeit erfordern. Wir werden das Sorgerecht beantragen, wir werden Zeugenaussagen und Steuerunterlagen beibringen, die beweisen, daß Sie arbeiten mußten und kompetent sind. Wir werden Zeugen bestätigen lassen, daß Sie eine engagierte Mutter sind. Vielleicht werden wir Psychologen mit den Kindern sprechen lassen müssen, und vielleicht müssen wir auch jemanden finden, der bezeugt, daß Ihr Mann eine Beziehung zu ...« sie schaute die Papiere durch, »Tonya Green unterhält.« Angie machte eine Pause und blickte Jada gerade in die Augen. Jada hatte jetzt nicht mehr das Gefühl, die junge Frau sei schwach und inkompetent. Sie vertraute ihr, auch wenn sie das vielleicht noch nicht hätte tun sollen, denn Reden war einfach. »Lauter einzelne kleine Schritte«, sagte Angie Romazzano gerade, »aber zusammen *werden* sie einen zwingenden Fall ergeben.« Das klang alles ruhig und vertrauenswürdig. Vielleicht war Jada im Begriff, tatsächlich aus diesem Alptraum herauszufinden.

»Ich werde noch heute einen Besuchsantrag stellen«, sagte Angie. Sie nickte Jada zu. »Ich verspreche Ihnen, daß Sie Ihre Kinder zurückbekommen.«

»Also übernehmen Sie den Fall? Und kümmern sich um alles?« fragte Jada und war schockiert, wie kindlich sie sich anhörte.

»Nun ja, die Beratungsstelle muß jeden neuen Fall dem Vorstand vortragen, damit er entscheidet, ob wir ihn übernehmen. Aber ich denke, ein so extremer Fall, bei dem es um Sorgerecht und Unterhalt geht, gehört zu denen, bei denen wir helfen wollen.«

Michelle stieß Jada sanft mit dem Fuß an. Jada schaute ihre Freundin an, die lautlos mit den Lippen ein Wort formte, aber Jada verstand sie nicht. Wieder stieß Michelle sie leicht an. Als Jada noch immer nicht reagierte, sprach Michelle laut aus, was sie meinte. »Und die Gebühren?« fragte sie. »Wieviel wird das kosten?«

»Ja, was ist mit den Kosten?« fragte Jada, die sich an Bruzemans Anwaltsvorschuß erinnerte. Gott, sie konnte nicht... »Ich weiß, das hier ist eine Beratungsstelle, aber es ist nicht kostenlos, oder?«

»Wir haben gleitende Gebühren. Aber die Kosten für externe Gutachter, Anträge und Gericht muß normalerweise die Mandantin übernehmen. Allerdings haben wir einen Fonds... für besondere Situationen.« Angie hielt inne und versuchte zu lächeln. »Hören Sie, im Moment haben Sie eine Menge Sorgen«, sagte sie. »Sie bezahlen, was Sie aufbringen können, und wenn Sie sich nichts leisten können, werden wir Sie trotzdem vertreten. Die Beratungsstelle bekommt Spenden für ihre Arbeit. Nur deswegen gibt es uns überhaupt.« Angie lächelte. »Möchten Sie beide eine Tasse Kaffee?« fragte sie und stand auf.

Jada nahm ihre andere Hand und legte sie um Angies, so daß Angies Finger um Jadas Handgelenk gefangen waren. »Danke«, sagte sie. »Danke, danke, danke.«

Angie stand jetzt. Sie sah noch jünger aus – sie mußte fünf Jahre jünger sein als Jada, aber Jada fragte sich nun nicht mehr, ob sie eine gute Anwältin war oder ob sie einen Richter dazu bewegen konnte, ihr zuzuhören. Sie war wie ein kleiner Dynamo, und sie besaß Mitgefühl. Plötzlich war Jada Michelle dankbar, daß sie sie hergebracht hatte, und schämte sich ihrer früheren Gedanken über »weiße Mädchen«.

»Kommen Sie«, sagte Angie. »Wir haben frische Plunderstücke. Ich rede gern bei einem Stück Kuchen über Strategien. Es gibt fast keine Situation, die sich durch Kohlehydrate nicht verbessern ließe.« Jada sah Michelle lächeln.

Doch an der Tür blieb Angie stehen. »Das ist kein Scherz, Mrs. Jackson. Sie werden Ihre Kinder in den nächsten achtundvierzig Stunden sehen.«

Als sie das Zimmer verließ, gelang es Jada für einen Moment, nicht mehr ganz so unglücklich auszusehen.

22. *Kapitel -*

in dem Angie entscheidet, wie viele Quadratmeter ein Mädchen braucht

Angie hatte beschlossen, sich nun doch eine eigene Wohnung zu suchen. Nach ihrem Lunch mit JoAnn Metzger war sie ziemlich zuversichtlich, daß sie von dem bescheidenen Gehalt leben konnte, das man ihr versprach. Die Frage war, wo sie leben sollte. Und wie.

Angie hatte nie wirklich allein gelebt. Sie hatte ihre Jahre im College und dann das Jurastudium dauernd mit Mitbewohnern verbracht. Nach dem Examen teilte sie sich für ein paar Monate ein Apartment mit einem anderen Mädchen, bis sie mit Reid zusammenzog. Aber sie wußte, es war nicht richtig, noch länger bei ihrem Vater zu wohnen. Sie kannte niemanden, mit dem sie sich eine Wohnung teilen konnte, und bei ihrer Mutter war kein Platz für sie. Sie war nicht ganz sicher, wie sie die Sache angehen würde, wo sie wohnen wollte und was genau sie sich leisten konnte. Aber sie wußte, sie wollte keine Mitbewohnerin, und sie wußte, daß sie ihre Habseligkeiten vermißte. Sie hatte einige Sachen eingelagert und mußte dafür bezahlen – nun ja, ihr Vater bezahlte dafür, und es war Zeit, sich auf eigene Beine zu stellen. Nach Marblehead würde sie ganz bestimmt nicht zurückgehen.

Im Büro fragte sie Bill. »Na ja, wo genau willst du denn wohnen?« fragte er. »Es gibt einen riesigen Unterschied zwischen White Plains und Scarsdale, und dabei liegen keine fünfzehn Kilometer dazwischen.« Er erzählte ihr von der Gartenwohnung, die er sich mit seinem Freund teilte, und nannte ihr den Namen seines Maklers. »Er ist ein Gauner, aber von Immobilien versteht er was.« Er sagte ihr auch, in welcher Zeitung die besten Annoncen standen, und in der Mittagspause desselben Tages kaufte Angie sich eine und setzte sich allein an den Tresen, den Immobilienteil vor sich ausgebreitet.

HÜBSCH UND SONNIG, lautete eine Überschrift. *Gemütliche Zweizimmerwohnung, schöne Aussicht, aller Komfort, Nebenkosten inklusive, ein Schnäppchen für zwölfhundert.* Angie riß die Augen auf. Eine Zweizimmerwohnung für zwölfhundert galt hier als Schnäppchen? Sie ging weiter die lange Liste durch.

GEMÜTLICHES STUDIO, PARTERRE. *Ruhig, hofseitig gelegen, kleiner Patio. Sechshundert. Hunde unerwünscht.* Gerade kreiste sie die Annonce ein, als sie hinter sich eine Stimme hörte. »Vergiß es«, sagte sie, und als Angie sich umdrehte, sah sie Michael Rice, den Anwalt aus ihrem Büro. »Suchst du eine Wohnung?« fragte er. Sie nickte, nicht sicher, ob ihr sein Interesse willkommen war oder nicht. »Die erste, die du angekreuzt hast, ist völlig überteuert, und die zweite dürfte das schwarze Loch von Kalkutta sein.« Er wies auf den Hocker neben ihr und hob, stumm fragend, ob er sich setzen dürfe, die Augenbrauen.

Angie streckte den Arm aus und drehte den Hocker ein wenig. Michael setzte sich und beugte sich mit ihr über die Zeitung. »Ich habe das gerade hinter mir«, sagte er. »Und ich kenne die Sprache der Wohnungsannoncen.« Er schaute auf die zweite, die sie eingekreist hatte. »Laß mich übersetzen«, sagte er. »Gemütlich bedeutet ›viel zu klein‹. Ruhig und Parterre zusammen bedeuten ›sehr, *sehr* dunkel‹. Manchmal ist das Erdgeschoß nicht dunkel, aber nur, wenn da steht ›nach Süden gelegen‹ oder ›lichtdurchflutet‹ oder beides. Und wenn die Miete so billig ist, wird dir die Gegend nicht gefallen. Kapiert?«

Angie blickte zu ihm auf und lächelte, teils amüsiert, teils verwirrt. »Ich bin nicht sicher, ob ich diese Sprache schon beherrsche«, sagte sie. »Was ist damit? *Fabelhafte Vierzimmerwohnung. Sonnig, heiter. Herrliche Aussicht. Waschkeller, Fitneßraum. Eßzimmer könnte als zusätzliches Schlafzimmer benutzt werden.*«

Michael schüttelte den Kopf. »Das muß ein Hochhaus sein. In der Nähe der Eisenbahn, weil da die meisten Hochhäuser stehen. Haufenweise Pendler nach New York. Und außerdem ist die Miete nicht angegeben, was immer bedeutet, daß sie sehr teuer ist.«

Angie nickte. »Hast du in deinem früheren Job Wohnungsannoncen aufgesetzt?«

»Vielleicht in einem meiner früheren Leben«, scherzte Michael. »Penthouse am Fluß, nur wenige Schritte vom Nil entfernt. Großartige Aussicht auf die Pyramiden, die allerdings bald zugebaut wird.«

Angie lachte. »So etwas zu formulieren ist schwer«, sagte sie.

»Nein, die Annoncen zu lesen ist schwer«, sagte er. »Die Auswahl ist so verwirrend. Du fährst dorthin und weißt sofort, daß es nicht in Frage kommt, weil es zu scheußlich ist, oder du weißt sofort, daß es nicht in Frage kommt, weil es zu teuer ist. Dann weißt du, was möglich ist, suchst dir einen Makler, der dir tatsächlich zuhört, und dann... taucht irgend etwas auf.«

Angie lächelte. Im selben Moment kam ihr gegrilltes Käsesandwich. »Bei dir hört sich das so einfach an«, sagte sie, während sie die Zeitung zusammenfaltete und neben sich legte.

»O ja«, lachte Michael. »Das Leben ist einfach.« Dann stand er auf und schickte sich zu gehen an. »Ich hab einen heißen Fall im Büro«, sagte er. »Sonst würde ich dich begleiten. Aber vielleicht möchtest du die Maklerin anrufen, bei der ich war. Sie ist ein redseliges altes Mädchen, aber sie versteht ihr Geschäft. Ester Anderson. Sie steht im Telefonbuch. Ruf sie an.« Er nahm seine Unterlagen und winkte, als er ging.

Zu ihrer eigenen Überraschung verspürte Angie einen kleinen Stich von Enttäuschung. He, er ist verheiratet, sagte ein Teil ihres Gehirns zum anderen. Und wenn schon, sagte der andere Teil. Ich habe bloß an einen Lunch gedacht. An einer Theke. Ja, antwortete der erste Teil ihres Gehirns. Das hat Lisa vermutlich auch gesagt. Angie wollte nach ihrem gegrillten Käsesandwich mit Kohlsalat greifen, doch plötzlich war ihr übel. So übel, daß sie aufstehen, auf die Toilette gehen und sich ins Waschbecken übergeben mußte, weil sie es nicht mehr bis zu einer Kabine schaffte.

So begann für Angie ein neues soziales Leben. Am Ende ihres Arbeitstages traf sie sich mit den verschiedensten Maklern und besichtigte Wohnungen. Angie beschloß, das nicht in Arbeit oder die verzweifelte Suche einer frisch verlassenen Frau ausarten zu lassen, sondern sich einen Spaß daraus zu machen. Es war ein Theaterstück – die Schauspieler waren der Makler und manchmal ein Maklerassistent, die Bühne war das Apartment oder die Eigentumswohnung oder gelegentlich das kleine Haus, das sie sich anschaute. Manchmal waren die Darsteller ein bißchen farblos und langweilig, aber hin und wieder traf sie auch auf jemanden wie Mrs. Louise D'Orio, die glaubte, die Umrisse der Lippen hätten nichts mit dem Auftragen von Lippenstift zu tun und Hüte seien immer und überall passend. Mrs. D'Orio – »nennen Sie mich Lou-Lou, das tun alle meine Freunde« – pflegte durch einen Raum zu wandern und zu *allem* einen Kommentar abzugeben, vom Anstrich der Fenster bis zum Schrankpapier. Mrs. D'Orio erklärte auch, wie alles sein sollte, wo Angie Haken für ihre Becher anbringen sollte und welche Steckdose man am besten benutzte, um die Kaffeemaschine anzuschließen.

Aber Michaels Vorschlag war der beste. Ester Anderson war umwerfend. Angie wußte, daß sie zuviel redete und sogar ihre Mutter zu Tode genervt hätte, aber hinter ihrem zwanghaften Geschwätz und ihren Urteilen war sie im Grunde ehrlich, und das gefiel Angie. »Sie könnten etwas Besseres finden als das, meine Liebe«, sagte sie etwa. Oder: »Das ist definitiv nichts für Sie. Für Mr. Rice wäre es auch nichts gewesen.« Oder: »Das würde gehen, wenn es mehr Schrankraum gäbe. Sie müssen Ihr Zeug ja irgendwo unterbringen, und ich sage Ihnen, diese Einbauschränke würden niemals reichen.«

In der Wohnung mit zuwenig Schrankraum wurde Angie auf einmal schwindlig und dann sehr, sehr übel. Was war mit ihr los? Ihre emotionale Instabilität war ihr wohl auf den Magen geschlagen. Sie machte eine Bewegung zu Mrs. Anderson und rannte ins Badezimmer, aus dem ihr Würgen deutlich zu hören sein mußte. Sie bediente ein paarmal die Spülung, wusch sich am Waschbecken den Mund und mußte ihn dann mit dem Ärmel abtrocknen, weil es in dem verlassenen Badezimmer kein Blatt Toilettenpapier mehr gab. Angie überlegte, warum sie sich so krank fühlte – sie hatte wirklich versucht, die Wohnungssuche nicht zu intensiv zu betreiben; ihr Vater wollte nicht, daß sie auszog, und ihre Mutter war bereit, ihr in jeder Weise zu helfen. Trotzdem fühlte sie sich verängstigt und einsam. Angie schaute im Spiegel ihr angespanntes Gesicht an. Hatte sie solche Angst, allein zu leben, daß sie sich übergeben mußte? Sie schüttelte den Kopf, spritzte sich etwas Wasser ins Gesicht und wischte es mit dem anderen Ärmel ab. Sie hatte nicht den Eindruck, eine Grippe zu bekommen, und auch sonst keine Symptome. Aber vielleicht sollte sie zu einem Arzt gehen.

Als sie herauskam und sich wieder Mrs. Anderson anschloß, sah diese gerade einen Küchenschrank unter einem Bücherregal durch. »Hier könnten Sie keinen Wein lagern«, sagte sie. »Aus den Heizungsrohren steigt Wärme auf. Innerhalb eines Monats hätten Sie Essig.« Sie stand auf und wandte sich Angie zu. »Haben Sie etwas Falsches gegessen, meine Liebe?« fragte sie.

Angie zuckte mit den Achseln. »Nicht, daß ich wüßte«, sagte sie.

»Vielleicht sind es die Nerven«, sagte Mrs. Anderson zu ihr. Sie legte eine Hand auf Angies Schulter. »Wenigstens wissen Sie, daß es keine morgendliche Übelkeit ist, denn wir haben nicht mehr Morgen.«

Auf der Rückfahrt zum Haus ihres Vaters wurde Angie wieder übel, aber nicht so übel, daß sie sich übergeben mußte. Jetzt war ihr schlecht von der Möglichkeit, daß sie vielleicht schwanger war. Sie versuchte zurückzudenken, sich an das letzte Mal zu erinnern, als sie und Reid sich geliebt hatten. Es war schmerzlich, daran zu denken, aber sie erinnerte sich an die Nacht vor ihrem ersten Hochzeitstag, oder war es die Nacht *davor* gewesen? Während sie durch die Dunkelheit fuhr, zählte sie an den Fingern rückwärts und versuchte sich zu entsinnen, wann sie zum letztenmal ihre Periode gehabt hatte. Sie war ohne alles zu ihrem Vater gekommen, sogar ohne Zahnbürste, von Tampons ganz zu schweigen, und er hatte bestimmt keine im Haus. Also, dachte Angie mit einer Angst, die ihren Nacken, ihre Brust und sogar ihre Kehle erstarren ließ, da ich kein Tampax gekauft oder geliehen habe, hatte ich meine Periode nicht mehr seit... sie versuchte sich zu erinnern, aber es gelang ihr einfach nicht.

Natürlich, sagte sie sich, bin ich nervös und bestürzt. Natürlich. Sie wußte das. Deswegen könnte die Periode ausgeblieben sein. Aber sie sagte sich auch, daß sie beim nächsten Drugstore oder einer Apotheke anhalten und einen Schwangerschaftstest kaufen sollte. Doch sie fuhr weiter.

Denn was in aller Welt würde sie tun, wenn sie von Reid schwanger wäre?

23. *Kapitel -*

das aus Milch, Keksen und Erbrochenem besteht

Michelle hielt auf dem Heimweg, nachdem sie Jada bei deren Auto auf dem Parkplatz der Bank abgesetzt hatte, und ging rasch in einen Supermarkt – sie brauchte nur etwas Magermilch, Hundefutter für Pookie sowie ein paar Gemüse und einen Kopfsalat, weil Frank es frisch mochte. Alles sah übriggeblieben und müde aus. Sie füllte etwas in eine Tüte und blieb dann bei einer Pyramide aus Äpfeln stehen. Sie nahm einen von oben ab. Sie wußte, daß sie gewachst waren, und haßte es, daß Jenna sie aß, aber ihre Tochter liebte Äpfel. Als Michelle gerade einen weiteren in die Tüte geben wollte, merkte sie, daß das, was wie eine rote, perfekte Schale aussah, unter ihren Fingern nachgab wie ein Luftballon, aus dem die Luft entweicht. Sie machte sich klar, daß sie keine Zeit hatte, etwas zu backen oder bei der Bäckerei vorbeizufahren, und so legte sie schuldbewußt noch eine Tüte Oreos auf das Laufband an der Kasse. Sie hätte wenigstens Feigengebäck kaufen sollen, aber sie war schwach gewesen, weil die Kinder Oreos liebten.

Auf dem Heimweg fuhr sie etwas schneller, als sie es hätte tun dürfen, aber das war gerechtfertigt, denn so konnte sie in die Einfahrt fahren, bevor die Kinder vom Schulbus abgesetzt wurden. Sie hatte gerade die Platzdecken verteilt und ein paar Oreos auf Frankie juniors liebsten Teller gelegt – den mit dem Bild von Peter Rabbit, den er seit Babyzeiten hatte –, als die Kinder zur Tür hereinkamen. Pookie drehte durch. Er wedelte nicht nur mit dem Schwanz, sondern mit dem ganzen Hinterteil, als er seinen Willkommenstanz aufführte. Auf einmal war sie so froh, die Kinder zu sehen, daß sie am liebsten auch getanzt hätte. Statt dessen umarmte sie Jenna ein wenig fester, als sie eigentlich vorgehabt hatte.

»Mo-om-m!« sagte Jenna, die Silbe im Tonfall des angehenden Teenagers ärgerlich langziehend, wie sie es neuerdings tat, und schob Michelle von sich, aber sie tat es gut gelaunt. »Ich habe ein Gut in Rechtschreibung«, sagte sie, um zu zeigen, daß sie nicht gekränkt war.

Michelle unterdrückte die automatische Frage (»Warum kein Sehr gut?«), die ihre eigene Mutter gestellt hätte, und sah ihre Tochter mit einem breiten Lächeln an. »Das ist ja toll«, sagte sie, während sie Frankie half, seinen Rollkragenpullover auszuziehen. »Ich weiß, daß du dafür fleißig gelernt hast. Braves Mädchen. Daddy wird stolz sein.«

Jenna nickte. »Wenn ich ›Nachbar‹ nicht vermurkst hätte, hätte ich eine Eins bekommen. Schreibt man ›Nachbar‹ denn nicht N-A-C-H-B-A-H-R?« fragte sie bekümmert.

»Nein, leider nicht«, sagte Michelle und strich Frankies dunkles Haar glatt. »Und wie war's bei dir, Schätzchen?« fragte sie ihren Sohn.

»Das Essen war gut«, sagte Frankie achselzuckend, ging dann schnurstracks in die Küche und kletterte auf seinen Stuhl. Das war schon einmal positiv. Offenbar hatten sich die Dinge beruhigt, und seine Hose war trocken. »Oreos! Schon wieder was Gutes! Heute ist *wirklich* ein guter Tag«, sagte er und griff schon nach den Keksen.

Michelle mußte lächeln und empfand solche Dankbarkeit, daß die Probleme, die sie und Frank durchmachten, wenigstens für den Augenblick klein wirkten. Sie hatte ihre Kinder, sie hatte ihre Ehe, und was immer es kostete, sie würden ihre juristischen Probleme durchstehen. Einen Moment lang dachte sie an Jada, die jetzt wahrscheinlich allein in ihrer Küche saß, aber dann mußte sie den schwarzen Gedanken beiseite schieben. Sie würde später darüber nachdenken, sie später anrufen, vielleicht zu sich einladen.

»Kann ich statt Milch einen Saft haben?« fragte Jenna, während sie sich an den Tisch setzte.

Michelle schüttelte den Kopf. »Saft nach den Hausaufgaben, wenn du welchen möchtest. Im Augenblick brauchst du Kalzium.« Sie schenkte Jenna ein Glas und Frankie eine Tasse Milch ein.

Dann dachte sie zum erstenmal seit ungefähr einer Woche an sich, suchte ihre Vitamintabletten, nahm drei Rolaids und begann, sie mit der Magermilch hinunterzuspülen.

»Weißt du, was heute Schreckliches passiert ist?« fragte Jenna, und Michelle hätte sich an der letzten Tablette beinahe verschluckt. War es im Schulbus oder im Klassenzimmer zu einer neuen emotionalen Grausamkeit gekommen? In den letzten paar Tagen schienen die Dinge für die Kinder wirklich besser gelaufen zu sein. Gott sei Dank vergaßen die Menschen schnell. Ständig gab es einen neuen Skandal in der Zeitung, und Frank war, wie er vorhergesagt hatte, nicht angeklagt worden. Aber dieser wichtige juristische Tatbestand verhinderte nicht, daß man ihre Kinder grausam behandelte. »Was denn?« fragte sie ihre Tocher. Welche neue Hölle war das?

»Mrs. Blackwell hat uns über das Wochenende furchtbar viele Mathematikhausaufgaben aufgegeben, und fast alle sind Textaufgaben.« Jenna sah zu ihrer Mutter auf. »Magst du Textaufgaben auch nicht?«

»Nein, wahrhaftig nicht«, sagte Michelle mit mehr Begeisterung als sonst. Sie unterdrückte das erleichterte Lächeln. »Aber dein Daddy ist gut darin«, erinnerte sie die Tochter.

Jenna nickte und spielte dann mit den Keksen herum, wie sie es immer tat, sortierte sie und leckte die Creme ab, bevor sie sie aß. Michelle steckte Pookie einen der Kekse zu, die Jenna nicht aß. Frankie nutzte die Gelegenheit, um sich mehr Kekse zu schnappen und zu verschlingen, als ihm zustanden, bis Michelle ihn daran hinderte. »Kann ich heute mit Kevon spielen?« fragte er.

Michelle schüttelte den Kopf. Sie konnte Kevons Verschwinden jetzt nicht erklären. Sie dachte wieder an Jada, die ganz allein war, und schob den Gedanken erneut von sich. »Nein«, sagte sie zu ihrem Sohn, »aber du kannst dir jedes Video ansehen, das du möchtest, und dann mit Daddy spielen. Er kommt früh nach Hause.«

Zumindest sollte er das. Sein Laster hatte draußen gestanden. Wo ist Frank, fragte sie sich. Normalerweise merkte man, wenn er im Haus war – ob man wollte oder nicht. Dauernd spielte er Musik oder nagelte etwas zusammen, sah sich bei höchster Lautstärke ein Ballspiel an oder schrie ins Telefon.

Sie wandte sich an ihre Tochter. »Jenna, hör auf, mit diesen Keksen zu spielen, und iß sie. Ich möchte dich mit deinen Matheaufgaben hier am Tisch sitzen sehen, wenn ich wieder nach unten komme.« Dann nahm sie Frankie bei der Hand und ging mit ihm ins Wohnzimmer. Macy's hatte das neue Sofa schon geliefert, und mit den Büchern, die wieder in den Regalen standen, und den beiden Lampen, die sie in dem Lampengeschäft in der Nähe der Bank gekauft hatte, sah der Raum eigentlich wieder recht gut aus. Sie nahm sich vor, morgen zu Pier 1 zu gehen und ein paar Kissen in fröhlichen Farben zu kaufen – vielleicht blau und gelb, dachte sie –, weil die Kinder gern darauf herumlungerten, und die alten waren alle zerfetzt worden. Ebenso wie Pookies Weidenkorb. Sie würde auch einen neuen Weidenkorb besorgen. Sie hoffte, daß Bruzeman jeden Cent und eine Menge Schadensersatz für sie zurückholen würde, wenn sie klagten.

»Okay«, erklärte sie Frankie, »du bist der erste, der auf der schönen neuen Couch sitzen darf, und du kannst dir vor dem Abendessen ein Video ansehen – du kannst dir aussuchen, welches du willst.« Frankie grinste zu ihr auf, traf seine Wahl, und sie schob *Fern Gully* in das Gerät. Dann machte sie sich durch den Flur auf die Suche nach Frank. Pookie tapste hinter ihr her.

Er war nicht in der Werkstatt, die er sich auf der Rückseite der Doppelgarage gebaut hatte. Als sie den Kopf in sein Arbeitszimmer streckte, dachte sie zuerst, auch dort sei er nicht, denn im Zimmer war es dunkel und still. Doch als sie sich gerade abwenden und die Tür schließen wollte, hörte sie ein Rascheln und fuhr zusammen. Sie drehte sich wieder um. Auch dieses Zimmer war von den Cops verwüstet worden, und sie hatten es noch nicht wirklich in Ordnung gebracht, nur die Möbel wieder zurechtgerückt und die zerbrochenen Dinge und zerrissenen Papiere beseitigt. Pookie tappelte in den dunkleren Teil des Raums und gab sein Willkommenstheater von sich. Jetzt, im Licht, das aus dem Flur in den Raum fiel, konnte Michelle sehen, daß der Hund Frank begrüßte, der im Dunkeln absolut reglos auf dem angeschlagenen Stuhl vor seinem Schreibtisch saß – dem einzigen Möbelstück, das die Polizei nicht mehr zerbrochen hatte, als es ohnehin schon war. Frank hatte den Sessel immer so gemocht. Er hatte ihn aus seinem alten Zimmer im Haus seiner Mutter in ihre erste Wohnung, dann in ihre gemietete Doppelhaushälfte und schließlich in ihr eigenes Haus mitgeschleppt.

Ihn dort zu sehen, wie er mit offenen Augen in der Dunkelheit saß, mit einer Hand die abgenutzte Plastikarmlehne umklammernd, mit der anderen zerstreut den Hund streichelnd, erfüllte Michelle mit Beklemmung. Er war die ganze Zeit so stark gewesen. Spürte er jetzt die schreckliche Belastung? Obwohl sie gut sichtbar in der Tür stand, drehte er sich nicht einmal nach ihr um. Was war nur mit ihm los?

»Frank?« flüsterte sie, nicht aus Angst, die Kinder könnten sie hören – das Arbeitszimmer lag am Ende des Flurs hinter dem Eßzimmer beim Garageneingang –, sondern weil sie sich fürchtete, ihn lauter anzusprechen. Er wirkte irgendwie benommen und abwesend. »Frank?« flüsterte sie noch einmal. Sehr, sehr langsam schob er den Sessel ein Stück vom Schreibtisch und drehte ihn dann in ihre Richtung. Aber seine Augen folgten der Bewegung nicht. Für einen verrückten Moment dachte sie an das Jesusbild aus irgendeinem Beerdigungsinstitut in Fayettville, das im Wohnzimmer ihrer Mutter hing, wo immer sie jeweils lebten. Die Augen folgten ihr, wohin sie auch ging, und sorgten dafür, wie ihre Mutter sie warnte, daß sie auch unter den Möbeln und hinter den Büchern Staub wischte. Aber dies war das Gegenteil. Franks Körper und Gesicht waren ihr direkt zugewandt, aber seine Augen blickten auf etwas hinter dem Fenster, obwohl das Rollo geschlossen war.

Michelle bekam Angst, und wie üblich ließ die Angst sie erstarren. Sie hatte weder den Mut, die Tür zu schließen und mit Frank in der Dunkelheit zu bleiben, noch konnte sie das Licht einschalten und sich ein genaueres Bild verschaffen. Doch durch das ganze Zimmer spürte sie den Schmerz ihres Mannes, so greifbar wie das Sofa, auf das sie soeben ihren Sohn gesetzt hatte. »Was ist, Frank?« zwang sie sich zu fragen. »Bist du in Ordnung?« Sie dachte an Jenna und Frankie, die sich auf ihren Abend mit Daddy freuten. Es sah nicht so aus, als würde ihm danach sein. So erschöpft sie von ihrem Nachmittag mit Jada auch war, sie würde ihm zur Seite stehen, wenn er wegen all der Schikanen nun zusammengebrochen war. Und sie würde es vor den Kindern verbergen.

Aber weswegen war Frank so reglos? Geldprobleme? Ein Kunde, der abgesagt hatte? Vielleicht hatte er auch erfahren, daß Bruzeman ihnen keine Entschädigung von der Polizei verschaffen konnte. Hatte er den großen Auftrag für das Schuldach oben im Norden verloren? Oder hatte der Schock der jüngsten Vergangenheit ihn eingeholt? Was immer es war, Michelle bereitete sich darauf vor, ihn zu trösten. Sie zwang sich, ein oder zwei Schritte weiter in den kleinen, engen Raum zu gehen und ihre Hand auf Franks Schulter zu legen. »Was ist, Frank?« wiederholte sie mit sanfter Stimme.

»Es wird Anklage erhoben«, sagte Frank mit leiser, lebloser Stimme. Einen Moment wußte Michelle nicht recht, was er meinte.

»Es wird Anklage gegen die Polizei erhoben?« fragte sie.

»Nein, sie klagen *mich* an«, sagte Frank so wild, als sei sie schwachsinnig »Sie klagen mich an, Michelle.«

Sie konnte nicht anders; unwillkürlich wich sie ein oder zwei Schritte zurück, bis sie mit dem Rücken an den Bücherregalen lehnte. »Aber weswegen?« fragte sie. »Und wie ist das möglich, daß sie dich anklagen? Ich meine ...« Sie verstummte. In ihrem Kopf drehte sich alles.

»Ich weiß es nicht. Es gab eine Art geheimer Grand Jury. Ob du's glaubst oder nicht, das ist legal. Bruzeman sagt, daß es wahrscheinlich seit Monaten irgendwelche Ermittlungen gegeben hat. Der Staatsanwalt muß den Richter davon überzeugt haben, daß sie stichhaltige Beweise besitzen und Vertraulichkeit vonnöten ist. Die Grand Jury hat die ganze letzte Woche getagt.«

»Aber hat denn das *keiner* gewußt, hat Bruzeman es nicht gewußt? Unser Abgeordneter? Deine Freunde im Bezirk? Niemand? Ich meine ...«

»Wenn sie etwas gewußt haben, dann haben sie nichts gesagt«, antwortete Frank mit vor Zorn harter Stimme. »Wozu all diese Mittagessen, die Spenden für Wahlkampfkampagnen? Bruzeman ...« Frank hielt inne, versuchte sich zu beruhigen, fuhr sich mit der Hand durch das dichte Haar. »Ich mußte ihm vertrauen. Er ist der beste Anwalt in Westchester. Solange ich ihn bezahlen kann, ist er vertrauenswürdig. Aber ich ...« Wieder verstummte er, und diesmal hörte Michelle die Panik in seiner Stimme. Was auch sie in Panik versetzte.

»Was bedeutet das alles?« fragte sie.

»Nichts. Es bedeutet nichts.«

»Sag das nicht, Frank. Sag nicht, daß es nichts bedeutet. Eine Anklage. Das muß etwas bedeuten.« Ihr breiter Mund zitterte. »Ich bin kein Kind mehr, Frank. Du mußt mich nicht beschützen. Behandle mich nicht wie ein Kind. Hast du versucht, jemanden zu bestechen, damit die Sache abgewendet wird? Versuchst du herauszufinden, was der Staatsanwalt in der Hand zu haben glaubt?«

»Wir haben beides versucht«, gestand Frank.

»Und was ist passiert? Du hast mir gesagt, sie hätten nichts. Du hast mir gesagt, es würde keine Anklage erhoben. Aber sie wird doch erhoben. Also, was ist los?«

Für ein Weilchen herrschte Schweigen zwischen ihnen. Michelle konnte spüren, wie ihr das Blut in den Hals stieg. Es pochte in ihren Ohren. Sie glaubte die Luft anzuhalten, bis er antwortete. »Die Anklage wird bald erhoben, vielleicht am Montag«, sagte er tonlos. »Man wird mir vorwerfen, ich sei eine Art führender Kopf irgendeines Verteilerrings für Drogen und Amphetamine.« Michelle schnappte so laut nach Luft, daß Frank sie hörte und den Blick abwandte. »Bruzeman hat das gerade noch rechtzeitig herausgefunden, um uns zu warnen, aber nicht mehr rechtzeitig, um es zu verhindern.« Frank schüttelte den Kopf. Dann sah er sie wieder an. »Ich bin unschuldig, Michelle. Du weißt das.«

»Aber …« Sie hielt inne. Es war am besten, nichts zu sagen, aber das brachte sie doch nicht fertig. »Aber Frank, du hast mir versprochen, das würde nicht weitergehen. Diese Anklage ist ein Irrtum, nicht?«

Er drehte den Stuhl in ihre Richtung. »Natürlich ist das ein Irrtum«, sagte er. »Oder glaubst du, ich wäre so etwas wie ein Drogendealer?« fragte er. »Würde ich meine Tage damit verbringen, mir auf Dächern den Arsch abzufrieren, wenn ich Dealer hätte, die für mich arbeiten?« Er streckte die Arme in den Raum zwischen ihnen. »Wären meine verdammten Hände rissig und wund und blutig, wenn ich mit Drogen handeln würde, statt Schindeln zu reparieren?« Er ließ die Arme fallen, drehte sich von ihr fort und sprach leise weiter. »Ich kann nicht glauben, daß du mich das fragst«, sagte er beinahe stöhnend. »Haben sie hier irgend etwas gefunden? Fahre ich einen neuen Mercedes oder einen acht Jahre alten Chevy-Lieferwagen? Haben wir eine Million Dollar auf dem

Konto, von der wir nichts wissen? Ich kann nicht glauben, daß du mich das fragst«, wiederholte er leise.

Michelle stiegen Tränen in die Augen. Sie konnte all das nicht begreifen. Alles war ein Irrtum, alles war falsch, und trotzdem konnte es sie ruinieren. Wie konnte sie, wie konnten ausgerechnet sie beide aus dem ganzen Universum ausgewählt und auf diese Weise gefoltert werden?

»Wie ist das nur möglich?« sagte sie laut. »Wie konnten sie eine geheime Grand Jury einberufen? Das habe ich noch nie gehört. Wie konntest ...« Sie hätte am liebsten gefragt, wie er so lieblos zu ihr sein konnte, aber es war dumm, davon überhaupt zu reden. Er war außer sich, und sie war ... nun, sie wußte nicht einmal, was sie war, nur war ihr auf einmal schrecklich übel. Die Vitamine und die Magermilch schienen in ihrem Magen zu rebellieren.

Sie brauchte noch zehn Sekunden, bis sie merkte, daß sie es nicht schaffen würde, sie bei sich zu behalten. Sie rannte zur Tür und auf den schmalen Flur und erreichte gerade noch Franks Werkstatt, wo sie ein- oder zweimal schmerzhaft würgte und sich dann auf den Zementboden übergab. Bis zum Spülbecken schaffte sie es nicht mehr. Sie keuchte und würgte erneut und dann noch einmal und hielt dabei ihr langes Haar mit einer Hand vor dem zurück, was sie ausspie. Sie spürte Franks Hand auf ihrem Rücken. Sie konnte sich nicht bewegen oder sprechen, nicht einmal zu erkennen geben, daß sie seine Gegenwart bemerkte. Sie blieb zusammengekrümmt stehen, bereit für ein weiteres trockenes Würgen. Aber es kam keines.

Langsam richtete sie sich auf, wischte ihren Mund mit einer Hand und ihre nassen Augen mit der anderen Hand ab. Sie hoffte, daß die Kinder nichts gehört hatten. Sie drehte sich um, um ihren Mann anzusehen. »Mein Gott, Frank, was sollen wir machen?« fragt sie, und sie wußte, daß ihre Stimme jünger und kindlicher klang als die von Jenna.

Er legte ihr die Hände auf beide Schultern. Diesmal sah er sie direkt an, und seine tiefen braunen Augen schmolzen vor Schmerz und Kummer. »Ich bin nicht schuldig, Michelle. Du weißt das, nicht wahr?« Sie nickte und versuchte, etwas Atem zu schöpfen. »Also stehen wir es einfach durch«, sagte er. »Wir halten zusammen, wir versuchen uns und die Kinder zu schützen, und wir kämpfen es durch. Ich weiß nicht, warum sie mich unbedingt drankriegen wollen. Aber ich schwöre dir, es wird ihnen nicht gelingen.«

Er legte die Arme um sie. Sie wandte den Kopf ab, damit er ihren sauren Atem nicht roch. »Was wird das kosten?« flüsterte sie. Sie dachte an die zehntausend Dollar, die Bruzeman von Jada verlangt hatte. Wieviel hatte Frank schon zahlen müssen an diesen schleimigen kleinen ... »Was wird das kosten, Frank?« fragte sie.

»Mach dir darüber keine Sorgen«, sagte er. »Damit komme ich schon klar. Du kümmerst dich nur um die Kinder.« Er zog sich weit genug von ihr zurück, um ihr ins Gesicht sehen zu können. »Du kümmerst dich einfach um Frankie und Jenna und mich, Baby. Schaffst du das?«

Obwohl sie nicht sicher war, nickte Michelle. Er nahm sie in die Arme und drückte sie fest an seine Brust. »Wir werden das durchstehen«, sagte er. »Das verspreche ich dir. Und ich werde dich beschützen.« Seine Stimme wurde brüchig, und das fand Michelle herzzerreißender als alles andere. »Du mußt jetzt nur zu mir halten«, bat er. »Bitte, Michelle, halte jetzt zu mir.«

Michelle legte ihre langen Arme um seinen Rücken, nickte und legte ihr spitzes Kinn auf seine Schulter. So standen sie in der ziemlich kalten Werkstatt, während der saure Geruch vom Boden unangenehm durch den Raum waberte.

24. *Kapitel -*

in dem Jadas Körper gereinigt, aber ihr Geist gebrochen wird

Jada saß in der vollen Wanne, in die ständig heißes Wasser nachlief. Normalerweise war sie der Typ, der duschte, schnell hinein und hinaus, aber in dem jetzt leeren Haus war der einzig sichere Ort, die einzige Linderung, die sie finden konnte, die Keramikwanne in der Ecke des Badezimmers. Nur hier in der Wanne hörten ihre Hände zu zittern auf, obwohl ihre Gedanken nach wie vor rasten.

Sie nahm an, daß ihr Verhalten bizarr war – sie hatte heute bestimmt vier- oder fünfmal gebadet. Aber sie fühlte sich zu der Wanne hingezogen, setzte sich hinein und ließ das Wasser so heiß einlaufen, wie sie es aushielt, bis ihre Lethargie nachließ und ihre Angst abnahm und sie nicht länger stillsitzen konnte. Dann stand sie auf, trocknete sich ab, zog sich an und versuchte, irgendwelche kleinen Arbeiten im Haushalt zu erledigen – die sie nicht zu Ende brachte –, oder sie schaltete den Fernseher an, nur um eine Stunde danach erneut ins Badezimmer zu flüchten, die Hähne aufzudrehen und die Wanne zu füllen.

Zum Glück war sie nicht in der Badewanne gewesen, als ihre Mutter anrief – das rituelle wöchentliche Ferngespräch gestern abend. Jada fand einen gewissen Trost darin, die warme Stimme ihrer Mutter zu hören, aber sie hatte beiden Eltern die Einzelheiten dessen, was vor sich ging, erspart. Als Momma die Kinder hatte sprechen wollen, hatte Jada gesagt, sie spielten im Haus der Nachbarskinder. Die Lüge bedrückte sie, aber sie wußte, daß Jesus ihr verzeihen würde. Das einzige, worum Jada sich *keine* Sorgen machen mußte, waren die Fragen ihrer Mutter nach Clinton – die Geschichte mit ihm veränderte sich nie.

Jada liebte ihre Mutter, aber sie wollte sie nicht beunruhigen. Und sie wollte auch nicht zugeben, wie recht ihre Mutter gehabt hatte. Doch als sie auflegte, bedauerte sie heftig, daß sie nicht in der Lage gewesen war, ehrlich zu ihr zu sein. Ihre Momma wollte nur ihr Bestes, das wußte Jada. Wie konnte sie so stolz, so dickköpfig sein, sich ihrer eigenen Familie nicht anzuvertrauen? Stolz war ihr Untergang.

Ihr einzig rationaler Gedanke war, daß sie, wenn die Anwältin beim Familiengericht gewesen war und sie ihre Kinder sehen durfte, Themen haben würde, denen sie sich stellen und die sie mit anderen teilen konnte. Wenn sie ihre Kinder erst wiederhatte, würde sie glücklich sein, die Schlösser auszuwechseln, Clinton für ewig auszusperren und sich auf das Dasein als alleinerziehende Mutter einzustellen. Und ihre Mutter würde sie *nicht* verurteilen, obwohl niemand von den Inseln oder aus ihrer Kirchengemeinde Scheidungen billigte. Jada wußte, ihre Mutter würde nicht einmal erwähnen, daß sie von vornherein gewußt hatte, wie nichtsnutzig und niederträchtig Clinton war. Obwohl Jada gestern abend dankbar für ein bißchen menschlichen Kontakt gewesen war, dafür, daß sie mit jemandem reden konnte, während sie auf ihre Chance mit den Kindern wartete, hatte der Anruf doch sehr schmerzliche Reaktionen ausgelöst.

Das Wasser fühlte sich gut an. Schließlich war sie Wassermann, ein Wasserzeichen. Sie hob die Knie ein wenig, damit sie den Nakken auf den Wannenrand legen konnte. Wie sie da aus dem Wasser ragten, sahen ihre Knie aus wie zwei dunkle Inseln in einem Meer aus Schaum. Sie erinnerten sie an die Karibik, wo Nevis und ein paar andere Orte steil und dunkel aus dem Meer stiegen. Plötzlich wünschte sich Jada, sie könnte bei ihren Eltern sein, wieder daheim. Nicht hier, sondern daheim in Barbados, wo sie eigentlich nie gewohnt und das sie nur ein paarmal besucht hatte. Daheim bei ihrer Momma und mit ihren Kindern zusammen in Sicherheit.

Die letzte Nacht war die längste ihres Lebens gewesen. Sie war von einem leeren Zimmer ins nächste gewandert, hatte die Lichter ein- und wieder ausgeschaltet und war weitergegangen. Aber die leeren Kinderzimmer ängstigten sie, die Küche schien verlassen, Wohn- und Eßzimmer zu groß, um allein darin zu sitzen. Und ihr Schlafzimmer war das schlimmste von allen. Sie würde niemals in das Bett zurückkehren können, das sie mit Clinton geteilt hatte. Auf dem Sofa hatte sie unruhig geschlafen bis fünf Uhr früh, und dann hatte sich der ebenso endlose Morgen vor ihr erstreckt. Aber heute mittag, erinnerte sie sich, würde sie ihre Kinder sehen. Diese Goldfarb-Romazzano in der Rechtsberatungsstelle hatte es irgendwie geschafft, zum Richter des Familiengerichts vorzudringen und ihr ein vorläufiges Besuchsrecht zu verschaffen. Jada hatte den Scheck an diesen schleimigen Anwalt Bruzeman gesperrt und damit diese Akte geschlossen. Es schien, als sei eine kostenlose Anwältin ebenso effizient – und bestimmt tröstlicher – als ein teurer, kalter Anwalt. Bei Anwälten war das schwer zu sagen, aber Jada hatte das Gefühl, daß Angies Beziehungen gut waren. Als sie den Anruf bekommen und erfahren hatte, daß sie Shavonne, Kevon und Sherrilee sehen konnte – und sei es auch nur für zwei Stunden heute und noch einmal zwei Stunden am Sonntag –, war sie über alle Maßen dankbar gewesen. Angie Romazzano hatte schnell gehandelt, und obwohl Jada die Begrenzung nicht gefallen hatte – zwei Stunden waren eine zusätzliche Beleidigung und lächerlich –, war es himmlisch gewesen, sicher zu wissen, daß sie ihre Babys sehen würde.

Sie lag im heißen Wasser, und ihr wurde klar, daß sie ihren Schmerz noch immer nicht ausgeweint hatte. Sie war nicht der Typ, der weinte. Aber dann fragte sie sich, ob ihr Bedürfnis, ständig heißes Wasser nachlaufen zu lassen, nicht eine veräußerlichte Form von Tränen war. Sie war die ganze Nacht und den Morgen hindurch mit trockenen Augen wach gewesen – bis auf das kurze Nickerchen, das sie auf dem Sofa zustande gebracht hatte. Und das einzige Geräusch in der ganzen Zeit war das Tröpfeln des heißen Wassers gewesen.

Nun ja, das und das Telefon; einmal die Anwältin mit der Nachricht und zwei Anrufe von Michelle, die sich nach ihr erkundigte. Michelle, gesegnet sei ihr Herz, hatte sie zuerst zum Abendessen einladen wollen und später, nach elf, noch einmal angerufen, nur um sich nach ihrer Verfassung zu erkundigen. Michelle klang bestürzter als Jada, aber sie war auch emotionaler. Sie hatte sogar vorgeschlagen, die Nacht in Jadas Haus zu verbringen. »Frank kann auf die Kinder aufpassen. Nur damit die Stille dich nicht verrückt macht. Du kennst mich, ich bin nie still«, hatte Michelle zu scherzen versucht. Aber obwohl Jada die Angebote wahrhaftig zu schätzen wußte und dankbar war, hatte sie nicht die Kraft für Gesellschaft. Das hier mußte sie allein durchstehen. Schließlich konnte das Alleinsein ein Zustand sein, in dem sie sich in Zukunft immer befinden würde.

Jetzt schaute sie auf ihre Armbanduhr, indem sie sich matt über den Rand der Wanne rollte, und merkte, daß sie sich fertig machen mußte. Sie stand fröstelnd aus dem Wasser auf und wickelte sich in das vom letzten Bad noch feuchte Handtuch. Jada ging ins Schlafzimmer, vermied es, ihr Bett anzusehen, und öffnete die Schranktür. Was zieht man an, wenn man seine legal entführten Kinder besucht, fragte sie sich. Sie nahm eine Khakihose von Gap und einen ihrer ekuadorianischen Pullover heraus. Beide waren bequem, sahen aber fröhlich aus, als habe sie sich Mühe gegeben. Sie wollte gerade versuchen, ihr Haar zu zähmen, als zum erstenmal an diesem Morgen das Telefon läutete. Sie rannte hin, und unaussprechliche Schreckensvorstellungen schossen ihr durch den Kopf: Clinton weigerte sich, sie die Kinder sehen zu lassen; ihre Anwältin wollte ihr sagen, der Richter habe seine Meinung geändert; eines der Kinder war krank und im Krankenhaus. Ihre Hände fingen wieder an zu zittern, aber sie schaffte es, den Hörer abzunehmen und ans Ohr zu halten. »Hallo«, sagte sie mit heiserer Stimme. Ihr wurde klar, daß sie seit ewigen Zeiten nicht mehr gesprochen hatte.

»Jada?« fragte Michelles Stimme. »Bist du krank?«

»Nur psychisch«, antwortete Jada.

»Möchtest du, daß ich dich hinfahre?« fragte Michelle.

»Nein, ich schaffe es allein bis zu meiner Schwiegermutter«, sagte Jada. »Aber wenn du willst, kannst du mir nachfahren, um dafür zu sorgen, daß ich Clinton oder seine Mutter nicht erschieße.«

»Hast du denn eine Waffe?« fragte Michelle verblüfft.

Bei all ihrem Schmerz spürte Jada, wie ihr das Herz aufging; Michelle war zwar manchmal leichtgläubig, aber immer so lieb. Sie dachte an die niederträchtigen Hexen, die Michelles Schokoladentörtchen zurückgeschickt hatten, und beschloß, wenn Michelle Amok liefe, würde sie mitmachen. »Nein, ich habe keine Waffe. Kennst du irgendwelche vorstädtischen Zweigstellenleiterinnen von Banken, die eine haben?« Michelle kicherte nicht mal, und Jada wußte, daß Michelle die Sache fast so schwer nahm wie sie selbst. »Aber da ich schon einmal Fragen stelle, was sage ich den Kindern? Ich weiß nicht, was Clinton ihnen erzählt hat. Und was *mache* ich mit ihnen? Ich habe nicht mal Zeit, mit ihnen hierherzukommen, wenn ich sie nach Yonkers zurückfahren muß. Ich meine, die Hin- und Rückfahrt würden meine zwei Stunden aufbrauchen.«

»Jada, du sagst ihnen, daß du sie liebst. Und daß diese Sache bald vorbei sein wird«, sagte Michelle. »Dasselbe habe ich meinen Kindern gesagt. Du sagst ihnen, daß dieser Streit, den Daddy und du haben, bald vorbei sein wird.« Schweigend nickte Jada. »Und es würde nicht schaden, wenn du herausfindest, wie ihr Tagesablauf ist. Hat er sie auf eine neue Schule gebracht? Wer kocht? Du weißt schon.«

»Richtig«, stimmte Jada zu.

»Hast du ihnen ein paar zusätzliche Sachen für die Wartezeit eingepackt?« fragte Michelle. »Du weißt schon, Lieblingshemden oder -schuhe und dergleichen.« Jada nickte, räusperte sich dann heftig und schaffte es, Michelle zu sagen, daß sie das bei ihrer nächtlichen Wanderung bereits getan hatte.

»Aber ich hasse es, auch nur ein Kleidungsstück mehr von ihnen aus dem Haus zu bringen«, gestand Jada. »Damit sind sie hier noch weniger zu Hause und an diesem andern Ort – wo immer das ist – noch mehr.«

»Ach, Jada, dort muß es für sie so leer sein ohne dich. Und dein Haus muß ... die Hölle sein. Du mußt solche Angst haben.«

»Du kannst es dir nicht vorstellen«, gab Jada zu. »Die Gefahr, daß ich ...«

»Doch, Jada, ich kann. Ich kann es wirklich.«

»Mein Gott, es ist fast Mittag. Ich muß los.« Jada legte auf, zog ihre Reeboks an und vergewisserte sich, daß sie die Autoschlüssel, ihre Hausschlüssel, Kleenex, ihren Lippenstift, Kleingeld für Parkuhren, Geld für den Lunch, Handschuhe und Lippenbalsam bei sich hatte. Sie nahm die Tasche mit Sachen, die sie für die Kinder gepackt hatte. Dann, bewaffnet mit allem außer einem Revolver in ihrer alten Umhängetasche, eilte sie in die Garage und stieg in den Wagen.

Clinton hatte sie fast zwanzig Minuten warten lassen, bevor er mit Shavonne und Kevon aus dem Haus kam, Sherrilee auf dem Arm. Aus irgendeinem Grund wollte Jada nicht aus dem Wagen steigen und zu ihm gehen, vielleicht, weil sie sonst gewalttätig gegen ihn geworden wäre. Statt dessen beugte sie sich vorn zur Beifahrertür, um sie zu öffnen, und drehte sich dann nach hinten, um auch die Tür zum Rücksitz aufzumachen. Sie kurbelte ihr Fenster ein kleines Stück hinunter. Shavonne kletterte auf den Beifahrersitz und schlug die Tür hinter sich zu, während Kevon über den Kindersitz hinweg auf die Rückbank krabbelte. »Du bist zu spät«, wies sie Clinton zurecht. »Ich bringe sie erst um zwanzig nach vier zurück.« Während sie sprach, sah sie seine Mutter, eine massige dunkle Gestalt, die die wacklige Treppe herunterkam. Clinton sagte kein Wort. Sie versuchte an seinem Gesicht abzulesen, ob er Scham oder Schuldgefühle empfand, aber es war so ausdruckslos wie eine braune Papiertüte. Er setzte Sherrilee in den Kindersitz und schloß die Tür. Inzwischen war Shavonne vom Beifahrersitz gerutscht und hatte die Arme um Jadas Hals geschlungen. Shavonne, die seit mindestens einem Jahr Verachtung für ÖAG – den öffentlichen Ausdruck von Gefühlen – hegte.

Jada umfaßte ihren Kopf mit der Hand und küßte sie schmatzend auf die Wange. »He, Kinder, ich führe euch aus«, sagte sie betont fröhlich.

»Zwei Stunden, und sie sind wieder da«, knurrte Clinton, und wie um seine Worte zu unterstreichen, sah er auf die Uhr. Jada schwieg. Sie trat nur aufs Gaspedal und versuchte mit quietschenden Reifen, von dem Mann wegzukommen, der ihr Leben ruinierte.

»Ich will Nuddets! Ich will Nuddets! Ich will Nuddets!!« sang Kevon zum sicher sechzigsten Mal.

Jada bog in den Parkplatz ein und fand eine Parklücke. Sie holte tief Luft.

»Willst du denn auch Sauce, willst du denn auch Sauce, willst du denn auch Sauce?« sang Jada zurück. Mach einfach mit, dachte sie. Manchmal muß man ihnen ihren Willen lassen.

Kevon lächelte entzückt. »Nein, will ich nicht. Nein, will ich nicht. Nein, will ich nicht!« sang er nun seinerseits und kicherte dann.

»Ich esse kein McDonald's«, murrte Shavonne.

»Ich esse *nichts* von McDonald's«, korrigierte Jada sie. »Und doch, das tust du.« Jada war erstaunt über Shavonnes Sprache. Sie hatte über Nacht begonnen, wie eine Schwarze zu reden. Tonyas Einfluß?

»Ha! Du ißt was von McDonald's«, krähte Kevon.

»Du hast ja einen Furz im Hirn.«

»Ach ja? Und du... du bist ein Schandmaul. Momma, sie ist ein Schandmaul.«

»Blödmann! Furz im Hirn!«

»So, das reicht jetzt. Jetzt ist Ruhe«, befahl Jada, schockiert über die Intensität und das Vokabular ihrer Zänkerei.

»Oh, Mom. Nimmst du ein bißchen Honigsauce? Dann kann ich etwas von Kevon haben.«

»Das sind meine Nuddets«, sagte Kevon.

»Das sind überhaupt keine Nuddets, du Blödmann«, informierte ihn seine Schwester. »Das sind Nuggets.«

»Sind sie nicht, sind sie nicht. Und es sind *meine.* Sind es nicht *meine,* Mom?«

Jada, die sich abmühte, Sherrilee in den Hochstuhl von McDonald's zu setzen, versicherte ihrem Sohn, wenn sie das Essen holte, wäre es seines. Armer Kevon. Seine Schwester wußte ständig mehr, korrigierte ihn dauernd und hatte fast immer recht. Fängt damit der Groll der Männer auf kluge und mächtige Frauen an, fragte sich Jada. Aber sie hatten nicht alle Schwestern, die sechs Jahre älter waren. Clinton hatte keine. »Setz dich hin, Schätzchen«, sagte Jada zu ihrem Sohn, und er kletterte auf den gelben Laminatstuhl neben ihr.

»*Ich* will neben Mommie sitzen«, sagte Shavonne mit erhobener Stimme. So ärgerlich die Zänkerei der Kinder auch war, Jada war dankbar für das kleine Anzeichen von Zuneigung.

»Ihr könnt *beide* neben mir sitzen«, erklärte Jada, bevor es Krieg gab, »aber dann muß Sherrilee mir gegenüber sitzen, und wir müssen ihr alle helfen.«

»Ach, die ißt überhaupt kein Essen nicht. Die schmeißt es bloß auf den Boden«, sagte Kevon.

»Sie ißt überhaupt nichts«, verbesserte ihn Jada entschieden. Seit wann redete Kevon in diesem Straßenjargon? War es das, was ein paar Tage in Yonkers aus seiner Redeweise gemacht hatten? Wenn ihr Junge die Sprache der schwarzen Unterschicht zu sprechen begann, entschied Jada, dann würde sie Clinton *und* ihre Schwiegermutter umbringen müssen. »Shavonne, du paßt auf das Baby auf, während ich unser Essen hole.«

»Okay, Mom«, sagte Shavonne selbstzufrieden.

»Kevon, du behältst unsere Taschen im Auge und sorgst dafür, daß sie niemand wegnimmt.« Sie schaute zur Warteschlange hinüber und nahm ein Sesamstraßen-Malbuch und einige Buntstifte aus ihrer Tasche, damit die Kinder beschäftigt waren. »Wer das Bild am besten ausmalt, kann einen Preis gewinnen. So, und jetzt gehe ich unser Essen holen. Ich bin gleich wieder da.« Sie küßte Kevon auf den Kopf, als sie an ihm vorbeiging.

»Küß mich auch«, sagte Shavonne, und Jada mußte lächeln. Sie tat es natürlich, obwohl sie bemerkte, daß Shavonnes Haar nicht frisch roch. Sie fragte sich, wann es zuletzt gewaschen worden war. Sherrilee war noch immer schläfrig von der Autofahrt, aber auf gut Glück küßte Jada auch ihren Kopf. Er roch ebenfalls – nun ja, nicht gerade schlecht, aber auch nicht frisch. Konnte Clinton die Kinder nicht mal sauberhalten? Sie stellte sich in die kurze Warteschlange an der Theke. Die Küsse und der Streit um die Sitzplätze waren ungewöhnlich. Die Kinder waren verwirrt – normalerweise vermieden sie Liebkosungen, vor allem Shavonne.

Sie sah sich um und seufzte. Sie haßte es, ihre Kinder mit diesem Zeug zu füttern, aber für sie war es ein großes Festessen. Sie liebten es. Und sie schienen hungrig. Was gaben Clinton oder ihre Schwiegermutter ihnen zu essen?

Gott sei Dank war das Restaurant nicht zu voll. Es war keine Stoßzeit. Eigentlich hatte Jada das alles schlecht geplant. Sie hatte nicht recht gewußt, was sie mit den Kindern unternehmen sollte. Es war zu kalt, um mit ihnen in einen Park zu gehen. Andererseits wußte Jada, daß sie das Geschrei in einer der Spielhallen für Kinder nicht ausgehalten hätte. Also war sie mit ihnen einfach durch einen Teil des Einkaufszentrums von Cross County gegangen und hatte ihnen das Dorf des Weihnachtsmannes gezeigt, das man dort bereits aufgebaut hatte, obwohl noch nicht mal Thanksgiving war. Die Kinder hatten das aufregend gefunden, doch Jada hätte sich nichts sehnlicher gewünscht, als mit allen dreien nach Hause zu fahren und ins Bett zu kriechen, um ihnen eine Geschichte vorzulesen, sie zu kitzeln oder auch bloß fernzusehen, die Kinder fest im Arm. Aber sie hatte nur zwei Stunden, deshalb mußten es das Einkaufszentrum und McDonald's sein. So öffentliche Orte. Sie hatte noch immer keine Gelegenheit gehabt, wirklich mit ihnen zu reden; sie wußte nicht, wie sie anfangen sollte, und sie hatte keine Ahnung, was Clinton ihnen über ihren ›neuen Wohnort‹ erzählt hatte.

»Der Nächste bitte«, bellte die ältere Frau mit der dicken Bifokalbrille hinter der Theke. Jada ratterte ihre Bestellung hinunter und verlangte nach einer Pause noch einen koffeinfreien Kaffee für sich. Sie konnte nichts essen. Sie hatte seit zwei Tagen nichts gegessen. Kein Wunder, daß sie so erschöpft war. »Sind Sie sicher, daß Sie jetzt fertig sind?« fragte die Frau in der Uniform von McDonald's spitz, und Jada fühlte sich wie ein unmündiges Schulkind.

Sie drehte sich um, um sich zu vergewissern, daß mit ihren dreien alles in Ordnung war. Sherrilee war jetzt wach und zerriß ihre Malbuchseite; mindestens ein Stück hatte sie schon im Mund. Kevon stand auf seinem Stuhl, um mit möglichst viel Hebelkraft seinen Stift auf sein Bild zu drücken, während Shavonne anmutig an einer Seite arbeitete, die sich noch in dem Buch befand. Jada beobachtete sie, bis ihre Bestellung kam. Dann trug sie die Tüte voll gesättigter Fettsäuren, Stärke und Zucker zu ihren wartenden Babys.

»Okay«, lächelte sie und nahm all ihre Energie zusammen, um fröhlich zu klingen, »und jetzt wollen wir mal sehen, was ihr geschafft habt. Ihr wißt ja, für den besten Job gibt es einen Preis.«

»Meins! Meins!« rief Kevon. »Schau mal!« Er hatte Bibo – und den größten Teil der restlichen Seite – in karibischem Türkis ausgemalt.

»Toll«, sagte Jada. Sie stellte das Essen in dem braunen Faltkarton auf den Tisch. »Laßt uns jetzt das Malbuch und die Stifte abräumen und essen.« Sie verteilte die Speisen und schnitt einen einfachen Burger für Sherrilee in mundgerechte Happen, während die beiden anderen sich auf ihre Kartons und Tüten stürzten. Sie aßen Gott sei Dank schweigend, und Jada, der zu übel war, als daß sie ihnen auch nur beim Essen hätte zusehen können, trank ihren koffeinfreien Kaffee und sah auf ihre Uhr. Nur noch achtundzwanzig Minuten. Sie konnte nicht glauben, daß sie die Zeit mit den Kindern nicht genoß. Als sie sich wieder dem Malbuch zuwandten, schämte sie sich, erleichtert zu sein.

»Das ist blöde«, sagte Shavonne. »Bibo müßte gelb sein.« Obwohl sie vor kurzem zwölf geworden war, liebte sie – insgeheim – Malbücher noch immer. Ebenso wie Jada war Shavonne ein artiges Mädchen und malte nicht über die Linien hinaus. Jada musterte Shavonnes ordentliche Kolorierung von Bert und Ernie.

»Das ist kein Bibo nicht«, antwortete Kevon. »Das ist Tante Tonya.«

Tante Tonya? *Tante* Tonya? Vergiß das »kein nicht«. Jetzt hast du es mit »Tante« zu tun. Für einen Moment fühlte Jada sich, als würde ihr die Kontrolle entgleiten. Sie wollte die Malbuchseite vom Tisch reißen und aus Leibeskräften schreien. Statt dessen ballte sie im Schoß die Fäuste, und dann half sie Sherrilee, indem sie ihr drei weitere Pommes frites hinlegte, und wandte sich ruhig an Kevon. »Du hast keine Tante Tonya, Kevon, Schätzchen«, sagte sie, und zumindest in ihren eigenen Ohren klang ihre Stimme fast normal.

Kevon fuhr fort, die Seite mit seinem Stift zu bearbeiten. »Sie ist unser Babysitter«, antwortete er, noch immer eifrig malend. »Hat Daddy gesagt.«

»Ich bin kein Baby«, maulte Shavonne. »Ich brauche keinen Babysitter. Kriege ich den Preis, Mom?« Shavonne sah ihre Mutter an, und Jada glaubte ein kurzes Aufflackern von Zweifel oder Schmerz in den Augen ihrer Tochter gesehen zu haben. Der Schmerz fuhr sofort in ihr eigenes Herz. »Mrs. Green«, sagte Shavonne. »Ich habe sie Mrs. Green genannt. Du weißt, die aus der Kirche. Die hat auf mich aufgepaßt.« Shavonne wandte den Blick ab.

Um sich den Preis zu sichern, schaute ihre Tochter das Blatt ihres kleinen Bruders verächtlich an. »Das ist doch Bibo, nicht, Mom?« fragte Shavonne und sah wieder auf Kevons Bild. »Jedenfalls, Mrs. Green hat nicht diese Farbe. Sie ist dunkel. Sie ist *richtig* dunkelbraun.«

»Ihr Kleid hatte diese Farbe«, beharrte Kevon. »Und sie hat mir zwei Matchbox-Autos geschenkt. Willst du sie sehen?« Er schob die Hand in die Tasche. Sherrilee wählte diesen Augenblick, um ein bißchen zu würgen, und binnen einer Sekunde war Jada auf den Beinen, um den Tisch herum und an ihrer Seite. Sie hob die Ärmchen des Babys zur Decke, und Sherrilee hustete und schluckte und entzog ihrer Mutter eine Hand, um sich sofort wieder über die Pommes frites herzumachen. Sie war also okay. Dankbar beugte Jada sich nieder, atmete den Geruch von etwas altbackenem Brot ein, der dem Haar ihrer Tochter entstieg, und küßte sie auf den Oberkopf. Dann ging sie langsam zu ihrem Stuhl zurück.

»Wer kümmert sich um Sherrilee?« fragte sie so neutral, wie sie nur konnte. Sie wußte, es war falsch, von den Kindern Informationen einzuholen, aber sie war der Verzweiflung nahe.

»Tante Bibo«, kicherte Kevon und warf ihr den Blick zu, den er aufsetzte, wenn er ungezogen war.

»Ich vermisse meine Sachen«, beschwerte sich Shavonne. »Meinen blauen Pulli und den Rucksack mit den Katzen drauf. Aber ich kann sie holen, wenn wir nach Hause fahren.«

»Ja, laß uns jetzt nach Hause gehen«, stimmte Kevon zu. Sherrilee, die ihren Lunch beendet hatte, streckte die Arme nach ihrer Mutter aus, und Jada lächelte, ging erneut um den Tisch herum, hob sie auf und nahm sie auf den Schoß. Kevon, der sich ausgeschlossen fühlte, stand von seinem Drehstuhl auf und rieb den Kopf an der Schulter seiner Mutter.

»Ich habe euch ein paar Sachen mitgebracht«, sagte sie. Sie öffnete die Tasche und nahm Shavonnes Slipper heraus. Ihre Tochter betrachtete sie, und dann erschien das kleine »V« zwischen ihren Augenbrauen, genau das gleiche, das Jada auch hatte.

»*Jetzt* brauche ich die nicht«, sagte Shavonne. »Das kann warten, bis wir nach Hause kommen. Dann ziehe ich sie an.«

»Ich bin müde«, quengelte Kevon. »Können wir jetzt nach Hause fahren? Kann ich mit Frankie spielen?«

In dieser Minute erkannte Jada, daß ihre Kinder keine Ahnung hatten. Daß Clinton wieder einmal nicht nur sie, sondern auch die Kinder im Stich gelassen hatte. Sie dachten, sie würden in den Volvo steigen und zurück in die Elm Street fahren. Eine weitere Verantwortung, und zwar eine herzzerreißende, war ihr auferlegt worden. Was konnte sie ihnen sagen? Was sollte sie sagen? Daß ihr Vater ein Egoist war, dem ihr Wohl egal war? Daß sie momentan

Schachfiguren in einem zutiefst kränkenden Erwachsenenspiel waren?

Jada betrachtete die drei noch mit Essen verzierten Gesichter ihrer geliebten Kinder, und ihre Schultern sanken herab. Sie legte eine Hand auf Kevons wohlgeformten, runden Kopf. »Hört zu, meine Süßen. Daddy möchte, daß ich euch zu ihm zurückbringe. Für den Augenblick geht ihr wieder zu ihm.«

»Ich mag aber nicht«, greinte Kevon.

»Nein, Mom. Mir gefällt es auch nicht bei Grandma«, fügte Shavonne hinzu. »Wieso müssen wir sie jetzt besuchen?«

Hatte Clinton ihnen denn *überhaupt nichts* gesagt? Jada nahm die Hand von Sherrilees Rücken und griff nach Shavonnes Handgelenk. »Hör zu«, sagte sie. »Daddy und ich haben eine Art Streit. Einen großen Streit. Und er will, daß ihr zu ihm zurückkommt und mit ihm dort bleibt.«

»Also, *ich* will das nicht«, protestierte Shavonne, und Kevon senkte den Kopf und begann zu weinen. Shavonne entriß Jada ihr Handgelenk. »Ich will nicht. Grandma macht uns ständig nur Bobogna-Sandwiches, und ich mag Mrs. Green nicht. Ich mag ihr Haus nicht. Laß uns heim gehen.«

Die Stimme ihrer Tochter war laut geworden, und mehrere Leute drehten sich nach ihr um; aber Jada kümmerte sich nicht um diese Fremden. Wichtig waren nur ihre Kinder. Aber wie konnte sie ihnen die Situation erklären? Wie konnten ein Sechsjähriger oder eine Zwölfjährige oder das Baby so etwas wie Besuchsrecht und Mißachtung des Gerichts begreifen? Zusätzlich hatte sie nur noch neunzehn Minuten, bevor sie zurück sein mußten. »Laßt uns in den Wagen steigen«, sagte Jada. »Wir können uns im Wagen weiter unterhalten.«

»Ich will nach Hause«, wimmerte Kevon, und so setzte Jada ihn auf eine Hüfte, während sie Sherrilee auf der anderen trug.

»Nimm die Taschen, und laß uns gehen«, bat sie Shavonne und wandte sich dem Ausgang zu. Sie hoffte, ihre Tochter würde ihr aus der Tür zu dem Volvo folgen.

25. *Kapitel -*

harte Klagen und eine zündende Idee

Die Aktenberge waren womöglich noch höher gewachsen und unordentlicher geworden, seit Angie »vorübergehend« in Karen Levin-Thomas' Büro eingezogen war. Angie nahm an, daß das seine Richtigkeit hatte, denn auch *sie* war gewachsen und unordentlicher, als sie gewesen war, bevor sie sich auf diese Arbeit einließ. Nicht in körperlichem Sinne gewachsen, aber sie besaß mehr Energie. Ärgerlicherweise hatte ihre Mutter recht gehabt: Wut war ein kraftvoller Treibstoff. Bis auf kurze Anfälle überwältigenden Selbstmitleids hatte Angie ihre Lethargie verloren. Jetzt war sie die meiste Zeit so wütend und hatte außerdem so viel zu tun, daß es ihr schwerfiel, sich abends zu entspannen und zu schlafen.

Die Mitarbeiter der Beratungsstelle waren großartig, und Angie hatte tatsächlich Spaß daran, mit ihnen zu scherzen, sie zu necken und kameradschaftlich mit ihnen zu verkehren. Die anderen Frauen waren toll, und die beiden Männer, die dort arbeiteten – einer schwul, einer verheiratet –, taten ihren Job ebenso hingebungsvoll wie die Frauen. Bill, der Rechtsassistent, war sehr komisch und hatte immer einen Anwaltswitz oder einen Donut vorrätig, um einen durch einen harten Nachmittag zu bringen. Und Michael Rice, der verheiratete Anwalt in mittleren Jahren, war wirklich lieb und außerdem so intelligent, wie eigentlich ein Yale-Absolvent sein sollte – was er nicht war –, aber in Angies unvoreingenommenen Augen war er mindestens so qualifiziert.

Es war auch eine angenehme Überraschung für Angie, wie gut ihr die Zusammenarbeit mit ihrer Mutter gefiel. Nicht, daß sie viel von ihr zu sehen bekam. Mit Zeugenaussagen, Spendensammeln und der Verwaltung des Büros hatte Natalie noch mehr zu tun als Angie. Aber sie schaffte es, jeden Tag nach ihr zu sehen, persönlich oder telefonisch, und Angie empfand ihre Gespräche als sehr tröstlich. Sie hatte nicht in ihr Mädchenzimmer zurückkehren können, aber täglich mit ihrer Mutter zu arbeiten war wenigstens psychisch wie eine Art Rückkehr in ihre Arme.

Die Arbeitslast war ungeheuer und immer entweder öde oder empörend oder beides. Was Angie betraf, war das gut so. Es lenkte sie von ihrem eigenen jämmerlichen Leben ab und gestattete ihr, sich auf Menschen – Frauen – zu konzentrieren, die weit ernstere Probleme hatten als sie. Angie wußte, es war eine Flucht vor ihrem eigenen Schmerz, aber was war so falsch daran? Wurden nicht auch Filme und Fernsehspiele produziert, um solche Fluchten zu ermöglichen?

Jetzt nahm sie sich den Fall Jackson gegen Jackson vor. Von allen himmelschreienden Ungerechtigkeiten machte Angie diese eine aus irgendwelchen Gründen am meisten zu schaffen. Es war bloß eine verworrene Scheidung, bei der das Sorgerecht als Hebel benutzt wurde – etwas, das Angie damals in Needham als unter ihrer Würde betrachtet hätte –, aber vielleicht weil sie sich beim ersten Zusammentreffen auf Anhieb mit Jada Jackson verstanden hatte, vielleicht auch weil sie ein bißchen neidisch auf ihre offensichtliche Nähe zu der rotblonden Freundin war, die sie hergebracht hatte, Angie mochte Mrs. Jackson.

An Lisa, ihre eigene »Freundin«, dachte sie überhaupt nicht. Sie gestattete es sich nicht. Ob ihre Freundschaft je wirklich existiert hatte, war eine offene Frage. Lisa hatte sie möglicherweise nur als Accessoire ihrer Affären benutzt. Wenn Angie auch nur anfing, an die Dinge zu denken, die sie Lisa über ihre Gefühle für Reid anvertraut hatte, und wenn sie sich einen Moment lang vorstellte, was Lisa möglicherweise weitergegeben hatte, dann starb sie fast vor Demütigung. Zum Glück würde Reid Lisa am Ende wohl einfach fallenlassen. Angie merkte, daß ihre Gedanken gefährlich abschweiften. Sie wandte sich wieder Jackson gegen Jackson zu. Sie war entsetzt gewesen über die Richtung, die George Creskin einschlug. Als sie bei der wöchentlichen Fallbesprechung die Akte geschildert hatte, hatten sowohl Michael als auch ihre Mutter die Augenbrauen hochgezogen. Bill hatte sich gar nicht die Mühe einer mimischen Reaktion gemacht. Offenbar war Creskin berüchtigt, ein echtes Schlitzohr. »Was sagst du, wenn ein George Creskin auf der Interstate von einem Laster plattgefahren wurde?« hatte er nur gefragt. Angie hatte mit den Schultern gezuckt.

»Ein guter Anfang«, antworteten die übrigen Anwesenden im Chor.

»Ein Schleimer weniger«, grunzte Bill. »Glückliche Angie.«

Unglückliche Jada Jackson. Die Frau würde in weniger als einer halben Stunde kommen, und Angie mußte ihre Strategie erklären. Clinton Jackson hatte triftige Gründe vorgebracht und nur das vorläufige Sorgerecht und vorläufigen Ehegatten- und Kindesunterhalt beantragt, doch zusätzlich hatte er einen Antrag auf Räumungsklage und einen Antrag auf Prozeßkostenhilfe gestellt. Das war eine solche Kriegserklärung, daß Natalie Angie gewarnt hatte. »Sei da vorsichtig«, hatte sie gesagt. »Bisher habe ich nur Frauen erlebt, die eine Strategie der verbrannten Erde verfolgt haben, und wenn sie das tun, dann gewöhnlich mit einer einstweiligen Verfügung.«

»Einer einstweiligen Verfügung gegen den Ehemann?« fragte Angie.

»Ja. Weil er sie oder die Kinder oder beide prügelt. Hier gibt es keine einstweilige Verfügung, oder?«

»Ach, komm schon, Mom. Diese Frau schlägt ihre Kinder nicht. Sie könnte ihren Mann nicht schlagen.«

»Nein, aber er könnte sagen, daß sie es getan hat.« Natalie sah kurz die Papiere durch. »Dieser Kerl will das Haus, die Kinder, Ehegattenunterhalt, Kindesunterhalt, und er will, daß sie seine Unkosten übernimmt. Ist die Frau reich?«

»Nein, sie ist Bankmanagerin. Er ist einfach ein betrügerischer, arbeitsloser Mann, der seit Jahren auf ihre Kosten lebt. Die Sache ist reine Schikane – und für eine Frau die absolut schlimmste Bestrafung. Dieser Fall steht für alles, was für uns schiefgehen kann. Der Kerl war der Ernährer, er verliert sein Einkommen, und das zwingt seine Frau, einen Job außerhalb des Hauses anzunehmen.«

Natalie seufzte. »Ich hasse es, wenn sie das tun«, sagte sie. »Okay, laß sie wissen, wie hart es werden wird, diesen Blutegel loszuwerden. Das Familiengericht wird mit Sicherheit einen Sozialarbeiter einsetzen.« Natalie schüttelte den Kopf. »Die arme Frau.

Er wird versuchen, sie auszusaugen bis zum letzten Blutstropfen. Geh mit ihr zum Lunch, Angie. Laß dir von Bill ein bißchen Bargeld geben. Mrs. Jackson wird für lange, lange Zeit der Appetit vergehen.«

»Ich habe die Kinder gesehen. Ich danke Ihnen. Ich danke Ihnen so sehr«, sagte Jada, die auf dem Stuhl nur wenige Zentimeter von Angies Knien entfernt saß.

»Ach, das war reine Routinesache. Ich habe nur Besuchsrecht beantragt und einen Richter am Familiengericht gefunden, der bereit war, am Freitag abend noch zu arbeiten.«

»Aber Sie müssen mir helfen, das Besuchsrecht zu verlängern. Zwei Stunden sind lächerlich. Und die Kinder wollen nach Hause. Das Leben bei der Großmutter ist nichts für sie.« Jada Jackson hielt inne, starrte zum Fenster, wo man etwas hätte sehen können, wenn die Fensterbank nicht so hoch mit Papieren beladen gewesen wäre, und zwang sich dann mit sichtlicher Anstrengung, Angie in die Augen zu sehen. »Ich glaube, er nimmt sie mit zu seiner Freundin«, schluckte sie. »Oder die Freundin ist bei seiner Mutter. Ich weiß nicht, aber das kann nicht richtig sein. Es sollte nicht erlaubt sein. Ich meine, jemand muß den ganzen Tag auf Sherrilee aufpassen, und ich kann nicht glauben, daß er mein Baby seiner … seiner Geliebten geben würde.« Sie senkte einen Moment den Kopf, um sich zu fassen, und wandte sich dann wieder an Angie. »Wie bald können Sie mir meine Kinder zurückholen?«

»Mrs. Jackson, das ist etwas komplizierter«, begann Angie. »Als Ihr Mann seine Klage einreichte, hat er auch verschiedene Anträge gestellt. Haben Sie sich die Dokumente angesehen?«

Jada nickte. »Ich habe nicht alles verstanden, deswegen bin ich hier. Aber ich weiß einfach, daß wir alles anfechten müssen. Ich habe nichts gegen eine Scheidung. Ich will sie. Er betrügt mich und hat mich wahrscheinlich auch früher betrogen. Ich verdiene den Lebensunterhalt, und ich zahle die Hypothek ab, und ich kümmere mich um die Kinder. Ich will nur meine Kinder zurück, dann kann er die Scheidung haben. Kein Problem.«

»Nun, da scheint es ein sehr großes Problem zu geben«, sagte Angie. »Er hat das vorläufige Sorgerecht verlangt …«

»Damit wollte er mich doch nur bestrafen«, wandte die Frau

ein. »Er war nicht an den Kindern interessiert, als wir zusammen waren. Das war nur seine Art, grausam zu sein. Aber ich kenne Clinton. Er will keine Verantwortung. Er besteht aus Verantwortungslosigkeit.«

Angie nahm das Dokument auf, das vor ihr lag. »Ein verantwortungsloser Mann«, meinte sie trocken. »Wie ungewöhnlich.«

Jada grinste gequält. »Ja. Ich bin sicher, das kommt in Ihrer Praxis nie vor.«

Angie nickte, aber sie wußte, sie mußte jetzt mit der schmerzhaften Erklärung all der juristischen Finten beginnen. »Hören Sie, Jada ...« Sie hielt inne. »Darf ich Sie so nennen?« fragte sie. Jada nickte. »Jada, das ist so. Er hat das vorläufige Sorgerecht verlangt, aber er wird auch das endgültige verlangen, und er hat auch Kindesunterhalt und Ehegattenunterhalt verlangt.«

»Ich weiß. Aber das tut er nur, weil er mir eins auswischen will, oder? Bei einer Anhörung bringen wir das in Ordnung. Ich meine, der Richter muß doch verstehen, wie unfair das ist. Ich habe die Kinder und ihn ernährt, aber nur, um die Familie zu erhalten. Ich werde das sicherlich nicht mehr tun, wenn wir getrennt sind.«

»Der Richter könnte das anders sehen«, sagte Angie, so sanft sie konnte. »Es gibt hier klare Präzedenzfälle. Sie sind die Ernährerin, und er ist der Hausmann.«

»Hausmann? Ich habe hinter diesem Mann mehr aufräumen müssen als hinter den Kindern. Das einzige, was er zu Hause gemacht hat, waren Schwierigkeiten. Er hat ihnen nicht bei den Hausaufgaben geholfen. Er hat nicht überwacht, wie oft sie fernsehen. Er hat nicht saubergemacht, er hat nicht ...«

Angie machte sich einige Notizen, hob aber dann die Hand, um Jadas Litanei zu unterbrechen. »Ich glaube Ihnen. Aber das Gericht wird eine Frau sehen, die jeden Morgen um Viertel vor sechs das Haus verlassen hat – das steht in der Klage. Stimmt das?«

»Ja. Um mit meiner Freundin einen Spaziergang zu machen. Und dann bin ich zurückgekommen, habe den Kindern das Frühstück zubereitet und dafür gesorgt, daß sie in den Schulbus steigen.«

»Nun, das steht nicht in der Klage, was nicht weiter überraschend ist. Es heißt da, daß ihre langen Arbeitszeiten die Kinder buchstäblich mutterlos gemacht haben, daß Sie Ihren Mann und

Ihre Kinder durch ständiges Nörgeln verbal mißbraucht haben und daß Sie Beziehungen zu einer potentiellen Straftäterin hatten, die Sie ins Haus eingeladen haben.«

»Was? O mein Gott, Michelle.«

Angie beobachtete, wie ihre Mandantin allmählich Kraft und Würde abhanden kamen. Angie fühlte sich furchtbar, als sei sie diejenige, die diese Frau attackierte. Sie beugte sich über den Schreibtisch. »Hören Sie«, sagte sie. »Das ist nicht die Wahrheit. Das steht nur in der Akte. Wir kämpfen dagegen, das ist alles. Wir kämpfen dagegen, und wir werden gewinnen.«

Jadas Gesicht hatte jetzt eine unschöne graubraune Farbe angenommen. »Können Sie gewinnen?« fragte sie Angie bebend.

»Nun, Sie werden mir helfen müssen. Es wird eine Menge Kleinkram und Zeugenaussagen geben, aber ich werde alles tun, was in meiner Macht steht, um zu gewinnen. Wir werden Zeugen zu Ihrem Charakter haben, wir werden Ihren Geistlichen aufrufen, wir werden die Untreue Ihres Mannes und seine berufliche Vorgeschichte zur Sprache bringen. Leider arbeiten wir gegen einen ziemlich berüchtigten Anwalt. Dieser George Creskin ist ein harter Brocken, aber wir werden es schaffen.«

»Wieviel wird all das kosten?« fragte Jada leicht panisch. »Ich meine, wir waren schon – ich war schon mit den drei Kindern und dem Haus an der finanziellen Grenze.«

Angie holte tief Luft und fragte sich, warum sie diesen Job jemals übernommen hatte. »Es ist noch ein bißchen schlimmer«, sagte Angie. »Ich habe Ihren Fall unserem Vorstand vorgetragen, und wir werden Sie gegen ein minimales Honorar vertreten. Aber ich fürchte, George Creskin denkt da anders.«

»Sie meinen Clintons Anwalt?« fragte Jada. »Was geht der mich an?«

»Nun, einer der Schritte ist ein Antrag auf Prozeßkostenhilfe.«

»Ja, das habe ich gesehen. Darf er das denn?«

Angie unterdrückte ein Lächeln. Es war nicht komisch. Es war tragisch. »Der Antrag bedeutet, Ihr Mann will, daß Sie Mr. Creskins Honorar bezahlen, weil er selbst ohne Einkommen ist, während Sie eine Stelle haben.«

Jada sprang auf und schlug mit der Hand auf den Schreibtisch. »Das kann nicht richtig sein!«

»Richtig ist es bestimmt nicht, aber es ist legal.«

»Also muß ich die Rechnungen seines Anwalts bezahlen?«

»Nein, noch nicht, aber er beantragt, daß das Gericht Sie dazu verurteilt. Ein weiterer Antrag, dessen Ablehnung wir erreichen müssen, ebenso wie den vorläufigen Ehegatten- und Kindesunterhalt und natürlich, was am wichtigsten ist, das Sorgerecht.«

Jada versuchte, in dem engen Raum auf und ab zu gehen. »Das ist für mich wie eine Art Heimsuchung. So, wie Gott Hiob heimgesucht hat.«

Angie zuckte mit den Achseln. »Diese Geschichte in der Bibel habe ich nie verstanden«, gab sie zu. »Ich fand es gemein, daß Gott Hiob so quälte, nur so zum Spiel.«

Jada wandte sich an Angie. »Ich weiß nicht, ob Gott ein Spiel gespielt hat, aber Clinton tut das ganz bestimmt. Sie hätten dieses Wochenende meine Kinder sehen sollen. Kevons Socken paßten nicht zusammen. Das Baby hatte keine Mütze, und meine Älteste hatte keinerlei Hausaufgaben gemacht und drei Tage vor dem Fernseher verbracht. Er quält mich, aber er quält auch die Kinder. Wie machen wir dem ein Ende? Was tun wir als nächstes?«

»Nun, da gibt es noch etwas, das ich Ihnen sagen muß, bevor wir unsere Strategie festlegen«, gestand Angie. »Dieser Antrag auf Räumung – verstehen Sie, was das bedeutet?«

Jada sah Angie direkt an. »Er will mein Haus, nicht?«

»Nun, er möchte, daß Sie das Haus verlassen, damit er einziehen kann. Mit den Kindern. Um ihnen Kontinuität zu geben.«

»Und wer wird sonst noch einziehen? Seine Mutter, die lebt wie ein Schwein und ihre Laken nur einmal im Jahr wäscht, wenn sie so lange halten? Oder Tonya, seine Freundin, die schon mit der Hälfte der Männer unserer Kirchengemeinde geschlafen hat? Ich lasse sie nicht in mein Haus. Vorher würde ich es niederbrennen.«

»Hören Sie, wir haben noch viel Zeit, bevor wir anfangen, Feuer zu legen«, beschwichtigte Angie. »Was Sie werden tun müssen, ist einen großen Berg Informationen sammeln. Sie werden tausend Formulare ausfüllen müssen. Ich muß Ihre Guthaben, Ihre Verbindlichkeiten, alles Finanzielle über das Haus, und was Sie sonst noch besitzen, feststellen. Dann müssen wir Gegenanträge einreichen und Klagen vorbereiten. Wir müssen uns auch auf ein Interview mit einem Sozialarbeiter einstellen, was manchmal heikel sein kann. Es wird eine Menge Arbeit sein, und ich würde gern schnell vorgehen. Sowohl zu Ihrem Besten als auch zu dem der Kinder.«

Jada rang die Hände und vollführte ein kompliziertes Spiel mit den Fingern. »Schauen Sie, Angie«, sagte sie. »Er ist kein wirklich schlechter Mensch. Im Grunde nicht. Vielleicht könnten wir ihm einfach das Haus geben. Das ist es, was er will. Er hat es gebaut. Natürlich hat er es nie fertiggestellt, aber er hat es gebaut, und vielleicht baut er es für Tonya zu Ende. Verschaffen Sie mir meine Kinder, und geben Sie ihm das Haus. Diesen Handel würde ich machen.«

Angie schaute auf das Papier nieder. »Ich glaube nicht, daß George Creskin das zulassen würde, selbst wenn Ihr Mann damit einverstanden wäre. Wir haben es hier mit einer wirklich aggressiven Strategie zu tun. Creskin ist dafür bekannt, daß er große Rechnungen ausstellt und anstelle von Bezahlung auch schon mal ein Haus nimmt. Aber wir werden gegen diese Kakerlake kämpfen, gegen diese beiden Kakerlaken, und wir werden gewinnen. Es wird alles gut werden. Aber bis es gut wird, wird es erst einmal schlimmer, viel schlimmer.« Sie blickte zu Jada auf und sah plötzlich, wie schön diese Frau war. »Sind Sie dafür stark genug?«

»Ach, Herzchen, ich bin so stark, wie ich sein muß.«

»Großartig«, sagte Angie. »Dann möchte ich Sie zum Lunch einladen.«

Jada sah überrascht aus. »Sie sehen auch nicht gerade so aus, als ob Sie sich viel leisten könnten.«

»Kann ich auch nicht, aber die Beratungsstelle hat eine Portokasse, und ich habe dafür eine Quittung, die mir ein Loch in die Tasche brennt.« Sie stand auf, und Jada schaute sie leicht verlegen an.

»Könnte meine Freundin Michelle auch mitkommen?« fragte sie. »Sie wartet im Auto. Sie steht dieses ganze Durcheinander mit mir durch.«

»Natürlich«, sagte Angie. »Wenn Sie nichts dagegen haben, daß wir in ihrer Gegenwart ein bißchen über all das reden.«

Jada schnaubte. »Was glauben Sie denn, was Michelle und ich den ganzen Tag tun?«

Angie nickte. »Ich gehe in den Waschraum und mache mich frisch«, sagte sie. »Wir treffen uns dann am Empfang.«

Angie hatte allen Grund, sich frisch zu machen, nachdem sie nämlich einen weiteren Schwangerschaftstest durchgeführt und alle Finger ihrer rechten Hand mit Urin bekleckert hatte. Das war der fünfte Test, den sie unternommen hatte. Sie hatte zwei verschiedene Fabrikate benutzt, und beide erbrachten dasselbe Resultat, aber sie hoffte noch immer auf einen Fehler. Sie wickelte den Indikator zusammen mit der Verpackung in ein Papiertuch und stopfte alles ganz unten in den Abfallkorb. Dann wusch sie sich sorgfältig die Hände, versuchte, nicht an das zu denken, was es bedeutete, und ging zu Jada Jackson hinaus.

Während Angie und Jada zum Wagen gingen, schilderte Jada kurz Michelles juristische Probleme. »Glauben Sie mir, sie urteilt nicht. Tatsächlich ist sie völlig von ihren eigenen rechtlichen Schwierigkeiten in Anspruch genommen.«

Angie dachte an die Welt von Schmerz irgendwo da draußen, die nur darauf wartete, sich herabzusenken. Vielleicht kommt wegen dieses Ozonlochs mehr Scheiße auf uns herunter, dachte sie. Universale Probleme platschen von den Sternen auf uns nieder wie Vogelkacke. Als sie den Wagen erreichten, mußte Michelle, die große, langbeinige Rothaarige, die Angie schon außerhalb der Beratungsstelle einmal gesehen zu haben glaubte, aus ihrer Trance geweckt werden. Sie klopften mehrmals kräftig an das Fenster, und Michelle zuckte hoch und stieg aus. Mit einer Hand umklammerte sie noch ein nasses Papiertaschentuch.

»Angie hat uns zum Lunch eingeladen«, sagte Jada mit der fröhlichsten Stimme, die Angie seit ihrer Bekanntschaft von ihr gehört hatte. »Schauen wir mal, ob wir was Handfesteres hinunterbringen als Brühe«, sagte Jada. Michelle zuckte mit den Achseln, aber Jada nahm ihren Arm, und zu dritt gingen sie über den Parkplatz. »Ich konnte keine feste Nahrung mehr zu mir nehmen, seit Clinton mir die Kinder gestohlen hat«, erzählte sie Angie.

»Wieso passiert mir so etwas nicht?« fragte Angie. »Ich mußte das hier in Größe zehn kaufen, und jetzt kriege ich kaum noch den Reißverschluß zu.« Natürlich wußte sie, warum ihre Taille verschwand, aber sie zog es vor, dieses Wissen zu leugnen.

Michelle sah Angie kurz an, schaute dann aber wieder weg. Da gab es nichts zu verbergen. Binnen einer Sekunde erkannte Angie eine Welt aus Furcht und Schmerz. In welchen Schwierigkeiten steckte *diese* Frau?

Sie fanden eine Nische in der Imbißstube. Angie hatte nur dreißig Dollar aus der Portokasse und vielleicht noch neun Dollar eigenes Geld, aber sie nahm an, wenn sie aufpaßte, was sie aß, würde es reichen. Diese beiden Frauen würden keinen Hummer bestellen, und wenn doch, dann würde sie sie guten Gewissens warnen, daß im Blue Bird selbst der Thunfischsalat verdächtig war. Jada und Michelle saßen ihr gegenüber. Als Jada sich zur Seite drehte, um Michelle zu fragen, was sie nahm, schnappte plötzlich irgendeine Synapse in Angies Hirn ein, und sie wußte, woher sie diese Frau kannte. »Sie laufen zusammen«, platzte Angie heraus. »Sie kommen jeden Morgen an meinem Haus vorbei.«

»Welches ist denn Ihr Haus?« fragte Jada neugierig.

»Nun, es ist nicht mein Haus, es ist das Haus meines Vaters, an der Ecke Oak Street.«

»Oh«, sagte Jada und wandte sich Michelle zu, die ihr leeres Wasserglas abwischte. »Sie ist die Geliebte.«

Sie drehte sich wieder zu Angie um. »Wir wußten, daß da ein älterer Mann allein lebt, aber als wir Sie am Fenster sahen, haben wir gedacht, Sie wären seine kleine Freundin.«

»Nein. Bloß seine gar nicht mehr so kleine Tochter. Nach meiner Mutter hatte er allerdings eine kleine Freundin. Sie hat ihn ausgenommen.« Angie nahm die Speisekarte zur Hand. Sie sah sich die Tagesgerichte an und hatte das Gefühl, alles essen zu können, angefangen mit gefüllter Flunder, Kohlsalat und Petersilienkartoffeln bis zu dem hausgemachten Hackbraten mit Kartoffelbrei und Zwiebeln. Sie mußte etwas gegen diesen Heißhunger unternehmen, sonst würde sie in einem Monat ein Faß sein.

Jada legte die Speisekarte hin, als erschöpfe sie deren Gewicht. »Ja, wir gehen seit Jahren zusammen spazieren, nicht, Michelle?« Michelle nickte und stellte das Glas hin. Statt dessen nahm sie nervös ihre Gabel in die Hand. »Deswegen wirft Clinton mir vor, ich wäre eine schlechte Mutter.«

Das weckte Michelles Aufmerksamkeit. »Was?« fragte sie verblüfft.

»Angie hat mir gerade erklärt, daß Clinton das volle Sorgerecht, das Haus, Ehegatten- und Kindesunterhalt von mir will und daß ich auch noch seine Anwaltsrechnungen bezahlen soll, die ihm das alles einbringen werden. Weil ich eine nachlässige Mutter war und all diese unverantwortlichen, verrückten, lustigen Sachen getan habe wie in der Bank arbeiten und mir ein bißchen Training für Herz und Kreislauf zu verschaffen. Das und die Orgien, das Ponyrollen, die Pediküren und die endlosen Martini-Partys.«

»Wovon zum Teufel redet er?« fragte Michelle, jetzt ihr Messer in der Hand.

»Was zum Geier ist Ponyrollen?« wollte Angie wissen. »Weil ich denke, wenn ich noch fünf Pfund zunehme, käme ich dafür in Frage.«

Jada zuckte mit den eleganten Schultern. »Ich habe keine Ahnung, was es ist«, sagte sie, »aber es klingt dekadent, nicht? Und das alles paßt zu meinem dekadenten Lebensstil. Wissen Sie, der, in dem alle nachlässigen Mütter schwelgen – wir fahren zehn Jahre alte gebrauchte Autos, tragen zur Arbeit die immer selben vier Kostüme, entscheiden, welche monatliche Rechnung diesen Monat nicht bezahlt wird, und hören James Brown, während wir staubsaugen. Das mag teuflisch teuer sein, aber ich bereue keine einzige Minute.«

Die Kellnerin kam, und Jada bestellte Tee, ein Jell-O und die Suppe. Als Michelle sich auch nur für eine Kleinigkeit entschied, konnte Angie ungefährdet den Hackbraten verlangen. Nachdem die Kellnerin gegangen war, beschloß Angie, die beiden Damen aufzuheitern. »He«, sagte sie, »warum sind Hunde besser als Männer?« Die zwei Frauen sahen sie an. »Weil Hunde Schuldgefühle entwickeln, wenn sie etwas falsch gemacht haben.«

Sogar Michelle lachte. »Ich dachte, es wäre, weil Hunde nie fremde Weiber mit nach Hause bringen und mit ihnen in Ihrem Körbchen schlafen«, ulkte Jada.

»Ja. Und Hunde verlangen niemals das Sorgerecht. Oder Ehegattenunterhalt«, fügte Michelle hinzu.

»Hunde werden nicht verhaftet«, überlegte Jada.

»Junge, ihr beiden seid gut in diesem Spiel«, meinte Angie. »Im Büro spielen wir es dauernd. Im Augenblick ist mein Lieblingssatz: ›Hunde sind besser als Männer, weil sie mit jedem Video glücklich sind, das du ausleihst.‹«

»Hunde fühlen sich nicht bedroht, wenn du mehr verdienst als sie«, sagte Jada bitter. »Sie versuchen nicht, dein Leben zu ruinieren.«

Michelle senkte die Stimme. »Jada«, sagte sie. »Das ist entsetzlich. Er kann sich doch dir gegenüber nicht so hundsgemein benehmen. Das kann er einfach nicht.« Angie sah, daß Michelle Tränen in die Augen stiegen. Jada tätschelte ihr energisch die Hand.

»Glaub mir, Michelle, ich nehme das ernst«, sagte sie.

Angie betrachtete die beiden Frauen, beide mit Problemen, die sicher genauso schwer waren wie ihre, und empfand Neid. Wie schön, eine so hilfreiche Freundin zu haben. Unwillkürlich mußte sie wieder an Lisa denken. Wie dämlich war sie gewesen. Warum konnte sie keine vertrauenswürdige Freundin finden, wie es Jada Jackson gelungen war? Vielleicht war ihr der Hunger anzusehen, denn als Jada den Blick von Michelle wandte, starrte sie Angie für einen langen Moment an.

»Warum machen Sie bei unseren Spaziergängen nicht mit?« fragte Jada. »Das könnte Ihrer Gesundheit und Ihrem Kopf zuträglich sein«, sagte sie. Sie wandte sich an Michelle. »Du hättest doch nichts dagegen, oder?« Michelle zuckte lediglich mit den Achseln, was Angie nicht gerade als förmliche Einladung betrachtete, aber ein Veto war es auch nicht.

»Das würde ich gern«, sagte Angie. »Es wäre großartig.«

»Ach, Großartiges dürfen Sie von uns eigentlich nicht erwarten«, sagte Jada. »Meistens reden wir bloß über Männer, Hunde und die Kunst des Überlebens.«

Angie begann zu lachen. »Mädels, ich höre euch förmlich, und darin kann ich euch absolut überbieten«, griente sie.

26. *Kapitel -*

noch ein Spaziergang, noch ein Gespräch

Bei ihrem morgendlichen Gang hörte Michelle zu, während Jada sich über ihre Kinder und wütend über Clinton ausließ. »Was hast du ihnen denn am Ende gesagt?« fragte sie mit echtem Entsetzen.

»Daß ich beruflich fort muß. Und daß Daddy gemeint hat, der Besuch bei seiner Mutter würde ihnen Spaß machen.«

»Haben sie dir das abgekauft?«

»Machst du Witze? Kevon hat angefangen zu weinen und gesagt, daß er ›Tante‹ Tonya nicht leiden kann. ›Tante‹! Ist das zu fassen? Sie ist eine Tante, und ich bin Prinzessin Dianas Halbschwester!« Jada machte eine Pause. »Und Shavonne hat mir einen Blick zugeworfen …« Sie verstummte, und Michelle wußte nur zu gut, wie sich dieser Blick angefühlt hatte, der von Verrat und unterdrücktem Zorn sprach. Sie hatte ihn auch bei Jenna schon gesehen, und nach der nächsten Welle tiefer Trauer würde sie ihn wieder spüren.

»Du hättest Clinton die Schuld geben sollen«, sagte Michelle.

»Nicht jetzt. Ich warte, bis ihn die juristische Axt trifft. Und dann, wenn die Kinder wieder zu Hause sind, werde ich es ihnen erklären. Aber das mit seinem Verhältnis nicht. Das geht sie nichts an.« Jada schüttelte den Kopf. »Ich mußte mir alle Mühe geben, nicht durchzudrehen und zu brüllen wie Sherrilee, als ich sie verlassen habe«, gestand sie.

Doch trotz ihres Mitgefühls – oder gerade deswegen – konnte Michelle es nicht über sich bringen, von der Axt zu reden, die über ihrem eigenen Kopf hing. Es war nicht die Angst, daß Jada sich von ihr abwenden und Frank und sie als schuldig betrachten würde. Es war fremdartiger, kälter, als ob sich irgendwo in ihrem Inneren eine metallene Garagentür geschlossen hätte – und solange die nicht von Zeitungen, Fernsehen, Anwälten und Gericht niedergerissen wurde, würde Michelle so tun, als sei nichts hinter dieser Tür. Das muß eine Gabe sein, die ich von meiner Mutter geerbt habe, dachte sie bitter, als sie um die Ecke Oak Street bogen. Sie wandte sich wieder dem Leid ihrer Freundin zu. »Mir ist noch ein Grund eingefallen, warum Hunde besser sind als Männer«, sagte Michelle.

»Weil Hunde nicht deine Freundinnen kritisieren?«

Michelle lächelte »Gut! Aber ich denke, Hunde sind besser als Männer, weil es ihnen egal ist, ob du dir die Beine enthaarst oder nicht.«

»Ich finde, Hunde sind besser als Männer, weil du sie einschläfern lassen kannst, wenn sie bösartig werden«, sagte Jada. Sie klang nicht, als ob sie scherzen würde.

»Jada, es ist einfach schrecklich. Gehst du heute zur Arbeit?« fragte Michelle.

»Ist das dein Ernst? Arbeit ist alles, wozu ich tauge«, sagte Jada verbittert. »Ich bin ein verdammter Lohnsklave. Und ich brauche den Job, um nicht den Verstand zu verlieren und um meine Rechnungen bezahlen zu können.«

Michelle überlegte einen Moment, ob das ein Seitenhieb gegen sie war, da Jada wußte, daß Frank und sie keine finanziellen Probleme hatten. Aber sie verwarf den Gedanken. Wenn sie eine sündige Eigenschaft hatte, dann war es Stolz, dachte Michelle. Und sie konnte einfach niemandem, nicht einmal Jada, die Wahrheit erzählen, solange es nicht absolut notwendig war. Das hinterließ bei ihr den Eindruck, sehr viel weiter als durch den Garten zwischen ihnen von Jada entfernt zu sein. Michelle fühlte sich allein im ganzen Universum. »Hör mal, ich muß heute morgen zu Franks Anwalt gehen, also komme ich nicht vor Mittag. Kannst du mich decken?«

Jada nickte. »Bist du mit deiner Arbeit inzwischen nachgekommen?« fragte sie. »Weil Mr. Marcus mir sonst ganz schön einheizt. Das, was in den Zeitungen stand, hat ihm nicht gefallen. Aber ich werde schon mit ihm fertig.«

»Ich bin mit allem auf dem neuesten Stand«, sagte Michelle. »Ich habe deinen Kredit durchgekriegt und auf dein Konto überweisen lassen.«

»Den brauche ich ja jetzt nicht mehr. Danke, daß du das getan hast. Es war ja nicht direkt…«

»Die übliche Politik unserer Bank?« vollendete Michelle. »Scheiß auf die Politik der Bank.«

»Herrgott, ich wünschte, ich hätte nie…«

»Hast du diesen Scheck sperren lassen? Irgendwie habe ich das Gefühl, daß Bruzeman nicht der Typ ist, der dir dein Geld gern zurückgibt«, warnte Michelle.

»Das kann man wohl sagen. Ja, habe ich. Ich hoffe, daß er mich deswegen nicht verklagt, obwohl er nichts getan hat, um das Geld zu verdienen.« Jada seufzte. »Und mit allem anderen bist du auf dem laufenden?«

»Ja. Ich habe nur einen Kunden, der vielleicht anrufen wird, und den kann ich zurückrufen.«

»Gut«, sagte Jada, als sie zu ihrem Haus kamen. Sie stampfte wegen der Kälte mit den Füßen auf. »Wenn es irgendwelche neuen Bewerber gibt, lasse ich ihnen die Formulare einfach von Anne geben. Natürlich«, fügte Jada mit einem grimmigen Lächeln hinzu, »wird sie dich schnurstracks bei Mr. Marcus verpetzen, um eine Chance auf einen Job zu haben. Den ich ihr allerdings nie einräumen würde.«

Sie trennten sich grußlos, Jada grimmig, Michelle angespannt und voller schlechter Vorahnungen. Beide mußten einem fast unerträglichen Tag ins Auge sehen. Michelles erste Hürde bestand darin, die Kinder aus dem Bett und in die Schule zu befördern. Dann ging sie rasch mit Pookie hinaus, fütterte ihn und brachte Frank Kaffee nach oben. Beide kleideten sich schweigend an, um Rick Bruzeman aufzusuchen. Michelle war als erste fertig und ging hinunter in die Küche, wo sie anfing, die Arbeitsplatten zu scheuern. Sie nahm sich in acht, um ihre Manschetten nicht schmutzig zu machen. Als ihr Mann ebenfalls herunterkam, setzte er sich auf einen der Hocker an der Kochinsel in der Mitte der Küche. Sie hatte die Fläche gerade abgewischt und bemerkte den Ring, den sein Kaffeebecher hinterließ. Am liebsten hätte sie ihn sofort weggewischt, aber statt dessen zwang sie sich, sich ihm gegenüber zu setzen. »Frank, wie konnte das passieren?« fragte sie. »Ich meine, wenn jemand dich wegen etwas beschuldigt, wenn jemand eifersüchtig oder rachsüchtig ist…« Sie verstummte.

Frank schaute angestrengt in seinen Becher. »Die Sache ist so: Ich kann verstehen, daß die Polizei hier einfach eindringen kann, aber ich kann nicht verstehen, wieso sie dich unter Anklage stellen können. Ich meine, sie haben nichts gefunden.«

»Es gibt auch nichts zu finden.« Er klang defensiv oder beleidigt. Sein Ton signalisierte, daß sie dumm war.

»Ich weiß das, Frank. Aber ich verstehe es nicht«, sagte sie mit einer Stimme, die sie für unterwürfig hielt, nicht für drohend. »Vielleicht bin ich dumm, aber was ich nicht kapiere, ist, wie sie dich mit nichts weiter als jemandes Beschuldigungen unter Anklage stellen können.«

»Das weiß ich auch nicht«, knurrte Frank bitter. »Sie sind bloß darauf aus, einen Kerl dranzukriegen, der mit Nachnamen Russo heißt.«

Michelle konnte es nicht mehr aushalten. Sie griff über die Kochinsel, hob Franks Becher hoch und wischte den Kaffeefleck weg, mit dem er gespielt hatte. Sie stand auf, ging zum Spülbecken, spülte den Schwamm aus und wusch sich dann zweimal die Hände. Sie fuhr beinahe zusammen, als Frank hinter sie trat. »Du zweifelst doch nicht an mir, Michelle, oder?«

Michelle schüttelte den Kopf. Sie zweifelte nicht an ihrem Mann, aber sie zweifelte an Bruzeman, dem Staatsanwalt, dem Gericht und ihrer Fähigkeit, den Prozeß zu bezahlen und zu bewältigen. »Wir sollten besser los«, war alles, was sie rausbrachte.

Sie waren gezwungen, in zwei Autos zu fahren, da Michelle hinterher zur Arbeit mußte. In der Stille ihres Lexus ließ sie ihre innere Garagentür wieder zufallen. Sie brauchte die Ruhe, die Leere. Sie spielte keine Musik. Sie konzentrierte sich nur auf den Weg und das Fahren. Für einen kurzen Moment wünschte sie sich, nicht die Ausfahrt nehmen zu müssen, die zu Bruzemans Büro führte. Am liebsten wäre sie tagelang auf dem Highway geradeaus gefahren, mit leerem Kopf, die Straße vor ihr ebenfalls leer. Sie seufzte, setzte den Blinker und folgte Franks Rücklichtern.

Bruzeman ließ sie schmoren, genau wie an dem Tag, an dem sie mit Jada hier gewesen war. Frank, der noch nie geduldig hatte sein können, tigerte auf und ab und wurde immer wütender. »Zuerst erzählt mir dieser kleine Bastard, wir würden die Bullen und den Bezirk verklagen und das große Geld machen. Und dann läßt er die Nachricht über diese verdammte Anklage so beiläufig fallen wie ein Päckchen zum Valentinstag«, zischte er giftig. »Und jetzt läßt er mich warten! Er läßt *dich* warten! Nach all dem Geld, das ich ihm schon bezahlt habe? Für wen hält sich dieser Kerl eigentlich?«

Michelle beobachtete, wie Frank sich allmählich in eine Art Raserei steigerte. Sie wußte, das war seine Art, Dinge zu bewältigen, so wie das innere Garagentor ihre war. »Es sind erst fünfzehn Minuten«, beschwichtigte sie.

»Weißt du, was der Typ pro Stunde berechnet?« versetzte Frank zornig. »Fünfzehn Minuten Wartezeit sind in seiner Welt hundertzwanzig Eier wert.« Als Frank gerade etwas darüber knurrte, ob dieser Arsch ihm die fünfzehn Minuten berechnen würde oder nicht, wurden sie von der Sekretärin in Bruzemans Büro gebeten. Frank betrat den Raum, als hätte er ihn selbst gebaut, und setzte sich in den großen Ledersessel statt auf das Sofa, so daß Bruzeman, der gerade den Telefonhörer aufgelegt hatte, nichts anderes übrigblieb, als auf der anderen Seite der Couch Platz zu nehmen. Michelle umklammerte die Armlehne des Sofas, als sei es eines der Rettungsboote der Titanic. Sie hatte Angst unterzugehen.

»Tja, die Neuigkeiten sind nicht gut, Frank. Aber...«, begann Bruzeman.

Frank ließ ihn nicht weiterreden. »Wie zum Teufel konnte eine geheime Grand Jury zusammentreten, ohne daß Sie davon wußten? Ohne daß wir etwas unternommen haben?« Frank schrie beinahe.

Bruzeman zog die Augenbrauen hoch. »Was wäre da zu machen gewesen?« fragte er. »Frank, ich habe Ihnen von Anfang an gesagt, daß es höchstwahrscheinlich einen Informanten gab. Ich meine, einen Informanten von einigem Gewicht. Sonst hätten die Cops den Durchsuchungsbeschluß nicht bekommen.«

»Aber verdammt, sie haben rein gar nichts gefunden. Ich meine...« Frank hatte sich ein bißchen beruhigt, aber Michelle saß nun zusammengekauert und verängstigt in der Sofaecke.

»Falls sie nichts gefunden haben, was natürlich zutrifft«, sagte Bruzeman mit seiner schleimigen Stimme, »dann hätten sie Sie und Ihre Frau nicht verhaftet. Also hatte der Informant oder eventuell ein hilfsbereiter Zeuge wohl bereits starke Beweise vorgelegt. Als ich die Kaution vereinbart habe, habe ich Ihnen das erklärt.«

Hatte er das? Michelle fragte sich, ob es stimmte. Weder Bruzeman noch Frank hatten ihr davon erzählt. »Sie haben mir auch gesagt, daß wir das in einer Woche und mit fünfundzwanzigtausend Dollar bereinigt haben würden«, erinnerte ihn Frank grob.

»Zeuge?« fragte Michelle. Es war das erste Wort, das sie äußerte. Sie hatte sinnbildlich und in Wirklichkeit mit gesenktem Kopf dagesessen, doch jetzt wandte sie sich direkt an Bruzeman. »Ein Zeuge wofür?« fragte sie ihn.

»Für diese Anschuldigungen«, sagte Bruzeman, als sei sie ein etwas begriffsstutziges Kind, und wandte sich wieder an Frank.

»Aber was hat er bezeugt?« bohrte Michelle nach. »Was konnte er angeblich bezeugen?«

Sie konnte sich vorstellen, daß ein Nachbar oder ein Konkurrent von Frank irgendeinen wütenden anonymen Anruf tätigte oder einen Brief schrieb. Sie konnte sich auch vorstellen, daß einer der Zimmerleute oder Dachdecker, die Frank wegen Unfähigkeit routinemäßig feuerte, eine Bemerkung fallenließ, sich beim Arbeitsamt beschwerte oder der Steuerbehörde einen Tip gab. Sie waren dreimal geprüft worden, aber alles war in Ordnung gewesen. Sie waren keine Steuern oder Angaben schuldig geblieben. Doch Michelle wußte, daß solche Leute einen Richter und eine Grand Jury nicht davon überzeugen könnten, einen Mann anzuklagen. »Wer ist der Zeuge?« wiederholte sie.

»Soviel ich weiß, ist die Anklageschrift noch unter Verschluß«, sagte Bruzeman.

»Was bedeutet das?« fragte Michelle.

Bruzeman zog die Augenbrauen hoch. Er sah sie nicht einmal an, sondern wandte sich direkt an Frank. »Frank, wir haben eine Menge zu tun, und ich glaube nicht, daß jetzt der Moment einer juristischen Lektion für Ihre Frau ist. Ich habe gehört, daß die Sache heute morgen an die Presse gehen wird, also …«

»Heute morgen?« fragte Frank. Er sah auf seine Uhr. »Wir haben nur noch zwei Stunden, dann ist es nicht mehr Morgen.«

»Das meine ich«, stimmte Bruzeman zu. Endlich wandte er sich an Michelle. »*Sie* sind in keinerlei Gefahr«, sagte er gönnerhaft, als sei das der einzige Grund, aus dem sie gefragt hatte. »Offenbar hat der Informant sämtliche Anschuldigungen gegen Sie zurückgezogen, oder das, was er gesagt hatte, hat nicht standgehalten. Sie sind also völlig aus dem Schneider.« Er lächelte. »Das bedeutet, daß Sie zugunsten von Frank aussagen können. Wir werden Sie darauf vorbereiten. Aber für den Augenblick wollte ich Sie nur auf die Anklage vorbereiten, die in Kürze erhoben werden wird. Frank und ich werden tun, was wir da tun müssen.« Michelle erkannte, daß sie damit entlassen war. Der Mann war unglaublich arrogant. Seine Frau, falls er eine hatte, tat ihr leid. Herrgott, sogar sein Hund tat ihr leid.

»Mir geht es um folgendes«, instruierte Bruzeman sie gerade. »Wenn Sie von irgend jemandem angesprochen werden, geben Sie einfach keine Interviews. Sagen Sie nur, daß Ihr Mann in allen Punkten unschuldig ist und daß Sie und die Kinder hinter ihm stehen als gutem Vater, gutem Ehemann und unschuldigem Menschen.« Er stand auf und reichte ihr eine getippte Seite, auf der genau das festgehalten war. Michelle schaute zu Frank hinüber. Er war weiß, blasser, als sie ihn je gesehen hatte. Michelle spürte, wie weitere Fragen in ihr aufstiegen, als sei ihre Kehle mit Schaum gefüllt, aber sie stand auf.

»Möchtest du, daß ich jetzt gehe, Frank?« fragte sie ihren Mann. Frank nickte und rührte sich nicht aus seinem Sessel. Michelle drehte sich um und verließ stumm das Büro.

Während sie zur Arbeit fuhr, hatte sie ein wenig Zeit, über die Kinder nachzudenken. Wenn es wieder schlimm wurde, wenn es Zeitungsartikel und eine Menge Gerede gab, würde sie vielleicht an andere Schulen für beide denken müssen. Aber wo? Es gab in der Nähe einige gute Privatschulen, aber sie waren teuer, und außerdem, was würde Jenna das nützen? Die Kinder würden dort noch mehr Klatsch ausgesetzt sein, und Jenna wäre nicht nur die Neue, sondern wegen des bevorstehenden Prozesses gegen ihren Vater auch noch mehr im Rampenlicht. Jenna mochte ihre gegenwärtige Schule und ihre Klassenkameraden... nun ja, soviel eine Zwölfjährige das eben konnte.

Eine Privatschule würde nicht helfen. Die Kinder dort waren elitärer und noch grausamer. Außerdem waren sie wegen der guten öffentlichen Schulen in diese Gegend gezogen. Und momentan hatten sie kein Geld für eine Privatschule mit all ihren zusätzlichen Unkosten.

Michelle wechselte die Spur und schickte sich an, die Ausfahrt zu nehmen, die sie zur Bank bringen würde. Sie fragte sich, wie schlimm es sich für Jenna und Frank gestaltete, wenn sie sie einfach dort ließ, wo sie waren. Sie wußte, es würde nicht leicht sein; nicht, wenn der Prozeß soviel Publicity bekam, wie Bruzeman voraussagte. Vielleicht... der Gedanke tauchte auf, aber Michelle schob ihn beiseite. Trotzdem, er ließ sich nicht verscheuchen. Ein Internat. Ein wirklich gutes Internat wäre vielleicht das beste für Jenna. Es würde sie von dem lokalen Medienzirkus entfernen, der sich entwickeln könnte, und hätte vielleicht auch andere Vorteile: ein besseres Sportprogramm – sie war begeistertes Mitglied im Fußball- und im Schwimmteam – und besserer Unterricht in den wissenschaftlichen Fächern. Vermutlich würde sie später auch leichter in ein besseres College aufgenommen werden. Die Vorstellung, ohne ihre Tochter auszukommen und sie so früh aus dem Nest zu stoßen, war natürlich herzzerreißend für Michelle. Aber trotzdem könnte ein Internat im Augenblick eine gute Entscheidung für Jenna sein. Doch da blieb noch Frankie, der ohne sie ganz sicher nicht zurechtkam und den sie wirklich nicht irgendwohin schicken konnte.

Michelle hätte beinahe die Einfahrt zum Parkplatz der Bank verpaßt, der bereits ziemlich voll war. Die Parkplätze aller Mitarbeiter waren natürlich besetzt. Es hatte zu regnen begonnen, die Luft war kalt und diesig, und Michelle mußte in der vom Eingang der Bank entferntesten Ecke parken und ohne Schirm oder Stiefel durch die Pfützen über den gesamten Parkplatz hasten. Ihr Haar und ihr Gesicht waren naß, als sie die Tür der Bank erreichte.

Gott sei Dank mußte sie niemanden begrüßen – zu viele Kunden waren in der Schalterhalle, und alle waren beschäftigt. Das war eine kleine Erleichterung. Sie durchquerte die Halle und ging in den Pausenraum der Angestellten, wo sie ihren Mantel aufhängte, sich eine Tasse Kaffee nahm und versuchte, etwas gegen den nassen roten Mop zu tun, zu dem ihr Haar mutiert war. Doch da war nicht viel zu machen, also faßte sie es mit einer Spange zusammen und entschied, es dabei für den Tag bewenden zu lassen – zusammen mit allem anderen.

Sie sagte sich, daß sie es nicht zu schwer nehmen durfte. Nichts war vollkommen, und in *ihrem* Leben würde für ziemlich lange Zeit nichts mehr vollkommen oder auch nur annehmbar sein. Sie trank noch einen Schluck Kaffee, um sich zu stärken. Was immer auf sie zukam, sie mußte sich dem stellen.

Es war zwanzig vor zwölf, als Michelle in die Nische schlüpfte, in der ihr Schreibtisch auf sie wartete. Dank Jadas Hilfe schien sie nicht vermißt worden zu sein. Sie nahm sich vor, keine Mittagspause zu machen und etwas von ihrer Verspätung aufzuarbeiten. Sie sah die Telefonnotizen auf ihrem Schreibtisch durch, hatte Zeit, einen Kreditantrag zu lesen, und blickte dann auf; ein Mann mit rotem Haar und Bart und einer Windjacke stand vor ihrem Schreibtisch. »Kann ich Ihnen helfen?« fragte sie.

»Ja«, sagte er. »Ich hätte gern einen Kredit.«

Michelle nickte. »Dann sind Sie hier richtig.«

»Ja? Ich hab's vorher schon versucht, aber Sie waren nicht da«, sagte der bärtige Mann.

»Haben Sie schon Formulare ausgefüllt? Haben Sie einen Antrag?« fragte Michelle. Er schüttelte den Kopf. Sie nahm mehrere Packen Formulare aus dem Schreibtisch. »Möchten Sie einen Kredit auf Ihr Haus, eine Hypothek oder einen Privatkredit?« fragte sie.

»Tja, ich weiß nicht.« Er setzte sich ihr gegenüber hin. »Vielleicht könnten Sie mir die Unterschiede erklären.« Er lächelte freundlich. Fast zu freundlich. Flirtete er mit ihr? Unwahrscheinlich an einem Tag, an dem ihr Haar in schlimmstmöglichem Zustand war.

Michelle versuchte, das Lächeln zu erwidern. Dann läutete das Telefon, und mit einer entschuldigenden Geste nahm Michelle den Hörer ab. Jadas Stimme drang an ihr Ohr. Nur ein paar Meter entfernt, aber sie klang beinahe geisterhaft weit weg. »Michelle, es steht wieder in den Zeitungen«, sagte Jada ohne Einleitung. Michelle spürte, wie ihr die Luft wegblieb. Sie hätte am liebsten sofort eine der Pillen genommen, die ihr Arzt ihr verschrieben hatte, aber vor dem Kunden, der vor ihr saß und sie sehr aufmerksam beobachtete, konnte sie das nicht. »Es ist Anklage erhoben worden. Wußtest du das? Und der Wachdienst berichtet, daß draußen gerade der Wagen eines Nachrichtensenders vorgefahren ist.«

»Wo draußen?« fragte Michelle.

»Hier draußen. Auf dem Parkplatz. Und vermutlich sollten wir noch mit einigen weiteren rechnen.«

»Das ist nicht dein Ernst!« murmelte Michelle und war sich mehr denn je der Blicke des rothaarigen Mannes bewußt.

»Aus der Bank können wir sie fernhalten«, versprach Jada, und Michelle war für den Plural noch nie so dankbar gewesen, »aber sie werden über dich herfallen, wenn du gehst. Hast du hinter der Bank geparkt?«

»Nein. Da war alles voll«, antwortete Michelle. Ihr Kunde hatte sich mit den Ellbogen auf ihren Schreibtisch gestützt und las ihre auf dem Kopf stehenden Memos. Entschlossen drehte sie die Papiere um.

»Nun, dann kannst du meinen Wagen nehmen, und ich nehme deinen«, schlug Jada vor.

»Du meinst, ich soll jetzt gehen?« fragte Michelle. Sie schaute hinüber zu Jada hinter der Glastür ihres Büros. Sie sah Jada mit den Achseln zucken.

»Besser früher als später«, meinte Jada. »Vielleicht schaffst du es bis nach Hause, bevor sie dich erwischen.«

»Inzwischen sind sie sicher auch schon bei mir zu Hause«, wandte Michelle ein und versuchte, nicht in Panik zu geraten. »Irgendwann werde ich mich ihnen stellen müssen.«

»Ja, aber morgen gibt es vielleicht jemanden, der in viel größeren Schwierigkeiten ist. Dann können sie sich den statt deiner vornehmen.«

»Ich schaffe das schon«, machte Michelle sich selbst Mut, obwohl sie selbst nicht daran glaubte. Dann sah sie Mr. Marcus' breite Schultern und kahlen Kopf unter den Kunden in der Schalterhalle. »Marcus ist da«, flüsterte sie.

»Oh, Scheiße. Dann hat er die Reporter gesehen. Das ist nicht gut«, krächzte Jada und legte auf.

Michelle hielt den Hörer noch etwa zehn Sekunden am Ohr, um sich zu fassen. Dann lächelte sie, verabschiedete sich vom Freizeichen und musterte aufmerksam den Kunden mit den roten Haaren. Er hatte auf einem der Formulare herumgekritzelt, die sie ihm gegeben hatte, aber sie hatte das Gefühl, daß er genau zugehört hatte. Natürlich war sie paranoid, und sie wußte das. »Es tut mir leid«, sagte sie. »Und nun endlich: Was kann ich für Sie tun?«

»Ich heiße Howard Mindel. Sind Sie Michelle Russo?«

Da ihr Name auf dem kleinen Schildchen auf ihrem Schreibtisch stand, brauchte er kein Genie zu sein, um das herauszufinden. Sie lächelte und nickte. Er streckte die Hand aus, und sie nahm sie und schüttelte sie. »Welche Art und ungefähre Höhe von Kredit hatten Sie sich denn vorgestellt?« fragte sie, obwohl sie eigentlich nur an Luft dachte – einatmen, ausatmen, einatmen…

»Arbeiten Sie schon lange hier?« entgegnete Mr. Mindel. Michelles Lächeln gefror. Wollte er sie anmachen, oder stellte er jetzt ihre Fähigkeiten in Frage? Sie brauchte ausgerechnet jetzt keine Beschwerde bei Marcus.

»Tut mir leid, daß wir gestört wurden«, sagte sie. »Ich bin seit drei Jahren Kreditsachbearbeiterin«, fügte sie hinzu.

»Gefällt Ihnen das?« fragte Mr. Mindel. Michelles Augen wurden schmaler. Dieser Kerl hatte irgend etwas Unausgeglichenes, aber er wirkte nicht geistesgestört oder erregt. Und ein Anmachversuch war das auch nicht.

»Was kann ich für Sie tun?« wiederholte sie.

Er beugte sich viel zu weit über ihren Schreibtisch. »Geben Sie mir ein Exklusivinterview, Michelle. Der Rest der Presse wird Sie einseifen. Sie geben mir ein Interview, und wir bringen es auf Seite zwei und drei. Und wenn es exklusiv ist, werde ich Sie so günstig darstellen wie nur möglich.«

Michelle brauchte ein paar Sekunden, um zu reagieren, zu begreifen, was da vor sich ging. Es war nur die Vorhut einer ganzen Truppe von Journalisten, die im Begriff waren, sie und ihre Familie zu kreuzigen. Und dann brauchte sie noch einen Moment, um sich klarzumachen, daß sie hier in ihrer Nische hinter ihrem Schreibtisch in der Falle saß, denn er hatte seinen Stuhl an die einzig zugängliche Seite geschoben. »Sie sind Reporter?« fragte sie mit leiser, atemloser Stimme. Sie mußte etwas Luft haben.

»Ich bin Howard Mindel«, sagte er noch einmal, als bedeute ihr das etwas. Vielleicht hatte sie schon irgendwo etwas von ihm gelesen, aber sie konnte sich nicht erinnern. Sie stand auf und quetschte sich am Schreibtisch vorbei, indem sie seinen Stuhl mit aller Kraft wegschob. Er mußte sich an der Schreibtischkante festhalten, um nicht umzukippen, aber da steuerte sie bereits den Pausenraum für die Angestellten an.

Doch als sie an Anne vorüberflüchtete, öffnete sich die Tür von Jadas Büro, und Mr. Marcus streckte seinen kahlen Kopf heraus. »Mrs. Russo?« sagte er. »Würden Sie bitte einen Moment hereinkommen?«

Über Marcus' breite Schulter hinweg konnte Michelle Jadas betroffenes Gesicht sehen. Michelle versuchte, genug Luft in die Lungen zu pumpen, um nicht ohnmächtig zu werden, und marschierte so würdevoll wie möglich in Jadas Büro.

»Setz dich«, sagte Jada.

»Ist das notwendig?« fragte Mr. Marcus süffisant.

»Ja«, schnauzte Jada ihn an. »Und würden Sie bitte die Tür hinter sich zumachen, wenn Sie gehen?«

Michelle, der unsagbar übel war, brachte beinahe noch ein Lächeln zustande, als sie sein verdutztes Gesicht sah. Jada setzte ihn unter Druck, aber Michelle konnte auch sehen, daß Jada ebenfalls unter Druck stand. Ihr Gesicht war grau. Die Tür wurde hinter Michelle geschlossen. Sie versuchte, tief durchzuatmen.

»Hör zu«, begann Jada, »er will dich loswerden, aber ich habe ihn darauf hingewiesen, daß wir keinen Kündigungsgrund haben. Und wenn du Theater machst, mit einem Anwalt drohst und so, dann gebe ich nach und sage ihm, daß ...«

Sie war eine echte, wirklich gute Freundin. Michelle hatte sich nie allzuviel Gedanken über ihren Job hier gemacht, aber jetzt merkte sie, wie sehr sie ihn vermissen würde. »Vergiß es, Jada. Ich weiß, das ist ein Befehl von oben, nicht deine Entscheidung«, sagte sie. »Ich kündige.«

»Michelle, du mußt nicht ...«

»Das macht es für uns beide leichter«, erklärte Michelle. »Gott weiß, daß wir schon genug am Hals haben. Und du brauchst diesen Job. Leg dich nicht zu sehr mit Marcus an.«

»Mit dem bin ich sowieso fertig.«

»Na ja, ich bin auch fertig, im Augenblick jedenfalls«, sagte Michelle und versuchte, all ihre inneren Kräfte zu mobilisieren.

27. *Kapitel -*

das sich um eine soziale Pleite mit der Sozialarbeiterin dreht

Als Jada an Michelles Haus vorbeifuhr, ertappte sie sich dabei, daß sie den Blick abwandte. Sie zwang sich, um Vergebung zu beten. Sie hätte Michelles Entlassung nicht lange verhindern können – Marcus und der Vorstand bestanden darauf, und die Berichterstattung in Presse und Fernsehen war brutal –, doch ihre Kündigung hatte sie mit Erleichterung angenommen. Sie würde ihr weiterhin eine loyale Freundin sein, solange Michelle ihre Freundschaft wollte. Die Ironie, daß Michelle ihr den Job bei der Bank besorgt hatte und sie sie nun feuern mußte, war ihr durchaus bewußt. Sie seufzte. Keine gute Tat bleibt ungestraft, dachte sie. Michelle war ein zu guter Mensch, als ihr das, was passiert war, übelzunehmen, aber wenn sie es später täte, würde Jada das verstehen. Ihr war allerdings klar, daß die Freundschaft eher an ihren eigenen Schuldgefühlen zugrunde gehen würde. Ihre Mutter sagte oft: »Nimm eine Prise Schuldgefühl und eine Unze Saumseligkeit, und du hast das Rezept für einen Fehlschlag.« Jada würde die Augen *nicht* von Michelles Haus abwenden. Sie rief Michelle zweimal täglich an und sorgte dafür, daß sie ihren morgendlichen Lauf fortsetzten, trotz einer gewissen unausgesprochenen Verlegenheit zwischen ihnen.

Natürlich hatte Jada die Zeitungen gelesen und die Nachrichten im Fernsehen verfolgt. Frank war vorerst nur unter Anklage gestellt, doch die Zeitungen – und jedermann sonst – behandelten ihn, als sei er schuldig. Jada erinnerte sich an den Wachmann, der bei den Olympischen Spielen in Atlanta eine Bombe gefunden hatte. Als die Polizei aus dem Helden einen Verdächtigen machte, war sein Leben ruiniert. Aber er war unschuldig. Die Nation schuldete ihm eine Wiedergutmachung.

Und wenn Jada eines wußte, dann, daß Michelle absolut unschuldig war. Bei Frank war sie sich nicht sicher, Gott möge ihr vergeben, aber wenn er irgend etwas auf dem Kerbholz hatte, dann wußte Michelle bestimmt nichts davon. Sie hätte nicht kündigen sollen. Sie hatte es nur getan, um den Druck von Jada zu nehmen. Jada war ihr dankbar dafür, und sie fragte sich immer wieder, ob die Bank Michelle rechtmäßig hätte entlassen dürfen, weil ihr Mann wegen eines Verbrechens unter Anklage stand.

Jada fuhr in die Einfahrt und ärgerte sich, als sie sah, daß dort bereits ein Wagen geparkt war. Verdammt! Das bedeutete, daß die vom Gericht bestellte Sozialarbeiterin sie schon erwartete. Jada sah auf ihre Uhr. Es war noch nicht vier, also kam sie nicht zu spät, aber schon an ihrer Schulterhaltung sah sie, daß die Frau in dem Auto sauer war. Jada hatte keine Zeit mehr, ihren Rock zu glätten oder sich die Lippen nachzuziehen. Sie öffnete also die Tür des Volvo und stieg aus, um die Frau zu begrüßen. Sie hoffte, daß sie es nicht mit einer fanatischen Person zu tun bekam.

Jada mußte sich niederbeugen, um in den Wagen zu schauen. Die Frau war eine ziemlich hellhäutige Farbige, deren Haar straff zurückgekämmt war und ihr in zwei Zöpfen auf den Rücken hing. Sie musterte sie abschätzend aus zusammengekniffenen Augen. Jada beschloß, nicht zu lächeln. Angie Romazzano hatte erklärt, wie wichtig diese Begegnung war. Das wußte Jada selbst, aber sie hatte das Gefühl, daß Unterwürfigkeit die Sache eher verschlimmern würde. Keine von ihnen rührte sich. Schließlich zog Jada fragend die Brauen hoch, und die Frau stieg aus dem Wagen, widerstrebend, wie es schien. Sie war klein und pummelig. Sie sah zu Jada auf und streckte die Hand aus. »Ich bin Mrs. Elroy«, verkündete sie mit einer Stimme, die keinen Zweifel daran ließ, daß sie von den Inseln stammte – aber von welcher? »Ich komme vom Sozialamt«, fuhr die Frau fort. »Sie müssen Jada Jackson sein.«

Jada nickte, versuchte den leichten Akzent einzuordnen und war etwas verstört, als sie den singenden Tonfall Jamaikas erkannte. Mit den Leuten von den Inseln war es komisch. Man dachte zwar, die Menschen aus der Karibik müßten das Gefühl einer gewissen Gemeinsamkeit haben, aber von ihren Eltern und deren Freunden wußte Jada, daß die Leute aus Antigua sich denen aus Martinique überlegen glaubten, während diese sich natürlich über jeden erhaben fühlten, der nicht französisch war. Die Leute aus Bajan hatten in der Regel etwas gegen die aus Aruba und Antigua, und *keiner* mochte die Jamaikaner, doch am meisten verabscheuten und verachteten alle zusammen die Haitianer. Jada beschloß auf der Stelle, ihren ethnischen Hintergrund am klügsten überhaupt nicht zu erwähnen.

»Es ist kalt hier draußen«, sagte sie. »Sollen wir ins Haus gehen?«

»Nun, kalt oder nicht. Sie müssen mich auf jeden Fall hereinlassen«, sagte Mrs. Elroy scharf. »Ich bin tatsächlich beauftragt, Ihr Haus zu inspizieren.«

Als ob ich das nicht wüßte, dachte Jada bitter. So eine ist das also. Sie wußte, sie würde es durchstehen müssen, obwohl ihr der Gedanke nahezu unerträglich war. »Lassen Sie uns durch die Küchentür gehen«, sagte sie so heiter, wie sie konnte. »Ich mache Ihnen eine Tasse Kaffee oder Tee.«

»Ich trinke nicht, wenn ich im Dienst bin«, schnappte Mrs. Elroy, als wäre sie eine Art Polizistin, der Jada einen doppelten Whisky angeboten hatte. Sie betraten die Küche, und Jada zog ihren Mantel aus und hängte ihn an einen der Haken neben der Tür. Sie streckte die Hand nach Mrs. Elroys Mantel aus, aber die Frau schüttelte den Kopf, daß ihre Zöpfe flogen. Sie stellte auch ihre Handtasche und ihre Aktenmappe nicht ab.

»Fangen wir mit einer Besichtigung des Hauses an«, befahl sie. »Danach können wir das Interview machen.«

Jada nickte nur. Sie war die halbe Nacht aufgeblieben und hatte aufgeräumt, geputzt und staubgesaugt, aber sie wußte schon jetzt, daß ihre Haushaltsführung den Ansprüchen dieser Frau höchstwahrscheinlich nicht genügen würde.

Mrs. Elroy machte sich auf dem Rundgang durch das Haus ausführliche Notizen. Jada war stark versucht, über die Schulter der kleinen Frau auf das Klemmbrett zu schauen, das sie hielt. Aber sie ahnte, daß es für sie am besten war, das gar nicht erst zu versuchen. Sie hätte gern den Sperrholzboden in der Küche, das mit Brettern vernagelte Fenster im Flur und die gestapelten, aber nicht verlegten Kacheln in beiden Badezimmern erklärt. Sehen Sie, wie faul er ist, hätte sie am liebsten gefragt. Sehen Sie, daß er nie meine Bücherregale aufgestellt und das Zimmer des Babys gestrichen hat? Aber Jada hielt den Mund. Mrs. Elroy stellte zwischen ihren Notizen nur einige Fragen über das Haus und die Kinderzimmer und dirigierte Jada dann wieder nach unten, als sei dies ihr Haus und Jada nur ein unwillkommener Gast. Jada holte schweigend tief Luft und entschied, daß sie den Dingen unbedingt eine andere Wendung geben mußte. Sie entschuldigte sich für einen Moment und schluckte noch eine halbe von den kleinen orangefarbenen Pillen, die Michelle ihr gegeben hatte. Ich schaffe das schon, beruhigte sie sich, und dann fragte sie Mrs. Elroy, ob sie sich gern ins Wohnzimmer setzen würde. Fast hätte sie das Getränkeangebot wiederholt, bremste sich aber noch rechtzeitig. Mrs. Elroy wollte nichts von alldem. Sie schüttelte nur erneut den Kopf und ging zu einem der Eßzimmerstühle – dem am oberen Ende des Tisches. »Wir setzen uns hierher«, sagte sie und stellte damit klar, wer der Boß war und bleiben würde. Jada nahm den Stuhl neben ihr. Sie merkte, daß ihre Hände wieder zu zittern angefangen hatten. Deshalb schob sie ihren Stuhl so dicht wie möglich an den Tisch und gab sich alle Mühe, die Sozialarbeiterin anzulächeln. Doch Mrs. Elroy würdigte sie keines Blickes. Sie war damit beschäftigt, einige Papiere zu ordnen, und zog schließlich ein gedrucktes Formular heraus, das sie auf das Klemmbrett mit ihren Notizen legte.

»Ich habe einige grundlegende Fragen, die Sie mir beantworten müssen«, sagte sie, als ob Jada geistig minderbemittelt wäre. Die Frau mußte irgendwann in ihrem Leben Lehrerin der ersten Grundschulklasse gewesen sein. Oder passiv-aggressive Sadistin in einem Sadomaso-Bordell. Madame Elroy, die Königin der Disziplin. »Danach habe ich noch einige spezifischere Fragen sowohl bezüglich der gegenwärtigen Situation der Kinder als auch bezüglich Ihrer Eignung in der Vergangenheit.«

Eignung? Jada sprach ein stilles Gebet um Kraft und nickte lediglich. Bei so einer Frau war es am besten, so unterwürfig zu sein, wie sie nur konnte. In Unterwürfigkeit war Jada nicht gut, aber um ihre Kinder zu retten, würde sie tun, was immer nötig war.

Ziemlich rasch ging sie einen großen Teil der grundlegenden Informationen – vollständige Namen, Geburtsdaten, Schulen und Jahrgangsklassen – durch sowie die Fragen über Jada selbst: Ausbildung, beruflicher Werdegang, Gehalt. Mrs. Elroy zog die Augenbrauen hoch, als Jada ihr Jahresgehalt nannte. Statt stolz auf das zu sein, was sie erreicht hatte, glaubte Jada eher, den Kopf senken zu müssen. Sie fragte sich, was Mrs. Elroy wohl verdiente, und wußte, daß es erheblich weniger war. Wie gemein würde sie deswegen?

»Sie begannen Ihre Laufbahn also als Kassiererin, Mrs. Jackson. Wie alt waren die Kinder da?« fragte Mrs. Elroy.

Jada antwortete. »Und Sherrilee war da natürlich noch gar nicht unterwegs«, fügte sie hinzu.

»Und wie viele Stunden haben Sie für Ihre berufliche Karriere aufgewendet, in denen Ihre älteren beiden Kinder in der Schule oder ohne Sie zu Hause waren?«

Jada gefiel nicht, wie die Frage formuliert war. »Mrs. Elroy, ich *mußte* arbeiten. Das war keine Karriere. Das war ein ganz gering bezahlter Job. Ich wollte ihn nicht. Aber mein Mann brachte keinen Cent nach Hause. Wir hatten Schulden. Wir hatten unseren MasterCard-Kreditrahmen ausgeschöpft, um Lebensmittel zu kaufen. Ich hatte Angst, wir könnten das Haus verlieren. Es war nicht so, daß ich arbeiten *wollte*. Ich *mußte* einfach arbeiten.«

Diesmal machte Mrs. Elroy sich keine einzige Notiz. »Und Sie *mußten* von der Kassiererin zur Zweigstellenleiterin aufsteigen?« fragte sie. Eine Antwort verhinderte sie. »Halten wir uns schlicht an die Fragen, meine Schlüsselfragen, ja?«

Jada wollte nicht nur widersprechen, sie hätte die Frau auch liebend gerne durchgeschüttelt. Sie war sicher, daß ihre Hände dann zu zittern aufhören würden. Aber dies war zu wichtig, um es zu vermasseln.

»Als ich Kassiererin war, habe ich nur bis drei Uhr gearbeitet«, sagte Jada. »Nach meiner Beförderung zur Chefkassiererin mußte ich etwas länger arbeiten, aber Clinton war immer zu Hause.« Jada hielt einen Moment inne. Sie wollte nicht, daß es sich anhörte, als sei Clinton ein Hausmann gewesen. »Er hat nie viel mit ihnen gemacht, aber die Kinder waren wenigstens unter Aufsicht. Und ich habe die Beförderung angenommen, weil das zusätzliche Geld so wichtig war. Unsere Steuererklärungen beweisen das.«

»Und wann wurden Sie das *nächste* Mal befördert?« fragte die Frau spitz, und für Jada hörte es sich so an wie: »Wann wurden Sie das nächste Mal verurteilt?«

Jada ging ruhig ihren beruflichen Werdegang durch, obwohl ihr ganz anders zumute war. Aber sie achtete darauf, nicht so zu klingen, als brüste sie sich damit. Als Jada fertig war, faßte Mrs. Elroy zusammen: »In den letzten beiden Jahren haben Sie also trotz Ihrer Schwangerschaft und auch nach der Geburt Ihres dritten Kindes fünfzig bis sechzig Stunden in der Woche gearbeitet.« Jada mußte nicken. Es klang wie eine Verurteilung.

»*Und* gekocht und die meisten Lebensmittel eingekauft *und* die ganze Putzarbeit gemacht«, fügte Jada hinzu. »*Ich* war diejenige, die die Hausaufgaben der Kinder überwacht hat. *Ich* habe überwacht, wieviel – beziehungsweise wie wenig – sie fernsahen. *Ich* habe die Elternabende besucht. *Ich* war der verantwortliche Elternteil.«

Mrs. Elroy machte sich keine Notizen und gab auch keine Reaktion von sich. »Bei allen Schwierigkeiten, die Sie anscheinend schon hatten«, sagte sie, »warum haben Sie da noch ein drittes Kind zur Welt gebracht – wo Sie doch gar nicht zu Hause sein konnten, um es großzuziehen?«

Jada schnappte nach Luft und hoffte gleich darauf, daß die Frau es nicht gehört hatte. Durfte eine Sozialarbeiterin solche intimen Fragen stellen? Klang das nicht eher wie: »Wann haben Sie aufgehört, Ihre Frau zu verprügeln?« Wie konnte sie – warum sollte sie – erklären, wie sie und Clinton Sex vermieden hatten bis zu jener Silvesternacht? Daß sie beide betrunken gewesen waren. Daß sie sich mit der Frage gequält hatte, ob sie das Baby bekommen sollte, nachdem sie von ihrer Schwangerschaft wußte. Daß sie, ohne es Clinton zu sagen, einen Termin für eine Abtreibung vereinbart hatte. Und daß sie nicht hingegangen war. Daß sie niemals – nicht einmal, wenn sie vom nächtlichen Stillen erschöpft zur Arbeit gehen mußte – ihre Entscheidung bereut hatte. Sherrilee war ein pflegeleichtes, liebevolles, glückliches Baby. Jada kam sie wie eine Belohnung vor. Was hatte Clinton der Frau gesagt, das ihre Einstellung so vergiftet hatte? Jada, die niemals weinte, spürte, wie ihr Tränen in die Augen stiegen. »Ich liebe mein Baby«, sagte sie zu Mrs. Elroy. »Ich liebe alle meine Babys. Und wenn Sie mit ihnen reden, wissen Sie, daß sie mich lieben. Ich bin eine gute Mutter. Sie brauchen mich.«

»Ich *habe* mit ihnen gesprochen, Mrs. Jackson, und auch mit ihrem Babysitter. Ich weiß, wie ich meinen Beruf ausüben muß. Und ich habe auch mit Ihrem Mann und Ihrer Schwiegermutter gesprochen. Ich weiß, daß Ihre Kinder in unzureichenden Räumlichkeiten leben, während Ihnen sieben leere Zimmer zur Verfügung stehen.«

»Aber ich *will* sie ja hier haben. Ich *will* sie in diesen Zimmern haben.«

»Aber Sie wollen ihnen und Ihrem Mann nicht das Haus überlassen.«

»Was?« Jada stellte sich das ganze Gift vor, das Clinton, ihre Schwiegermutter und Gott weiß wer noch dieser Frau in die Ohren geblasen hatten. »Warum wollen sie nicht mit mir hier leben?« fragte sie.

»Stimmt es, daß Sie mit einem bekannten Drogendealer Umgang haben? Und daß Sie Ihre Kinder in seinem Haus verkehren lassen?«

»Nein. Das stimmt nicht. Meine beste Freundin hat Kinder, die ungefähr im gleichen Alter sind wie meine. Sie sind seit Jahren befreundet. Vor kurzem wurde ihr Mann wegen Drogen unter Anklage gestellt – *nicht* verurteilt. Wie auch immer, meine Kinder haben ihre Kinder seit der Anklageerhebung nicht mehr gesehen. Und außerdem glaube ich sowieso, daß er unschuldig ist. Und seine Frau, meine Freundin, ist ganz bestimmt unschuldig.«

»Sie selbst nehmen keine Drogen?« fragte Mrs. Elroy.

»Was?« fragte Jada. »Nein, natürlich nicht.«

»Sie hätten doch nichts dagegen, sich einer Urinanalyse zu unterziehen, oder?« fuhr Mrs. Elroy fort.

»Ja. Ich meine, nein.« Jada wußte gar nicht, was sie meinte: Ja, sie hätte etwas dagegen, oder: Nein, sie würde sich nicht unterziehen, oder: Ja, sie würde sich unterziehen. Sie war zu schockiert über die Frage, um mehr zu sagen als: »Geht es also darum? Hat Clinton Ihnen das erzählt? Daß ich drogensüchtig bin?«

»Die Fragen stelle ich, Mrs. Jackson. Sie würden sich also einer Urinprobe unterziehen?«

»Ich denke schon.«

Mrs. Elroy sah in einem Kästchen auf ihrem Formular nach und nickte. Dann fragte sie: »Wie lange sind Sie schon in psychiatrischer Behandlung?«

»Psychiatrische Behandlung?« wiederholte Jada. »Überhaupt nicht.«

»Sie haben *nie* einen Psychiater konsultiert?«

Jada hielt inne und dachte, daß Clinton das alles nicht gesagt haben konnte. Es war Wahnsinn. Und es war absolut unter der Gürtellinie. Und schlau. »Ich bin einmal bei einem Berater gewesen – ich glaube, er war Psychologe. Und er war *Eheberater*. Das ist Jahre her. Ich wollte, daß Clinton mitging. Er wollte nicht.« Jada versuchte, nicht so defensiv zu klingen, als sei sie bei einer Lüge ertappt worden. »Aber ich bin nur zwei- oder dreimal bei ihm gewesen, so lange, bis klar wurde, daß Clinton nicht mitkommen würde.«

Mrs. Elroy zog die buschigen Augenbrauen hoch und machte sich eine weitere Notiz. Sie fragte nach Namen und Adresse des Eheberaters. »Daran erinnere ich mich nicht«, gestand Jada. »Das ist Jahre her.«

»Sie weigern sich also, mir den Namen zu nennen.«

»Ich weiß ihn nicht mehr«, wiederholte Jada geduldig. »Aber ich werde nachschauen.«

»Gut«, sagte Mrs. Elroy. Dann beugte sie sich vor, griff in ihre Tasche und nahm einen kleinen Plastikbehälter in einem durchsichtigen Beutel mit Reißverschluß heraus. Ungerührt reichte sie ihn Jada. »Schreiben Sie einfach Ihren Namen auf den Behälter. Unterschreiben Sie dieses Formular, füllen Sie den Probenbehälter, und geben Sie ihn mir in dieser Tüte zurück, bitte.«

»Jetzt?« fragte Jada total verwirrt.

»Was du heute kannst besorgen, das verschiebe nicht auf morgen«, deklamierte Mrs. Elroy und stand auf. Jada nahm widerstrebend die Tüte in Empfang und stand ebenfalls auf. Sie wollte das Eßzimmer verlassen.

»Wo gehen Sie hin?« fragte Mrs. Elroy mit scharfer Stimme.

»Ins Badezimmer«, antwortete Jada.

»So machen wir das nicht. Welches Badezimmer werden Sie benutzen?« wollte Mrs. Elroy wissen.

»Ich nehme an, das neben der Küche«, stotterte Jada, die gar nichts mehr begriff.

»Ich muß den Wasserhahn verkleben«, sagte Mrs. Elroy und holte eine Rolle Klebeband und eine Schere aus ihrer Tasche. Sie folgte Jada durch die Küche. Jada blieb einen Moment stehen, um sich einige Blatt Küchenkrepp zu nehmen. »Rühren Sie nichts an«, schnauzte Mrs. Elroy. »Nicht, bevor wir fertig sind.«

Sie ging als erste ins Badezimmer, und Jada beobachtete von der Tür aus, wie sie den Raum und den Medizinschrank untersuchte, dann den Wasserhahn verklebte und die Toilette prüfte. »Bitte spülen Sie nicht ab, bevor Sie mir den Beutel zurückgegeben haben. Und fassen Sie nichts an, bis Sie die Plastikflasche und den Beutel wieder verschlossen haben.«

Jada sah die Frau direkt an. »Warum bleiben Sie nicht einfach bei mir, bis ich fertig bin?« fragte sie zynisch.

»Das wird nicht nötig sein«, antwortete Mrs. Elroy unbeeindruckt. Sie ging an Jada vorbei und wartete, bis Jada ins Badezimmer trat. Mrs. Elroy schloß die Tür. Erst in diesem Moment fiel Jada das Xanax ein, das sie eingenommen hatte. Mein Gott, dachte sie, wird man das in meinem Urin feststellen? Und *was* mag man daraus schließen? Sie wußte nicht genau, was es enthielt, und sie hatte ganz bestimmt kein Rezept dafür. War es dadurch illegal? Sie sah förmlich vor sich, wie sie Mrs. Elroy oder irgendeinem Richter erklärte, ihre Freundin, die, deren Mann wegen Drogenhandels angeklagt war, habe ihr Pillen gegeben. Jadas Hände begannen so zu zittern, daß die Tüte in ihrer Hand knisterte. Es hörte sich an, als habe sie in ihrem eigenen Badezimmer ein Feuer angezündet. »Ich stehe direkt vor der Tür«, drohte Mrs. Elroy. Das war zuviel. Einfach zuviel. Jada öffnete die Tür und reichte Mrs. Elroy den ungeöffneten Beutel.

»Ich konnte nicht«, sagte sie. »Ich bin einfach zu nervös.«

»Ich kann warten«, erwiderte Mrs. Elroy und lächelte zum erstenmal seit ihrer Ankunft.

»Nein, das können Sie nicht«, sagte Jada. »Unsere Unterredung ist beendet.«

»Ich glaube, ich hab's vermasselt«, klagte Jada gegenüber Angie Romazzano. Sie hatte sie angerufen, sobald diese entsetzliche Person das Haus verlassen hatte.

»Ich bin sicher, es war nicht so schlimm, wie Sie denken«, beruhigte die Anwältin. »Ich meine, unter diesen Umständen mußten Sie sich schließlich unwohl fühlen. Mrs. Jackson – Jada –, Sie sind eine gute Mutter, und wir können das nachweisen.«

»Er hat gesagt, ich *glaube*, daß er gesagt hat, daß Tonya Green ein Babysitter ist. Und sie glaubt das. Können Sie das glauben?«

»Na ja, er wäre nicht der erste Mann, der mit dem Babysitter schläft«, sagte Angie. »Babysitter, beste Freundinnen, Schwestern. Bitte, regen Sie sich nicht zu sehr auf. Wir bekommen alle Aussagen, die wir brauchen.«

»Ja, aber da war der Drogentest«, berichtete Jada, und wieder begannen ihre Hände zu zittern. Sie zitterten so sehr, daß tatsächlich der Telefonhörer gegen ihre Zähne schlug.

»Was für ein Drogentest?« fragte die Anwältin mit erhobener Stimme.

Jada erklärte, was geschehen war, und am anderen Ende der Leitung folgte ein langes Schweigen. »Ich hab's vermasselt, nicht?« fragte Jada bedrückt.

»Ich weiß es nicht. Ich kann mir darauf noch keinen Reim machen«, sagte Angie. »Hören Sie, lassen Sie mich heute abend mit ein paar Leuten reden und sehen, was ich erreichen kann. Wie wäre es, wenn wir uns morgen früh treffen? Bevor Sie zur Arbeit gehen?«

»Bevor ich zur Arbeit gehe, mache ich den Gang mit Michelle. Wie wär's, wenn Sie uns begleiten würden?« fragte Jada. »Sie wohnen nur ein paar Blocks von uns entfernt. Und ich würde den Gang mit meiner Freundin ungern auslassen.« Eine weitere Pause folgte, allerdings viel kürzer.

»Gut«, sagte Angie Romazzano. »Um welche Zeit soll ich da sein?« Jada informierte sie, und Angie ächzte. »Gott, ich werde auf allen vieren kriechen.«

»Sie glauben, daß Sie dann müde sind?« fragte Jada. »Ich habe gearbeitet, dann hatte ich dieses Interview mit Mrs. Ich-Hasse-Sie-Weil-Sie-Eine-Schlechte-Inkompetente-Mutter-Sind, und jetzt muß ich ein glückliches Gesicht aufsetzen und meine Kinder besuchen.« Jada seufzte tief. »Natürlich wünsche ich mir mehr als alles andere, meine Kinder zu sehen. Aber Gott weiß, daß ich mich fühle wie gequirlte Scheiße. Ich möchte nicht vor ihnen zusammenbrechen. Und ich habe solche Angst, daß... nun, daß das nicht gut gelaufen ist.«

»Keine Sorge, Jada«, sagte Angie. »Wir werden Ihre Kinder zurückholen. Ich verspreche es.«

An diesem Abend, nachdem sie sich mit einem Gebet gestärkt und sogar an ein Glas Rum mit Cola gedacht, aber darauf verzichtet hatte, nahm Jada endlich den Telefonhörer und rief ihre Eltern in Barbados an. Sie hatten ein kleines Haus in der Nähe von Crain Beach, und Jada stellte sich die abendliche Stille auf der Insel und den Moment vor, in dem ihre Mutter beim Läuten des Telefons aufspringen würde. Es klingelte viermal, bis sie abnahm. Jada hatte beschlossen, daß sie ihren Eltern nicht alles verraten würde – denn wenn sie das tat, würden sie sofort angereist kommen, und im Augenblick fühlte sie sich dem nicht gewachsen. Zusätzlich konnten sie ihr vermutlich sowieso nicht helfen.

Es verletzte ihren Stolz, ihrer Mutter zu gestehen, daß alle ihre Mutterinstinkte und Vorurteile richtig gewesen waren. Sie wollte ihren Vater, der ein leichtes Herzleiden und hohen Blutdruck hatte, nicht aufregen. Und vor allem wollte sie nicht zusammenbrechen und weinen. Sie fragte sich, ob die Luft dort unten süß nach Frangipani und Jasmin duftete. Als sie hörte, wie der Hörer abgenommen wurde und die Stimme ihrer Mutter »Hallo? Hallo?« sagte, schwieg Jada kurz. Dann holte sie tief Luft.

»Momma?« fragte sie, obwohl sie die Stimme ihrer Mutter erkannte. »Momma, du hattest recht.«

28. Kapitel -

in dem alle Mädels in Bewegung geraten

Angie hatte ihre Mutter am Vorabend nicht erreichen können, und so versuchte sie es in ihrer Verzweiflung bei Michael, dem Spezialisten der Beratungsstelle für Eherecht. Er meldete sich nach dem ersten Läuten, und nachdem Angie sich wortreich entschuldigt hatte, berichtete sie ihm von Jada Jacksons Begegnung mit der Sozialarbeiterin und der unerwarteten Forderung nach einer Urinprobe. »Ist das üblich, Michael?«

»Nein«, sagte er. »Da muß es schon wirklich starke Verdachtsgründe gegen sie geben. Der Ehemann oder vielmehr George Creskin geht wirklich aufs Ganze. Und deine Mandantin kann dabei nicht gewinnen. Wenn sie sich weigert, steht sie schlecht da. Im übrigen muß sie den Test nicht machen. Aber warum *hat* sie ihn nicht gemacht? So demütigend das auch ist, sie hätte beweisen können, wie gegenstandslos der Verdacht ist.«

»Ich weiß nicht«, gestand Angie. »Aber ich treffe mich morgen früh um sechs mit ihr, und ich werde es feststellen.«

»Junge, du legst dich aber wirklich ins Zeug«, staunte er. Und dann: »Darf ich dir einen juristischen Rat geben?«

Angie nahm nicht gern Ratschläge an, weder juristische noch sonstige, aber sie mochte die Art, wie er fragte und ihr die Möglichkeit gab, den Rat abzulehnen. Er war wirklich ein netter, rücksichtsvoller Mensch. »Okay«, sagte sie. »Schieß los.«

»Dieser Job kann dich auffressen«, warnte er. »Du mußt dich engagieren, aber unbeteiligt bleiben. Ich weiß, das hört sich widersprüchlich an, aber es ist das einzige, was funktioniert.« Er schwieg für einen Moment, und Angie wollte sich schon bedanken, aber da räusperte er sich und fuhr fort: »Diese Mandantinnen können dir das Herz brechen, wenn du dich zu sehr auf sie einläßt«, vollendete er. »Und das kann dein Privatleben zerstören.«

»Ach, das ist schon okay«, sagte Angie. »Ich habe sowieso keins.«

Als der Wecker am nächsten Morgen tatsächlich klingelte, hatte Angie das Gefühl, unmöglich aufstehen und hinausgehen zu können. Es war noch stockdunkel. Aber sie zwang sich, das alte Rangers-Sweatshirt (das sie, seit sie begonnen hatte, es zu tragen, ein paarmal in die Waschmaschine geworfen und hinterher ordentlich gefaltet hatte) anzuziehen, schlüpfte in die Jogginghose ihres Vaters und trug in ihren Laufschuhen vorsichtshalber zwei Paar Socken.

Während sie die Straße in Richtung Elm Street hinuntertrottete, fühlte sie sich wie ein Kind, dem man einen Schneeanzug übergestreift hat. Sie dachte über Michaels Anruf nach. Sie war sicher, daß er es gut meinte. Ihre Antwort hatte in seinen Ohren wahrscheinlich etwas schnodderig geklungen, aber sie stimmte. Sie hatte kein Privatleben, nur das Geheimnis, das sie in sich trug. Abgesehen von ihrer Reise nach Marblehead und einigen geschäftlichen Mittagessen und ein paar Abendmahlzeiten mit ihrer Mutter, hatte Angie keinen Grund gehabt, das Haus ihres Vaters zu verlassen. Sie telefonierte nicht einmal, weil sie nicht nur ihren Mann, sondern auch ihre beste Freundin verloren hatte und nicht in der Stimmung war, ihren alten Freunden aus dem College und ihren Bekannten aus der Studienzeit vom Zusammenbruch ihres Lebens zu erzählen. Die meisten wußten allerdings inzwischen wohl Bescheid. Die hervorragend funktionierende Flüsterpropaganda – durch die Bekannte sofort informiert sind, wenn jemandes Partnerschaft nicht klappt.

Sie hatte keine Freundinnen, keine Hobbys und kein Zuhause und lebte von dem, was auf ihrem Girokonto noch übrig war, dem winzigen Gehalt der Beratungsstelle, das nach wie vor nicht fest war, und der unvorhersehbaren Mildtätigkeit ihres Vaters.

Am Vorabend hatte sie ihrem Vater ein Abendessen gekocht, um ihn auf ihren Schritt vorbereiten zu können. Wie erwartet war er für ihre Gesellschaft und das gegrillte Hähnchen dankbar gewesen, doch die Nachricht, daß sie umzuziehen beabsichtigte, hatte ihn gar nicht gefreut. »Das ist nicht nötig«, wehrte er ab. »Es macht nur zusätzliche Unkosten.«

Angie spürte, daß er verletzt war und noch immer an der Tatsache zu kauen hatte, daß sie mit ihrer Mutter arbeitete. Wenn sie jetzt nicht mehr bei ihm wohnte, hatte er vermutlich Angst, sie nicht mehr zu sehen. Ihr Vater war ein merkwürdiger Mensch. Sie wußte, daß er sie liebte, aber sie hatten nicht viel gemeinsam. Es war ein eigenartiger Gedanke, daß ihre Mutter all die Jahre mit ihrem Vater ausgekommen war, und ein noch eigenartigerer, daß er die Ehe zerstört hatte, indem er Natalie betrog. Nicht, daß es ihm viel Gutes eingebracht hätte: Die zweite Ehe war gescheitert, und jetzt war er einsam und hatte nicht viel vom Leben. Angie wußte, daß er ihre Gesellschaft vermissen und sich gleichzeitig schämen würde, das zuzugeben. Wie kam es bloß, daß die Leute, die mit ihr zusammen sein wollten, nicht die waren, mit denen sie zusammen sein wollte, und die, mit denen sie zusammen sein wollte, nichts mit ihr zu tun haben wollten?

Wenn ich darüber intensiver nachdenke, werde ich verrückt, sagte sich Angie. Dann wurde ihr klar, daß sie sich durch die dunkle, kalte Straße schleppte, weil sie sich ein bißchen von der Wärme erhoffte, die sie zwischen Jada Jackson und ihrer Freundin festgestellt hatte. Freundschaft fehlte ihr – wenn sie überhaupt je eine erlebt hatte. An Lisa zu denken machte sie so wütend oder deprimiert, daß sie den Gedanken von sich schob. Aber sie vermißte – nein, nicht Lisa, doch eine Freundin. Sie dachte wieder an Michael Rices Warnung. Du bist armselig, sagte sie sich. Armselig und verzweifelt. Du tust so, als trabtest du diese Straße hinunter, um einer Frau zu helfen, und dabei suchst du selbst Hilfe. Nun, dieser gemeinsame Lauf war vermutlich keine gute Idee, aber es würde sie nicht umbringen, sich ein bißchen Bewegung zu verschaffen, wenigstens dieses eine Mal.

Als sie Jada und Michelle traf, waren sie in der Mitte der Straße, gleich hinter der Ecke, wo sie wohnten. Sie begrüßten einander schweigend, und Angie drehte sich um, um mit ihnen wieder in die Richtung zum Haus ihres Vaters zu laufen.

»Das nächste Mal könnten wir Sie einfach abholen«, schlug Jada vor.

»Ja«, stimmte Michelle zu. »Jada holt meistens mich ab. Bis auf die Zeiten, in denen sie nicht in die Gänge kommt. Dann lese ich sie auf. Wir könnten Sie beide gemeinsam abholen und dafür sorgen, daß Sie den vollen Rundkurs absolvieren.«

Trotz der Kälte fühlte Angie sich durch dieses Angebot gewärmt. Die kleine Freundlichkeit, sie einzubeziehen, fühlte sich so gut an, daß sie nur schwer Luft bekam. Junge, du bist wirklich verwundbar, sagte sich Angie. Paß bloß auf, sonst wirst du dich auf dem Boden wälzen wie ein Hund und um Zuwendung winseln. Denk dran, ihnen nicht die Hände zu lecken, wenn wir uns verabschieden, wies sie sich zurecht. Einen halben Block legten sie schweigend zurück, und Jada steigerte das Tempo. Angie nahm an, daß sie jetzt besser zum Geschäftlichen kommen sollte. »Also, erzählen Sie mir von diesem Interview.«

Jada schüttelte angewidert den Kopf. »Es war unglaublich«, sagte sie. »Ich fand die Frau fanatisch, aber gegen meinen Mann hatte sie offenbar keine Vorurteile.«

»Man könnte auch sagen«, meinte Michelle, »daß sie einfach eine gräßliche Person war.«

Angie fragte nach allen Details, die Michelle offenbar schon gehört hatte. Sie schnauften einen steilen Hügel hinauf und dann wieder abwärts und um eine Biegung, bis ein weiterer langer Anstieg kam. Angie war außer Atem und außer Form, und sie hätte sich gern Notizen gemacht, aber sie hielt mit den beiden anderen Schritt. »Hören Sie, ich werde mich nach dieser Sache erkundigen. Machen Sie sich keine Sorgen. Ich bin sicher, daß wir eine andere Sozialarbeiterin zuziehen können, aber darf ich fragen, warum«, sie hielt inne, »nun ja, warum Sie den Test nicht gemacht haben? Gibt es da etwas, das ich wissen sollte?«

Sie sah Jada und Michelle Blicke tauschen. Dann sprach Michelle, die bis auf die bissige Bemerkung über die gräßliche Person geschwiegen hatte. »Das ist alles meine Schuld. Ich stehe ebenfalls unter starkem Streß.« Die Frau sah zutiefst betroffen aus, und einen Moment lang dachte Angie, sie werde sich gleich erklären, aber dann beobachtete sie, wie Michelle sich die Lippen leckte und den Kopf abwandte. »Wie auch immer, ich bin zu meinem Arzt gegangen, weil ich Angstzustände habe. Und er hat mir etwas verschrieben.«

»Ja und? Was ist daran schlimm?« fragte Angie.

Michelle warf Jada einen unsicheren Blick zu, und diese zuckte mit den Achseln. »Sie ist meine Anwältin, Michelle. Ich erzähle ihr alles. Und ich werde diese Pillen nie wieder nehmen.«

Angie begann sich zu sorgen. Gab es da irgendeine Art Drogenproblem? O Gott. Jetzt, nachdem sie sich für den Fall engagiert hatte, würde sie herausfinden, daß Jada all das war, was Mr. Jackson ihr vorwarf.

»Hören Sie«, sagte Michelle, »daran ist nichts Schlimmes. Es sind Psychopharmaka. Jada war so durchgedreht nach all dem, daß ich ihr ein paar von meinen Pillen gegeben habe.«

»Ja«, sagte Jada bitter, »ich habe mich wirklich elend gefühlt, aber sie haben auch nichts geholfen.«

»Der Punkt ist«, fuhr Michelle fort, »daß sie Angst hatte, man könnte das in ihrem Urin nachweisen. Wir wissen nicht mal, was sie enthalten.«

»Na was ist es denn? Ecstasy?« griente Angie.

»Xanax«, sagte Michelle ohne den Hauch eines Lächelns.

»Das ist doch keine gefährliche Sache«, sagte Angie erleichtert. »Jada, nach dem, was Sie durchgemacht haben, brauchen Sie wahrscheinlich irgendein Medikament gegen Angstzustände. Aber es wäre am besten, wenn Sie dafür ein Rezept hätten.« Angie wandte sich an Michelle. »Kann ich auch ein paar von den Pillen haben?« scherzte sie.

Michelle brachte ein schwaches Lächeln zustande. »Ich hatte solche Schuldgefühle. Ich hatte geglaubt, ich hätte alles ruiniert. Sie finden das nicht so schwerwiegend?«

Eigentlich war Angie sich nicht mehr ganz sicher, aber sie schüttelte den Kopf. »Die Hälfte der Frauen in Amerika läßt sich Xanax oder Valium verschreiben«, sagte sie. »Und die andere Hälfte besorgt sich das Zeug von ihren Freundinnen. Was soll daran so schwerwiegend sein?« Sie hielt inne, um Zeit zu gewinnen, und hoffte, Jada ein bißchen Trost in ihrem Meer von Problemen zu spenden. »Ich werde versuchen, eine andere Sozialarbeiterin zu bekommen. Das macht den ersten Hausbesuch nicht ungeschehen, aber damit kommt eine zweite Meinung ins Spiel. Und vielleicht war das Ganze ja gar nicht so schlimm, wie Sie jetzt denken.«

Jada lächelte zum erstenmal an diesem Morgen. »Glauben Sie wirklich, Sie könnten mir eine andere Sozialarbeiterin besorgen?«

»Falls es mir nicht gelingt, kann ich zumindest mit Mrs. Ungeheuer reden und genau feststellen, was sie aussagen will.«

»Es ist wirklich nett von Ihnen, daß Sie all das tun«, sagte Jada. »Ich meine, eine jüngere Frau wie Sie sollte sich nicht um all diese Tragödien kümmern müssen. Sie sollten optimistisch sein und Ihr Leben genießen.« Angie blickte zu Jada auf und lachte spöttisch.

»O ja«, gluckste sie, »lassen Sie mich berichten, wie positiv und angenehm mein Leben ist. Lassen Sie sich von meinem romantischen ersten Hochzeitstag erzählen.« Sie begann mit ihrer Geschichte, und beide Frauen lauschten begierig, während sie stramm marschierten. Sie erzählte ihnen von der Reise nach Marblehead und von Lisa. Alles. Alles, bis auf das große Geheimnis. Sie war in Versuchung, aber sie brachte es nicht fertig, es zu verraten.

»Ich kann das nicht glauben«, keuchte Michelle erschüttert, als Angie geendet hatte.

»Ich schon«, schnaubte Jada. Die beiden Frauen erwärmten sich daran, Reid zu sezieren und nicht ein winziges gutes Haar an ihm zu lassen. Und für Lisa waren Wörter wie »Schlampe« und »ausgefuchstes Miststück« noch Kosenamen.

Angie merkte, daß ihr das guttat, sie fühlte sich ein bißchen besser. Es war nicht bloß der Lauf, es war die Gesellschaft, die Solidarität. Sie mochte Jada wirklich. Michelle dagegen wirkte ein bißchen trübsinnig und zerstreut, war Jada aber offenbar eine ebenso gute Freundin wie diese ihr. Angie war schlicht dankbar dafür, daß man sie eingeladen hatte.

Sie kamen ans Ende einer Sackgasse und machten kehrt, als Jada ruckartig stehenblieb. »Michelle, wirst du den Pfosten nicht anfassen?« Angie wußte nicht, wovon Jada sprach. Sie sah nur Michelle an, die betrübt mit dem Kopf schüttelte. »Michelle, was ist mit dir los?« fragte Jada. »Du faßt den Pfosten *immer* an. Bist du sauer wegen dem, was in der Bank passiert ist?« Angie hielt den Atem an. »Oder sind es die Reporter? Bedrängen sie dich zu sehr?«

Angie ahnte, daß da Verschiedenes nicht stimmte, beschloß aber, den Mund zu halten. Die drei Frauen standen nun reglos in der Kälte. Für einen Moment hatte sich der Himmel am östlichen

Horizont silbern aufgehellt, aber noch immer verdunkelten lange Schatten die Straße. Angie wartete ab. Sie konnte den Mond sehen, eine weiße Sichel, die gleich verschwinden würde. Sie schaute Michelle an.

»Im Augenblick geht es jedem in meiner Familie schlecht. Sogar meinem Hund. Wenn wir draußen sind, frißt er sich voll, und im Haus kotzt er dann. Er frißt den Müll der Nachbarn und ignoriert seinen Hundekuchen. Allen geht es miserabel«, gestand Michelle. »Ich hatte nicht gedacht, daß es so sein würde. Ehrlich nicht. Ich weiß, was Clinton dir angetan hat, aber schau dir auch an, was Angie passiert ist.« Michelle scharrte mit einem Fuß über den Boden.

»Und was dir passiert ist«, fügte Jada sanft hinzu und legte ihre behandschuhte Hand auf Michelles Schulter. »Es ist nicht deine Schuld.«

Michelle machte sich achselzuckend frei und setzte sich in Bewegung. Angie folgte ihr zusammen mit Jada.

»O doch, ist es«, klagte Michelle sich an. »Ich meine, was ist, wenn ich einfältig gewesen bin? Was ist, wenn ich mich geirrt habe?« Angie konnte Tränen in Michelles blauen Augen erkennen, als sie sich an Jada wandte. Ihre Stimme war nur noch ein Flüstern. »Was ist, wenn Frank schuldig ist?«

Angie sagte noch immer kein Wort, aber inzwischen war der Groschen gefallen, und sie setzte die einzelnen Puzzleteile zusammen. Sie hatte die Zeitung gelesen und die Kommentare ihres Vaters gehört. Das war die Frau weiter unten in der Straße, bei der eine Drogenrazzia stattgefunden hatte, die Frau, die Schlagzeilen gemacht hatte. Angie fragte sich kurz, ob ihre Mandantin mit einem Drogenring zu tun hatte. Vielleicht war *das* der Grund, warum sie den Urintest nicht hatte machen lassen. Angie dachte an das Telefongespräch mit Michael, doch als sie die beiden Frauen ansah, wußte sie einfach, daß das undenkbar war.

Jada lief neben ihre Freundin und beugte sich zu ihr, damit ihre Augen auf der gleichen Höhe waren wie Michelles. »Michelle«, sagte sie sanft. »Die Möglichkeit bestand immer. Hast du einen Grund, an ihm zu zweifeln? Ich meine, Beweise oder so was?«

»Nein. Wirklich nicht. Ich meine, ich weiß es nicht. Aber sie wollen, daß ich als Zeugin aussage, und ich glaube, das möchte ich nicht.« Sie senkte den Kopf, und jetzt traten Tränen aus ihren

Augen. »Ich glaube einfach, ich möchte das nicht. Und ich habe Angst, es ihm zu sagen, und Angst, es Bruzeman zu sagen«, schluchzte Michelle.

Angie beschloß, einen Versuch zu starten. »Ist es unpassend, wenn ich Sie daran erinnere, daß ich Anwältin bin und vielleicht nützlich sein könnte?« fragte Angie. Die beiden Frauen sahen sich an. »Ich weiß, ich bin nicht Ihre Anwältin, aber kennen Sie Ihre Rechte nach dem vierten Verfassungszusatz?« Es war wirklich kalt, und Angie ging ein paar Schritte weiter. Michelle folgte ihr. Sie schüttelte den Kopf. Die drei Frauen setzten sich wieder gemeinsam in Bewegung, und Angie kramte in ihrer Erinnerung an das Verfassungsrecht.

»Die Polizei hat Ihr Haus durchsucht, richtig?«

Michelle nickte erneut.

»Nun, es gibt eine spezielle Klausel im vierten Verfassungszusatz, die daher stammt, daß die Briten damals im Bürgerkrieg jedes beliebige Haus durchsuchen durften. Die Siedler waren wütend. Und als sie die Verfassung aufsetzten, sorgten sie dafür, daß eine Suche nur durchgeführt werden darf, wenn es einen speziellen Grund dafür gibt – einen stichhaltigen Hinweis darauf, daß es dort etwas Verbotenes gibt, oder einen Grund, nach etwas Bestimmtem zu suchen.«

»Oh, gesucht haben sie allerdings«, sagte Michelle spröde.

»Sie haben das ganze Haus zerstört«, fügte Jada hinzu.

»Aber der Punkt ist«, erklärte Angie, »daß sie nicht einfach irgend etwas gesucht haben können. Es muß einen triftigen Grund geben.«

»Sie meinen, irgendeinen Beweis gegen Frank. Das ist mein Mann.«

Angie hütete sich, ja zu sagen, obwohl die Chancen bei einem Durchsuchungsbeschluß verdammt gut standen. »Cops können übereifrig sein. Staatsanwälte können korrupt sein. Aber das Gesetz bezüglich des vierten Verfassungszusatzes ist ziemlich starker Tobak. Samuel Adams hat gesagt: ›Dann und dort wurde das Kind Freiheit geboren.‹«

Die drei Frauen gingen mehr als zwei Blocks schweigend weiter. Angie fragte sich, ob sie sich zuviel ungebeten eingemischt hatte. Endlich brach Jada das Schweigen. »Michelle, ich glaube, du brauchst einen Anwalt. Ich meine, einen eigenen Anwalt«, sagte Jada sanft.

Michelle sah ihre Freundin an, und Angie erkannte die Qual auf dem Gesicht der jungen Frau. Sie hatte in den letzten Wochen wegen Reid ähnlich gelitten. »Verstehst du denn nicht?« fuhr Michelle Jada an. »Wenn ich jetzt nicht zu Frank halte, ist unsere Ehe zu Ende.«

»Wenn er schuldig ist, könnte sie genauso zu Ende sein«, stellte Jada nüchtern fest.

29. *Kapitel -*

das vergrabene Schätze und Leichen im Keller enthält

Michelle putzte. Nicht nur in diesem Augenblick, sondern ständig. Sie wußte, daß ihr Verhalten nicht normal war, aber die Situation war auch nicht normal, und sie wurde damit fertig, so gut sie konnte. Putzen war sicherlich besser als Trinken.

Abgesehen vom täglichen Bettenmachen, Waschen, Geschirrspülen und Staubwischen hatte sie bereits die Wände von Franks Werkstatt abgewaschen, alle seine Werkzeuge abgestaubt und aufgeräumt und sogar den Zementboden geschrubbt. Sie hatte im Eisenwarenladen ein weiteres Spezialprodukt für ihr Arsenal an Putzmitteln gefunden, einen Fettlöser, der auf dem Zement der Werkstatt so gut gewirkt hatte, daß sie in die Garage hinausgegangen war und auch den ölfleckigen Boden dort bearbeitet hatte.

Dann hatte sie in der Garage weitergemacht und alle alten Zeitungen gestapelt, die Gartenschläuche enger zusammengerollt als Chirurgen ihr Katgut und sämtliche Farbdosen und Ölbüchsen und die Gläser mit Nägeln abgestaubt und abgewischt, nach Größe sortiert und die Farb- oder Öldosen weggeworfen, deren Inhalt hart geworden oder seit Jahren nicht mehr verwendet worden war.

Sie hatte auch den Speicher aufgeräumt und jeden einzelnen Karton mit Kleidern, jedes abgelegte Spielzeug und alle alten Fotos durchgesehen. Sie hatte den Christbaumschmuck gesäubert und neu verpackt, Jennas und Frankies alte Babykleidung gewaschen und gebügelt und wieder verstaut, diesmal in Seidenpapier gewickelt. Sie hatte sechs Kartons mit noch brauchbaren Dingen gefüllt und zur Sammelstelle beim Parkplatz der Bank gebracht –

aber früh am Morgen, damit sie dort niemandem begegnete, den sie kannte.

Michelle vermißte die Bank ganz und gar nicht. Sie vermißte nicht einmal das Ausgehen. Sie war zu sehr mit Putzen beschäftigt. Tatsächlich ging sie niemals aus – außer in den hinteren Garten –, wenn es nicht unbedingt nötig war. Dann zog sie eine Mütze über ihr Haar und trug eine große Sonnenbrille, ganz gleich, wie grau der Tag sein mochte.

Menschen zu sehen und gesehen zu werden war nichts, was sie sich wünschte. Sie hatte sogar aufgehört, Lebensmittel im Grand Union in der Stadt zu kaufen, und angefangen, in weiter entfernte Orte zu fahren. Sie ging in einen abstoßenden Supermarkt, dessen Produkte minderwertig und dessen Gänge schmutzig waren, wo sie aber sicher sein konnte, keinem zu begegnen, den sie kannte. Die Mädchen an den Kassen blickten nicht einmal von ihren Scannern auf, wenn sie bezahlte. Es war eine Erleichterung, aber auch ein einsames Gefühl.

Tagsüber hatte sie keine Gesellschaft außer dem Hund, und abends wünschte sie sich keine andere als die ihres Mannes und ihrer Kinder. Niemand rief an. Niemand kam vorbei. Keine der Frauen aus dem Elternkreis, keine ihrer sogenannten Freundinnen aus dem Gymnastikkurs, niemand. Außer Jada natürlich. Noch immer machten sie jeden Morgen ihren Spaziergang, und Michelle dachte, sie würde verrückt, wenn sie nicht jeden Tag diese kurze lebendige Zeitspanne hätte. Gott sei gedankt für Jada, die selbst die Hölle durchzumachen hatte. Elend liebte Gesellschaft, dachte Michelle lakonisch, und für einen Moment schauderte ihr bei der Idee, ihre Freundschaft könne vielleicht auf beiderseitigem Unglück beruhen. Dann erinnerte sie sich mit Erleichterung und Wehmut, wie die Spaziergänge erst vor wenigen Monaten gewesen waren, im Spätsommer, ehe ihre beiden Welten, jede für sich, zerbrochen waren.

Michelle stand in ihrer makellosen Küche und sah sich um. War da ein Schmutzstreifen auf dem Griff der Kühlschranktür? Sie nahm den Gummibehälter heraus, in dem sie all ihre Schlüssel aufbewahrte. Heute würde sie sämtliche Schlafzimmerschränke säubern. Nicht nur die Kleider und Schuhe aufräumen, sondern die Schränke selbst ausleeren und auswaschen, den Teppich und die

Regale staubsaugen, dann die Wände abwaschen, den Teppich shampoonieren und hinterher alles wieder einräumen. Sie schaute in ihren Vorratseimer – zwei saubere Schwämme (einer zum Abwaschen, einer zum Nachwischen), Teppichschaum, Fleckentferner, das Gel, mit dem sie Schmutz von den Wänden wusch, ihre Gummihandschuhe, zwei Bürsten, diverse Putzmittel. Sie nahm auch die kleine Tube mit Messingpolitur für die Griffe der Kleiderschränke mit. Sie band ihr Haar zu einem Knoten zusammen und hob mit der einen Hand den inzwischen schweren Eimer, während sie in der anderen den Staubwedel trug. Der Staubsauger war schon oben, also fühlte sie sich gut gerüstet.

Pookie folgte ihr die Treppe hinauf, aber er kannte sie gut genug, um sie allein zu lassen, wenn die Putzwut sie überfiel. Gewöhnlich fand er ein ungestörtes Fleckchen im selben Raum, legte sich hin, kreuzte die Vorderpfoten, legte den Kopf darauf und beobachtete Michelle aufmerksam.

Im oberen Stockwerk gingen sie zuerst in Frankies Zimmer, und Pookie sprang sofort auf das Bett. Nun, dachte Michelle, sie würde den größten Teil davon brauchen, um Frankies Kleidung und andere Sachen daraufzulegen, aber Pookie würde damit leben müssen oder sich unter dem Bett verziehen, wenn es nicht anders ging. Sie hatte ihn gern bei sich, da sein Atem die Stille durchbrach.

Frankies Schrank erforderte etwas mehr als eine Stunde. Dabei schlug sie zwei Fliegen mit einer Klappe: Es war nicht direkt eine Stunde des Friedens, aber doch eine Ablenkung von den Gedanken, die ihr unablässig durch den Kopf schossen und sie verrückt machten. Während sie putzte, dachte sie kein einziges Mal an Bruzeman, Frank, Jenna und das Internat, einen Therapeuten für Frankie oder irgend etwas sonst. Sie putzte nur den engen Raum des Schrankes, bis alles so sauber aussah und roch, daß ihre Augen von dem tröstlichen, aber scharfen Geruch von Ammoniak und Teppichreiniger tränten. Das war die einzige Zuflucht vor ihren Gedanken, die einzige Zeit, in der sie keine Angst hatte.

Michelle stand vor dem Schrank und schaute mit einem Gefühl, das fast an Vergnügen grenzte, soweit sie das in letzter Zeit überhaupt empfinden konnte, auf die jungfräuliche Leere. Sie holte tief Luft, und dann, als sie die leicht angelaufenen Türgriffe des Schrankes sah, nahm sie die Messingpolitur heraus und putzte sie damit sorgfältig, ohne daß auch nur ein Spritzer auf die hochglanzlackierte Tür tropfte. Michelle wünschte sich, sie hätte Sivivron, weil das *wirklich* reinigte, aber es war ihr ausgegangen, und sie hätte den ganzen Weg nach White Plains fahren müssen, um neues zu kaufen. Es muß eben auch so gehen, dachte sie bei sich; es dauert höchstens ein bißchen länger, und vielleicht muß ich es zweimal machen. Auf sie wartete nichts anderes als weitere Schränke. Sie nahm die Rolle mit den Papiertüchern, riß eines ab und begann dann mit kreisenden Bewegungen, den Griff zu polieren.

Aus irgendeinem unerklärlichen Grund mußte sie dabei an Sex denken. Sie und Frank hatten jetzt schon seit ein paar Wochen nicht mehr miteinander geschlafen. Außer nach Frankie juniors Geburt – es war eine schwere Entbindung gewesen – konnte sie sich nicht erinnern, daß sie sich jemals so lange nicht geliebt hatten. Und es war komisch – wenn auch nicht lustig –, daß sie nicht recht wußte, ob sie selbst oder Frank sich zurückhielt und ob das Widerstreben eine Folge von Erschöpfung und Elend oder etwas ganz anderem war. Michelle war mit einem Türgriff fertig und nahm den nächsten in Angriff. Wenigstens die beiden Türen schmiegten sich aneinander. Sie und Frank schliefen sogar ganz am Rand ihrer jeweiligen Betthälfte. Sie seufzte tief und mußte dann wegen des Geruchs der Reinigungsmittel husten. Michelle öffnete die beiden Schiebetüren weit, damit soviel Luft wie möglich in den Schrank dringen konnte. Um die Zirkulation zu steigern, beschloß sie, den kleinen Ventilator zu holen, den sie im oberen Wäscheschrank aufbewahrte, und auf den Boden des Schlafzimmers zu stellen. Als sie das Zimmer verließ, erhob sich Pookie, der unter Frankies Garderobe fast begraben gewesen war, und wollte ihr folgen. »Du bleibst da«, befahl sie und kehrte rasch zurück, stöpselte den Ventilator ein und lenkte den Luftzug in den Schrank. Sie konnte Frankies Sachen noch nicht aufhängen, sonst würden sie nach Putzmittel riechen. Sie würde warten, bis alles getrocknet war, und dann seine Dinge wieder einräumen. Michelle sah auf ihre Uhr – es war schon fast elf – und wandte sich dem Hund zu.

»Okay, Pookie, wir haben noch ein Zimmer zu putzen.«

Jennas Kleiderschrank war eine Sache für sich. Sie hatte eine unendliche Menge an Kleidern, Tops, Jacken, Röcken, Schuhen, Taschen, Gürteln und anderem Kram. Michelle begann den Transport vom Schrank auf das Bett, und blitzschnell war Pookie vom Bett gesprungen und verkroch sich darunter. Michelle nutzte den Raum, um Jennas Kleider – nach Kategorien sortiert – auf der Tagesdecke auszubreiten.

Wie in Frankies Zimmer trat Michelle in den Schrank und begann, dessen Wände abzuwaschen. Woher kamen all die Schmutzflecke? Michelle würde sich nicht gestatten, auch nur einen einzigen auszulassen. Sie dachte an ihre Mutter und das Haus, in dem sie aufgewachsen war: wie ihre Mutter alles laufen ließ und Schwierigkeiten – wenn etwas nicht funktionierte oder schmutzig oder kaputt war – mit einem Drink löste. Michelle würde nie, niemals zulassen, daß so etwas geschah. Sie würde *nichts* laufen lassen. Mit frischer Energie attackierte sie einen schwarzen Streifen Schuhwichse auf dem Boden des Schranks.

Jennas Schrank war größer und schmutziger als Frankies. Michelle trat an die Innenwand. Es gab auch eine zusätzliche Ecke, weil der Schrank wegen eines Balkens in der Wand an einer Stelle etwa fünfzehn Zentimeter tiefer war. Sie erinnerte sich, wie Frank den Tischler angeschrien hatte, weil dieser die Nische einfach hatte überbauen und damit vergeuden wollen. Frank war eben ein Perfektionist. Michelle trat in den engen Raum. Sie würde die Schrankwände in dieser Nische auch waschen und sich anschließend dem Teppich widmen. Doch als sie die Schrankwand von oben bis unten abgewaschen hatte, merkte sie zum erstenmal, daß der Tweedteppich unten ausgefranst war.

Nun, sie könnte ihre kleine Schere holen und die ausgefransten Enden sauber abschneiden, dachte sie, aber zuerst zog sie an dem Teppich, weil sie sehen wollte, ob der Rand nur abgenutzt oder vielleicht an den Absätzen und Schnallen von Jennas Schuhen hängengeblieben war.

Michelle zog, und der Teppich bewegte sich ein wenig unter ihrer Hand. Überrascht zog sie fester. Sie sah jetzt, daß das ausgefranste Stück eine Naht war, nicht nur ein paar lose Fäden. Sie nahm an, daß die Naht wegen der Nische im Schrank erforderlich gewesen war. Sie mochte das nicht und Frank auch nicht, aber sie nahm an, daß es sich nicht gelohnt hatte, eine ganze Bahn Teppichboden anzuschneiden, um eine Nische im Schrank auszulegen, weil sonst zuviel Verschnitt entstanden wäre. Noch immer ärgerlich, zog sie fester an der Naht, als sie wollte, und auf einmal hatte sie das ganze Stück Teppich in der Hand.

Großartig! Jetzt würde sie Staub, Klammern, Schmutz und alles andere finden, was unter dem Teppich begraben worden war, als sie ihn verspannt und festgenagelt hatten. Doch als Michelle den Boden unter dem Teppich musterte, war er nicht staubig. Das war nicht normal. Die Dielenbretter darunter waren nicht bündig verlegt wie die Ahorndielen im Rest des Hauses; statt dessen sah Michelle einen perfekten, sorgfältig gearbeiteten Spalt, der sich über ein, zwei… sechs Bretter hinzog. Michelle griff mit ihren Gummihandschuhen nach der Kante und zog daran. Was für Schmutz mochte sich darunter verbergen?

Sie spürte, daß das Holz sich bewegte, konnte aber die Finger nicht in den Spalt schieben. Deshalb benutzte sie den Griff ihrer Scheuerbürste. Er wirkte wie ein Hebel, und das Holz hob sich in einem Stück.

Michelle fühlte sich plötzlich benommen. Sie legte das Stück Teppich und das Holz beiseite. Ihre Haut wurde heiß und dann kalt von einer dunklen Vorahnung. Zwischen den Balken unter den Dielen lagen, sehr ordentlich in Zeitungspapier gewickelt, acht rechteckige Päckchen. Michelle nahm eines auf.

Pookie, als könne er ihre Stimmung spüren, kam zu ihr in den Wandschrank und begann zu schnuppern – nicht nur an dem Teppich, sondern auch an dem Päckchen in ihrer Hand. War es ein Buch? Vorsichtig zog Michelle an einer Ecke, wo sich nicht nur das Gummiband darüberspannte, das gefaltete Papier ab. Unter dem Zeitungspapier kamen Hundert-Dollar-Noten zum Vorschein. Pookie reckte den Kopf vor und begann, sie zu beschnüffeln. Ohne nachzudenken, stieß Michelle ihn grob beiseite. »Nein!« rief sie, und der Hund kroch geduckt aus dem Schrank, aber Michelle konnte jetzt nicht an seine Gefühle denken. Sie war zu erstarrt. Sie betrachtete das schwere Geldpäckchen in ihrer Hand. Sie zog die Gummihandschuhe aus und fuhr mit der Fingerspitze an der Kante der Scheine entlang. Es waren Hunderter, lauter Hunderter. Und zwar die alten Hundert-Dollar-Noten, nicht die häßlichen neuen. Michelle erinnerte sich an ihre Anfangszeiten als Kassiererin in der Bank und versuchte zu schätzen, was sie da in den Händen hielt, aber da kam der Schwindel zurück, und sie mußte das Geld hinlegen und tastete sich wankend zum Bett ihrer Tochter. Sie stieß Jennas Kleider in einem Haufen auf den Boden, legte sich seitwärts und zog die Knie an die Brust. Langsam verging der Schwindel, aber an seine Stelle trat Angst. Nein, nicht Angst, sondern Entsetzen. Acht Päckchen hatte sie unter den Dielen gesehen, und sie schätzte, daß sich im ersten mindestens fünf- oder sechshundert Scheine befanden. Über eine halbe Million Dollar, in Zeitungspapier gewickelt unter Bodendielen und Teppich, versteckt im Schrank ihrer zwölfjährigen Tochter zwischen Doc Martens und neuen Schuhen mit Plateausohlen? Michelle fühlte sich plötzlich so schutzlos und entnervt, daß sie beinahe aufschrie, als Pookie neben ihr auf das Bett sprang. Der arme Hund fuhr zusammen und wollte schon davonkriechen, doch sie griff stöhnend nach ihm und zog ihn in die Lücke zwischen ihrer Brust und ihren Beinen. Sie brauchte ihn und seine Körperwärme im Moment mehr, als er sie brauchte. Sie tätschelte seinen Kopf und zog automatisch an seinen seidigen Ohren, wie er es gern hatte. Alles andere stand still. Alles bis auf den Atem des Hundes und ihrem eigenen.

Dann, fast wie ein Video, das vor ihren geschlossenen Augenlidern ablief, sah sie ihr Leben mit Frank und den Kindern, wie es gewesen war. Bequem. Einfach. Sie hatte sich nie Sorgen um wirtschaftliche Rückschläge und die Rezession gemacht wie jedermann in den letzten zehn Jahren. Im Gegensatz zu Clintons hatte Franks Geschäft geblüht. Michelle, die niemals gierig gewesen war, hatte ausgegeben, soviel sie wollte, und Frank hatte sie ermutigt. Er hatte ihr Schmuck gekauft. Sie hatten Urlaub gemacht. Er zahlte Geld auf ihr Girokonto ein, und sie bezahlte problemlos jeden Monat die Rechnungen, Monat um Monat, und das … seit Jahren. Als sie den Job in der Bank angenommen hatte, hatte Frank das milde mißbilligt und sie daran erinnert, daß sie das Geld nicht brauchten. Alle anderen Ehepaare in der Nachbarschaft waren beide berufstätig, aber …

Dann kam ihr die Szene der Razzia in den Sinn, bruchstückhaft, und sie dachte an die Zusammenkünfte mit Bruzeman und Franks Versprechen, das sei alles ein Irrtum. Die Frauen beim Gebäckbasar. Ihre Entlassung aus der Bank, Jennas Tränen, Frankies nasses Bett. All das spulte sich schneller und schneller vor Michelle ab. Und Franks Gesicht und seine Versprechungen, seine Proteste, ihr Glaube, ihre Unterstützung, ihre Loyalität. Ihre Dummheit.

»Dumm«, sagte sie laut, und ihre Stimme klang wie die ihrer Mutter. Pookie fuhr ein wenig zusammen. »Dumm«, wiederholte Michelle. Meine Mutter hatte recht. Ich bin dumm. Und Frank muß mich auch für dumm halten.

Aber so dumm ich auch bin, dachte Michelle, sogar ich weiß, woher all dieses Geld gekommen sein muß.

30. Kapitel -

in dem Angela ihre Stimme wiederfindet und eine empfindliche Nase entwickelt

Angie wachte auf und rannte über den nackten Boden zum Waschbecken im Badezimmer. Sie fühlte sich, als lebe sie in einer Art Belagerungszustand. Ihr war jetzt fast jeden Morgen übel. Danach verursachte ihr für den Rest des Tages alles – sogar der Geruch eines Apfels, der auf der anderen Seite der Küche auf der Arbeitsfläche lag und scheinbar einen starken Geruch verströmte, Wellen von Übelkeit. Tatsächlich war ihr Geruchssinn zusammen mit ihrer Schwangerschaft gewachsen, so daß sie jetzt sogar riechen konnte, wenn in einer benachbarten Wohnung eine Suppe oder irgend etwas anderes zubereitet wurde. Fleisch verströmte nur noch Verwesungsgeruch; als Bill, der Assistent in der Beratungsstelle, ihr gestern die Hälfte seines Truthahnsandwiches angeboten hatte, hatte sie schnell beiseite treten müssen, weg von den unschuldig aussehenden Fleischscheiben, die er ihr zwischen zwei Brotscheiben hinhielt.

Brot war so ungefähr das einzige, was Angie überhaupt noch essen *konnte.* Während sie sich den Mund spülte, mußte sie blödsinnigerweise an das Bibelzitat denken, daß der Mensch »nicht vom Brot allein« lebt. Irgendeine schwangere Frau hatte das vermutlich schon damals getan... Angie in der modernen Zeit erging es jedenfalls so. Noch ein Unterschied zwischen Männern und Frauen, dachte sie bitter, als sie winzige Bissen von einer Scheibe Wonder Bread abbiß. Sie wußte, die Werbung für dieses Zeug, die aus ihrer Jugend stammte, stimmte nicht – das schwammige Brot baute nicht innerhalb von zwölf Tagen einen starken Körper auf. Zu schade aber auch. Es war alles, was sie überhaupt essen konnte. Sie dachte an den winzigen Körper, der in ihr wuchs, und wußte, daß sie zu einem Arzt gehen und ihre Ernährung umstellen sollte, aber welchen Sinn hatte das? Sie konnte nicht entscheiden, ob sie diese Schwangerschaft auch nur einen Tag länger ertragen wollte. Aber sie konnte den Gedanken, das winzige Leben in ihr abzutreiben und die Entscheidung dazu ganz allein zu treffen, genausowenig ertragen. Sie hatte Reid so sehr geliebt, sie hatte ihn und ein Leben mit ihm so sehr gewollt, daß der Gedanke, dieses Leben zu beenden ... sich diesen Traum zu erfüllen, unerträglich war.

Doch das Geheimnis zu wahren war ebenfalls unerträglich. Sie hatte nicht zugelassen, daß ihr Vater etwas mitbekam, und Estevan, der die ganze Zeit unterwegs war, hatte sich zu ihrem Gewicht nicht geäußert. Meistens versuchte sie ihm aus dem Weg zu gehen. Seine beschützende Liebe und Fürsorge würde im Augenblick nicht gerade hilfreich sein. Er würde anbieten, Reid zu verprügeln und die Abtreibung zu bezahlen, aber zuerst mußte Angie ihre Entscheidung treffen.

Angie zog sich an und fuhr früh zur Arbeit. Sie hinterließ einen Zettel für ihren Vater. Sie hatte ihm immer noch nicht eröffnet, daß sie ein Apartment gemietet hatte. Ihre Mutter mit ihren Möbelangeboten und den Sorgen um die Nachbarschaft und der Forderung nach einem Grundriß hatte ihr schon gereicht. Estevan würde noch schlimmer sein.

Sie kam im Büro an, schenkte sich eine Tasse heißes Wasser ein – Kaffee kam nicht mehr in Frage – und saß still an ihrem Schreibtisch. Sie versuchte, so intensiv wie möglich zu arbeiten. Weil die Arbeit Konzentration erforderte, konnte sie an nichts anderes denken, auch nicht an ihre eigenen Probleme. Aber tief in ihrem Inneren wußte sie, jeder Augenblick, der verstrich, brachte sie einen Moment näher an die Zeit heran, in der eine Entscheidung für sie getroffen werden würde, selbst wenn sie überhaupt nichts tat.

Wie war ihr all das zugestoßen? Diese Frage kam Angie jeden Abend in den paar Minuten vor dem Einschlafen in den Sinn. Binnen eines Augenblicks hatte sie ihren Mann, ihr Zuhause, ihren Job und ihre beste Freundin verloren. Sie war allein – und doch nicht allein. Die Gedanken endeten stets in Dunkelheit. Sie schlief tief und erschöpfter als jemals zuvor in ihrem Leben. Die Arbeitslast und der Druck, ihren Mandantinnen zu helfen, waren enorm, aber gleichzeitig zehrte dieses Geheimnis, das sie in sich barg, an ihrer Energie.

Und außerdem wurde Angie jeden Nachmittag müde – so müde, daß sie zweimal den Kopf auf den Schreibtisch gelegt hatte und mit steifem Nacken aufgewacht war, um festzustellen, daß ihr Speichel aus dem Mund auf die Akten geflossen war, während sie schlummerte. Jetzt nahm sie die mit dem Fleck eines früheren Nickerchens versehene Jackson-Akte zur Hand und begann, sie erneut durchzusehen. George Creskin hatte für die Anhörung einen unglaublich frühen Termin bekommen, und Angie war nicht sicher, ob sie genug Zeit hatte, sich darauf vorzubereiten. Ob sie eine Vertagung erreichen könnte? Sie würde Laura oder Michael Rice fragen müssen. Aus irgendeinem Grund – nicht nur, weil sie frühmorgens mit Jada Jackson spazierenging, sondern wegen der ungeheuerlichen Situation, in die die Frau geraten war – war dieser Fall für Angie von entscheidender Bedeutung. Sie stand auf, nahm den fleckigen Ordner unter den Arm und suchte Michael auf, um sich mit ihm zu beraten. Obwohl auch er enorm viele Fälle zu bearbeiten hatte, war er schon einmal so freundlich gewesen, ihr zu helfen – und sie brauchte eine Menge Hilfe.

Er arbeitete in seinem ebenfalls kleinen, aber perfekt durchorganisierten Büro ganz am Ende des Flurs. Er blickte von seinem Schreibtisch auf, schraubte seinen dicken Füllfederhalter zu und schwang die Beine seitlich hinter dem Schreibtisch hervor. »Aha«, sagte er, »du bist also wach *und* auf den Beinen.« Angie spürte, wie sie schuldbewußt mit den Schultern zuckte. Michael hob mit einer abfälligen Geste die Hände und senkte die Stimme. »Gestern bin ich in Karens, ich meine, in dein Büro gekommen, und du hast geschlafen«, sagte er und lächelte. Für einen vorstädtischen Vatertyp hatte er ein nettes Lächeln. Angie grinste unwillkürlich zurück. »Ich habe dich gewarnt, dieser Kram kann einen wirklich überwältigen«, fuhr er fort. »Schlafen liegt mir nicht so, aber ich bin schon manchmal nachmittags, wenn ich es einfach nicht mehr ausgehalten habe, heimlich davongeschlichen und ins Kino gegangen.« Er verschränkte die Hände hinter dem Kopf und dehnte den Rücken. Angie setzte sich auf den Stuhl, den gewöhlich die Mandantinnen benutzten. Ihr fiel auf, wie Michaels Bauch vortrat, wenn er sich so reckte – es war, als wäre *er* schwanger. Sie schob den Gedanken von sich.

»Ich hätte gerne, daß du dir das ansiehst«, sagte sie und reichte ihm eine Kopie des Berichts der Sozialarbeiterin, die sie gerade bekommen hatte. »Ist dieser Bericht wirklich ziemlich niederschmetternd, oder ist das eine Überreaktion von mir? Jada wird entsetzt sein.«

Michael Rice zog erneut die Brauen hoch. »*Jada?*« echote er. »Ihr redet euch also mit Vornamen an?« Angie zuckte mit den Schultern und versuchte, nicht schuldbewußt auszusehen.

Er nahm das Dokument und begann es zu lesen. Sie hatte gehofft, die Nachrichten seien nicht so schlecht, wie sie befürchtet hatte, aber er runzelte ärgerlich die Augenbrauen. Das deutete sie als schlechtes Zeichen. »Donnerwetter«, sagte er, nachdem er die Seiten überflogen hatte. »Wir brauchen einen eigenen Sachverständigen, um dem hier entgegenzuwirken.«

»Gut. Kennst du einen?«

»Die beste. Dr. Pollasky aus Yale. Eine alte Freundin von mir. Aber...« Er sah unbehaglich aus. »Schau«, sagte Michael, während er den Bericht durchblätterte, »bevor wir die Unkosten eines Sachverständigen von außerhalb auf uns nehmen, besteht irgendeine Möglichkeit, daß diese Frau...«, er sah auf die Seite nieder, »labil ist, vielleicht Drogen nimmt oder sonst etwas von dem Zeug auf sie zutrifft, das hier steht? Ich weiß, sie ist deine Mandantin, aber es geht hier schließlich um Kinder.«

Er kratzte sich hinter dem rechten Ohr. »Aber dafür gibt es keine Zeugen außer ihr und ihm«, murmelte er. »In der Regel entscheidet der Richter zugunsten der Mutter, nicht, daß das unbedingt fair wäre, aber so ist es nun mal. Aber hier haben wir einen sehr negativen Bericht der Sozialarbeiterin. Und Creskin hat einen frühen Termin verlangt und bekommen, indem er vorgetragen hat, daß die Kinder in Gefahr sind. Die Kinder sind ja bereits beim Vater untergebracht, und er beschäftigt eine Pflegeperson.«

»Die Pflegeperson ist seine Freundin!« erklärte Angie Michael. »Und sie wird von Jadas Unterhaltsgeld bezahlt!«

Michael seufzte und schüttelte den Kopf. »Also wird sie bezeugen, daß die Kinder nicht gut versorgt waren. Und seine Mutter wird dasselbe sagen. Wo sind *ihre* Eltern?«

»Auf Barbados«, gestand Angie. »Sie wollte sie nicht hineinziehen, wenn das nicht unbedingt nötig ist. Sie sind alt, und über das Alltagsleben hätten sie ohnehin nicht viel aussagen können. Aber ich kann ihre Freundinnen als Zeuginnen einbeziehen. Eine frühere Vorsitzende des Elternbeirats. Ihre Nachbarin, Michelle Russo. Obwohl es da ein Problem gibt...«

Michael schwieg eine Weile, während er die Akte durchsah. »Das mit dem Drogendealer ist nicht gut«, sagte er. »Herrgott, sie haben Zeitungsausschnitte und Zeugenaussagen über diesen Russo und seine Frau. Und sie ist eine Freundin? Die Kinder haben im Haushalt der Russos verkehrt? Und dann waren sie...«

»Hör mal, zieh keine voreiligen Schlüsse. Die Frau könnte unsere nächste Mandantin sein. Sie ist nicht unter Anklage gestellt worden. Inner- und außerhalb des Hauses hat es keinen ungewöhnlichen Verkehr gegeben. Und der Ehemann ist jetzt erst unter Anklage gestellt und noch nicht verurteilt, Michael. Wir befinden uns in Amerika.«

»Sag das dem Richter«, erwiderte Michael. »Bei Dom Rel ist es so: Wenn es wie eine Ratte aussieht, wie eine Ratte riecht und wie eine Ratte schmeckt, dann ist es eine Ratte.«

Angie stand auf. »Es ist nicht zu fassen, wie ungerecht das alles ist«, sagte sie. »Diese Frau hat alles, aber auch *alles* getan, um ihre Familie zusammenzuhalten, während der Ehemann gefaulenzt und herumgeschlafen hat. Es ist empörend.«

Michael nickte zustimmend und lächelte. Auf einmal war Angie wütend. »Lachst du über mich?« fragte Angie. »Findest du das lustig? Findest du *mich* lustig? Weil ich zu dir gekommen bin, damit du mir hilfst, den Fall zu gewinnen? Aber ob du mir hilfst oder nicht, ich *werde* ihn gewinnen.«

»Ich lächle dich an, weil ich dich mag«, sagte Michael begütigend. »Früher war ich genauso feurig wie du. Genauso leidenschaftlich.« Aus irgendeinem Grund errötete Angie. »Ich meine das im professionellen Sinn, Angie«, betonte Michael. »Aber du bist das, was meine Kinder phat nennen.«

»Was?« sagte Angie. Sah man es ihr schon an? Und wie kam er dazu, sie so zu bezeichnen? Er hatte selbst einen Bauch.

»Nicht fett. PHAT. Für *Pretty, Hot And Tempting*. Hübsch, heiß und verlockend«, sagte er.

Angie konnte es kaum glauben. Dieser ältliche weiße Kerl hatte ihr gegenüber Rapper-Slang gebraucht. Aber irgendwie gefiel ihr das Kompliment.

»Und jetzt setz dich hin«, forderte er sie auf. Er klang so vernünftig, so freundlich, daß ihre Wut verflog, und sie tat wie geheißen. »Schau, beim Eherecht geht es nicht um Fairneß, sondern um das Recht. Und manchmal nicht einmal um Recht, sondern um Manipulation, Präsentation und Strategie. George Creskin ist uns hier einen Schritt voraus, und er hat offenbar eine ziemlich gute Strategie. Wir brauchen eine, die genauso gut oder besser ist, und sie kann bestimmt nicht darin bestehen, daß du deine Auffassung von Fairneß erläuterst und erwartest, daß der Richter das akzeptiert.« Er machte eine Pause und lächelte wieder. »Hast du das soweit verstanden?« fragte er, aber nicht in kränkendem Ton. Angie nickte.

»Es geht hier also darum, daß wir mit unseren eigenen Zeugen und unserem eigenen Gutachter auftreten müssen. Wir könnten auch versuchen, über die Kinder zu arbeiten.«

»Jada hat darauf bestanden, daß das nicht in Frage kommt«, sagte Angie.

Michael nickte und zuckte dann mit den Achseln. »Es ist eine schmutzige Sache«, sagte er, »aber das Gericht wird den beiden älteren Kindern wahrscheinlich Fragen stellen, und du kannst sicher sein, daß George Creskin sie nach Kräften darauf vorbereiten wird.«

»Sie lieben ihre Mutter. Sie wollen nach Hause. Das werden sie sagen.«

»Kinder, die am ganzen Körper Verbrennungen von Zigaretten haben, sagen noch immer aus, daß sie die Mutter lieben, die ihnen das angetan hat«, wandte Michael geduldig ein. »Kinder lieben ihre Mütter – zumindest bis ihre Hormone ins Spiel kommen. Und wenn ich Creskins Strategie sehe, werden sie nach Hause zurückkehren, wenn deine Mandantin gezwungen wird, aus dem Haus auszuziehen.« Unvermittelt fühlte Angie sich überwältigt. Sie wandte sich von Michael ab und wurde von einer Welle so mächtiger Müdigkeit überschwemmt, daß sie einen Moment den Kopf hängen ließ, während sie ihr widerstand. Es gab soviel zu tun, soviel zu lernen und so wenig Zeit. Und sie war so, so müde. Vielleicht konnte sie diesen Fall nicht gewinnen. Der Gedanke erschreckte sie, und sie hob ruckartig den Kopf. Michael musterte sie jetzt genauer.

»Schau«, sagte er, »hier werden einige besondere Hilfsmittel nötig sein. Vielleicht schicken wir einen privaten Ermittler aus. Schauen uns den Hintergrund dieser Tonya Green an. Was ist mit der Großmutter? Ist die sauber? Hat jemals irgendwer gesehen, daß *er* einen Joint geraucht hat? Hat ihn jemand schon mal betrunken gesehen? Hat er sie jemals geschlagen? Wenn du wirklich alles benutzen willst, was du hast, und vielleicht sogar ein paar Dinge, die du nicht hast, dann könntest du im Vorteil sein, obwohl George uns hier einen Schritt voraus ist. Aber das wird Hilfsmittel erfordern. Hat sie Geld?« Als Antwort rollte Angie die Augen. Michael machte ein Gesicht, als wollte er sagen, das habe er sich schon gedacht, und blätterte den Rest der Akte durch. »Nun, ich denke, wir sollen es heute nachmittag dem Komitee vortragen. Die Sache sieht nicht rosig aus, aber ich verstehe, daß du sie als Testfall ansiehst, als eine Art Klassiker. Wenn du sicher bist, daß der Frau übel mitgespielt wurde, dann stehe ich hinter dir, und wir werden sehen, ob wir aus dem Sonderfonds, den Laura behütet, ein bißchen Geld herausquetschen können.«

»Geld wofür?« fragte Angie. »Ich meine, ich bekomme jetzt ein Gehalt.«

Michael grinste. »Ja, aber es reicht nicht, um Sachverständige, Psychologen zur Begutachtung der Kinder und einen Privatdetektiv zu bezahlen, der sich Mr. Jackson und Kompanie einmal ansieht.« Michael stand auf und reckte sich. Er war größer, als Angie in Erinnerung hatte, aber vielleicht lag es auch daran, daß sie saß. Er ging ein paar Schritte auf und ab. »Wir sollten auch sehen, ob wir eine andere Sozialarbeiterin bekommen können und einen staatlich beglaubigten Drogentest für Mrs. Jackson. Oder vielleicht eine Serie von Tests.« Er legte die Akte hin. »Du könntest auch einen für Mr. Jackson verlangen. Und es könnte nicht schaden, wenn du mich helfen lassen würdest, einige deiner Zeugen auf ihre Aussagen vorzubereiten.«

»Würdest du das tun?« fragte sie. »Würdest du Zeit dazu haben?«

Er stieß eine Art freudloses Lachen aus. »Oh, ich habe nichts mehr als Zeit«, behauptete er.

»Du weißt, du brauchst nicht auszuziehen«, sagte Estevan ungefähr zum vierten Mal zu Angie. »Ich meine, hier ist genug Platz.«

Angie hatte damit gerechnet, daß es Schwierigkeiten geben würde, aber zumindest war er nicht tot umgefallen, als sie ihm die Nachricht beibrachte. Statt dessen hatte er argumentiert. Angie liebte ihren Vater, trotz seiner Fehler, trotz seines früheren Verhaltens gegenüber ihrer Mutter, aber sie konnte nicht länger mit ihm leben. Und das sollte sie auch nicht. Er betrachtete sie nach wie vor als Kind. Was wäre erst, wenn er herausfand, daß sie selbst ein Kind erwartete! Das konnte sie ihm niemals sagen. Und weil Estevan nun einmal Estevan war, hatte er mit Geld argumentiert. »Du kannst es dir nicht leisten. Du brauchst es nicht. Es ist zu teuer. Es ist Nepp. Ich kann dir etwas anbieten, das besser und billiger ist.« Tatsache war, daß er sie vermissen würde und ihr nicht sagen konnte, daß er verletzt war und Angst hatte, sie zu verlieren. »Wirklich, Angie«, wiederholte er, »hier ist genug Platz.«

Angie schaute von dem Karton auf, den sie verschnürte, und lächelte. »Zuviel Platz, wenn du meine Meinung hören möchtest, Daddy«, sagte sie. »Warum lebst du überhaupt hier in der Vorstadt? Für dich hat das doch nicht viel Sinn.«

»Reden wir über mich oder über dich?« fragte ihr Vater.

»Über beide«, sagte Angie. Sie begann, den Karton aufzuheben, und Estevan kam ihr zu Hilfe.

»Laß mich das machen«, sagte er. Sie berührte seinen Arm. In seinem Haar tauchte immer mehr Grau auf, und sein Gesicht war ein bißchen geschrumpft, so daß es aussah, als passe ihm seine Haut nicht mehr so gut wie früher. Die Zeit verging, und er wurde alt. Trotzdem dachte er noch immer, er könne Kartons besser tragen als seine erwachsene Tochter. Sie lächelte ihn an, aber sie empfand seinetwegen auch Traurigkeit. Sein Leben war nicht recht geglückt. Nachdem er sich von ihrer Mutter hatte scheiden lassen, war nichts mehr so ganz gelungen. Er hatte eine Menge Geld verdient, meist Bargeld, und dann hatte er die falsche Frau geheiratet. Nach der Trennung von ihr hatte ihm die Steuerbehörde ordentlich zugesetzt, und er hatte auch andere rechtliche Probleme gehabt. Das alles hatte seinen Tribut gekostet. Er hatte sich vom großen Geld und von der großen Szene in New York City verabschiedet und war hierhergekommen, wo er anscheinend seine

Wunden leckte und das führte, was von seinem Geschäft mit den Limousinen noch übrig war. Er war ein wenig wie ein Tier, das sich zur Genesung irgendwohin verkroch, wo man seinen Schmerz nicht sah. Sie fragte sich, wie enttäuschend sein Leben war, wie verschieden von dem, was er erwartet oder erhofft hatte. Und jetzt war ihres vielleicht auf dem gleichen Weg zur Enttäuschung nach dem Traum. Plötzlich empfand Angie überwältigende Liebe zu ihrem angeknacksten Vater. »Danke, Daddy«, sagte sie. »Danke, daß du mir gesagt hast, ich soll dieses Restaurant verlassen. Und danke, daß ich hier bei dir wohnen durfte. Es ist Zeit, daß ich mich zusammenreiße. Aber ich liebe dich, und wir werden uns dauernd sehen.«

Estevan ergriff den Karton. »Natürlich werden wir das«, knurrte er verdrossen. »Was glaubst du denn? Ziehst du vielleicht nach China? Das Apartment ist nur ein paar Kilometer von hier entfernt.«

»Ich weiß«, sagte Angie. »Kommst du nächste Woche zum Abendessen? Sobald ich zwei Teller ausgepackt habe?«

»Klar«, sagte ihr Vater, aber Angie ließ sich nicht täuschen. Alle Liebe, dachte sie, war so zerbrechlich. Und so kostbar. »Bist du sicher, daß ich nicht mitkommen und dir beim Auspacken helfen soll?« fragte er.

»Nein. Das macht Mom«, lehnte Angie ab.

»Okay, gut.« Er sagte das allzuschnell, was bedeutete, daß er seine verletzten Gefühle nicht zeigen wollte. Angie seufzte. Er hatte sich selbst das Bett gemacht, aber das bedeutete noch nicht, daß es bequem war. Sie hatte ihres ebenfalls gemacht, und manchmal fühlte es sich an wie eine Pritsche. Ohne sich noch einmal umzusehen, drehte Angie sich um und verließ das Zimmer.

Die Wohnung, die Michaels Agentin ihr zu finden geholfen hatte, war hübsch. Sie lag im Erdgeschoß eines zweistöckigen Hauses. Sie war sonnig, und die Türen des Wohnzimmers gingen auf einen kleinen Patio hinaus. Die Küche bestand zwar nur aus einer winzigen, vom Wohnzimmer abgetrennten Nische, aber dafür gab es zwei Schlafzimmer, die beide eine annehmbare Größe hatten. Sie brauchte das zweite Schlafzimmer natürlich nicht, aber sie könnte es vielleicht einmal brauchen...

Sie mußte rasch blinzeln, um wieder klar zu sehen, weil der Wagen hinter ihr sich anschickte, sie zu überholen. Sie hätte die Abzweigung nach Larkspur fast verpaßt, aber sie schaffte es gerade noch rechtzeitig, zu bremsen und die Spur zu wechseln, ohne jemanden zu schneiden. Die Gartenwohnungen lagen am Ende einer gepflegten Straße mit lauter Privathäusern. Sie parkte so nahe bei ihrem Apartment, wie sie konnte, und sah ihre Mutter, Laura und Bill, die schon draußen warteten. Als sie sie erreicht hatte, hielt Bill ihr eine Tüte hin. »Wir haben dir Kaffee mitgebracht«, sagte er, »aber ich war nicht sicher, welche Art von Gebäck du dazu willst.«

»Ich ahnte nicht, daß ihr alle kommen würdet«, strahlte Angie und küßte ihre Mutter.

»Und ich wußte nicht, daß du umziehst«, feixte Bill. Er war wirklich ein netter Kerl. Angie arbeitete gern mit ihm zusammen. Vielleicht könnten sie Freunde sein.

Laura tätschelte ihre Schulter, und Angie griff in ihrer Tasche nach dem neuen Schlüssel. »Tja, dann laßt euch zeigen, was ich mir von der Großmut der Beratungsstelle habe leisten können«, lachte sie.

»In Xanadu ließ Kublai-Khan ein stattlich Lustschloß sich errichten«, flötete Bill, als Angie die Tür öffnete. Sie war dankbar, nicht allein über die Schwelle treten zu müssen. Sie hatte im Vergleich zu einer Menge anderer Leute Glück gehabt. Sie hatte einen Job, und jetzt hatte sie auch einen Ort zum Wohnen und einige potentielle Freunde. Sie war nicht in der Art von Schwierigkeiten, in der Jada oder die arme Michelle steckten.

»Manchmal ist es am besten, das Leben einfach zu gestalten«, sagte sie zu Bill, als sie alle durch die drei schlichten Räume wanderten. Und dann fragte sie sich, wie einfach sie es als alleinstehende Mutter würde gestalten können.

»Sie sind da!« rief Natalie aus. »Ich kann nicht glauben, daß sie pünktlich sind!« Es waren die Möbelpacker, und dann folgte ein Chaos. Natalie wurde natürlich der Boß und hatte Vorschläge zu allem, von der Art des Auspackens der Wäsche bis zu der Richtung, in der sie ihre Kleider im Schrank aufhängen sollte. Gott sei Dank, dachte Angie, daß ich fast keine Möbel habe, weil Natalie sie genau da aufstellen würde, wo ich sie *nicht* haben will. Sie liebte ihre Mutter, aber sie wollte ihr nichts von ihrer Schwangerschaft beichten müssen. Natalie würde weinen, und dann würde sie alles in die Hand nehmen und Angie sagen, was sie tun sollte, was der Arzt tun sollte und wann und warum. Es war schwer, sich ihrer liebenden Mutter zu erwehren, wenn Natalie sich richtig ins Zeug legte. Aber sie hatte eine Doppelmatratze und ein Bettgestell mit Sprungfedern bestellt, und beides wurde tatsächlich geliefert, als die Möbelpacker gerade gegangen waren.

Sie, Bill und Laura mühten sich mit den Kartons ab, während ihre Mutter sich vergeblich bemühte, das fahrbare Bettgestell zusammenzusetzen. »Könnt ihr noch eine helfende Hand gebrauchen?« fragte da eine männliche Stimme. Angie spähte um den Matratzenkarton herum. Es war Michael Rice in einem roten Pullover und einer Kordhose. Trotz der Kälte trug er keine Jacke.

»Na ja, du hast zwei«, frotzelte Bill, »warum so knauserig?«

Angie war wirklich gerührt, daß Michael ebenfalls aufgetaucht war. Er hatte seine Familie und am Wochenende sicher viel zu tun, aber er übernahm das Bettgestell und schaffte es, es stabil zusammenzusetzen, obwohl in der Verpackung zwei Schrauben fehlten. Es war fast vier Uhr, als sie fertig waren. Die Räume sahen eigenartig aus – nicht schlecht, aber eigenartig –, denn Angie hatte ein paar Gemälde an die Wand gehängt und besaß ein paar gute Lampen, aber keine Sessel oder ein Sofa. Sie hatte das ägyptische Nilpferd, das ein Hochzeitsgeschenk gewesen war, aber keine Kommode, auf die sie es stellen konnte. Tatsächlich war das einzige weitere Möbelstück außer dem Bettgestell mit der Matratze ein kleiner Schreibtisch aus ihrem Zimmer, der Schreibtisch, den sie aus Natalies Wohnung mitgenommen hatte, als sie mit Reid zusammenzog. Sie hatte nicht einmal einen Stuhl dazu.

Bill musterte die Räume. »Sehr hübsch«, sagte er. »Sehr ätherisch. Ich mag die Einfachheit – als wärst du zu spirituell, um dich überhaupt hinsetzen zu müssen.«

»Ich muß mich nicht hinsetzen, ich muß mich hin*legen*«, griente Angie.

Michael war schon verschwunden, bevor sie ihm hatte danken können.

»Habt ihr Lust, zum Abendessen zu gehen?« fragte Natalie die übrigen. »Ich lade euch ein.«

Bill und Laura lehnten dankend ab, und beide machten sich zum Gehen fertig. Angie argwöhnte, daß alles vorher verabredet gewesen war, aber sie war so dankbar für ihre Hilfe, daß sie beide auf beide Wangen küßte. »Oooh, französische Küsse«, sagte Bill enttäuscht und ging mit einem ansteckenden Lachen.

Laura steckte noch einmal den Kopf durch die Tür. »Angie, ich wollte dir nur sagen, daß wir mit diesem Fall Jada Jackson eine Menge Unkosten haben, also habe ich mehr Geld dafür bereitgestellt. Und ich habe auch eine Freundin von mir aus dem Yale Childhood Center angerufen, damit sie uns gegen diese Sozialarbeiterin von Creskin hilft.«

»Das ist toll. Danke, Laura«, freute Angie sich, aber ihr war auch Lauras Ton aufgefallen. Er bedeutete: »Du mußt das schaffen.« Nun, sie würde es schaffen. Als Angie sich wieder ihrer Mutter zuwandte, betrachtete Natalie sie besorgt. »Bist du sicher, daß du nicht ausgehen willst?« fragte sie. »Nur du und ich?« Angie schloß die Tür.

»Nein«, sagte Angie. »Wirklich nicht. Ich *muß* mich hinlegen.«

»Nun, dann laß mich dein Bett machen«, sagte Natalie. »Ich kann uns auch etwas zu essen holen.« Angie wußte, sie würde ihre Mutter nicht ohne Streit loswerden, und so ging sie einen Kompromiß ein.

»*Ich* werde mein Bett machen«, entschied sie, »und dann werde ich mich hinlegen.« Das erinnerte sie an ihre früheren Gedanken über ihren Vater, und sie lächelte beinahe. »Wie wär's, wenn du uns in der Zwischenzeit etwas beim Chinesen holen würdest?«

»Okay. Und damit du ein bißchen Zeit zum Ausruhen hast, bringe ich auch ein paar Lebensmittel mit. Du weißt schon, nur das Notwendigste. Kaffee, Salz, Eiskrem in Biskuitteig von Ben & Jerry.« Angie lachte und nahm ihre Mutter gerührt in die Arme.

»Danke«, sagte sie und ging dann ins Schlafzimmer. Nachdem sie gehört hatte, wie die Eingangstür zufiel, machte sie sich nicht die Mühe, das Bett oder ein Kissen zu beziehen. Sie legte sich einfach hin, müder, als sie je gewesen war. Sie war nicht sicher, wieviel von dieser Müdigkeit emotional war, wieviel von der Schwangerschaft herrührte und wieviel einfach von der Anstrengung, dem Bücken, Heben und Hämmern, aber das Liegen fühlte sich gut an. Alles, was sie sich wünschte, war ein bißchen Bewußtlosigkeit. Statt dessen kamen die Tränen.

Jada und Michelle hatten geklingelt, bevor Angie mit Weinen fertig war. Jada trug eine zugedeckte Kasserolle in den Händen, Michelle eine Platte mit Schokoladentörtchen. Der Geruch von beidem mischte sich in ihrem winzigen Flur, aber Angie wischte sich die Augen und versuchte, die in ihr aufsteigende Übelkeit zu ignorieren. Jada musterte sie aufmerksam. »Stören wir?« fragte sie. »Sind Sie einsam oder ängstlich in der neuen Wohnung, oder stören wir einfach bloß?« Angie brach erneut in Tränen aus und übergab sich dann auf den Boden des Apartments.

Jetzt saßen sie alle auf ihrer nackten Matratze. Jada hatte den Boden gesäubert, Michelle hatte Angie gesäubert. Angie war dankbar für diese beiden Frauen und ihre Gesellschaft, und dann, ohne es geplant zu haben und völlig unerwartet, begann sie, ihnen den Rest ihrer Geschichte zu erzählen: von ihrer Dummheit und der Übelkeit und anderen Symptomen, die sie nicht bemerkt hatte, und dann …

Michelle nahm ihre Hand. »Oh, Angie, das ist einfach zuviel! Sie sind schwanger. Von ihm? Von diesem Mistkerl aus Boston?«

»Sind Sie sicher?« fragte Jada.

Angie nickte. »Und wißt ihr, was ich dauernd tue? Ständig kaufe ich Schwangerschaftstests für zu Hause. Als wären die letzten elf nicht zuverlässig gewesen. Es ist idiotisch.«

»Das habe ich auch getan«, erzählte Jada. »Bei Sherrilee. Es war mir nicht recht, daß ich schwanger war. Weißt du noch, Michelle? Damals war es mit Clinton schon so ziemlich zu Ende. Eine Schwangerschaft hatte mir zu meinem Glück gerade noch gefehlt.«

Michelle nickte. »Mann, das waren vielleicht Spaziergänge an diesen Morgen«, sagte Michelle. Jada nickte, und Angie sah die beiden Frauen einen Blick tauschen, einen Blick, der Welten von Verständnis und Mitgefühl ausdrückte.

»Sie haben nie daran gedacht …«, Angie hielt inne, »daran gedacht, die Schwangerschaft zu beenden?«

»Ich habe jeden Tag daran gedacht«, gestand Jada. »Ich habe gebetet deswegen. Und ich habe auch an Selbstmord gedacht. Auch *deswegen* habe ich gebetet.«

»Das hast du mir nie erzählt«, sagte Michelle.

»Ich hatte diese Gedanken nicht morgens, Michelle«, sagte Jada.

»Nur nachts.« Jada sah Angie an. »Aber ich hatte meine beiden anderen, an die ich denken mußte.« Jada hielt einen Moment inne und biß sich dann auf die Unterlippe. Sie schüttelte den Kopf. »Und jetzt habe ich keines meiner Babys mehr bei mir.« Sie sah wieder Angie an. »Es tut mir so leid, daß Sie so leiden müssen«, sagte sie, und das brachte Angie wieder zum Weinen.

Michelle rieb Angies Hand. »Ich komme mir so dumm vor«, schluchzte Angie. »Das ist wirklich der schlechteste Moment.«

Michelle seufzte. »Ich komme mir *immer* dumm vor. Aber passiert nicht vieles stets im falschen Moment?«

»Nun ja«, sagte Jada, »vielleicht ist es Gottes Moment und nicht unserer. Und Gott läßt uns immer eine Wahl.« Angie blickte auf, putzte sich die Nase mit einem Kleenex, das Michelle ihr gegeben hatte, und starrte Jada ins Gesicht. Die Frau war in Gefahr, so vieles zu verlieren. Wie konnte sie glauben, daß Gott dafür verantwortlich war?

»He«, schlug Michelle vor, »lassen Sie mich dieses Bett machen. Haben Sie Laken?« Angie nickte. »Warum gehen Sie nicht unter die Dusche?« fragte Michelle. »Dann fühlen Sie sich frisch in schönen, sauberen Laken.« Sie stand auf, Angie ebenfalls. Michelle sah sich um. »Ich würde gern diese Wände abwaschen«, sagte sie. »Und der Boden würde gut aussehen, wenn man ihn mal richtig putzt und einwachst.«

Jada schüttelte den Kopf. »Sterilisierst du wieder die Welt, Michelle?« fragte sie.

»He, ich putze einfach gern, okay? Ein falsches Gefühl von Leistung ist besser als gar keins.«

Als Angie aus der Dusche zurückkam, fühlte sie sich besser, aber es war schwer zu sagen, ob es daran lag, daß sie gleich schlafen würde, daß sie sauber war oder daß sie mit sich im reinen war. Die beiden Frauen halfen ihr ins Bett, als wäre sie eine Invalide. »Danke, daß ihr gekommen seid«, murmelte Angie beinahe förmlich. Und alle drei sahen sich gegenseitig an, bevor sie zu lachen begannen. »Meine Mutter holt beim Chinesen etwas zu essen. Sie müßte bald wieder hier sein. Möchtet ihr mit uns essen?«

Michelle und Jada schüttelten beide den Kopf. »Sie weiß von meiner Schwangerschaft noch nichts. Ich möchte nichts sagen, bis ich beschließe, was ich tun werde.«

Michelle nickte, und Jada tätschelte Angies Schulter. »Das ist Ihre Sache«, sagte sie. »Eine Sache zwischen Ihnen und Gott.«

Michelle nickte wieder. »Wir helfen Ihnen in beiden Fällen«, sagte sie, und Angie wußte, daß sie es ernst meinten.

31. Kapitel -

in dem Frank um sich schlägt

Jenna lag bäuchlings auf dem Bett und bedeckte mit den Armen ihren Kopf. Michelle saß neben ihr. Ihre Tochter war aus der Schule gekommen, in Tränen ausgebrochen, hatte nichts sagen wollen und war nach oben in ihr Zimmer gerannt. Michelle brauchte ihre gesamte Selbstbeherrschung, um sich nahezu zehn Minuten zurückzuhalten und Jenna Zeit zu lassen, allein einen Teil ihrer Gefühle auszuweinen. Schließlich, dachte Michelle, bin ich zwar die einzige, von der sie Trost erwarten kann, aber ich bin auch ein Teil ihres Schmerzes.

Sie hatte an Jennas Tür geklopft, war eingetreten und hatte sich auf den Rand des Himmelbetts ihrer Tochter gesetzt. Sie legte eine Hand auf den Rücken ihrer Tochter, an die Stelle zwischen den Schulterblättern, wo sie auch als kleines Kind schon gern gestreichelt worden war. Aber Jenna zuckte zusammen und wich Michelles Hand aus, als sei sie ein Brandeisen. Also setzte sich Michelle ans Fußende des Bettes und litt etwas vom Schmerz ihrer Tochter mit.

Seit die Anklage erhoben worden war, seit sie alle in den Zeitungen abgebildet gewesen waren und seit Frank in sämtlichen Lokalnachrichten war (und dabei extrem wie ein Krimineller aussah, so wie die Medien das mit den meisten Angeklagten anstellten), hatten die Kinder schwer leiden müssen. Jenna kam entweder bleich und still oder hysterisch aus der Schule zurück. Und Frankie... Michelle holte tief Luft und versuchte, nicht hörbar zu seufzen. Ihr Sohn war zu jung, um viel von dem zu verstehen, was vor sich ging, aber nicht zu jung, um durch Schimpfnamen und die Tatsache verletzt zu werden, daß in der Pause niemand mit ihm spielen wollte und daß er nie mehr Verabredungen nach der Vorschule hatte. Und dann war da noch der Verlust von Kevon, der – was ihren Sohn anging – ihn persönlich im Stich gelassen hatte. Nur Pookie konnte Frankie trösten, aber das reichte offenbar nicht. Frankie hatte angefangen, das Bett zu nässen, und erwachte weinend, verfroren und beschämt, wenn er entdeckte, was passiert war. Sie hatte daran gedacht, daß es für die arme Jada noch schlimmer war als für sie selbst: ihr Leben zerstört, ihre Kinder, zumindest vorerst, entführt. Aber Jada hatte wenigstens eine Chance, alles zurückzubekommen. Dagegen die arme Angie... Sie hatte einen Mann, den sie liebte, an ihre Freundin verloren, die sie verraten hatte. Und das Schlimmste von allem war ihre Schwangerschaft. Das arme, arme Mädchen, dachte Michelle. Dabei benutzte sie ihre Zeit, anderen zu helfen. Sie hatte sogar Michelle geholfen. Michelle schob den Gedanken beiseite. Sie wollte nicht überlegen, was sie wegen Frank würde tun müssen.

Sie mußte positiv denken. Sie würde zu der Verhandlung gehen und würde sehen, wie Jada und Angie triumphierten. Aber für sie, Michelle, konnte es keinen Triumph geben. Mit ihren Kindern zusammen zu sein und sie leiden zu sehen war unerträglich. Mit Frank zusammen zu sein und zu wissen, daß er schuldig war, war unerträglich. Der Gedanke, ohne Frank zu sein, allein, stigmatisiert und arbeitslos, war unerträglich. Wie war das nur alles passiert?

Jetzt streckte Michelle die Hand aus und berührte den Knöchel ihrer Tochter. Jenna zog den Fuß weg, aber sie drehte sich endlich auf den Rücken, stützte sich auf die Ellbogen und sah ihre Mutter an. »Hast du schon mal was von Privatsphäre gehört?« fragte sie. Michelle nickte. »Nun, genau die würde ich im Augenblick gern haben«, zischte Jenna. Dann brach sie erneut in Tränen aus, streckte die Arme aus und zog ihre Mutter an sich. »Es tut mir leid«, schluchzte Jenna, »ich bin bloß so...«

»Ich weiß, Schätzchen. Ich weiß«, sagte Michelle und streichelte das lange Haar ihrer Tochter. »Ich weiß.«

Wir gehen wirklich kaputt, wir alle, dachte Michelle, als sie nach dem Abendessen aufräumte. Frank war den ganzen Tag außer

Haus gewesen und hatte angerufen und gesagt, daß er spät kommen würde. Die Kinder hatten gegessen – allerdings keines von ihnen viel. Michelle hatte das meiste von ihren Makkaroni und fast den ganzen Hackbraten, den sie dazu servierte, wegwerfen müssen. Jetzt herrschte Ordnung und etwas Ruhe. Keine Anrufe mit obszönen Beschimpfungen. Sie ging nach oben, um nach Frankie zu sehen, der nur in der Badewanne und in seinem Pyjama Trost zu finden schien – zumindest, wenn dieser trocken war. Er spielte in seinem Zimmer, irgendein Spiel mit Actionfiguren, das größtenteils unter seinem Bett stattfand. Sein Kopf steckte in dem niedrigen, dunklen Zwischenraum, während sein zartgliedriger Rumpf in dem blaugrünen Flanellschlafanzug herausragte. »Bald ist Zeit zum Schlafen«, sagte sie, und er wackelte mit dem Po und fuhr fort, zu spielen oder zu murmeln, oder was immer er da tat. Jenna saß vor dem Fernsehschirm und spielte eines der scheußlichen Mortal-Combat-Spiele. Sie spielte wie ein Automat und schaute kaum auf den Bildschirm, auf dem ihre Figur chaotisch um sich schlug und trat. Vielleicht sollte Michelle sich wegen der ein oder zwei Stunden, in denen Jenna dies jeden Abend tat, nicht so viele Sorgen machen. Vielleicht war es eine gesunde Art, Wut zu äußern, aber was wußte sie schon? Sie vertraute einem Mann, der nicht nur sie, sondern auch seine Kinder verraten hatte, einem Mann, der ihre Vergangenheit gekauft hatte, indem er mit dem Teufel einen Handel auf die Zukunft schloß. Und die Zukunft war jetzt.

Jenna hatte nicht einmal aufgeblickt. »Ich glaube, es ist Zeit, mit Pookie Gassi zu gehen«, sagte Michelle.

»Geh doch selbst«, grummelte Jenna, und ihr Ton hatte eine unheimliche Ähnlichkeit mit dem von Frank. Michelle wich tatsächlich einen Schritt aus dem Zimmer zurück. Sie sollte etwas zu Jenna sagen, aber sie konnte nicht. Sie drehte sich um und ging durch den Flur in die Küche. Sie fuhr zusammen, als sie sah, daß Frank dort am Tisch saß – schweigend starrte er vor sich hin. Jetzt würde sie mit ihm reden müssen. Im Licht der Deckenlampe glänzte die Küche fast unerträglich weiß; Franks gesenkter Kopf war der einzige dunkle Fleck. In ihrer Putzwut hatte Michelle fast alles weggeworfen, was auf den Arbeitsflächen und Fensterbänken stand, so daß die Flasche Dewars neben der Spüle und das Glas auf dem Tisch vor ihrem Mann sie wie Warnsignale anblinkten.

Frank trank selten etwas Stärkeres als ein Glas Chianti. Michelle trank wegen ihrer Mutter fast nie etwas. Die Flasche Dewars und ein paar Flaschen Pfefferminzschnaps, die sie zu Weihnachten bekommen hatten, standen in einem Schrank über dem Kühlschrank, der kaum je geöffnet wurde.

Sie zog einen Stuhl neben ihm heraus, einen Stuhl, den sie erst vor ein paar Tagen gewissenhaft mit Lauge abgeschrubbt hatte, und setzte sich. »Frank«, begann sie.

»Was?« Seine Stimme klang gepreßt und leblos.

»Ich …« Sie wußte nicht, wie sie ihm von dem Geld erzählen sollte, das sie gefunden hatte. Sie wußte nicht, wie sie ihm sagen sollte, daß sie nicht mehr an seine Unschuld glaubte – daß sie wußte, daß er sich zumindest irgendwie schuldig gemacht hatte. Sie wußte nicht, wie sie ihm sagen sollte, daß er ihr das Herz gebrochen, seine Familie zerstört, ihr Vertrauen vernichtet hatte. Sie sah ihn an, ihren schönen, dunklen, guten, starken Frank, und sie sah, wie schwach er war. Er war ein Risiko eingegangen, ein schreckliches Risiko, und er hatte verloren.

Aber er war das Risiko eingegangen, ohne mit ihr darüber zu reden. Ohne ihr eine Wahl zu lassen, obwohl das Risiko auch ihr Risiko war und eines, dem sie niemals zugestimmt hätte.

»Wir kommen darüber weg, Michelle«, versprach Frank düster. Michelle musterte ihn. Das hatte er schon früher von sich gegeben. Sie hatte ihm nicht immer geglaubt, aber meistens. Jetzt, zum erstenmal, merkte sie, daß sie nicht sicher war, ob sie wollte, daß er darüber hinwegkam. Der Beweis seiner Schuld war jetzt in dem Reservereifen im Kofferraum ihres Lexus versteckt. Sie wußte natürlich nicht, ob Frank noch mehr Beweise im Haus hatte. Obwohl sie alles nochmals gründlich durchsucht hatte. Sie erinnerte sich, was Angie ihr über die Ausstellung eines Durchsuchungsbeschlusses gesagt hatte. Frank hatte gewußt, daß es jede Menge Beweise gegen ihn gab. Er wußte, sogar während sie und die Kinder aus dem Haus gezerrt wurden, daß etwas unter den Bodendielen lag, das so gefährlich war wie eine Zeitbombe. Aber während sie ihn ansah, konnte sie ihn nicht einfach beschuldigen, trotz ihrer Gefühle. Sie brachte die Worte einfach nicht heraus: *Frank, ich habe das Geld gefunden. Ich weiß, daß du schuldig bist, zumindest irgendwie. Wie konntest du uns das antun?*

»Ich habe den ganzen verdammten Tag bei Bruzeman verbracht. Ich habe ihn nicht gesehen. Nicht für eine Minute. Zwei Partner haben mir ein Videoband – verdammt, ein Videoband – über Zeugenaussagen vorgeführt. Und dann haben sie mir jede Menge Fragen gestellt, die sie mir schon vorher gestellt hatten, und dann wollten sie, daß ich mir das verdammte Band noch mal ansehe. Ich habe dauernd nach Bruzeman gefragt, und sie haben ständig geantwortet, er sei bei einer Zeugenaussage oder irgend so einem Scheiß. Wahrscheinlich war er auf dem Golfplatz. Früher hat er manchmal mittwochs mit mir Golf gespielt.« Frank schüttelte den Kopf. »Sie möchten, daß du morgen nachmittag vorbeikommst.« Er seufzte, nahm das Glas Scotch, trank einen Schluck und schüttelte sich. Frank mochte normalerweise keinen Alkohol.

»Ich werde nicht als Zeugin aussagen, Frank«, sagte Michelle ruhig.

»Was?« Frank sah sie an, sah sie zum erstenmal, seit sie in die Küche getreten war, wirklich an.

»Ich werde nicht aussagen, Frank. Ich kann nicht.«

»Wovon zum Teufel redest du?« knurrte Frank sehr leise. »Michelle, bitte. Ich habe einen verdammt harten Tag gehabt. Eine verdammt harte Woche. Am Ende eines verdammt harten Monats. Leg dich nicht mit mir an.«

Michelle dachte an ihren Tag, an die Kinder im oberen Stock, an ihre Gefühle der Panik und Verzweiflung. Aber sie konnte nicht mit Frank reden. Und sie wußte auch, daß sie nicht aussagen konnte. »Ich werde nicht aussagen, Frank.«

Er stand abrupt auf und stieß dabei fast seinen Stuhl um. Michelle fing ihn auf, aber Frank wischte mit dem Ärmel über den Tisch, vorbei an dem nassen Fleck auf dem Resopal, und schleuderte dabei das jetzt leere Glas, in dem sein Scotch gewesen war, in hohem Bogen durch den ganzen Raum. Es zerbrach klirrend an einem Oberschrank, und Scherben regneten auf die Arbeitsfläche und auf den gekachelten Boden. Michelle schnappte entsetzt nach Luft. Frank beachtete die Scherben und ihre Reaktion nicht. Er stand jetzt am Tisch, hielt sich an dessen Kante fest und starrte sie an, als wäre sie diejenige, die gerade etwas Verrücktes und Unbeherrschtes getan hatte.

»Bist du blöde?« bellte er. »Ist es das? Bist du blöde geworden? Ist jeder, mit dem ich zu tun habe, blöde? Ist es das?«

»Ich kann nicht aussagen, Frank«, war alles, was Michelle herausbringen konnte. Sie erwartete, daß er nach dem Grund fragen würde. Sie erwartete, daß er herauszufinden versuchen würde, ob sie zu bestürzt oder zu verängstigt war. Sie erwartete, daß er sie bitten würde, ihm zu versichern, daß sie an seine Unschuld glaubte. Sie erwartete sogar, daß er weinen und sie zu umarmen versuchen würde, daß er ihren Hals küssen oder ihr Haar streicheln würde und sie bitten würde, ihm zu sagen, daß sie ihn nach wie vor liebte, aber sie war nicht bereit, ihm das jetzt zu sagen. Und sie war auch nicht auf das vorbereitet, was er tatsächlich tat.

»Wovon redest du?« knirschte er in einem drohenden Ton, den sie noch nie von ihm gehört hatte. »Bau jetzt keinen Scheiß, Michelle. Keine Nerven, keine Kopfschmerzen. Du wirst aussagen, verdammt noch mal.« Und er versetzte ihr einen Stoß, einen harten Stoß gegen die Schulter. Er tat das mit solcher Kraft, daß sie vom Stuhl rutschte, das Gleichgewicht verlor und mit der Wange gegen die Tischkante stieß, was ihren Sturz aber nicht aufhielt. Sie landete auf dem Boden, wobei die schon verletzte Wange noch einmal hart auf den makellosen Fliesenboden aufschlug. Einen Moment lang rührte sie sich nicht. Sie fühlte nichts. Zumindest für einen Moment. Dann fühlte sie alles – Angst, Schmerz, Scham, Empörung. Ihre Wange und ihre Schläfe begannen zu pochen. Dann begann ihr Auge zu brennen.

In all ihren gemeinsamen Jahren hatte Frank sie nie anders berührt als mit Zuneigung oder Verlangen, Zärtlichkeit oder Lust. Sie hatte ihn wütend gesehen, aber sie hatte nicht gedacht, daß er jemals fähig wäre, sie physisch zu verletzen. Niemals. Jetzt lag sie fassungslos auf dem Boden und wußte, daß sie sich da ebenso geirrt hatte wie in all den anderen Dingen. Sie spürte, daß etwas Nasses neben ihrer Nase über ihre Wange lief. Sie setzte sich auf. Ihr rechtes Auge schwoll schon an, und sie konnte nur verschwommen sehen, aber sie erkannte das Blut auf dem Boden. Es war nicht viel Blut, aber es war sehr, sehr rot. Sie berührte mit der Hand ihr Gesicht und zog die Hand weg, um sie zu betrachten. Sie war naß von ihrem Blut, es bedeckte die Handfläche und die Finger und sogar die Fingernägel.

Frank kam zwei Schritte auf sie zu. Sie war nicht sicher, ob er sie schlagen oder treten oder ihr aufhelfen würde. Aber sie bewegte sich nicht. Er konnte sie erschießen, und es würde keinen Unterschied machen. Doch statt dessen kauerte er sich neben ihr auf den Boden. »O mein Gott. O mein Gott, Michelle. Du hast dich geschnitten. Du hast dich an der Tischkante geschnitten«, wimmerte Frank, als ob seine Hand, sein Arm, seine Schulter und sein Gehirn nichts damit zu tun hätten. »Michelle, ich ... es tut mir leid. Ich glaube, du mußt genäht werden oder so was.«

Michelle wußte nicht genau, ob er bedauerte, daß er sie gestoßen hatte oder daß sie einen Arzt brauchte. Sie spürte, wie mehr Blut von ihrem Kinn tropfte, und schaute auf den Boden. Sie fragte sich, wie oft sie diesen Boden gewischt hatte. Als sei das in diesem Moment die vernünftigste Frage. Frank war zum Spülbecken gegangen. Sie hörte Wasser laufen, und er kam mit einem Stapel Papiertücher zurück, die er zusammengeknüllt und naß gemacht hatte. Er versuchte, ihre Wange abzutupfen, aber sie zuckte zurück, und er gab ihr die Tücher. Sie setzte sich auf. Sie hielt sich die kühlen Tücher ans Gesicht. Dann, nach einem Moment, nahm sie sie weg, und sie sahen schlimmer aus, als sie erwartet hatte. Sie ließ das blutige Papierknäuel auf den Küchenboden fallen. Frank gab ihr ein neues und musterte ihre Wange, vermied aber, ihr in die Augen zu sehen. »Es ist kein großer Schnitt, Michelle. Aber er ist tief. Komm, wir fahren besser in die Notaufnahme.« Er ging wieder ans Spülbecken, machte eine neue kalte Kompresse und brachte sie ihr. Michelle nahm sie, drückte sie hart an ihren Wangenknochen, aber nur vorsichtig an ihr geschwollenes Auge.

»Mit dir fahre ich nirgends hin«, sagte sie und drehte ihm den Rücken zu. Benommen, wie sie war, ging sie aus der Küche und ließ das blutige Durcheinander hinter sich zurück.

32. *Kapitel -*

ein Verfahren und ein (Bank-)Geheimnis

Jada und Angie hatten anscheinend seit Stunden gearbeitet. Nun, es waren *tatsächlich* Stunden, denn Jada war kurz nach acht am Morgen gekommen, und gerade war Bill mit Sandwiches zum Lunch heimgekommen.

Jada sah auf ihre Uhr. Zehn vor zwölf. Jada hatte sich den Tag freigenommen und auch den morgendlichen Gang mit Michelle abgesagt. Beides hatte ihr nicht gefallen, denn von allen morgendlichen Spaziergängen hätte sie gerade diesen am dringendsten gebraucht. Sie war überrascht gewesen, daß Michelle ihre Absage geradezu eifrig akzeptierte: »Ich wollte dich auch schon anrufen«, hatte sie erklärt. Das machte Jada Sorgen, aber sie hatte sich noch um eine Menge anderer Dinge zu sorgen.

Jetzt, während sie Angie gegenübersaß, war Jada klargeworden, daß man ein Erscheinen vor Gericht genauso proben mußte wie ein Theaterstück. Sie nahm an, daß es in gewisser Weise ein Theaterstück *war.* Es ging nicht um die Realität, sondern um einen Fremden – in diesem Falle Richter Arnold D. Sneed – und dessen Auffassung von Realität.

In den letzten paar Stunden hatte sich Angie total auf die Arbeit konzentriert, die vor ihnen lag. Jada hatte gelegentlich an Angies eigene Situation denken müssen und sich gefragt, wie sie das schaffte. Aber wahrscheinlich kann die Arbeit einem über manche harten Zeiten hinweghelfen, wenn man seine Arbeit mag, dachte Jada. Und während sie Angie zuhörte, sprach sie ein stilles Gebet für sie, eine alleinstehende Frau mit einer traurigen Vergangenheit, die vor einer großen Entscheidung für die Zukunft stand.

Sie hatten viel Zeit damit verbracht, sorgfältig Dutzende vorbereiteter Fragen durchzugehen. Angie warnte Jada, die dauernd Dinge hinzufügen wollte, auf keinen Fall irgendwelche zusätzlichen Informationen zu geben. »Man kann Sie zu *allem* ins Kreuzverhör nehmen, das wir einführen, und mit wir meine ich uns beide«, warnte Angie sie. »Ich werde Sie vor unfairen Fragen beschützen, aber Sie dürfen keine entlarvenden Antworten geben. Der Richter wird erst beim Prozeß über das endgültige Sorgerecht und die Teilung der Güter entscheiden. Wir haben nicht viel Zeit für Entdeckungen. Ich habe schon versucht, eine Vertagung zu erreichen, aber dieser Creskin legt sich wirklich ins Zeug. Er erzwingt eine dringliche Anhörung.« Jada nickte, und die beiden Frauen probten zusammen jeweils vierzig Minuten und machten dann kurze Kaffeepausen, obwohl Jada nichts von dem Kaffee trank. Angie blieb auf die Arbeit konzentriert. Auch Jada verbrachte jetzt mehr Zeit mit Arbeit. Was hatte sie schließlich anderes zu tun? In ihrem leeren, kinderlosen Haus fühlte sie sich elend. Sie konnte nicht lesen, und das Fernsehen und die Sendungen, die ihre Kinder gern gesehen hatten, konnte sie nicht ertragen. Und all die Arbeiten, die Clinton nicht beendet hatte – und jetzt auch nie mehr beenden würde –, brachten sie mehr denn je auf die Palme.

Jada sah Angie über den Schreibtisch hinweg an. Bezüglich Angies NV – »Natürliche Vorlieben« – hatte sie sich sicher geirrt. Sie war nicht die verwöhnte Göre, für die sie sie gehalten hatte. Wie mochte ihr Leid aussehen, allein in diesem kleinen, leeren Apartment? Keine der beiden Frauen sprach darüber.

Es war Mittagszeit, und die Empfangssekretärin brachte eine Tüte aus einem Delikatessenladen. Jada betrachtete das Sandwich mit Käse und Schinken, das sie bestellt hatte, als käme es von einem anderen Planeten. Im Grunde konnte sie gar nichts essen, sie wußte nicht mehr, seit wie langer Zeit. Ab und zu zwang sie sich, eine Dose Hühnersuppe mit Reis von Campbell's zu öffnen, und dann trank sie sie direkt aus der Büchse. Sie wandte den Blick von dem Sandwich ab.

»Vielleicht sollte ich besser mal im Büro anrufen«, sagte sie. Als wäre all das noch nicht genug, mußte sie sich auch um ihr Fehlen bei der Arbeit sorgen. Sie wollte Mr. Marcus nicht mehr als unbedingt nötig über ihr Privatleben erzählen. Über das Sandwich hinweg sah sie Angie an. »Wissen Sie, was eine ziemliche Ironie ist?« fragte sie.

»Ja«, nickte Angie. »So ziemlich alles, was ich weiß, ist eine Ironie. Aber fügen Sie Ihre Ironie ruhig zu meiner Liste hinzu.« Angie lächelte, um ihre bitteren Worte abzumildern.

Das Mädchen hatte ein richtig nettes Lächeln. Jada bemitleidete sie nicht nur, sie mochte sie wirklich gern. »Nun, ich wollte gerade sagen, welche Ironie es ist, daß mein Mann...«

»Ihr zukünftiger Exmann«, korrigierte Angie sie, wie ihre Mutter sie selbst korrigiert hatte.

Jada stöhnte zustimmend. »Mein zukünftiger Exmann versucht zu beweisen, daß ich eine schlechte Mutter bin, weil ich zuviel arbeite, während mein Chef vielleicht versuchen wird zu beweisen, daß ich eine schlechte Mitarbeiterin bin, weil ich mich zuviel um meine Kinder kümmere.«

»Ha, ha, ha«, machte Angie mit übertriebenem Sarkasmus. »Wirklich sehr komisch, die Ironie, Jada. Werfen wir sie mit allen anderen Ironien, gegen die wir zu kämpfen haben, in den Schmelztiegel der Frauen.« Sie wies auf die Speisen auf dem Schreibtisch. »Essen Sie Ihr Sandwich«, befahl Angie. Dann hielt sie inne und fragte: »Au weia, habe ich mich gerade angehört wie meine Mutter?«

»Sie könnten Schlimmeres tun als klingen wie sie«, antwortete Jada. »Ich habe keinen Hunger. Kann ich das Telefon benutzen?«

»Soll ich Sie allein lassen?«

Jada machte eine lässige Geste zu all den Papieren und Notizen, mit denen in ihre Privatsphäre eingedrungen wurde. »Sie machen wohl Witze«, sagte sie.

Sie wählte ihre Büronummer. Anne meldete sich und las ihr eine Liste von Nachrichten vor. Das meiste waren Dinge, die Jada am nächsten Tag erledigen konnte. Sie bat Anne, ein Dokument zu faxen, mußte ihr die Anweisung dafür zweimal geben, und dann, als sie schon auflegen wollte, fügte Anne noch einen kleinen Bonus hinzu: »Oh, ich weiß nicht, ob das wichtig ist, aber ich glaube, daß Michelle Russo Sie angerufen hat«, flötete die Sekretärin. »Sie hörte sich wie Michelle an, aber sie wollte nicht sagen, wer sie ist.«

Jada wurde klar, wie wenig sie Anne im Grunde mochte, und sie fragte sich, ob sie sie versetzen lassen könnte. Sie bedankte sich kühl, legte auf und tippte dann Michelles Telefonnummer ein. »Michelle?« fragte sie, als sie das »Hallo« hörte, die Stimme aber ganz fremd klang.

»Jada, tut mir leid, daß ich dich bei der Arbeit angerufen habe. Ich wollte das eigentlich nicht, aber ...«

»Ich weiß«, sagte Jada. Junge, das mußte wirklich ein Notfall sein, wenn Michelle bei all ihrem Stolz mit Anne gesprochen hatte. »Was ist los?«

»Wann bist du mit deinem Anwaltskram fertig?« fragte Michelle.

»Ich weiß nicht. Vielleicht in einer Stunde oder so.« Sie sah Angie an, und Angie nickte.

»Und dann siehst du die Kinder?«

»Ja, ich hole sie nach der Schule ab. Aber um sechs muß ich mit ihnen wieder in Yonkers sein. Worum geht's denn, Michelle?«

Michelle begann zu flüstern. »Ich kann nicht darüber reden. Nicht jetzt und nicht am Telefon. Aber ich muß dich um einen großen Gefallen bitten. Einen wirklich großen. Und es ist okay, wenn du nein sagst.«

»Okay«, sagte Jada und versuchte, neutral zu klingen.

»Wirklich, du kannst nein sagen, Jada. Es ist bloß so, daß ich niemanden sonst habe, den ich fragen könnte.«

Jada bekam Gänsehaut an den Armen und im Nacken. So hatte sie Michelle noch nie gehört. Es war schlimmer als nach der Razzia. »Bleib einen Moment dran«, sagte sie. Sie wandte sich an Angie. »Könnten wir jetzt Schluß machen?«

Angie schaute auf ihre Notizen und die Akten. »Geben Sie mir noch eine halbe Stunde.« Sie nahm die Hälfte von Jadas Sandwich mit Schinken und Käse. »Gott, seit Wochen hatte ich keinen Appetit mehr«, schnaufte sie. »Und jetzt habe ich auf einmal Heißhunger.«

»Tja, so geht's«, sagte Jada, aber sie wollte die Rede nicht auf die Schwangerschaft oder sonst etwas Unerwünschtes bringen.

»Gibt es einen Notfall?« fragte Angie.

»Anscheinend«, sagte Jada und sprach dann wieder ins Telefon. »Ich bin in einer Stunde bei dir«, sagte sie zu Michelle.

»Nein, nein«, sagte Michelle flehend, und ihre Stimme klang auf einmal atemlos, fast panisch. »Ich treffe dich beim Seven-Eleven in der Post Road neben der First Westchester Bank. Du weißt, welches.«

»Ja, sicher«, sagte Jada. »Ich kann in fünfundvierzig Minuten da sein.«

»Danke, Jada. Und vergiß nicht, du mußt nicht ja sagen.«

»Ich möchte, daß du einen Safe mietest«, sagte Michelle zu ihr. Jada lehnte sich auf dem Fahrersitz des Volvo zurück, der neben Michelles Lexus auf dem Parkplatz des Seven-Eleven stand. Sie gab sich große Mühe, nicht das Profil ihrer Freundin anzustarren. Jada wußte, wie kostbar manche Grenzen waren. »Du mußt es unter deinem Namen machen, und du mußt beide Schlüssel behalten.« Michelle holte tief Luft. »Du mußt sie irgendwo verstecken; nicht in deinem Haus und nicht im Büro.«

Jada sah ihre Freundin an. Sie hatte nichts über die Sonnenbrille und den schrecklichen Bluterguß unter Michelles Auge gesagt. Sie hatte nicht gefragt, warum Michelle, die immer perfekt angezogen, frisiert und geschminkt war, aussah wie etwas, das nach einem schlimmen Sturm an den Strand von Barbados geschwemmt worden war. Aber sie glaubte es zu wissen.

Jada hatte genug Frauen gesehen, die von ihren Männern geschlagen worden waren, genug Gewalt in ihrem alten Viertel in Yonkers, um keine Fragen zu stellen. Aber – arme Michelle. Arme Michelle, die Frank nicht nur verehrt hatte, sondern auch stets von ihm abhängig gewesen war. Sie sah aus, als stünde sie kurz vor dem Zusammenbruch, und Jada war eine zu gute Freundin, um Michelle zu trösten. Sie wußte, daß Michelle ihre ganze Kraft brauchte, um sich aufrecht zu halten, und Jada wollte ihr helfen.

Sie fragte sich, was Frank wirklich getan hatte. Sie fragte sich, was Michelle wußte oder argwöhnte. Jada kannte sich mit dem Verhalten von Polizei und Straftätern zu gut aus, um zu glauben, daß eine Hausdurchsuchung und eine Anklage schon Schuld bedeuteten. Sie hielt alles für möglich, daß man Frank hereingelegt hatte oder daß er zur Mafia gehörte, nichts hätte sie überrascht. Aber Michelle war mehr als überrascht, das konnte sie klar erkennen. Sie war zutiefst erschüttert, und das schon seit Tagen. Doch jetzt hatte sich etwas verändert. »Ich muß dir eine Frage stellen, Michelle«, sagte Jada so beruhigend wie möglich.

»Du kannst nein sagen«, sagte Michelle schnell. »Ich verstehe das vollkommen. Es ist viel verlangt, und es ist okay, Jada. Wirklich.«

»Michelle, ich sage nicht nein. Ich muß dich nur fragen, ob in diesem Päckchen Drogen sind. Du weißt, ich versuche, dich nicht zu beleidigen, und du weißt, ich werde dir glauben, was du sagst. Aber du verstehst, warum ich dich das fragen muß.«

Michelles Lippen zitterten. »Ich weiß«, sagte sie. Sie griff über den Schalthebel des Volvo hinweg und nahm Jadas Hand. »Ich verspreche dir, es sind keine Drogen. Aber es ist etwas, das ich Franks Zugriff entziehen will.«

»Okay.« Jada nickte. Sie wußte, daß sie ein Risiko einging, aber sie vertraute ihrer Freundin. »Also fahre ich allein nach nebenan zur First Westchester – unserer größten Konkurrentin, könnte ich hinzufügen –, miete einen Safe, nehme eine große Schachtel und komme damit zu dir zurück.«

Michelle nickte, und dabei konnte Jada sehen, daß sie nicht nur einen Bluterguß auf der Wange hatte, sondern daß hinter der Brille auch ein Auge geschwollen und verfärbt war. »Michelle, du brauchst dort nicht zu bleiben«, sagte Jada mit leiser, liebevoller Stimme. »Du kannst bei mir wohnen.«

»Es war ein Unfall«, lehnte Michelle ab. »Wirklich. Und es wird nicht wieder vorkommen.«

Ersteres glaubte Jada nicht, aber etwas an Michelles Ton überzeugte sie davon, daß das zweite stimmte: Jada atmete tief ein und sehr langsam wieder aus. O Gott, es gab eine ganze Welt von Traurigkeit da draußen, und in dieser Minute hatte Jada das Gefühl, als würden sie und Michelle darin ertrinken. Halt uns über Wasser, Herr, betete sie im stillen. Dann ließ sie Michelles Hand los. »Kauf dir eine Sonnenbrille, die an den Seiten geschlossen ist«, sagte sie zu Michelle. »Ich bin in ungefähr zwanzig Minuten wieder da.«

Als Jada die Kinder abholte, hatten sie kein Interesse daran, über die Schule, Tonya Green, Grandma oder irgendein anderes Thema zu reden. Sie wollten nur nach Hause. Jada, erschöpft von den juristischen Übungen und erschrocken über die Episode mit Michelle, war nicht in bester Form, um damit gelassen umzugehen. Alles, was sie wollte, war, die Kinder zu küssen, das Baby zu halten, Kevons köstlichen Jungenduft zu riechen und Shavonnes Haar zu waschen. Sie zu berühren. Sie zu lieben. Aber die Kinder hatten einen anderen Plan. »Können wir jetzt nach Hause fahren, Momma?« fragte Kevon, als er in den Wagen kletterte.

Natürlich war das nicht möglich, aber sie wollte die wenigen Stunden, die sie mit ihnen hatte, nicht sofort verderben. Jada schnallte Sherrilee im Kindersitz neben ihm an. »Vielleicht später«, sagte sie, obwohl sie wußte, daß das eine Lüge war. Da gab es kein Vielleicht. »Wer möchte Eis essen?« fragte sie, als sie sich auf den Fahrersitz schob.

»Ich will nach Hause«, bestand Shavonne auf der Forderung ihres Bruders. »Ich mach mir nichts aus Eis.« Jada wandte sich an ihre Tochter.

»Im Moment passiert etwas, das sehr hart ist, Shavonne«, sagte sie.

»Ja. Du und Daddy, ihr laßt euch scheiden, nicht?«

Es war das erste Mal, daß Jada eines der Kinder das sagen hörte. »Hat Daddy mit euch geredet?« fragte sie.

»Nein, Grandma«, sagte Shavonne, und dann verzog sich ihr Gesicht auf eine Weise, die zu sehen Jada unerträglich war. »Ich will nur nach Hause«, jammerte Shavonne.

»Schau«, antwortete Jada, »ich habe vor dem Abendessen nur wenig Zeit mit euch ... Ich ...«

»Laß uns zu Hause zu Abend essen«, mischte Kevon sich ein. »Ich möchte zu Hause essen.«

»He, Kinder, so helft mir doch«, sagte Jada zu ihnen. »Wir gehen für ein Weilchen nach Hause, aber ich habe Grandma versprochen, daß ihr bei ihr zu Abend eßt.« Jada fügte nicht hinzu, daß sie sie dann verlassen würde oder daß das Gericht ihnen nicht erlauben würde, bei ihr zu bleiben, oder daß sie im Augenblick darum kämpfte, ihr Heim zu erhalten. Sie fragte sich, ob sie das Richtige tat. Früher einmal war sie ihrer selbst so sicher gewesen, so überzeugt, daß alles, was sie tat, richtig war. Jetzt, nach ihrem Morgen mit Angie und ihrer seltsamen Besorgung für Michelle und auf der Heimfahrt mit den Kindern, war sie bei keinem einzigen Schritt mehr sicher, den sie tat.

Es war schon dunkel, als sie bei ihrer Schwiegermutter in Yonkers vorfuhr. Sherrilee war die erste, die zu weinen begann, aber nach dieser Ermutigung tat Kevon es ihr sofort nach. »Ich will nicht dahin zurück«, bockte Shavonne. »Auch nicht nur zum Abendessen.«

»Es wird nicht lange dauern«, beschwichtigte Jada. »Ich habe eine Anwältin, und wir versuchen, alles zu regeln, deshalb setze ich euch nur hier ab, und in zwei Tagen sehen wir uns wieder.« Jada drehte sich zu den beiden Kindern auf dem Rücksitz um. »Scht, Kinder, scht«, bat sie. Als sie sich wieder Shavonne zuwandte, war deren Gesicht eine Maske, die von Wut und Verrat sprach.

»Meinst du damit, daß wir nach dem Abendessen nicht nach Hause fahren?« fragte sie. Sherrilees Wimmern war unerträglich geworden. Kevon öffnete seinen Sicherheitsgurt. Jada war gezwungen, aus dem Wagen zu steigen und Sherrilee vom Rücksitz zu heben. Shavonne gesellte sich auf dem Gehsteig zu ihr. Dann flammten Lichter auf, und als Jada aufblickte, sah sie Clinton mit der Videokamera und dem Scheinwerfer, der sie filmte, als sei es ein glücklicher Weihnachtsmorgen. Aber Shavonne achtete nicht darauf. »Du hast gelogen«, schrie sie. »Ich hasse dich.« Sie rannte auf das Haus und Clinton zu. Sherrilee brüllte noch lauter. Ihr kleiner Sohn drückte sich steif an Jada. Er hatte die Hände vor die Augen gepreßt, um sich vor dem grellen Licht zu schützen, vielleicht auch, um sie nicht ansehen zu müssen. Sie hätte sie nicht nach Hause mitnehmen sollen. Das hatte alles nur schlimmer gemacht, nicht besser.

Sie sah in Clintons Richtung. »Hör auf damit«, zischte sie. Seine Mutter kam auf sie zu, die Arme nach Sherrilee ausgestreckt. Kevon rannte irgendwo außer Jadas Sichtweite in die Dunkelheit, und sie war gezwungen, ihre Tochter auszuhändigen.

Jada ging von Wand zu Wand, vom leeren Wohnzimmer durch das unfertige Eßzimmer und über den Sperrholzboden in der Küche. Sie konnte sich nicht hinsetzen, sie konnte sich nicht hinlegen, sie konnte nicht weinen, und nirgendwo gab es Trost. Sie ging immer weiter wie eine Art Horrorversion von einem von Kevons motorisierten Spielzeugen, das gegen Wände prallte, ein wenig umlenkte und weiterfuhr, bis es auf die nächste Wand traf. Ihr fiel kein Trost ein. Dieser Besuch hatte ihre Hoffnungen zerstört, sie könne die Familie irgendwie normalisieren oder die Kinder beruhigen.

Sie wußte nichts, womit sie sich hätte trösten können. Am Ende nahm sie verzweifelt das Telefon und wählte die karibische Nummer.

»Momma«, sagte sie, »ich muß dir erzählen, was hier vor sich geht.«

33. Kapitel -

ein Prozeß und ein Fehler

Angie kleidete sich sehr viel sorgfältiger an als sonst. Sie hatte sogar einen Teil ihres neuen Gehalts darauf verwendet, sich ein ziemlich gutes Kostüm zu kaufen (zum Discountpreis, bei Loehman's, mit Natalies Hilfe). Nicht, daß sie dachte, das neue Kostüm werde ihr helfen, diesen Rechtsstreit zu gewinnen, aber sie nahm an, es könne nichts schaden – was ihr allerdings weh getan hatte, war die Notwendigkeit gewesen, eine so weite Größe zu kaufen.

Angie konnte nichts dagegen machen – sie hatte gearbeitet wie ein Pferd und auch so gegessen. Die Zahl ihrer Fälle war enorm; sie versuchte nicht nur, Karen Levin-Thomas' laufende Fälle zu bearbeiten, sondern führte auch Gespräche mit neuen Mandantinnen. Falls und wenn Karen zurückkam, würde sie auf diese Weise eine Liste eigener Mandantinnen haben, was ihre Aussichten auf eine Dauerstellung verbesserte. Denn seltsamerweise *wünschte* sie sich wirklich, zum ständigen Personal der Beratungsstelle zu gehören. Es kam ihr richtig vor. Sie empfand ehrliche Zuneigung und Respekt für die anderen Mitglieder des Teams. Ihr gefiel auch die Vielfalt der Arbeit. Und sie entwickelte tiefes Mitgefühl für die Notlagen ihrer Mandantinnen. Über den Job in Needham hätte sie nichts Derartiges sagen können.

Sie hatte sich in jeder Minute, die sie erübrigen konnte, auf den Fall Jackson gegen Jackson vorbereitete, und um die Wahrheit zu sagen, sie hatte auch Zeit darauf verwendet, die sie eigentlich ihren anderen Fällen hätte widmen sollen. Sie wußte aber, dies war eine Art Feuerprobe. Die Beratungsstelle würde sie nach ihrer Leistung in diesem Fall beurteilen. Gott sei Dank hatte Michael Rice ihr sehr geholfen.

Sie ging in das kleine Badezimmer ihres Apartments und betrachtete sich im Spiegel. Kein hübsches Bild. Sie hatte dunkle Ringe unter den Augen, und ihre Haut war fleckig. Nun ja, Pech. Sie bürstete ihr nasses Haar und beschloß, es nur mit einer Spange zusammenzuhalten. Sie brauchte nicht attraktiv auszusehen, nur professionell und entschlossen.

Sie war so nervös, daß ihr übel war. Ihr Gesicht wirkte leicht grünlich. Sie beschloß, ein wenig Make-up aufzulegen. Inzwischen kannte Angie den Unterschied zwischen diesem Gefühl und ihrer morgendlichen Übelkeit. Dies hier war schiere Angst: Sie fürchtete, daß sie nicht die Erfahrung, den Hintergrund, den Grips und die Kontakte hatte, um alles zu tun, was sie heute tun mußte: Jada das Haus sichern, ihr die Kinder zurückgeben und sie unter dem Damoklesschwert von Ehegatten- und Kindesunterhaltszahlungen hervorholen, das gefährlich über ihr schwebte.

Als Angie versuchte, Eyeliner auf ihr Oberlid aufzutragen, zitterte ihre Hand, und es mißlang. Sie seufzte, riß ein Stück Toilettenpapier von der Rolle und wischte das schwarze Zeug ab. Dann holte sie tief Luft und schaffte es, eine annähernd gerade Linie auf beide Lider zu ziehen. Anschließend trug sie etwas Rouge auf und dann noch ein bißchen mehr Wimperntusche. Sie sah besser aus, aber noch immer ziemlich bleich. He, sagte sie sich, das ist kein Schönheitswettbewerb. Du hast eine gute, unschuldige, ungerecht behandelte Mandantin. Du hast eine Menge recherchiert. Du hast Sachverständige und Detektive angeheuert. Und du hast Hilfe von Michael Rice. Du wirst diesen Fall gewinnen. Du mußt diesen Fall gewinnen.

Sie schaute tief in ihre eigenen Augen im Spiegel. »Du *mußt* diesen Fall gewinnen«, beschwor Angie ihr Spiegelbild.

Gerade als sie ihre Handtasche nehmen wollte und bereit war zu gehen, zerriß Jada sich den rechten Knöchel ihrer Strumpfhose am Bein eines Korbstuhls. Sie knallte die Tasche auf den Tisch, stürmte nach oben und fing an, hektisch nach einer anderen Strumpfhose zu suchen. Sie hatte keine. »Zur Hölle damit«, knirschte sie, obwohl sie sehr selten fluchte. Und gewiß wollte sie heute nichts tun, was Gott kränkte. Im Büro hatte sie immer ein Ersatzpaar dieser Strumpfhosen, aber *dort* würde sie heute morgen nicht erscheinen, und schon gar nicht würde sie im Gerichtssaal mit einer Laufmasche vom Knöchel bis Gott weiß wohin auftauchen. Die Laufmasche bewegte sich mit der Geschwindigkeit eines Güterzugs. Das Problem bestand darin, daß es nicht so leicht war, Strumpfhosen in ihrer Hautfarbe und Größe zu finden. »Hautfarben« war nicht hautfarben an den Beinen einer schwarzen Frau. Und dann war da noch das Problem ihrer Größe. Ihr Vater hatte sie früher aufgezogen und gesagt, ihre Beine wären zu lang. Für eine Sekunde empfand sie schreckliche Sehnsucht, ihren Vater zu sehen. Sie hatte ihre Eltern mit dieser ganzen Gerichtsgeschichte nicht erschrecken und kränken wollen, aber in diesem Moment wurde ihr klar, wie sehr sie sich wünschte, sie im Gerichtssaal bei sich zu haben. Ihr Stolz und ihre Unabhängigkeit hatten ihr im Weg gestanden.

Sie nahm an, daß ihr Vater recht gehabt hatte – was ihre Beine und auch was eine Menge anderer Dinge anging. Wenn sie sich normale Strumpfhosen kaufte, saß der Zwickel ungefähr zwischen ihren Knien. Wenn sie Übergrößen kaufte (was sie ein- oder zweimal versucht hatte), war der Zwickel an seinem Platz, aber ihre Fußknöchel sahen aus wie die eines Elefanten, weil sich alle Falten der Welt darum sammelten wie die Armreifen an einer Hindu-Braut.

Jada wußte, daß sie wichtigere Sorgen hatte als Strumpfhosen. Es war nur so, daß der Gedanke an *irgend etwas* beruhigender war als der an die bevorstehende, entscheidende Verhandlung. Sie hatte immer wieder ihre Bibel gelesen, die Geschichte Hiobs, und hatte gehofft, darin ein wenig Trost zu finden. Warum hatte Gott für solche Prüfungen sie – und ihre Kinder – erwählt? Den größten Teil der letzten Nacht hatte sie betend auf den Knien oder schlaflos auf dem Rücken verbracht. Sie wußte, daß ihre Babys sie liebten und brauchten, sie wußte, daß Gott sie und ihre Babys liebte, und sie hoffte, daß er in seiner Gnade sie ihr geben und Angie Romazzano als sein Werkzeug benutzen würde.

Jada mochte Angie, und sie wußte, daß Angie ihre Situation verstand und sich mit ihr identifizierte. Angie war eine gute Anwältin, eine kluge und engagierte Frau. Das Problem war, daß sie nicht recht glauben konnte, daß andere Menschen so unfair und falsch sein konnten, wie sie nun einmal waren. Sie sollte mal versuchen, für ein paar Wochen schwarz zu sein. Dann würde sie es begreifen. Jada war inzwischen davon überzeugt, daß es fast kein Übel und keine Lüge gab, zu denen Clinton sich nicht hergeben würde. Sie hoffte nur, daß Angie noch mehr Tricks auf Lager hatte als er.

Jada warf noch einen Lippenstift in ihre Handtasche, überprüfte ein weiteres Mal ihre Frisur und rannte aus der Tür. Sie holte Michelle ab. Als sei alles andere nicht schon schlimm genug, konnte Michelle jetzt auch nicht mehr für sie aussagen, wegen des »Unfalls« – falls es ein Unfall war. Wenn sie die Zeit gehabt hätte, hätte Jada sich noch mehr Sorgen um Michelle gemacht, als sie es jetzt schon tat. Doch jetzt mußte sie einfach nur den heutigen Tag überstehen.

Vielleicht, dachte Jada, wenn sie auf dem Weg zum Gericht bei CVS haltmachte, würden die eine passende Strumpfhose haben. Sie ging zur Tür, öffnete sie und sah sich dann, bevor sie in die Kälte hinaustrat, noch einmal um. Die Küche war im Unterschied zum Rest des Hauses ziemlich ordentlich, und sie fragte sich, ob sie heute, morgen oder irgendwann in nächster Zeit mit ihren Babys an diesem Tisch sitzen würde. Sie versprach Gott, sich nie wieder über den nackten Sperrholzboden oder die unfertigen Schränke zu beklagen. Aber vielleicht würde Clinton hier sitzen, in ihrem Haus, sie selbst wäre fort, und oben im Schlafzimmer würde Tonya auf ihn warten.

Michelle trug gerade noch etwas mehr Kompaktpuder auf den Bereich unter ihrem Auge auf, als sie Jadas Hupe hörte. Die Schwellung rund um ihr Auge war stark zurückgegangen, und der Bluterguß war jetzt nicht mehr purpurrot, sondern grünlichgelb. Heute morgen hatte sie versucht, ihn mit Schichten von Make-up und Puder zu verdecken. Sie fand, daß es ziemlich erfolgreich gewesen war, wenn man es als Erfolg betrachten konnte, wie ein Kabuki-Tänzer auszusehen. Michelle betrachtete sich, schluckte ein Xanax und legte den Pinsel hin. Obwohl es ein trüber Tag war, setzte sie ihre Sonnenbrille auf – die neue, an den Seiten geschlossene, die sie beim Seven-Eleven gekauft hatte. Sie wußte, daß Angie und ihr Team den Gedanken aufgegeben hatten, sie in den Zeugenstand zu rufen, aber sie ging, um für Jada dazusein, obwohl der Gedanke, bei Gericht zu erscheinen, ihr schreckliche Angst machte. Sie warf einen letzten Blick in den Spiegel, als die Hupe erneut ertönte, und rannte die Treppe hinunter zu ihrer Freundin.

Frank schlief noch. Es erstaunte sie, daß er nicht aufgewacht war, als sie aufgestanden war, und auch nicht, als die Kinder zur Schule gingen. Dann war ihr der Gedanke gekommen, daß er vielleicht gar nicht schlief; vielleicht lag er einfach nur da und empfand Bedauern oder Wut. Aber es war ihr egal, was er fühlte. Seit dem Unfall hatte sie nachmittags, wenn er nicht da war, ein Schläfchen gemacht, zusammengekrümmt wie ein Komma am Ende einer Druckzeile. Dann, abends, sah sie fern, bis er nach oben ging und sie auf dem Sofa einschlafen konnte, immer wieder von beängstigenden Träumen geweckt.

Ihre Mutter war in ihrem ganzen Leben der einzige Mensch gewesen, der sie physisch verletzt hatte – und das nur dann, wenn sie sehr, sehr betrunken gewesen war. Michelle hatte stets gewußt, daß es in anderen Ehen Betrug, Lügen und Prügel gab, aber sie hatte sich nie, nie vorgestellt, daß sie so etwas tolerieren würde. Sie hatte Frank gewählt, weil er sicher und beschützend war. Zumindest hatte sie das geglaubt. Jetzt hatte sie zwei von drei schlechten Erfahrungen selbst erlebt.

Frank hatte sich sofort nach dem unglücklichen Stoß bei ihr entschuldigt. Er hatte geweint und sie auch, und er hatte den Arm um sie gelegt. Sie hatte sich versteift und es zugelassen, obwohl sie nicht berührt werden wollte. Aber dann, sie war total überrascht und schockiert gewesen, hatte Frank mit ihr schlafen wollen. Das hatte sie wütender gemacht als der Stoß. Der Gedanke, daß er ihre Blutergüsse küßte und um Verzeihung bettelte, während er in sie eindrang, ließ sie auch jetzt noch angewidert zusammenzucken. In dem Moment war ihr richtiggehend übel geworden. Sie hatte sich ihm entzogen und ihn dann angestarrt, so gut sie das mit ihrer Verletzung konnte. »Ist es okay? Sind wir okay?« hatte Frank gefragt.

»Nein, nein und nein«, hatte Michelle eisig zu ihm gesagt. »Aber ich möchte jetzt wirklich nicht darüber reden.« Und sie hatte weit weg von ihm geschlafen. Seither hatte sie diese Wand aus Kälte zwischen ihnen aufrechterhalten. Das Problem war, daß sie nicht wußte, was sie tun sollte. Ihn in dieser schrecklichen Zeit verlassen? Versuchen, darüber zu reden? Sich seine Lügen anhören? Ihm drohen, ihn zu verlassen?

Und was, wenn er merkte, daß sie nicht nur das Geld gefunden, sondern es aus dem Haus gebracht hatte? Was würde er dann tun? Würde es dann einen weiteren »Unfall« geben? Michelles Hand zuckte zur Wange.

Zum erstenmal seit Jahren war Michelle drei Tage lang, seit dem Vorfall mit Frank, nicht gelaufen. Sie hatte Jada gesagt, sie hätte sich mit Frank gestritten und wäre ausgerutscht. Jada hatte geschwiegen, was bedeutete, daß sie sich ihren Teil dachte.

Inzwischen wußte Michelle, daß die Kinder ihr Auge bemerkt hatten, obwohl sie genug Schminke darüber gekleistert hatte, um ein Fenster zu kitten. Jetzt, ein paar Tage später, hoffte sie, daß sie Jada oder Angie mit ihrem entstellten Gesicht nicht schockieren würde. Es tat ihr leid, daß sie nicht als Zeugin aussagen konnte. Aber sie tat zumindest ihr Bestes. Sie hastete zur Küchentür und hielt sich nicht einmal damit auf, Frank eine Nachricht zu hinterlassen. Sie würde lange vor den Kindern zu Hause sein, und am Spätnachmittag mußte sie Jenna ernsthaft die Haare schneiden lassen. Sie ging zur Tür und schloß die Küche hinter sich ab, bereit, ihre Freundin zu unterstützen, indem sie einfach in ihrer Nähe war.

Jada fand, daß Angie die Eröffnung der ganzen Prozedur so gut gehandhabt hatte, wie man das nur erwarten konnte. Creskin hatte Jada sofort in den Zeugenstand gerufen. Er hatte ihr arg zugesetzt, aber sie hatte standgehalten, und ihre Aussage klang gut. Zumindest in ihren Ohren, und Angie hatte mehrmals genickt. Sie hielt ihre Antworten kurz, wie sie es geübt hatte. Sie sprach davon, daß sie sich aus Verzweiflung einen Job gesucht hatte. Sie nannte ihre Arbeitszeiten – und betonte, daß sie wenig Überstunden machte und fast nicht reisen mußte. Creskin war ziemlich sarkastisch und begann viele Fragen mit: »Stimmt es nicht, daß...« Aber er war gut. Bei der Sache mit den Drogen trieb er es zu weit, und – wie Angie sie angewiesen hatte – Jada erlaubte sich, wütend zu werden... wirklich wütend. »Ich bin eine Christin«, fauchte sie. »Ich konsumiere weder Alkohol noch Drogen.« Er setzte sie weiter unter Druck, aber Angie legte Einspruch ein, und dann war es vorbei.

Beim Kreuzverhör war es Angie gelungen, eine Menge der Probleme mit Clinton zur Sprache zu bringen, obwohl Creskin ständig Einspruch erhoben hatte, wann immer er konnte. Jada war dankbar gewesen, als sie wieder auf ihren Platz gehen konnte. Jetzt wurde Mrs. Jackson, Jadas gräßliche Schwiegermutter, in den Zeugenstand gerufen.

»Also, wie oft wurden Sie in das Haus Ihres Sohnes und Ihrer Schwiegertochter eingeladen?« fragte George Creskin gerade.

»Nicht oft. Ich konnte spüren, daß sie mich da nicht haben wollte.«

»Einspruch, Euer Ehren«, sagte Angie, obwohl Jada wußte, daß ihre Schwiegermutter recht hatte.

»Stattgegeben«, antwortete der Richter. »Halten Sie sich bitte an die Tatsachen und nicht an Gefühle, Mrs. Jackson.«

Der große, häßliche Gerichtssaal mit dem harten fluoreszierenden Licht gefiel Jada nicht. Sie fühlte sich wie ein langer, dunkler Strich, zu groß, zu dünn, zu schwarz. Sie saß mit Angie und Michael Rice an dem einen, ihr Mann mit seinem aalglatten Rechtsbeistand an dem anderen Tisch, durch einen Gang voneinander getrennt.

»Jawohl, Euer Ehren«, sagte Mrs. Jackson artig.

Jada mochte Richter Sneed. Er wirkte geschäftsmäßig. Kein Humbug. Er würde die Wahrheit ihrer Geschichte sicher sehen – Clintons Versagen, ihre Überkompensation. Ihre Hingabe an eine einzige Sache: die Familie. Doch jetzt blickte Sneed auf ihre Schwiegermutter. Jada mußte beinahe lachen. Man hatte die Frau für ihre Rolle kostümiert. Sie sah aus wie die Retterin ihres Volkes, das Rückgrat der Familie. Jada war tatsächlich erstaunt, wie gut ihre Schwiegermutter sich aufgeputzt hatte. Sie trug ein hellblaues Kostüm, eine blaßblaue Bluse und einen Hut – einen *Hut* –, vervollständigt durch einen kleinen Schleier. Jada hatte sie nie mit einer anständigen Frisur gesehen, geschweige denn mit einem Hut. Mrs. Jackson sah aus wie eine nette alte Dame oder eine Chorsängerin in der Kirche und nicht wie die Schlampe, die sie war. Diese Frau hatte ihren Sohn Nacht für Nacht ignoriert, um in der Bar, in der Nähe des Bahnhofs von Yonkers, ihre Zechkumpane zu treffen. Seit dem Alter von sechs oder sieben Jahren hatte Clinton sich selbst das Abendessen bereiten und allein zu Bett gehen müssen. Das Schlimmste war, diese egoistische, schwache Frau stand im Zeugenstand, weil Clinton das *wollte,* und diese Frau sagte aus, daß sie, Jada, eine schlechte Mutter war! Jada hatte das Gefühl, alle Verhaltensregeln würden gebrochen, und am liebsten wäre sie im Gerichtssaal aufgestanden und hätte dem Richter, dem Gerichtsdiener, der Stenographin und allen anderen gesagt, was für eine lächerliche, beleidigende Maskerade dies war. »Was haben Sie gesehen, wenn Sie Ihren Sohn und Ihre Enkelkinder doch einmal besuchten?« fragte Mr. Creskin.

»Nun, Euer Ehren …«

Richter Sneed unterbrach. *»Er* ist Mr. Creskin. *Ich* werde mit Euer Ehren angeredet«, erklärte er Mrs. Jackson. Mit einem entschuldigenden Schmollen blickte sie zu ihm auf. »Ich bitte vielmals um Entschuldigung, Euer Ehren«, flötete sie. »Ich bin an so etwas nicht gewöhnt. Unsere Familie war noch nie in Schwierigkeiten.« Jada schnaubte. Mrs. Jackson wandte sich mit gesenktem Kopf wieder Creskin zu. Er wiederholte seine Frage.

»Nun, sie kam erst sehr spät nach Hause. Mein Sohn mußte den Kindern das Essen geben und sie waschen. Er hat sein Leben damit verbracht, sich um diese Kinder zu kümmern. Und wenn sie dann nach Hause kam, war sie müde und mißlaunig und prahlte mit diesem Job in der Bank, den sie hat. Und manchmal hat sie die Kinder geschlagen.«

Jada wollte sich schon von ihrem Stuhl erheben, aber Mr. Rice legte ihr eine Hand auf die Schulter und zeigte auf den Notizblock, der vor ihr lag. *Das ist gelogen,* kritzelte sie aufgeregt darauf und fügte noch hinzu: *Alles ist gelogen.* Angie beugte sich zu ihnen hinüber und flüsterte: »Keine Sorge. Wir werden sie als Zeugin unglaubwürdig machen. Wir haben sie bei einer Lüge erwischt, und ihre Zeugenaussage wird vermutlich auf Widerspruch stoßen. Machen Sie sich keine Sorgen.«

Mit diesem Wissen gelang es Jada, während der nächsten paar Fragen ruhig zu bleiben. Dann erkundigte Mr. Creskin sich nach dem Zustand der Kinder, als Clinton sie zu Mrs. Green brachte. »Oooh, traurig«, sagte Mrs. Jackson.

»Sie meinen, traurig, weil sie ihre Mutter verlassen hatten?«

»Nein, ich meine, sie waren in einem traurigen Zustand. Ich glaube, meine Enkelin war seit einer Woche nicht mehr gekämmt worden. Und sie waren schmutzig. Sie hatten schmutzige Kleider an, und sie brauchten ein Bad. Es war um drei Uhr nachts. Clint hatte sie weggebracht, weil sich seine Frau um diese Zeit noch in diesem Drogenhaus in der Nachbarschaft herumtrieb.« Mrs. Jackson sah Jada triumphierend an.

»Einspruch, Euer Ehren«, sagte Angie und stand auf, aber Jada konnte nicht mehr zuhören. Sie mußte den Kopf senken, damit die alte Hexe im Zeugenstand nicht sah, wie weh sie ihr tat. Jada wollte ihr diese Genugtuung nicht geben. Lügen. Lauter Lügen. Du sollst nicht falsches Zeugnis ablegen. Als Jada sich einigermaßen gefaßt hatte, hörte sie, wie der Einspruch abgelehnt wurde.

»Bitte, fahren Sie fort«, bat der ölige Creskin.

»Ach, ja«, sagte Mrs. Jackson, und Jada konnte sehen, wie sie sich die Lippen leckte, entweder aus Nervosität oder in Vorfreude auf den nächsten Bissen, den sie sich genehmigen würde. »Sie und diese Frau – eine weiße Frau, mit Verlaub – waren jeden Tag zusammen. Man sollte meinen, daß meine Schwiegertochter, eine berufstätige Frau mit Mann und Kindern, ihre Freizeit mit ihrer *Familie* verbringen wollte. Aber nein. Also jedenfalls, in der Nacht, in der mein Sohn die Kinder wegbrachte, merkte sie nicht einmal, daß sie fort waren. Sie war bei ihrer Freundin. Nach Mitternacht! Mein Junge und sie, sie hatten keinen Streit oder so.« Tränen traten in Mrs. Jacksons Augen, und sie nahm ein Stofftaschentuch aus der Handtasche. Es war weiß und makellos. Jada wußte, daß diese Frau nie auch nur ein einziges sauberes Wäschestück besessen hatte, und fragte sich, ob es Clinton oder Mr. Creskin gewesen war, der ihr das verdammte Taschentuch gekauft hatte. Ihre Schwiegermutter nahm sich einen Moment Zeit, um sich dramatisch die Augen zu tupfen. »Meine Enkelkinder waren traurig und müde und hungrig und schmutzig. Und sie hat nicht …«

»Wen meinen Sie, wenn Sie sie sagen?« fragte Mr. Creskin.

»Jada Jackson. Sie hat nicht mal angerufen oder so, um sie zu finden. Können Sie sich das vorstellen? Ich habe einen Anrufbeantworter, und ich habe Nachrichten aus dieser Nacht. Aber sie hat nicht angerufen.«

Gelogen, schrieb Jada auf den Block. *Ich habe ein dutzendmal angerufen. Sie ist nicht ans Telefon gegangen.*

»Keine Sorge«, flüsterte Angie. »Im Kreuzverhör nehmen wir sie auseinander. Wir haben sie in der Hand.«

Angie stand auf und zog ihre Jacke glatt. Sie hatte in ihrer Laufbahn erst wenige Kreuzverhöre durchgeführt und war nervös, aber zuversichtlich. Sie wußte, die Gefahr bestand darin, daß sie aggressiv handelte und grausam gegen diese »nette alte Dame« wirkte. »Mrs. Jackson, das ist sicher sehr schwer für Sie, aber ich muß Ihnen ein paar detailliertere Fragen stellen«, begann sie. Mrs. Jackson nickte vorsichtig. Angie stellte ein paar belanglose Fragen nach Daten und Uhrzeiten und nickte, als Mrs. Jackson sie beantwortete. Dann sagte sie: »Nun, Sie haben ausgesagt, daß die Kinder, als sie mit Ihrem Sohn ankamen, in sehr schlechtem Zustand waren?«

»O ja«, bekräftigte Mrs. Jackson. »Sie waren schmutzig. Ich konnte die Kleine riechen.«

»Und Sie sagen, ihre Kleider waren schmutzig?«

Mrs. Jackson bejahte wortlos.

»Sie müssen die Frage laut beantworten«, wies Richter Sneed sie an. Angie blickte zum erstenmal zu ihm hoch und versuchte es mit einem winzigen Lächeln und einem Nicken. Nichts kam zurück; sie sah nur, daß Sneed auf seine Uhr blickte und er sich wieder Mrs. Jackson zuwandte.

»Ja«, trompete Mrs. Jackson laut. »Die Kleider waren schmutzig, und sie weinten.«

»Nun, haben Sie nicht ausgesagt, Ihr Sohn hätte sich um die Kinder gekümmert? Könnten wir noch einmal Mrs. Jacksons Aussage hören?« fragte Angie die Stenographin. »Es ging darum, daß ihr Sohn sein Leben damit zubrachte, sich um die Kinder zu kümmern.«

Es dauerte ein paar Sekunden, bis die Gerichtsstenographin die Stelle gefunden hatte, dann las sie sie vor. »Mein Sohn mußte den Kindern das Essen geben und sie waschen. Er hat sein Leben damit verbracht, sich um diese Kinder zu kümmern«, las die Stenographin ausdruckslos vor.

»Danke«, sagte Angie und versuchte, die Genugtuung, die sie empfand, nicht in ihrer Stimme mitklingen zu lassen. Es würde einfacher werden, als sie gedacht hatten. »Wenn das, was Sie gesagt haben, stimmt, war also keines der Kinder schmutzig oder hungrig. Es sei denn, Ihr Sohn hätte sich *nicht* um die Kinder gekümmert. Was ist nun richtig?« Mrs. Jackson sah bestürzt aus. Gut.

»Sie waren schmutzig. Ihre Mutter...«, begann sie.

»Ihrer Aussage zufolge betrifft das nicht ihre Mutter. War Ihr Sohn verantwortungslos, oder wurde gut für die Kinder gesorgt?«

»Einspruch, Euer Ehren. Miss Romazzano verunsichert die Zeugin«, sagte Creskin.

»Einspruch abgelehnt. Die Frage sollte geklärt werden. Fahren Sie fort, Frau Anwältin«, sagte Richter Sneed zu Angie.

Mrs. Jackson nahm erneut ihr Taschentuch heraus und wischte sich damit die Oberlippe ab. Das ist gut, dachte Angie. Sie wollte die alte Frau schwitzen sehen, nicht heulen. »Wenn die Kinder schmutzig und hungrig waren, warum hat Ihr Sohn sie dann nicht gewaschen und ihnen zu essen gegeben?«

»Ich habe die Wahrheit gesagt«, beharrte Mrs. Jackson. »Sie waren schmutzig. Aber mein Sohn, er hatte zu tun gehabt. Er hatte sich nach einem Job umgesehen. Also hat er vielleicht gerade an dem Tag nicht *alles* für sie getan.«

»Ich verstehe«, sagte Angie. »Und wie lange hat Clinton Jackson sich nach einem Job umgesehen?« fragte sie und versuchte, sachlich und nicht erfreut zu klingen.

»Oh, er hat *lange* intensiv gesucht.«

»Wie lange war er denn arbeitslos?«

Angie sah Mrs. Jacksons Augen hin und her huschen, als sähe sie, wie die Falle von allen Seiten zuschnappte. »Nun, von Zeit zu Zeit nahm er irgendeine Arbeit an.«

»Also, manchmal hat er gearbeitet und konnte sich *nicht* um die Kinder kümmern?« fragte Angie mit zweifelnd erhobener Stimme.

»Nein, er hat sich immer um die Kinder gekümmert«, sagte Mrs. Jackson und schien die Federn zu sträuben wie ein alter Truthahn. »Er hatte bloß keinen regelmäßigen Job mehr, seit seine Firma geschlossen wurde.«

»Und wie lange genau ist das her?«

»Oh, ich weiß nicht. Ungefähr vier Jahre... oder vielleicht auch sechs.«

Angie wußte, sie mußte vorsichtig sein, aber sie dachte, sie könnte in diesem Punkt aus der Alten noch ein bißchen mehr Saft herausholen. »Nun, was trifft denn nun zu? Waren es vier Jahre oder sechs? Das ist schon ein Unterschied.«

»Ich glaube...« Angie sah, wie Mrs. Jacksons Blick hilfesuchend zu George Creskin schweifte, als erwarte sie über Angies Schulter hinweg Morsezeichen, und wie immer der Code für Mundhalten lautete, Mrs. Jackson empfing ihn. Sie klappte den Mund so fest zu wie eben die Handtasche mit dem Taschentuch. »Ich kann mich nicht genau erinnern«, sagte sie mit großer, gespielter Würde.

Angie mußte ein Lächeln unterdrücken. Jetzt war der richtige Zeitpunkt für die große Frage. »Mrs. Jackson, haben Sie ein Alkoholproblem?« Sie gestattete sich, sich nach Creskin umzusehen, und wartete darauf, daß er aufsprang und Einspruch erhob. Aber seltsamerweise tat er das nicht.

»Nein! Wer hat das gesagt? Wer hat gelogen und das gesagt?« fragte Mrs. Jackson indigniert.

Richter Sneed schaute zu Creskin hinüber. »Herr Anwalt, erheben Sie keinen Einspruch gegen diese Frage?«

»Nein, Euer Ehren«, sagte Creskin, und sein eigenartiges kleines Lächeln blieb bestehen. »Meine Zeugin hat nichts zu verbergen.«

Wieder sah der Richter auf seine Uhr. »Nun, dann wollen wir sehen, wohin dies führt«, entschied Sneed. Angie merkte, daß er ungeduldig war wie ein Pendler, der auf seinen Bus wartet. Sie würde die Sache für ihn abkürzen und etwas von den teuren Ermittlungsergebnissen benutzen, für die sie bezahlt hatten.

»Mrs. Jackson, sind Sie jemals festgenommen worden?« Angie warf Creskin einen kurzen Blick zu, um zu sehen, ob sie ihn überrascht hatte, aber sein Gesicht wirkte jetzt undurchdringlich. Angie dachte, daß sie mit diesem Menschen nicht einmal gern Poker spielen würde, erinnerte sich dann jedoch daran, daß der Einsatz hier sehr viel höher war als bei einem Kartenspiel. Sie wandte sich wieder Mrs. Jackson zu, die ihr Taschentuch nun benutzte, um sich die Stirn zu wischen.

»Einmal, glaube ich«, gestand die alte Dame.

»Sie *glauben*, daß Sie einmal festgenommen wurden? Erinnern Sie sich nicht daran?«

»Doch, ja. Aber ich bin nicht stolz darauf.«

»Wurden Sie nicht wegen Trunkenheit und ordnungswidrigen Verhaltens festgenommen? *Und* wegen Widerstandes gegen die Staatsgewalt?« Bingo, dachte Angie und sah Jada und Michael mit einem kurzen Lächeln an.

»Ja«, flüsterte Mrs. Jackson.

»Wir können Ihre Antwort nicht hören«, sagte Richter Sneed, aber er klang nicht allzu besorgt.

»Ja«, wiederholte Mrs. Jackson lauter, direkt an Sneed gewandt. »Aber das war vor langer Zeit, Euer Ehren. Ich war nur einmal in Schwierigkeiten.«

»Oh, ich denke, es war mehr als einmal«, korrigierte Angie. »Sind Sie nicht auch zweimal wegen Trunkenheit am Steuer vorgeladen worden?«

Es folgte eine sehr lange Pause. Im Gerichtssaal herrschte Stille. Mrs. Jackson öffnete und schloß ihre Handtasche, und das laute Klicken in dem stillen Raum klang wie das Zuschlagen einer Autotür. »Ja«, gab Mrs. Jackson widerstrebend zu, »früher habe ich getrunken. Das war falsch, und ich habe es gehaßt, aber ich konnte nicht aufhören.«

Mehr brauchte Angie nicht. Mrs. Jackson war fertig. »Sie haben sich also vielleicht geirrt, als Sie ...«

»Ich habe seit vier Jahren nichts mehr angerührt. Gott hat mich gerettet. Ich weiß, was ich getan habe, war falsch, aber ich habe seit Jahren nicht mehr getrunken, seit Gott in mein Leben getreten ist. Ich wurde gerettet.«

Angie hätte nicht erfreuter sein können. Sie warf Jada erneut einen Blick zu und gestattete sich ein kleines Lächeln. Ihr Detektiv hatte gute Arbeit geleistet, und Angie war vorbereitet. »Nun, wenn das der Fall ist, warum sind Sie dann im April und Mai dieses Jahres bei den Anonymen Alkoholikern in der Baptistenkirche in der River Street erschienen und haben vor Dutzenden von Zeugen zugegeben, daß Sie wieder trinken?« Angie schaute zu Mrs. Jackson hinüber und sah, wie deren Gesicht in sich zusammenfiel. Ein Taschentuch würde ihr jetzt nicht mehr helfen. Einen Moment lang empfand Angie Mitleid mit der Frau. Aber dann meldete sich der Richter zu Wort.

»Miss Romazzano«, sagte er. »Von dieser Bank aus habe ich Leute *angewiesen,* zwölf Stufentreffen in verschiedenen anonymen Gruppen zu besuchen. Wissen Sie, warum sie *Anonyme* Alkoholiker heißen?« Er betonte das Wort nachdrücklich. »Weil das, was in diesen Räumen gesprochen wird, vertrauliche Informationen sind. Diese Programme bewirken unendlich viel Gutes. Wenn Sie vorhatten, Informationen zu verwenden, die Sie sich aus solchen Zusammenkünften beschafft haben, dann können Sie das sofort vergessen. Das unterminiert nicht nur das Wohl von Menschen, die sich große Mühe geben, sondern auch dieses Gericht. Ich werde Zeugenaussagen in dieser Richtung nicht zulassen. Geben Sie es auf, Frau Anwältin. Und nun«, er sah wieder auf die Uhr, »werden wir eine kurze Pause machen. Fortsetzung der Verhandlung in zehn Minuten. Ich möchte, daß Sie in neun Minuten alle wieder auf Ihren Plätzen sitzen.«

»Bitte, erheben Sie sich alle«, leierte der Gerichtsdiener, was anstandslos befolgt wurde.

34. Kapitel -

in dem kräftig gelogen wird

»Woher hätte ich wissen sollen, daß Sneed keine Zeugenaussage über Mrs. Jacksons Trinkgelage zulassen würde? Oder daß die AA ihm heilig sind?« fragte Angie ihre Mutter, während sie in der Halle des Familiengerichts Kaffee tranken. Natalie und Laura und Bill waren für die letzten – die schlimmsten – fünfzehn Minuten der Befragung erschienen. Jetzt standen sie in der großen Halle des Gerichtsgebäudes in einer Gruppe zusammen. Angie fühlte sich jetzt nicht mehr ganz so zuversichtlich, sowohl was den Fall, als auch was ihre Dauerstellung anging.

»Nun«, sagte Natalie in scharfem Ton, »einige von uns wissen zufällig, daß er selbst bei den AA ist, und das seit mehr als zwanzig Jahren. Obwohl es ein paar allgemein bekannte Rückfälle gegeben hat.« Natalie seufzte. »Du hättest fragen können.«

»Auf die Idee bin ich gar nicht gekommen«, gestand Angie.

»Michael«, rügte Laura. »*Du* hättest es wissen müssen.«

Michael nickte. »Ich habe es gewußt. Ich habe bloß seine Zeugenpolitik nicht gekannt. AA ist schließlich keine Ordensgemeinschaft.« Er schüttelte den Kopf. »Ich glaube, jetzt haben wir keine Chance mehr, Mrs. Jackson zu diskreditieren. Da kommt unsere Mandantin. Laßt uns optimistisch sein. Beim Anfang des Kreuzverhörs hast du jedenfalls sehr gute Arbeit geleistet.« Angie war dankbar, daß Jada mit Michelle auf der Damentoilette gewesen war und ihr Gespräch nicht gehört hatte, obwohl sie sicher war, daß Jada genau wußte, was für einen schweren Fehler sie gemacht hatten.

Jetzt kamen Jada und Michelle zusammen aus dem Waschraum

und gesellten sich zu ihnen. »Ich komme einfach nicht drüber weg, wie sie gelogen hat«, sagte Jada. »Ich komme nicht drüber weg. Das ist nicht fair.«

»Fair? Die sind so weit vom Spielfeld weg, daß sie nicht mal mehr im Stadion sind. Eben in der Damentoilette haben wir Tonya gesehen, die ihr Augenmake-up aufgefrischt hat, als würde sie gleich bei Oprah Winfrey auftreten.« Michelle nahm Jadas Hand, und Angie war versucht, die andere zu nehmen, doch statt dessen gab sie ihr nur einen aufmunternden Klaps auf die Schulter.

»Machen Sie sich darüber keine Sorgen«, riet Angie. »Ihre Schwiegermutter widerspricht sich selbst. Ich denke, es läuft gut für uns. Creskin wird Tonya als nächste aufrufen. Wir werden sie auseinandernehmen.«

»Wir sollten besser reingehen«, mahnte Michael. »Richter Sneed ist ein Pünktlichkeitsfanatiker, also dürfen wir nicht zu spät kommen.«

»O ja«, stimmte Laura zu. »Er hat mir einmal für ein ganzes Kreuzverhör in einem Fall von fahrlässiger Tötung nur elf Minuten gegeben. Aber trotzdem habe ich gewonnen.« Sie sah Angie an. »Der Gerichtsdiener hat gesagt, daß der Richter heute abend in sein Ferienhaus in Fort Myers fährt. Du solltest besser nicht trödeln.«

»Was?« sagte Angie. »Das soll heute abgeschlossen werden? Aber ich habe sechs Zeugen. Und davor noch alle Zeugen von Creskin, die ich ins Kreuzverhör nehmen muß.«

»Dann fasse dich möglichst kurz«, sagte Laura.

»Das ist noch nicht der Prozeß«, rief Michael ihnen allen in Erinnerung. »Es ist nur das vorläufige Verfahren. Noch nicht das letzte Wort.«

»Nein. Es geht nur um das vorläufige Sorgerecht und das Fegefeuer«, sagte Jada.

»Für Manöver ist nicht viel Spielraum. Und keine Chance auf Vertagung«, sagte Michael.

»Also, auf in den Kampf«, sagte Natalie und schüttete den Rest ihres Kaffees aus. »Laßt uns nicht zu spät kommen«, griente sie unverdrossen und ging voran in Richtung Gerichtssaal.

Von ihrem Sitz in der Mitte des Saales aus musterte Michelle Tonya Green so genau, wie das mit ihrer Sonnenbrille möglich war. Obwohl sie sich während der Pause vor dem Spiegel soviel Mühe gegeben hatte, sah die Frau unmöglich aus. Sie trug ein zu enges türkisfarbenes Kleid, unter dem man sämtliche Fleischwülste sah. Wie konnte Clinton sich statt für die große, schlanke, elegante Jada für diese Frau entscheiden? Aber natürlich konnte Michelle sehen – trotz ihres geschwollenen Auges –, daß Tonya Green als fürsorgliche Pflegeperson präsentiert werden sollte, nicht als seine Freundin. Pech, daß sie sich wie eine Schlampe anzog. Der unheimliche Anwalt – Michelle konnte sich nicht an seinen Namen erinnern – befragte sie nur über ihre Rolle als Hüterin der Kinder.

»Was hat Sie an den Kindern am meisten überrascht oder verstört, als sie in ihre Obhut gegeben wurden?« fragte der gräßliche Kerl Tonya.

»Nun«, sagte Tonya und beugte sich vor. Ihre schweren Brüste verschoben sich unter dem billigen Stoff ihres Kleides. »Sie haben drei Tage lang nicht gesprochen. Das war das Schlimmste, was ich in meinen zehn Jahren als Babysitter je erlebt habe.«

»Was glauben Sie, warum sie nicht gesprochen haben?«

»Ich glaube, weil sie Angst vor ihr hatten. Vor ihrer Mutter. Daß sie sie bestrafen würde. Sie mögen sie nicht.« Michelle sah, daß Angie aufstand, und hörte, daß sie Einspruch erhob, aber was der Richter und der gräßliche Anwalt weiter sagten, konnte sie nicht verstehen. Dann antwortete Tonya und sagte: »Sie erwähnen ihre Mutter nie. Keines von den Kindern hat nach ihr geweint. Und der kleine Kevon – ich nenne ihn meinen Engel – hat sich nach zwei Tagen auf meinem Schoß zusammengekuschelt und gesagt: ›Willst du meine Mommy sein?‹«

Michelle wurde übel. Wenn eines ihrer Kinder jemals... aber natürlich hatte Kevon das auch gar nicht getan. Michelle wußte, daß Kevon von allen drei Kindern der Liebling seiner Mutter war. Aber sie dachte daran, wie Jada sich in dieser Sekunde fühlen mußte, und der Schmerz, den sie mit ihr empfand, war nahezu unerträglich. Sie wünschte sich, sie hätte in den Zeugenstand treten und den Leuten und diesem Richter erzählen können, was sie gesehen hatte, was sie darüber wußte, wie sehr Jada ihre Kinder geliebt, unterstützt und gehütet hatte, tagein und tagaus, seit sieben Jahren.

Jada mußte nach Sterben zumute sein, aber Michelle fühlte sich, als stürbe auch ein Teil von ihr. Ich würde lieber in der Pfanne gebraten werden, als das mit anzusehen, dachte Michelle. Schinken kann sich wenigstens krümmen und spritzen und spucken. Obwohl sie im Fernsehen und im Kino viele Prozeßszenen gesehen hatte, war Michelle noch nie in einem Gerichtssaal gewesen. Der Gedanke, sich mit Frank in einem solchen Saal aufzuhalten, der Gedanke, im Zeugenstand zu stehen, gejagt und in die Enge getrieben, bis sie gestand, was sie wirklich dachte, was sie gefunden hatte, verursachte ihr solche Übelkeit, daß sie den Saal um ein Haar hätte verlassen müssen. Aber sie zwang sich, sich auf das zu konzentrieren, was sich vor ihr abspielte. Sie und Jada waren in der Damentoilette in dieselbe Kabine gegangen, und sie hatte ihre Freundin nur schweigend in den Armen gehalten, während diese zitterte. Vielleicht würde sie noch einmal gebraucht.

Es erstaunte Michelle, daß die Leute nicht die Wahrheit sagten. Daß Mrs. Jackson log wie gedruckt, daß diese elende Ehebrecherin im Zeugenstand darüber redete, wie die Kinder sie liebten. Tränen stiegen in Michelles Augen, obwohl das geschwollene schmerzte, wenn sie weinte. Dies war noch nicht der Prozeß, hatten sie in der Pause gesagt. Dies war ein vorläufiges Verfahren, aber das mußte ein anderer Ausdruck für Kreuzigung sein. Selbst wenn Jada gewann – und das *mußte* sie einfach –, Michelle wußte, ihre Freundin würde diesen Schmerz nie mehr loswerden. Michelle versuchte, sich auf das zu konzentrieren, was als nächstes passierte. Angie war aufgestanden und nahm Tonya ins Kreuzverhör.

»Mrs. Green, Sie sagen also, daß Sie seit langer Zeit als Babysitter tätig sind.«

»Einspruch, Euer Ehren. Gefragt und beantwortet. Die Zeugin hat bereits ausgesagt, daß sie seit mehr als zehn Jahren Babysitter ist.«

»O ja«, bekräftigte die Frau.

Michelle hatte den Eindruck, daß der Richter Angie nicht mochte. War das möglich? Spielte es eine Rolle?

»Haben Sie irgendeine Ausbildung als Kinderpflegerin?« fragte Angie.

»Einspruch, Euer Ehren. Wir wollen nicht vergessen, daß hier nicht Mrs. Green vor Gericht steht. Welche Relevanz hat die Frage?«

»Die Relevanz«, sagte Angie, »ist die Einschätzung ihrer Kompetenz und ihrer Erfahrung.«

»Stattgegeben.«

Michelle glaubte, es sei ungünstig, wenn einem Einspruch stattgegeben wurde. »Der Staat New York verlangt, daß Personen, die Kinder pflegen, eine Lizenz haben. Haben Sie eine Lizenz?« fragte Angie als nächstes.

»O ja.« Tonya Green lächelte. »Ich habe sie hier in meiner Tasche. Und ich habe auch eine Versicherungspolice für den Fall, daß den Kindern irgend etwas zustößt, Gott möge sie schützen.«

Angie schien ein wenig aus der Fassung. Tonya nahm Papiere heraus und schwenkte sie. »Gerichtsdiener, lassen Sie mich die Papiere sehen«, befahl Sneed, und sie wurden ihm gebracht.

»Euer Ehren, könnte ich vielleicht ein Glas Wasser haben, bitte?« fragte Tonya. Der Richter nickte, und ein anderer Gerichtsdiener holte ihr das Glas Wasser. Angie wartete, während Tonya trank, und hatte sich dann wieder gefaßt.

»Wie viele Kinder hatten Sie während der letzten zehn Jahre in Pflege?«

»Oh, etliche.«

»Bitte nennen Sie mir ihre Namen.« Eine Pause folgte.

»Euer Ehren, im Interesse des zügigen Verlaufs denke ich, wir könnten eine solche Liste später vorlegen«, sagte der unheimliche Anwalt. Michelle hätte gewettet, daß Tonya noch nie als Babysitter gearbeitet hatte.

»Gut. Fahren Sie fort, Frau Anwältin«, sagte der Richter zu Angie. Michelle hoffte, daß sie etwas Gutes in der Hand hatte, um Tonya festzunageln.

Selbst aus größerer Entfernung konnte Michelle sehen, daß Angie von der Entscheidung überrascht war. Michelle ebenfalls.

»Meinen Sie nicht, daß Kinder, die mitten in der Nacht aus ihrem Zuhause gerissen werden und ihre Mutter vermissen, vielleicht ein paar Tage schweigen? Könnte das nicht Heimweh sein? Oder ein Trauma – wenn Sie von Ihrer Erfahrung ausgehen?«

»Oh, heimwehkranke Kinder weinen immer nach ihrer Mutter. Diese Kinder haben das nicht getan.«

»Und wie viele Kinder hatten Sie während Ihrer Tätigkeit in Pflege?« hakte Angie nach.

Michelle sah, wie die üppige Frau im Zeugenstand auf ihrem Stuhl herumrutschte und sich ständig mit einem gefalteten Blatt Papier Luft zufächelte. Es war nicht heiß im Gerichtssaal, zumindest nicht für Michelle, die mit Mantel und Sonnenbrille in einer der mittleren Reihen saß. Gut, dachte sie, soll sie fühlen, daß sie auf dem heißen Stuhl sitzt. Michelle hätte am liebsten gesehen, wie Angie Tonya auf den Scheiterhaufen brachte. »Kennen Sie den Namen des Pädiaters der Kinder?« fragte Angie. Tonya schüttelte den Kopf. »Nun, was würden Sie im Falle einer Erkrankung tun?«

»Sie ins Krankenhaus bringen«, sagte Tonya. »Oder 911 anrufen.« Sie sagte das, als wäre sie stolz auf die Antwort, aber Michelle konnte nicht glauben, wie dumm das war. Sie selbst pflegte ihren Kinderarzt zweimal in der Woche anzurufen. Sie hoffte, der Richter wußte, daß das normal war.

»Was sind die Lieblingssendungen der Kinder im Fernsehen?«

»Ach, sie sehen die *ganze* Zeit fern«, sagte Tonya mit einem breiten Lächeln der Erleichterung.

»Sie erlauben Ihnen, die ganze Zeit fernzusehen?«

Tonyas Lächeln verblaßte. »Nein. Nein, das tue ich nicht. Überhaupt nicht.«

»Welche Programme erlauben Sie also? Welches sind die Lieblingssendungen der Kinder?«

»Ich weiß nicht.«

»Mrs. Green, Sie werden für Ihre Dienste bezahlt. Trotzdem kennen Sie den Arzt der Kinder und ihre Lieblingssendungen nicht. Worin genau bestehen dann eigentliche Ihre Dienste?« Angie gab der Frau keine Gelegenheit, darauf zu antworten. »Trifft es zu, daß in der Nacht des fünften November, des achten November und in anderen Nächten Clinton Jackson Ihr Haus um drei Uhr früh verlassen hat?«

»Daran erinnere ich mich nicht.«

»Mrs. Green, das ist erst ein oder zwei Wochen her. Und Sie erinnern sich nicht? Sie kennen den Kinderarzt und die Lieblingssendungen der Kinder nicht. Es scheint eine Menge zu geben, das Sie nicht wissen oder woran Sie sich nicht erinnern.«

Die plumpe Frau rutschte auf ihrem Stuhl herum, trank noch mehr Wasser und beugte sich dann zur Brüstung des Zeugenstandes. »Oh, nun erinnere ich mich, was Mr. Jackson betrifft. Er kam vorbei, um über die Kinder zu sprechen. Einmal war es, glaube ich, weil Kevon weinend aufwachte. Und das andere Mal war es wohl, um das Buch abzuholen, das eines der Kinder für die Schule brauchte.«

»Und er kam um halb zwölf und ging erst um drei Uhr morgens?« bohrte Angie weiter. »Bevor Sie antworten, möchte ich Sie darauf hinweisen, daß wir dafür einen Zeugen beibringen können, Mrs. Green«, sagte Angie in warnendem Ton. Michelle spürte, wie ihre Hände sich zu Fäusten ballten. *Ja!* Jetzt lief es so, wie Prozesse im Kino verliefen. Michelle hoffte, daß Jada es genoß.

»Nun, ich erinnere mich, daß wir einmal ganz lange über die Kinder gesprochen haben, weil er sich solche Sorgen machte.« Tonya hielt inne. »Und ich glaube, einmal war er so müde, daß er wohl auf dem Sofa eingeschlafen ist. Er war mitten im Satz und so müde, daß er einfach einschlief.«

Blödsinn, dachte Michelle zähneknirschend. Jada sah von hinten so stark aus, so aufrecht. Und Jada war eine so gute Mutter, eine so gute Frau, und sie sah so gut aus. Mußte sie sich diesen Unsinn gefallen lassen? Diese Frau im Zeugenstand mit ihrem lächerlichen Kleid und ihren riesigen Hängebrüsten ...

Dann kam Michelle der Gedanke, daß weder der Richter noch überhaupt irgendein Mann ernstlich glauben würde, daß Clinton freiwillig wegen einer Kuh wie Tonya Green aufhörte, mit der schönen Jada zu schlafen. Deswegen hatte sie sich so schlecht angezogen und sah so unattraktiv aus. Das ist nicht die Realität, dachte Michelle. Das ist Theater. Genauso wie irgendein Punk, der Amok gelaufen ist und ein halbes Restaurant zerlegt hat und dann in einem adretten dunklen Anzug und mit ordentlichem Seitenscheitel zu seinem Prozeß erscheint.

»Mrs. Green, trifft es nicht zu, daß Sie seit vielen Monaten eine sexuelle Beziehung zu Clinton Jackson unterhalten?«

Und dann passierte eine ganze Menge auf einmal: Tonya gab ein Stöhnen von sich, als hätte sie genau in diesem Moment Sex mit Clinton. Dann fiel das Wasserglas hinunter und zerbrach. Der ölige Anwalt schrie etwas, und Angie wiederholte ihre Frage oder stellte eine neue, das konnte Michelle nicht verstehen. Tonya gab keine Antwort, sondern sank über das Geländer, ließ das zum Fächer umfunktionierte Papier fallen und den Kopf nach vorne pendeln. Der gräßliche Anwalt stand auf und rannte besorgt vor die Richterbank. »Euer Ehren, Mrs. Green leidet unter hohem Blutdruck und Migräne. Ich fürchte, daß...« Tonya Green sank noch weiter nach vorn, und nur das Geländer des Zeugenstandes verhinderte, daß sie auf den Boden stürzte. Angie und George Creskin liefen zu ihr. »Ich glaube, sie ist ohnmächtig geworden, Euer Ehren«, sagte Mr. Creskin betrübt.

»Gerichtsdiener, holen Sie sofort die Krankenschwester«, befahl der Richter. »Wir machen Mittagspause bis dreizehn Uhr fünfzehn. Falls sich die Zeugin bis dahin erholt hat, setzen wir die Verhandlung fort.«

Michelle sah, wie Tonya den Kopf hob, als ein Gerichtsdiener ihr aus dem Zeugenstand half. Und dann, als Tonya Green aus dem Raum geführt wurde, hätte Michelle schwören können, daß der schleimige Anwalt ihr zuzwinkerte.

»Bitte erheben Sie sich«, rief der Gerichtsdiener, als der Richter den Saal verlassen wollte, was alle befolgten, nur Michelle nicht. Voller Verachtung blieb sie auf ihrer Bank sitzen.

35. Kapitel -

in dem heftig geschauspielert wird

»Es läuft nicht sonderlich gut, was?« fragte Angie Michael Rice. Er zuckte mit den Achseln. Angie war froh, daß Laura und ihre Mutter gegangen waren. »Wie zum Teufel ist Tonya an eine Lizenz gekommen, als wir uns danach erkundigt haben?«

»Ach, Angie«, klärte Michael sie auf, »Creskin ist mit allen Wassern gewaschen. Du hast vorgebracht, daß sie überhaupt nichts von den Kindern weiß. Und daß der Ehemann sie nächtens besucht. Also sinkt sie mit Migräne in Ohnmacht. Die meisten Richter würden sich das nicht bieten lassen, aber Richter Sneed ist ungeduldig, und anscheinend geht sein Flug um sechs Uhr heute abend. Das wird uns nicht gerade helfen. Er will keine gute Verhandlung, er will eine schnelle Verhandlung.« Er lächelte Angie zu. »Schau, das hier ist nicht der Oberste Gerichtshof. Er hört diese familiären Probleme den ganzen Tag lang, und das jeden Tag. Im Unterschied zu dir ist das nicht sein erster Fall, und er hat keine Beziehung zu den Beteiligten. Das macht es schwerer, nicht? Wo du ihr doch so nahe stehst.« Er wartete nicht auf eine Antwort, sondern zuckte nur mit den Achseln und tätschelte Angies Arm. »Aber wir stehen ganz gut da.«

Doch Angie wußte, daß das nicht stimmte. »Hast du von Sneeds Alkoholismus gewußt?« fragte sie noch einmal. Wenn sie Mrs. Jackson doch bloß nicht damit unter Druck gesetzt hätte.

Michael seufzte. »Ja. Tut mir leid. Ich schätze, ich hab's einfach verdrängt. Meine Frau war auch bei den Anonymen Alkoholikern – eine Zeitlang. Ich habe sie früher zu den Treffen gefahren und ihn dabei gesehen.«

Angie wußte nicht, ob von ihr erwartet wurde, daß sie ihr Bedauern ausdrückte oder nicht. Sie nahm einen Bissen von ihrem faden Roggensandwich mit Truthahn. Selbst wenn es gut gewesen wäre, aus einem Restaurant statt aus der Kantine des Gerichtsgebäudes (wo man ihm den Geschmack wohl hydraulisch entzogen hatte), hätte sie nichts schmecken können. Sie konnte kaum schlucken. »Schau, Angie, wir sind mit seinen Zeugen fast fertig. Dann kannst du deine Sachverständige für Kinderpsychologie, unsere Sozialarbeiterin, die weiß, daß diese andere Hexe voreingenommen ist, und vielleicht Jada selbst aufrufen. Sie hat sich heute morgen wirklich gut gehalten.«

»Ich weiß nicht, ob ich sie aufrufen soll. Sie ist kurz vorm Zusammenklappen, und ich kann es ihr nicht verdenken.«

Mike blickte auf. »Da kommt sie«, sagte er. »Für mich sieht sie ganz schön stark aus.«

Michelle und Jada kamen durch die Halle auf sie zu. Zuerst waren sie wieder auf die Damentoilette gegangen, um ihr Äußeres in Ordnung zu bringen. Angie wußte, das sollte sie auch tun, und sie sollte auch etwas mit ihren Haaren unternehmen, aber zuerst mußte sie alles noch einmal an sich vorüberziehen lassen, bevor sie mit Jada sprach. Jetzt würde sie ihre Mandantin beruhigen und vorbereiten.

Jada zuckte nur mit den Schultern, setzte sich und schlug kühl die Beine übereinander. Angie bemerkte eine Laufmasche in ihrem Strumpf, sagte aber nichts. Michelle war diejenige, die als erste sprach.

»Können Sie irgendeine von den Zeuginnen für den Academy Award nominieren?« knurrte sie. »Ich habe soeben unglaublich begabte Vorstellungen gesehen.« Sie setzte sich neben Jada, beugte sich aber an ihr vorbei, um Angie ansehen zu können. Sie sah verängstigt aus, doch sie sagte: »Sie wissen ja, ich habe gesagt, daß ich nicht aussagen möchte und daß es mir wegen meinem Gesicht leid tut, aber wenn Sie wollen, können Sie mich aufrufen. Natürlich könnte ich am Ende auch in Ohnmacht fallen. Aber Jada ist so eine hingebungsvolle, gute Mutter. Sie könnte Ihnen jedes Spielzeug nennen, mit dem Shavonne jemals gespielt hat. Sie weiß die Telefonnummer des Kinderarztes auswendig und kann Ihnen Kevons Allergien in alphabetischer Reihenfolge aufzählen. All das kann ich bezeugen.«

Angie nickte nur und lächelte. Sie dachte an den Horror von George Creskins möglichen Fragen, wenn er Michelle ins Kreuzverhör nahm – »Und wann genau wurde Ihr Mann wegen Drogenhandels unter Anklage gestellt, Mrs. Russo?« – und ging nicht auf ihr Angebot ein. »Ich denke, wir stehen ganz gut da«, sagte sie statt dessen. »Michael hat eine Doktorin aus Yale, eine Expertin für Kinderpsychologie, die für uns aussagen kann. Und wir haben einen teuren Drogenexperten aus der City.«

»Ist das legal?« fragte Michelle. »Ich meine, wenn Sie ihn bezahlen, ist er dann nicht voreingenommen?«

Angie schüttelte den Kopf. Für solche Erörterungen hatte sie jetzt keine Zeit. »Nein, das ist das übliche Verfahren. Jeder bringt sachverständige Zeugen mit, wenn er sich das leisten kann. Expertisen sind teuer, aber wir können uns nicht erlauben, *keine* schweren Geschütze aufzufahren. Und diese Sozialarbeiterin ...« Angie blätterte in ihrer Akte. »Mrs. Elroy. Nun, wir können sie neutralisieren, weil eine ihrer Mitarbeiterinnen sich bereit erklärt hat zu bezeugen, wie voreingenommen sie ist und wie viele Beschwerden gegen sie eingereicht wurden.«

»Eh, Angie, könnte ich dich eine Minute sprechen?« bat Bill. Er war geblieben, als ihre Mutter und Laura gehen mußten. Sie musterte ihn erstaunt, und es wurde ihr klar, daß er sie allein sprechen wollte.

Angie folgte ihm durch die voll besetzte Kantine. Der Weg, den er nahm, war ebenso verschlungen wie der, den das Gericht ging. »Was ist?« fragte Angie, als Bill endlich vor dem Wasserspender stehenblieb. Typisch, wie er dramatisiert, dachte Angie leicht indigniert.

»Mrs. Inico ist noch nicht aufgetaucht.«

»Ruf im Büro an und ...«

»Hab' ich schon. Kein Wort, und sie geht weder an ihr Bürotelefon noch an ihr Handy zu Hause.«

Angie wollte ihre Panik nicht zeigen, deswegen nahm sie einen Becher und füllte ihn mit Wasser. »Wir haben noch Zeit, Bill. Ich habe die anderen Zeugen, die ich zuerst aufrufen kann. Halt mich auf dem laufenden.« Angie trank das Wasser, als sei es der letzte Tropfen auf dieser Welt, zerknitterte den Becher und warf ihn mit dem perfekten Schwung eines Basketballspielers in den Abfallkorb. Atme, befahl sie sich, drehte sich um und ging zu ihrer Mandantin zurück.

Angie versuchte, Jada und Michelle ihre Angst nicht zu zeigen. »Ich denke, wir sind ganz gut in Form«, sagte sie. Sie schaute Jada in die Augen. »Die einzige Frage ist, ob Sie aussagen oder nicht. Sie haben sich heute morgen großartig gehalten, aber wenn ich Sie in den Zeugenstand rufe, müssen Sie noch einmal aussagen und sich von ihm ins Kreuzverhör nehmen lassen.« Angie versuchte, die erschöpft aussehende Jada mit einem Lächeln aufzuheitern. »Sie bekommen einen glänzend neuen Vierteldollar, wenn Sie es tun«, scherzte sie.

Michael streckte den beiden Frauen einen Teller entgegen. »Das eine ist ein Truthahnsandwich und das andere eines mit Schinken«, erklärte er. »Tatsächlich kann man den Unterschied am Geschmack nicht erkennen, nur an der Farbe. Das rosa Zeug ist der Schinken. Aber der Makkaronisalat ist nicht übel.«

»Oh, bitte«, sagte Michelle und wandte angeekelt den Kopf ab.

»Wie meine Mutter sagen würde«, meinte Angie mit gezwungenem Lächeln zu Jada, »Sie müssen essen, damit Sie groß und stark werden.«

»Sie sind diejenige, die stark sein muß«, entgegnete Jada. »Wir zählen auf Sie.«

Angie warf einen Blick auf das widerliche Essen. »Zwei Kannibalenfrauen essen zusammen zu Abend. Sagt eine zur anderen: ›Ich hasse meinen Mann.‹ Die andere mustert die Teller und sagt: ›Dann schieb ihn mir rüber und iß statt dessen die Nudeln.‹«

»Ich glaube, so was hab ich mal in einer Sendung von Alfred Hitchcock gesehen«, sagte Jada. Michelle schwieg. Es war Michael, der stöhnte und aufstand.

»Okay. Gehen wir und lassen den ›Erstaunlichen Creskin‹ seinen letzten Trick vorführen. Dann sind wir dran.«

Michelle sank auf ihrem Sitz zusammen, als Anne Cherril, Jadas hinterhältige Sekretärin und Michelles ehemalige Kollegin, den Gerichtssaal betrat. Michelle konnte es nicht glauben und rutschte noch tiefer. War Anne aus Häme gekommen, oder wollte sie Jada helfen? Michelle wußte, es gab nichts, wofür sie sich schämen müßte, doch irgendwie hatte sie keine Lust, von der alten Hexe gesehen zu werden. Das hatte sie nicht erwartet, aber was als nächstes geschah, hatte sie erst recht nicht erwartet: Creskin, der Anwalt, rief Anne Cherril als seine Zeugin auf.

»Einspruch, Euer Ehren.« Angie war aufgestanden und sprach sehr entschieden, fast mit erhobener Stimme. »Diese Zeugin steht nicht auf der Liste, und die Bekanntgabezeit war lang genug, um uns zu informieren. Ich muß darauf bestehen, daß sie nicht aufgerufen wird, oder eine Vertagung verlangen.«

Michelle beobachtete, wie der Richter zu Mr. Creskin schaute. »Herr Anwalt, Sie sollten doch wissen, daß solche Überraschungen vor Gericht nicht zulässig sind«, rügte er milde. Gott, dachte Michelle, ich hoffe, er macht den Richter richtig wütend.

»Euer Ehren, diese Zeugin konnte ich erst gestern ausfindig machen, und da es mir nur um das Wohl der Kinder geht, dachte ich, Sie würden jede Zeugenaussage hören wollen, die die häusliche Situation der Jacksons verdeutlicht.«

Der Richter schien innezuhalten und zu überlegen. Dann sagte er: »Einspruch abgelehnt.«

Michelle konnte es nicht fassen. Anne Cherril durfte in den Zeugenstand treten und gegen ihre Chefin sprechen? Und wie sie sprach. Es war wie ein Alptraum. »Oh, nichts lag Mrs. Jackson mehr am Herzen als ihr Job«, schnatterte sie, bitter wie alter Tee. Jada muß außer sich sein, dachte Michelle. »Und sie hat schwer gearbeitet, das muß ich ihr zugestehen«, sagte Anne, obwohl sie klang, als würde sie Jada am liebsten überhaupt nichts zugestehen – sondern ihr alles wegnehmen. »Sie war *immer* bei der Arbeit. Manchmal riefen die Kinder an, und sie nahm die Anrufe nicht einmal entgegen.« Michelle wünschte sich, sie hätte eine Kanone. Sie würde die Frau erschießen. Sie würde sie wirklich erschießen.

»Sie taten mir leid, ja, das taten sie«, fuhr Anne salbungsvoll fort. »Manchmal habe ich selbst mit ihnen gesprochen, nur damit sie jemanden zum Reden hatten.« Und so ging es endlos weiter. Michelle wurde so wütend, daß sie einmal sogar ein Geräusch von sich gab, ein leises Stöhnen. Aber obwohl Annes Zeugenaussage unwahr, unfair und voreingenommen war, wußte Michelle, daß sie Schaden anrichtete, großen Schaden. All die Jahre des Grolls, den Anne gehegt hatte, all die Jahre des Neides, als Jada – eine schwarze Frau – die Leiter erklomm, kamen jetzt in bösartigen, gemeinen Verzerrungen der Tatsachen zutage. »Ich selbst habe keine Kinder«, räumte Anne ein, als Angie mit dem Kreuzverhör begann, »aber wenn ich welche hätte, würde ich ihnen wesentlich mehr Zeit widmen als meinem Job.«

Michelle schauderte. Sie fragte sich, welche Nachbarn, Mitarbeiter oder Freunde gegen Frank und gegen sie sprechen würden, wenn es zum Prozeß kam. Und sie fragte sich auch, was sie zu sagen haben würden. Sie argwöhnte, daß manche Leute, die Frank kannte, sehr viel mehr Gründe haben würden als Anne, gegen ihn auszusagen. Arme Jada. Das alles war entsetzlich. Was würde ein Prozeß Michelle und ihrer Familie antun? Sie fröstelte, steckte die Hand in die Tasche, fingerte noch ein Xanax heraus und schob es sich unter die Zunge.

Eine weitere Überraschung erwartete Angie, und die war schlimmer als Anne Cherril. Creskin rief eine »Miss Murchison« auf. Angie suchte, allmählich in Panik geratend, in der Zeugenliste, und erneut tauchte der Name nicht auf. »Wer zum Teufel ist das?« fragte Angie. Creskin durfte nicht schon wieder damit durchkommen.

Jada stieß sie an und flüsterte mit einer Miene, die Angie gar nicht gefiel: »Kevons Kindergärtnerin vom vorigen Jahr. Ich habe versucht zu erreichen, daß sie gefeuert wird.« Angie erhob Einspruch, doch er wurde abgelehnt. Statt dessen wurden ihr fünf Minuten Unterbrechung zugestanden. Sie griff nach einem Stift und begann sich Notizen zu machen, während Miss Murchison erzählte, wie Jada in der Schule erschienen sei, fast außer sich, unbeherrscht und emotional. »Sie schien von irgend etwas high zu sein«, behauptete Miss Murchison.

»Einspruch, Euer Ehren.« Angie schrie beinahe. Dem Einspruch wurde stattgegeben, aber die Frau fuhr fort, soviel Unheil wie möglich anzurichten: Mrs. Jackson habe Schmähreden geführt; sie habe sie bedroht; sie habe Bücher durch das Klassenzimmer geworfen. Als Angie mit dem Kreuzverhör an der Reihe war, bat sie um eine weitere kurze Unterbrechung. Deutlich verärgert, gab Sneed ihnen nur fünf Minuten. Sie, Michael und Jada steckten die Köpfe zusammen.

»Sie ist verrückt«, sagte Jada. »Ich glaube nicht, daß sie je zuvor ein schwarzes Kind unterrichtet hat. Sie zwang Kevon, sich nach dem Mittagessen fünf- oder sechsmal die Hände zu waschen, und behauptete dann immer noch, sie seien schmutzig. Sie hatte kein einziges Vorlesebuch, in dem farbige Menschen vorkamen, bis auf ein Exemplar von *Little Black Sambo.* Gott weiß, woher sie das hatte. Jedenfalls bin ich zu ihr gegangen, und ich war verdammt wütend. Ich habe tatsächlich mit einem Buch geworfen, aber es war *Sambo.* Ich habe ihr auch ungefähr ein Dutzend andere Bücher gebracht. Und ich habe gesagt, ich würde dafür sorgen, daß sie gefeuert wird, wenn sie ihn jemals wieder zwingt, sich mehr als einmal die Hände zu waschen.«

»Haben Sie die Direktorin aufgesucht?« fragte Michael Rice.

»O ja. Die wird aber nicht erscheinen. Sie ist eine vernünftige Frau, die nie in etwas hineingezogen werden will. Am Ende kam die Situation ja auch in Ordnung. Ich habe im übrigen einen Brief an sie und die Schulbehörde geschrieben. Das ist alles aktenkundig.«

Angie hatte allmählich das Gefühl, von dieser Last begraben zu werden. Sie hatte noch zwei Minuten, um sich eine Strategie auszudenken. Sie sah Michael an.

»Wenn wir Zeit hätten«, sagte er, »könnten wir all das leicht konterkarieren.« Er sah Angie an. »Aber wir haben keine Zeit, und Creskin hat ein zutiefst schmutziges Spiel getrieben und alle seine Trümpfe im letzten Moment aus dem Ärmel gezogen.«

In diesem Moment gesellte sich Michelle zu ihnen. »Ich kann das nicht glauben«, sagte sie. »Miss Murchison! Vor einem Monat, nachdem meine juristischen Probleme anfingen, hat sie meinem Sohn Schwierigkeiten gemacht. Sie hat ihn in seinen Kleidern dasitzen lassen, als er seine Hose genäßt hatte. Das kann ich bezeugen. Möchten Sie das? Soll ich es tun?« Angie sah auf ihre Uhr. O Mann! Creskin würde einen Karneval daraus machen. »Wie lange nach Ihrer Drogenrazzia ist das passiert? Und würden Sie dem Gericht die Blutergüsse in Ihrem Gesicht zeigen und sagen, wie es dazu gekommen ist?«

»Da müssen wir einfach durch«, sagte sie. Sie und Michael sahen sich an. Michelle beugte sich zu Jada, umarmte sie und sagte dann etwas Schreckliches über Anne Cherril.

»Es wäre ein großes Risiko«, sagte Angie leise zu Michael.

Michael zuckte mit den Achseln. »Michelle als Zeugin? Er kann sie nur zu dem ins Kreuzverhör nehmen, was Sie vortragen, wenn sie Ihre Zeugin ist. Aber wenn er es irgendwie schafft, auf diese Drogengeschichte zu kommen, dann ist alles im Eimer.«

»Ich hoffe, daß es das nicht jetzt schon ist.«

Im Kreuzverhör gab Miss Murchison nicht direkt zu, daß sie fanatisch war, aber sie ließ sich leicht aus der Fassung bringen. Sie räumte ein, daß Jada sich formell bei der Direktorin und bei der Schulbehörde beschwert hatte. Angie konnte sie nicht zu dem Geständnis bringen, daß sie der Klasse *Little Black Sambo* vorgelesen hatte – Miss Murchison behauptete, sie könne sich nicht an alle Bücher erinnern, die sie den Kindern vorgelesen habe –, aber sie gab zu, daß viele Eltern sehr wütend in die Schule kamen, wenn sie sich über die Probleme ihrer Kinder aufregten. Angie fragte auch, ob Miss Murchison jemals vom Vater der Kinder gehört habe, und sie mußte gestehen, daß das nicht der Fall war. Angie präsentierte all das als Stärke, als Anzeichen dafür, wie sehr Jada an ihren Kindern hing und sich für sie einsetzte.

Die Sozialarbeiterin, Mrs. Elroy, war nicht so schlimm, wie Angie erwartet hatte. Sie war zwar furchtbar, aber mit etwas Glück leicht auseinanderzunehmen. Als Creskin sie befragte, bestand sie nur aus Empörung. Ihre Forderung nach einem Drogentest und einige ihrer anderen Aussagen waren schädlich, aber im Kreuzverhör nervte sie das Gericht damit, berufstätige Mütter sollten keine Kinder aufziehen, Mutterschaft sei ein Fulltime-Job, bla, bla, bla. Sie klang so, als sei sie nicht ganz bei Trost, und Angie nahm an, daß ihre Glaubwürdigkeit erledigt sein würde, wenn sie Mrs. Elroys Kollegin aufrief.

Zum Glück hatte Richter Sneed für Moralpredigten aus dem Zeugenstand nichts übrig. Angie hatte das Gefühl, die Frau einigermaßen neutralisiert zu haben, und hatte außerdem als Beweismittel die Ergebnisse täglicher Drogentests im staatlichen Labor vorgelegt. Trotzdem war ihr deutlich bewußt, daß ihr Mrs. Inico, ihre Zeugin vom Sozialdienst, die Elroy den Rest geben würde, schmerzlich fehlte. Bill rief dauernd bei ihr an und berichtete unentwegt, niemand könne sie erreichen. Angie war physisch unwohl, und sie fürchtete, ihr Truthahnsandwich wieder von sich geben zu müssen, als Mrs. Inico am Ende von Mrs. Elroys Zeugenaussage nach wie vor nicht aufgetaucht war. Sie hätte sie gern als ihre erste Zeugin aufgerufen. Die Frau hatte doch versprochen, zur Mittagszeit da zu sein! Jetzt war es schon nach zwei, und von ihr keine Spur. Als Creskin fertig war, gab der Richter ihnen zehn Minuten Unterbrechung, um sich auf ihre Zeugen vorzubereiten. Angie fragte Michael, was seiner Meinung nach mit Mrs. Inico los wäre.

»Ich glaube, da passiert, was manchmal passiert. Daß sie für dich und deine Mandantin wichtig ist, bedeutet nicht, daß sie keine Reifenpanne haben, sich beim Lunch betrinken, den Zug verpassen oder sich dringend einen Zahn ziehen lassen könnte.« Mike zuckte mit den Achseln. »Manchmal vergessen Zeugen den Termin auch einfach oder drücken sich. Vielleicht kommt sie noch. Auf jeden Fall haben wir Anna Pollasky aus Yale. Sie ist fabelhaft. Sie sitzt in der Halle. Warum fangen wir nicht mit den schweren Geschützen an?«

Angie dachte darüber nach. »Nein. Wir machen den Anfang mit Clinton Jackson. Ich muß diesen verlogenen Mistkerl an die Wand nageln.«

Jada fühlte sich, als werde sie nach und nach zu Eis oder vielleicht zu Stein. Von dem Moment an, in dem sie früh am Morgen das Gerichtsgebäude betreten und ihren Mann gesehen hatte, in einem neuen Anzug und mit einer Hornbrille – der Mann *brauchte* überhaupt keine Brille –, hatte sie das Gefühl gehabt, daß etwas unsagbar Furchtbares ablaufen würde. Doch im Laufe des Tages hatte sie Zweifel an ihrer eigenen Realität bekommen. Und an der aller anderen. Jeder Teilnehmer an dieser Scharade vertrat eine Ansicht, die so verschieden war von dem, was wirklich vorging, daß Jada mehr als einmal die Augen schließen, tief Luft holen und sich daran erinnern mußte, daß sie nicht verrückt war.

Nach einem Lunch, den sie nicht essen konnte, und dem Verrat von Anne und dieser Lehrerin aus der Hölle war Jada jenseits von Gut und Böse. Sie war erstarrt. Aus irgendeinem Grund dachte sie an die Fernsehsendungen, die ihr Mann gern sah und in denen Schauspieler Kriminelle darstellten, während die echte Polizei und das FBI Überfälle und Verhaftungen nachstellten. Fiktive Darstellungen, die so taten, als seien sie das wirkliche Leben. Alles, was an diesem endlosen Tag passiert war, waren Fiktionen, die nichts mit ihrem wahren Leben zu tun hatten.

Als Clinton endlich in den Zeugenstand trat, sah er besser aus als an dem Tag, an dem sie ihn kennengelernt hatte. Er wurde vereidigt. »Bevor ich mit der eigentlichen Befragung beginne, möchte ich gern, daß der Kläger sich identifiziert«, sagte Creskin. Mit kräftiger Stimme nannte Clinton seinen Namen und seine Adresse. Noch erstaunlicher war, daß sie zusehen konnte, wie Clinton sich bei Creskins Fragen in den perfekten amerikanischen Schwarzen verwandelte. Er hatte seine eigene Firma, er hatte in einem guten Viertel ein Haus für seine Familie gebaut, und obwohl er im Augenblick auf dem Markt einigem Druck ausgesetzt war, weil er mit dem Fanatismus sowohl von Lieferanten als auch von potentiellen Kunden zu kämpfen hatte, war er zuversichtlich, daß er überleben würde. Immer, wenn er nicht zu Hause bei seinen Kindern war, war er auf der Suche nach neuen Aufträgen. Er erzog sie praktisch allein. Er und die Kinder, ließ er durchblicken, seien von der Ehefrau und Mutter im Stich gelassen worden. »Manchmal habe ich das Gefühl, daß sie mir etwas beweisen will. Oder daß sie einen Plan hat, in dem für uns einfach kein Platz ist«, sagte er und klang geradezu tragisch.

Während Clintons Aussage spürte Jada, wie das Eis in ihrer Brust schmolz und sich in etwas verwandelte, das sehr viel heißer war als geschmolzener Stahl. Sie wünschte sich, aufzuspringen, über den Tisch zu hechten und mit drei Schritten vor ihm zu stehen. Es wäre wundervoll, sein Gesicht zu zerkratzen, ihm diese bescheuerte Brille wegzureißen und seinen verlogenen Mund mit einem gezielten Kinnhaken zu schließen. Doch statt dessen saß sie nur da. Sie konnte sich nicht mal Notizen machen, weil ihre Hände zu sehr zitterten. Ab und an gab Angie ihr einen aufmunternden Klaps auf die Schulter.

»Keine Sorge. Wir kriegen ihn«, murmelte Angie. »Jetzt kläre ich nur ein paar von den Fakten. Später rufe ich ihn dann in den Zeugenstand und nehme ihn auseinander.«

Und genau das tat sie. Ruhig, aber so umsichtig wie ein Chirurg, der in infiziertes Fleisch schneidet, öffnete Angie Clinton und zog alle möglichen kleinen Scheußlichkeiten ans Tageslicht. Sie fragte nach seinem Einkommen in den letzten fünf Jahren, für jedes einzelne Jahr wohlgemerkt. Es reichte von winzig bis nicht vorhanden. Sie fragte nach den Namen neuerer Kunden, denen er Kostenvoranschläge unterbreitet hatte. Er konnte keinen einzigen nennen. Sie fragte sogar, ob er einen Computer, Geschäftskarten, einen Pager oder sonstige übliche Büroeinrichtungen habe. Widerstrebend mußte er bei jeder Frage zugeben, daß das nicht der Fall war. »Im Interesse der Kürze entlasse ich den Zeugen jetzt, behalte mir aber vor, ihn später noch einmal aufzurufen«, sagte Angie. Sie setzte sich wieder, während ein weit weniger aufgeblasener Clinton den Zeugenstand verließ und fast schlurfend auf seinen Platz zurückging.

Jada fühlte sich ein bißchen besser und vertraute darauf, daß Angie später noch hübschere Dinge tun würde. Dann folgte ein Wortwechsel zwischen dem Richter und George Creskin, und ein großer Fernsehmonitor wurde hereingeholt. »Wenn das Gericht gestattet, werde ich ein Video vorführen, das vor zwei Wochen aufgenommen wurde. Mr. Jacksons Frau hatte die Kinder für zwei Stunden und brachte sie zurück.«

Angie stand auf. »Einspruch, Euer Ehren. Von dieser Vorführung und ihrem Inhalt wurden wir nicht unterrichtet. Wir erheben Einspruch gegen …«

»Im Interesse der Kürze, Euer Ehren, können wir uns wohl darauf einigen, daß ein Bild mehr sagt als tausend Worte.«

»Euer Ehren, dies ist absolut unnötig, und wir erheben Einspruch.«

»Auf ein Wort, Euer Ehren«, sagte Creskin.

»Was soll das?« fragte Jada Michael. Angie stand auf und ging wie Creskin zum Richtertisch. Weiße.

»Wir wußten das nicht«, hörte Jada Angie flüstern.

»… geschickt … nicht bekommen?« Das war alles, was Jada von Creskins Antwort verstand. Trostsuchend sah sie Michael an, und er rieb ihr mit der linken Hand den Rücken. »… gefaxte Bestätigung, Sir.« Jada sah, wie Creskin dem Richter ein Papier übergab.

»… Problem mit dem Gerät … aber Euer Ehren …« Jetzt klang Angie defensiv. Das konnte nicht gut sein.

»… postalische Empfangsbescheinigung hier …« versetzte Creskin barsch.

»… wir können nicht zulassen …«, war das letzte, was sie von Angie hörte. Der Richter sagte etwas, und ihre Anwältin drehte sich um und kam an den Tisch zurück. Ihr Gesichtsausdruck gefiel Jada gar nicht. Lag das an dem neuen Beweismittel oder daran, daß sie so dicht neben dem »Unheimlichen Creskin« hatte stehen müssen?

»Wenn dies ein Prozeß wäre, könnte ich das Beweismittel nicht zulassen, aber da es sich nur um eine vorläufige Anhörung handelt und der Antragsteller mir die amtliche Empfangsbescheinigung und dergleichen vorgelegt hat, kann er dieses Beweismittel präsentieren.«

George Creskin zauberte wie ein technologischer Magier eine Fernbedienung herbei und drückte auf einen Knopf.

Jada sah, wie auf dem Bildschirm ihr eigener Wagen erschien, der vor der Bruchbude ihrer Schwiegermutter vorfuhr. Das mußte der Besuch gewesen sein, bei dem sie die Kinder ins Einkaufszentrum geführt hatte. Clinton hatte eine Nahaufnahme von Kevon gemacht, der mit hängendem Kopf weinte und von Jada fort auf die Kamera zulief. Dann folgte eine Nahaufnahme von Shavonne, die sich mit wütendem Gesicht von ihrer Mutter losriß und sich weigerte, sie zu umarmen. Es folgte ein Schwenk, der zeigte, daß sogar Sherrilee weinte. Dabei hatte sie doch nur geweint, weil man sie eben aus ihrem Schläfchen gerissen hatte.

Jada sah all das, traute aber ihren Augen nicht. »Die Kinder haben geweint, weil ich ihnen gesagt hatte, sie müßten zu ihrer Großmutter zurück. Sie hatten erwartet, in dieser Nacht bei mir zu bleiben«, flüsterte sie Angie hektisch zu. Dann, in einer schrecklichen Einsicht, die viel zu spät kam, fragte sich Jada, ob man ihnen extra vorgeflunkert hatte, sie dürften bei ihr bleiben – damit sie beim Abschied besonders bestürzt wären. Konnte Clinton so teuflisch schlau sein?

Angie nickte mit dünnen Lippen und machte sich einige Notizen. »Wir erreichen bestimmt, daß das Video nicht zugelassen wird«, versicherte sie Jada.

Doch während sie zuschaute, fühlte sich Jada wie einer der heiligen Märtyrer. Vor ihren eigenen Augen wurde ihr das Herz aus dem Leibe gerissen. Wenn die Leute in diesem Gerichtssaal wirklich glaubten, ihre Kinder wollten vor ihr davonlaufen, hätte man sie ebensogut vierteilen können. Wenn der Richter es glaubte, könnte sie ebensogut tot sein.

Als Angie schließlich mit dem Aufrufen von Zeugen an der Reihe war, begann sie sehr zurückhaltend. »Euer Ehren, ich würde gern Mr. Clinton Jackson noch einmal in den Zeugenstand rufen.« Clinton sah nicht mehr so niedergeschlagen aus wie nach seiner letzten Runde mit Angie. Daß der Mann auf das Video stolz sein konnte, war an sich schon ein Schuldbeweis, doch das sah der Richter wohl anders.

»Also, Sie haben unter Eid ausgesagt, daß Sie sich in den letzten paar Jahren zu Hause um die Bedürfnisse der Kinder gekümmert haben, nicht wahr, Mr. Jackson?« fragte Angie. Er nickte.

Die Gerichtsstenographin bat um eine verbale Antwort, und er sagte: »Ja, das habe ich.« Er sagte es ein bißchen zu laut. Gut. Vielleicht ist er nervös, dachte Jada.

»Was ist die Lieblingsspeise Ihrer ältesten Tochter?« fragte Angie.

Jada beobachtete, wie Clinton einen Moment sprachlos war. Die Frage hatte ihn überrumpelt, und sie glaubte hinter seiner falschen Brille einen Funken Furcht zu erkennen. Beinahe hätte sie gelacht. Die Frage war so typisch für Angie, eine echte Frauenfrage, und Jada wußte, daß Clinton keine Ahnung hatte. »Eh, Shavonne, sie mag Pizza«, stotterte er.

»Sie machen die Pizza doch nicht selbst, oder?« bohrte Angie weiter.

»Nein, ich lasse sie kommen.«

»Nun, abgesehen von dem, was Sie sich ins Haus liefern lassen, was ist Shavonnes Lieblingsgericht?«

Er machte wieder eine Pause, diesmal länger. »Hackbraten«, sagte er. »Hackbraten und Mais in Sahnesauce.«

Falsch, dachte Jada. *Er* mochte Hackbraten und Mais in Sahnesauce. Sie liebte Makkaroni mit Käse und Schinken.

»Und wie bereiten Sie das für sie zu?«

»Einspruch, Euer Ehren. Dies ist keine Kochlektion. Demnächst wird die junge Kollegin noch Betty Crocker als Sachverständige aufrufen.« Creskin lachte. Jada haßte den Mann mit einer Inbrunst, daß sie dachte, der Herr werde ihr vielleicht nie vergeben.

»Abgelehnt. Aber machen Sie es kurz, Frau Anwältin«, sagte Richter Sneed.

»Wie machen Sie diesen Hackbraten?« fragte Angie interessiert.

Jada glaubte, Michelle kichern zu hören. Clinton brachte noch nicht mal ein Käsesandwich zustande.

»Nun, ich gebe Fleisch in eine lange Bratform, Sie wissen schon, so eine Bratform.«

»Was für eine Art Fleisch?«

»Gehacktes Fleisch. Etwa so wie in Hamburgern, wissen Sie.«

»Und geben Sie irgend etwas an das Fleisch?«

Creskin stieß hörbar die Luft aus, als überwältige ihn Verzweiflung.

»Nein.« Clinton hielt inne. Er schien zu überlegen. »O ja, doch, Salz und Pfeffer.« Er sagte das so stolz, als habe er soeben bei *Jeopardy* gewonnen.

»Und das ist alles, was Sie zugeben?« fragte Angie.

»Eh, ja. Aber ich nehme richtig gutes Hackfleisch. Deswegen mögen sie es.«

»Und wie bereiten Sie den Mais in Sahnesauce zu?«

»Nun, ich nehme eine Büchse Mais und gebe etwas Schlagsahne dazu. Und dann rühre ich um, bis der Mais im Topf heiß geworden ist.«

Angie konnte es kaum glauben. Wußte der Richter, wie lächerlich Clintons »Rezepte« waren? »Sie haben ausgesagt, daß Sie viele Mahlzeiten für die Kinder zubereiten?« säuselte sie.

»O ja.«

»Was ist denn Kevons Lieblingsgericht?«

George Creskin stand auf. »Einspruch, Euer Ehren. Diese Information ist irrelevant, und ...«

»Abgelehnt«, sagte der Richter. Angie lächelte. Er merkte offenbar, wie unglaubwürdig Clinton war.

»Sie müssen die Frage beantworten«, befahl der Richter.

»Spaghetti mit Fleischklößchen«, sagte Clinton. Er lächelte. »Wissen Sie, alle Kinder mögen Spaghetti mit Fleischklößchen.«

»Und wie bereiten Sie die zu, Mr. Jackson?« fragte Angie.

»Na, man nimmt eine Packung Spaghetti und gibt sie in eine große Schüssel. Dann nimmt man eine Büchse Spaghettisauce – er mag die würzige Sorte – und macht sie heiß. Und dann gibt man sie über die Spaghetti.«

Angie lächelte Richter Arnold Sneed direkt an. Dann, das Lächeln noch auf dem Gesicht, wandte sie sich wieder an Clinton.

»Also, damit wir uns richtig verstehen – Sie nehmen eine Packung Spaghetti, geben sie direkt in eine Servierschüssel und übergießen sie dann mit heißer Sauce?«

»Ja«, sagte Clinton. »Weil nämlich die heiße Sauce die Spaghetti gewissermaßen weich macht, so daß man sie essen kann. Selbst das Baby mag sie.«

Angie schüttelte verdutzt den Kopf, sowohl für Clinton als auch für den Richter. »Mr. Jackson, trifft es nicht zu, daß Ihre Frau buchstäblich sämtliche Mahlzeiten in Ihrem Haus zubereitet? Vergessen Sie nicht, Sie stehen unter Eid.«

»Ich koche für die Kinder. Ich koche die ganze Zeit für sie!« Er stockte. »Nun ja, die meiste Zeit.«

Angie wandte sich an den Richter. »Euer Ehren, gegen diese Zeugenaussage würde ich gern ein Dutzend Rezepte für Hackbraten vorlegen. Sie werden feststellen, daß in keinem davon Hackfleisch die einzige Zutat ist. Es würde keinen Braten ergeben, wenn die Masse nicht mit Eiern, einer speziellen Sauce oder Paniermehl gebunden wird. Mais in Sahnesauce wird meist schon fertig in Dosen angeboten. Ich werde Mr. Jacksons Instant-Rezept dafür gar nicht erst kommentieren. Ich glaube ferner, daß Sie und das Gericht wissen, daß Spaghetti vor dem Verzehr gekocht werden müssen. Und schließlich würde ich als Beweismittel gern einige Interviewresultate der Sozialarbeiterin anführen, die festgestellt hat«, Angie schaute auf den Bericht nieder, »daß Kevon Würstchen mit Ketchup liebt, nicht mit Senf, während seine Schwester Makkaroni mit Käse bevorzugt.« Nachdem die Beweismittel gestempelt worden waren, wandte sie sich wieder an Clinton. »Sie waren also bei den Kindern zu Hause, wenn sie aus der Schule kamen.«

»Ja. *Und* an den meisten Abenden.«

»Also, wer ist dann der Schwarm Ihrer Tochter? Können Sie mir ihren Lieblingsfilmstar nennen? Oder ihre Lieblingsmusik?«

Clinton starrte Angie an, und jetzt wirkte er verärgert. »Ich weiß es nicht«, knurrte er. Dann berichtigte er sich: »Ich meine, das sind so viele, daß ich nicht weiß, wen sie am liebsten mag.«

Jada sah zu, wie ihr Ehemann sich blamierte und als Lügner entpuppte. Und sie genoß es. Sie beantwortete für sich jede Frage, die Angie stellte. Sie kannte den Namen von Kevons imaginärem

Freund und wußte, daß ihre Tochter Sonya Benoit, Leonardi DiCaprio und Puff Daddy liebte. Aber Clinton wußte überhaupt nichts... und Angie ließ nicht locker.

»Was für Schulnoten hat Ihre Tochter, Mr. Jackson?«

»Sie hat gute Noten. Sie hatte nie irgendwelche Probleme mit den Noten.«

»Die Noten haben also nicht unter diesem sogenannten Problem mit ihrer Mutter gelitten?«

Ha! Er war verdammt, ob er nun sagte, sie hätten gelitten oder nicht gelitten.

»Na, vielleicht ein bißchen, aber sie hat gute Noten. Ich helfe ihr«, log Clinton. »Sie ist ein intelligentes Mädchen, ich bin stolz auf sie.«

»Ich bin sicher, daß sie das ist, und Sie sind es sicher auch«, sagte Angie milde. »Wie steht sie in Mathematik?«

Jada beobachtete, wie das Gesicht ihres Mannes den verschlossenen Ausdruck annahm, den er dann bekam, wenn sie ihn bei einem Fehler ertappte und er es wußte.

»Einspruch, Euer Ehren. Wir brauchen nicht dermaßen ins Detail zu gehen, sonst sitzen wir den ganzen Monat hier.« Jada sah, daß Angie Mr. Creskin einen kurzen, giftigen Blick zuwarf.

»Euer Ehren, wenn ich noch einen Moment bei diesem Fragenkomplex bleiben kann, werden Sie seine Relevanz sehen«, bat Angie.

»Einspruch abgelehnt. Fahren Sie fort«, sagte Richter Sneed. Er sah auf seine Uhr.

»Sie war immer gut«, behauptete Clinton.

»Mr. Jackson, ich habe hier die Zeugnisse Ihrer Tochter, nicht nur aus diesem Jahr, sondern aus den letzten *drei* Jahren. Würden Sie bitte ihre Mathematiknoten aus diesem und den beiden vorangegangenen Jahren vorlesen?«

Jada verzog keine Miene und unterdrückte ihr Lächeln. Gelobt seist Du, Herr, dachte sie, und danke, daß Du mir diese Anwaltsfreundin geschenkt hast. Clinton las die jämmerlichen Mathematiknoten aus der dritten Klasse vor, die Jada nachts wach gehalten hatten, als ihre Nächte noch weitaus einfacher waren als jetzt. »Vier, Vier, Fünf, Vier, Fünf, Sechs«, mußte Clinton vorlesen.

»Würden Sie das als gute Noten bezeichnen, Mr. Jackson?«

»Nein«, sagte er widerstrebend und wollte etwas hinzufügen, aber Angie hinderte ihn daran.

»Bitte lesen Sie dies vor.« Sie reichte ihm etwas, das Jada als Shavonnes Zeugnis aus der vierten Klasse erkannte.

»Vier, Eins, Eins, Zwei, Eins«, las Clinton, und seine Stimme war kaum mehr als ein Murmeln.

»Nun, es sieht so aus, als hätte Ihre Tochter nicht immer gute Noten in Mathematik gehabt. Obwohl Sie sich daran nicht zu erinnern scheinen. Wissen Sie noch, wodurch diese sehr schlechten Noten zu ausgezeichneten wurden?« Clinton schaute zu Creskins Tisch hinüber, aber Angie ließ ihm keine Zeit. »Was geschah?« drängte sie.

»Ich habe mit ihr geredet. Ich habe ihr gesagt, sie soll sich anstrengen. Ich habe ihr gesagt, daß kein Jackson schlechte Noten bekommt. Also hat sie fleißiger gelernt.«

»Mr. Jackson, sagt Ihnen der Name Allesio etwas? Mrs. Allesio?«

»Nein«, antwortete Clinton, als habe er Angst, man werde ihm vorwerfen, mit ihr geschlafen zu haben. Jada hätte wieder beinahe laut aufgelacht. Die ganze Vorbereitungszeit, die sie mit Michael Rice und den anderen verbracht hatte, war der Mühe wert gewesen.

»Sie haben sie nie beschäftigt?«

»Nein. Das habe ich ganz bestimmt nicht.«

»Nun, das überrascht mich aber. Sie ist seit zwei Jahren Shavonnes Nachhilfelehrerin in Mathematik.« Jada genoß es, wie Clintons Gesicht in sich zusammenfiel. »Keine weiteren Fragen, Euer Ehren«, sagte Angie. Sie wandte sich von Clinton ab und sah den Richter an.

Nun *muß* dieser Mann doch verstehen, daß ich diejenige gewesen bin, die die Kinder behütet hat, die für sie gekocht hat, die sie zum Arzt gebracht hat, die ihnen Nachhilfelehrer besorgt und Kevons fanatische Kindergartenlehrerin zur Rede gestellt hat, dachte Jada. Sie war zu allen Elternabenden gegangen und hatte die Kinder gepflegt, wenn sie krank waren. Das mußte er doch erkennen.

»Wir machen eine kurze Pause.« Der Richter sah auf seine Uhr. »Ich möchte Sie alle in fünfzehn Minuten wieder in diesem Saal sehen.« Er schaute Angie an. »Und dann, Frau Anwältin, möchte ich, daß Sie zum Ende kommen.«

Er schlug mit dem Hammer auf den Tisch, und der Gerichtsdiener rief: »Erheben Sie sich.«

»Euer Ehren«, begann Angie, als die Sitzung fortgesetzt wurde, »ich würde gern Dr. Anna Pollasky als Sachverständige in den Zeugenstand rufen.«

Dr. Pollasky stand auf und kam aus dem Hintergrund des Gerichtssaals durch den Mittelgang. Sie war eine hochgewachsene Frau mit ungeheurer Präsenz. Ihr graues Haar war zu einem schicken, aber konservativen Bob geschnitten, und ihr graublaues Kostüm strahlte Autorität aus. Sie hatte ein Dutzend Bücher über moderne Kindererziehung geschrieben und war in mehr als hundert Fernsehsendungen aufgetreten. Sie trat in den Zeugenstand, wurde vereidigt und setzte sich.

Angie mußte sie als Zeugin qualifizieren und verlas eine lange Liste mit Dr. Pollaskys akademischen Graden, Titeln, Veröffentlichungen und Stellungen, die sie sowohl als Professorin für Entwicklungspsychologie wie auch als Direktorin des Yale Center for Childhood Studies innehatte. Sie war eine beeindruckende Persönlichkeit mit beeindruckendem Hintergrund. »Ich schreite nun zur Befragung der Sachverständigen, Euer Ehren«, sagte Angie und spürte, wie sehr sie es genießen würde, die Zeugenaussagen der Sozialarbeiterin, Tonya Greens und Mrs. Jacksons mit dem vom Tisch zu wischen, was jetzt kam, aber da stand George Creskin auf.

»Ich erhebe Einspruch und lehne die Sachverständige ab, Euer Ehren.«

»Einspruch?« Angie fragte sich, wogegen man da Einspruch erheben konnte, und Richter Sneed fragte sich das offenbar auch und zog die Brauen hoch. Es war klar, daß jeder wußte, wer Dr. Pollasky war.

»Darf ich die Sachverständige ins Kreuzverhör nehmen, Euer Ehren?« fragte George Creskin. Sneed nickte, obwohl er ebenso überrascht schien wie Angie. »Dr. Pollasky, Sie haben bestätigt, daß Sie Doktorin der Medizin sind, zugelassen im Staate New York?«

»Ja«, antwortete Dr. Pollasky ruhig und überzeugt.

»Sind Sie da sicher?«

»Aber ja«, sagte sie. »Natürlich.«

»Und Sie werden dafür bezahlt, daß Sie hier heute als Sachverständige aussagen.«

Es wäre ein blöder Trick, wenn Creskin das tat, damit Pollasky leugnete, daß sie bezahlt wurde. Manche taten das, weil sie Schuldgefühle hatten. Pollasky wußte es besser, und Creskin sollte das auch wissen.

»Ja«, sagte sie. »Es ist üblich, für die Zeit eines Arztes zu bezahlen. Mir wurden auch die Fahrtkosten für die Reise von New Haven hierher erstattet.«

Angie fragte sich, was zum Teufel Creskin da vorhatte. Es war das erste Mal seit Beginn des Verfahrens, daß Creskin eine schlechte Figur machte.

Doch sein Einspruch war viel einfacher. Creskin zog einige Blätter Papier heraus. »Frau Doktor, ich fürchte, daß Ihre Aussage als Sachverständige unzulässig ist. Sie haben in diesem Staat keine Zulassung.« Er legte ihr die Papiere vor und gab Angie und dem Richter eine Kopie. »Wir haben uns bei der zuständigen Stelle erkundigt. Sie haben keine Lizenz.«

Dr. Pollasky, sichtlich verwirrt, blätterte die Papiere durch. »Aber ich bin seit mehr als zwei Jahren in New York zugelassen.«

»Jetzt nicht mehr«, stellte Creskin unverhohlen glücklich fest.

Dr. Pollasky schwieg einen Moment. Sie sah auf die Papiere, die vor ihr lagen. »Anscheinend hat meine Sekretärin vergessen, die Registrierung einzuschicken.«

»Vielleicht«, sagte Creskin trocken. »Euer Ehren, ich beantrage, die Zeugin abzulehnen. Wenn sie in diesem Staat keine Zulassung hat, kann sie nicht aussagen.« Vertraulich lächelte er den Richter an. »So wurde letzten Freitag im dritten Gerichtsbezirk entschieden. Franko gegen Lapstone Oil. Den Vorsitz hatte Richter Sullivan. Haben Sie davon gehört? Irgend jemand, den sie den ganzen Weg aus Finnland oder so hatten kommen lassen.«

Angie wußte, daß Präzedenzfälle für Richter eine größere Rolle spielten als alles andere. Sie hatte keine Ahnung, wer Richter Sullivan war oder worum es bei Franko vs. Lapstone Oil ging.

»Die Zeugin wird abgelehnt«, donnerte Sneed.

Danach hatte Angie dasselbe Gefühl wie in übelsten Träumen. Es war, als habe sie es entsetzlich eilig, könne sich aber nur im Zeitlupentempo bewegen. Sie versuchte weiter, aber nichts schien zu wirken, und sie spürte, daß Richter Sneed das Interesse verloren hatte und auch die Geduld zu verlieren begann. Und sie spürte, daß sie diesen Fall durchaus verlieren konnte. Ihr Experte für Drogentests, ein bekannter New Yorker Praktiker, war langweilig und wenig überzeugend, wenn auch präzise. Die Vorsitzende des Elternbeirats bestätigte zwar, daß Jada Jackson eine engagierte, fürsorgliche und kompetente Mutter war, aber das war undramatisch und hatte keine Kraft. Angie fürchtete, daß all das unzulänglich war, daß *sie* unzulänglich war.

Endlich, um vier Uhr, war sie mit dem letzten Zeugen fertig. Richter Sneed hörte auf, mit den Fingern zu trommeln. Sie erwartete, daß er eine Unterbrechung verkünden oder erklären würde, die Entscheidung werde am nächsten Morgen schriftlich ergehen. Aber sie hatte den eiligen Richter unterschätzt. Nichts würde ihn davon abhalten, seinen Urlaub pünktlich anzutreten. Er hob den Kopf und sah die beiden Anwälte an. »Dies war, wie wir in Erinnerung rufen wollen, eine dringliche Anhörung«, erklärte er. »Sie wurde vordringlich angesetzt, weil es um ernsthafte Fragen bezüglich des Wohls der Kinder geht. Das steht wohl außer Frage«, sagte der Richter. »Das einzige Interesse, das ich habe, ist das der Kinder.«

Ja, dachte Angie zynisch. Das und dein Flug nach Florida.

»Zu diesem Zeitpunkt sprechen Mrs. Jacksons offensichtlich übergroßes Engagement für ihre Arbeit, ihre Beförderungen und ihre Arbeitszeiten für sich. Auch die Frage der Drogen ist problematisch. Ich brauche keine Unterbrechung der Sitzung, um eine einstweilige Verfügung zu treffen.«

O mein Gott, dachte Angie, ich habe verloren. Ich habe den Fall in den Sand gesetzt. Sie sah sich panisch im Saal um wie ein Tier, das versucht, aus einem brennenden Gebäude zu entkommen. Sie hatte fast einen Geschmack von Asche im Mund.

»Ich spreche Mr. Jackson das vorläufige Sorgerecht, Kindesunterhalt und einen reduzierten Ehegattenunterhalt zu, der später zu bestimmen sein wird. Mrs. Jackson erhält ein vorläufiges, überwachtes Besuchsrecht…«, er hielt inne, als denke er nach, »zweimal in der Woche für je zwei Stunden. Mrs. Jackson hat zwei Wochen Zeit, um das Haus der Familie zu räumen, bevor Mr. Jackson und die Kinder dorthin zurückkehren können.« Er hob den Hammer. »Die Verhandlung über den Fall wird zu einem späteren Zeitpunkt fortgesetzt.«

»Erheben Sie sich«, sagte der Gerichtsdiener, aber weder Jada noch Angie konnten aufstehen.

Zweiter Ring

Die meisten Männer sind wie Hunde,
und zur ehelichen Strategie gehört es,
sie täglich hinterm Ohr zu kraulen,
bis es nicht mehr geht.

(Nan Delano)

36. *Kapitel -*

Nachwirkungen – Geometrie?

Angie lag so flach, wie ihr wachsender Bauch es zuließ, auf der neuen Matratze in ihrem neuen Schlafzimmer und starrte an die neue Decke. Im Unterschied zu der im Haus ihres Vaters war diese nicht mit Unendlichkeits-Achtern übersät. Statt dessen hatte sie eine Art nachträglich aufgetragener Struktur, die vermutlich genau dann abbröckelte, wenn man schlief. Man atmete das Zeug unwissentlich ein und bekam davon Krebs, der erst in zwanzig Jahren entdeckt werden würde. Vielleicht verursachte es auch Erbschäden. Angie legte die Hand auf ihren Bauch. Er stand vor, aber davon abgesehen hatte sie sich noch nie schlimmer gefühlt.

Sie kam nicht darüber hinweg, wie grandios sie vor Gericht versagt hatte. Mißerfolge hatte sie in ihrem Leben nicht oft erlebt. Sie war recht gut in der Schule gewesen, beliebt, wenn es nötig war, hatte dann eine gute juristische Fakultät besucht, Reid kennengelernt, ihr Studium abgeschlossen, geheiratet und einen anständigen Job erwischt. Erst als Reid seine Granate explodieren ließ, hatte sie erkannt, daß ihre Ehe eine Farce gewesen war. Und jetzt hatte sie einen beruflichen Mißerfolg gelandet, der ihr Gewissen ihr Leben lang belasten würde, das wußte sie. Noch dazu hatte sie ihrer Freundin gegenüber versagt. Das Telefon läutete, und Angie machte eine Armbewegung wie einer dieser Hebel an Spielautomaten. Wer immer das war, dieser Anruf konnte kein Gewinn sein, aber sie hatte es auch noch nie geschafft, in einer Spielhalle einen Preis zu gewinnen. Die Stimme ihrer Mutter summte in ihrem Ohr, bevor sie noch Zeit hatte, hallo zu sagen. »Ich habe alles gehört. Er ist empörend, dieser Sneed. Wir müssen eine Kampagne starten, damit er sein Amt verliert. Du hattest – wieviel? – eineinhalb Stunden, um deinen Fall vorzutragen. Was nicht heißen soll, daß du es nicht vermasselt hast. Sneed ist empörend, aber du hast es vermasselt.«

»Hallo, Mom. Ich freue mich auch, von dir zu hören«, murmelte Angie schwach.

»Ich hätte dir den Fall nicht überlassen sollen. Er war komplizierter, als wir gedacht hatten. Und du konntest keine Vertagung kriegen. Michael hat mir von Dr. Pollaskys kleiner Nachlässigkeit erzählt und von der Sozialarbeiterin, die überhaupt nicht erschienen ist. Übrigens, Bill hat sie schließlich erreicht. Ihr Hund war von einem Auto angefahren worden.«

»So fühle ich mich auch«, sagte Angie. »Nicht angefahren. Überfahren.«

»Schau, all das läßt sich richten. Es wird ein Weilchen dauern und noch etwas mehr Geld kosten, aber es ist empörend, und wir werden um eine Fristverlängerung für den Prozeß bitten und ...«

»Später, Mom«, bat Angie. Natalie verstummte.

»Möchtest du, daß ich vorbeikomme?« fragte sie. »Ich kann unterwegs ein paar Sardinensandwiches kaufen. Weißt du noch, wie gern du früher Sardinensandwiches gegessen hast?«

Der bloße Gedanke an eine Sardine, die im Ozean schwamm, ganz zu schweigen von einer, die auf einem Stück durchweichtem Brot in Öl schwamm, reichte aus, um Angie ernstlich an den Rand des Erbrechens zu bringen. »Ich glaube, ich brauche jetzt einfach ein bißchen Ruhe, Mom«, wehrte sie ab.

»Okay. Du sollst bloß wissen, daß dir keiner Vorwürfe macht. Na ja, ein paar Leute tun es, aber ich gebe Michael die Schuld.«

»Oh, Mom.«

»War bloß ein Witz«, beruhigte Natalie sie, und Angie ließ den Hörer kraftlos auf die Gabel fallen.

Dann legte sie die Hand wieder auf ihren Bauch. Sie mußte eine Entscheidung über diese Schwangerschaft treffen, und es gab nur eine Entscheidung. Sie haßte den Gedanken, aber es war notwendig.

Die Sache lag halt ganz einfach so: Sie liebte Kinder, und sie hatte Reid geliebt. Während ihrer Studienjahre, während ihrer Verlobungszeit und bei der Hochzeit hatte sie ihn angesehen und gedacht: »Ja. Ich möchte *ihn* als Vater meiner Kinder.« Sie hatte ihn so sehr geliebt, daß sie sich gewünscht hatte, er würde ein Teil von ihr, und die Idee eines Kindes, einer Mischung aus ihr und ihm, hatte sie fasziniert. Aber jetzt...

Angie seufzte tief. Sie hatte ihr Leben ruiniert. Das war ihr klar, aber sie trug die zusätzliche Bürde des Wissens, daß sie auch Jada Jacksons Leben ruiniert hatte. Sie konnte nicht glauben, wie der Prozeß und alles andere sich gegen sie gewandt hatten. Es war nicht ihr Ego, das ihr Schmerzen verursachte. Es war der Gedanke an Jada, eine Frau, die jahrelang gekämpft hatte, um ihre Familie und ihr Heim zusammenzuhalten, und die nun vernichtet war – vielleicht für immer.

Nachdem Richter Sneed aus dem Saal des Familiengerichts gerauscht war, war Angie Jada, Michael und Michelle schweigend durch die Flure und auf den Parkplatz gefolgt. Erst da hatte Michelle gefragt: »Was kommt als nächstes?«

»Nichts«, sagte Jada. »Nichts.« Und erst dann begann sie still zu weinen.

Zuerst hatte Angie versucht, sich zu entschuldigen, während Michelle Jadas Hand hielt und mit ihr weinte. Als Michelle zu ihren Kindern zurückkehren mußte, hatte Michael von einer Berufung gesprochen und dann Jada und Angie zum Essen eingeladen und mitgeholfen, Jada gut und gründlich betrunken zu machen. »Ich kann es nicht glauben. Ich kann nicht glauben, daß ich meine Babys nicht mehr habe«, hatte Jada wie ein Mantra vor sich hingeflüstert. Angie hatte wegen ihrer Schwangerschaft nichts getrunken, aber zugehört.

Dann erbot sie sich, Jada nach Hause zu fahren. Sie hatte Michael nach seiner Adresse gefragt, um auch ihn nach Hause zu fahren. »Ich wohne, wo du wohnst«, sagte er. Angie glaubte, er sei betrunken oder – schlimmer – versuche sie irgendwie anzumachen. Aber es stellte sich heraus, daß er tatsächlich im gleichen Komplex von Gartenapartments wohnte wie sie. »Deswegen konnte ich die Maklerin empfehlen«, hatte er gegrinst.

Also setzte Angie Jada ab und fuhr dann mit Michael zu seinem Ende des Gebäudekomplexes. Anschließend war sie erschöpft zu Bett gegangen, nüchtern und schlaflos, und hatte gehofft, sie würde sich am nächsten Morgen besser fühlen.

Doch jetzt war der nächste Morgen, und sie fühlte sich kein bißchen besser. Aber so elend ihr auch war, sie wußte, daß es Jada Jackson noch schlechter ging. Angie wünschte sich, sie könnte den ganzen Tag im Bett bleiben, vielleicht sogar das ganze Wochenende, aber sie mußte Jada abholen und zu dem Parkplatz bringen, wo sie Jadas Auto zurückgelassen hatten. Dann erinnerte sie sich: Heute war der Tag, an dem ihr Vater hatte kommen wollen, um ihr zu helfen, ihren »Müll einzuräumen«, wie er es so liebenswürdig ausgedrückt hatte. Das war zuviel. Sie wußte, ihr Dad würde die Absage hinnehmen, aber sie wußte auch, daß das ein großes Loch in seinen Plänen für das Wochenende hinterlassen würde. Gott, warum war das Leben so kompliziert? Warum fühlte sie sich verpflichtet, sich um ihren verrückten Vater zu kümmern? Warum tat er ihr so leid?

Unter ungeheurer Anstrengung nahm sie das Telefon und tippte seine Nummer ein. Traurigerweise meldete er sich beim ersten Läuten, wie es oft bei Leuten geschieht, die allein leben. »Hi, Baby«, sagte er fröhlich. Doch als sie ihm sagte, sie müßten ihr Treffen verschieben, konnte sie hören, wie die Fröhlichkeit aus seiner Stimme verschwand. Zuerst wollte er sie überreden, es sich anders zu überlegen, dann schlug er vor, er werde alleine bei ihr einräumen, während sie ihrer Verabredung nachgehen könne. Sie wußte nicht, woher sie die Kraft nahm, abzulehnen und ihn auf später zu vertrösten, aber irgendwie schaffte sie es, und erschöpft legte sie den Hörer auf.

Angie zwang sich, aus dem Bett zu kriechen, duschte und zog sich an. Der Gummibund ihrer Leggings schnitt ihr ins Fleisch. Doch der Gedanke, daß in ihrem Bauch ein neues Leben – ihr Baby – wuchs, faszinierte sie. Sie streifte ein Sweatshirt über, nahm ihre Tasche und verließ die Wohnung, obwohl ihre Haare noch naß waren.

Die Fahrt zu Jada war viel zu kurz, denn Angie wollte eigentlich nicht an die Tür klopfen und ihrer Mandantin und Freundin ins Gesicht sehen müssen. Andererseits wollte und konnte sie Jada in diesem Haus nicht allein lassen. Angie holte tief Luft. Es ist alles so unfair, sagte sie sich frustriert. Vielleicht war sie keine tolle Anwältin gewesen. Vielleicht war sie nicht mal eine gute Anwältin gewesen, aber George Creskin war auch nicht so verdammt toll.

Gleichwohl hatte er sie ausgetrickst, sie und Jada – eine gute Mutter, Steuerzahlerin und Bürgerin. Trotz ihrer eigenen Fehler, trotz der Schläue, Erfahrung und Gerissenheit des »Erstaunlichen Creskin« – daß ein Gerichtsurteil eine so totale Fehlgeburt sein konnte, schockierte Angie.

Fehlgeburt. Als sie in Jadas Straße einbog, legte sie wieder eine Hand auf ihren Bauch. Wo blieb die Fehlgeburt, wenn man eine brauchte? Sie verzog das Gesicht. Sie wollte keine Fehlgeburt. Sie wollte ein Baby – oder im Moment überhaupt nicht schwanger sein. Aber wenn nicht jetzt, wann dann? Sie war kein Kind mehr. Es würde sie Jahre kosten, je wieder einem Mann zu vertrauen. Und dann? Dann war der Zug vielleicht schon abgefahren.

Für Jada war das Leben viel, viel schlimmer. Nichts von all dem war fair, und Angie wußte, diese Grausamkeiten waren nur möglich, weil Jada eine Frau war. Fair-play, anständiges Verhalten und Einhalten der Regeln zahlten sich für Frauen nicht aus. Das System war von Männern geschaffen, wurde von Männern regiert und nützte Männern. Wenn Frauen an die Spitze gelangten, war es entweder ein glücklicher Zufall oder der Triumph eines Willens, der der Ersteigung des Everest gleichkam.

Angie parkte in Jadas Einfahrt, ging zur Küchentür und klingelte. Sie merkte, daß sie entsetzliche Angst hatte. Hier war ein Berg, den Jada ersteigen mußte – vielleicht war es auch ein Tal, aus dem sie herausklettern mußte. Angie wollte helfen – wenn sie Jada zu ihrem Auto gebracht hatte, würde sie ihr anbieten, ihr beim Packen zu helfen.

Angie holte tief Luft und klingelte nochmals. Sie wartete ein paar Minuten vor der Tür. Keine Reaktion. Fast rennend umrundete sie das Haus und klingelte an der Vordertür. Nichts. Konnte Jada... sie läutete nochmals. Nach einigen weiteren Minuten schlug sie gegen die Tür, so heftig sie konnte.

Jada riß sie auf. »Ich höre ja, ich höre Sie ja«, sagte sie. »Die Klingeln funktionieren nicht. Er hat die verdammten Glocken nie installiert. Aber jetzt, wenn ich weg bin, wird er es vermutlich tun.« Jada drehte sich um und ging durch den Wohnraum. Angie folgte ihr erleichtert.

Auf dem Boden standen bereits Kartons, einige leer, einige teilweise gepackt. Buntpapier, wie Kinder es in der Vorschule benutzten, lag auf dem Couchtisch, zusammen mit bunten Stiften, einer Schere und Klebeband. Es sah aus wie eine Aufgabe für die dritte Klasse, aber Angie wußte, daß Jadas Kinder erst wieder ins Haus kommen würden, wenn Jada fort war. »Wann sind Sie aufgestanden?« fragte Angie.

»Ich bin gar nicht ins Bett gegangen«, antwortete Jada teilnahmslos. »Ich habe mich bloß übergeben, dann habe ich mich gewaschen und an die Arbeit gemacht.« Sie wies auf den Couchtisch. »Ich konnte es nicht ertragen, überhaupt keine Spur zu hinterlassen«, gestand sie. »Glauben Sie, wenn ich Zettel in die Taschen der Kinder schmuggele, in ihren Schubladen und Schuhen verstecke und innen an die Schranktüren klebe, wird Clinton sie alle finden und wegwerfen?«

Angie preßte die Lippen zusammen und schüttelte den Kopf. »Das glaube ich nicht«, sagte sie und hoffte, daß sie recht hatte.

»Ich habe vor über einer Woche ihre Zimmer geputzt und für ihre Rückkehr vorbereitet. Da dachte ich allerdings noch, sie würden zu mir nach Hause kommen.« Jada seufzte tief und nahm ein Stück Papier in die Hand, das sie zu einem Herzen geschnitten hatte. »Sherrilee liebt alles, was glitzert«, sagte sie und zeigte auf den Glimmer an den Rändern. »Natürlich kann sie noch nicht lesen.« Sie schüttelte den Kopf und kaute einen Moment auf ihrer Unterlippe. »Glauben Sie, daß Tonya ihr das hier vorlesen wird?« fragte sie mit dünner Stimme.

Angie schaute auf das ausgeschnittene Papierherz und hatte das Gefühl, ihr Herz würde brechen. *Ich denke immer an Dich, mein Baby,* hatte Jada geschrieben.

»O mein Gott. Jada, es tut mir so schrecklich leid«, sagte Angie, während ihr Tränen in die Augen schossen. »Es ist alles meine Schuld.«

Jada sah sie an und schüttelte den Kopf. »Nein, ist es nicht«, sagte sie. »Aber es ist auch nicht alles *meine* Schuld. Daran muß ich immer denken, sonst werde ich verrückt.« Sie starrten einander an.

Angie blinzelte, um die Tränen zu vertreiben. Niemand außer Jada hatte jetzt das Recht zu weinen. »Es gibt noch immer juristische Schritte, die wir versuchen können«, sagte sie. »Erinnern Sie sich an Michaels Vorschläge von gestern abend?«

Jada schüttelte den Kopf. »Es ist vorbei«, sagte sie rauh. »Sie wissen, daß es vorbei ist, und ich weiß, daß es vorbei ist. Mein Haus löst sich auf. Meine Familie löst sich auf.« Sie schaute auf ihre Hand nieder. »Sogar meine Hand löst sich auf«, sagte sie, während sie das Pflaster von ihrem Finger riß und in Richtung eines der Kartons warf. »Unsere gemeinsamen Morgenläufe lösen sich auf. Sie sind umgezogen. Ich weiß, daß Michelle noch immer meine Freundin ist, trotz alldem, aber jetzt, wo sie wieder herkommen kann, ziehe ich um.«

»Wo gehen Sie hin?« fragte Angie.

Jada zuckte mit den Achseln. »Ich weiß es nicht, und es ist mir auch egal.«

Und da hatte Angie eine gute Idee.

37. Kapitel -

in dem Michelle nachdenkt und die Freundinnen es ihr gleichtun

Die Ereignisse im Gerichtssaal hatten Michelle auf mehr Arten aus der Fassung gebracht, als sie erwartet hatte. Sie nahm einen weiteren Becher aus dem Schrank, stellte ihn auf die Arbeitsplatte und wischte den Schrankboden ab, wo er gestanden hatte. Sie leerte sämtliche Schränke, säuberte die Böden und legte sie mit Schrankpapier aus. Das war eine mechanische Tätigkeit, bei der sie Zeit zum Nachdenken hatte. Das Ergebnis der Anhörung war natürlich unfair und schockierend: Wenn irgend jemand eine gute Mutter war, wenn irgend jemand verdiente, seine Kinder bei sich zu haben, dann war es Jada.

Aber es war nicht nur die Ungerechtigkeit, die Michelle empörte. Es war auch die Kälte des ganzen Vorgangs. Zusehen zu müssen, wie Clinton – durch seinen Anwalt – sein möglichstes tat, um das Leben seiner Frau, ihren Ruf, ihre Familie und ihre Zukunft zu zerstören. Michelle wußte genau, was Jada durchgemacht hatte, als sie sich abmühte, alles zusammenzuhalten, Clintons Schwächen zu kompensieren, genug Geld zu verdienen, um die Familie zu ernähren, mit den Rechnungen zu jonglieren, Clintons »Abenteuer« zu übersehen, seine grandiosen, aber nie ausgeführten Geschäftspläne zu ignorieren. Nichts davon war vor Gericht zur Sprache gekommen. Nichts von Jadas Mütterlichkeit, ihren Opfern für die Kinder, ihrer Frömmigkeit, ihren Werten, der Disziplin, die sie ihnen beigebracht hatte. Die falschen Dinge waren geschehen. Der Gerechtigkeit war nicht gedient worden. Den Kindern war nicht gedient worden. Daß sie zugesehen hatte, wie der Staat dazu beitrug, Leben zu ruinieren, und als Theater der Lügen gedient hatte, veranlaßte Michelle, sich auf Frank und seinen bevorstehenden Prozeß zu konzentrieren. Dabei war ihr im Nacken und zwischen den Schulterblättern der kalte Schweiß ausgebrochen. Deswegen hatte sie sich über die Schränke hergemacht. Was wird bei Franks Prozeß herauskommen, fragte sie sich jetzt, während sie den Becher und all seine Brüder und Schwestern wieder in den frisch gewaschenen und mit Papier ausgelegten Schrank stellte. Was war die Wahrheit? Sie konnte nicht mit ihm reden, konnte nicht fragen. Sie und Frank hatten es geschafft, den Freitagabend zu überstehen, ohne miteinander zu sprechen, bis auf kurze Bemerkungen vor den Kindern. Dann war Michelle früh zu Bett gegangen und hatte unruhig fast auf der Bettkante geschlafen. Sie war nicht einmal aufgewacht, als Frank ins Bett kam.

Sie war früh aufgestanden, hatte das Haus aufgeräumt, Jenna zum Hockey gefahren, Pookie zum Tierarzt gebracht, und jetzt winkte sie Frankie nach, als er mit seinem Dad zu seiner absoluten Lieblingstätigkeit aufbrach – dem Besuch im Eisenwarenladen. Michelle machte sich nicht einmal die Mühe, sich zusammenzunehmen, bevor sie ihre Jacke anzog und die Straße hinunter zu Jada ging. Sie hatte gestern abend zweimal angerufen, aber Jada hatte sich nicht gemeldet. Gott, ihr mußte nach Selbstmord zumute sein.

Rasch ging sie die gehsteiglose Straße entlang zu Jadas Haus. Sie erwartete ein Totenhaus. Doch als sie die Küchentür öffnete und eintrat, hörte sie zu ihrer Überraschung lebhafte Stimmen an diesem Ort, der in den letzten Wochen so schmerzhaft still gewesen war. Sie trat ins Wohnzimmer.

Jada kniete auf dem Boden und packte etwas in einen Karton, während Angie einen anderen Karton mit Klebeband verschloß. Seit wann waren diese beiden Frauen so befreundet? War Angie über Nacht geblieben? Jada zu trösten war eindeutig Michelles Aufgabe. Für einen Augenblick empfand sie Eifersucht. Dann sagte sie sich, sie solle gefälligst erwachsen werden.

Jada hob den Kopf. »Hallo, Cindy! Du kommst gerade recht«, sagte sie. »Ich habe festgestellt, daß es ein Gutes hat, wenn man das Sorgerecht verliert«, sagte sie zu Michelle. »Keine SGR mehr.«

»SGR? Was ist das denn?«

»SGR. Sorge um den Guten Ruf«, sagte Jada. »Ich schätze, jetzt kann ich dich sehen, wann immer wir Zeit haben – ohne mich um meinen Ruf zu sorgen. Der ist ohnehin im Eimer.«

»Meiner auch«, stimmte Michelle zu. »So schlimm ist das gar nicht. Man spart sich die Zeit, die man mit Backen zugebracht hat – man wird nicht mehr aufgefordert, zum Kuchenbasar beizutragen.«

»Mein Ruf ist auch im Eimer, zumindest als Anwältin«, sagte Angie und rieb über das Klebeband auf dem Karton, den sie gerade verschlossen hatte. »Zuerst schmeiße ich meinen Job bei Needham hin, und dann das hier.« Sie schaute auf das knittrige Klebeband. »Vielleicht könnte ich als Packerin Karriere machen.«

Jada zuckte mit den Achseln. »Darin bist du auch nicht sonderlich gut«, sagte sie trocken zu Angie und klebte noch einen Streifen darüber.

Michelle schaute die beiden Frauen an. Wie konnten sie es ertragen, einfach weiterzumachen? Jadas Leben war ruiniert, und Angie hatte dazu beigetragen. Michelle machte den Mund auf, aber es kam kein Wort heraus. Wie konnte Jada dieses Haus verlassen, ein Zuhause, das ihr alles bedeutet hatte? Michelle fragte sich, wie sie selbst nur ein paar Türen von diesem Haus entfernt weiterleben sollte, in dem nur noch Clinton und diese Frau waren. Keine Grillabende mehr im Garten. Frankie würde die Spiele mit Kevon vermissen. Und Jenna würde Shavonne vermissen, auf der sie nun nicht mehr herumhacken konnte.

Sie nahm einen leeren Karton auf, aber ihr wurde klar, daß sie nicht einmal wußte, was sie einpacken sollte. Die beiden anderen wirkten so organisiert, so synchron – und so vertraut. Für Michelle würde es keine beste Freundin mehr geben. Niemand, mit dem sie reden konnte. Wie sollte sie damit fertig werden? Und wie konnte Jada das so gut bewältigen? Michelle hatte das Gefühl zu zerbrechen. Sollte sie Jada sagen, wie leid es ihr tat? Sollte sie beiden sagen, welche Angst sie vor Franks Prozeß hatte? Sollte sie ihnen sagen … Genau in diesem Moment stand Jada auf, kam zu ihr und legte einen Arm um ihre Schulter.

»Ich habe die ganze Nacht geheult«, sagte sie. »Jetzt muß ich einfach tun, was als nächstes ansteht. Angie hat uns als gute Freundin ihre Hilfe angeboten. Es wird alles wieder gut, Michelle«, sagte sie, als könne sie ihre Gedanken lesen. »Frank wird diese Sache durchfechten, und dann habt ihr beide wieder ein normales Leben.« Michelle schaute ihrer Freundin in die Augen. Plötzlich konnte sie es einfach nicht mehr ertragen. Das Geheimnis, das sie mit sich herumgeschleppt hatte, würde kein Geheimnis bleiben.

Jada, ihre Freundin, war so beständig, in einer solchen Zeit an sie zu denken, während Frank, Frank... »Er ist schuldig«, sagte Michelle, und die beiden anderen Frauen, Jada und Angie, hielten wie erstarrt inne. »Er ist schuldig«, wiederholte Michelle. »Nichts wird gut.« Den Gedanken auszusprechen, den sie seit der Entdeckung im Wandschrank ständig gedacht hatte, war sowohl erschreckend als auch erleichternd. Sie setzte sich auf einen von Jadas nicht zusammenpassenden Eßzimmerstühlen und bedeckte ihr Gesicht mit den Händen. Sie konnte die anderen nicht ansehen.

Ein paar Sekunden herrschte Schweigen im Raum. Michelle konnte ihren eigenen Herzschlag und Jadas schweren Atem hören. »Ich habe solche Angst«, gestand Michelle. »Ich hatte wirklich nicht geglaubt, daß er irgendwas Schlechtes tun könnte. Nichts wirklich Schlechtes. Als die Cops kamen, war ich sicher, daß ihm da jemand was Geschäftliches heimzahlen wollte. Bosheit. Politik. Revierkämpfe und so. Sogar als Anklage erhoben wurde...« Sie schaute die anderen an, wandte dann den Blick ab, stand auf und ging zum Fenster, um sie nicht ansehen zu müssen. »Ich weiß, ihr denkt, ich wäre dumm«, sagte sie. »Ihr denkt, ich wäre leichtgläubig. Aber das war nicht bloß eine Eigenheit von mir. Ich hatte keine Chance, etwas zu erfahren. Es gab keine Anrufe. Keine Besuche. Nichts. Niemals irgendwas, das uns mit solchen Sachen in Verbindung gebracht hätte.«

Sie drehte sich um und sah die anderen an. »Frank liebt uns. Er hat mir geschworen, ich meine, wirklich, er hat mir geschworen, daß er sauber ist. Er hat mich dazu *gebracht*, ihm zu glauben. Aber dann habe ich... dann habe ich herausgefunden...« Sie machte eine Pause. Selbst diesen beiden Freundinnen würde sie nichts von dem Geld erzählen. Nicht, daß sie es jemals anrühren würde. Blutgeld. Soweit sie wußte, kam es von Teenagern oder Schuldkindern. Sie würde lieber sterben, als irgend etwas mit diesem Beweis zu tun zu haben. Aber sie hatte Angst und schämte sich, es zu erwähnen, sogar vor Jada und Angie. Würden sie verstehen?

»Wie lange weißt du es schon?« fragte Jada mit sanfter Stimme.

»Ich wußte, daß mit dir etwas nicht stimmt, aber ich nahm an, daß es der Druck ist, dieser ganze Mist aus der Nachbarschaft. Oder ich. Das, was mir passiert ist. Ich wußte nicht, daß es…« Sie hielt inne und fügte dann hinzu: »Es tut mir *so* leid, Michelle.«

Angie trat zum Fenster. Michelle hatte nie bemerkt, wie klein Angie war. Sie schaute hinunter und in Angies Augen. »Du brauchst einen guten Anwalt, Michelle«, beschwor Angie sie.

»Ich habe einen. Ich meine, Frank hat einen.«

Angie schüttelte den Kopf. »Nein. Ich meine, einen eigenen Anwalt. Und einen besseren als mich.«

»Ich kann nicht glauben, daß Frank ein LHMS ist.«

»Ein LHMS? Was ist das?«

»Ein Lügendes Häßliches Männliches Schwein. Ich kann nicht glauben, daß er genauso schlecht ist wie mein LHMS. Was wirst du tun?« fragte Jada.

»Was kann ich tun?« antwortete Michelle, und das Gefühl, in der Falle zu sitzen, stülpte sich über sie. Früher oder später würde Frank merken, daß das Geld verschwunden war. Was würde dann passieren? Wenn sie eine dieser Xanax-Pillen bei sich gehabt hätte, hätte sie sie auf der Stelle genommen. Das Atmen fiel ihr schwer. Wie hatte sie aus dem Haus gehen können, ohne eine mitzunehmen? War sie verrückt? »Was kann ich tun?« wiederholte sie. »Ich habe keinen Job, ich habe keine Familie. Frank ist der Vater meiner Kinder. Er ist gut zu ihnen. Er war immer gut zu ihnen, und er ist gut zu mir.«

»Komm schon, Michelle«, sagte Jada, und Michelle erkannte die harte Stimme, die sie manchmal in der Bank benutzte. »Er hat dich herumgeschubst. Ist es das, was du als gute Behandlung bezeichnest? Clinton ist ein faules Schwein und ein fauler Vater. Er ist unzuverlässig und hinterhältig. Er hat vielleicht mein Leben ruiniert, aber er hat mich nie geschlagen.«

Michelle wich zurück und versuchte, aufrecht zu stehen. »Er hat mich gestoßen, und ich bin gegen die Tischkante gefallen«, sagte sie. »Er stand unter solchem Druck. Er hat mich gestoßen. Jede Frau kann einmal verletzt werden.«

»Jede Frau, die einmal verletzt wurde, kann auch ein zweites Mal verletzt werden«, prophezeite Angie.

Michelle wandte sich von den beiden anderen Frauen ab. »Nein«, sagte sie. »Frank würde das nie wieder tun. Und er hat mich nie geschlagen. Er schämt sich so.«

»Na, dazu hat er auch allen Grund«, knirschte Jada. »Schämt er sich auch, weil er dich belogen hat, und schämt er sich auch, weil er diese schlimmen Sachen gemacht hat?«

Michelle hatte nicht den Mut zu sagen, daß sie das, was sie wußte, nicht mit Frank, ihrem LHMS, besprochen hatte. Sie würden allen Respekt vor ihr verlieren. »Ach, ich werde schon klarkommen«, sagte sie. »Ich brauche nicht *gegen* Frank auszusagen. Und ich werde nicht für ihn lügen. Ich werde einfach den Mund halten, und vielleicht... vielleicht wird es nicht zu häßlich.«

»Hört sich ungefähr so lustig an wie ein Besuch in der Ruhmeshalle des Basketballs«, sagte Angie.

»Kennst du die?« fragte Jada. »Clinton ist mal mit mir und den Kindern dort gewesen. Sogar Kevon hat sich gelangweilt.«

Weswegen wirkte Jada so, nun ja, so fröhlich? War das die Ruhe vor dem Sturm? Oder die Nachwirkung? Sie versuchte zu vergessen, was sie am Vortag im Gerichtssaal miterlebt hatte. Michelle drehte sich um und musterte Jada. »Was wirst du tun?« fragte sie. »Wo wirst *du* hingehen?«

Jada zuckte mit den Achseln. »Ich habe nicht viel mitzunehmen«, sagte sie. »Das meiste hier gehört den Kindern, oder es sind Werkzeuge von Clinton, die er nie benutzt. Fürs erste werde ich einfach bei Angie wohnen.«

»Oh, toll. Das ist schön für dich«, sagte Michelle, und in diesem Moment meinte sie es ernst. Sie wandte sich an Angie. »Und toll von dir, sie einzuladen.« Dann machten sich ihre Einsamkeit und ihr Neid bemerkbar. Was war sie? Verrückt? Sie hatte ihr eigenes schönes Zuhause. Sie hatte ihre Kinder, und ihr Mann, ihr LHMS – trotz allem, was er getan hatte –, liebte sie. Wie konnte sie Neid auf diese Frauen empfinden, die beide in Schwierigkeiten und beide allein waren?

38. Kapitel - gepackte Koffer und versteckte Botschaften

Jada hatte sich selbst zugesehen, wie sie Kartons besorgte, Sachen einpackte, Kaffee kochte und mit Angie und Michelle sprach und ihnen zuhörte. Aber obwohl sie tat, was sie tun mußte, war alles weit entfernt. Sie fühlte sich von sich selbst losgelöst. Während sie und Michelle zu ihrem Auto fuhren, erinnerte sie sich daran, daß sterbende Menschen manchmal das Gefühl hatten, über ihrem eigenen Körper zu schweben und auf sich selbst und das Personal im Operationssaal oder auf ihre Familien hinunterzuschauen, bevor sie dem weißen Licht entgegenflogen. Vielleicht war Sterben so.

Für Jada fühlte es sich jedenfalls so an, allerdings ohne die Aussicht auf das weiße Licht. Sie war außerhalb ihres Körpers, irgendwo im Dunkeln, und sah sich selber zu. Angies Hilfe und ihr großzügiges Angebot, bei ihr zu wohnen, Michelles Enthüllung, nichts reichte aus, um sie in ihren Körper zurückzuholen. Sie fuhren auf den städtischen Parkplatz, wo Jada ihren Volvo sehen konnte, verlassen seit der Entscheidung. Es nieselte, die Scheibenwischer bewegten sich langsam und mit einem monotonen Geräusch. »Bist du in Ordnung?« fragte Michelle. »Kannst du selbst fahren?«

»In Anbetracht der Umstände geht es mir gut«, antwortete Jada. Sie sollte Michelle dieselbe Frage stellen, aber sie hatte nicht die Energie. Außerdem hatte sie Frank immer verdächtigt.

»Es war wirklich nett von Angie, daß sie dir angeboten hat, bei ihr zu wohnen.«

»Ja, das war toll.« Jada griff nach dem Türhebel, aber Michelle streckte die Hand aus und faßte sie an der Schulter.

»Jada, bist du wirklich okay?«

Jada nickte und entzog sich Michelles Hand. Der Nieselregen benetzte sie, aber sie spürte nichts. Sie ging zu ihrem Wagen hinüber und öffnete die Tür. Als bewege sie von anderswo ihre eigenen Gliedmaßen an Marionettenfäden, hob sie die Hand, winkte Michelle zu und stieg in den Wagen.

Sie war nicht wütend, sie war nicht traurig, sie akzeptierte die Dinge nicht. Sie war über all das hinaus und fühlte sich, als wäre sie eine Art Roboter, ein ferngesteuertes Geschöpf, das packen und sich bewegen und zur Arbeit gehen, aber nichts mehr fühlen konnte. Was gut war, nahm sie an, denn alles, was sie im Moment fühlen könnte, wäre gefährlich: mörderische Wut, vernichtende Traurigkeit und der Wunsch, ihr Leid zu beenden. Während sie, wie in Watte gewickelt, hinter Michelles Wagen zu ihrem Haus zurückfuhr, erkannte Jada, daß sie nicht einmal mehr beten konnte. Gott war noch weiter entfernt als sie von sich selbst.

Als sie zum Haus zurückkam, sah Jada, daß Angie ihren eigenen Wagen bereits beladen und Kartons und Tüten auf dem Schieferweg aufgereiht hatte (den Clinton nie fertig gepflastert hatte). Schweigend packten die drei Frauen die inzwischen feuchten restlichen Kartons in den Kofferraum des Volvo und legten dann die Kleider aus Jadas Schrank, noch auf den Bügeln, auf den Rücksitz von Michelles Lexus. »Ich werde versuchen, sie nicht zu zerknittern«, versprach Michelle. Jada lächelte und nickte, aber es war ihr egal. Michelle könnte sie verbrennen, sie würde nicht mit der Wimper zucken. Sack und Asche wären ebenso brauchbar, nahm sie an, obwohl Mr. Marcus in der Bank vielleicht etwas dagegen hätte. Die Kleiderordnung der Geschäftsführung sah weder härene Hemden noch biblische Trauer vor.

Im Konvoi fuhren sie durch die grauen, nassen Vorstadtstraßen. Jada war vierunddreißig Jahre alt, und alles, was sie besaß, war in diesen wenigen nassen Kartons und Tüten in ihrem eigenen und den beiden anderen Wagen enthalten. Das Leben hatte ihr nicht viel eingebracht, was sie vorweisen konnte. Wofür hatte sie gearbeitet? Warum hatte sie überhaupt gearbeitet? Sie seufzte. Sie war nie materialistisch gewesen. Sie hatte nur ihre Kinder sicher in ihrer Nähe, ein anständiges Haus und einen liebenden Partner haben wollen. Wie war es möglich, daß dieses natürliche Verlangen zu einem so bizarren Resultat geführt hatte? Sie fragte sich, ob sie gierig gewesen war oder Gott sie für irgendeine andere Sünde bestrafte, die sie nicht bemerkt oder erkannt hatte. Denn, das wurde ihr jetzt klar, sie wurde bestraft, und dieses Leben, wie immer es dazu gekommen war, kam der Hölle so nahe wie nur irgend etwas.

Sie hielten kurz vor Angies Apartmenthaus. Angie stieg aus ihrem Wagen und ging zum Volvo zurück. »Es tut mir leid«, sagte sie achselzuckend, »näher an meiner Tür können wir nicht parken. Wir müssen das ganze Zeug über den Bürgersteig, den Eingangsweg und dann zu meinem Apartment schleppen. Als ich eingezogen bin, war es auch eine Quälerei.«

»So viel ist es ja nicht«, beruhigte Jada. »Und ich habe keine Eile. Ihr braucht mir nicht zu helfen. Ich schaffe es allein, wenn ich eins nach dem anderen mache.«

»Sei nicht albern. Wir machen es zu dritt«, sagte Angie. Und das taten sie. Hin und zurück, hin und zurück, durch den Regen trugen sie all die Habseligkeiten ins Haus, die von Jadas zerbrochenem Leben übrig waren. Während sie das taten, merkte Jada, daß sie das Zeug genausogut auf dem Bürgersteig hätte aufhäufen und in Brand stecken können. Trotzdem tat sie weiter, was von ihr erwartet wurde. Hatte sie das nicht stets getan?

Als sie die letzten Sachen ins Haus trugen, hörte der Nieselregen auf, obwohl der Himmel nach wie vor grau war. »Perfekt«, sagte Michelle. »Jetzt, wo wir mit dem Schleppen fertig sind, wird es trocken.«

»Regen an einem Umzugstag bringt Glück«, schnaufte Angie. »Zumindest hat meine Mutter das immer behauptet.«

»Hat sie sich auch noch in anderen Dingen geirrt?« fragte Jada.

»Nur bei ihrer Ehe und meinem Verlobten«, witzelte Angie lahm.

Jada sah sich um. Sie hatten versucht, alle Kartons in Angies kleinem unbenutzten Schlafzimmer zu stapeln, und Michelle hatte in ihrer zwanghaften Ordnungsliebe bereits Jadas Kleider in den kleinen Schrank gehängt. Im Wohnzimmer standen nur noch einzelne Tüten und ein paar kleinere Gegenstände.

»Vielleicht sollten wir losfahren und dir eine Matratze oder einen Futon besorgen«, sagte Angie. »Am Sonntag sind möglicherweise die Läden geschlossen.«

Jada zuckte mit den Achseln. Es war ihr egal, wo sie schlief. Der

Fußboden war in Ordnung, aber sie wußte, daß sie das nicht sagen sollte. Es war nett von Angie, sich Sorgen um sie zu machen, wenn es auch völlig nutzlos war.

Angie hob einen der restlichen Kartons hoch, die im Flur standen, und schickte sich an, ihn in das kleine Zimmer zu tragen, doch da wurde ihr Gesicht blaß, sie stolperte, ließ den Karton fallen und verstreute Socken, ein Paar Turnschuhe und einen schwarzen Pumps auf dem Boden. Der nasse Karton zerriß, und alles andere fiel ebenfalls heraus. Angie stand still, noch immer vornübergebeugt. Jada konnte sehen, wie Schweiß auf ihre Oberlippe trat.

»Bist du okay?« fragte Michelle besorgt.

Plötzlich fiel Jada der Zustand ihrer Freundin wieder ein. Gott, sie hatten das Baby alle drei vergessen! »Du solltest nichts heben, weil du doch schwanger bist«, sagte sie entsetzt. »Ich hatte es völlig vergessen.«

»Du hattest an anderes zu denken«, sagte Angie und rutschte mit dem Rücken an der Wand hinunter, bis sie auf dem Boden saß. Michelle hockte sich neben sie. »Möchtest du einen Tee?« fragte Michelle.

»Und vielleicht ein bißchen Mitgefühl?« fügte Jada hinzu und setzte sich ebenfalls auf den Boden. Die drei Frauen sahen sich an, und zum erstenmal nach vierundzwanzig Stunden fühlte Jada sich verbunden, kehrte in ihren Körper zurück, in ihr Leben, gezogen von den beiden Augenpaaren, die ebenso erschrocken und verängstigt wirkten, wie ihre Augen aussehen mußten. Sie schüttelte den Kopf. Es war ein seltsames Gefühl, zu sich selbst zurückzukommen. »Was sind wir für ein trauriger Haufen«, sagte sie. »Was glaubt ihr, wessen Leben ist am meisten ruiniert? Wessen Mann hat den größten Schaden angerichtet?«

»Deiner«, sagten Angie und Michelle wie aus einem Munde.

Und aus irgendeinem Grund begann Jada zu lachen. Zuerst lachte sie aus dem Hals, dann aus der Brust, schließlich aus dem Bauch. Dann begann Michelle zu kichern, und schließlich fiel Angie ein. Das Geräusch hallte von den leeren Wänden und der Decke wider und klang eigenartig und verwirrend, als befänden sie sich in einem Jahrmarktskabinett, das alle Geräusche verzerrte. Sie lachten alle drei, bis Jada sich die Augen wischte, den Kopf schüttelte und sagte: »Falsch. Ich glaube, Frank ist der Schlimmste.«

Für einen Moment hörte Michelle zu lachen auf, und Jada fürchtete schon, sie würde den Bastard wieder verteidigen. »Vielleicht hast du recht«, stimmte Michelle jedoch zu. Dann wandte sie sich an Angie. »Obwohl wir ein paar gute Jahre hatten. Und du auch, Jada. Aber Angie hatte bloß ein paar gute *Monate.*« Das war wahr und so traurig und lächerlich, daß sie erneut zu lachen anfingen.

»Ich hatte keine guten Monate, ich *dachte* bloß, es wären gute Monate. Zählt das auch?« fragte Angie.

Jada zuckte mit den Achseln. »Na ja, es heißt doch, was zählt, ist der gute Glaube.« Sie hörten zu lachen auf und saßen einfach zusammen auf dem Fußboden. Jada wußte, das war ein Risiko, aber sie verspürte den Drang, es auszusprechen. Sie sah Angie – oder vielmehr Angies Bauch – direkt an. »Wievielter Monat?« fragte sie.

»Ich weiß nicht genau«, gestand Angie. Alle drei schwiegen.

»Ich hatte eine Abtreibung«, murmelte Michelle. »In der High School wurde ich von Frank schwanger. Ich konnte das Kind nicht austragen.«

Jada blinzelte. Michelle hatte ihr das nie erzählt. Kein Wort in sieben Jahren. »Als ich zum drittenmal schwanger war, mit Sherrilee, wollte ich zum Arzt gehen. Um mit der Schwangerschaft Schluß zu machen. Ich wußte inzwischen, wie schlecht meine Ehe lief, und du weißt ja, wie knapp bei uns das Geld war.« Sie machte eine Pause. »Ich hatte Angst, die Bank würde mit *mir* Schluß machen. Ich brauchte den Job. Aber am Ende wurde mir klar, daß ich das Baby wollte. Ich liebe mein Baby, und ich ahnte nicht, daß jemand anders es großziehen würde.« Sie sah Angie an. »Was willst du machen?« fragte sie.

»Ich glaube, ich möchte eine Klinik anrufen, aber ich habe Angst vor dem Anruf. Und ich habe Angst hinzugehen.« Angie wandte den Blick ab. »Und noch mehr Angst, nicht hinzugehen.« Angie ließ den Kopf auf die Knie sinken.

»Wir helfen dir«, versprach Michelle. »Es tut nicht weh. Na ja, jedenfalls nicht körperlich.«

39. *Kapitel -*

ein bedeutungsschwangerer Augenblick

Daß sie sich elend fühlte, bedeutete noch längst nicht, daß die Arbeit einfach verschwand, dachte Angie beim Anblick der Aktenstapel und Nachrichten auf ihrem Schreibtisch. Daß sie Jadas Fall vermasselt hatte, daß sie am folgenden Tag einen Termin für eine Abtreibung hatte, bedeutete nicht, daß Angie eine Pause von all dem Unglück vergönnt wurde, das sich in der Beratungsstelle angestaut hatte oder neu hereingekommen war und Aufmerksamkeit erforderte. Selbst wenn sie eine inkompetente und gefährlich schlechte Anwältin war, war sie doch alles, was diese Frauen hatten. Angie wußte nicht, ob sie mehr Mitleid mit sich selbst oder mit ihren Mandantinnen empfand.

Angie hatte ihrer Mutter nichts gesagt – zumindest nichts von ihrem Zustand und wie sie damit umgehen würde. Nicht, daß sie sich für die Entscheidung schämte, das Kind abtreiben zu lassen; sie dachte auch nicht, daß ihre Mutter sie verurteilen würde. Es war nur so, daß sie lieber beichten würde, wenn die Sache vorbei war. Manchmal war die Anwesenheit ihrer Mutter tröstlich. Zu anderen Zeiten war sie übermächtig. Und jetzt war so eine Zeit. Ein weiterer Grund für Angie, sich schuldig zu fühlen.

Sie hatte gerade eine Besprechnung mit Sandra Maclusky hinter sich, deren verstorbene Mutter ihr eine Immobilie hinterlassen hatte, die ihr Stiefvater ihr offensichtlich gestohlen hatte. Die nächste Mandantin war neu. Man hatte ihr gesagt, daß die Frau wartete, als Michael anklopfte und in ihr Büro trat.

»Wie läuft es?« fragte er. Ihre Energie reichte nur für ein Achselzucken. Er setzte sich auf den kleinen Stuhl ihr gegenüber.

»Einen großen Fall zu verlieren ist hart.« Angie nickte bloß. »Wie ist es in der neuen Wohnung?« fragte er. »Hast du dich schon eingewöhnt?«

Gott! Sie dachte an Jadas Kartons, die überall herumstanden, und ihren völligen Mangel an Interesse, die Bude anzustreichen oder zu möblieren. »Ganz gut«, sagte sie. »Ich lebe ungefähr so wie die ersten Hausbesetzer.« Sie würde Michael nicht erzählen, daß jetzt eine Mandantin bei ihr wohnte. Schließlich wußte sie, was er davon hielt, wenn man sich zu sehr auf Mandanten »einließ«. Er leistete gute – und engagierte – Arbeit, aber er blieb dabei kühl. Unbeteiligt. Was wäre, wenn sie ihm sagen würde, daß eine Mandantin sie morgen zu einem »Eingriff« begleitete? Angie seufzte und schaute auf ihren abgekauten Daumennagel. Männer waren anders als Frauen. Sie konnten Menschen und Job trennen und ihre Gefühle beiseite lassen. Arbeit war nichts als Arbeit.

Michael widerlegte ihre Theorie sofort. »Hast du vielleicht Lust, morgen abend mit mir essen zu gehen?« fragte er.

Angie schaute zu ihm auf und mußte tatsächlich blinzeln, um klar zu sehen, als ob das etwas an dem ändern würde, was sie gehört hatte. Er wollte mit ihr ausgehen? Morgen? »Ich habe leider keine Zeit«, wich sie aus. »Morgen komme ich überhaupt nicht.«

»Nun, wie wär's dann mit Montag oder Dienstag?« fragte er, und da war sie sicher, daß er tatsächlich mit ihr ausgehen wollte. Er sah so nett aus, und seine braunen Augen waren so warm. Sie mochte ihn wirklich, und sie arbeitete gern mit ihm. Sie redete gern mit ihm. Aber was machte er da?

»Ich gehe nicht mit verheirateten Männern aus«, antwortete sie kühl.

»Ich bin nicht verheiratet«, ließ Michael die Bombe platzen. »Wenn ich es wäre, würde ich dich nicht einladen.«

Angie holte tief Luft. So etwas Verlogenes konnte sie wirklich nicht gebrauchen. »Michael, du hast zwei Kinder, und du bist verheiratet. Ich weiß, dein Privatleben ist deine Privatsache, aber wir kennen die grundlegenden Fakten. Jeder hier weiß das«, knirschte sie mit gepreßter Stimme, so wie sie vielleicht mit einem nicht sehr hellen Elfjährigen gesprochen hätte, der ihre Geduld auf die Probe stellte. Diese Männer! Sie waren alle verrückt. War es das, was zwischen Lisa und Reid passiert war?

»Angie, ich habe zwei Kinder, und ich bin seit sechs Monaten geschieden und seit mehr als anderthalb Jahren getrennt«, erklärte Michael mit beherrschter Stimme. »Und wenn das keiner weiß, dann deshalb, weil ich es niemandem erzählt habe.«

Angie starrte ihn über den Schreibtisch hinweg an. Michael hatte in *diesem* Büro in den letzten beiden Jahren eine Trennung und eine Scheidung hinter sich gebracht, und keiner wußte davon? Bill mit all seiner Liebe zum Klatsch, der ein bißchen in Michael verknallt war, wußte das nicht? Und Laura, die immer alles unter Kontrolle haben wollte, wußte es nicht? Angies eigene Mutter, die typisch besitzergreifende jüdische Mama, wußte es nicht? Wie war das möglich? Es bewies nur, wie groß der Graben zwischen Männern und Frauen war, dachte Angie. Keine Frau konnte eine solche Veränderung im Leben durchmachen, ohne daß etwas davon durchsickerte.

Michael beobachtete sie und lächelte dann. »Wenn ich das richtig sehe«, sagte er, »bist technisch gesprochen *du* diejenige, die verheiratet ist.«

Ja, und schwanger dazu, dachte Angie. Einen Moment lang hätte sie beinahe gelacht, wenn es auch ein bitteres Lachen gewesen wäre. Es war erstaunlich. Zum erstenmal in mehr als vier Jahren, seit sie angefangen hatte, mit Reid zu gehen, wurde sie zu einem Rendezvous eingeladen, und das ausgerechnet am Abend nach ihrer Abtreibung. Was stimmte nicht an diesem Bild? Gott konnte keine Frau sein. Frauen machten solche Witze nicht.

Bill streckte den Kopf durch die Tür. Er machte eine vage Geste und zog die Augenbrauen hoch, als er Michael bei ihr sitzen sah. »Mrs. Fontaine wartet auf dich«, sagte er zu Angie, und Michael fuhr zusammen, drehte sich um und stand auf.

»Wir reden später darüber, ja?« sagte er leichthin und verließ ihr Büro.

»Soll ich sie hereinbringen?« fragte Bill, und Angie brachte ein Nicken zustande.

Es war ein schrecklicher Gedanke, aber Angie war wahrhaftig durstig. Man möchte doch glauben, daß man eine edlere Reaktion, eine spirituellere Krise durchlebt, wenn man zwischen seinen beiden Freundinnen sitzt und darauf wartet, aufgerufen zu werden, damit sie einem die Gebärmutter ausschaben. Aber Angie konnte nur an ihren Durst denken. Man hatte ihr gesagt, nach Mitternacht solle sie nichts mehr essen oder trinken, und sie war früh am Morgen mit Michelle und Jada hier eingetroffen. Obwohl sie eigentlich nur wollte, daß es schnell vorbei war, hatte sie fast eine Stunde mit dem Ausfüllen von Formularen verbracht und dann mehr als eine weitere in diesem Wartezimmer voller halbwüchsiger Mädchen mit traurigen Augen.

»Bist du okay?« fragte Michelle sie zum dritten- oder viertenmal, streckte den Arm aus und faßte Angies Hand, um sie zu drücken.

»Eigentlich nicht«, sagte Angie und versuchte zu lächeln, schaffte es aber nicht. Michelle ließ Angies Hand los und beugte sich über den Tisch vor ihnen. Sie hatte die Zeitschriften bereits geordnet und ordentlich gestapelt. Jetzt fing sie an, sie nach Datum zu sortieren.

In der Ecke saß eine ältere Frau, die leise weinte. Michelle, mit den Zeitschriften fertig, war zu ihr gegangen, hatte gedämpft und tröstend mit ihr gesprochen und war empört zurückgekommen. »Sie wollte das Baby«, sagte Michelle zu Angie und Jada. »Aber die Fruchtwasseruntersuchung hat ergeben, daß etwas nicht stimmt. Sie wollte nicht mal abtreiben, aber sie kann das Kind nicht austragen. Sie hat schon angefangen zu bluten. Und dabei versucht sie seit Jahren, ein Kind zu bekommen.«

»Das ist schrecklich«, sagte Jada. »Man sollte meinen, daß diese Leute von der Klinik ein bißchen mehr Durchblick haben. Michelle, würdest du bitte aufhören aufzuräumen?«

»Ja, natürlich. Entschuldigung«, sagte Michelle.

»Ich kann nicht glauben, daß sie sie hier mit all diesen Schulmädchen sitzen lassen«, sagte Jada. »Sind sie denn *völlig* gefühllos? Wissen sie denn nicht, daß manche Frauen wirklich versuchen, ein Kind zu kriegen?«

Angie senkte den Kopf und betrachtete ihren eigenen Bauch. Reid war ein verlogener, unreifer Idiot, aber dieses Baby gehörte auch ihr und war in Liebe empfangen worden. Sie war kein Teenager wie die hier wartenden, und sie hatte nicht das Schicksal wie die ältere Frau. Sie *wünschte* sich ein Kind, sie wollte Mutter sein. Das hatte ihr das Zusammensein mit Jada und Michelle und deren

Kindern klargemacht. Und wenn es Jahre dauerte, bis sie einen anderen Mann kennenlernte, den sie lieben konnte, oder wenn das nie geschah, wußte sie, daß sie dieses Kind lieben und hegen und pflegen konnte. Es war ihre Verantwortung. Sie hatte ihre Ehe verloren, sie hatte ihren ersten großen Prozeß verloren, aber dies hier mußte sie nicht verlieren.

Angie hob den Kopf und sah sich im Raum um. Außer der Frau mit dem gebrochenen Herzen, die ihr Wunschkind verlor, saßen da etliche verängstigte kleine Mädchen. Aber Angie war kein kleines Mädchen mehr. Sie mochte nicht verheiratet und auch nicht unbedingt gut situiert sein, aber ihr wurde plötzlich klar, daß sie dieses Baby wollte. Es ergab vielleicht keinen Sinn, und jetzt eine Verbindung mit Reid wollte sie schon gar nicht, aber sie hatte ihn geliebt, und das Kind, das sie in sich trug, war auch ihr Baby. Es würde weder bequem noch leicht, noch praktisch sein, aber sie wollte das Kind. Sie hatte einen Job, eine Familie und gute Freunde, die ihr helfen konnten, und wenn sie das nicht taten, dann konnte und wollte sie sich selbst helfen.

Sie stand auf. »Laßt uns nach Hause gehen«, sagte sie.

Michelle sah zu ihr auf. »Bist du in Ordnung?« fragte sie.

Jada sagte kein Wort. Sie stand nur auf und legte einen Arm um Angie. »Ich denke, das geht in Ordnung«, sagte sie. Sie musterte Angie. »Meinst du das ernst?« fragte sie. Angie nickte wortlos.

Michelle stand ebenfalls auf. »Du willst das Baby behalten?« fragte sie leise. Angie nickte. »O mein Gott«, sagte Michelle. »O mein Gott«, wiederholte sie, und ihre Stimme war voller Freude. »Also, ich kann dir alle Babysachen geben, die du brauchst. Ich habe alles aufgehoben. Und ich kann für dich babysitten.«

»Vielleicht könnten wir diese Dinge anderswo diskutieren«, sagte Jada trocken. »An einem geeigneteren Ort.« Wieder sah sie Angie an. »Bist du sicher, daß du das nicht nur aus Schuldgefühlen tust?« fragte sie. »Es gibt keinen Grund für Schuldgefühle, außer, wenn du dich nicht um ein Kind kümmerst, das du auf die Welt bringst.«

Angie schüttelte den Kopf. Sie hatte Angst gehabt, sich ein Leben mit dem Kind vorzustellen, aber auf einmal konnte sie es nicht ertragen, dieses Baby nicht zu bekommen. Das Kind war das Gute, das die Jahre mit Reid ihr außer einem gebrochenen Herzen gebracht hatten. Und sie wußte, daß sie eine gute Mutter sein konnte. Tagespflege, Geld, Babysitter, all das würde sich regeln lassen. »Gehen wir«, sagte Angie und nahm ihre Tasche, während ihre Freundinnen ihre Mäntel einsammelten und sie dann an der Empfangsdame vorbei zur Tür begleiteten. Gerade als sie dort ankamen, erschien eine Frau in weißem Kittel aus dem inneren Heiligtum und rief: »Romazzano?« Angie gab keine Antwort. Sie ging einfach weiter und ließ eine der anderen Frauen die Tür hinter sich schließen.

40. *Kapitel - ein bißchen Zufall, ein bißchen Absicht*

Jada würde zu spät zur Arbeit kommen. Es war ihr gelungen, alles zu finden, was sie brauchte, um anständig auszusehen, trotz der Tatsache, daß ihre Kleider, ihre Unterwäsche, ihre Schuhe, ihre Kosmetika und ihr Deodorant sich in lauter übereinandergestapelten Kartons befanden. Das einzige, was sie nicht hatte finden können, war ihre Strumpfhose, und deswegen war sie jetzt in hektischer Eile und bereit, das ganze Zeug auf den Boden zu kippen oder Angie eine Strumpfhose zu klauen.

Doch das verbot sich Jada. Es war mehr als genug, Angies Großzügigkeit in Anspruch zu nehmen und in ihrem Apartment zu wohnen. Ihr auch noch die Wäsche zu mopsen war zuviel. Außerdem war Angie zirka fünfzehn Zentimeter kleiner und zwanzig Pfund leichter als sie, und Jada wollte den Tag nicht mit dem Taillengummi der Strumpfhose in Kniehöhe zubringen. Strumpfhosen, entschied sie, waren definitiv eine Erfindung des Teufels oder der Männer. Eigentlich, dachte sie, lief das so ziemlich auf dasselbe hinaus. Männer *waren* Teufel.

Auf Frauen aber konnte sie sich verlassen, das wußte sie. Ihre Mutter und ihre beiden Freundinnen, obwohl sie weiß waren. Sie hatten während eines schlimmen Prozesses zu ihr gehalten. Schwarze Frauen, die einander nahestanden, benutzten besondere Wörter, die sie weißen Frauen gegenüber fast nie äußern würden. »Schwesterfreundin« war eines dieser Wörter. Das war jemand, mit dem man nicht blutsverwandt war, der einem aber ebenso nahe – oder näher – stand wie eine Schwester. Damals in der High School hatte Jada das Gefühl gehabt, daß sie und Simone Laclerk

Schwesterfreundinnen waren, aber sie konnte sich nicht erinnern, daß sie den Begriff gebraucht hatten. Sie stand Michelle mit Sicherheit näher, als sie Simone jemals gestanden hatte (die sie fallengelassen hatte, als sie anfing, mit Clinton zu gehen, weil Simone anscheinend scharf auf ihn gewesen war).

Daß Michelle eine Schwesterfreundin war, wußte Jada schon lange, aber sie hatte nie gedacht, daß sie sich je so eng mit Angie anfreunden würde. Und nun hatte sie das Gefühl, genau das getan zu haben.

Aber deswegen hatte sie noch immer keine Strumpfhose. Schließlich, nach zehn weiteren Minuten der Suche, nahm sie die einzige, die sie fand – es war die alte, die sie bei Gericht getragen hatte und die eine Laufmasche vom Knöchel bis zum Knie aufwies. Aber etwas anderes fand sie nicht. Sie schlüpfte in ihre Pumps und rannte aus der Tür, die Schlüssel des Volvo in der Hand. Der Wagen war jetzt ihr Zuhause. Sie würde heute nachmittag nach der Arbeit die Kinder sehen, aber die Vorstellung, mit ihnen im Volvo zu sitzen oder wieder in ein Einkaufszentrum oder ein Restaurant zu fahren, verursachte ihr Übelkeit. Wie sollte sie ihnen erklären, was letzten Freitag vor Gericht passiert war? Sie wollte sie nicht gegen Clinton aufhetzen, aber wenn sie nicht deutlich machte, daß *sie* sie bei sich haben wollte und mit Daddy kämpfen mußte, würden die Kinder *sie* hassen. Manchmal war das Leben einfach unerträglich hart. Sie fühlte sich, als wäre es die beste Lösung – die für sie einzige Lösung –, Clinton umzubringen oder umbringen zu lassen.

Während sie durch den Morgenverkehr fuhr, spielte sie mit diesem mörderischen Gedanken. Wenn sie ihn umbrachte, würde sie ins Gefängnis kommen, und die Kinder hätten niemanden, der sie großzog. Aber wenn *jemand anders* ihn umbrachte... Sie dachte an einen alten Film von Hitchcock, im dem ein Psychotiker beiläufig mit einem Fremden darüber spricht, sie könnten gegenseitig ihre Ehefrauen umbringen (was der eine dann tatsächlich tut). Keiner würde verdächtigt, weil sie kein Motiv, keine Verbindung zu den Opfern hätten. Vielleicht sollte sie einen Deal mit Angie machen und nach Boston fahren und deren Mistkerl umbringen, während Angie bei Clinton den Abzug betätigte. Aber da sie jetzt zusammen wohnten, war die Verbindung zwischen ihnen natürlich zu offensichtlich, um als Zufall durchzugehen.

Jada merkte, wie verrückt ihre Gedanken wurden, schob sie beiseite und betete statt dessen. Doch fast zum erstenmal in ihrem Leben fühlte das Gebet sich platt an. Sie dachte an die Ermahnung der Bibel, die andere Wange hinzuhalten, aber sie hatte das Gefühl, daß ihre Backen – alle vier – schon alle Prügel erhalten hatten, die sie ertragen konnte. Sie versuchte, einen anderen tröstlichen Gedanken zu finden. Die Rache ist mein, hatte der Herr gesagt. Okay. Aber was sollte sie tun? Sanftmütig sein? Die Sanftmütigen mochten die Erde erben, aber ihre Kinder erbten den Schmutz: Clinton und seine gleichgültige Aufsicht, Tonya Green und ihr gespieltes Interesse an ihnen, das nicht lange vorhalten würde, ganz zu schweigen von dem gewohnheitsmäßigen Lügen und Trinken ihrer Großmutter Jackson. Herr, beschütze meine Kinder, betete Jada. Gib mir die Kraft, ihnen zu helfen und sie zu lieben.

Als sie die Bank betrat, war sie nicht in der Stimmung, sich für irgend etwas zu interessieren, das dort vor sich ging. Wie dumm wir unser Leben verbringen, dachte sie. Nicht, daß sie sich jemals besonders für die Arbeit interessiert hatte – sie wollte bloß den Gehaltsscheck. Aber jetzt überstieg es fast ihre Kraft, Interesse auch nur zu heucheln. Sie marschierte an Anne vorbei, nahm dabei ihre Nachrichten an sich und betrat ihr Büro. Sie erwiderte – erfolglos – Anrufe von Mr. Marcus, rief zwei wichtige Kunden zurück, die Probleme hatten, und einen der Unternehmensberater, der eine Salve von Personalfragen auf sie losließ, die er vor Tagen schon gestellt hatte, aber offensichtlich noch einmal stellen wollte. Ungeduldig saß sie da und klopfte mit einem Fuß auf den Boden, während sie ihm erneut die Daten gab. Das führte dazu, daß die Laufmasche in ihrer Strumpfhose bis zum Oberschenkel wanderte. Sie fühlte sich an wie ein irritierendes Insekt, das sich vorsichtig unter ihrer Kleidung bewegte.

All das war unerträglich. Es war absolut lächerlich, diese Regeln zu befolgen und nach ihnen zu spielen. »Hören Sie, Ben«, sagte sie brüsk, »ich habe jetzt eine Konferenz, und diese ganzen Informationen habe ich Ihnen schon einmal gegeben. Ich fürchte, Sie müssen sie sich aus ihren Unterlagen zusammensuchen.« Sie legte auf und fragte sich dabei, ob er die Fragen zweimal stellte, weil er sehen wollte, ob ihre Antworten sich veränderten. Sie schüttelte verärgert den Kopf, nahm ein leeres Blatt Papier und begann, eine Zahlenkolonne aufzuschreiben. Sie tat das allerdings nicht für die Bank, sondern für sich selbst.

Wenn sie den vom Gericht angeordneten Kindes- und Ehegattenunterhalt bezahlte, blieben ihr weniger als dreihundert Dollar pro Woche zum Leben. Davon mußte sie außerdem noch Miete und Benzin bezahlen. Und was war mit Clintons Anwaltskosten? Anscheinend wurde von ihr erwartet, daß sie diese ebenfalls bezahlte, und sie hatte das dumpfe Gefühl, daß George Creskin nicht billig sein würde. Jada versuchte, die Gehaltserhöhung einzuplanen, die sie erwartete, um zu sehen, wie weit sie damit kam, aber es führte zu nichts. Dann rief Anne sie über die Sprechanlage an und teilte ihr mit, die Konferenz am Nachmittag sei von zwei Uhr auf vier Uhr verschoben worden. »Wer hat das angeordnet?« fragte sie. Sie mußte um halb fünf die Kinder abholen. Es kam gar nicht in Frage, daß sie sich verspätete.

»Mr. Marcus«, sagte Anne, und Jada fragte sich, ob ihre Stimme einen hämischen Unterton hatte. »Er hat um fünf vor neun angerufen. Ich war da, aber Sie noch nicht. In Ihrem Terminkalender habe ich nichts gefunden.«

»Rufen Sie sein Büro an«, versetzte Jada unwirsch. »Ich habe ihn vorher schon anzurufen versucht, aber ihn nicht erwischt. Richten Sie ihm aus, daß die Konferenz entweder heute um zwei Uhr oder morgen um vier Uhr stattfinden kann, aber nicht heute um vier Uhr.«

Jada stand auf, ging zum Fenster und schaute auf den trostlosen Parkplatz hinter der Bank, den Autoschalter und den Müllcontainer. So ungefähr sah ihr Leben auch aus – trostlos. Für Clinton war sie ebenfalls nur eine Art Autoschalter, an dem er für den Rest seines Lebens Geld abheben würde. Und sie war dazu verurteilt, auf einer Müllkippe zu leben und nur Müll zu besitzen.

Es mußte einen besseren Plan geben. Als sie mit ihrer Mutter gesprochen hatte, hatte die ihr geraten zu beten, und dann hatte sie übergangslos gesagt, sie solle sich ein richtig großes Messer besorgen und drohen, ihn zu töten. Dabei hatte sie ihrer Mutter nicht einmal die ganz Wahrheit gesagt – nur, daß sie an Trennung dächten und er eine andere Frau hätte. Ihr Vater hatte sich erboten, ihr zu Hilfe zu eilen, um »dem Jungen den Kopf zurechtzusetzen«.

Dann hatten die Eltern das andere Allheilmittel für sämtliche Probleme vorgeschlagen – sie solle sie besuchen kommen. Als ob ihr Leben so flexibel wäre, daß sie Urlaub nehmen konnte, wann immer sie ein bißchen psychische Gesundheit nötig hatte.

Jada konnte Clinton nicht umbringen. Gott möge ihr verzeihen, daß sie an Mord auch nur gedacht hatte. Aber so eine Art von Leben konnte sie ganz einfach nicht beginnen.

Vielleicht sollte sie tun, was ihre Mutter bei ihrem letzten Telefongespräch vorgeschlagen hatte – ihre Sachen zusammenpacken und für ein Weilchen nach Barbados »heimkehren«. Natürlich war das ein Zuhause, wo sie nie wirklich gewohnt hatte, und es war ganz anders als Westchester, aber es würde besser sein. Denn schließlich, was gab es Schlimmeres?

Nur konnte sie nicht ohne ihre Kinder gehen. Wie ein gefangenes Tier ging sie vom Fenster zurück zum Telefon, nahm den Hörer und tippte Michelles Nummer ein. »Wie geht's dir, Kleine?« fragte sie, als Michelle beim ersten Läuten abnahm.

»Vielleicht nicht so schlecht wie dir«, sagte Michelle. »Glaubst du, daß Trinken helfen könnte?«

»O ja«, antwortete Jada sarkastisch. »Eine schöne Bloody Mary um elf Uhr vormittags und eine von deinen Pillen wären der perfekte Muntermacher. Du wärst vermutlich bewußtlos, wenn die Kinder von der Schule nach Hause kommen.«

»Ich habe keine Angst davor, daß die Kinder nach Hause kommen. Ich habe Angst, daß *Frank* nach Hause kommt.«

Am anderen Ende der Leitung schüttelte Jada den Kopf. Wann würde Michelle diesen verlogenen Mistkerl endlich aufgeben? »Hör zu, Schwesterfreundin«, sagte Jada und ging zu ihren eigenen Problemen über. »Ich muß dir eine Frage stellen. Was hältst du von Kidnapping? Ehrlich.«

»Wen kidnappen wir? Clinton? Tonya? Richter Sneed?«

»Nein, wem liegt denn an denen? Ich dachte an meine Kinder.«

Einen Moment herrschte Schweigen. »Ist das nicht in allen Bundesstaaten ein Verbrechen?« brachte Michelle vorsichtig heraus. »Nicht, daß *ich* es falsch finden würde... vor allem, wenn es gelingt.«

Ein weiteres Schweigen folgte. Jada dachte nach. »Ich meine das nicht wirklich ernst«, gab sie dann zu. »Wie würde ich leben? Wohin würde ich gehen? Wenn ich hierbleiben würde, würde ich wegen Mißachtung des Gerichts und Kindesentführung festgenommen. Wenn ich zu meinen Eltern gehen würde, würde mich Clinton in Null Komma nichts finden.« Sie seufzte. »Ich hab bloß versucht, eine Lösung zu finden. Ich sehe nämlich nicht, wie ich das schaffen kann, was der Richter da verlangt, und dabei weiterleben soll. Es ist nicht nur das Geld. Ich werde jeden Tag zusehen müssen, wie meine Kinder leiden und sich langsam gegen mich wenden.«

»Und ich warte darauf, daß mein Mann das tut«, gestand Michelle.

»Sich gegen dich wenden? He, *du* solltest dich gegen *ihn* wenden.« Aber dann hielt Jada inne und dachte an die Blutergüsse in Michelles Gesicht. »Hast du Angst vor ihm, Michelle?«

Bevor Michelle antwortete, summte die Sprechanlage. »Mr. Marcus auf zwei«, verkündete Anne.

Jada holte tief Luft. Michelle hatte ihre Frage noch nicht beantwortet. »Ich muß das Gespräch annehmen, Michelle. Ich weiß, daß du nicht gern hier anrufst. Ich rufe dich zurück.«

Sie wechselte die Leitung, und Marcus fiel über sie her, bevor sie überhaupt irgend etwas sagen konnte. Daß sie nicht im Büro gewesen sei, als er vorher anrief, daß sie dem Unternehmensberater gegenüber nicht kooperativ gewesen sei; dann ging es um die Konferenz und deren Verschiebung. Er redete aufgeregt weiter. Jada hörte so lange zu, wie sie es ertragen konnte. Schließlich unterbrach sie ihn. »Mr. Marcus, wenn Sie die Konferenz für heute vier Uhr ansetzen, können Sie sie gern ohne mich abhalten. Wenn Sie mich dabeihaben wollen, dann entweder heute um zwei Uhr oder jederzeit morgen nachmittag.«

»Mrs. Jackson, Jada, es tut mir leid, aber ich glaube, Sie verstehen nicht. Sie haben das nicht zu entscheiden. Und was Entscheidungen betrifft, so haben Sie jetzt seit einer ganzen Weile die falschen getroffen.« Er räusperte sich. »Ich glaube, es ist an der Zeit, an Kündigung zu denken.«

Jada erstarrte. »Wie bitte?« sagte sie, aber sie hatte ihn nur zu genau verstanden.

»Kündigung, Mrs. Jackson. All die Zeit, die Sie für Ihre persönlichen Dinge freinehmen. Und Anne Cheril hat aufgelistet, was ...«

»Was?«

»Hören Sie, es ist am besten, wenn Sie einfach kündigen. Das ist weniger peinlich für Sie und die Bank.«

Jada mochte es nicht glauben. »Und wenn ich das nicht tue, feuern Sie mich?« faßte sie zusammen.

»Nun, sagen wir, mir wäre es lieber, wenn Sie kündigen.«

»Und mir wäre es lieber, wenn Sie zum Teufel gehen. Ich werde es Ihnen nicht so einfach machen, wie das Michelle Russo tat. Ich habe hart gearbeitet, um diesen Job zu bekommen. Ich habe mich bewährt. Das ist nachweisbar. Und wenn Sie denken ...«

»Ich denke, daß Sie einen abgesicherten Kredit über zehntausend Dollar in Anspruch genommen haben, der nicht das übliche Genehmigungsverfahren durchlaufen hat.«

Jada spürte, wie ihr das Herz sank. Dann hatte sie den Geschmack von Galle im Mund. »Ich habe ihn zurückbezahlt«, protestierte sie.

»Darum geht es nicht, Mrs. Jackson. Darum geht es ganz und gar nicht. Sie haben eine Ihnen unterstellte Person benutzt, um sich einen Kredit zu verschaffen, den Sie nicht hätten bekommen können und sollen. Und Sie haben das heimlich getan. Würde Mrs. Russo das bei einer beeidigten Zeugenaussage nicht bestätigen müssen?«

»Das hat damit nichts zu tun, aber das wissen Sie ja bereits«, sagte Jada. Nur ein weiteres Beispiel dafür, wie man einer aufmüpfigen schwarzen Frau ihren Platz zuweist.

Mr. Marcus wollte etwas sagen, aber sie wartete es nicht ab. Jada legte auf. Dann, ohne weiter darüber nachzudenken, ging sie an die Tastatur ihres Computers, schrieb ihren Kündigungsbrief und druckte ihn aus. Gib den Leuten, was sie haben wollen. Sie war nicht einmal sonderlich überrascht. Dieser Job war sowieso verrückt, wenn er nur dazu diente, Clintons und Tonyas Lebenshaltungskosten zu bestreiten. Zum Teufel damit. Sie unterzeichnete den Brief und legte ihn auf ihren Schreibtisch.

Dann nahm sie das Telefon und rief Angie in der Beratungsstelle an.

Du«, sagte sie, als sie Angies Stimme hörte, »du hast vielleicht ein Glück.«

»Wieso?« fragte Angie vorsichtig, da sie nicht wußte, ob Jada scherzte oder nicht.

»Weil du die perfekte Mitbewohnerin hast«, erklärte Jada. »Depressiv, alleinstehend und jetzt auch arbeitslos.«

41. Kapitel -

in dem Michelle zugleich geschockt und verwirrt ist

Michelle war dabei, Wäsche zu falten und auf dem warmen Wäschetrockner glattzustreichen, als sie Pookie bellen hörte. Auf das Bellen folgte ein ungeduldiges Winseln an der hinteren Flurtür. Dann konnte Michelle selbst hören, wie Franks Laster in die Einfahrt rollte. Sie erstarrte. Aus irgendeinem Grund – nun ja, aus gutem Grund – hatte sie Angst vor Frank. Während er Tag um Tag mit Rick Bruzeman oder einem der anderen Anwälte verbrachte, während die Situation ständig ernster zu werden und ihn zu verschlingen schien, war er immer gereizter und unberechenbarer geworden.

Aber das war es nicht, wovor sie wirklich Angst hatte. Michelle wußte, irgendwann würde Frank merken, daß sie sein geheimes Geldversteck entdeckt hatte. Sie wagte nicht, sich die Konfrontation vorzustellen. Das Xanax bewahrte sie davor, zuviel darüber nachzudenken. Doch inzwischen waren Tage vergangen, ohne daß zwischen ihnen irgend etwas stattgefunden hatte. Als jetzt draußen vor der Waschküche eine Tür aufgerissen wurde, erstarrte Michelle, und sie rief nicht nach Frank, wie sie das normalerweise tat. Pookie blieb ebenfalls still. Der Hund duckte sich förmlich hinter ihr. Frank rief nicht nach ihr, weil er vielleicht erwartete, sie zu finden, wenn er durch das Haus ging. Vielleicht rechnete er auch nicht mit ihr. Dann hörte sie seine Schritte auf der Treppe. Pookie lief Frank nicht nach, sondern setzte sich ihr gegenüber in eine Ecke und sah sie mit schräg gelegtem Kopf fragend an. Michelle fragte sich, ob der Hund ebenfalls Angst hatte.

Still stand sie da, eines von Frankies T-Shirts an die Brust gedrückt. Sie wußte nicht, warum sie sich versteckte, warum sie die Luft anhielt, bis sie Franks Gebrüll hörte. So, jetzt war es also soweit.

»MICHELLE!« schrie er, und er war eindeutig oben in einem der Schlafzimmer – sie konnte sich denken, in welchem. Seine Stimme war so laut, daß Pookie zusammenfuhr und sich in dem kleinen Zwischenraum zwischen Schrank und Wand verkroch. »MICHELLE!« brüllte Frank noch einmal, und sie hörte ihn die Treppe herunterpoltern.

Für einen schrecklichen Moment dachte sie daran, aus der Tür und in die Garage zu laufen, ehe er durch die Küche zu ihr kommen konnte. Aber sein Laster blockierte wahrscheinlich ihren Wagen, und außerdem war der Gedanke verrückt. Sie mußte für sich selbst und die Kinder einstehen. Sie mußte. Sie hätte es überhaupt nicht so lange aufschieben sollen. Damit war sie ein wenig in der Defensive, obwohl er doch derjenige war, der etwas Unrechtes getan hatte – etwas sehr Unrechtes. Michelle war klar, daß sie ihm sofort hätte erzählen sollen, daß sie das Geld gefunden hatte. Dann hätte sie ihn zur Rede stellen können und wäre nicht in diese Situation geraten. Warum machte sie solche feigen Fehler? Jetzt würde es viel schlimmer werden. Warum machte sie alles falsch?

Sie hörte ihren Mann in der Küche und dann im hinteren Flur. Sie faltete das T-Shirt zusammen, drehte sich um und legte es zu den anderen gefalteten Kleidungsstücken auf den Wäschetrockner. Ohne sich umzuwenden, wußte sie, daß Frank jetzt durch den mit Teppichen ausgelegten Flur gekommen war. Sie fühlte förmlich, daß er in der Tür stand, als sei er magnetisch aufgeladen.

»Wo ist es, Michelle?« knurrte Frank.

Michelle drehte sich um und sah ihn an. Seine rechte Schulter lehnte am Türrahmen, seine linke Hand war zur anderen Seite ausgestreckt. Es war eine bedrohliche Haltung, als versperre er ihr den Weg, als sitze sie in dieser häuslichen, kleinen Ecke ihres Hauses in der Falle. Mach dich nicht mehr verrückt als nötig, sagte sie sich, aber Pookie winselte in seinem Versteck neben dem Schrank, als spüre der die Bedrohung ebenso. Michelle gab keinen Laut von sich.

»Wo ist das Geld, Michelle?« wiederholte Frank gefährlich.

Einen Moment dachte Michelle daran, sich einfach dumm zu stellen. Was sollte es, Frank hielt sie ohnehin für dumm, nicht wahr?

Er hatte jahrelang auf ihre Blindheit, ihre Dummheit gezählt. Aber das brachte sie nicht fertig. Ihr Mann sah schrecklich aus. Zum erstenmal in ihrem Leben kam es ihr so vor, als ob Frank, ihr starker Frank, selbst abgrundtiefe Angst hätte. Hinter seinen dunklen Augen glitzerte etwas, das sie noch nie gesehen hatte.

»Redest du von dem Beweismaterial?« fragte sie. »Dem Beweismaterial, das du im Zimmer deiner Tochter versteckt hast?«

»Gottverdammt, ich rede von dem Geld. Wo ist das Geld, Michelle?«

Sie wandte sich von ihm ab und wieder dem Wäschekorb zu. Sie nahm eine von Jennas Jeans heraus. Jenna trug sie gern zerknittert, aber manchmal bügelte Michelle sie trotzdem. Jetzt legte sie die Säume aufeinander und begann, die Jeans glattzustreichen. Sie fürchtete sich, Frank die Wahrheit zu sagen, und sie fürchtete sich zu lügen. Es war nicht zu spät, um zu behaupten, die Polizei sei aufgetaucht und habe das Geld entdeckt, aber welchen Sinn hatte das? Frank würde herausfinden, daß es nicht stimmte. Sie würde ihn jetzt zur Rede stellen müssen. Sie würde ihm erklären müssen, was er ihr angetan hatte, wie er sie enttäuscht, ihr das Herz gebrochen und ihre Familie zerstört hatte. Und daß sie wußte, daß er all das getan und sie dabei angelogen hatte.

»Weißt du, wie erbärmlich ich bin, Frank?« fragte sie. »Ich kann immer noch nicht glauben, daß du schuldig bist. Ich weiß jetzt, daß du es bist. Seit ich dieses Blutgeld gefunden habe, dein Versteck entdeckt habe. Aber ich kann's fast nicht glauben, noch immer nicht.« Sie schüttelte den Kopf. Wer war dieser Mann? »Wie konntest du das tun, Frank. Du hast alles aufs Spiel gesetzt. Du hast alles zerstört. Wie konntest du? Und wie konntest du mich über all das so belügen?«

Franks Körper zuckte wie in einem Krampf, und dann stemmte er sich wieder gegen den Türrahmen und schlug mit dem Unterarm heftig gegen den Pfosten. Bei dem Geräusch zuckte sie zusammen und ließ die Jeans auf den Boden fallen. Sie bückte sich, um sie aufzuheben, aber da merkte sie, daß Frank flink wie eine Katze in den Raum gekommen war und ihr gegenüberhockte. Seine rechte Hand packte ihre linke Schulter, drückte sie zuerst, schüttelte sie dann. »Warum vertraust du mir nie?« schnauzte er.

Sie sah ihn ungläubig an. War er verrückt? Oder dachte er, er könne sich herausreden, ihr weismachen, alles werde gut werden? »Warum hast du gelogen?« fragte sie.

»Es ist kein Drogengeld.«

Das, seine Dreistigkeit, ließ Michelle für einen Moment ratlos. In ihren langen Nächten auf der Couch hatte sie jede andere mögliche Erklärung durchdacht – Ersparnisse, Spielgewinne, unversteuerte Profite, Barzahlungen von Kunden, Prozente von Subunternehmern. Aber sie hatte in einer Bank gearbeitet. Sie hatte gesehen, was die Leute verdienten und an Hypotheken zu zahlen hatten. Unmöglich, daß Geld aus solchen Quellen sich zu einer halben Million Dollar in bar summierte. Es sei denn, Frank war nebenher noch in etwas *Schlimmeres* als Drogen verwickelt. Die einzige andere Erklärung war, daß er ein bezahlter Killer oder etwas noch Schrecklicheres war, wenn es denn etwas Schrecklicheres gab. »Frank, damit das ganz klar ist«, sagte sie endlich. »Es geht darum, wie du mich belogen und mich und die Kinder und unser Zuhause und unser Leben in Gefahr gebracht hast. Dieses Verhalten dulde ich nicht. Wenn du es mir gesagt hättest, hättest du gewußt, daß ich das Risiko nicht hinnehmen kann. Aus keinem Grund.« Sie machte eine Pause. »Es war reines Glück, daß die Polizei dieses Beweismittel nicht gefunden hat. Weißt du, wie *ich* mich gefühlt habe, als *ich* es gefunden habe, Frank? Kannst du dir vorstellen, wie entsetzt ich war und wie sehr ich mich schäme, dir geglaubt zu haben? Ich *habe* dir geglaubt, Frank. Ich muß verrückt gewesen sein.«

Frank schüttelte wieder ihre Schulter. »Oh, so verrückt warst du nicht, als du den Lexus bekamst – voll bezahlt, in bar«, fauchte er. »So verrückt warst du nicht, als wir die Küche neu eingerichtet haben oder als wir den Pool gebaut haben oder wenn du neue Möbel wolltest oder die Kinder Schulkleidung oder Partykleidung oder Geburtstagsgeschenke brauchten. Solange ich unsere Urlaube und das Haus und alles bezahlen konnte, wovon du geträumt hast, fandest du dich nicht verrückt. Du hast mich nie gefragt: ›Woher kommt das alles, Frank?‹ Nein. Ich war Frank, der Zauberer, und ich habe dir nie, nicht ein einziges Mal, etwas verweigert. Es war mein Job, dir nichts zu verweigern. Und du willst mir erzählen, du hättest geglaubt, daß wir allein von meinen Dachdeckerarbeiten so gut leben konnten?«

Sie hatte zu weinen begonnen, aber sie wollte nicht nachgeben. Bei ihm hörte es sich so an, als sei alles ihre Schuld, als habe sie ihn dazu getrieben. »Ich bin es losgeworden, Frank«, sagte sie heiser. »Ich habe es gefunden und aus dem Haus geschafft, ohne erwischt zu werden. Ich bin es losgeworden.«

Er kniff sie schmerzhaft in die Schulter, ging aus der Hocke wieder hoch und zog sie dabei mit. »Du tust mir weh«, rief sie und versuchte, sich seinem Griff zu entziehen. Seine Augen funkelten furchterregend – wahnsinnig.

»Ich brauche dieses Geld, Michelle. Was hast du damit gemacht?«

»Ich habe es verbrannt«, sagte Michelle. »Ich habe es verbrannt, damit du in Sicherheit bist. Damit die Kinder in Sicherheit sind. Denn wenn jemals jemand dieses Geld sieht, ist es vorbei. Selbst dein genialer Anwalt könnte dich *da* nicht mehr herauspauken.«

»*Was* hast du getan?« japste Frank, und seine Stimme war fast ein Kreischen. »Um Gottes willen, Michelle, sag mir, daß das nicht wahr ist. Ich brauche dieses Geld, um den genialen Anwalt zu bezahlen. Glaubst du etwa, Bruzeman würde auch nur eine Minute gratis arbeiten? Ich brauche dieses Geld, damit wir weitermachen können, damit ich nicht ins Gefängnis muß. Was hast du mit dem Geld gemacht, Michelle?«

Sein Arm – der, den er vorher gegen den Türrahmen gestemmt hatte – hob sich in Schulterhöhe, als er ausholte. Wie in Zeitlupe sah Michelle die Hand auf sich zukommen, aber sie konnte es nicht glauben. Es passierte sehr schnell und gleichzeitig ganz langsam. Den Bruchteil einer Sekunde zu lange registrierte ihr Gehirn nicht die Realität dessen, was ihre Augen sahen. Deshalb begann sie zu spät, den Kopf zu bewegen, und das war ein Fehler.

»Ich brauche das Geld«, schrie er, und seine Hand traf ihr Gesicht direkt über dem Ohr mit ungeheurer Kraft. Sie spürte sie wie einen in Sandpapier gepackten Stein an Wange und Auge. Sie fiel nach hinten und schlug mit dem Hinterkopf hart auf den Wäschetrockner. Sie versuchte sich zu ducken, aber Frank packte sie an der Vorderseite ihrer Bluse und riß sie hoch. Dann schlug er sie wieder, diesmal mit der anderen Hand, und traf ihr Kinn. Sie spürte einen feurigen Schmerz in einem Ohr und schaffte es, ein Gurgeln auszustoßen. Er würde sie töten oder dazu bringen, ihm das Geld zu geben. Sie hob die Hände, um sich vor dem nächsten Schlag zu schützen, aber bevor er landete, schrie Frank selbst.

Michelle spähte durch ihre Finger. Frank stand zu einer Seite gebeugt. Pookie hatte sich in die Rückseite von Franks Oberschenkel verbissen, und Frank schrie erneut, stampfte mit dem Fuß auf und versuchte ungeschickt, den kleinen Spaniel wegzuprügeln. So schockiert sie von all dem war, Michelle wußte, das war ihre Rettung, ihre einzige Chance. Sie hetzte an Frank vorbei aus der Tür der Waschküche und in die Garage. Sie konnte Frank fluchen und Pookie knurren hören, wie er es selten tat. Sie rannte weiter. Hinter ihr ertönte ein hohes Jaulen, das der Hund wohl vor Schmerz ausstieß, und dann ein Aufprall, der ihr Übelkeit verursachte. Sie rannte aus der offenen Garagentür. Frank hatte ihren Wagen nicht blockiert, und Gott sei Dank hatte sie die Schlüssel in der Tasche. Sie sprang in den Wagen und drehte den Zündschlüssel. Im gleichen Moment hielt der Schulbus an der Haltestelle auf der anderen Straßenseite. Frank kam auf sie zugerannt, der Hund war hinter ihm. »Pookie!« schrie sie, und der kleine Spaniel raste zu ihr und hüpfte in den Wagen und auf ihren Schoß. Sie schlug die Autotür zu. Sie verstieß gegen mehrere Gesetze gleichzeitig, als sie rückwärts auf die Straße und vor den Bus fuhr. Sie riß die hintere Tür auf und brüllte Jenna und Frankie zu: »Steigt in den Wagen!« Und noch einmal: »Steigt ein, *sofort!*«

Die beiden Kinder sahen sie an, und ihre Gesichter erstarrten vor Angst, aber Gott sei Dank bewegten sie die Beine und krabbelten auf den Rücksitz. »Versperr die Tür!« schrie sie Jenna zu, was Jenna kommentarlos befolgte. Aus dem Winkel des geschwollenen Auges konnte Michelle sehen, wie Frank eilends aus der Einfahrt hinkte. Sie drückte den Fuß auf das Gaspedal und fuhr mit quietschenden Reifen an.

Sie wischte sich die Wange, als sie den Wagen ruckartig auf drei Rädern wendete. Dann schaute sie ihre Hand an und sah, daß sie naß war von Blut, Speichel und Tränen. »Mommie, was ist passiert?« flüsterte Jenna erstickt. »Bist du wieder gefallen? Wo fahren wir hin?«

Aber Michelle konnte keine der Fragen beantworten.

42. Kapitel -
durch dick und dünn

Angie trat aus der Dusche, trocknete sich mit dem vom Vorabend noch feuchten Handtuch ab und zog einen Bademantel über. Normalerweise hielt sie sich damit nicht auf, aber seit Michelle vor ihrer Tür gestanden hatte, blutend und verängstigt, kampierten sie und ihre Kinder im Wohnzimmer. Deswegen der Bademantel. Man wußte nie, wann eines der Kinder ins Badezimmer gestürmt kam.

Angie beschloß, sich nicht in dem dampfenden Raum zu schminken, denn dies war die Tageszeit, zu der sich auf der anderen Seite der Tür eine Schlange bildete wie vor den Toiletten bei einem Freiluftkonzert. Und tatsächlich, als Angie die Badezimmertür öffnete, sah sie sich der geprügelten Michelle gegenüber, die ihre Tochter im Schlepptau hatte.

»Macht es dir etwas aus, wenn wir ...«

»Nur zu«, sagte Angie. Tatsache war, daß es ihr *wirklich* nichts ausmachte. Seit zwei Tagen glich das Apartment einem öffentlichen Campingplatz oder einem Zirkus mit zwei Manegen, aber für Angie war das sehr viel besser, als auf der Matratze zu liegen und die Unendlichkeitszeichen ihres Vaters oder ihre eigene körnige Zimmerdecke anzustarren.

Gestern waren sie und Jada ins Einkaufszentrum gefahren und hatten eine spärliche Grundgarderobe für Jenna und Frankie gekauft. Sie hatten das Haus ohne alles verlassen, und am Tag vorher hatte Michelle sie bei sich behalten, aber heute morgen wollte Angie sie zur Schule fahren, da Michelle nervös war und Bedenken hatte, Frank könnte auftauchen. Natürlich hatte Angie bereits einen dringlichen Beschluß erwirkt, um ihn fernzuhalten, Michelle hatte ihre Verletzungen in der Notaufnahme des Krankenhauses behandeln lassen, während Jada auf die Kinder aufpaßte und sie mit einigen Spielsachen und Büchern aus dem Einkaufszentrum ablenkte. Angie hatte ihren kleinen Fernseher – ihren einzigen – ins Wohnzimmer gestellt. Und die drei Frauen und zwei Kinder hatten den Sonntagabend auf dem Fußboden liegend verbracht und sich das Video *Der verrückte Professor* angesehen.

Nachdem Angie den Schock über Michelles geschundenes Gesicht überwunden hatte und auch die Kinder sich sowohl davon als auch von ihrer Überraschung, nicht mehr zu Hause zu sein, erholt hatten, war es doch noch ein friedlicher, angenehmer Abend geworden. Erst jetzt, als Angie sich zur Arbeit ankleidete und die Kinder in die Schule gehen mußten und alle müde und mißgelaunt waren, begann Angie sich zu fühlen wie in einem Film der Marx Brothers, wo hundert Leute sich in Grouchos Kabine auf dem Ozeandampfer quetschten. Angie feixte, als sie sich daran erinnerte, daß sie sich vor einer eigenen Wohnung gefürchtet hatte. Hatte sie gedacht, sie würde dann einsam sein? Diese Bude war nicht von Wand zu Wand mit Teppichen ausgelegt, sondern mit Betten bepflastert.

Tatsächlich hatte sie den Gang von Groucho Marx, als sie über liegengelassene Decken, Frankies schlafende Gestalt, den schlafenden Hund, zerknitterte Papiertücher und einige vergessene Wassergläser hinwegstakste, um die andere Seite des Wohnzimmers zu erreichen, die als Küche diente. Sie hatte ein verzweifeltes Verlangen nach Koffein. Aber nachdem sie die Küchenzeile erreicht hatte, stellte sie fest, daß die Kanne der Kaffeemaschine fehlte. Sie dachte einen Moment nach; sie erinnerte sich, sie irgendwo gesehen zu haben, konnte sie aber nicht lokalisieren, und so gab sie Kaffee und Wasser in die Maschine und stellte ihren einsamen Becher darunter, um wenigstens die erste Tasse aufzufangen.

Sie warf einen amüsierten Blick auf das Chaos rundum. Kinder machten entschieden eine Menge Arbeit, aber sie mochte sie. Es war gemütlich, wie Jenna und Frankie, auf Michelles Schoß zusammengekuschelt, gestern auf dem Fußboden dagelegen hatten.

Beide Kinder waren so beschützend zu Michelle. Frank hatte sie immer wieder versprechen lassen, daß sie vorsichtiger sein und keine »Unfalls« mehr haben sollte. Jenna, die wohl argwöhnte, daß Michelle nicht einfach gegen eine Tür gestoßen war, streichelte ihrer Mutter nur die Stirn.

Angie legte eine Hand auf ihren Bauch. Sie würde auch soviel Liebe bekommen. Und sie dachte daran, wie angenehm es sein würde, ein warmes, glucksendes Bündel an ihre Wange oder ihre Brust zu drücken. Sie könnten ihre liebsten Disney-Filme – *Die Elternfalle, Pollyanna* – und dann ein paar andere Jugendfilme anschauen. Es würde eine Weile dauern, bis sie im Wohnzimmer auf Schlafsäcken liegen oder sich eine Pizza teilen konnten, aber es war etwas, worauf man sich freuen konnte.

Ein zischendes Geräusch brachte sie in die Gegenwart zurück. Ihre Tasse lief über. Angie ersetzte sie durch eine leere, und dabei zischte verschütteter Kaffee auf der Heizplatte. Sie öffnete den Kühlschrank und stellte fest, daß keine Milch mehr da war. Kinder hatten definitiv auch ihre Schattenseiten. Sie würde ihren Kaffee schwarz trinken müssen, und sie *haßte* schwarzen Kaffee. Sie trank einen Schluck von der bitteren schwarzen Flüssigkeit, verzog angewidert das Gesicht und öffnete einen Schrank, um nachzuschauen, ob etwas zu essen übriggeblieben war. Direkt vor ihrer Nase stand eine Schachtel mit kleinen Kuchen zum Aufbacken. So etwas hatte sie nie im Haus. Jada oder Michelle mußten sie gekauft haben – vielleicht für die Kinder. Wahrscheinlich sechshundert Kalorien an leeren Kohlehydraten, aber Angie nahm einen davon und legte ihn auf den Toaster, ehe sie anfing, Kalorien zu zählen. Pookie, der Cockerspaniel, wachte auf, schnupperte und kam dann auf sie – eher ihren Kuchen – zu. Sie brach eine Ecke davon ab und spendierte sie dem Hund. Es gab also eine Entschädigung dafür, daß man dank dieser Gäste auf die Milch verzichten mußte. Statt dessen standen einem fettmachende, verlockende Speisen zur Verfügung.

Angie überlegte, wieso nicht alle werdenden und seienden Mütter tausend Pfund wogen. Dann schnappte sie sich ihre juristischen Unterlagen, die beiden Bücher, in denen sie nachgeschlagen hatte, und ihre Notizen, steckte sie in ihre Aktenmappe und wartete darauf, daß der Kaffee ein bißchen abgekühlt war und ihr Kuchen fertig wurde. Aber wenn man dabei zuschaute, dauerte es immer länger, also ging sie zur Tür, um die Post zu holen, die hier im

Apartmentkomplex sehr früh kam. Nicht viel: zwei Werbezettel von Lebensmittelmärkten, eine Stromrechnung und ihr Kontoauszug, doch dahinter lauerte ein Umschlag mit dem Poststempel von Boston. Sie warf das restliche Zeug auf den Kartentisch und öffnete ihn mit zitternder Hand. Am gedruckten Absender konnte sie sehen, daß er von der Anwaltskanzlei kam, die Reid mit der Scheidung beauftragt hatte.

Der Umschlag enthielt die Aufforderung, einen Termin mit der Kanzlei auszumachen und Scheidungspapiere zu unterzeichnen. Keine Überraschung. Doch überraschend *war*, daß ein Gerichtstermin angesetzt war, und zwar schon in zwei Wochen. Beigelegt war eine kleine handschriftliche Notiz.

Dachte mir, je schneller, desto besser. Bin sicher, daß es Dir genauso geht. Ich hoffe, daß Du kommen kannst, weil der Gerichtstermin schwer zu kriegen war. Ich glaube nicht, daß ich irgendwelche Details übersehen habe, wäre Dir aber für volle Kooperation sehr dankbar, damit wir beide unser Leben fortsetzen können.

Immer Dein
Reid

Ihr Leben fortsetzen? Angie mußte die Nachricht noch ein zweites Mal und ein drittes Mal lesen, während sie den bitteren Kaffee schluckte und den breiigen Kuchen aß. Sie wollte ihr Kind, und sie wollte es frei von Reid, also war es ihr ganz recht, wenn er schnell handelte. Aber er wußte das nicht. Sie konnte nicht glauben, wie kalt und plump er sein konnte, wie jämmerlich plump.

Aber am eigenartigsten war der Schluß. »Immer Dein Reid«. Was hieß hier »immer«? War er *immer* so unsensibel, so einfältig gewesen? Auch, als er sie heiratete? Sie schüttelte den Kopf, um klar denken zu können. Jenna mußte aus der Dusche gekommen sein, während sie auf die Nachricht starrte, denn jetzt war sie dabei, ihren jüngeren Bruder sanft wachzutreten – wenn es so etwas gab. »He, he«, warnte Angie mit autoritärer Stimme, und zu ihrem Erstaunen hörte das Mädchen tatsächlich mit dem Treten auf. Vielleicht werde ich eine gute Mutter sein, dachte Angie. Vielleicht bin ich ein Naturtalent.

Genau in diesem Moment kam Jada total verschlafen aus ihrem winzigen Schlafzimmer. Sie tappte auf die Kaffeemaschine zu, nahm die Tasse von der Wärmeplatte, jaulte dann auf, weil sie so heiß war, und verkleckerte den Kaffee überall. »Wow! O Mann. Willst du mich zum Invaliden machen?« stöhnte Jada und wedelte mit ihrer Hand. Angie entschuldigte sich, während Michelle, die jetzt auch dazukam, den Kaffee aufwischte und ein kühles, nasses Papiertuch um Jadas Hand wickelte. »Die meisten Unfälle passieren zu Hause«, rief sie ihnen in Erinnerung.

»Ich hatte heute nacht ein paar ganz gemeine Träume über zu Hause«, sagte Jada. »*Richtig* gemein. Clinton hatte darin keine gute Zeit.«

Angie reichte Jada die Papiere aus Boston. »Und ich habe im Augenblick ein paar gemeine Tagträume«, knurrte Angie. »Ich frage mich, ob es irgendwo einen Wissenschaftler gibt, der das genaue Gegenteil der Formel für Viagra kennt.«

Jada sah sich die Papiere an, während sie noch immer mit ihrer rechten Hand wedelte, und zog die Augenbrauen hoch. »Nette Idee«, sagte sie. »Willst du das Zeug in die Wasserversorgung von ganz Boston einspeisen oder nur in ein bestimmtes Haus?«

»Das habe ich noch nicht entschieden«, malmte Angie. »Aber ich denke, es muß etwas geschehen.«

»O ja! Das unterschreibe ich sofort«, brummte Jada. Dann trollte sie sich in Richtung ihres Schlafzimmers. »Aber jetzt muß ich mich anziehen. Ich werde mich als Terroristin nützlich machen, aber vorher besorge ich mir einen hochbezahlten Job am Fritierkessel in irgendeiner Fastfood-Kette.« Im Gehen fragte sie über die Schulter: »Soll ich ein beeindruckendes Kostüm anziehen, wenn ich mich um Jobs bewerbe?«

»Vielleicht besser einen beeindruckenden *Jogginganzug*«, schlug Michelle vor, während sie Frankie ins Badezimmer scheuchte.

Angie wußte, Jada ging auf Jobsuche, und Michelle hatte das gleiche vor, wenn ihr Gesicht erst ein wenig verheilt war. Nach einigen Streitereien über den Verbleib irgendeines Buches und Jennas neuer pinkfarbener Socken hatte Michelle die Kinder schließlich soweit, daß sie zum Aufbruch bereit waren. Angie machte das Tohuwabohu nichts aus. Es war einfach interessant, das Schauspiel moderner morgendlicher Mutterarbeit zu beobachten. Sie hatte sich erboten, die Kinder vor der Schule abzusetzen, damit Frank sie weniger leicht bemerkte, falls er nach Michelle Ausschau hielt.

»Wir sind fertig«, sagte Michelle. Angie gab ihr die Autoschlüssel.

»Setz die Kinder schon mal rein. Ich komme sofort«, sagte sie zu ihr. Dann suchte sie ihre Sachen zusammen. Michelles Gesicht bei Tageslicht war ein schockierender Anblick, der Bluterguß an ihrem Hals von häßlichem Purpurrot. Angie dachte an Reid. Er hatte sie nie geschlagen, aber er hatte sie auch nie geliebt, was natürlich nicht heißen sollte, daß das – im wörtlichen Sinne – Hand in Hand gehen mußte.

Ich könnte eine gute Mutter sein, dachte Angie. Und ich könnte Spaß daran haben. Ich glaube, ich bin nicht mehr so verängstigt wie früher. Aber ich bin wütend. Wirklich wütend. All diese Männer: Clinton, Reid und jetzt Frank. Alle so unbrauchbar, so egoistisch, so achtlos. »Wir sollten uns zusammentun und etwas unternehmen«, sagte sie, als Jada, zur Jobsuche gekleidet, aus ihrem Schlafzimmer trat.

»Wegen der Kaffeemaschine?« fragte Jada.

»Nein. Wegen diesem Idioten, meinem zukünftigen Exmann. Wegen deinem Idioten.« Sie senkte die Stimme, damit die Kinder draußen sie nicht etwa hörten. »Wegen Michelles Idioten.«

Jada nickte. »Hör zu, wenn du eine Idee hast, ich bin dabei, ich helfe dir«, sagte sie. »Ich weiß noch, in meinem Traum letzte Nacht gab es eine Müllpresse, und irgendwie ist Clintons Kopf da reingeraten. Aber wenn du im echten Leben willst, daß ich passende Sprüche an Lisas und Reids Garagentor male, dann tue ich das mit Freude. Soll ich ihre Anwaltspartner anrufen und sie verunglimpfen? Oder vielleicht vor der Anwaltsvereinigung zerrupfen?« Sie hielt inne und lachte kurz auf. »Oh, das hatte ich vergessen. Sie sind ja Anwälte, also gibt es keine Regeln persönlichen Verhaltens, gegen die sie verstoßen könnten. Jedenfalls, ich tue gern alles, was den Kröten schadet. Denk dran, wenn du mich brauchst.«

Angie griente und sah dann auf ihre Uhr. Dieser Morgen unterschied sich absolut von ihren üblichen, aber er war nicht unbedingt unangenehm. Sie stieg in ihren Wagen, wartete, bis die Kinder sich von Michelle verabschiedet hatten, und hörte dann ihrem Geplänkel zu, bis sie sie absetzte. Sie beobachtete, wie sie die Schule betraten, und fuhr dann zur Beratungsstelle. Unterwegs dachte sie an all die unterdrückten, geschädigten Frauen, denen sie dort helfen sollte, und fragte sich unvermittelt, ob sie, Jada und Michelle nicht etwas tun könnten, um ihren eigenen Status quo zu ändern.

43. *Kapitel* -

in dem Jada kassiert und ihren Kundenservice verbessert

Das Idiotische war, wie schwierig ein lausiger, schlecht bezahlter Job sich gestaltete. In ihrer damaligen Stelle als untergeordnete Kassiererin hatte Jada geargwöhnt, die Mr. Marcuses dieser Welt leisteten Arbeit, die sowohl interessanter als auch besser bezahlt war. Aber sie hatte sich vorgestellt, daß sie auch komplizierter war. Falsch. Sie hatte selbst als Managerin gearbeitet, und trotz des Papierkrams war das ein Zuckerschlecken gegen die nervtötende Routine und Langeweile minderer Jobs gewesen.

Sie hatte sich schon für einen Job an der Theke einer Reinigung und als Verkäuferin bei Payless beworben, aber man hatte sie rundweg abgelehnt. Lag es daran, daß sie schwarz war und die weißen Mädchen in Westchester nicht wollten, daß schwarze Finger ihre Kleidung anfaßten? Das Schwarz färbte nicht ab, hätte sie am liebsten gezischt. Denn sonst gäbe es keine Schwarzen.

Sie nahm an, daß es am besten war, sich mit dem zu verkaufen, was sie in der Vergangenheit getan hatte. Also erwähnte sie ihre Erfahrung als Kassiererin und bekam prompt eine Stelle an der Kasse bei Price Chopper. Allerdings mußte sie ihren Tribut entrichten. Sie kam nicht gleich in die beste Schicht. Zuerst hatte sie einen Monat Probezeit. Aber Mr. Stanton hatte sie gemustert und gesagt: »Mir gefällt Ihr Aussehen. Bei uns kaufen viele von Ihren Leuten ein.«

Jada war nicht sicher, wer »Ihre Leute« waren – gewiß nicht diese schwarze Frau, deren Baby aus Leibeskräften brüllte, die sich aber völlig taub stellte, während Jada eine große Tüte Schokoladenküsse, eine überteuerte Schachtel Getreideflocken mit mehr

Zuckergehalt als die Schokolade und einen riesigen Beutel Zwiebeln einscannte. Seltsam, was die Leute kauften.

Jada fiel es schwer, während der gesamten Schicht zu stehen, Gegenstand um Gegenstand einzuscannen und dabei nicht umzukippen oder einzuschlafen. Sie hatte bereits gelernt, daß Stoßzeiten besser waren als ruhige, weil sie, wenn nicht viel los war, trotzdem stehen mußte. Dabei starrte sie auf die Schlagzeilen der wöchentlichen Regenbogenpresse, obwohl sie weder diese noch sonst etwas lesen durfte. Das war am schwersten – einfach dastehen und warten.

Es gab ihr Zeit zum Nachdenken, und das war nicht unbedingt gut. Das Gericht konnte jetzt mit ihr machen, was es wollte, aber es konnte aus einem Stein kein Blut quetschen. Sie verdiente weniger als sechs Dollar die Stunde und würde alles ihren Kindern geben, aber wenn Clinton das Haus für sich und Tonya behalten wollte, würden die beiden ebenfalls anfangen müssen zu arbeiten. Für einen Moment verkrampfte sich Jadas Magen. Sie mußte die Versicherung für das Haus und das Auto und die Hypothek bezahlen. Sie hatte genug Ersparnisse, um eine Weile durchzuhalten, aber dann? Telefon und Strom mußten laufend bezahlt werden. Die Kinder brauchten ein Dach über dem Kopf. Und all das in einem Haus, das sie nicht einmal würde betreten dürfen.

Aber sie mußte zu den Unkosten beitragen, um den Kindern etwas Stabiles zu erhalten. So unvollkommen und unfertig es auch war, es war das Zuhause, in dem sie aufgewachsen waren, und es war eine Quelle des Trostes gewesen. Vielleicht hatten sie und Clinton einen Fehler gemacht und hätten in eine Gegend mit mehr Afroamerikanern ziehen sollen, den Kindern zuliebe, aber die Kinder bekamen eine gute Ausbildung. Und sie hatten Freunde.

Eine alte, einsam wirkende Frau rollte ihren Einkaufswagen heran. Sie nahm eine Schachtel Cracker, eine Tomate, Fruchtgummi und zwei Dosen Pudding heraus. Als Jada das Zeug einzuscannen begann, förderte die Frau Coupons zutage, von denen einige fast so alt waren wie sie. Einer war für eine bestimmte Sorte Gelatine, der Coupon für die Cracker war seit einem Monat abgelaufen. Er war irgendwann in den letzten zehn Jahren aus einer Zeitung ausgeschnitten worden und total vergilbt und zerknittert. Wie lange trug die alte Dame ihn schon mit sich herum?

Jada gab ihr den Rabatt, obwohl man ihn ihr am Ende des Tages wahrscheinlich vom eigenen Lohn abziehen würde. Sie sprach ein kleines Gebet für die alte Fau, während sie die Lebensmittel in eine Tüte packte. Dann sprach sie ein Gebet für sich selbst und bat den Herrn, nicht so allein und zerbrechlich enden zu müssen, wie diese Frau aussah.

Sie brachte die Schicht hinter sich, doch schon nach der Hälfte der Zeit schmerzten ihre Waden und die Rückseite der Oberschenkel bis hinauf zu den Hüften. Sie war nicht daran gewöhnt, stundenlang zu stehen, und obwohl sie den Job aus Verzweiflung angenommen hatte, fühlte er sich an wie ein Mißerfolg. Nicht, daß sie zur Bank zurückwollte, nachdem man sie gefeuert hatte – die Bank hatte ihr ihre Zeit mit den Kindern und ihre psychische Energie geraubt und sie auf eine Weise erschöpft, die sie nicht gern eingestand. Aber dieser Job war auch anstrengend. Jada hatte nichts gegen Arbeit – sie arbeitete sogar gern –, aber sie mußte etwas Vernünftigeres finden, das besser bezahlt war und ihr Zeit ließ, ihre Kinder zu sehen oder gar zurückzugewinnen.

Sie sah sich in den Gängen nach Kunden um, nur um sich abzulenken. Die Besuche bei den Kindern brachen ihr das Herz. Draußen vor der Schule im Volvo zu sitzen, auf sie zu warten und von Miss Patel, der ihnen zugewiesenen Sozialarbeiterin, dabei beobachtet zu werden war demütigend, aber die Verwirrung und Enttäuschung und den Schmerz der Kinder zu sehen war noch schlimmer. Shavonne war wütend. Beim letzten Besuch hatte sie in den ersten vierzig gemeinsamen Minuten kein Wort gesprochen und dabei die Arme vor der Brust verschränkt, wie Jadas Mutter es tat, wenn sie wütend war. Auf sämtliche Fragen, die Jada stellte, reagierte sie mit eisigem Schweigen.

Kevon dagegen klammerte sich an sie und erzählte ihr lange, zusammenhanglose Geschichten, die ihr noch mehr Sorgen machten. »Weißt du was?« fragte er etwa, und wenn sie dann sagte: »Was denn?« fiel ihm nichts mehr ein. Statt dessen blinzelte er fast eine Minute und wiederholte dann: »Weißt du was?« Und dann erzählte er ihr von einem Streit zwischen Clinton und Tonya. »Und Daddy hat gesagt, er will kein fertig gekauftes Essen mehr, und Tonya hat gesagt, daß sie nicht den ganzen Tag kochen will. Also haben wir Erdnußbutter gegessen.« Oder: »Weißt du was? Weißt du was? Sie kennt von keinem Ninja Turtle den Namen. Sie hat gesagt, daß sie sie weiß, aber sie weiß sie nicht.« Oder er stellte Fragen: »Weißt du, wo mein Schlafanzug ist? Der mit den Fischen drauf und den kleinen Booten? Wieso machst du jetzt nicht mehr mein Bett? Ich mag nicht, wenn es ganz zerknittert ist. Ich kann nicht schlafen auf all den Falten in den Kissen und im Laken.«

Jada hielt Sherrilee in den Armen und wiegte sie, während Kevon immer weiter plapperte und Shavonne ihrem Blick auswich. Nur Miss Patel, die ruhig dasaß, den Blick abgewandt und überschattet von irgendeiner persönlichen Traurigkeit oder der Traurigkeit dessen, was sie täglich sah, spiegelte Jadas Schmerz wider.

Die Besuche waren schon schmerzhaft, aber noch schmerzhafter war es, zum Haus zu fahren und die Kinder abzusetzen. Sherrilee begann schon zu schreien, bevor sie in die Elm Street einbogen, und Kevons Monolog wurde fast manisch. Dann war Jada beinahe dankbar für Miss Patel, die das schreiende Baby sanft, aber entschlossen aus Jadas Armen nahm, Kevon bei der Hand faßte und zum Haus führte. Erst dann pflegte Shavonne ihrer Mutter in die Augen zu sehen. »Komm nach Hause zurück«, hatte sie gestern gesagt. »Komm nach Hause zurück.«

Und obwohl sie sich geschworen hatte, das niemals zu tun, Clinton niemals vor seinen Kindern schlecht zu machen, hatte Jada gesagt: »Dein Daddy läßt mich nicht. Ich kann nicht, Shavonne, weil dein Daddy mich nicht läßt.«

Nachdem Shavonne ins Haus gegangen war, hatte Jada allein im Volvo gesessen und geschluchzt. Was sie gesagt hatte, hatte ihrer Tochter nicht geholfen. Die Treffen waren so verstörend und Kevons Berichte so bestürzend, daß sie sich fragte, was wohl alles in ihrem Haus vorging.

Ein Kunde erschien, ein Mann mit einem vollen Einkaufswagen. Endlich eine Ablenkung! Doch während Jada die Lebensmittel einscannte, dachte sie weiter nach. Sie alle drei, die arme Michelle, die verunsicherte Angie und Jada selbst, waren ausgenutzt und geschlagen worden – in Michelles Fall tatsächlich – von Männern und Institutionen, die sie eigentlich beschützen sollten. Jada hatte nicht wirklich geglaubt, daß solche schlimmen Dinge weißen Frauen passieren können, Frauen mit etwas Bildung und Geld. Eines hatte sie daraus gelernt, nämlich, wie schlecht es war, eine

Frau zu sein – gleich welcher Hautfarbe –, die einem Mann ausgeliefert war – ebenfalls gleich welcher Farbe.

Was war so furchtbar schiefgelaufen? Jada war immer stark gewesen, hatte sich vor harter Arbeit nicht gefürchtet und die Regeln eingehalten. Aber nichts davon hatte ihr genützt, und es hatte auch Michelle oder Angie nicht geholfen. Wenn man bedachte, wie sie lebten! Das Apartment war ein Chaos mit den drei Frauen und Michelles beiden Kindern, von dem nervtötenden Hund ganz zu schweigen. Sie waren wie Desperados in einem Versteck, aber sie hatten nicht einmal die Genugtuung, irgendein aufregendes, gewaltsames, erfolgreiches Verbrechen begangen zu haben. Jada scannte einen in Folie geschweißten Kopfsalat ein und schüttelte den Kopf. Was die anderen tun sollten, wußte sie. Michelle sollte sich von Frank scheiden lassen und einen Deal mit dem Staatsanwalt machen. Angie sollte sich eine Methode ausdenken, ihre sogenannte »Freundin« da oben in Boston zu bestrafen und es ihrem Mann heimzuzahlen, statt sich einfach wegschubsen zu lassen. Und sie selbst…

Die Registrierkasse zeigte die Summe an, und sie mußte eintippen, welchen Betrag der Kunde zahlte, so daß automatisch das Wechselgeld angezeigt wurde, das sie herauszugeben hatte. Als sei sie nicht einmal imstande, das auszurechnen. Jada nahm die sechzig Dollar des älteren Mannes entgegen, der nichts als Fleischprodukte gekauft hatte – Wurst, Schinken, Räucherspeck, Büchsenfleisch –, und gab ihm seine drei Dollar und sechsundvierzig Cent heraus. Melody, die Hausfrau, die stundenweise als Packerin arbeitete, begann die Lebensmittel in eine Papiertüte zu füllen. »Ich möchte doppelte Tüten«, sagte der Mann. Melody nickte.

Jada wandte sich der nächsten Kundin zu. Eine gutgekleidete Frau mit einem schlechten Facelifting. Warum ließen die Männer sich nicht das Gesicht liften? Was hatte Angie über die Bestrafung der Männer gesagt? Darüber, daß man sich seinen Teil zurückholen oder die Konten ausgleichen muß? Sie seufzte. Es fiel ihr schwer, sich vorzustellen, wie sie selbst sich in Zukunft verhalten sollte. Wenn die anderen beiden *für* sie handeln konnten und sie für Angie handeln konnte oder…

Das war es! Für einen Moment verharrte ihre Hand mit einer Dose Oliven in der Luft. Die geliftete Frau glotzte sie an, aber Jada dachte an ihre beiden Freundinnen. Sie *mußten* zusammenarbeiten. Nicht wie in dem Apartment, wo sie die Lebensmittel einkaufte, Michelle wie eine Besessene putzte und Angie die Miete bezahlte. Sie mußten gegen das System zusammenarbeiten, das sie geschlagen hatte. Sie mußten gegen die Struktur arbeiten, die sie zerschmettert hatte. Sie sollten einander helfen, etwas zu *tun*, das die Konten ausglich, das ihnen ihren Stolz oder sogar ihre Freiheit zurückgab. Ihnen gab, was sie wollten, was sie verdienten. Sie wußte, sie verdiente es, ihre Kinder bei sich zu haben, und die Kinder brauchten sie. Jada starrte auf die Tasten ihrer Registrierkasse, bis die Zahlen vor ihren Augen verschwammen. Sie hatte im Scherz mit Michelle darüber gesprochen, ihre Kinder zu entführen, aber vielleicht war das kein Scherz. Vielleicht könnte sie mit Hilfe ihrer Freundinnen …

»Gibt es die Kraft-Deluxe-Dinners auch zum Sonderpreis oder nur die normalen Makkaroni mit Käse?« wollte die geliftete Frau wissen, als bedeute Jadas Antwort den Weltfrieden oder das Aussterben der Rasse.

»Nur die normalen«, antwortete Jada mechanisch. »Möchten Sie diese trotzdem?« fragte sie mit einem Blick auf die Deluxe-Schachteln. Aber die Entscheidung der Frau war ihr egal. Irgendwo tief in ihrem Inneren war Jada zu einer revolutionären Entscheidung gelangt.

Es war Zeit für einen Versuch, die Konten auszugleichen. Mit allen Mitteln, die dazu nötig waren.

»Wir kommen. Versuch nicht, mir das auszureden. Ich habe zu deiner Mutter gesagt, daß jetzt der richtige Moment ist, und nicht einmal sie hatte etwas dagegen. Also versuch es gar nicht erst.«

Jada hörte die Stimme ihres Vaters und fragte sich, ob der Trost, den er bot, die Angst wert war, die sein Plan kosten würde. Sie war ihren Eltern gegenüber nach wie vor noch nicht mit der Wahrheit herausgerückt. Wenn sie jetzt schon fanden, daß es sich um einen Notfall handelte, was würden sie dann erst tun, wenn sie herausfanden, daß er die Kinder und das Haus hatte? Andererseits – was konnte schlimmer sein, als die Dinge jetzt schon waren? Und würde es nicht ein gewisser Trost sein, Momma und Poppa bei sich zu haben?

»Sag mir nicht, daß du uns nicht an deiner Seite haben willst. Ich weiß nämlich, daß du es willst«, sagte ihre Mutter.

»Natürlich will ich, Momma.« Jada würde Angie bitten müssen, beim Gericht eine Besuchserlaubnis für die Großeltern zu beantragen. Was war als Vorbereitung für die Invasion sonst noch zu tun? Sie mußte ein Motelzimmer für ihre Eltern finden, denn drei Erwachsene, zwei Kinder und ein Hund waren das absolute Maximum in Angies Apartment. Und dann? Ihnen sagen, daß sie daran dachte, sich ihre eigenen Kinder zu schnappen und mit ihnen zu verschwinden? Ihnen sagen, daß sie so verzweifelt war, daß sie das Gesetz brechen würde? Vielleicht sollte sie anfangen, sie zumindest teilweise darauf vorzubereiten. »Momma, einiges hat sich geändert, seit ihr das letzte Mal hier wart«, begann sie und umklammerte den Telefonhörer.

44. *Kapitel -*

in dem Michelle Farbe bekennt

Michelle hatte geduscht, das Apartment aufgeräumt, und nun kleidete sie sich fertig an, bereit, loszugehen und sich dem ersten Teil ihres eigenen Plans zu stellen. Sie versuchte gar nicht, die Blutergüsse in ihrem Gesicht zu verbergen. Heute war es nötig, daß man sie sah.

Sie sammelte ihre Notizen und Papiere ein. Zuletzt sah sie die detaillierte Liste, die Frank sie von allen zerbrochenen und beschädigten Dingen hatte aufstellen lassen, und steckte sie ebenfalls ein. Wie gut, daß sie bei der kurzen, heimlichen Stippvisite zu Hause, um dringende Sachen für die Kinder zu holen, auch daran und an etwas Schmuck und ihre Handtasche gedacht hatte. Ha! Sie war akkurater und präziser gewesen als ein staatlicher Buchprüfer. Und die ganze Zeit hatte Frank, dieses LHMS, gewußt, daß er schuldig war. Sie hatte sich immer eine Zukunft vorgestellt, die ihrer jüngeren Vergangenheit ähnlich war – den Komfort der Routine und ihres schönen Hauses, die Freude, die Kinder heranwachsen zu sehen, die Liebe ihres Mannes. Es war das, wovon sie geträumt und wofür sie gearbeitet hatte, seit sie sechs oder sieben gewesen und bei ihrer betrunkenen Mutter in diesen gräßlichen, billigen Apartments im Norden aufgewachsen war. Sie hatte ihr eigenes Haus, einen zuverlässigen Mann, saubere, intelligente Kinder, gute Möbel, einen neuen Wagen gewollt. Sie hatte all diese Dinge bekommen und geliebt und hegte eigentlich keinen anderen Traum, den sie an diese Stelle setzen konnte.

Manchmal dachte Michelle, daß sie wegen der Art, wie sie aufgewachsen war, zäher war als Jada und Angie. Sie hatte keine richtige Mutter gehabt, die sich um sie kümmerte, sich um sie sorgte oder ihr helfen konnte, und so hatte sie alles selbst tun müssen. Doch jetzt, in dieser Zeit, sah sie, daß sie nicht zäher war: Sie war verwundbarer als ihre beiden Freundinnen. Sie hatte keinen Plan B. Und obwohl sie sich Mühe gab, fiel ihr eigentlich auch keiner ein. Zumindest noch nicht. Aber sie konnte immerhin versuchen, das Durcheinander zu ordnen, in dem sie sich befand.

Sie fuhr auf den Parkplatz von Swaine, Copple & Bruzeman. Sie freute sich zu sehen, daß Michael Rice sofort aus seinem Wagen stieg und zu ihr kam. Sie und Angie und Jada hatten all das diskutiert, und Michelle – so dumm das auch war – fühlte sich einfach besser, weil sie Bruzeman, diesem kleinen Tyrannen, zusammen mit einem Mann gegenübertreten konnte.

Michael lächelte sie an und wandte den Blick nicht von ihrer verletzten Gesichtshälfte und den Blutergüssen ab. »Wie geht es Ihnen?« fragte er.

»Nicht so schlecht, wie ich aussehe«, feixte sie. »Aber ich bin ziemlich nervös.«

»Waren Sie bei einem Arzt?« fragte er.

»Ach, das ist nichts. Es geht mir gut. Ich mache mir nur Sorgen um Frank und die Kinder. Halt die ganze Situation.«

»Ich verstehe«, sagte Michael Rice düster. »Gehen wir nach oben und sehen, was wir tun können.«

Diesmal mußte Michelle nicht warten. Als sie das merkte, wurde ihr klar, daß es das einzige Mal war. Vielleicht hatte Michael Rice einiges Gewicht. Oder, wahrscheinlicher, Bruzeman mochte es nicht, daß geprügelte Frauen in seinem Empfangsraum saßen.

Sie und Michael wurden sofort zu Bruzemans Büro eskortiert, und er erwartete sie schon an der Tür. Die rechte Hand hatte er schon ausgestreckt, die linke legte er unter Michaels Ellbogen und schüttelte Michaels Hand so kräftig, wie man es bei miesen Politikern im Fernsehen dauernd beobachten konnte. Dann wandte er sich an sie – ohne ihr die Hand zu geben. »Nun, Michelle, Sie sehen gut aus«, schleimte er. Michelle machte sich nicht die Mühe, darauf zu antworten. Sie ging einfach zum Sofa hinüber und setzte sich. Michael setzte sich neben sie.

Bruzeman zog einen der Stühle mit gerader Rückenlehne heran, setzte sich und schlug die Beine so übereinander, daß sein rechter

Fußknöchel auf dem linken lag. Man sah das Muster seiner Designersocken. Michelle wandte den Blick ab.

»Ich werde Ihre Zeit nicht lange in Anspruch nehmen«, begann Michael. »Wir haben nur ein paar einfache Bitten.«

Bruzeman lächelte, als sei das kein Problem. »Natürlich«, sagte er. »Ich höre immer gern zu.«

»Meine Mandantin wird nicht für Ihren Mandanten aussagen«, sagte Michael. »Falls sie gerichtlich vorgeladen wird, wird sie für den Staat aussagen. Wegen der Gewalt, die sie durch Ihren Mandanten erlitten hat, klagt sie auf Scheidung und verlangt das Sorgerecht. Wenn Mr. Russo bereit ist, ihr das Sorgerecht zu überlassen, werden wir mit der Klage den Ausgang des Prozesses abwarten. Bis dahin darf er nicht mit ihr oder den Kindern in Kontakt treten.«

»Oh«, wieherte Bruzeman, »ist das alles? Mr. Russo wird niemals einwilligen. Finden Sie diese Wünsche nicht ein wenig hart? Er braucht seine Familie jetzt. Es ist keine leichte Zeit für Frank, wie Sie sehr wohl wissen, Michelle.«

Michelle schluckte, als sie daran dachte, wie allein Frank war.

»Ich finde durchaus nicht, daß das hart ist, wenn man bedenkt, wie gewalttätig Mr. Russo gegen seine Ehefrau war«, wandte Michael ruhig ein.

Bruzeman stand auf. »Ach, hören Sie doch damit auf! Alle stehen unter Spannung. Es gibt juristische Probleme, finanzielle Probleme, wer weiß, was noch für Probleme. Ein kleiner Stoß, ein kleiner Schubs. Wer weiß, wer angefangen hat?« Er schaute auf Michael nieder, unbeweglich, mit versteinertem Gesicht. Er machte Michelle angst. »Ich fürchte, diese Bedingungen sind völlig unannehmbar, Mr. Rice.«

Beim Ton von Bruzemans Stimme begann Michelle zu zittern. Seine kleine Gestalt hatte etwas Kraftvolles, etwas Geducktes wie eine Schlange oder eine Ratte, die gleich zum Sprung ansetzen wird. Auch Michael stand auf. »Ich glaube, *Sie* verstehen nicht«, verkündete er mit eisiger Höflichkeit. »Wir verhandeln nicht. Wir erklären die neuen Regeln. Wenn Sie wissen möchten, warum diese Regeln gelten, werden Sie Ihren Mandanten danach fragen müssen. Michelle Russo hegt keinen Zweifel daran, daß ihr Mann aller Dinge schuldig ist, derentwegen man ihn unter Anklage gestellt hat. Sie können von Glück sagen, wenn sie nicht zum Staatsanwalt geht und ihm erklärt, warum sie davon überzeugt ist.«

Bruzeman schüttelte den Kopf und setzte sich wieder, aber diesmal schlug er nicht unbeschwert die Beine übereinander. Er schlang die zierlichen Füße um die beiden vorderen Stuhlbeine und beugte sich vor. Er stierte Michelle an. Es war, als habe Michael Rice plöztlich aufgehört zu existieren. Sie mußte sich zwingen, Bruzemans Blick standzuhalten. »Michelle« begann er salbungsvoll. »Ihr Mann liebt sie. Sie wissen das. Und Sie wissen, daß er die Kinder liebt. Sie können ihn in dieser schweren Zeit nicht guten Gewissens im Stich lassen. Das können Sie nicht machen, Michelle.« Er legte eine Pause ein. »Er ist im Augenblick auf meiner privaten Leitung, wartet geduldig und hofft, daß er mit Ihnen sprechen kann.«

Michael Rice stellte sich zwischen Bruzeman und Michelle, als könne sein Körper Michelles Gefühle beschützen. »Das ist völlig unangemessen, Herr Rechtsanwalt. Meine Mandantin wird nicht mit dem Mann sprechen, der sie geschlagen hat. Wir haben alles bei der Polizei zu Protokoll gegeben. Wir haben eine einstweilige Verfügung, Fotos, ein ärztliches Gutachten, und wir könnten Anzeige erstatten. Was wir auch *tun* werden, wenn sie Mrs. Russo so ungebührlich unter Druck setzen.« Michael wandte sich an Michelle. »Vergessen Sie das Telefon«, empfahl er und drehte sich wieder zu Bruzeman um. »Es wird nicht leichter sein, Ihren Mandanten zu vertreten, wenn er bereits wegen Körperverletzung und tätlichem Angriff auf seine Ehefrau in Haft ist.«

Michelle stand auf. Sie konnte es nicht mehr ertragen. »Ich werde mit ihm sprechen«, sagte sie zu Bruzeman. Dann sah sie Michael entschuldigend an.

»Das müssen Sie nicht«, warnte er.

»Ich werde mit ihm sprechen«, wiederholte sie. »Aber alles, was Sie sagen, trifft zu.« Sie wandte sich erneut an Bruzeman. »Wir verhandeln nicht«, sagte sie. »Wir teilen Ihnen mit, wie die Dinge stehen. Und jetzt werde ich es Frank sagen.«

Bruzeman schüttelte den Kopf und wies dann auf das Telefon. »Er ist auf Leitung zwei«, sagte Bruzeman. Er sah Michael mit hochgezogenen Brauen an. »Sollen wir Mrs. Russo allein lassen? Ich habe einiges mit Ihnen zu besprechen.«

»Möchten Sie, daß ich bleibe?« fragte Michael Michelle.

»Nein. Ist schon gut.« Sie würde sich erwachsen zeigen. Sie würde Frank sagen, wie die Dinge standen. Michelle konnte sich nicht an die letzten Worte erinnern, die sie mit ihrem Mann gewechselt hatte. Er war so wütend gewesen, als er entdeckte, daß das Geld verschwunden war, daß er... nun, sie erinnerte sich nicht an alles. Sie berührte mit einer Hand ihr Gesicht. Warum war er so wütend gewesen? Lag es daran, daß ich ihm nicht geglaubt habe? Daran, daß er dabei erwischt worden war, wie er seine Kinder in Gefahr brachte? Dann erinnerte sie sich an ihren eigenen Zorn. Sie hatte gesagt, sie hätte das Geld verbrannt, und ihn dann mit der Tatsache verspottet, daß sein juristisches Genie ihn nicht aus diesen Schwierigkeiten herausholen würde, nachdem sie nun einmal wußte, daß er schuldig war.

Sie griff nach dem Hörer, zögerte aber noch einen Moment. Er war der Vater ihrer Kinder, die Liebe ihres Lebens, der Mann, neben dem und mit dem sie in den letzten vierzehn Jahren geschlafen hatte. Und doch war er ein Fremder. Er hatte mit Drogen gehandelt, er hatte sie belogen, er hatte ein Doppelleben geführt. Er hatte sie und die Kinder in Gefahr gebracht, und dann war er auf sie losgegangen und hatte sie verprügelt. Wenn sie den Hörer aufnahm, würde sie sich daran erinnern müssen, daß der Mann, der zu ihr sprach, nicht der Frank Russo war, den sie zu kennen geglaubt hatte. Sie war überzeugt, dazu imstande zu sein, obwohl ihre Hand zitterte, als sie nach dem Hörer griff.

»Hallo«, sagte sie.

»Michelle? Bist du das, Michelle?«

Sie holte tief Luft. »Ja, ich bin's. Was willst du?«

»Ich will, daß du damit aufhörst, Michelle. Ich will, daß du nach Hause kommst. Du weißt, daß ich es nicht so gemeint habe. Ich war verzweifelt. Ich war außer mir. Ich brauche dich, komm nach Hause, Michelle. Ich brauche die Kinder, und ich brauche das Geld.«

O ja, dachte sie. Das Geld, das kostbare Geld. Für das Geld hatte er alles geopfert. Es machte sie krank. Sie würde nie einen roten Heller davon anrühren. Lieber würde sie verhungern. Sie fragte sich, was sie diesem Mann zu sagen hatte. Sollte sie ihm sagen, daß er ihren Traum zerstört, ihre Vergangenheit ruiniert, ihre Zukunft ausradiert hatte? Sollte sie ihm sagen, daß der Schmerz in ihrem Kiefer nichts war gegen den Schmerz in ihrem

Herzen und daß nur das zählte? Er würde es nicht begreifen. »Sprich mit meinem Anwalt, Frank«, sagte sie spröde.

»Bitte, Michelle. Ich möchte dich wenigstens sehen. Dort bei Bruzeman, wenn du willst.«

»Nein«, sagte sie hastig.

»Dann komm nach Hause. Nur um zu reden.«

»Nein.«

»Michelle, ich möchte dich sehen. Ich möchte versuchen, es dir zu erklären.«

Ihre Gedanken rasten. »An einem öffentlichen Ort«, sagte sie. Sie würde Michael oder Angie oder Jada bitten, die Begegnung zu beobachten – um sicher zu sein.

»Wo?« fragte er.

»Der Imbiß in der Post Road. Wo es die Waffeln gibt, die Jenna so gern hat.«

»Wann?« hakte Frank nach.

Michelle hielt inne und nannte dann den erstbesten Termin, der ihr einfiel. Was hatte sie denn sonst? Keinen Job, kein Zuhause, keine Pläne.

»Ich werde dort sein. Und danke«, sagte Frank.

Michelle saß alleine in ihrem Wagen und fühlte sich allmählich ein wenig besser. Sie würde mit Frank reden, wenn es sein mußte, aber das würde nichts ändern. Sie würde trotzdem nicht aussagen, und sie würde ihm das Drogengeld nicht geben.

Doch einstweilen brauchte sie etwas eigenes Geld, von dem sie leben konnte. Etwas Geld und einen Plan.

Angie und Jada versuchten, ihr Leben neu aufzubauen, aber was war mit ihr? Sie hatte ein Weilchen über ihren eigenen Plan nachgedacht. Vorerst hatte sie nur einen einfachen Plan. Sie selbst war einfach, und ihr Leben mußte einfach sein. So gut kannte sie sich mittlerweile. Sie wollte nur arbeiten und genug Geld verdienen, um sich und ihre Kinder zu ernähren. Sie hatte in ihrem Leben maßgefertigte Polstergarnituren besessen. Sie hatte teure Fensterdekorationen und zwei Porzellanservices gehabt. Sie hatte mehr Sofa- und Bodenkissen, als sie zählen konnte, und ihre Fußböden waren von Wand zu Wand mit Berberteppichen ausgelegt gewesen. Sie hatte mehr Kleider, als sie brauchte, mehr Schmuck, als sie auf einmal tragen konnte, und ihre Kinder hatten mehr Spielsachen, Schuhe und Outfits besessen, als gut für sie war. All das würde sich ändern müssen, und zwar zum Besseren.

Michelles Kindheit war so entbehrungsreich gewesen, daß sie Wohlstand mit Liebe und Sicherheit verwechselt hatte. Einmal war das entschuldbar, aber kein zweites Mal. Mehr als alles andere wünschte sie sich ein einfaches Leben, bei dem die Arbeit, die sie tat – nicht das Umherschieben von Papieren in einer Bank oder sonstwo –, die physische Arbeit, die sie leistete, ihr genug einbrachte, um Essen auf den Tisch zu bringen und ein paar Dollar auf die Seite zu legen. Zusätzlich wollte sie ein paar anderen Frauen dabei helfen, dieses Ziel zu erreichen.

Das Wichtigste war, daß sie etwas zu tun hatte, worin sie gut war, worauf sie stolz sein konnte. Und endlich war sie darauf gekommen, was das war. Sie wollte, daß ihr Leben sauber und ausgewogen war. Sie wollte am Ende des Tages, am Ende eines Jobs das Gefühl haben, daß sie etwas geleistet hatte. Wie stolz konnte man darauf sein, wenn man ein Formular ausgefüllt oder auf einen Knopf gedrückt hatte und auf den Ausdruck wartete? Das war kein Leben für sie.

Und jetzt wußte sie auf einmal, welches Leben für sie richtig sein würde. Die Idee mußte schon geraume Zeit im Hintergrund ihrer Gedanken genistet haben.

Sie hielt bei einem Starbuck's und verbrachte mehr als eine Stunde bei einem großen Cappuccino damit, den Wortlaut für zwei Annoncen aufzusetzen. Dann fuhr sie zu zwei Zeitungen, gab die Anzeigen auf und bezahlte mit Franks Visa-Karte. Zuletzt hielt sie in White Plains, einem etwas zweifelhaften Stadtteil. Sie parkte dicht vor der Tür von Gold Miner, einem Juwelier und Pfandleiher, und vergewisserte sich, daß der Wagen richtig abgeschlossen war. Dann überquerte sie den Bürgersteig und betrat das Geschäft. Sie war noch nie in ihrem Leben in einer Pfandleihe gewesen, aber sie wußte, daß ihre Mutter jeden Monat zur Provident Loan Society und gelegentlich zu einem Pfandleiher in der Third Avenue gegangen war. Doch sie war nicht wie ihre Mutter, rief sie sich in Erinnerung. Sie tat das nicht, um dem Leben auszuweichen oder Schnaps zu kaufen. Sie sorgte für sich selbst und ihre Kinder. Sie war keine Trinkerin. Und wenn sie in einer Traumwelt gelebt hatte, wenn sie vor den Tatsachen des Lebens die Augen verschlossen hatte, dann tat sie das jetzt jedenfalls nicht mehr. Und das Wichtigste war, sie wußte, daß sie dies und den größten Teil ihres anderen Plans allein in die Tat umsetzen mußte. Jada und Angie halfen ihr, aber dies, dies mußte sie allein schaffen, weil sie sich früher meist auf andere verlassen hatte. Frank war ihr guter Vater gewesen, bis er sich in einen bösen verwandelt hatte. Jetzt mußte Michelle unabhängig sein und einige Dinge allein erledigen.

Eine ältere Frau, eine überraschend hübsche Blondine, kam an die Theke. »Kann ich Ihnen helfen?« fragte sie. »Suchen Sie etwas Spezielles?«

»Oh, ich möchte nichts kaufen«, sagte Michelle. »Ich möchte verkaufen.« Sie zog ihren Verlobungsring und ihren Ehering aus, nahm ihre Brillantohrringe ab und öffnete ihre Tasche. Sie förderte den Smaragdring hervor, den Frank ihr in St. Thomas geschenkt hatte, und die Halskette mit dem zwei Karat schweren Brillantanhänger. »Das alles möchte ich verkaufen«, sagte sie. Dann nahm sie ihre goldene Uhr ab – ein Geschenk zu ihrem dreißigsten Geburtstag, dessen Zifferblatt mit dreißig winzigen Brillanten besetzt war.

Die Frau musterte die Schmuckstücke auf dem Tresen. »Haben Sie Quittungen dafür?« fragte sie.

Michelle sah ihr in die Augen und schüttelte den Kopf. »Das waren Geschenke von meinem Mann.«

Die blonde Frau schien einen tiefen Seufzer zu unterdrücken. »Scheidung, was?« Mitfühlend betrachtete sie Michelle.

Michelle war nicht in der Stimmung für Erklärungen. Sie nickte nur. »Wir sehen das ständig«, sagte die Verkäuferin freundlich, nahm eine Lupe und begann zuerst den Ring und dann den Stein an Michelles Halskette zu prüfen. Als nächstes nahm sie einen kleinen Taschenrechner und fing an, Zahlen zu addieren. Michelle stand da und wartete so geduldig, wie sie konnte. Sie wußte, sie würde nehmen, was immer diese Frau bot, und sie hatte das Gefühl, daß sie das Geld ehrlich erworben hatte. Das war ihr Lohn für die Haushaltsführung und für alles, was sie in den Jahren ihrer Ehe getan hatte. Mit diesem Geld würde sie ihr eigenes Geschäft, ihre eigene Karriere begründen. Wie hoch der Betrag auch sein mochte, sie hatte ihn wahrhaftig verdient. Es war sauberes Geld.

Sie hatte die Geschenke angenommen, als sie Frank liebte, als sie seine Liebe zu ihr verkörperten. Sie wollte sie nicht mehr. Sie würde das Geld nehmen und von vorn anfangen.

Die blonde Frau sah sie mit bedauerndem Blick an. Sie bot eine Summe, die Michelle lächerlich niedrig vorkam. Es war weniger, als Frank für ihren Ring bezahlt hatte, von den anderen Sachen ganz zu schweigen, aber für den Anfang würde es reichen. Sie nickte, und die Verkäuferin ging zum Safe, um das Bargeld herauszunehmen.

Michelle war in Rick Bruzemans Kanzlei gewesen und schlaff wie eine seit drei Tagen tote Muschel wieder herausgekommen. Als sie jetzt zur Tür des Apartments ging, fühlte Michelle sich zum erstenmal seit vielen Wochen wohl. Mit Angie und Jada zu wohnen war ein bißchen, als lebe sie in einem Studentinnenheim – nicht, daß sie das je getan hätte. Abgesehen davon, daß Kinder und Hunde dort nicht zugelassen waren. Michelle hatte nie mit jemandem zusammen gewohnt außer mit Frank. Trotz allem, was die drei Frauen durchmachten, war es spannend, nach Hause zu kommen und festzustellen, wer eingekauft hatte, ob jemand das Abendessen zu kochen begonnen hatte oder welche empörenden Dinge Jada oder Angie bei der Arbeit wieder erlebt hatten. Michelle hatte Filets besorgt und wollte als besonderes Festmahl ihre berühmten zweimal gebackenen Kartoffeln zubereiten. Außer natürlich, wenn Jada bereits Makkaroni mit Käse gezaubert hatte. Sie summte vor sich hin, während sie die Tür öffnete.

»Mommie! Mommie! Tante Angie ist zu einer Party eingeladen und will nicht hingehen«, empörte sich Frankie, als Michelle eintrat. Sie stellte die Lebensmittel auf die Arbeitsplatte.

Jenna saß mit wissenden Augen auf einem der Hocker an der Küchentheke. »Halt die Klappe, Frankie«, empfahl sie. »Es ist keine Party. Es ist eine Hochzeit.«

Michelle stellte ihre Tasche ab und zog den Mantel aus. Hatten sie Hochzeiten und Scheidungen durcheinandergebracht? »Ich kriege gern Einladungen zu Partys«, krähte Frankie. »Wieso heult Tante Angie?«

»Wo ist sie?« fragte Michelle. Jenna wies mit einer Kinnbewegung auf die Schlafzimmertür. Michelle klopfte an, wartete aber nicht auf Antwort, sondern trat gleich ein. Es war schlimmer, als sie erwartet hatte. Angie lag auf dem Bett, das Gesicht im Kissen vergraben, und Jada saß neben ihr. Angies Schluchzen war gedämpft, aber nicht so gedämpft, daß die Kinder es nicht hätten hören können. Deshalb schloß Michelle rasch die Tür hinter sich. Jada blickte auf und schüttelte den Kopf. Sie hielt einen an Angie adressierten Umschlag hoch. Er war aus cremefarbenem Büttenpapier und in Boston gestempelt. Er roch geradezu nach Schwierigkeiten. Michelle zog den Inhalt heraus. Es war ein kleiner Zeitungsausschnitt, auf dem die Verlobung von Reid Wakefield III. mit Lisa Emily Randall bekanntgegeben wurde. Aber es kam noch schlimmer. Weil auch eine Einladung zur Hochzeit beilag. Eine Einladung zur Hochzeit im nächsten Sommer. Sie war geprägt – selbst Michelle, die fotokopierte Hochzeitseinladungen verschickt hatte, erkannte einen Prägedruck, wenn sie ihn sah. Sie stolperte zum Bett und setzte sich auf Angies Seite. »Scheiße« war alles, was ihr einfiel. Dann dachte sie einen Moment nach. »Wer hat das geschickt?« fragte sie.

»Es ist Lisas Handschrift«, näselte Angie verheult, die den Kopf gehoben hatte, um Luft zu holen.

»Ich kann's nicht glauben«, spuckte Jada. »Sie ist nicht nur falsch, sie ist auch gemein.«

»Seid ihr überhaupt gesetzlich getrennt?« fragte Michelle und starrte auf die Verlobungsanzeige.

Angie zog die Schultern zu einem Achselzucken hoch. »Bei dreihundert Meilen Entfernung ist es vielleicht eine gesetzliche Trennung«, sagte sie mit einem schwachen Lächeln und schneuzte sich kräftig in das Kleenex, das Jada ihr gab.

»Vielleicht bin ich ja doof«, staunte Michelle, »aber dürfen diese beiden Mistfinken überhaupt ihre Verlobung bekanntgeben, wenn ihr noch nicht mal geschieden seid?«

Angie schluckte schwer. »Das ist nicht verboten«, sagte sie.

»Du redest wie eine echte Anwältin«, sagte Jada. »Es ist nicht verboten. Bloß herzlos, unsensibel, unmoralisch und erbärmlich.«

»Ich fahre hin, um dem gräßlichen Treiben ein Ende zu setzen.«

»Das würde ich nicht, wenn ich du wäre. Ich würde dieser Schlampe niemals die Genugtuung einer legalen Hochzeit geben«, erklärte Michelle. »Willige nicht ein. Laß dich nicht scheiden.«

»Vergiß es«, sagte Jada. »Das ist Massachusetts, Cindy, kein Märchenland. Die Kennedys kriegen Annullierungen, wie andere Leute Post kriegen. Und da Reid Anwalt ist...«

»Reid ist ein LHMS, aber ein LHMS mit Schlagkraft«, stimmte Angie zu.

»Was soll das jetzt wieder heißen«, fragte Michelle.

»Nichts weiter. Es ist bloß seine Art, zu leben und andere Menschen zu beglücken«, sagte Jada, »dieses ›Lügende Häßliche Männliche Schwein‹.«

45. Kapitel -

in dem Angela Ballast abwirft

Die drei Freundinnen lagen auf Angies Bett und redeten ausführlich über den Horror dieser neuesten Schandtat.

»Seht mal, es ist geschmacklos, aber es gibt keinen Grund, warum ich diese Scheidung nicht so schnell wie möglich durchziehen sollte. Ich will ihn ja nicht wiederhaben«, schnaubte Angie.

»Nein, Schwesterfreundin, aber du solltest dich an ihm rächen. Wehr dich. Zieh die Angelegenheit in die Länge. Laß ihn dafür arbeiten. Und laß diese kleine Mistbiene, die er heiraten will, ein oder zwei Jahre schwitzen«, schlug Jada vor.

»Wie hat er so schnell einen Scheidungstermin bekommen?« fragte Michelle.

»Wenn die Wakefields in Boston keine Beziehungen haben, wer dann?« fragte Angie spöttisch und reckte sich. Ihr Rücken schmerzte. »Ich schätze, ich werd's einfach machen. Es durchziehen. Alles hinter mich bringen.«

Jada tätschelte Angies leicht gewölbten Bauch. »Ich fürchte, du trägst alles vor dir her, meine Liebe. Hast du daran gedacht, was er zu einem Wakefield IV. sagen könnte?«

Angie riß weit die Augen auf. »Aber man sieht es doch noch nicht wirklich, oder? Ich meine, ich weiß, daß ich schrecklich *aussehe,* aber wirke ich nicht einfach bloß fett?« Sie spürte, wie ihr vor Angst kalt wurde. »Ich will nicht, daß er davon erfährt. Ich könnte es nicht ertragen. Ich will nicht für den Rest meines Lebens mit Reid und seiner Familie zu tun haben.«

»Na, dann fährst du am besten so schnell wie möglich hin«, riet Jada. »Wer ist dein Anwalt?«

»Ich schätze, ich werde mich selbst vertreten«, sagte Angie.

»He, vergiß es«, sagte Michelle. »Wie heißt es doch so schön? ›Ein Mann, der sein eigener Anwalt ist, hat einen Narren als Anwalt.‹«

»Ich bin kein Mann«, sagte Angie.

»Aber närrisch bist du doch«, sagte Jada zu ihr. »Und du kannst da nicht allein hinfahren.«

»Ich komme mit«, erbot sich Michelle.

»Ich auch, aber ich bin keine Anwältin.« Jada sah Angie an. »Nimm doch Michael Rice. Er ist vielleicht nicht der Allerbeste, aber auf seine leise Art ziemlich zäh, und er steht auf dich.«

»Und ist SSV«, behauptete Angie, Jada mit ihren Akronymen aufziehend und das Geheimnis des Michael Rice bewahrend. »Sehr, sehr verheiratet«, erklärte Angie grienend.

»Ich finde, du solltest deine Mutter anrufen«, sagte Jada. »Und vielleicht deinen Dad.«

Angie lachte. »Du verstehst das nicht«, sagte sie. »Meine Eltern sind nicht wie deine. Wenn ich mit den beiden hingehen würde, würden wir *ihre* Scheidung noch einmal durchleben.« Angie schwieg ein paar Minuten. Jada hatte ihr alles über ihre Momma und ihren Poppa und deren Besuch erzählt. In gewisser Weise war Angie neidisch. Jadas Eltern waren vielleicht nicht bewandert in juristischen Dingen, aber sie waren sich einig, und sie wollten helfen. Nicht, daß ihre eigenen Eltern ihr nicht helfen wollten, aber sie hatten so viel damit zu tun, sich untereinander zu streiten, daß sie...

»Du kannst da nicht allein hingehen, Angie«, entschied Jada. »Das lassen wir einfach nicht zu.«

Es hätte eine sehr zivilisierte Angelegenheit sein können, dachte Angie. Reid sah so perfekt aus wie immer, und er lächelte fröhlich und kam zu ihr, als sie eintrat. »Danke, daß du so schnell reagiert hast«, sagte er. Dann kam ihr Vater hinter ihr in den Gerichtssaal.

»Halt den Mund, du Scheißkerl«, raunzte er. »Wenn du noch ein Wort zu meinem kleinen Mädchen sagst, dann reiß ich dir die Eier ab.«

»Du hältst den Mund, Estevan«, befahl Natalie. »Sonst reiß ich *dir* die Eier ab. Dies ist ein Gerichtssaal.« Dann sah sie Reid an. »Du bist so ziemlich der größte lebende Abschaum der jüngeren

Geschichte«, sagte sie höflich. »Geh auf die andere Seite des Gerichtssaals, und bleib, wo du hingehörst, bis das hier vorbei ist. Wir tun das nicht zu deiner Bequemlichkeit, wir tun es für Angie.«

Angie, Natalie und der Anwalt, den sie kannte, setzten sich zusammen hin. Estevan war sauer, weil er hinter ihnen sitzen mußte, und verlangte zweimal, auch an ihren Tisch zu kommen. Zweimal lehnte ihre Mutter ab. (Die beiden hatten sich auf dem ganzen Weg nach Boston gestritten. Das einzig Gute daran war, daß es Angie von dem abgelenkt hatte, was als nächstes kommen würde.)

Nun konnte Angie trotz allem zu ihrem – zukünftigen – Exmann hinüberschauen. Es erstaunte sie jedes Mal, wie attraktiv er war und wie wenig ihm bewußt schien, welchen Schaden er anrichtete. Unbewußt legte sie die Hände auf ihren Bauch. Dem Mann gegenübersitzend, den sie geheiratet hatte und mit dem sie ihr Leben hatte verbringen wollen, die Anwälte reden hörend, ohne zuzuhören, dachte sie, wie überaus eigenartig es war, sich mit dem Vater ihres ungeborenen Kindes im selben Raum zu befinden. Und er wußte nicht einmal etwas von dem Sohn oder der Tochter, die sie in sich trug. Irgendwie wirkte das alles so surrealistisch wie der Roman eines weiblichen Kafka.

Das Gefühl von Langeweile, gepaart mit Horror, mißfiel Angie ganz entschieden. So ähnlich hatte sie sich in der Basketball-Ruhmeshalle gefühlt. Die Prozedur dauerte nicht lange. Es dauerte auch nicht lange, einen Knochen zu brechen oder einen Zahn zu ziehen, aber das Empfinden von Verlust und der Schmerz waren genauso bitter. Es war seltsam für Angie, Mandantin und nicht Anwältin zu sein. Und ebenso seltsam war die Erkenntnis, daß Liebe – oder was immer Reid für sie empfunden hatte – an einem Tag noch vorhanden und am nächsten Tag schon verschwunden sein konnte. Auf was konnte man sich eigentlich verlassen?

Worauf sie sich verlassen konnte, war, daß Estevan und Natalie in dem Moment wieder zu streiten begannen, in dem sie alle zusammen den Gerichtssaal verließen. Der Hickhack ging im Taxi, am Flughafen und beim Einchecken für die Shuttle-Maschine weiter. Schließlich wandte Angie sich den beiden Kampfhähnen zu. Gerade ging es darum, ob sie bei ihm oder bei ihr sitzen sollte, weil die beiden nicht zusammen sitzen wollten. »Das ist nun ganz einfach«, sprach Angie ein Machtwort. »Ich danke euch beiden für eure Unterstützung, aber ich sitze allein. Wird Zeit, daß ich mich daran gewöhne.« Und damit gingen die drei geschiedenen Mitglieder der Familie Romazzano schweigend an Bord.

46. *Kapitel -*

in dem Jada ihre Eltern wiederbekommt

Obwohl sie früh losgefahren war, war sie auf dem Weg zum JFK-Flughafen auf der Whitestone Bridge in einen Stau geraten, und deshalb kam Jada zu spät zum Flughafen. Sie parkte und rannte meilenweit – so schien es ihr wenigstens – zu dem Bereich, in dem ihre Eltern ihr Gepäck abholen mußten. Aber Jada merkte, daß sie sich *sehr* verspätet haben mußte – die Halle war fast verlassen; in der Mitte standen ein paar vergessene oder verlorene Koffer, und ihre Eltern mit ihrem abgenutzten Gepäck standen ebenso verloren daneben. Selbst aus einiger Entfernung war Jada überrascht, wieviel grauer das Haar ihrer Mutter und wieviel kleiner und gebückter ihr Vater wirkte.

Diese beiden älteren Leute hatten ihr ganzes Leben lang hart gearbeitet, waren gute Eltern, gute Kirchgänger und gut zueinander gewesen. Jetzt würde sie ihnen das lohnen, indem sie ihnen einen Blick auf die Scherben ihres Lebens und des verpfuschten Lebens ihrer Enkel gestattete. Vielleicht hatte sie einen schrecklichen Fehler gemacht. Sie hätte sie nicht hineinziehen sollen.

Aber für Gewissensbisse war es jetzt zu spät. »Momma«, rief Jada durch den leeren Terminal und lief auf die ältere Frau zu, um sie zu umarmen. Jada war sehr viel größer als ihre Mutter, deshalb beugte sie sich ein wenig hinunter. So konnte ihrer Mutter die Arme um ihre Schultern legen und sie heftig an sich drücken.

»Oh, du siehst aus wie ein warmer Ofen in einer kalten Nacht«, sagte ihre Mutter und hob die Hand, um ihr Gesicht zu streicheln. »Wir dachten schon, du hättest uns vielleicht vergessen.«

Ihr Vater stand wie immer einen Schritt hinter seiner Frau und wartete geduldig, daß er an die Reihe kam. Jada küßte ihn, und er lächelte froh, umarmte sie und und sah ihr in die Augen. »Tut mir leid, daß du solche Schwierigkeiten hast, Tochter«, sagte er.

In diesem Moment wäre Jada fast in Tränen ausgebrochen, aber sie beherrschte sich. Oh, es war gut, mit Menschen zusammen zu sein, die sich um sie gekümmert hatten, die sie kannten, als sie vier war, als sie neun war, als sie elf war und als sie ein sehr ungezogener Teenager war. »Tut mir leid, daß ich zu spät komme«, entschuldigte sie sich. »Auf dem Weg hierher gab es irgendeinen Unfall und deswegen einen ellenlangen Stau.«

»Wurde jemand verletzt?« fragte ihr Vater.

Jada lächelte, weil ihr wieder einfiel, wie anders Menschen von den Inseln reagierten, vor allem, wenn sie immer dort lebten. Einen kurzen Moment trennte sie das von ihren Eltern – sie hatte nie anderswo als in den Staaten gelebt. Sie war Amerikanerin, nicht Insulanerin, und die enge, geschützte Inselmentalität war nie die ihre gewesen. »Ich weiß es nicht«, gestand sie ihrem Vater.

»Nun, sprechen wir für alle Fälle ein Gebet für sie«, schlug ihre Momma vor. Das taten sie, und dann nahmen sie ihr Gepäck, um zu gehen.

»Hattet ihr einen guten Flug?«

»So gut, wie es eben sein kann, wenn man dreißigtausend Fuß hoch in der Luft ist«, sagte ihre Mutter.

»Der Wagen steht leider weit weg auf der anderen Seite des Geländes.«

»Das macht nichts«, versicherte ihr Vater. »Wir sind daran gewöhnt, zu Fuß zu gehen.«

Aber sie waren nicht an das Wetter gewöhnt. Der Tag war nicht besonders kalt, doch die Temperatur schien beide anzugreifen und zu erschöpfen. Als sie den Volvo erreichten, zitterte ihre Mutter vor Kälte, und das Gesicht ihres Vaters (er hatte darauf bestanden, beide großen Koffer zu tragen) war aschfahl.

»Alles in Ordnung?« fragte Jada ihn.

»Ich werde mich verdammt viel wohler fühlen, wenn du im Auto die Heizung anstellst.«

»Benjamin! Achte auf deine Sprache«, schimpfte ihre Mutter. Jada stieg ein und schaltete die Heizung auf Maximum. Für sie würde es zu stickig sein, aber die Heizung war das einzige an dem

Volvo, was perfekt funktionierte. Noch bevor sie wieder auf dem Highway waren, blühten ihre Eltern auf wie zarte Pflanzen, die man ins schützende Treibhaus gebracht hat.

»So, und jetzt, wo es keine Übersee-Telefongebühren mehr kostet, erzähl uns noch einmal, wie es zu dieser ganzen traurigen Geschichte gekommen ist«, schlug ihr Vater vor.

Jada, die den Verkehr auf der Straße vor ihr beobachtete, haßte die Vorstellung, ihnen mitzuteilen, wie schlimm alles war, aber deswegen waren sie schließlich hier. Und so stürzte sie sich in die Geschichte und ersparte sich und ihren Eltern nichts. Ihr Vater stellte ein paar Fragen, aber ihre Mutter schwieg bis auf gelegentliche Schreckens- und Entsetzenslaute. Der Bericht dauerte, bis sie BQE, Van Wyck und La Guardia passiert und die Schnellstraße nach Manchester erreicht hatten. Dann schwiegen alle für ein Weilchen und verarbeiteten ihn.

»Also, was ich nicht verstehe«, begann ihre Mutter, »ist, wie deine Schwiegermutter zulassen konnte, daß ihr Sohn sich so verhält. Benjamin, ich denke, du solltest zu Clinton gehen und ihm den Kopf zurechtsetzen. Was bringt einen Mann dazu, sich so zu benehmen?«

Im Rückspiegel konnte Jada sehen, daß ihr Vater den Kopf schüttelte. »Wenn man nie einen Vater hatte, weiß man auch nicht, wie sich ein Vater verhalten muß«, sagte er. Das war alles, was er an Kritik äußerte.

»Das ist keine Entschuldigung. Der Mensch kann immer lernen«, wandte Jadas Mutter streng ein. »Wie konnte er seine beiden Töchter mitnehmen, seine Töchter, die ihre Momma brauchen ...«

»Was ist das für ein Beispiel für seinen Sohn? Dem Jungen zu zeigen, was für ein verantwortungsloser Taugenichts er ist?« setzte ihr Vater hinzu.

Ihre Mutter wandte sich an Jada. »Wir werden die Kinder doch sehen, oder?«

Jada hatte nicht das Herz, ihnen zu sagen, daß sie das noch nicht wußte: daß sie Miss Patel gefragt hatte und daß ihre Anwältin – bei der sie außerdem wohnte – den Richter angerufen hatte, um es herauszufinden. Sie hatte ihnen noch eine bittere Pille zu servieren. »Ich fürchte, ihr werdet in einem Motel wohnen müssen«, sagte sie.

»Wieso denn das? Will Clinton uns nicht ins Haus lassen?«

»Clinton will *mich* nicht ins Haus lassen«, erklärte Jada und berichtete ihnen den letzten Teil – daß sie ihr Haus und ihren Job verloren hatte und zudem noch zahlen mußte. Den Eltern verschlug es die Sprache.

»Also, das ist einfach verrückt«, brachte ihre Mutter endlich heraus. »Und wo wohnst du jetzt?« Jada erzählte von Angie und dem Apartment. Und auch von Michelle, deren Probleme sie kurz umriß. »Sie haben beide LHMS erwischt – Lügende Häßliche Männliche Schweine«, erklärte Jada. »Und sie sind beide weiß.«

»Sind denn alle in diesem Land verrückt geworden?« fragte ihr Vater. »Clinton will Unterhalt von dir? Und er nimmt dir dein Zuhause und die Kinder weg? Wissen diese Männer denn nicht, wie man ein Mann ist?«

»Sieht nicht so aus«, lächelte Jada dünn.

Jadas Eltern hatten sich in dem preiswerten Motelzimmer eingerichtet. Sie hatten, Gott sei Dank, ihre Enkelkinder gesehen, und jetzt beendeten sie gerade ein großes Inselessen, das Jada und ihre Momma für Angie, Michelle und ihre Kinder gekocht hatten. Man konnte sich kaum vorstellen, daß noch zwei Leute in Angies winziges Apartment paßten, aber das war das einzige, was ihrer Momma und ihrem Daddy nichts ausgemacht hatte, allerdings hatte Jada heimlich lächeln müssen, als sie sah, wie unbehaglich sie sich mit Pookie fühlten. Jetzt, nachdem sie das Geschirr abgewaschen hatten, hatten sich Angie und Michelle in die beiden Schlafzimmer zurückgezogen und Jada mit ihren Eltern im Wohnzimmer allein gelassen. Es war eigenartig, aber in Jadas Leben hatten sich die Hautfarben vermischt: Ihre Freundinnen waren weiß, und die Leute, die ihr übelwollten, gehörten genausooft ihrer eigenen Rasse wie irgendeiner anderen an.

»Das sind nette Mädchen«, lobte Benjamin, während er ihre Kaffeetassen zum Spülbecken trug und sich dann so gut wie möglich auf einem der zierlichen Küchenhocker niederließ.

»Sie sind gute Mädchen, und sie sind dir gute Freundinnen«, sagte ihre Momma. Jada fiel auf, daß sie nichts darüber sagte, daß sie weiß waren. »Aber es überrascht mich, daß die Frauen aus der

Kirchengemeinde sich nicht bewährt haben. Hat *keine* von ihnen angeboten, dir zu helfen?«

»Ich glaube«, begann Jada, »ich glaube, sie waren… fast froh, mich fallen zu sehen. Wie sich herausgestellt hat, darf man nicht tun, was ich getan habe«, sagte sie. »Nicht ungestraft jedenfalls.« Nur so konnte sich Jada erklären, wie wenig Unterstützung man ihr angeboten hatte. »Und Tonya Green gehört zur Gemeinde. Ich glaube, sie hat schon viel Schlechtes über mich verbreitet, als ich noch gar nicht ahnte, was auf mich zukommt.«

»Und die anderen haben ihr geglaubt? Nun, wenn Reverend Marsh noch da wäre, hätte er auf so eine Magdalena nicht gehört«, verkündete ihre Mutter.

»Aber der ist schon lange, lange weg«, antwortete Jada. »Den neuen Prediger kenne ich kaum. Er ist erst seit zwei Jahren da, und mit dem Beruf und den Kindern und allem war ich nicht mehr so aktiv wie früher. Ich habe ihn gar nicht richtig kennengelernt.«

Ihre Mutter blickte von ihrem Schoß auf, und zum erstenmal seit ihrer Ankunft kritisierte sie ihre Tochter. »Also, das war ein Fehler von dir«, rügte sie. »Wie kannst du deinen Prediger nach über zwei Jahren noch nicht kennen? Ein Teil deiner Arbeit muß darin bestehen, der Gemeinde zu helfen. Arme werden stets unter uns sein.«

Die Worte waren nicht hart gesprochen, aber trotzdem trieben sie Jada die Tränen in die Augen. Wie sollte sie ihrer Mutter erklären, *wie* beschäftigt sie gewesen war? Wie anstrengend der Job in der Bank und die ganze Hausarbeit gewesen waren, wie sie die Rechnungen bezahlt hatte, wie sie sich dauernd richtig kleiden mußte, wie sie die Kinder beaufsichtigen mußte und alles andere.

»Die Kirche wird dir immer helfen«, sagte ihre Mutter. »Ich möchte nicht, daß du das vergißt.«

Jada dachte schweigend darüber nach, als sie ihre Eltern zum Motel zurückfuhr. Konnte die Kirche ihr helfen? Wie? »Ich muß morgen arbeiten«, erinnerte sie ihre Mutter, als sie sich gute Nacht sagten. Sie hatte sich bei Price Chopper zwei freie Tage genommen, aber sie brauchte das Geld – so wenig es auch war – und den Job. »Werdet ihr zurechtkommen?«

»So haben dein Vater und ich ein bißchen Zeit zum Reden und Nachdenken. Du steckst ja in einem ziemlichen Chaos, Jada.

Sehen wir dich morgen abend?« Jada nickte. »Dann ist es gut«, sagte ihre Mutter und umarmte sie noch einmal herzlich. Es war keine Entschuldigung oder totales Verständnis, aber Jada fühlte sich trotzdem getröstet. Tatsächlich hätte sie, als sie in gebeugter Haltung an ihrer Mutter lehnte, die schützende Umarmung am liebsten nie wieder verlassen.

»Du mußt die Kinder wieder nach Hause holen«, sagte ihr Daddy gerade. Er sprach so leise, als habe jeder Tisch im Olive Garden Mikrophone, die die Pläne verzweifelter Großeltern belauschten.

»Sie *sind* zu Hause, Daddy«, erinnerte ihn Jada.

Ihre Mutter schüttelte den Kopf. »Sie müssen zurück auf die Inseln«, erklärte ihre Mutter. »Sie müssen unter ihresgleichen sein, bei ihrer eigenen Familie.«

»Nun, in den Schulferien im Sommer bekomme ich sie vielleicht für ein oder zwei Wochen. Aber im Augenblick weiß ich nicht, ob wir uns leisten können ...«

»Jada, wir reden von jetzt, nicht von später. Und wir sprechen nicht von den Ferien. Wir sprechen von einem dauerhaften Umzug«, unterbrach ihre Mutter sie.

Ihr Vater nickte zustimmend. »Wir könnten dir helfen. Du könntest anfangs bei uns wohnen, wenn du willst. Wenn nicht, könnten wir dir eine Wohnung und einen Job suchen. Deine Momma könnte nach der Schule auf die Kinder aufpassen.«

»Daddy, du verstehst nicht. Im Augenblick erlaubt mir das Gericht nicht mal, die Kinder über Nacht zu behalten, und auf Dauer außer Landes bringen darf ich sie schon gar nicht«, machte Jada klar.

»Nun, dann wirst du es *ohne* Erlaubnis tun müssen«, äußerte ihr Vater ungerührt. »So kann es bestimmt nicht weitergehen. Sie brauchen ein Gefühl für Familie und Heimat.« Ihre Mutter nickte. »Ich sage das nicht gern, aber Clinton Jackson wußte nie, was er tat, und er weiß es jetzt auch nicht. Er schadet seinen eigenen Kindern. Der Mann muß verrückt sein. Und wenn das Gericht das nicht sieht – du siehst es, wir sehen es, die Kinder sehen es, und weiß der Himmel, Gott sieht es auch.«

Ihre Mutter legte ihre rechte Hand auf Jadas. »Wir haben deswegen gebetet, Jada. Wir haben gebetet, und wir wissen, du mußt dem Kaiser geben, was des Kaisers ist. Aber nicht deine Kinder. Wir möchten, daß du und unsere Enkel mit uns ins Flugzeug steigen, wenn wir abreisen.«

»Momma, das kann ich nicht machen. Ich könnte nie zurückkommen.«

»Na und?«

Ihre Eltern sahen sie an. Sie begriffen nicht, daß sie von ihr verlangten, ihr Land und ihre Heimat zu verlassen und das Gesetz zu brechen. Vielleicht würde sie sogar ausgeliefert werden. Vielleicht konnten Clinton oder die Gerichte ihr die Kinder endgültig wegnehmen. Und sie könnte von der Insel verbannt und dort oder hier ins Gefängnis gesteckt werden. »Momma, ich kenne die Gesetze nicht genügend. Ich weiß nicht, wie es mit Schulen für die Kinder ist. Und ich bin keine Einheimische. Auf der Insel wäre ich eine Ausländerin. Und die Kinder, für die wäre es noch schlimmer. Schon allein die Eingewöhnung in eine andere Schule wäre ...«

»Ihr würdet nicht lange fremd bleiben«, wandte ihre Mutter ein. »Nicht auf Barbados.«

Einen Augenblick war Jada von dem Gedanken an einen kleinen Bungalow, endlosen Sonnenschein und die ständige Nähe ihrer Eltern verlockt. Aber dann dachte sie an die Kinder und wie stark die Umgewöhnung für sie sein würde. Sie waren amerikanische Kinder. Im besten Fall würde es ihnen nur schwerfallen, sich in das Schulsystem nach britischem Vorbild einzufügen. Und für sie würde es sicher keine Arbeit geben. Ihre Eltern, so konservativ, so gut, versuchten, sie zu retten, aber ihre Lösung war ... nicht so einfach, wie sie sie darstellten. »Momma, ich glaube das einfach nicht«, protestierte sie. »Ich könnte niemals hierher zurückkehren, und wenn die Kinder es tun würden, tun müßten, könnte ich sie nie besuchen. Vergeßt nicht, ich weiß, ihr wollt zwar, ich wäre eine Insulanerin, aber ich bin keine. Und die Kinder auch nicht.«

Ihre Mutter und ihr Vater schwiegen. Die Stille füllte den Raum. »Also gut, dann möchten wir, daß du mit Samuel sprichst.«

Ihr Vater nickte. »Samuel«, echote er.

»Wer *ist* Samuel?« fragte Jada. Die Art, wie sie den Namen aussprachen, klang nach irgendeinem Erzengel aus der Bibel.

»Samuel Dumfries. Er ist Anwalt. Ein wichtiger Mann in Bridgetown. Er ist der Sohn des Mannes meiner Kusine Arlette.« Jada schüttelte den Kopf. »Na, du erinnerst dich doch an Arlette, oder?«

Jada nickte wortlos. Sie erinnerte sich nicht an »Kusine Arlette«– die genausogut eine Kusine zweiten oder dritten Grades oder die Tochter einer Kusine dritten Grades sein konnte –, aber wenn sie das eingestand, würde ihre Mutter fünfzehn Minuten brauchen, um die komplizierte Beziehung darzulegen, die »Kusine« auf den Inseln bedeutete.

»Momma, du vergißt, daß ich bei einer Anwältin wohne. Ich glaube einfach nicht, daß es eine legale Möglichkeit...«

»Samuel ist mehr als nur ein Anwalt. Er arbeitet überall auf den Inseln. Er hat auch hier Mandanten. Er hat dauernd in New York und Boston zu tun. Er kennt eine Menge Leute, Jada. Wir finden, daß du mit ihm reden mußt.«

»Also gut, Momma«, sagte Jada mehr erschöpft als hoffnungsvoll. »Ich werde mit ihm sprechen.«

Doch auf der Heimfahrt fühlte Jada sich schlechter denn je. Samuel Dumfries, wer immer er war, konnte in einem amerikanischen Sorgerechtsfall nicht helfen. Jada seufzte. Ihre Eltern liebten sie, aber sie boten ihr keine praktikable Lösung an. Es war albern, daß sie das erwartet hatte. Es fiel ihnen schwer, den komplizierten Knoten zu begreifen, das Netz, in dem sie gefangen war. In ein paar Tagen würden sie abreisen müssen, und Jada würde noch einsamer sein als zuvor. Ihre einzige Hoffnung war, die Wünsche des Gerichts so gut wie möglich zu erfüllen, von Miss Patel gut beurteilt zu werden und eine erfolgreiche Berufungsverhandlung zu erwirken. Jada wußte nicht, warum sie sich so hoffnungslos, so enttäuscht fühlte. Sie wußte nur, daß es so war.

Dritter Ring

47. *Kapitel -*

voller Partys, Pasta, Pläne

»Wer will gefüllte Muscheln?« fragte Angie, als sie geschäftig in das Apartment trat. »Wer will Auberginen mit Parmesan? Wer will Knoblauchbrot?« Die Wohnung war makellos. Michelle mußte den ganzen Tag geputzt, poliert, gewaschen und gefaltet haben.

»Hi!« sagte Michelle. »Ich wollte gerade mit dem Abendessen anfangen.«

»Nicht nötig. Ich habe alles dabei«, sagte Angie. Jada kam aus dem Badezimmer. Angie schaute auf Jenna und Frank. Sie war nicht überrascht, daß sie nicht nach dem modischen Zeug verlangt hatten. »Oh«, sagte sie. »Ich schätze, dann wollt ihr beiden auch keine Spaghetti mit Fleischklößchen.«

»Doch! Doch!« rief Frankie, und triumphierend stellte Angie die Tüte hin, die sie mitgebracht hatte.

»Ich wollte einen Schmortopf machen«, sagte Michelle schwach, aber Angie schüttelte den Kopf und nahm dann eine Flasche Wein aus der Tüte. »Wer hat Lust auf einen kleinen Kanakentrunk?« fragte sie.

Michelle, entsetzt über diesen Ausdruck, konnte gar nicht reagieren, denn Angie hob schon eine zweite Flasche hoch. »Und hier ist ein bißchen Judensaft für mich«, sagte sie und zeigte auf etwas, das nach Rosé aussah. Dann nahm sie eine dritte Flasche aus der Tüte, anscheinend Chardonnay, und zeigte damit auf Jada.

»Was ist das? Weißer für Schwarze?« fragte Jada trocken.

Angie zuckte mit den Schultern. »Du hast mir die Pointe gestohlen«, sagte sie, und Michelle beschloß, über den Ausdruck »Kanaken« nicht beleidigt zu sein. »Einer für alle und alle für einen«, sagte Angie. Dann sah sie die beiden Kinder an. »Ihr kriegt Orangensaft«, fügte sie hinzu. »Und du«, sagte sie zu Pookie, »bekommst ein schönes Stück Rohleber *al dente.*«

Ihr kleiner Eßtisch reichte nur für zwei Personen, und dort setzten sie sich hin, und die Kinder machten sich glücklich über ihre Fleischklößchen her, während die drei Frauen sich auf das Sofa hockten und am Couchtisch aßen. Michelle hatte tatsächlich noch Schwierigkeiten, den weichen Ricottakäse in den gefüllten Muscheln zu kauen, aber sie schaffte es, ein bißchen davon zu essen. Ihr Kiefer schmerzte, aber der Wein half. Als die Nachrichten zu Ende waren und Jenna *Sabrina, die Teenagerhexe* zu Ende gesehen hatte, machte Angie den Vorschlag, die Kinder sollten heute nacht in Jadas Zimmer schlafen, während die drei Frauen noch aufblieben und sich unterhielten.

»Letzte Nacht hatte ich einen Traum. Reid hat mit mir geredet. Ich weiß nicht mehr, was er gesagt hat, aber er sah so toll aus, daß es war, als wäre er mit mir im selben Zimmer.« Angie streichelte Pookies Ohren und schaute auf den Hund nieder. »Wißt ihr noch einen Grund, warum Hunde besser sind als Männer?« fragte sie und gab Pookie einen Kuß auf den seidigen Kopf.

»Bildschöne Hunde wissen nicht, daß sie bildschön sind.« Genau in diesem Augenblick begann der Hund, seltsame Geräusche von sich zu geben.

»O je«, sagte Michelle, aber es war zu spät. Pookie erbrach sich. »O Gott, es tut mir so leid«, sagte Michelle. »Mein Hund hat Bulimie. Draußen frißt er sich voll, und dann kommt er nach Hause und kotzt.«

»Besser als ich«, sagte Angie, während Michelle den Boden säuberte.

Michelle sah zu, wie Angie ihr Glas mit Rosé füllte. Nachdem die Kinder im Bett waren, kam sie ins Wohnzimmer zurück und sagte: »Meinst du, daß du das trinken darfst, in deinem Zustand?«

Angie schaute von Michelles ernstem Gesicht zu der Flasche. Dann lachte sie. »Alkoholfrei«, feixte sie. »Jüdischer Wein: Wieso bin ich nicht betrunken?« Sie lachte über ihren eigenen Witz. »Aber ihr beide *braucht* Alkohol, um locker zu sein, also trinkt. Ich habe etwas für euch, das man als bescheidenen Vorschlag bezeichnen könnte.«

Michelle konnte nicht anders, sie mußte alle Überreste des Abendessens wegräumen, den Abfall in eine Tüte füllen und vor die Tür stellen. Dann kam sie zu den beiden anderen zurück. Inzwischen hatte Jada ihre Flasche schon halb geleert, obwohl sie selten trank, wie Michelle wußte. »Du mußt mich einholen«, forderte Jada und füllte Michelles Glas. Aber jetzt schien der Wein zu bewirken, daß ihr Gesicht mehr schmerzte – es pochte förmlich, und Michelle wollte sich eigentlich nur hinlegen und zu schlafen versuchen.

»Hört zu«, begann Angie, die Michelles Verfassung nicht bemerkte. »Ich habe nachgedacht. Jeden Tag sehe ich Frauen, die nicht nur von den Männern in ihrem Leben, sondern vom System zerstört werden. Ich tue, was ich kann, aber ihr braucht euch bloß anzusehen, was mit uns passiert ist.«

»Total erledigt«, brummte Jada nickend.

»Die Sache ist die – in meinem Job arbeite ich mit dem System, aber wir brauchen das nicht zu tun, wenn wir nicht wollen.«

»Amen, Schwester!« Jada stellte ihr Weinglas so hart ab, daß etwas Wein auf die Tischplatte und ihre Bluse und Jacke spritzte. »Verdammt«, sagte sie. Sie versuchte, den Wein mit ihrer Serviette abzuwischen.

»Nein. Nein, das mußt du einweichen in …«, begann Michelle. Ehe sie zu Ende sprechen konnte, zog Jada rasch ihre Jacke aus und reichte sie ihr.

»Die möchte ich morgen früh gewaschen und gefaltet zurück, Cinderella.« Michelle stand auf, um ein Papiertuch zum Trocknen zu holen, aber Jada hielt sie zurück. »Setz dich hin und hör zu«, befahl sie.

Jetzt war Jada diejenige, die zu sprechen begann. »Ich stehe an dieser Registrierkasse und stelle mir all die Dinge vor, die ich gern mit Clinton machen würde. Nichts davon ist legal, und keines ist angenehm. Aber darum geht es nicht. Worum es geht, ist, was er mir angetan hat und wie man das reparieren kann. Ich habe es satt, das Opfer zu sein.«

»Und ich?« fragte Angie. »Ich muß Frauen beraten, und dabei komme ich selbst nicht klar. Ich gebe Ratschläge? Ich sage ihnen, wie sie sich durch das System arbeiten sollen? Schaut euch an, was für mich dabei herausgekommen ist. Schau, was er dir angetan hat, Jada! Das gibt mir so ein Gefühl, als hätte Lorena Bobbitt vielleicht recht gehabt.«

»Sie hatte nicht recht, sie hatte ein Messer«, klärte Jada auf.

Michelle starrte nur auf den Weinring auf der gläsernen Tischplatte. Sie wollte Frank nichts antun. Sie wollte bloß, daß er nicht existierte. Sie wünschte sich, er hätte nie existiert. Ihr Leben allein zu verbringen wäre besser gewesen als die guten Jahre vor diesem Verrat.

»Nun ja, heute habe ich überlegt«, fuhr Angie fort, »daß wir etwas dagegen tun sollten. Daß wir uns gegenseitig helfen sollten, die Konten auszugleichen.«

»Ich schwöre dir, ich habe dasselbe gedacht«, knurrte Jada. »Den ganzen Tag. Ich habe Lebensmittel eingescannt und gegrübelt, was man tun kann. Erinnert ihr euch an diesen Film über die drei Frauen, die sich an ihren Männern gerächt haben?«

Michelle erinnerte sich. Sie hatte sich nicht die Mühe gemacht, ins Kino zu gehen, aber Jenna hatte das Video immer wieder ausgeliehen. »Das war doch eine Komödie«, wandte sie ein. »Jedenfalls war es bloß ein Film. Solche Dinge kann man im wirklichen Leben nicht machen.«

»O doch, man kann«, sagte Angie. »Ich habe schon ein paar Ideen. Wir müssen ein bißchen Brainstorming machen, ein bißchen planen, aber keiner von unseren miesen Typen ist das, was man als Einstein bezeichnen würde.«

»Eher als Bierstein«, zischte Jada geringschätzig. »Ich wette, Clinton sitzt in diesem Moment im Haus und kippt sich vor meinen Kindern etliche Schnäpse hinter die Binde.«

Angie öffnete ihre Aktenmappe und nahm drei Sweatshirts heraus. Sie faltete eines auseinander und hielt es sich vor die Brust. »Ohne Männliche Anleitung Tätig« stand darauf, und als Jada und Michelle lachten, warf Angie jeder von ihnen eines davon zu. »Wie wär's damit?« fragte sie.

Michelle stand auf und zog das Sweatshirt über den Kopf, aber es streifte ihre geschundene Wange so, daß sie qualvoll aufstöhnte. »Hört mal, ich will euch beide nicht entmutigen oder ein Spielverderber sein, aber es wird schwer genug für uns sein, zu überleben, unseren Lebensunterhalt zu verdienen und für unsere Kinder zu sorgen. Vergeßt alles Weitere.«

»Michelle, Michelle«, sagte Jada, die ihr Sweatshirt jetzt anhatte und im Zimmer umherging. »Öffne dich den Möglichkeiten.

Trink noch ein Glas Wein. Wenn du dich erst den Möglichkeiten öffnest ...« Sie machte eine Pause. »*Du* brauchst ja nicht außerhalb des Systems zu arbeiten.«

»Was meinst du damit?« fragte Michelle und setzte sich wieder hin.

»Die einfachste Möglichkeit für dich, Gerechtigkeit zu bekommen«, erklärte Jada. »Hast du nicht daran gedacht?« Michelle blinzelte verständnislos. »Laß ihn fallen«, riet Jada. »Sag für den Staatsanwalt aus.«

»Das kann ich nicht machen«, lehnte Michelle entsetzt ab. »Ich brauche ihn nicht zu schützen oder *für* ihn auszusagen, aber ich könnte nicht *gegen* ihn aussagen.«

»Ach, wirklich?« spottete Angie. »Und warum nicht? Er ist schuldig, und du weißt es.«

»Ich verrate meinen eigenen Mann doch nicht an die Polizei. Das ... könnte ich einfach nicht. Ich meine ... Es ist falsch. Und ich habe Angst. Ich habe sogar Angst, mich nur mit ihm zu *treffen.*«

»He, nun flipp nicht gleich aus. Es war nur eine Idee«, beruhigte Angie.

»Also, ich würde ihn sofort aufgeben, Michelle. Ich würde noch Schlimmeres tun. Heute habe ich gedacht, wenn Clinton tot wäre, würde ich das Sorgerecht zurückbekommen. Vielleicht.«

»Tot?« fragte Angie mit großen Augen. »Ich glaube nicht, daß wir zu physischer Gewalt greifen sollten. Schließlich bin ich offiziell eine Vertreterin des Gesetzes. Außerdem sind Frauengefängnisse nicht so lustig, wie sie in den Filmen wirken.«

»Ja, aber mir würde eine Politik der verbrannten Erde gefallen«, malmte Jada.

»Verbrennen ist gut«, stimmte Angie zu.

»Nun ja, in deinem Fall solltest du sie haben. Was mit dir passiert ist, war total ungerecht«, sagte Michelle zu Angie.

»Ach, und du hast verdient, was du bekommen hast?« fragte Jada und berührte Michelles Gesicht sehr sanft mit ihrem Zeigefinger.

Nach kurzem Schweigen fragte Michelle: »Also, was könnten wir tun? Ich meine, wenn wir etwas tun würden?«

»Ich habe noch nicht alle Details durchdacht«, gab Angie zu. »Aber ich mache Fortschritte. Und nichts davon ist illegal. Nicht wirklich.«

»Meine Eltern haben mir angeboten, mir zu helfen. Ich weiß nicht, ob sie das wirklich können, aber ich weiß, daß mein Mann dieses Haus verlieren muß«, überlegte Jada laut. »Der Gerechtigkeit ist in keinem Fall gedient, wenn er das Haus *oder* die Kinder hat.«

Angie nahm einen Notizblock aus ihrer Tasche. *»Clinton«,* malte sie oben auf die Seite. *»Kein Haus«,* schrieb sie. *»Keine Kinder«,* fügte sie hinzu.

»Ja, und keine Besuche, außer unter Aufsicht«, forderte Jada bitter.

»Willst du, daß Tonya von der Bildfläche verschwindet?« fragte Angie. »Denk dran, das ist bloß eine Wunschliste.«

Jada zuckte mit den Achseln. »Schätzchen, wenn er keinen roten Heller und keine Wohnung hat, wird Tonya ihn verlassen und sich jemanden suchen, der beides hat. Das ist mir egal.«

Angie schlug eine neue Seite auf. *»Reid«,* malte sie als Überschrift. »Ich würde gern sehen, wie er bloßgestellt wird.«

»Wie meinst du das?« fragte Jada. »Wie ein Blitzer?«

Michelle, die an ihrem Wein genippt hatte, kicherte und schnaubte ein wenig. »Mit einem Ring um den Schwanz«, sagte sie und war gleich darauf über sich selbst schockiert.

»Hach, das bringt mich auf eine Idee«, freute sich Angie und schrieb *»Kraftkleber«* auf den Block. Sie hielt inne und schaute an die Decke. »Nein, was ich meine, ist, ich hätte gern, daß etwas Schlechtes zwischen ihm und Lisa passiert, meiner ehemaligen besten Freundin, damit *er* der Düpierte ist.« Sie zog die Augenbrauen hoch. »Ich will ihn nicht wiederhaben, Mädels. Ich will nur, daß er gedemütigt wird.« Sie schrieb *»düpiert von Lisa«,* gefolgt von *»Hochzeit abgesagt?«*. Und dann: *»Soziale Demütigung«*. »Seine Eltern hassen jegliche Art von Szene. Alles, was nicht angemessen oder diskret erledigt wird. Sie haben mich von Anfang an gehaßt, aber ich habe erst in letzter Zeit angefangen, sie zu hassen.« Sie machte einen Moment Pause und konzentrierte sich dann auf Michelle. »Und was wünschst du dir, Michelle?« fragte Angie.

»Ich hatte eine Idee, aber ich kann mir nicht vorstellen, daß sie funktioniert. Oder überhaupt eine andere Lebensweise, die sich irgendwie gut anfühlt.« Sie hielt inne und fragte sich, ob das stimmte. Sie nahm an, daß sie sich durchaus Dinge *vorstellen* konnte. Sie konnte bloß nicht dafür sorgen, daß sie auch passierten. »Ich weiß nur, daß ich gern sauber leben würde«, führte sie aus. »Vielleicht ganz einfach, aber sauber, wenn ihr versteht, was ich meine.«

Jada nickte und tätschelte Michelles Hand. Angie malte *»Frank«* über eine neue Seite, aber Michelle schüttelte den Kopf.

»Ich will mich nicht an Frank rächen«, erklärte Michelle. »Ich will von ihm *weg*. Im wirklichen Leben und in meinem Kopf. Ich weiß allerdings nicht, wie ich das anstellen soll.« Michelles Stimme wurde leiser. »Ich habe lediglich zweimal in meinem Leben gearbeitet: einmal als Verkäuferin, und dann hatte ich den Job in der Bank. Und den habe ich bloß bekommen, weil Frank dort viele Geschäfte abgewickelt hat. Ich weiß, wie ich meine Kinder und das Haus versorgen muß, aber ich weiß nicht, ob ich sie und mich ernähren könnte.« Sie hob den Kopf, und ihre Augen blitzten. »Ich weiß nur, daß ich mich für jeden Penny schäme, den ich von Frank genommen habe. Wenn doch alles … schmutziges Geld war.« Ihre Freundinnen nickten.

»Du hast also nachgedacht, Michelle«, stellte Jada zufrieden fest. »Wenn du wissen willst, was du willst, mußt du vielleicht erst herausfinden, was du nicht willst.«

Michelle lächelte beinahe. Das war ein tröstlicher Gedanke. »Also, ich weiß, wenn ich wieder arbeite, will ich nicht mehr bei einer Bank arbeiten. Ich will für niemanden arbeiten als für mich selbst. Ich bin nicht faul, aber ich mag es einfach nicht, wenn man mich herumschubst. Ich will mein eigenes Geschäft, und ich will selbständig sein«, beendete Michelle ihre Rede. Angie nickte und malte *»Michelle«* auf eine neue Seite. Darunter schrieb sie *»eigenes Geschäft«, »selbständig«, »frei von Frank«* und *»frei vom Gericht«.*

»Außerdem glaube ich, daß ich woanders leben muß«, fügte Michelle hinzu. »Ihr wißt, wie ich dieses Haus geliebt habe. Aber es war ungesund, und jetzt ist alles ruiniert. Diese Stadt ist nicht mehr gut für mich oder die Kinder«, seufzte Michelle.

Angie kritzelte *»Umzug«* auf den Block.

»Gut«, brach es aus Michelle heraus. »Okay, ihr habt so etwas wie einen Anfang aus mir herausgekitzelt. Aber es ist unmöglich.« Unvermittelt wurde sie wütend. Wütend auf ihre Machtlosigkeit und ihre Angst, wütend auf das, was mit ihr und ihren Kindern passiert war. »Das alles ist aber ziemlich unmöglich. Ich als mein eigener Chef! Ein neuer Platz zum Leben. Warum machen wir uns die Mühe, darüber zu reden, wenn wir es doch nicht schaffen können?« Michelle zog die Schultern ein. »Ich könnte unmöglich ein eigenes Geschäft führen.« Sie lachte bitter. »Ich hatte ja noch nicht mal ein eigenes Konto. Es ist schön und gut, über Gerechtigkeit zu reden, aber wann bekommen wir Frauen Gerechtigkeit?«

»Ich denke, wir könnten sie bekommen«, antwortete Angie. »Es erfordert vielleicht ein bißchen Planung und ein bißchen Hilfe, aber ich denke, wir könnten es schaffen.« Sie deutete auf ihre Brust. »Ohne Männliche Anleitung Tätig.«

»Ich glaube auch, daß es möglich ist«, bekräftigte Jada. »Wenn wir bereit sind, die Regeln zu beugen oder zu brechen. Zu schade, daß man für all das einiges Geld brauchen würde«, fügte sie hinzu.

Zum erstenmal, seit das Gespräch sich auf sie konzentriert hatte, hob Michelle den Kopf und richtete sich kerzengerade auf. »Wißt ihr, da weiß ich vielleicht eine Möglichkeit«, sagte sie langsam.

48. Kapitel -

Ruhm, Reichtum und Freudentänze

»Ich weiß nicht, ob ich das kann. Wie heiße ich noch?«

»Anthea Carstairs«, half Angie Michelle auf die Sprünge.

»Mit wem bin ich verheiratet?«

Jada und Angie sahen sich an. Wer wußte die Antwort? Dann hob Jada den Zeigefinger. »Charles Henderson Moyers. Ich habe in *Fortune* etwas über ihn gelesen.«

»Das ist lediglich der reichste und geheimniskrämerischste Typ der Welt«, erklärte Angie. »Perfekt!«

»Was ist, wenn Reid meine Telefonnummer haben will?« fragte Michelle.

»Meine Güte, Michelle... ich meine, Anthea«, zog Jada sie auf. »Du kannst nicht per Telefon verhaftet werden. Wenn du es nicht machst, mache ich es«, sagte sie und streckte die Hand nach dem Telefon aus.

»Was ist, wenn auf seinem Apparat die Nummer des Anrufers erscheint?« bohrte Michelle weiter.

»Dann kommt der Arm eines riesigen Cops aus dem Hörer und packt dich am Hals«, prophezeite Jada. »Gott, was bist du für ein zimperliches weißes Mädchen.«

»Nun dreh nicht durch. Ich weiß, daß sie keine Telefonanlage haben, auf der die Nummern der Anrufer erscheinen«, versicherte Angie Michelle. »Andover Putnam hat vermutlich noch die runden Wählscheiben. Wenn ich sage, eine alteingesessene Anwaltskanzlei, dann meine ich *wirklich* altmodisch.« Sie saßen in Angies Büro, weil das der einzige Ort war, an dem Michelle sich nicht ihres inzwischen gelb und grün gewordenen Gesichts schämte und wo sie einigermaßen unter sich waren, denn, wie Jada so treffend meinte, »bei Price Chopper haben wir leider keine Privatbüros und dürfen auch das Telefon nicht benutzen.«

Michelle schaute auf das Blatt Papier, das vor ihr lag. Drei Abende lang hatten die Frauen nun den größten Teil ihrer Freizeit damit verbracht, Pläne zu schmieden, um ihre Wünsche und ihre Vorstellung von Gerechtigkeit zu verwirklichen. Dies war nun der allererste Schritt in die Praxis, dachte Angie, der einfachste, und schon wollte Michelle kneifen. Angie holte tief Luft, wartete aber, ob Michelle sich fing. Michelle berührte ihr Gesicht. »Was ist, wenn ich nächste Woche immer noch so verschwollen bin?« fragte sie.

»Das wirst du nicht sein. Und wenn doch, ist es nur um so dramatischer«, griente Angie. »Er liebt es, Menschen zu retten. Und er liebt Rotschöpfe. Und dicke Honorare.«

»Okay«, hauchte Michelle. »Also los.« Sie tippte die Nummer ein und verlangte Apparat 239. Sie schaute auf das Blatt mit Anweisungen, das vor ihr lag. *Anrufbeantworter – auflegen. Sekretärin – sagen, daß es ein Notfall ist.* Aber der Hörer wurde abgenommen, und die Stimme eines Mannes sagte hallo.

»Hallo«, antwortete Michelle und versuchte, ruhig durchzuatmen. »Spreche ich mit Mr. Reid Wakefield?« fragte sie.

»Ja.«

Sie nickte den beiden anderen Frauen zu und konzentrierte sich jetzt total auf ihre Rolle. Angie spürte, wie ihr Herz einen Satz tat, ihre Brust eng wurde und sogar die Arterie in ihrem Hals zu klopfen begann. »Mr. Wakefied, hier ist Anthea Carstairs«, flötete Michelle. »Sie sind mir von einem Ihrer Mandanten sehr empfohlen worden.«

»Ach ja? Das ist immer schön zu hören. Von wem?« fragte er geschmeichelt.

»Ich fürchte, daß darf ich Ihnen nicht sagen«, gurrte Michelle. »Ich meine, er hat mich gebeten, das vertraulich zu behandeln, und gesagt, Sie und Andover Putnam wären besonders gut darin, Sachen in der Familie zu halten – sozusagen.« Das letzte Wort gefiel Michelle. »Sozusagen« hörte sich klasse an.

»Nun, ich denke doch, daß *alle* Anwälte die Angelegenheiten ihrer Mandanten vertraulich behandeln«, sagte der Blödmann.

Michelle fand, daß er sich anhörte wie ein Blödmann, einfach so, nicht nur wegen allem, was Angie ihr erzählt hatte. »Wir versuchen, jeden unserer Mandanten wie jemand Besonderen zu behandeln.«

Er war ein Blödmann. »Ich habe ein ganz spezielles Problem«, verriet Michelle nun. »Es hat mit meinem Ehevertrag und meiner Erbschaft zu tun.« Sie machte eine Pause. »Eigentlich möchte ich das lieber nicht am Telefon besprechen. Wäre es möglich, daß ich Sie aufsuche?«

»Selbstverständlich«, sagte er. »Aber vielleicht könnten Sie ...«

»Hören Sie, das Honorar ist kein Problem. Nicht einmal ein Thema.« Oh, das klang plump. Sie schaute auf das Blatt vor sich, um zu sehen, was sie noch hinzufügen konnte. »Und Howard hat gesagt, Sie könnten sehr entgegenkommend sein ...«

»Howard Simonton?« fragte er gespannt.

Das war ein Name, den Angie aus der Firma kannte. Ein hohes Tier mit einem großen juristischen Problem. »Oh, bitte«, bat Michelle inständig, »vergessen Sie einfach, daß ich seinen Namen erwähnt habe. Versprechen Sie mir, daß Sie es vergessen.« Das sollte er auch besser. Howard Simonton hatte mit Sicherheit noch nie von einer Anthea Carstairs gehört.

»Kein Problem. Wirklich«, sagte der Blödmann, aber in seiner Stimme klang jetzt ein ganz neuer Respekt mit.

»Dann *könnten* Sie mich also vielleicht empfangen?«

»Aber gewiß. Natürlich. Wann würde es Ihnen passen?« fragte er. Michelle nickte den beiden anderen zu. Angie gestikulierte, aber Michelle verstand nicht, was sie damit sagen wollte.

»Ich denke, Dienstag wäre gut«, schlug Michelle vor. »Gegen vier Uhr.«

»Sagen wir halb fünf«, antwortete er. »Wie schreiben Sie Ihren Namen?« fragte er. Und Michelle wußte, daß er ihn vergessen hatte. Glücklicherweise hatte *sie* ihn nicht vergessen.

»Anthea Carstairs«, sagte sie. »Schreiben Sie es, wie Sie wollen«, fügte sie hinzu und legte auf.

»Juuuuhuuu!« schrie Jada. »Schätzchen, der Mattscheibe ist ein echtes Talent entgangen, als du beschlossen hast, Hausfrau zu werden.«

»Perfekt! Perfekt!« jubelte Angie und hüpfte begeistert im Zimmer umher.

Michelle fühlte sich gut, fast anmaßend gut. Sie brachte also *doch* etwas zustande. »So, unsere nächste Nominierte für den Academy Award ist keine andere als Angie Romazzano, die die Titelrolle in *Die Falschen Flitterwochen* und *Eine Gehörnte Frau* gespielt hat«, sagte Michelle und reichte Angie den Hörer.

Jada lachte. »Und jetzt sehen wir sie in einem Ausschnitt aus ihrem jüngsten Werk, *Zeit der Heimzahlung*«, moderierte Jada in perfekter Imitation von *Entertainment Tonight.*

»Okay, okay«, griente Angie. »Ich weiß eure Unterstützung und euren Sinn für Wettbewerb zu schätzen.« Sie nahm den Hörer und wählte die Nummer ihrer ehemaligen Kanzlei. Sie spürte, wie ihr Mund trocken wurde. Sogar ihre Lippen waren trocken. Sie nagte einen losen Hautfetzen von der Unterlippe. Als die Automatenstimme ertönte, gab sie Lisas Durchwahlnummer ein. Sie konnte mit dem Anrufbeantworter oder mit Lisa fertig werden, aber nicht mit Donna, der Sekretärin, deren Arbeitskraft sie sich früher geteilt hatten. Das wäre zuviel. Nun, sie würde dies als Zeichen ansehen. Wenn sich Donna meldete, würde die ganze verrückte Idee nicht funktionieren. Aber wenn Lisa abnahm... Sie schluckte schwer und hörte dann ihre frühere Freundin und heutige Feindin ihren Namen sagen.

»Lisa, hier ist Angie.« Eine Pause trat ein, und Angie fragte sich, ob Lisa auflegen würde. Sie schaute zu Michelle und Jada hinüber, die gespannt den Atem anhielten. »Hör mal«, sprach Angie weiter, »ich weiß, wir haben uns nicht mehr gesprochen seit, nun ja, du weißt schon, aber ich fühle mich sehr schlecht.«

»Ich auch, Angie«, sagte Lisa salbungsvoll, und Angie verdrehte die Augen gen Decke.

Michelle und Jada sahen einander und dann wieder Angie an, die tief Luft holte. »Wirklich?« fragte sie. Nicht, daß es sie interessiert hätte. Okay, sagte sie sich. Jetzt war der Moment für den wirklichen Quatsch. »Lisa, ich habe das Gefühl, daß ich nicht nur eine Ehe verloren habe. Die war offenbar ohnehin am Ende. Aber ich habe auch eine beste Freundin verloren. Das war hart.« Puh. Es war hart, so etwas zu sagen, aber sie hatte es getan. Ihre beiden Freundinnen spielten inzwischen Theater: Michelle hielt sich prustend die Hände vor den Mund, und Jada simulierte lautlos Erbrechen. Angie feixte kurz.

»Angie, ich bin so … überrascht … und gerührt, daß du so empfindest.« Lisa war so narzißtisch, daß sie ihr das eventuell tatsächlich abkaufte. Oder, wer weiß, vielleicht hatte sie ein Gewissen?

»Na ja, das kam nicht über Nacht«, gestand Angie. »Aber ich hatte viel Zeit zum Nachdenken. Ich meine, vielleicht können wir nie wieder Freundinnen werden wie früher.« Jada riß bei diesem Satz weit die Augen auf und nickte übertrieben mit dem Kopf. Angie beachtete sie nicht. Sie mußte sich auf Lisa konzentrieren.

»Aber ich würde gerne mit dir reden. Und ich habe ein paar Sachen, die ich dir gern geben würde«, sagte Angie.

Michelle reckte den Zeigefinger hoch. »Gib ihr Saures«, flüsterte sie, bis Jada ihr den Mund zuhielt.

Angie verpaßte die ersten Worte, die Lisa antwortete, weil die beiden anderen Frauen kicherten. Aber es spielte keine Rolle. Trotzdem, Lisa war nicht dumm. Angie wußte, daß sie vorsichtig sein mußte.

»… und dann von dir zu hören, einfach so …«, sagte Lisa gerade gerührt.

»Nun, ich habe noch einen Hintergedanken«, gestand Angie und lächelte beinahe, als sie hörte, wie bei Lisa die Alarmglocken schrillten. »Weißt du, als ich dich das letzte Mal gesehen habe, nun ja … Reid … du weißt schon.« Angie machte eine Pause, als sei sie verlegen. »Wie auch immer, da sind ein paar Sachen, die ich nicht aus Boston mitgenommen habe. Nur Kleinigkeiten wie ein Skizzenbuch aus Provincetown und, nun ja, weißt du …«

»Klar«, sagte Lisa. Auch sie würde sich an diese Zeit erinnern. Angie lächelte. Lisa wollte, daß die Scheidung endgültig war. Und dann war da ihr Geiz …

»Jedenfalls, ich habe auch noch einen Ring von Reid. Ich glaube, der Stein gehört seiner Familie. Wie auch immer, er hat ihn bei Shreve, Crump & Lowe für mich fassen lassen, und ich denke, daß du ihn bekommen solltest.«

»O Angie«, hauchte Lisa. »Das ist einfach so …« Jetzt war sie an der Reihe, eine Pause zu machen. »… so *ungeheuer* großzügig von dir. Ich meine, ich glaube, gesetzlich …«

»Komm schon, Lisa. Du weißt, wir reden hier nicht von Gesetzen. Ich habe keine Freude mehr an dem Ring, und dir könnte er vielleicht Freude machen.« Angie blickte auf, und Jada nickte äußerst fromm. »Ich arbeite jetzt unten in Westchester, aber ich kann nächste Woche am späten Nachmittag einen Flug bekommen. Ich werde den Ring mitbringen. Wir könnten uns zum Abendessen oder auf einen Drink treffen und dann in die Wohnung gehen – und meine Sachen holen. Ich faxe dir eine Liste davon, wenn du willst. Nichts Teures. Aber ich würde gern meinen Flanellpyjama holen, und ich habe ein Tagebuch geführt. Solche Sachen. Wäre das möglich?«

»Sicher«, sagte Lisa, und die Gier in ihrer Stimme war unverkennbar. »Ich bin am Montag und am Dienstag besetzt, aber der Rest der Woche ist offen.«

»Okay«, sagte Angie. »Jetzt laß mich die Liste zusammenstellen. Ich rufe dich wieder an.« Sie sah ihre Freundinnen an und zog eine Augenbraue hoch. »Ach, nur noch eines, Lisa. Ich bin nach wie vor noch richtig wütend auf Reid. Ich möchte nicht, daß er etwas davon erfährt. Es ist einfach zu demütigend.« Sie grinste Michelle und Jada an. »Es muß ein Geheimnis bleiben. Sonst kann ich nicht kommen. Kannst du mir das versprechen?«

»Selbstverständlich«, stimmte Lisa zu, und Angie konnte fast sehen, wie der imaginäre Ring in Lisas materialistischem kleinem Gehirn funkelte. »Also gut. Ich rufe dich bald wieder an.« Sie legte auf.

Jada stand auf, Michelle schloß sich ihr an. Beide klatschten. Dann streckte Michelle eine Hand aus und sah Jada an, die dasselbe tat. »Zweimal den Daumen hoch«, lobte Michelle. Jada nickte.

»Die Schlange hat es geschluckt. Super«, freute sie sich.

»Du kennst ja den alten Spruch: Wenn's hart auf hart kommt, gehen die Harten einkaufen«, deklamierte Michelle. »Also, wir müssen eine Menge Klamotten besorgen. Etwas für Boston und ein paar Umstandskleider für dich, kleine Mama«, sagte sie zu Angie. »Und vielleicht auch ein paar Babysachen.« Sie wandte sich an ihre Freundin. »Jada, du brauchst eine *Menge* Gepäck. Ich könnte es nicht ertragen, dich mit Pappkartons reisen zu sehen. Und dann sind da noch unsere Klamotten für Marblehead.«

»Da wir gerade davon sprechen, das wird eine ziemlich lange Fahrt für uns«, warnte Angie.

»Dann haben wir mehr Zeit, unsere Rollen zu üben«, meinte Jada.

»Und damit wir in Stimmung kommen, was haltet ihr davon, wenn wir in der Wäscheabteilung anfangen?« Michelle grinste satanisch. »Ich weiß nicht, ob Frank unsere Kreditkarten schon gesperrt hat, aber es wird Zeit, das festzustellen.«

»Michelle, du hast nicht im Lotto gewonnen«, mahnte Jada. »Du solltest das nicht machen. Nicht für uns.«

»Für mich wirklich nicht«, sagte Angie. »Ich habe einen Job.«

Michelle sah die beiden anderen an. »He, wer hat mich aufgenommen, als ich nicht wußte, wohin? Wer hat mir mit den Kindern geholfen? Kommt schon. Seid nicht blöd.« Sie schaute Jada an. »Ich glaube, wir sollten deinen Kindern auch ein paar Sommersachen kaufen, wenn wir schon dabei sind«, sagte Michelle und hielt die Visa-Karte hoch. »Sie werden es als ›Kampfanzüge‹ bezeichnen, und es wird ein Vermögen kosten, aber ich denke, du wirst es brauchen. Wer weiß, wie lange dieses Lotterielos noch gültig ist.«

Sie tobten sich im Einkaufszentrum aus, bis die Geschäfte schlossen.

Michelle hatte Angie nicht nur für die Schwangerschaft ausstaffiert, sondern auch eine komplette Babyausstattung erstanden. Und das war gut so, denn Angie hatte keine Ahnung davon. Sie suchte dauernd die niedlichen Sachen aus, die so gut wie nutzlos waren, wenn das Baby wirklich da war. Jada redete ihr das meiste aus, aber Michelle ließ sie den winzigen weißen Wollpullover erstehen, den man nur chemisch reinigen konnte, und Stiefelchen, die aussahen wie Reitstiefel, weil sie so verdammt süß waren. Danach starben sie alle drei fast vor Lachen, als sie in die Wäscheabteilung gingen und Michelle und Jada Strapse, BHs und Stringtangas anprobierten. »Schau uns an«, sagte Jada. »Michelle, du bist ein strahlender Rotschopf, Angie, du bist eine blonde Bombe, selbst wenn deine Haarwurzeln eine Auffrischung nötig haben. Und ich muß von mir selbst sagen, daß ich eine toll aussehende Brünette mit guten Haaren bin. Aber keine von uns kriegt einen anständigen Mann ab.«

»Einige von uns *könnten* bald einen kriegen«, kicherte Angie.

»Oooh«, riefen Jada und Michelle.

Sie giggelten und bewunderten dann die Farbe von Michelles Goldkarte. »Und das Beste ist, daß alles von Franks Konto abgebucht wird«, strahlte Michelle. »Das ist der einzige Punkt, in dem Männer besser sind als Hunde: Manche Männer haben Bankkonten.«

Jada war zu einer tollen Lederhose und einem sagenhaften orangenen Seidenpullover überredet worden – sehr verführerisch. »Steht dir fabelhaft, Jenette«, freute sich Michelle, Jadas Decknamen übend. Michelle kaufte sich das lächerlichste kleine Kostüm, das überhaupt in Westchester – einem für lächerliche kleine Kostüme bekannten Bezirk – nur aufzutreiben war. Tatsächlich ließ der Gedanke, es anzuziehen, sie fast laut auflachen. Die beiden anderen ließen ihrer Heiterkeit freien Lauf, als sie in dem Kostüm aus der Probierkabine trat.

»Hinreißend! Ich wünschte, ich könnte sehen, wie das in den heiligen Hallen von Putnam Andover wirkt«, wieherte Angie.

»Übertrieben?« wollte Michelle wissen.

»Nein, nein. Perfekt für Anthea Carstairs. Entschieden glamourös«, antwortete Angie prustend.

Beladen mit ihren Einkäufen, beschlossen sie, alles in die Autos zu tragen und dann rasch bei Ruby Tuesdays einen Happen zu essen, bevor sie nach Hause fuhren. Michelle packte den größten Teil in den Kofferraum des Lexus und gesellte sich dann zu ihren beiden Freundinnen in die Nische, die sie bereits okkupiert hatten. »Mädels«, sagte sie geheimnisvoll »das ist ein denkwürdiger Tag für mich.« In diesem Moment erschien der Kellner, und sie alle bestellten Kartoffeln, gefüllt mit verschiedenen Dingen, darunter ebenfalls Kartoffeln. Und Bier für zwei von ihnen, Mineralwasser für die »Fette«. Der Junge, der ihre Bestellungen aufnahm, hielt sie einfach für alberne Vorstadtfrauen. Er ahnte nicht, daß sie Anarchistinnen waren.

»Okay«, eröffnete Michelle das Gespräch, nachdem der Kellner gegangen war. »Ich weiß, was ich machen werde.«

»Du meinst, oben in Massachusetts? Das haben wir doch dreimal durchgekaut«, sagte Angie. »Aber vielleicht sollten wir es noch einmal durchgehen.«

»Später«, beschied Michelle, und ihre Stimme hatte einen autoritären Klang, der die beiden anderen aufhorchen ließ. Michelle war von sich selbst beeindruckt. Sie schaute ihre Freundinnen fest an. »Ich habe eine Ankündigung zu machen« und übergab ihnen jeweils ein Kärtchen.

CINDERELLA REINIGUNGSSERVICE
Magische Sauberkeit
Wir arbeiten mit Heinzelmännchen und Zauberstäben
und hinterlassen keine Spuren

»Michelle! O mein Gott!« röchelte Angie.

Jada starrte von der Karte hoch in Michelles Gesicht. »Das ist *genau* das richtige für dich«, lobte sie. »Du bist die Königin der Reinlichkeit.«

»Ich werde nicht nur putzen«, erklärte Michelle. »Ich werde anfangen, ein paar Leute auszubilden, sobald sie auf meine Annonce antworten. Anfangs werde ich in jedes dafür in Frage kommende Haus gehen, selbst wenn ich es selber putzen muß. Später begleite ich nur noch meine Angestellten. Sie werden putzen, aber ich werde alles kontrollieren. Ich denke, ich kann vier Häuser pro Tag schaffen. Vielleicht fünf, wenn ich die richtigen Mitarbeiter finde. Was meint ihr?«

»Ich finde es großartig«, begeisterte sich Jada.

Angie schüttelte den Kopf, ein breites Lächeln auf dem Gesicht. »Unglaublich. Perfekt. Aber du hast keine Telefonnummer angegeben«, fügte sie hinzu, nachdem sie die Karte genauer studiert hatte.

Michelle zupfte sich am rechten Ohr. »Das war kein Irrtum«, klärte sie auf. Sie hielt verlegen inne. »Ich werde ja umziehen müssen«, vollendete sie dann. »Ihr wißt doch.« Die drei Frauen schwiegen für eine Minute betreten.

»Das ist aber okay. Ich möchte die Kinder im September in eine andere Schule geben. Hier ist es nicht gut für sie. Wir werden uns schnell umgewöhnen.«

Ihre Kartoffeln wurden gebracht, und Michelle fummelte ihre Kreditkarte aus der Tasche, zusammen mit einer Schere, die sie eigens für diesen Anlaß gekauft hatte. Aber sie kramte auch drei Flugtickets heraus und wedelte damit vor den Nasen der anderen. »Ein Geschenk von Frank«, griente sie und reichte sie Angie. »Und ab jetzt«, erklärte sie feierlich, »bin ich für mich selbst verantwortlich.« Sie schnitt die Visa-Karte zuerst in zwei Hälften und dann in Viertel. Anschließend nahm sie ihre Karte von American Express und ihre MasterCard und vernichtete sie ebenfalls. Sie hatte geglaubt, es würde ihr angst machen, aber tatsächlich fühlte es sich befriedigend an, befreiend. Ein kleines Häufchen von Plastikschnipseln bedeckte nun ihren Brotteller. Sie hob den Teller höflich an. »Möchte jemand formidable Minzplättchen?«

»Glückwunsch, Freundin«, lachte Jada. »Jetzt stehst du auf eigenen Füßen!«

»Ja«, stimmte Michelle glucksend zu. »Und *du* bezahlst das Essen.«

49. *Kapitel -*

in dem Kinder überrascht werden

Jada konnte nicht beschreiben, wie der letzte Besuch der Kinder gewesen war. Sie hatte die Erlaubnis bekommen, die Kinder in Angies Apartment zu bringen, damit sie einen Zufluchtsort hatten, der nicht öffentlich war. Natürlich mußte sie Miss Patel trotzdem mitnehmen. Jada, dumm, wie sie war, hatte sich darauf gefreut, mit ihnen in einer Wohnung zu sein, ihnen gegrilltes Käsesandwich zu machen oder nur auf dem Sofa zu sitzen und fernzusehen. Sie hatte für alle Fälle zwei Videos ausgeliehen. Aber als Shavonne, Kevon und das Baby Angies Apartment betreten hatten, hatten sie in dem leeren weißen Wohnzimmer herumgeschnuppert wie feindselige Katzen. »Wessen Haus ist das?« wollte Kevon wissen.

»Das ist kein Haus, Baby, es ist ein Apartment. Ich teile es mir mit meiner Freundin.«

»Magst du sie lieber als uns?« fragte Kevon, und Jada kniete sich neben ihn und umfaßte seine Schultern.

»Ich liebe euch«, sagte sie. »Ich könnte niemanden mehr lieben als euch.«

»Dann komm doch zu uns zurück«, verlangte Kevon.

»Ich wünsche mir mehr als alles auf der Welt, bei euch zu sein«, hatte Jada erklärt. »Aber euer Daddy ist zum Gericht gegangen, und der Richter hat so entschieden.« Sie wußte, ein Sechsjähriger würde das nicht verstehen, aber was sollte sie sonst sagen? Sie verstand es ja selbst nicht. Miss Patel saß schweigend auf der Kante des Sofas.

»Ich mag die Wohnung nicht«, maulte Shavonne. »Sie ist so klein.«

»Ich weiß. Aber sie ist größer als der Volvo. Und ich kann hier ein bißchen kochen. Wir wär's mit gegrillten Käsesandwiches?« lockte Jada.

»Okay«, sagte Kevon vernünftig, während Shavonne lediglich mit den Achseln zuckte. Kevon kletterte auf einen Stuhl am Tisch, und Jada setzte Sherrilee auf einen der anderen Stühle. Ihr wurde klar, daß sie einen Hochstuhl gebraucht hätte. Sie nahm also ihren Schal ab und band ihn Sherrilee um den Bauch, damit sie nicht herunterfiel.

»Die gegrillten Käsebrote sind gleich fertig«, sagte sie.

»Und wer will ein Glas Barney?«

Sherrilee schwenkte das Händchen und krähte: »Ba-ney.«

»Wer will ein Glas Pocahontas?« fragte Jada scherzhaft.

»Ich nicht«, sagte Kevon.

»Na, dann willst du auch sicher kein König der Löwen.«

»Doch, will ich«, entschied er.

Aus dem Augenwinkel sah Jada, wie Shavonne auf den Tisch zuging, als sei sie ein willenlos schwebendes Blütenblatt. Ganz gleich, was Michelle über gefährliche Fette sagte, sie trösteten Kinder und Erwachsene. Jada beschloß, auch ein Käsesandwich zu essen.

Sie schnitt die Krusten ab und machte Quadrate und Dreiecke aus den Brotscheiben. Erst nachdem Sandwiches, Milch und Donuts verzehrt waren, begannen die Dinge zu entgleiten. Sherrilee hatte den Schal aufgeknotet und krabbelte von ihrem Stuhl und aus dem Zimmer in den kleinen Flur, der zu den beiden Schlafzimmern führte. Jada war gerade damit beschäftigt, ein Videoband einzulegen, und merkte es ein oder zwei Sekunden zu spät. Sie folgte Sherrilee, aber diese war bereits ins Gästezimmer vorgedrungen und hatte unter Jennas Spielsachen ein Beanie-Baby gefunden. Sie kam damit und mit einem weiteren Plüschtier wieder heraus. »Ach, schau mal, das ist das neue Beanie-Entchen«, sagte Shavonne und streckte die Hand verlangend danach aus.

»Meins«, verteidigte Sherrilee ihre Beute und drückte die beiden Tiere an die Brust.

»Sind die beide für sie?« fragte Shavonne, als handele es sich um Geschenke.

»Meins«, bestätigte Sherrilee, und Jada versuchte, einen raschen Ausweg zu finden, während sie sich bemühte, dem Baby die

Plüschtiere sanft zu entwinden. Aber Kevon war aufgesprungen, durch den Flur gelaufen und stand jetzt an der Tür zu Jennas und Frankies Zimmer.

»Guck mal!« rief er. »Shavonne, komm mal gucken!« Kevon rannte in das Zimmer und steuerte sofort auf Frankies Lastauto zu. Er setzte sich auf den Boden. Shavonne blieb nur einen Moment am Türrahmen stehen. Jada, die das echte und das Beanie-Baby trug, sah sie ratlos an. »Ist das für uns?« fragte Kevon. »Ist das unser Spielzimmer?«

Für ein paar Sekunden fühlte sich Jada wie gelähmt. Shavonne ging zu einem Wandschrank und öffnete ihn. Sie begann, Jennas Kleider, die ordentlich neben den vertrauten Sachen ihrer Mutter hingen, und ihre Schuhe zu untersuchen. »Du wohnst hier mit *anderen* Kindern«, klagte Shavonne und ging aus dem Zimmer.

»Nein! Keine anderen Kinder! *Ich* will diesen Laster!« schrie Kevon, setzte sich darauf und zog die Knie bis fast an die Schultern. Er trampelte mit den Füßen. »Tonka, Tonka«, brüllte er.

Jada hatte die nächsten fünfundvierzig Minuten gebraucht, um den Kindern die Spielsachen zu entwinden, sie wieder einzusammeln und dann zu erklären, daß sie Jenna und Frankie gehörten. Daß Michelle und ihr Mann einen großen Streit hatten und sie und die Kinder hier wohnten. »Warum können *wir* dann nicht auch hier wohnen?« fragte Kevon.

Shavonne sah ihn an, als sei er begriffsstutzig. »Weil *sie* uns nicht haben will«, spuckte Shavonne bitter aus, und Kevon fing an zu weinen. Sherrilee fiel in sein Weinen ein, und Jada mußte ihr schließlich eines der Plüschtiere lassen.

Sie hatte so gut wie möglich versucht, alles noch einmal zu erklären, aber sie wußte, das waren nur Worte. Miss Patel, die vielleicht hätte helfen können, saß wortlos da, weder hilfreich noch schädlich. Aber es war demütigend, daß jemand Zeuge dieser Vorgänge war. Demütigend und herzzerreißend. Jada mußte die Kinder mit sanfter Gewalt zum Auto bringen, und als sie in den Volvo stiegen, um nach Hause zu fahren, sagte Shavonne: »Ich hasse Tonya. Sie ist eine falsche Schlampe. Sie kann mir nichts vormachen. Und *du* kannst mir auch nichts vormachen. Dich hasse ich auch.«

Jada hatte ernsthaft daran gedacht, mit den Kindern einfach in den Sonnenuntergang zu fahren, aber so, wie die Besuche verliefen, wurde es immer unwahrscheinlicher, daß die Kinder aus freien Stücken mit ihr kommen wollten. Es war nicht so, daß sie Clinton oder Tonya vorzogen. Es lag nur daran, daß sie extrem wütend auf Jada waren, weil sie sie verlassen hatte. Doch Jada dachte an die Gefahren, wenn sie überlegte, mit ihren Kindern zu verschwinden. Sie hatte Angst. Sie sah, was Michelle im System der Strafgerichtsbarkeit bevorstand, und mit solchen Problemen wollte sie nichts zu tun haben. Vielleicht war Barbados die beste Idee. Sie beschloß, den Anwalt anzurufen, den ihre Mutter und ihr Vater empfohlen hatten. Sie brauchte eine Weile, um seinen Namen und seine Telefonnummer zu finden – sie hatte sie auf die Rückseite einer Quittung gekritzelt und in das Seitenfach ihrer Handtasche geschoben –, aber schließlich fand sie den Zettel und rief den Mann an.

Er nahm ihren Anruf sofort entgegen, obwohl zwei Sekretärinnen Jada durchstellen mußten. »Sie haben Glück, daß Sie mich hier noch erwischen«, sagte er mit einem abgehackten Akzent. »Ich verlasse Bridgetown heute nachmittag. Aber nächste Woche bin ich wieder in den Staaten. Nach New York wollte ich eigentlich nicht«, fügte er hinzu. »Könnten Sie mich in Boston aufsuchen? Ich glaube, das ist eine Sache, die wir persönlich besprechen müssen, nicht am Telefon.«

Jada mußte an eine Art Zufall glauben. Sie war nie in ihrem Leben in Boston gewesen, aber sie würde zu Angies trickreicher Inszenierung hinfliegen. Sie wollte sich nicht benehmen wie eine abergläubische Idiotin, aber vielleicht half Gott denen, die sich selbst halfen. Sie vereinbarten einen Termin, und Jada bedankte sich bei dem Anwalt.

»Oh, Sie brauchen mir nicht zu danken, Mrs. Jackson. Lassen Sie uns sehen, ob es einen Weg gibt, wie ich Ihnen helfen kann.«

»Aber das ist *Kindesentführung«,* sagte Michelle mit erhobener Stimme, so daß Jada sie ermahnen mußte, leise zu sein. Jenna und Frankie schliefen nebenan. Michael hatte auf dem Sofa geschlafen und war jetzt nach Hause gegangen. Nun hockten die drei Frauen auf Angies Bett.

»Erzähl mir nicht, daß es illegal ist, meine eigenen Kinder bei mir zu haben«, sagte Jada. Jetzt hatte sie die Stimme erhoben, aber Michelle brachte es nicht fertig, *sie* um Mäßigung zu bitten. Sie versuchte sich vorzustellen, was Jada durchmachen mußte, von ihren Kindern getrennt, aber gezwungen, Jenna und Frankie jeden Tag nach der Schule heimkommen zu sehen, angefüllt mit der gleichen Art von Neuigkeiten, die Shavonne und Kevon früher mit nach Hause gebracht hatten.

»Ich dachte, wir wollten in die Berufung gehen«, sagte Angie.

»Michael hat wirklich einiges in Bewegung gesetzt, um zu sehen, was...«

»Vergiß ihn, und vergiß die Berufung«, schnappte Jada. »Es dauert zu lange, und am Ende gewinnen wir vielleicht sowieso nicht. Und bis dahin werden meine Kinder Tag für Tag verletzt. Ein Verbrechen ist besser als kaputte Kinder. Als ich Sherrilee heute aufgehoben habe, hat sie den ganzen Körper steif gemacht und wollte von mir weg. So zeigt ein Baby dir, wie wütend es auf dich ist.« Jada machte eine Pause. »Vielleicht vergißt sie das nie. Vielleicht verzeiht sie mir nie, daß ich sie so im Stich gelassen habe.« Sie stand vom Bett auf und ging auf die andere Seite des überfüllten Raumes. Sie hatte den Plan immer wieder durchgekaut. Er war nicht ohne Risiko, aber es sah aus, als könne er funktionieren, solange der Volvo funktionierte.

Sie konnte nicht auf eine weitere Gerichtsverhandlung warten. Was sonst sollte sie machen? »Du brauchst mir nicht zu helfen«, sagte Jada ruhig zu Angie. »Und du auch nicht«, wandte sie sich an Michelle. »Aber ich werde die Sache auf jeden Fall durchziehen.«

»So etwas kannst du nicht allein tun«, protestierte Angie.

»Wenn ihr mir nicht helfen wollt, werde ich das müssen«, sagte Jada kühl. »Und ich... es gibt Organisationen, die Frauen in meiner Situation helfen...«

»Jada, die stehen außerhalb aller Gesetze. Und du müßtest für Jahre in den Untergrund gehen. Vielleicht für immer. Und wenn du geschnappt wirst – was wahrscheinlich der Fall sein dürfte –, kommst du vor ein Strafgericht. Du landest im Gefängnis«, warnte Angie.

»Nicht, wenn ich das Land verlasse«, beharrte Jada. »Ich denke daran, mit den Kindern nach Barbados zu gehen.«

Michelle nahm Jadas Hand. »Ich werde dir helfen«, sagte sie. »Ich werde alles tun, was nötig ist. Selbst wenn ich ins Gefängnis muß. Du mußt diese Kinder zurückbekommen. Sie brauchen dich. Wie groß das Risiko auch sein mag.«

Jada sah ihre Freundin an und erkannte, wie weit sie für sie gehen würde.

»Was ist, wenn es mißlingt?« fragte Angie.

»Schlimmer als jetzt kann es nicht werden«, murmelte Jada.

»Selbst wenn es nicht klappt, die Kinder wissen dann wenigstens, daß du sie liebst. Daß du sie haben wolltest«, faßte Michelle zusammen. »Ist das nicht das Wichtigste?«

»Doch«, stimmte Jada leise bei.

Angie seufzte. »Ich bin dabei.« Sie schaute an sich hinunter. »Sind die Sträflingsanzüge längs oder quer gestreift? Was ist der erste Schritt?«

»Ich muß meine Mutter anrufen«, erklärte Jada.

50. Kapitel -

Spot an, Kamera ab: Erpressung

»Sehe ich fett aus?« fragte Angie hoffnungsvoll, und Michelle und Jada nickten. »Gut«, sagte Angie zufrieden. Sie wollte lieber fett als schwanger aussehen. Man sah die Schwangerschaft allmählich, aber sie hatte vorher schon zugenommen. Doch als Kostümbildnerin, Autorin und Regisseurin in einer Person fand sie, daß sie in dieser Szene am besten so unattraktiv und ungefährlich wie möglich aussah. Sie hatte Lisa angerufen, um den Termin zu bestätigen. Sie hatte ihr Haar zu einem Pferdeschwanz zusammengebunden und trug außer Lippenstift keinerlei Make-up. Okay. Was hatte sie vergessen? Sie hatte in einem Restaurant einen Tisch für das Abendessen bestellt. »Oh, wartet«, sagte sie. »Das darf ich nicht vergessen.« Sie ging zum Nachttisch und nahm die leere Schachtel von Shreve, Crump & Lowe.

»Ich habe den Ring«, griente Michelle. Sie trug genug Make-up für sie beide, dachte Angie. Und ein äußerst knappes Kostüm im Chanel-Stil. Doch die Rolle, die sie zu spielen hatte, verlangte dringend eine dieser knappen Versionen mit sehr kurzem Rock und einer Jacke, die an den strategisch richtigen Stellen eng am Körper anlag.

Tatsächlich saßen zwei der Messingknöpfe an den Stellen, an denen sich ungefähr ihre Brustwarzen befanden. Aber Michelle sah nicht billig und verfügbar aus. Sie wirkte teuer und verfügbar. Sie öffnete ihre kleine Handtasche und nahm ein Tütchen von Macy's heraus. »Da haben wir ihn«, schnurrte Michelle. »Ein Erbstück, das frisch von der Ladentheke kommt. Der beste eckig geschliffene Zirkon, der für Geld zu haben war.« Sie zeigte ihn Jada.

»Sieht er zu neu aus?« fragte sie.

»Nein«, bewunderte Jada ihn. »Geschmackvoll. Nicht zu groß für Leute mit altem Geld und nicht zu klein, um verlockend zu sein. Nimm ihn bloß nicht bei Tageslicht raus«, riet sie Angie, als sie ihr den Ring reichte. »Dann glänzen diese Zirkone wie Kristall und täuschen keinen.«

Jada trug den tief ausgeschnittenen orangefarbenen Pullover und die enge schwarze Lederhose, die sie für diesen Anlaß erworben hatte. Sie war beim Friseur gewesen, und ihr Haar war zu einem lockeren Knoten zusammengefaßt und mit etwas befestigt, das wie hundert winzige Zöpfchen aussah. Sie hatte orangefarbenen Lippenstift aufgelegt und irgend etwas mit ihren Augen gemacht, etwas mit einer Menge Mascara. Egal mit was – es sah großartig aus. »Du solltest dich *immer* so anziehen«, würdigte Angie ihre Aufmachung.

»Früher habe ich das getan«, verriet Jada, »aber ich dachte, die Bank würde es vielleicht nicht schätzen. Bei Price Chopper könnte ich so natürlich Angestellte der Woche werden.«

»Welche Schuhe ziehst du an?« fragte Michelle.

»Ich weiß nicht. Was meinst du, Freundin? Die schwarzen Stiefel oder die Schuhe mit den Stiletto-Absätzen?«

Michelle hielt inne und musterte sie ernst. »Also, *ich* trage Stilettos – vielleicht solltest du deshalb die Stiefel anziehen. Mr. Wakefield findet möglicherweise Gefallen an einem gemischten Buffet.«

Jada zuckte mit den Schultern. »Ich will nicht wie eine Lesbe aussehen.«

Angie lachte. »Doch, willst du«, sagte sie und sah auf die Uhr. »Kommt schon. Wir müssen die Maschine erwischen.

Michelle stöckelte in Reid Wakefields Büro bei Andover Putnam. Sie wußte, daß sie gut aussah, weil die Empfangsdame und vier oder fünf Sekretärinnen sie kritisch von oben bis unten gemustert hatten. Sie fühlte sich wie Cinderella – nach dem Eingreifen der guten Fee. In Jeans und einer weißen Bluse war ihr wohler, aber sie konnte das hier für ihre Freundin tun, und in einer gewissen Lana-Turner-Manier machte es fast sogar Spaß. Sie betrat das Büro von Angies zukünftigem Exmann und lächelte. Er war aufgestanden – und er war *sehr* groß und sah *sehr* gut aus. Er war nicht ihr Typ –

sie hatte immer kleine, dunkle Männer gemocht –, aber sie erkannte durchaus, wie attraktiv dieser Bursche war. Natürlich war das rein äußerlich, aber sie verstand, was Angie gefallen hatte. »Mr. Wakefield«, säuselte sie und streckte die Hand aus.

Er beugte sich viel weiter als nötig über den Schreibtisch und nahm ihre Hand. Wenn sie sich nicht irrte, hielt er sie auch eine Sekunde zu lange fest. Oh, dieser Kerl bedeutete Schwierigkeiten, das stand außer Zweifel. Einen Moment lang empfand Michelle fast Mitleid mit seiner Verlobten, aber dann erinnerte sie sich wieder daran, daß sie genau das bekam, was sie verdiente. »Soll ich mich hierhin setzen?« fragte sie mit ihrer piepsigsten Stimme.

»Nein, bitte, machen Sie es sich auf dem Sofa bequem.« Er kam um den Schreibtisch herum und setzte sich ihr gegenüber in einen Sessel. Nicht, wie sie bemerkte, in den bequemeren neben dem Sofa, sondern in den, von dem aus er sie besser sehen konnte. Sie schlug die Beine übereinander, damit er etwas zu schauen hatte, und sah dann nach der offenen Tür.

»Ich glaube, wir werden eine gewisse Intimität brauchen«, begann sie, und er sprang auf, durchquerte mit wenigen Schritten das Büro und war gleich wieder zurück, nachdem er die Tür fest zugemacht hatte. »Mr. Wakefield«, flüsterte sie, »ich muß Ihnen gestehen, daß ich Sie bereits einmal belogen habe.«

Sein Lächeln wich für einen Moment, und eine seiner goldenen Augenbrauen hob sich wie von allein. »Wirklich?« fragte er. »Inwiefern? Und warum?«

»Ich habe Ihnen einen falschen Namen genannt. Ich heiße nicht wirklich Anthea Carstairs. Ich habe das nur getan, weil ich mit einem sehr prominenten Mann verheiratet bin. Ich wollte Sie nicht beeinflussen, bevor wir uns sehen und ich eine Möglichkeit habe, von Angesicht zu Angesicht mit Ihnen zu sprechen.«

Reid rückte sein Gesicht zurecht. »Nun, ich bin nicht auf Eherecht spezialisiert, ich befasse mich hauptsächlich mit Verträgen, und wenn ich auch meine, daß ich nicht leicht zu beeinflussen bin…«

Michelle beugte sich vor und sprach drei Worte: »Charles Henderson Moyer.«

Jetzt bewegten sich Reids Augenbrauen synchron aufwärts. Jeder wußte von der Familie Moyer – dem enormen Reichtum des längst verstorbenen Vaters und der Fehde unter seinen drei Söhnen. Ebenso ungeheuer wie der Reichtum waren nur die Tragödien, die die Familie erlebt hatte. »Der einsiedlerische Bruder?« fragte Reid.

Michelle nickte. »Der reichste. Und der älteste«, sagte sie. »Aber das hat mich nicht gestört. Wir sind seit elf Jahren verheiratet, Mr. Wakefield. Und es waren meine besten Jahre. Wenn ein Mann in seinem Alter ist, braucht er junges Fleisch, um in Bewegung zu bleiben.« Sie schlug für einen Moment die Augen nieder, als sei es schwer gewesen, das zu sagen. Überraschenderweise war es überhaupt nicht schwer gewesen. Vielleicht hätte ich Schauspielerin werden sollen, dachte Michelle und sah Reid dann wieder direkt an.

»Nun«, sagte der Anwalt und räusperte sich. »Und worin genau bestehen jetzt die Schwierigkeiten?« fragte er.

»Ich habe vor der Heirat einen Vertrag unterschrieben und mich damit einverstanden erklärt, daß ich keinen Penny bekomme, wenn ich mit einem anderen Mann schlafe. Ich habe mein Versprechen nie gebrochen, Mr. Wakefield. Glauben Sie mir?«

Er nickte langsam, während sie ihn nicht aus den Augen ließ, als sei sie eine Schlange und er ein hypnotisiertes Beutetier. Das machte Spaß! Mit diesem Blödmann zu spielen war viel besser als Putzen.

Michelle streckte die Zungenspitze heraus, nur ganz wenig, und befeuchtete ihre Lippen. Dann dachte sie, sie sei vielleicht zu weit gegangen, das sei zuviel, aber als er rasch die Beine übereinanderschlug, als habe er etwas zu verbergen, entschied sie, daß das genau die richtige Dosis gewesen war. »Charles möchte die Scheidung«, hauchte sie. »Er hat eine andere Frau kennengelernt. Meinetwegen ist das in Ordnung, aber nicht zu seinen Bedingungen. Er wirft *mir* Ehebruch vor und will mir buchstäblich nichts geben. Nach mehr als zehn Jahren.«

Reid runzelte die Stirn. »Aber der Mann hat Milliarden«, staunte er.

»Und ich bin unschuldig«, erklärte sie. »Aber die Moyers sind im Umgang mit Geld notorisch seltsam. Wissen sie noch, wie vor fünfzehn Jahren oder so seine Tochter entführt wurde und er kein Lösegeld bezahlen wollte? Sie mußten ihm – igitt, ich glaube, es waren drei Stück – Merediths Finger schicken. Jede Woche einen.

Und sie war *Geigerin* gewesen.« Michelle schüttelte den Kopf. »Arme Meredith.« Sie seufzte tief.

Reid nickte. »Ich erinnere mich, ich habe davon gelesen«, sagte er.

»Nun, die Moyers neigen dazu, ihre Vergangenheit zu vergessen; Meredith stammte aus seiner zweiten Ehe. Ich bin seine fünfte Frau. Keine Kinder. Und ich glaube, seine neue Freundin soll die sechste werden. Können Sie sich das vorstellen? Noch nicht geschieden, und schon die nächste Ehefrau im Auge?« fragte Michelle, aber Reid Wakefield III. bemerkte ihren Sarkasmus nicht.

»War es nicht Fitzgerald, der gesagt hat, daß die Reichen nicht anders sind als du und ich?« fragte er.

Michelle wußte nicht, wer Fitzgerald war, aber sie lächelte. »Er hat sich geirrt«, sagte sie. »Sie sind sehr, *sehr* anders. Wie auch immer, es ist Zeit für eine weitere Veränderung, und ich habe wirklich nichts dagegen. Aber *ich* habe mich an die Regeln gehalten. Und ich brauche Hilfe, um dafür zu sorgen, daß er sich auch daran hält.« Wieder starrte sie Reid an. Sie versuchte, den Blick zu benutzen, den sie Frank zugeworfen hatte, wenn sie mit ihm ins Schlafzimmer wollte. Reid nickte. »Ist es nicht sehr warm hier im Zimmer?« fragte Michelle. »Haben Sie etwas dagegen, daß ich meine Jacke ausziehe?« Er schüttelte den Kopf, und sie schlüpfte aus ihrer Kostümjacke und wußte, daß das winzige seidene T-Shirt, das sie darunter trug, perfekt saß. Jeden Penny wert. Sie holte tief Luft und reckte ihre Brüste in seine Richtung.

»Um mein Geständnis zu vervollständigen«, gurrte sie, »muß ich noch etwas bekennen. Ich habe mit anderen *Frauen* geschlafen.« Sie beobachtete, wie er sich Mühe gab, keine Miene zu verziehen, aber er schluckte. Er schluckte schwer, und sein Adamsapfel bewegte sich auf und ab wie ein Expreßlift. »Zuerst habe ich das getan, weil *er* es so wollte. Dann, vor ungefähr zwei Jahren, habe ich eine Frau kennengelernt, die – nun ja, sie war anders. Charles hatte sie mitgebracht und den Dreier geplant wie immer, aber sie war einfach ...« Michelle verstummte. Sie versuchte, Scham zu zeigen. Dann senkte sie den Kopf, zählte bis fünf, hob ihn wieder und warf ihr Haar zurück. »Ich entschuldige mich nicht bei Ihnen«, sagte sie. »Ich schäme mich *nicht.*« Er nickte. »Ich sage Ihnen das nur, weil es das ist, was Charles als Hebel benutzt, als

Beispiel für meinen sogenannten Ehebruch. Aber Tatsache ist, daß ich sie liebe.«

Sie beugte sich vor und berührte Reids Knie. Sie konnte es heiß durch den Stoff seiner Hose von Brooks Brothers spüren. Sie fragte sich, was da sonst noch heiß sein mochte. Dann sagte sie mit fast brechender Stimme: »Ich glaube, eine Frau muß jemanden lieben oder ein Teil von ihr stirbt.« Hoppla. Das war *wirklich* eine Zeile von Lana Turner, dachte Michelle. Aber anscheinend hatte Mr. Wakefield den Schock überwunden. Sie war nicht sicher, ob es Lust oder Gier oder eine Kombination aus beidem war, was sie in seinen Augen sah. »*Ich* bin nicht gierig, Mr. Wakefield«, sagte sie. »Ich würde mich mit hundert Millionen zufriedengeben. Für Charles ist das gar nichts. Glauben Sie, daß Ihre Firma das handhaben könnte?« fragte sie. »Glauben Sie, daß *Sie* es könnten?«

»Oh, ich bin sicher, daß wir das könnten.«

Sie lächelte und stand auf. »Ich danke Ihnen«, flötete sie. »Ich danke Ihnen so sehr. Ich möchte nicht zu lange bleiben. Ich weiß nie, ob mir jemand folgt. Deshalb habe ich einen falschen Namen benutzt. Aber in Wirklichkeit heiße ich Anthea. Anthea Moyer.« Sie streckte die Hand aus, und diesmal hielt *sie seine* Hand mit beiden Händen fest. »Wir müssen über Ihr Honorar sprechen«, sagte sie. »Ich weiß, das wird nicht billig werden, aber ich muß das Gefühl haben, daß ich Ihnen vollkommen vertrauen kann. Und das wäre nahezu *jede* Summe wert.«

Er nickte. »Ich weiß, daß Sie das können«, sagte er. »Ich muß nur dafür sorgen, daß Sie es auch *wissen.*«

»Nun, das wird die Zeit zeigen.« Sie zog ihre Hände zurück. Zwischen ihm und ihr gab es definitiv eine Strömung. Manche Männer waren so leicht manipulierbar, daß es geradezu lächerlich war, dachte Michelle. Sie nahm ihre Jacke und wandte sich dann wieder ihm zu. »Darf ich Sie um einen großen Gefallen bitten?« murmelte sie.

»Natürlich«, sagte er großzügig.

»Ich möchte, daß Sie Jenette kennenlernen«, bat sie. »Ich meine, irgendwann würde sie vermutlich als Zeugin aussagen müssen. Und ich möchte einfach Ihre Meinung über sie hören. Ich habe keine Familie. Ich habe niemanden, dem ich mich bei einer solchen Entscheidung anvertrauen kann.«

»Das ist kein Problem«, beruhigte er.

»*Alles* ist ein Problem, wenn man Mrs. Charles Henderson Moyer ist«, sagte sie seufzend. «Ich wohne im Four Seasons, aber dorthin können Sie nicht kommen. Kennen Sie eine Bar, wo wir Sie treffen könnten, nur ganz kurz, wenn Sie aus dem Büro kommen? Irgendein ruhiges Lokal, wo wir von niemandem aus meinem Umkreis gesehen werden?«

»Natürlich«, stimmte er zu, und Michelle fiel auf, daß er keine Sekunde gezögert hatte. Die Idee erregte ihn! Er nannte ihr das Lokal und die Adresse, und dann begleitete er sie den ganzen Weg bis zum Aufzug, drückte für sie auf den Knopf und half ihr galant hinein. »Wir sehen uns um sechs«, sagte er verheißungsvoll.

Und sie nickte erfreut, als sich die Türen schlossen.

Angie saß ruhig da und versuchte, keinerlei Nerven zu zeigen. Sie war früher gekommen, damit sie Lisa nicht gleich alles offenbaren mußte. Ihr Gesicht sah schlicht aus und ihr Kleid ebenfalls. Lisa mußte ja nicht ihr Gewicht sehen und sich daran ergötzen. Angie hatte einen Ecktisch in dem Bistro in der Commonwealth Avenue bestellt, das sie ausgewählt hatte. Als Lisa hereinkam, verspätet wie üblich und so groß und dünn und blond wie eh und je, beobachtete Angie, wie sie sich im Raum umschaute und sie zuerst übersah. Nun ja, sie sah nicht mehr aus wie die alte Angie und fühlte sich auch nicht mehr so. Sie hob die Hand, und Lisa lächelte künstlich – selbst durch den ganzen Raum konnte Angie das erkennen – und strebte auf ihren Tisch zu.

Während Lisa, die gewöhnlich so anmutig war, ungeschickt mit dem Stuhl, ihrem Gruß, ihrer Tasche und ihrem Mantel hantierte, spürte Angie, wie überaus angenehm es war, keinerlei Schuldgefühle haben zu müssen. Sie fühlte sich nicht einmal mehr dumm. Jeder, dem man vertraut, jede Freundin und jede Vertraute, hat von jeher die Option, einen zu verraten. Mit absoluter Gelassenheit konnte Angie die Frau beobachten, die sie für extrem rücksichtslos hielt. Lisa schaffte es schließlich, sich zu setzen. Dann sah sie sie an, wandte aber rasch den Blick ab und nahm die Speisekarte zur Hand. »Schön, dich zu sehen«, plapperte sie. »Du siehst großartig aus.«

Zwei Lügen in einem Atemzug! Angie lächelte. »Ich fühl mich

auch großartig«, sagte sie aufrichtig und dachte an ihr Kind, das Geheimnis, das sie in sich trug.

»Wirklich?« erkundigte sich Lisa, und einen Moment wirkte sie überrascht. Dann faßte sie sich wieder. »Na, das ist ja großartig«, behauptete sie. »Hast du einen anderen Job gefunden?«

Angie überlegte, ob ihre »Freundin« wirklich interessiert war, an den Unterhalt dachte oder ihr nur Konkurrenz machen wollte. »Ja«, sagte Angie. »Ich habe jetzt viele unterschiedliche Aufgaben.«

»Das ist ja großartig«, wiederholte Lisa.

Wie oft hat sie in weniger als drei Minuten »großartig« gesagt, fragte sich Angie. Es ging ihr auf die Nerven, deshalb lächelte sie und sagte: »Und ich habe mir einen Hund angeschafft. Eine große dänische Dogge.«

»Großartig!« behauptete Lisa erneut, und Angie konnte nicht anders, sie mußte lachen. Aber sie hielt ihre Speisekarte so, daß sie ihr Gesicht dahinter verbergen konnte. »Sollen wir bestellen?« fragte Lisa. »Ich komme um vor Hunger.«

Angie wußte, was das bedeutete. Lisa würde einen Salat ohne Dressing und ein ohne Butter oder Öl gedünstetes Stück Fisch bestellen. Mehr Hunger hatte Lisa nie – auf Essen.

Der Kellner kam und fragte, was sie trinken wollten. Sie einigten sich auf eine Flasche Pellegrino – zusammen mit Mangohühnchen und Spargel für Angie und – große Überraschung – Salat und Fisch für Lisa. Angie fragte sich, was Lisa aß, wenn sie nicht kurz vor dem Hungertod stand. Sie fragte sich auch, wie diese Frau ihre beste Freundin hatte sein können. Wie verirrt waren ihr Urteil und ihr Geschmack gewesen? Aber hatte es nicht eine Zeit gegeben, in der sie sich wirklich gern gemocht hatten, oder hatte Lisa die ganze Zeit Theater gespielt? Aß Lisa zu Hause? Angie fragte sich, ob Lisa nach dem Sex mit Reid Naschereien ans Bett brachte, wie sie es getan hatte.

»Ich habe Reid gesagt, daß ich heute später komme«, sagte Lisa, als habe der Name zwischen ihnen geschwebt. »Ich meine, ich weiß nicht, was du vorhast, aber ich habe jede Menge Zeit.«

»Großartig«, sagte Angie, das Wort absichtlich benutzend. Als ob sie Lust hätte, mehr Zeit als nötig mit dieser Frau zu verbringen. Aber das Timing war wichtig. Ihre Freundinnen hatten zu arbeiten, während sie mit ihrer Feindin hier saß.

»Wie auch immer«, fuhr Lisa fort, »ich habe alle Sachen mitgebracht, die du haben wolltest. Ich dachte, ich könnte dir die Fahrt nach Marblehead ersparen. Weißt du, ich habe angenommen, es könnte... na ja, peinlich oder zu schmerzlich für dich sein.«

Oh, Scheiße, dachte Angie. Peinlich? Das lief absolut falsch, ja, katastrophal. Warum ging immer etwas schief? Sie *mußte* nach Marblehead, und zwar mit Lisa und innerhalb von höchstens zwei Stunden. »Nun, und ich habe *dir* etwas mitgebracht«, sagte sie, und es gelang ihr, ruhig zu klingen. Sie hatte ein ganzes Mangohühnchen lang Zeit zum Nachdenken. Lisa würde es nicht schaffen, all ihre sorgfältigen Pläne zunichte zu machen.

51. *Kapitel -*

zwei Kännchen Tee, bitte!

Jada fühlte sich eigenartig, als sie durch den Boston Common Park ging. Die Leute sahen sie an. Lag es daran, daß sie schwarz war? Oder an ihrer Aufmachung? Ich bin bestimmt nicht angezogen wie eine Bostonerin, dachte sie. Lederhosen waren definitiv *nicht* das, was die meisten Frauen in Boston trugen. Jada erreichte die andere Seite des Parks – mehr war der Common anscheinend nicht, bloß ein Park –, und nach all den Jahren, in denen sie davon gehört hatte, war Jada ein bißchen enttäuscht. Sie war noch nie in Boston gewesen und hatte mehr erwartet.

Aber jetzt mußte sie sich beeilen, um Samuel Dumfries zu treffen, den Sohn des Mannes der Kusine ihrer Mutter. Was für eine Art, Hilfe zu suchen, dachte sie. Nur Insulaner machten sich solche Umstände, und dann war der Bursche gewöhnlich inkompetent. Aber sie war verzweifelt, und er hatte sich am Telefon kompetent angehört. Und was hatte sie schließlich zu verlieren?

Sie verließ den Common an einer Ecke, die sehr vertraut aussah, aber das konnte nicht sein, denn sie war nie zuvor in Boston gewesen. Trotzdem kannte sie den Ort. Sie blieb eine Sekunde stehen, bis ihr einfiel, daß dort *Cheers* gedreht worden war, die Serie, in der jeder jeden mit Namen kannte. Fein, dachte sie. Jetzt bringe ich schon die alten Fernsehsendungen und die Realität durcheinander. Nur, daß hier keiner Jadas Namen kannte, und das war gut so, denn sie würde anzügliche und laszive Handlungen begehen oder zumindest so tun, und sie würde einen ausländischen Anwalt treffen, um über illegale Einwanderung zu reden. Jada schüttelte den Kopf. Ihr ganzes Leben lang war sie ein braves Mädchen gewesen, hatte die Regeln befolgt und sich so verhalten, wie ihre Mutter es ihr beigebracht hatte. Wie weit würde sie sinken müssen?

Sie überquerte die nasse Straße und betrat die beeindruckende, warme, bunte und goldglänzende Halle des Ritz Carlton. Sie erwartete gar nichts. Sie war nur hier, weil sie bis zu dem Spielchen an der Bar mit Michelle nichts zu tun hatte. Daher der Spaziergang durch den Park und der Tee mit Mr. Dumfries.

Sie lächelte. Wann war sie zuletzt allein und gut angezogen in einer Stadt gewesen, in der sie niemanden kannte? Sie konnte sich nicht erinnern. Plötzlich hatte sie ein Gefühl von Abenteuer, als wäre sie nicht vierunddreißig, sondern vierundzwanzig. Sie schlenderte durch das Foyer. Dabei hoffte sie, daß sie nicht wie eine Hure aussah – ihr Spaziergang hatte ihr bewiesen, daß ihre Frisur und die Stiefel und die Lederhose sie nicht unbedingt als Matrone aus Beacon Hill auswiesen. Am Empfangsschalter fragte sie, wo der Tee serviert würde, und war erleichtert, als sie höfliche Auskunft erhielt. Kein Wunder, daß man Dinge, die Klasse hatten, als »ritzy« bezeichnete. Es stimmte.

Dumfries war leicht zu finden. Er war der einzige Schwarze im Raum, und er stand auf, als sie hereinkam. Er war groß, aber ein wenig zu dünn für seine Größe – und er war sehr, sehr schwarz. Es konnte auf der Insel, wo jede dunklere Schattierung gewöhnlich eine tiefere Sprosse auf der sozialen Leiter bedeutete, nicht leicht für ihn gewesen sein. Aus der Nähe hatte seine Haut die Art von Schwärze, die Licht zu absorbieren schien. Jada ging zögernd auf ihn zu. Sein Gesicht war bemerkenswert – er hatte graue Pupillen, von einem hellen Grau, und das Weiß seiner Augen war sehr, sehr weiß. Sein Gesicht wirkte dadurch fast, nun ja, fast gespenstisch. Er war nicht umwerfend schön, aber er war ein gutaussehender Mann, und als er sie anlächelte, entspannte sie sich ein wenig. »Sind Sie Jada Jackson?« fragte er liebenswürdig.

Sie nickte. »Und Sie müssen Samuel Dumfries sein.«

Wieder lächelte er. Seine Zähne waren auch sehr weiß. »Bitte, setzen Sie sich«, bat er. Er hatte keinen Inselakzent. Seine Stimme war tief, aber seine Aussprache war abgehackt und präzise. Eigentlich ziemlich britisch. »Tee?« fragte er, und sie war überrascht zu sehen, daß er bereits eine Tasse trank. »Es ist indischer

Tee, kein chinesischer, aber wenigstens ist er richtig aufgebrüht«, sagte er.

»Na, da können wir aber froh sein«, sagte Jada ironisch, aber Samuel Dumfries schien das nicht mitzubekommen. Jada dachte an ihre Lipton-Teebeutel zu Hause. Sie hatte vergessen, wie ernst manche Insulaner ihren Tee nahmen. Der englische Einfluß.

Er schüttelte den Kopf. »Erstaunlich, daß es in ganz Boston nur noch zwei oder drei Lokale gibt, in denen man eine Tasse richtig aufgebrühten Tee bekommt.«

»Ja, wirklich erstaunlich«, sagte Jada und meinte es wieder nicht ganz ernst.

Aber diesmal sah er sie an, hielt inne und schmunzelte: »Sie nehmen mich auf den Arm, oder?«

»Wenn das bedeutet, daß ich Sie aufziehe, dann haben Sie vollkommen recht. Aber ich bin nicht sicher, ob ich Englisch spreche.«

Er griente. »Ich denke, Sie machen das ganz gut«, lobte er. »Tut mir leid, daß ich so schwer von Begriff war. Aber mit Humor hatte ich einfach nicht gerechnet. Ich meine, Ihre Mutter hat mir Ihre Situation erklärt, und ich ...«

Jada fragte sich, was zum Teufel sie da eigentlich tat. Nun, sie wußte, was sie tat: Sie flirtete. Das hatte sie seit fünfzehn Jahren nicht mehr gemacht. Wieso jetzt? Es muß die Lederhose sein, dachte sie, oder vielleicht auch die Frisur. Sie merkte, daß er ihr Haar anschaute. Es sah *wirklich* gut aus. Wenn sie jeden Monat hundertfünfundachtzig Dollar übrig hätte, würde sie es vielleicht immer so tragen. Sie bewegte den Kopf, um zu fühlen, wie sich die Flechten bewegten. »Mr. Dumfries«, bekannte sie, »ich weiß, ich habe ein ernstes Problem.«

»Ich habe davon gehört. Süße?«

Sie blinzelte. Hoppla. Flirtete Samuel Dumfries mit ihr? Einen Moment lang dachte sie, das »Süße« gelte ihr, aber dann sah sie, wie er ihr die mit Zuckerstücken gefüllte Schale hinhielt. Nein, eigentlich hatte sie genug von Männern. »Nein. Danke.«

»Sahne?« fragte er.

»Nein«, sagte sie. Der Tee war ihr vollkommen egal. Sie trank das Zeug nie, außer wenn sie Magenkrämpfe hatte. »Mr. Dumfries, ich weiß nicht, wieviel meine Mutter Ihnen erzählt hat. Wie ich sie kenne, war es eine ganze Menge.«

Samuel Dumfries lächelte. »Ihre Mutter stand nie in dem Ruf, verschwiegen zu sein«, stimmte er zu. »Es war eine ziemlich ernüchternde Geschichte.«

Jada fragte sich, wie ihre Mutter die Geschichte erzählt hatte und wieviel davon er glaubte. Auf einmal wünschte sie sich, sie trüge nicht diese lächerlichen Sachen und die Frisur. Am liebsten hätte sie den orangefarbenen Lippenstift und den Flirt ungeschehen gemacht. Sie war zwar ohne Hoffnung an diesen Tisch in Boston gekommen, doch etwas an diesem Mann – eine gewisse Ausstrahlung – gab ihr das Gefühl, daß er wußte, wie man Dinge bewerkstelligt, und daran gewöhnt war, Macht auszuüben. »Nun, was auch immer meine Mutter Ihnen erzählt hat, die Wirklichkeit ist noch schlimmer.« Sie stürzte sich also in eine Aufzählung der Fakten, und sie brauchte eine ganze Kanne Tee, einen Krug heißes Wasser, vier Stücke Zucker, zwei Kleenex und einen Gang auf die Damentoilette, bis sie fertig war. Samuel Dumfries hörte sich alles an, nickte, stellte intelligente Fragen und musterte sie mit seinen seltsamen grauen Augen.

Er ging gewandt mit dem Kellner um, und obwohl sie das einzige schwarze Paar weit und breit waren, die Teezeit längst vorüber war und sie als letzte noch dasaßen, gab er ihr nie das Gefühl, sie müsse sich beeilen oder des Personals wegen den Tisch räumen. Er strahlte eine tiefe Ruhe aus.

»Also«, sagte er, als sie schließlich fertig war, »was werden Sie als nächstes tun?«

»Ich will ehrlich zu Ihnen sein«, entschied sie. »Ich weiß, Sie sind Anwalt, aber ich habe das Gefühl, ich muß mich gegen das Gesetz stellen – vielleicht sollte ich auch sagen, ich stehe jenseits davon. Als meine Eltern mich besucht haben, haben sie mir das vorgeschlagen, aber ich habe mich gewehrt. Ich habe noch nie in meinem Leben auch nur einen Strafzettel bekommen. Aber jetzt bin ich sicher, es dient dem Wohl meiner Kinder, wenn ich sie mir zurückhole.« Sie wartete darauf, daß er mißbilligend die Brauen runzelte oder ihr sogar sagte, darüber könne und wolle er nicht diskutieren. Doch statt dessen nickte er. »Eine Art, das Rechtssystem zu betrachten, ist, es als Regelung von Besitzansprüchen zu sehen«, sagte er. »Unglücklicherweise ist das Recht zwar eine lobenswert schöne Einrichtung, aber die menschliche Auffassung von Besitz hat sich stark verändert, und das Gesetz enthält noch Überreste der alten Muster. Früher einmal wurden unsere Vorfahren als Besitz betrachtet. Ehefrauen galten als Besitz. Kinder auch. Statt nur an die Kinder zu denken, basiert das Recht hier auf Präzedenzfällen und Besitzansprüchen. Darauf und natürlich auf falschen und irreführenden Beweismitteln.«

Glaubte er ihr tatsächlich? All die falschen Schritte, all die manipulierten Zeugenaussagen, alle Zufälle des Schicksals, die sie schlimmstenfalls als inkompetente Mutter und bestenfalls als schlecht beraten dastehen ließen, als Opfer eines gerissenen Mannes... »Falls ich es also schaffe, mit den Kindern in ein Flugzeug nach Barbados zu steigen – was wird passieren, wenn ich erst dort bin?«

Sie sprachen ausführlich darüber, bis Jada begriff, daß die Situation alles andere als ideal sein würde. Und als das Licht draußen vor dem Fenster verblaßte, schwand auch ihre Hoffnung. »Aber kennen Sie die Cayman Islands?« fragte Mr. Dumfries.

Jada schüttelte den Kopf. »Wissen Sie«, sagte er, »da Sie keine Bürgerin von Barbados sind, würde es dort schwierig sein, Ihren Mann fernzuhalten. Aber als Amerikanerin auf den Cayman Islands, wo ich beruflich häufig tätig bin, könnten Sie sehr gut zurechtkommen, wenn Sie – nun ja – über eine gewisse Summe Bargeld verfügen würden. Und es hätte den zusätzlichen Vorteil, daß Ihr Mann bestimmt dort nicht nach Ihnen suchen würde. Und die Wirtschaft boomt. Jeder, der Erfahrung im Bankwesen hat, könnte dort Arbeit finden. Ich dachte einfach, Sie könnten vielleicht...«

Jada konnte es kaum glauben. »Sie meinen, Sie würden mir vielleicht helfen? Sie mißbilligen nicht, was ich zu tun versuche?« fragte sie.

»Ihre Kinder zu beschützen? Ganz gewiß nicht«, sagte er. »Natürlich kann ich über einen Bruch der Gesetze nicht stillschweigend hinwegsehen, aber ich weiß wahrhaftig, was es heißt, mit Ungerechtigkeit zu leben. Ich bin schließlich in England ausgebildet worden.«

Genau in diesem Moment bemerkte Jada seine Uhr, die flachste und eleganteste Uhr, die sie je gesehen hatte. Aber sie sah auch, wie spät es war. »O mein Gott«, sagte sie. »Ich habe eine Verabredung. Und ich darf nicht zu spät kommen.« Sie hatte nichts von diesem

Mann erwartet, aber irgendwie hatte sie zwei Stunden mit ihm verbracht! Sie waren ihr vorgekommen wie zwanzig Minuten. Und sie hatte einige gute Ratschläge, Unterstützung und Ermutigung erhalten. Und jetzt blieb ihr nicht einmal Zeit, dafür dankbar zu sein. »Ich werde zu spät kommen, wenn ich nicht sofort gehe«, sagte sie. Sie stand auf, er ebenfalls. Einen Moment war sie verlegen, als sie ihm die Hand reichte. »Ich bin so froh, daß ich Sie kennengelernt habe. Ich werde über Ihren Rat nachdenken.«

»Oh, Nachdenken allein wird nicht genügen«, sagte er. »Sie werden eventuell Hilfe brauchen.« Er nahm eine Visitenkarte heraus und reichte sie ihr. Jada mußte sich beeilen, aber sie wollte diese tröstliche Verbindung nicht abbrechen. »Warum geben Sie mir nicht Ihre Telefonnummer?« sagte er.

Sie kritzelte ihm Angies Nummer auf einen Zettel, den er ihr hinhielt, und griff nach ihrer Tasche. Sie hoffte, direkt vor dem Hotel ein Taxi zu finden. Sonst würde sie es niemals schaffen. »Danke«, sagte sie zu ihm. Und dann, so ungern sie das auch tat, hastete sie hinaus.

52. Kapitel -

in dem Jenette und Anthea den guten Reid an- und sich selbst rarmachen

Jada sah ihn in die Bar kommen und wußte auch ohne Michelles geflüsterten Hinweis, daß er Angies Mann war. Er brauchte einen Moment, bis seine Augen sich an das Dämmerlicht gewöhnt hatten; in dieser kurzen Zeitspanne wußte Jada schon eine Menge über ihn. Sie erkannte es an seiner Größe, dem blauen Anzug, den er trug, dem teuren hellgelben Seidenschlips und der arroganten Art, wie er in der Tür stand. Michelle hob die Hand, und diese Bewegung ließ ihn in ihre Richtung sehen.

Während er sich einen Weg zwischen den meist leeren Stühlen an den winzigen Cocktailtischen bahnte, taxierte Jada ihn. Er war einer der weißen Jungs, denen die Welt gehörte. Diese Art Männer stand so hoch auf dem Totempfahl von Macht und Prestige, daß es ihren Status nicht bedrohte, sich zu einer schwarzen Frau herabzulassen; es war nur ein verbotenes Vergnügen. Weiße Männer der Arbeiterklasse sahen sie kaum je auch nur an, aber Jada merkte, wie Reid Wakefield die Augen weitete, als er sie erblickte. Sie fragte sich, ob seine Ahnen vielleicht vor hundertfünfzig Jahren auf Versteigerungen schwarze Frauen gekauft hatten. Nun, um fair zu sein, sie glaubte, von Angie gehört zu haben, daß seine Familie schon seit zweihundert Jahren in Boston ansässig war. Soviel sie wußte, waren die Bostoner schon immer gegen die Sklaverei gewesen.

»Hallo«, begrüßte er Michelle, und Jada erinnerte sich noch einmal daran, daß ihre Freundin jetzt Anthea hieß und sie Jenette. »Darf ich mich zu Ihnen setzen?« fragte er und schloß sie in sein Lächeln ein, das so glatt war wie die Haut in der Armbeuge eines Babys.

»Natürlich«, sagte Michelle, und Reid schlüpfte auf die Sitzbank Jada gegenüber. Sie lächelte ihn an, schaffte es aber nicht, auch mit den Augen zu lächeln, und schlug deshalb die Lider nieder. »Jenette, das ist Reid Wakefield«, sagte »Anthea«, und Jada streckte ihre lange Hand aus.

»Ich habe schon viel von Ihnen gehört«, sagte sie mit betont tiefer, weicher Stimme. Sie glaubte Michelles Mund zucken zu sehen und merkte zum erstenmal, daß diese Sache eine Menge Spaß machen könnte, aber sie entschied, daß es am besten war, ein »ehrliches Spiel« zu spielen. Nun ja, dachte sie, so ehrlich, wie ich als falsche Lesbe eben sein kann. »Anthea sagt, daß Sie ihr Vertrauen schon gewonnen haben, aber meiner Ansicht nach ist Anthea immer viel zu vertrauensvoll.« Sie lächelte, aber betont kühl.

»Nun«, sagte Reid mit der Stimme des Anwalts, der pro Stunde ein dickes Honorar einstreicht, »ich möchte gern glauben, daß mein Ruf und meine Persönlichkeit auch Ihr Vertrauen gewinnen werden.«

»Nun», echote sie, »von Ihrem Ruf habe ich natürlich gehört. Sonst wären wir nicht hier.« Sah sie Michelle erneut grinsen? Sie war nicht sicher. Sie nahm Michelles Hand. Was war schon dabei, wenn sie den ersten Schritt tat? Sie wollte sehen, wie er reagierte. »Anthea braucht jemanden, der sie unter seine Fittiche nehmen kann«, sagte sie. »Sie verdient das. Ich kenne Charles besser, als mir lieb ist, und ich weiß, was er ihr zugemutet hat.« Sie hielt eine Minute inne, damit der Mann sich ein paar dieser Szenen vorstellen konnte. Dann öffnete sie Michelles Hand, küßte ihre Handfläche und legte sie wieder auf den Tisch.

Michelle ließ die Hand offen liegen wie eine aufgeblühte Blume, und der orangefarbene Abdruck von Jadas Lippenstift schien wie Neon auf Michelles weichem, weißem Fleisch zu leuchten. SEX! SEX! SEX! Jada schaute zu Reid hinüber. Er starrte wie hypnotisiert auf Michelles Handfläche. Jada gestattete sich ein Lächeln. Die alte Schwarze Magie, dachte sie. Aber es war mehr als die Rasse. Es war die Homosexualität. Sie hatte keine Ahnung, warum die Phantasien weißer Männer so häufig um zwei Frauen zu kreisen schienen, wo sie doch oft schon bei einer versagten. Vielleicht nahm es ihnen den Druck. Sie konnte sich nichts Unattraktiveres vorstellen, als mit zwei schwulen Männern ins Bett zu gehen.

Reid glotzte noch immer auf Michelles gefärbte Hand. Jada fand, es sei an der Zeit, den Bann zu brechen und Reid eine komplette Vorstellung zu zeigen, also stand sie auf und ließ sich betrachten. »Ich gehe auf die Toilette«, sagte sie. »Ich bin gleich wieder da.« Sie achtete darauf, den Bauch einzuziehen und mit dem Hintern zu wackeln, als sie in ihrer engen Lederhose durch den Raum schritt. Da hast du was für deine Phantasie, grinste sie insgeheim. Michelle sollte die nächste Schicht übernehmen, und zum Teufel, sie konnte die Zeit nutzen, um tatsächlich auf die Toilette zu gehen. An der Bar vorbei ging sie durch das Restaurant. Sie war sich der Blicke aller Männer voll bewußt. Als sie sich der Damentoilette näherte, musterte sie ein Kerl lüstern über seinen Drink hinweg. »Black is beautiful«, schnaufte er. Sie ignorierte ihn. »He«, sagte er, »ich wäre liebend gern in deinem Höschen.«

Jada sah ihn kühl von oben herab an. »Tut mir leid«, säuselte sie, »da ist schon ein Arschloch drin.« Mit katzenhafter Geschmeidigkeit ging sie weiter zu den Waschräumen. Als sie sich auf die Toilette setzte, merkte sie, daß sie summte, und als sie zu singen anfing, war es Cole Porters herrlicher Songtext: »Do do that voodoo that you do so well«, sang sie, und dann begann sie zu lachen, ganz allein in der Kabine.

Ja, dachte sie. Für einen Typ wie Reid Wakefield war sie wie ein Voodoo-Zauber. Sie konnte sich erklären, warum eine schwarze und eine weiße Frau zusammen im Bett so anziehend für ihn waren. Es war der Bruch gleich mehrerer Tabus. Und es hatte eine Ästhetik, die es besonders reizvoll machte. Der Kontrast weißer auf dunkler Haut, so daß zwei Frauen in der richtigen Stellung wie Foto und Negativ aussahen. Nichts Persönliches. Im Grunde sogar unpersönlich. Er war bereits interessiert. Sie glaubte nicht, daß es schwer sein würde, bei Reid mehr als Interesse zu wecken. Und sie mußte sich eingestehen, daß sie die Aufmerksamkeit genoß, nachdem Clinton sie jahrelang ignoriert hatte. Das Prickeln sexueller Spannung war etwas, das sie fast vergessen hatte. Mehr als Spannung würde es nicht sein, aber davon reichlich.

Angie konnte es kaum glauben. Lisa hatte den Nerv, jede Menge Belangloses vor sich hin zu quasseln, nicht nur über ihren Job und die Leute im Büro – Leute, die Angie wegen Lisas Hinterhältigkeit hatte aufgeben müssen –, sondern auch über anderes. Und als Angie ihr das durchgehen ließ, begann sie von der Verlobung, ihren Hochzeitsplänen und sogar den Flitterwochen zu reden. Es war unglaublich! War sie von jeher so unsensibel gewesen, oder war sie boshaft? »Reid wollte nur eine Woche Urlaub nehmen, aber ich habe gesagt, daß man nicht für eine *Woche* nach Frankreich fahren kann«, sagte sie gerade. »Das wäre lächerlich. Also haben wir uns auf zehn Tage geeinigt, obwohl ich eigentlich für zwei Wochen verreisen wollte.« Angie nickte. Ihre und Reids Flitterwochen waren fünf Tage auf den Bermudas gewesen, aber das würde sie nicht erwähnen.

Als der Kellner kam, um ihre Teller abzuräumen, hob Lisa eine Einkaufstüte von Saks auf den Tisch und reichte sie Angie. Einen verrückten Augenblick lang dachte Angie, es sei vielleicht ein Geschenk. Was glaubte Lisa wohl, was Angie sich von ihr wünschte? Eine Kanone, um sie damit zu erschießen? Arsen für ihren Drink? Vielleicht war es auch eine Tüte mit Folgen: Trainingsanzug, Hanteln und ein Geschenkgutschein für ein Fitneßzentrum und einen Schönheitschirurgen, damit Angie den nächsten Mann, den sie fand, auch behielt.

Angie zögerte und sah dann in die Tüte. Sie erkannte ihren eigenen blauen Pullover, den sie in Marblehead zurückgelassen hatte. Darunter lag das Nachtlicht, das sie hatte, seit sie fünf gewesen war – die Figurine eines kleinen Mädchens, das sich über ein Entenküken beugt. Die Tüte enthielt auch die Fotoalben, um die sie gebeten hatte, ihr Jahrbuch aus der High School und ein paar andere Dinge. »Den Rest habe ich draußen im Auto«, sagte Lisa.

Angie lächelte schwach. Das war nicht der Plan. Es mußte ein Hausbesuch sein. Und Angie, nicht Lisa, sollte das Sagen haben. Warum ließ sie sich von dieser Narzißtin so leicht überrumpeln? War das ihr Persönlichkeitsdefekt oder Lisas? Angie versuchte, auf die Uhr zu sehen, ohne daß Lisa es merkte. Sie versuchte nachzudenken. Sie hatte nicht viel Zeit, und deshalb war Angie erleichtert, als der Kellner die Rechnung brachte. Ihr fiel auf, daß Lisa nicht danach griff – ein kleines Ärgernis angesichts des größeren. Angie warf einen Blick auf die Summe und zählte genau die Hälfte des Betrages und ein halbes Trinkgeld ab. Dann schob sie Lisa die Rechnung zu, weil sie verdammt sein wollte, wenn sie deren Essen bezahlte.

»Oh«, sagte Lisa, als sei es für sie etwas völlig Neues, nach einem Essen im Restaurant eine Rechnung zu bekommen. Sie kramte in ihrer Tasche und förderte schließlich ein paar zerknitterte Scheine und eine Handvoll Kleingeld zutage. Angie erinnerte sich jetzt daran, daß Lisa – wie die Queen – nie viel Geld bei sich hatte.

Okay, dachte sie. Ich muß die Kontrolle zurückgewinnen und diese Show auf die Straße verlegen. Und zwar schnell. Als Lisa wieder aufblickte, nahm Angie sehr ostentativ die Schachtel von Shreve, Crump & Lowe aus der Tasche. Sie sah, wie Lisas Augen sich weiteten. Erst da stand Angie auf und steckte die Schachtel wieder ein. »Na, dann laß uns zu deinem Auto gehen und die restlichen Sachen holen«, sagte sie ruhig, aber innerlich war sie in Panik. Sie mußte in die Wohnung gelangen, und zwar innerhalb der nächsten Stunde. Da die Fahrt dorthin allein eine halbe Stunde dauerte, hatte sie nicht mehr viel Spielraum. Was war, wenn sie nicht in die Wohnung kam? Dann wäre alles ruiniert. Lisa würde tatsächlich für alle Zeit denken, daß sie eine arme, jämmerliche, gebrochene Angie gedemütigt hatte. Eine fette Angie. Unwillkürlich knirschte Angie mit den Zähnen.

Wie hypnotisiert folgte Lisa ihr aus dem Restaurant. Angie dachte an den *Herrn der Ringe.* Alle Ringe hatten eine Menge Macht über Frauen. Sie brauchten nicht in Mordor geschmiedet worden zu sein. Sie stellte sich selbst als Bilbo und Lisa als hinterhältigen Gollum vor. Als nächstes würde sie zischen: »*Was hat es in seinen Taschen?*« Angie ging auf Lisas Wagen zu. Lisa öffnete den Kofferraum und wies auf die Tüte mit diversen Sachen und einen Karton – persönliche Habseligkeiten, die sie erwähnt hatte; eine afghanische Wolldecke, die Angies Großmutter gehäkelt hatte, und Buchstützen, die wie richtige ledergebundene Bücher aussahen. Im schwachen Licht des Kofferraums sah Angie den Karton durch. Lisa lächelte. »Ich habe versucht, alles ordentlich zu falten«, sagte sie. »Aber du weißt ja, im Packen bin ich nicht gut.« Sie zuckte mit den Achseln. Angie fragte sich, ob Lisas Finger schon nach dem Ring juckten.

»Ich finde mein Tagebuch nicht«, sagte Angie.

»Oh. Nein? Ich habe versucht, alles mitzubringen. Da ist dieses Skizzenbuch, oder was immer ich in einem der Regale gefunden habe.«

»Nein«, wehrte Angie ab. »Davon spreche ich nicht. Ich meine mein Journal.«

»Du hast kein Tagebuch erwähnt. Es stand nicht auf der Liste.«

Es stand durchaus auf der Liste, und zwar genau aus diesem Grund. Das war Angies Plan B. Der offenbar notwendig war bei einer hinterhältigen Person wie Lisa. Angie wandte sich vom Kofferraum ab und sah Lisa mit jammervoller Miene an. »Hast du es gelesen?« fragte sie, und ihr Gesicht war eine Maske von Verzweiflung und Verlegenheit. »Schwöre mir, daß du es nicht gelesen hast.«

»Nein, nein«, versicherte Lisa ihr. »Ich habe es nicht mal *gefunden.*« Aber es sah so aus, als wünschte sie sich jetzt, sie hätte es gefunden.

»Oh. Ich kann das nicht glauben! Ich meine, es war doch im Regal. Ich bin sicher, daß ich dich darum gebeten habe«, sagte Angie. »Ich *muß* es wiederhaben, Lisa. Ich würde sterben, wenn es jemand lesen würde.«

»Nun, ich werde es dir schicken«, versprach Lisa. »Ich schwör's dir.«

Ha! Als ob sie ihrem Wort trauen könnte! Angie steckte die Hand in die Tasche und nahm schweigend die Schachtel heraus. Sie öffnete sie. In der Dunkelheit, nur vom schwachen Licht des Kofferraums erhellt, funkelte der Ring. Angie bewegte die Schachtel ein wenig, um ihn glitzern zu lassen, und hörte, wie Lisa den Atem ausstieß, der in der kalten Luft zu einem weißen Wölkchen wurde. Das ist es, Lisa. Hier ist das Stück, das dich zu einer Wakefield machen wird, der Gegenstand, der dich für immer mit deinen zukünftigen Schwiegereltern aus der Hölle verbinden wird. Angie nahm an, daß Lisa den Köder nun lange genug gesehen hatte, und klappte die Schachtel wieder zu. »Hör mal, Lisa, diese Sachen sind für dich vielleicht nur ein Haufen Kram, aber für mich sind sie wichtig. Das mußt du respektieren.«

»Oh, das tue ich, das tue ich«, bestätigte Lisa eifrig, und die Habgier in ihrer Stimme war fast so wahrnehmbar wie der Dunst aus ihrem Mund.

»Und was ich am dringendsten brauche, ist mein Tagebuch«, vollendete Angie. Sie standen einen Moment da. Angie wartete.

»Na, dann fahren wir zu mir und holen es«, bot Lisa schließlich an, und Angie konnte das Jucken in Lisas langem, zartem Ringfinger fast spüren. Als sie in ihren Leihwagen stieg, um Lisa nachzufahren, mußte Angie laut lachen. Feinde waren so einfach, weil man wußte, daß sie keine Freunde waren. Angie hoffte nur, daß Lisa, wenn sie den Ring erst überstreifte, von der goldfarbenen Fassung einen häßlichen grünen Streifen auf ihrer ach so makellosen Haut bekommen würde.

53. Kapitel -

der Striptease: angeheizt und kaltgestellt

Michelle stieg aus Reids Auto und achtete darauf, daß ihr Rock dabei hochrutschte – der ohnehin kaum länger war als ein Hüftgürtel. Aber sie und Jada hatten eine Menge von Franks Kreditkartengeld für Wäsche und tolle Strümpfe ausgegeben. Jetzt war der Moment, sie zu zeigen. Reid war schon aus dem Wagen gesprungen und auf ihre Seite gelaufen, bevor Jada mit der Leihlimousine anhielt.

Michelle kicherte fast, als sie aus dem Wagen stieg und spürte, wie er sie beäugte. Sie war stolz darauf, wie sie bei den Drinks Theater gespielt hatte – tatsächlich hatte sie fast nichts getrunken, aber sie hatte es so aussehen lassen, als konsumiere sie ziemlich viel, und sie benahm sich so albern, daß sie beinahe das Gefühl hatte, tatsächlich beschwipst zu sein. Es war aufregend gewesen, mit Reid zu fahren, denn der Mann war vor Lust schier außer sich. Michelle hatte den größten Teil der Fahrt damit zugebracht, ihm zu versichern, wie sehr sie ihm vertraue, wie wichtig es sei, daß sie niemand sah, und wie lange sie schon mit keinem Mann mehr zusammen gewesen sei. »Bis auf Charles natürlich«, sagte sie. »Aber die Größe seines Bankkontos ist umgekehrt proportional zu seinen ...«, damenhaft hatte sie kurz innegehalten, »persönlichen Maßen.« Dann hatte sie die Innenseite von Reids rechtem Bein gedrückt.

Jetzt war Jada aus dem Wagen gestiegen und schlenderte in ihre Richtung. »Ich finde, es ist keine gute Idee, daß man dich hier auf der Straße vor dem Haus eines Mannes sehen kann«, tadelte sie Michelle. »Ich meine, Anthea, du mußt immer an den Ehevertrag denken, den du mit Charles geschlossen hast.«

Michelle sah Jada an. »Jenette, das ist kein Mann. Das ist mein Anwalt«, sagte sie und kicherte.

Jada wandte sich an Reid und warf ihm einen anerkennenden Blick zu. »Da haben Sie wirklich eine Eroberung gemacht«, staunte sie. »Sollen wir unseren Goldschatz jetzt hineinbringen?« Sie konnte sehen, daß Reids Gesicht gerötet war. Sie hätte darauf gewettet, daß Michelle ihm unterwegs noch zusätzlich eingeheizt hatte.

Reid tappte voran wie ein brünstiger Schäferhund, öffnete die Tür, und Michelle und Jada folgten ihm. Die Wohnung ist hübsch, dachte Jada. Junge, reiche Weiße lebten gut. Es war kaum vorstellbar, daß sie und Michelle Angie nicht gekannt hatten, als sie hier wohnte und glaubte, sie sei sicher und glücklich. Alle Möbel waren aus dem hellen Holz der fünfziger Jahre, das inzwischen wieder beliebt war. Teppiche und Wände waren ebenfalls hell. »Darf ich den Damen einen Drink anbieten?« fragte Reid, während er die Schlüssel ablegte, wies auf das Sofa und wandte sich zur Küche.

»Oh, wir sind keine Damen«, schnurrte Jada mit tiefer Stimme. Reid drehte sich um, um sie anzusehen. »Wir sind Frauen. Wir sind *definitiv* Frauen. Nicht mal Anthea ist eine Dame.« Sie ging zu Michelle, legte die Hand auf Michelles langes Haar und streichelte es. Sie glaubte zu sehen, wie sich der Jimmy des weißen Knaben zwischen seinen Beinen nach links bewegte. Sie schaute auf ihre dunkle, dunkle Hand auf Michelles hellem, hellem Haar, aber nur so konnte sie sehen, wie spät es war. Wieviel Zeit hatten sie?

»Nun, es steht mir nicht zu, mich zu korrigieren«, sagte Reid.

»Ach, er steht?« fragte Michelle und kicherte. Dann warf sie sich auf dem Sofa zurück, die Beine gespreizt, die Arme weit ausgebreitet.

Reid holte tief Luft. Jada fragte sich, ob er religiös war, denn wenn er an irgendeine Art Gott glaubte, dann dankte er ihm in diesem Moment. »Ich bin gleich wieder da«, sagte er und ging in die Küche.

Michelle und Jada sahen sich an und begannen, ihre Kleider auszuziehen. »Faß mich nicht so an«, flüsterte Michelle. »Das war unheimlich.«

»Ich hab nur deinen Kopf getätschelt, Anthea«, sagte Jada. »Für Mr. Rogers da drinnen.«

»Na, es reicht«, brummte Michelle. Sie hatte ihre Jacke ausgezogen und schlüpfte jetzt aus dem obszönen kleinen Rock. Inzwischen hatte Jada ihren orangefarbenen Sweater fast ganz aufgeknöpft, doch damit es schneller ging, zog sie ihn über den Kopf.

»He, hör mal«, flüsterte sie Michelle zu. »Nimm's nicht persönlich, aber der Gedanke, deine – oder irgend jemandes – Brüste anzufassen, verursacht mir Übelkeit. Ich bin eine christliche Frau.« Sie wand sich aus ihrer Lederhose und enthüllte den orangefarbenen Seidenslip und die Strümpfe mit Strapsen.

»Zieh die Stiefel aus«, flüsterte Michelle und schlüpfte aus ihrer Bluse. Sie trug den pinkfarbenen Satinbüstenhalter und den passenden Slip mit hohen Beinausschnitten.

»Was bist du? Bist du hier die Aufnahmeleiterin? Du läßt jedenfalls die Schuhe an«, gab Jada zurück. »Und faß mich bloß nicht an«, warnte sie. »Sonst schreie ich.«

Genau in diesem Moment kam Reid durch die Schwingtür, indem er sie mit dem Rücken aufstieß und sich dann mit einem Tablett in beiden Händen umdrehte. Als er die beiden Frauen in ihrer Unterwäsche neben der Couch sah, ließ er das Tablett mit allem, was darauf war, fallen. Jada mußte lachen. »Oooh«, kicherte sie. »Sieht so aus, als müßten Sie heute abend noch mehr auflesen als uns zwei Damen.«

Es war erstaunlich, wie einfach es gewesen war, ihm eine Menge Alkohol einzuflößen, ihn anzumachen und ihn dazu zu bringen, sie zu sich nach Hause einzuladen. Während sie die Treppe zum Schlafzimmer hinaufgingen, schüttelte Jada den Kopf. Männer! Sie trug noch immer ihre Reizwäsche, und der Strapsgummi klatschte ihr bei jeder Stufe hinten gegen die Oberschenkel. Kaum zu glauben, daß Frauen diese Dinger jahrelang wirklich getragen hatten. Strumpfhosen waren schon schlimm genug. Sie hoffte, daß Reid den Anblick genoß. Sie wackelte bewußt mit dem Hintern und versuchte dabei, sich die nächsten Schritte zu überlegen. Sie hatte ihre Handtasche bei sich, was jedem, dessen Hirn nicht von Gin und Wollust benebelt war, seltsam vorgekommen wäre. »Welche Tür?« fragte sie, und Michelle, ganz rosa und rotblond, blieb auf dem Treppenabsatz stehen und zuckte mit den Schultern.

Reid ging an ihnen vorbei und öffnete die Tür auf der rechten Seite. »Hier hinein«, sagte er mit belegter Stimme.

»Also, Sie sind doch nicht verheiratet, oder? Wir würden keinen Mann wollen, der seine Frau betrügt«, sagte Michelle in neckischem Ton.

»Nein, ich bin nicht verheiratet. Nun ja, ich *war* verheiratet, aber sie lebt jetzt in New York, und die Scheidung ist fast durch.« Er winkte sie in ein großes weißes Schlafzimmer.

Michelle setzte sich sofort auf die Bettkante. »Also haben wir Sie erwischt, solange Sie noch heiß sind. Bevor sich all die anderen Frauen über einen hübschen, ledigen, sexy Anwalt hermachen konnten.« Reid war ihr gefolgt, und sie griff jetzt nach seiner Krawatte. Er beugte sich vor, um sie zu küssen, aber sie hatte ihr Gesicht ein wenig zur Seite gedreht. Gut gemacht, dachte Jada. Er ist derjenige, den wir festnageln müssen, und zwar, ohne daß er sich an uns zu schaffen machen kann. Michelle war jetzt bei seinen Hemdknöpfen, und Jada öffnete ihre Handtasche.

»Wie haben Sie's denn gern, Mr. Wakefield?« fragte Jada mit heiserer, wollüstiger Stimme.

Reid riß seinen Blick von Michelle los. Er schien von Jada fasziniert, wirkte aber, als habe er beinahe Angst davor, dabei ertappt zu werden, daß er sie ansah. »Wie immer Sie es wollen«, sagte Reid.

»Ich weiß, zu dritt wird es Ihnen gefallen«, orakelte Jada. Möchten Sie ein geripptes oder ein fluoreszierendes oder ein geripptes *und* fluoreszierendes?« fragte sie und nahm eine Handvoll Kondome aus der Tasche. Sie legte sie alle in seine Hände, hob seinen Daumen und nahm ihn in den Mund, aber nur für einen nassen Moment. »*Sie* entscheiden«, sagte sie. »Und *ich* streife es über.« Dann kehrte sie zu ihrer Handtasche zurück, legte sie neben dem Bett auf den Boden und nahm die Polaroid und eine kleine Tube Kraftkleber heraus. Doch im Unterschied zu den Kondomen ließ sie diese beiden Gegenstände auf dem Fußboden liegen.

Jada mußte unwillkürlich lächeln über diesen dummen weißen Mann. Seine Augen waren glasig vor Geilheit. Wahrscheinlich galt für weiße Männer dasselbe wie für schwarze – sie dachten mit dem Schwanz und nicht mit dem Kopf. Jada stand auf. Michelle hatte ihm das Hemd ausgezogen, aber... »Für meinen Geschmack haben Sie immer noch zuviel an«, beschwerte sich Jada.

»Strippen Sie für uns«, schlug Michelle von ihrem Platz auf dem Bett aus vor. Sie beobachtete, wie Jada in ihrem tollen orangefarbenen Satin um das Fußende des Bettes herumstolzierte. Michelle war nie vor irgendeinem Mann außer Frank völlig nackt gewesen, aber die Unterwäsche war nicht schlimmer als ein Badeanzug, nahm sie an. Sie fühlte sich bloß anders an als ein Badeanzug. Sie zwang sich, Reids Schuhe aufzuschnüren. »Muß ich Ihre Geisha sein?« fragte sie und sah mit flatternden Wimpern zu ihm auf.

Sie zog ihm die Schuhe und dann langsam und suggestiv erst die eine und dann die andere Socke aus. Seine Füße waren groß, aber sie hatte keine Lust, sie oder irgendeinen anderen Körperteil von ihm zu reiben. Also zupfte sie am Aufschlag seines Hosenbeins, und er, der wie hypnotisiert oder in einen Sextraum versunken wirkte, öffnete in Zeitlupe seinen Gürtel und zog den Reißverschluß auf. Das war für Jada der Moment, hüftschwingend zu ihm zu eilen und an seinen Hosenbeinen zu ziehen. »Hier«, zirpte sie. »Laß Mama helfen. Mama möchte sehen, wie gut du aussiehst, Baby.«

Michelle wurde tatsächlich rot und fragte sich, ob Jada so mit Clinton gesprochen hatte, wenn sie im Bett waren. Es war komisch: Man wußte eine Menge über seine Freundinnen, aber wie sie bei ihren Männern tatsächlich waren, wußte man nicht. Niemand sprach präzise über Sex – nicht wirklich. Sie spürte, wie Reid den Rumpf anhob, damit sie seine Hose herunterziehen konnten. Sie half Jada und hoffte nur, daß seine Boxershorts nicht gleich folgen würden. Sie wollte sein Ding wahrhaftig nicht sehen.

Er trug einen Slip, und zu ihrer Erleichterung rührte dieser sich nicht von der Stelle, als sie ihm die Hose herunterzogen, aber etwas darin rührte sich. Es war ein respektloser Gedanke, aber Michelle hatte immer gefunden, daß diese Bewegung aussah wie ein Hamster in einem kleinen Wäschebeutel.

»Oooh, was für eine schöne Brust, Herr Anwalt«, gurrte Jada schmeichelnd.

Der Typ war wirklich attraktiv. Seine Brust war schön – breit, flach und fast unbehaart. Sieht aus wie die Brust von einem Schwimmer, einem dieser Jungs, die an den Olympischen Spielen teilnehmen, dachte Michelle. Aber sie konnte sich nicht vorstellen, ihren Kopf daraufzulegen. Für einen Moment sehnte sie sich nach Franks weichem, dunklem Haar. Nun, für solche Kinkerlitzchen hatte sie keine Zeit. Sie hatte zu arbeiten.

»Ihr beide seid die schönsten Frauen, die ich je gesehen habe«, sagte Reid mit vager, traumverlorener Stimme. Michelle stand auf. So ein illoyaler Kerl. Sie stellte einen Fuß, noch immer in dem hochhackigen Schuh, auf das Bett, beugte ihren Kopf ein wenig in seine Richtung und schaute durch ihr Haar zu ihm auf.

»Wirklich?« fragte sie und sah, wie der Hamster sich wieder bewegte. »Also, möchtest du uns sagen, was wir miteinander machen werden? Oder möchtest du uns sagen, was du mit uns machen wirst? Oder vielleicht sagst du uns, was wir mit dir machen sollen?«

»Oh, *Maaann*«, stöhnte Reid und zog seinen Slip aus.

Jada stand an der oberen Ecke des Bettes an den Bettpfosten gelehnt. Sie betrachtete den Penis von Angies Mann und sah dann mit einem Achselzucken und einer kleinen Handbewegung, die bedeutete »so lala, nicht beeindruckend«, zu Michelle hinüber. Michelle wußte, daß sie ausgerechnet jetzt nicht lachen durfte – Männer waren so empfindlich, was ihre Größe betraf –, und so hielt sie sich die Hände vor den Mund. Als sie sich wieder unter Kontrolle hatte, hob sie die Arme über den Kopf. Sie wußte, daß das ihre Kurven betonte.

»Kommt her«, sagte Reid heiser.

»Geduld. Geduld. Langsam, aber stetig. Ich hoffe, wir müssen dich nicht fesseln und dir den Mund zubinden«, warnte ihn Michelle. »Wir fesseln uns gegenseitig nur, wenn eine von uns zu schnell vorgeht. Oder wenn wir sehr, sehr unartig sind.«

Reids Schwanz sprang hoch und vollführte fast einen kleinen Tanz. Er bewegte den Kopf in Jadas Richtung. »Komm hier zu mir aufs Bett. Bitte«, sagte er und klopfte auf seiner anderen Seite auf die Matratze.

Wir müssen das Tempo drosseln, dachte Jada, sonst *wirkt* es nicht nur gottlos, sondern wird gottlos. »Oh, zuerst möchte ich dich ein bißchen mit Öl einreiben, Baby«, sagte sie mit einer Stimme, die sexy klingen sollte. Dann verfiel sie in ihren Hausfrauenton. »Aber vielleicht sollte ich vorher ein Handtuch holen, um die Laken zu schützen«, schlug sie vor. Gemächlich ging sie ins Badezimmer. Dann reichte sie Michelle eine Flasche Öl, während sie begann, das Handtuch auseinanderzufalten. Sie versuchte zu überlegen, ob sie etwas vergessen hatte, ob etwas schiefgehen konnte. Das *Cosmo*-Heft war unten geblieben, das Timing war perfekt, und sie hatte keinen Anruf auf ihrem Handy bekommen. Anscheinend war alles bereit.

»Zeit für die Show«, sagte sie zufrieden. Das war das Codewort, das sie zu dritt verabredet hatten. Lächelnd beugte sich Michelle über Reid, der die Arme ausstreckte und die Hände auf ihre Hüften legte. Gott sei Dank berührte er nicht ihre Brüste – sie hätte geschrien und ihm die Ölflasche um die Ohren gehauen. Statt dessen goß sie Öl über seine ehebrecherischen Schultern, so daß es ihm über Brust und Rücken lief. »Oooh«, flötete sie schmachtend, »ich habe zuviel genommen. Ich habe zu fest gespritzt«, fügte sie anzüglich hinzu, um ihn abzulenken.

Reid sah an seinem glänzenden Körper hinunter. In diesem Moment zog Jada das Laken von der oberen Ecke des Bettes nach unten und breitete das Handtuch aus. »Reib ihn auf dem Handtuch ein, Lämmchen«, gurrte sie. Dann verschwand sie für einen Moment am Fußende des Bettes. Als sie wieder auftauchte, wandte sie sich an Michelle. »Laß bloß kein Öl auf seinen Piephahn kommen«, warnte sie sie in schmollendem Ton. »Das möchte ich selbst machen.«

Michelle hätte fast laut aufgelacht. Piephahn? »Warum bekommst du ihn zuerst?« grollte sie. »Ich hatte schon sooo lange keinen mehr.«

»Oh. Ah. Oooh. Ihr Frauen. Ihr beiden Mädchen. Ihr...« Reid war atemlos. »Ihr seid *unglaublich.*« Das, dachte Jada, war die erste zutreffende Feststellung, die der Blödmann den ganzen Abend gemacht hatte. Sie lächelte und schlängelte sich vom Fußende des Bettes bis zu seinen Lenden. Seine Augen klebten – sehr passend – förmlich an ihr. Michelle wählte diesen Moment, um ihr Gesicht vor seines zu halten und ihn mit Öl einzureiben.

»Wir werden dich schön glatt und geschmeidig machen«, versprach sie.

»Oh, ja«, sagte Jada hinter ihrem Rücken. »Geschmeidig. Das ist ein guter Name für dich, Mr. Wakefield. Du bist jetzt *sehr* geschmeidig, Schätzchen.« Hinter Michelles Rücken verborgen, schraubte sie die Kappe des Kraftklebers auf und verteilte den Leim auf einer Seite von Reids Penis. Dann bat sie Gott um Verzeihung, packte das Ding mit der Hand und stieß Reid auf die Seite, wobei sie seinen Schwanz nach unten drückte – nicht auf das Handtuch, sondern auf die nackte Matratze.

Reid stöhnte, teils wegen der unerwarteten, aber ersehnten Berührung, teils aber wohl auch wegen Jadas Grobheit. »Mmmm. Mmmm. Au. Autsch«, rezitierte er in einer Litanei, die aus intensiver Lust schnell in intensiven Schmerz überging. »Warte! Au. Das tut weh! He, was ...« Jada fuhr mit der Tube über die oben liegende Seite seines Penis und hinterließ eine lange, nasse Linie.

In der Sekunde, in der sie fertig war, fuhr Reid sich mit der linken Hand an sein Glied. Jada hätte ihn fast gewarnt, das nicht zu tun. Er umfaßte seine Hoden, und als er die Hand wieder wegziehen wollte, schrie er fast.

»Oh, Verzeihung«, sagte Jada, als sie über Michelle hinweg in Reids verzerrtes Gesicht sah. Sicher, daß der Klebstoff seine Superwirkung richtig entfaltete, bückte sie sich, diesmal nach der Polaroid. »Sag Cheese«, verlangte sie, und Michelle drehte sich mit gespielt überraschtem Gesichtsausdruck um; Reids Gesicht war ehrlicher, wenn auch im Augenblick weniger fotogen. Jada machte die erste Aufnahme, die sexuell so schuldig aussah, wie etwas außer der eigentlichen Penetration nur aussehen konnte. Aber das war noch nicht alles. Jada nahm die Aufnahme aus der Kamera, legte sie auf die Kommode, damit sie sich entwickelte, und turnte auf das Bett, um noch ein Foto zu machen.

»Ich ... ich klebe fest«, sagte Reid, momentan eher verwundert als besorgt. Doch allmählich begann er zu begreifen. Er konnte die Hand nicht von sich lösen, aber wenn man das nicht wußte, schien er einfach nur seine Hoden zu umklammern. Michelle beugte sich vor und zeigte Jada ihr Dekolleté. Jada hatte sowohl sie als auch Reid bis ungefähr zu den Oberschenkeln im Bild. Dann machte sie noch eine weitere Aufnahme, diesmal so, daß sie nur die beiden Gesichter vor dem Kopfbrett des Bettes draufhatte. Michelles Brust lehnte an Reid, der gezwungenermaßen die eine Hand um seinen intimen Körperteil gelegt hatte und die andere ausstreckte. Michelle wand sich vor Abscheu, doch dann legte sie ihre Hand auf seine festgeklebte, und Jada nickte und knipste noch einmal. Der intensive Ausdruck von »Unbehagen« auf Reids Gesicht wirkte – zumindest auf dem Foto –, als sei er kurz vor der Ejakulation.

»Perfekt«, gurrte Jada.

»Was macht ihr? Was ist das an meinem Schwanz? Ich klebe fest!« protestierte Reid schmerzerfüllt. »Ich will keine Fotos!«

»Wir machen *immer* Fotos«, sagte Jada mit erstaunter Stimme. Dann fügte sie ehrlich hinzu: »Jedesmal, wenn ich das gemacht habe, mache ich Fotos.«

Michelle lachte und streckte die Hand nach der Kamera aus. Jada ließ sich auf dem Bett nieder, hockte sich über Reids gefangenen Körper (ohne ihn zu berühren) und blickte über die Schulter in die Kamera. Michelle schoß zwei weitere Bilder und legte sie neben die anderen zum Entwickeln auf die Kommode. Für einen Moment fragte sich Jada, wie sie – eine Kirchgängerin und gottesfürchtige Christin, dazu kam, schwarz und fast nackt über dieser weißen Kröte zu kauern. Aber Gott war großmütig, und dies diente einem guten Zweck.

»Was zum Teufel ist das?« quietschte Reid. »Ich... ich klebe fest. Ich bin...«

»In der Falle?« fragte Jada liebenswürdig.

»In die Ecke gedrängt?« fragte Michelle teilnahmsvoll.

»Hm, vielleicht ist ›betrogen‹ das Wort, das Sie suchen«, meinte Jada gespielt hilfsbereit.

»Ich krieg das nicht los«, jammerte Reid, während er versuchte, seinen intimen Körperteil umzudrehen und von der Matratze zu entfernen.

»Sie haben eine Menge Probleme, mein Schöner, aber ihn hochzukriegen war keins. Ihn loszukriegen dürfte allerdings in dieser speziellen Situation schwieriger sein«, fuhr Jada genüßlich fort. Auftrag erfüllt. Jetzt mußte nur noch Angie ihren Teil des Jobs erledigen. Jada lachte, und es fühlte sich gut an zu lachen.

»Was macht ihr? Was macht ihr beiden da?« krakeelte Reid Wakefield III., ihr erster nackter Weißer. »Ich meine, ist das so eine Art Sexspiel? Das finde ich überhaupt nicht lustig.« Er sah Jada an, und sein Gesichtsausdruck veränderte sich. »Oder wollt ihr das Haus ausrauben oder so?«

Ja, das war ewig dasselbe. Im Zweifelsfall nehmen sie an, ein

Afroamerikaner wollte sie ausrauben, dachte Jada. In der einen Minute bin ich sein größter Tagtraum, in der nächsten sein häufigster Alptraum.

»Na? Ist es das?« fragte Reid. »Dreht sich alles darum?« fragte er mit soviel Würde, wie ein nackter Mann, der mit seinem Penis am Bett festklebte, nur aufbringen konnte.

»Ach, Sie haben ja keine Ahnung«, ließ ihn Michelle grienend im Ungewissen.

54. *Kapitel -*

in dem Angie die Frau mit den älteren Rechten trifft

Angie stand vor dem Haus – dem Ort, den sie einst als ihr erstes Zuhause betrachtet hatte – und versuchte, Widerstreben zu spielen. »Er ist doch nicht da, oder?« fragte sie mindestens zum drittenmal.

»Nein, er hat heute abend eine geschäftliche Besprechung – irgendein Notfall. Er hat es mir auf den Anrufbeantworter gesprochen.«

Angie wünschte sich nichts sehnlicher, als das Haus zu betreten, aber sie mußte Widerwillen heucheln. Großen Widerwillen. »Warte. Du hast ihm doch nicht gesagt, daß du dich mit mir triffst?« fragte Angie. »Du hast es mir versprochen. Und er wird nicht dasein, oder? Ich will nicht, daß er mich so sieht. Ich meine, so fett und alles.«

»Oh, Angie, du bist nicht fett«, sagte Lisa leichthin, als würden die dreißig zusätzlichen Pfunde, die Angie mit sich herumschleppte, nicht existieren. Die Lügen kamen ihr so leicht über die Lippen, wie Frösche in den Teich hüpfen. Gab es da nicht ein Märchen über eine Prinzessin, aus deren Mund Frösche und Kröten kamen, wenn sie sprach? Und eine andere, vielleicht ihre Schwester, bei der Diamanten und Edelsteine herausfielen? Angie konnte sich nicht erinnern, aber in ihrer Geschichte kamen auf jeden Fall eine Kröte, ein Lügner und ein paar *falsche* Edelsteine vor.

Angie konzentrierte sich wieder und erinnerte sich daran, wie sehr sie sich das hier gewünscht hatte. Sie stand schweigend dabei, als Lisa die Tür aufschloß. Sie folgte ihr in das, was ihr eigenes Haus war, aber es schien sie nicht zu berühren. Lisa schaltete einige Lampen ein, und Angie erkannte an der Zeitschrift *Cosmo*, die Jada hatte liegenlassen, daß alles im Gange war. Sie ging direkt zum Bücherregal und tat, als suche sie etwas, während Lisa den Mantel auszog und aufhängte, ihre Handtasche weglegte und in den Spiegel im Wandschrank schaute, um ihr Haar aufzubauschen. Angie hatte dort nie einen Spiegel gehabt. Die Idee war gut. Sie hoffte, daß sie Lisa sehr glücklich machte. In wenigen Minuten würde es in diesem Haus eine Menge Neues zu sehen geben.

Angie hörte ein leises Geräusch, ein Murmeln oder das Verschieben einer Lampe auf einem Möbelstück, und schaute zur Treppe. Aber sie fuhr weiter mit den Händen über die Bücher in den Regalen. »Ich sehe es hier nicht, Lisa«, sagte sie, als sorgte sie sich um das nicht existierende Tagebuch. »Vielleicht sollte ich nach oben gehen. Vielleicht habe ich es auf dem Regal über dem Schrank gelassen.«

»Oh«, sagte Lisa. »Ja, kann sein. So hoch kann ich gar nicht greifen.« Sie ging die Treppe hinauf und durch den dunklen Flur. Doch unter der Tür des Schlafzimmers war Licht zu sehen. Angie blieb stehen.

»Ist er hier?« fragte sie und versuchte, gleichzeitig erschrocken und anklagend zu klingen.

»Nein«, versicherte Lisa ihr. »Er hat gesagt, er würde spät kommen. Und außerdem hätte er mich begrüßt, als ich hereinkam.«

Gemächlich ging Lisa auf die Tür zu, und Angie hatte einen Moment Zeit, sich erneut zu fragen, ob Lisa aus reiner Bosheit hoffte, daß er da war, um Angie vollends zu demütigen. Sie zuckte nur mit den Achseln und folgte Lisa.

Als die Tür geöffnet wurde, war alles noch schöner, als Angie sich hätte vorstellen können. Das Licht strömte aus dem Raum, und Lisa erstarrte auf der Schwelle. Die Szene war perfekt: Michelle saß auf Reids Füßen, während Jada in einem unglaublich knappen Slip auf seiner Brust hockte. Der Schock der Szene und die Farben und Formen waren erstaunlich: »Jenettes« dunkle Farbe, ihre braunen Beine, in hohen Dreiecken zu beiden Seiten von Reids rosigen Armen abgestellt, das Blond seiner Haare im Kontrast zu Michelles roten, ihr heller, matter Rücken hinter Jadas dunklem, glänzenden. Selbst das Orange und Pink ihrer BHs und winzigen Slips trug zu dem visuellen Schock bei. Das war keine Prostituierte in schwarzer

Spitze oder ein Scherz mit roten Strapsen. Die ganze Szene war so total unwirklich und doch so real und seltsam, daß es einem die Sprache verschlug. Angie war darauf gefaßt gewesen. Was aber mochte Lisa sehen? Und was war mit Reid? Er sah Lisa mit Entsetzen und um Verständnis heischend an, aber als Angie hinter ihr sichtbar wurde, wurde er so blaß wie der Bauch eines Fisches.

Angie schaute auf die Wand über seinem Kopf. Über dem Bett klebten mehrere Fotos, weitere lagen auf dem Boden verstreut.

»O mein Gott«, keuchte Lisa und ging einen Schritt weiter in den Raum. Reid konnte sie einen Moment nicht sehen, aber Jada sprang von ihm herunter und stellte sich neben das Bett, um die Sicht frei zu machen. Ihre Brüste waren von dem orangefarbenen BH kaum zu halten. Die Farbe ließ ihren Mund, ihre Brüste und den seidenen Schoß auf dem glänzenden Braun ihrer Haut deutlich hervortreten.

»O mein Gott«, schloß Angie sich an. Himmel, es sah so wundervoll echt aus und gleichzeitig unglaublich dekadent.

Michelle wandte den Kopf um. Ihr Haar war so seidig wie das einer Prinzessin, und ihr fein geschnittenes, schönes Gesicht und ihr milchweißer Körper sahen aus wie der feuchte Traum eines Pornographen. »O mein Gott«, echote sie.

Jada ergriff die Initiative. »Seid ihr alle so fromm?« fragte sie. »Oder wollt ihr mitmachen?«

»O mein Gott. O Gott, Lisa, ich ... du verstehst nicht ... ich sitze hier fest«, sagte Reid. »Ich meine ... ich klebe fest. Im Ernst. Ich klebe an der Matratze fest.«

»He, Baby, soviel ich weiß, hast du immer an dir selbst geklebt«, sagte Jada.

Lisas Mund öffnete und schloß sich wie ein Fischmaul. Angie trat neben sie und näher an das Bett, um besser sehen zu können. Reid, dessen Hände noch immer seine Genitalien umfaßten, starrte sie an. Sein Gesicht war zu einer Maske geworden, die Schock ausdrückte – und noch etwas, das sie nicht definieren konnte. Schmerz? Scham?

»Angie?« fragte er, als zweifle er daran, was seine Augen sahen. Sie schaute nur an ihm hinunter und fragte sich, wieviel Klebstoff Jada wohl verwendet hatte. »Ich wußte nicht, daß du hier bist«, sagte er. »Ich hatte nicht damit gerechnet, dich zu sehen.«

»Ich sollte wohl besser gehen«, sagte Angie spröde zu Lisa. »Ich... ich sollte tatsächlich gehen.« Sie drehte sich um und stieg die Treppe hinunter – und dann grinste sie. Sie hatte diese Matratze gekauft und auch den Kraftkleber, mit dem Reid jetzt festklebte. Ihr Grinsen wurde breiter.

Jada hatte recht gehabt: Die Polaroids waren wirklich eine nette Idee, und sie wußte, daß andere in den Kommodenschubladen, im Schreibtisch und sogar im Wäscheschrank versteckt waren. Wenn Lisa sich in der Wohnung aufhielt, würde sie immer wieder welche finden und alles noch einmal von neuem durchleben. Angie hatte nur noch eines zu tun: Sie schob das kleine Tagebuch, das sie vorbereitet hatte, hinter ein anderes Buch in das Regal. Dann wurde ihr klar, daß es ihr eigentlich egal war, ob die beiden nun heiraten würden oder nicht. Sie verdienten einander. Ihr Schmerz war stumpf geworden, der Neid vergangen. Sie ging zum letztenmal aus der Tür ihres ersten Zuhauses.

»Also wißt ihr, mir *gefällt* diese Unterwäsche«, sagte Michelle. »Und den orangefarbenen Lippenstift find ich an dir ganz toll, Jada.«

»Ich hätte ihn damit bemalen sollen«, knurrte Jada.

»O ja!« stimmte Michelle begeistert zu. Sie waren alle ziemlich stolz. »Und ihm einen BH anziehen. Wieso sind wir nicht vorher darauf gekommen?«

Angie, die auf dem unbequem engen Sitz in der Maschine zwischen den beiden anderen saß, lachte. »Als ob Lisa an dem, was sie gesehen hat, nicht schon genug zu kauen hätte«, sagte sie. »Sex zu dritt, lesbische Liebe, Ehebruch, Rassenmischung, Sadomasochismus und Transvestitentum!« Sie kicherte. »Arme Lisa!« Das ließ die anderen in vergnügtes Lachen ausbrechen. Vermutlich hörten sie sich an, als wären sie betrunken, obwohl sie bis auf Diätcola nichts konsumiert hatten, außer natürlich die Köstlichkeiten von Reids Stolz und Lisas Selbstgefälligkeit.

Die Maschine tat einen Satz, als sie in einen Luftwirbel geriet, und Michelle umklammerte die Armlehnen, aber Jada zuckte bloß mit den Schultern. »Das ist nichts«, beruhigte sie. »Nur ein Berg, der uns hallo sagt.«

Angie lächelte. »Wenn wir abstürzen müßten«, giggelte sie, »dann wäre es mir in diesem Moment recht. Ich würde grinsen, bis wir unten sind.« Dann dachte sie an ihr Baby und überlegte es sich anders. Sie verstellte den Gurt um ihren gewölbten Bauch und fragte sich, ob sie den restlichen Flug überstehen würde, ohne nochmals auf die Toilette zu gehen.

»Es war unglaublich«, schwärmte Michelle. »Ich habe mich so mächtig gefühlt. Ich habe Teile der Show ganz alleine geleitet. Und es war so einfach. Wir hätten feiern sollen. Irgendwas ganz Besonderes unternehmen.«

»Ja, wir hätten im Ritz Carlton übernachten sollen.«

»Wie wär's mit einem Besuch in der Basketball-Ruhmeshalle?«

»Gibt es da eine?« fragte Angie verdutzt.

»Ich kann dir davon erzählen«, bot Jada an.

»Nein. Nein. Laß das nicht zu, Angie«, flehte Michelle.

»Was kann schlimmer sein, als dort hinzugehen…«, begann Angie sich zu erkundigen.

»Nichts ist schlimmer, als dort hinzugehen. Alte, vergammelte Suspensorien in Schaukästen. Na ja, wenn es sich um ein Suspensorium von Michael Jordan handeln würde…«

»Wäre es riesengroß, aber trotzdem langweilig. Michelle würde sich nur dafür interessieren, weil man es eventuell in die Waschmaschine stecken könnte.«

»Die meisten Männer sind simpel«, sagte Jada achselzuckend. »Ich fand es herrlich, daß du uns in *seine* Wohnung eingeladen hast.« Sie wandte sich an Angie. »Mit seiner Spucke hätte man einen ganzen Eimer füllen können.«

»Erzähl mir noch mal, was am Schluß passiert ist«, bat Angie. »Nachdem ich diskret den Raum verlassen hatte, um die Scham des hoffnungsvollen Liebespaares nicht mit ansehen zu müssen.«

»Schon wieder?« Michelle grinste. »Ich habe so ein Gefühl, als könnte das die Lieblings-Gutenachtgeschichte deines Babys werden.« Dann sprach sie mit zuckersüßer Stimme weiter, als erzähle sie einem sehr kleinen Kind eine Geschichte. »Und dann hat Tante Jada der bösen Hexe Lisa eine Flasche verzauberten Nagellackentferner gegeben und gesagt: Damit kannst du den Bann brechen. Letztes Mal haben wir den Kleber damit jedenfalls abgekriegt. Es brennt ein bißchen, aber das hat er ja gern. Wenn du wirklich willst, brauchst du nur daraufzublasen. Und dann hat Tante Michelle die anderen bösen, bösen Bilder überall im ganzen Haus versteckt und festgeklebt, damit die böse Hexe Lisa sie später findet und mächtig viel Ärger hat, die bösen, bösen bunten Bildchen zu entfernen. Und dann sind die beiden guten Tanten verschwunden und haben den goldenen Prinzen mit festgeklebtem Schwanz zurückgelassen.«

»Ja, und dann hat sich die Hexe wahrscheinlich in einen Drachen verwandelt und das ganze Bett in Brand gesteckt«, beendete Jada prustend die Geschichte. »Aber da waren wir schon auf dem Weg zum Flughafen. Und bei der Autovermietung mußten wir Schlange stehen.«

»Ich frage mich, ob sie ihn von dem Klebstoff erlöst hat«, überlegte Michelle.

»Und ich frage mich, ob es weh getan hat«, sagte Jada.

»Ich hab mich immer gefragt, wieso das Zeug Kraftkleber heißt, aber ich glaube, jetzt weiß ich es.« Michelle kicherte. »Zuerst dachte ich, es wäre Fünfsekundenkleber. Das hätte zu Reid gepaßt.«

Jada hob die Hand. »O nein, bloß keine Details. Ich will das nicht hören.«

Angie lachte. »Schande, es hat so abartig ausgesehen!«

»Und er hat uns nicht mal antatschen können!« freute sich Jada mit reinster Häme.

»Kennt ihr den Unterschied zwischen sexy und abartig?« fragte Michelle plötzlich. Ihre beiden Freundinnen schüttelten die Köpfe. »Wenn du es mit einer Feder machst, ist es sexy. Aber wenn du es mit einem ganzen Huhn machst, ist es abartig.«

Alle drei schüttelten sich vor Lachen. Dann sagte Jada: »Himmel, ich wünschte, wir hätten ein Huhn mitgenommen.« Angie prustete wieder, und ihre Freundinnen fielen ein. Jada schüttelte fröhlich den Kopf. »Unglaublich«, sagte sie. »Ich fühle mich auf einmal so ... so mächtig.«

»Wir *sind* mächtig«, sagte Angie. »Laßt uns das nie vergessen.« Sie hielt inne und sah die beiden anderen an. »Danke. Ich danke euch beiden für eure Hilfe.« Sie nahm ihre Hände.

»Sehen wir nicht aus wie Pfadfinderinnen bei einer Séance?« spöttelte Jada. »Oder spielen wir wieder Lesben?«

»Halt die Klappe«, rügte Michelle. »Das ist ein erhebender Moment.« Sie wandte sich an Angie. »Gern geschehen«, lachte sie.

»Und er hat jede einzelne Minute verdient. Ich hoffe, Lisa findet das Tagebuch und zeigt es ihm. Das wäre der Zuckerguß auf dem Kuchen.«

»Ich habe das Tagebuch ins Regal gestellt. Wenn er es je findet, kann er nachlesen, wie schlecht der Sex mit ihm war. Ich habe sogar reingeschrieben, wie sein Vater mich bei der Weihnachtsfeier begrapscht hat. Und daß Reid morgens immer Mundgeruch hatte. Und dann habe ich noch ein Verhältnis erfunden. Ich habe keinen Namen genannt, sondern nur von X geschrieben. Das allerdings ausführlich. Und ich habe geschrieben, daß X einer von Reids engsten Freunden ist. Soll er sich doch das Gehirn zermartern, wer es sein könnte. Und ich habe ein paar richtig schöne Seiten darüber verfaßt, wie ich's mit ihm in der Nacht, in der Reid im Club ohnmächtig geworden ist, auf dem Herrenklo getrieben habe. *Sehr* bildhaft.«

»Der Plan war gut«, lobte Jada.

»Tja, einer ist erledigt, zwei haben wir noch vor uns«, sagte Angie und rieb sich schadenfroh die Hände.

55. Kapitel -
ein Treffen in der Imbißstube

Angie hatte dies so gründlich geplant wie einen Banküberfall oder die Sicherheitsprüfung für einen Präsidentenbesuch, und Jada hatte sie nach Kräften unterstützt. Marblehead war aufregend gewesen, aber es hatte Spaß gemacht. Dies hier aber war gefährlich und überhaupt nicht lustig. Michelle wartete nur darauf, daß Angie anfing, über mögliche Heckenschützen auf Dächern zu reden, oder daß Jada von Frankies Walkie-Talkie sprach, um ständigen Kontakt zu halten. Angie hatte sogar darauf bestanden, daß sie einen Mann mitnahmen – Michael zu fragen war ihr zu peinlich gewesen, und deshalb hatten sie Bill bestellt. Michelle sah keinen großen Sinn darin. Falls Frank wirklich gewalttätig werden würde – was nicht passieren würde –, dann konnte der dünne Bill sicher nichts dagegen tun. All das machte Michelle immer nervöser, und gleichzeitig hatte sie das Gefühl, zwanghaft lachen zu müssen.

Es war ja nicht so, als hätte Frank sie nicht geschlagen. Sie glaubte auch nicht, daß er nicht fähig wäre, es nochmals zu tun, unter den richtigen Umständen. Bloß würde das nicht in einer Imbißstube in Scarsdale passieren. Nicht um drei Uhr nachmittags vor einem Dutzend Gästen und ebensoviel Personal. »Hört mal, wir werden bloß reden«, erinnerte sie Jada. »Und nur für eine halbe Stunde. Dann stehe ich auf und gehe. Fertig. Weiter wird nichts passieren.«

»Gut«, sagte Jada. »Wir werden das sicherstellen.« Jada würde auf dem Parkplatz der Imbißstube in ihrem Wagen sitzen und beobachten, wie Frank ankam und abfuhr. Dann würde sie sich vergewissern, daß er Michelle nicht folgte. Angie würde währenddessen in einer Ecknische sitzen, mit dem Rücken zu dem Tisch, an dem Michelle saß, und Bill würde ihr gegenübersitzen. Seine Augen würden an Michelle kleben, als wäre sie sein Schwarm. Leonardo DiCaprio.

Sie waren fünfundzwanzig Minuten zu früh gekommen, um sicher zu sein, daß sie vor Frank da waren. Für Michelle hatten all die vorbereitenden Aktivitäten das Gute, daß sie kaum Zeit hatte, nervös zu werden, weil sie Frank tatsächlich sehen würde. Sie hatte eher Angst, daß er Jada oder die anderen entdecken könnte. Sie schaute kurz zu der Nische hinüber, in der Angie und Bill saßen. Angie, ganz Spionin, hatte sogar eine Puderdose mitgenommen, in deren Spiegel sie Michelle beobachten konnte, ohne sich umzudrehen. Wieder mußte Michelle beinahe laut kichern. Soviel sie wußte, benutzte Angie niemals eine Puderdose. Hatte sie sie eigens für diese Veranstaltung angeschafft?

Doch das Kichern blieb ihr im Halse stecken, als Michelle Frank die Stufen zum Eingang der Imbißstube heraufkommen sah. Sie spürte ein Ziehen in der Brust, das bis in den Magen und tiefer ging und ihr den Atem nahm. Frank kam zur Tür herein und sah sie sofort. Er setzte sich ihr gegenüber in die Nische.

Es erstaunte sie, daß er völlig unverändert aussah. Sie wußte nicht, was sie erwartet hatte, aber sein Haar war so dunkel und glänzend, seine Haut so glatt, seine Augen so schön wie eh und je. Er trug einen schwarzen Rollkragenpullover, den sie ihm letztes Jahr zu Weihnachten geschenkt hatte. Michelle gestand sich ein, daß sie ihn noch immer liebte. Sie wußte, was er war, und sie haßte es, aber alte, tiefe Gefühle starben bei ihr langsam. Er legte beide Hände flach auf den Tisch, und sie mußte sich in Erinnerung rufen, daß dies Hände waren, die sie geschlagen hatten. Sie blickte von seinen Händen auf und sah ihm in die Augen. Seine Augen hatten sie stets fasziniert. Wenn überhaupt, dann waren sie jetzt tiefer denn je – Augen, in denen sie sich verlieren konnte.

»Wie geht's den Kindern?« begann Frank.

»Gut.« Sie würde nicht viel reden. Sie hatten zu dritt beschlossen, daß das am besten war.

»Was hast du ihnen gesagt?« fragte er. Seine Stimme klang nicht defensiv oder ärgerlich und seltsamerweise auch nicht besorgt. Das war nicht Frank. Er betete die Kinder an. Er mußte sie mehr vermissen als alles andere. Michelle kannte ihn gut genug, um zu wissen, wieviel Beherrschung er für diese scheinbare Neutralität aufbringen mußte.

»Ich habe ihnen gesagt, daß du für eine Weile verreisen mußtest und daß in unserem Haus die Maler arbeiten.« Sie machte eine Pause. »Ich glaube nicht, daß sie mehr Informationen verdauen können.«

»Und du willst mir nicht sagen, wo du wohnst?« fragte er, und jetzt war etwas Gefühl in seiner Stimme. Michelle schüttelte nur den Kopf. Sie würde aufstehen, wenn er sie unter Druck setzte. »Es geht ihnen also gut«, sagte er, nun wieder neutral.

»Ja, so gut es eben geht, denke ich. Sie stellen keine Fragen. Das ist ein schlechtes Zeichen.«

»Ja?«

»Natürlich, Frank. Sie wissen, daß etwas los ist, und sie wissen, daß ich nicht darüber reden will. Und sie wollen nichts darüber erfahren. Was ist für sie in diesem Jahr eigentlich nicht schiefgelaufen?«

Frank sah an der Miniatur-Jukebox am Ende des Tisches vorbei aus dem Fenster. Einen Moment lang dachte Michelle, er schaue nach Jadas Volvo, der seitlich am Ende des Parkplatzes stand, aber zu ihrer Erleichterung starrte er nur ins Leere. Dann wandte er sich wieder ihr zu. »Michelle, es ist nicht zu spät, alles wieder in Ordnung zu bringen. Ich verspreche dir, daß ich das kann.«

Wieder fühlte Michelle das unpassende Kichern in ihrer Kehle aufsteigen. Dabei war ihr ganz und gar nicht nach Lachen zumute. Es war eine Art Schreckreaktion wie damals, als ihre Mutter ihr vom Tod der Großmutter berichtet hatte und sie auflachte vor lauter Nervosität und... etwas anderem, das sie bis heute nicht definiert hatte. »Wie kannst du das sagen?« fragte sie. »Wie willst du das wieder in Ordnung bringen, Frank? Ich habe eine Liste, die zweiundzwanzig Seiten lang ist. Ich glaube nicht, daß man das in Ordnung bringen kann, Frank. Die einzige Möglichkeit wäre, das meiste ungeschehen zu machen, und das geht nicht.«

Frank erwiderte ihren Blick, zog die Hände zurück und umklammerte die Kante der Resopaltischplatte. Unwillkürlich mußte sie sie ansehen – diese Hände, die ihr so gutgetan hatten, die Hände, die sie geschlagen hatten. Sie sah, wie die Haut unter seinen Fingernägeln weiß wurde von dem Druck, mit dem er den Tisch umklammerte. »Schau«, sagte er jetzt leiser, aber gepreßt, »ich kann es in Ordnung bringen. Bruzeman und ich haben eine Möglichkeit gefunden. Ich komme davon, wir bringen die Familie wieder zusammen, und ich werde dir oder den Kindern nie wieder weh tun. In keiner Weise, Michelle.«

Einen Moment lang begriff sie nicht, was er da sagte. Dann wurde ihr klar, daß er wirklich erwartete oder zumindest hoffte, sie würde alles vergessen. Sie würden wieder zusammenkommen.

»Frank...«, begann sie, aber er unterbrach sie.

»Ich habe einen Fehler gemacht, Michelle. Einen einzigen Fehler, und der hat zu einigen weiteren geführt. Ich habe nicht gesehen, wohin mich das bringen würde. Es tut mir leid. Ich dachte, ich wäre geschützt. Ich dachte, du wärest geschützt.« Er machte eine Pause. Sie fragte sich, ob er Bestechung, politischen Druck, Freunde im Hauptquartier der Polizei oder Schlimmeres meinte. Sie sah, wie sein Mund sich bewegte, aber ein paar Minuten konnte sie ihn nicht hören, bis sie sich zur Konzentration zwang. »Es ist nicht zu spät, um wieder geschützt zu sein«, sagte er gerade. »Ich will nicht, daß du allein da draußen bist, Michelle. Ich will nicht, daß die Kinder in einem Motel oder irgendeiner gemieteten Bruchbude leben. Ich will nicht, daß du dich um Geld oder um mich oder um sonst etwas sorgen mußt. Ich will das, was wir hatten. Und wir können es wieder haben, Michelle.«

Die Intensität seiner Stimme, die Willenskraft, die von seinem Blick und sogar dem festen Umklammern der Tischkante ausging, übte die alte Wirkung auf sie aus. Kein Wunder, daß sie ihn so lange angebetet hatte. Er sah gut aus, er war sexy, er war intensiv. Er schien so sicher, so solide und verläßlich. Er wirkte wie der vertrauenswürdigste Mann Amerikas. Aber ich habe einen Apfel blank gerieben, der innen verfault ist, dachte sie. Es war kein Eden – kein Paradiesgarten. Der Apfel ist in sich zusammengefallen, und Frank ist nicht Adam – er ist die Schlange.

»Michelle, denk an letzte Weihnachten«, beschwor Frank sie gerade. »Als ich dir die Uhr geschenkt habe. Und wir die Stockbetten zusammengesetzt haben. Erinnerst du dich an das Essen an dem Abend und daran, wie wir unsere Strümpfe aufgemacht haben?« Er nahm eine Hand vom Tisch, so daß sie nicht mehr zu sehen war, und für einen verrückten Moment fürchtete sie sich vor... einer Waffe. Aber Frank nahm nur einen Kompaß aus der Tasche. Es war der billige, den Frankie ihm gekauft hatte. Michelle erinnerte sich noch, wie sie Frankie geholfen hatte, ihn in rotgrünes Geschenkpapier zu wickeln. Ihn da auf dem türkis marmorierten Tisch liegen zu sehen, trieb Michelle die Tränen in die Augen.

»Halt nur zu mir, Michelle. Warte, bis es vorbei ist«, bettelte Frank. »Du brauchst nicht auszusagen, wenn du nicht willst. Du mußt nicht mal sofort nach Hause kommen. Verzeih mir nur und warte, bis ich all das in Ordnung gebracht habe.«

Michelle versuchte sich vorzustellen, sie wäre wieder zu Hause, würde Mahlzeiten zubereiten. Legosteine einsammeln, in Franks Armen in ihrem Bett liegen. Das war die einzige Art Leben gewesen, die sie sich gewünscht hatte. Wie konnte er es wagen, sie mit der Idee zu locken, sie könne das wiederhaben? Wie konnte er? »Frank, *du* hast alles ruiniert, nicht *ich*«, brachte sie heraus. »Ich...«

»Nicht, Michelle«, warnte er sie. »Wir können alles wiederhaben. Sie haben noch immer nichts gegen mich. Nur Hörensagen. Ein paar Zeugen, die Bruzeman auseinandernehmen wird. Keine Glaubwürdigkeit. Es gibt keine Beweise.« Er machte eine Pause. »Nur das Geld. Deswegen muß ich es wiederhaben. Und weil Bruzeman und der Richter teuer sein werden.«

Michelle lauschte dem, was er ihr zu sagen versuchte. Der Richter würde bestochen? Seine Anwaltskosten würden eine halbe Million Dollar betragen? Fürchtete er, sie könne die Beweise nicht besser verstecken, als er es getan hatte?

Und dann fragte sie sich, ob all das, was er versprach, irgendwie möglich wäre. Wenn sie ihm das Geld zurückgab – Geld, das zu behalten sie sich fürchtete, Geld, das sie nicht wollte –, *könnte* er dann alles in Ordnung bringen? *Könnte* sie ihm verzeihen? Könnte sie ihm je wieder vertrauen? Sie wußte, die Kinder würden es tun, und wieder beide Eltern zu haben wäre das beste für sie. Für einen Moment dachte sie...

»Ich werde den Rest meines Leben damit verbringen, es wieder gutzumachen, Michelle«, beteuerte Frank und beugte sich vor. »Ich bereue alles. Meine Mutter ist außer sich. Das könnte sie umbringen. Ich habe allen weh getan, die ich liebe.«

Michelle sah seine Augen an; Tränen ließen seine langen Wimpern zusammenkleben wie winzige Strahlen um einen tiefbraunen Stern. Ihr war selbst nach Weinen zumute; am liebsten hätte sie ihn die Stelle unter ihrem Kinn berühren lassen, die noch immer schmerzte, hätte ihn den Kopf an ihren Hals lehnen und weinen und sie um Verzeihung bitten lassen, um dann mit ihm ins Bett zu gehen.

»Wo hast du das Geld, Michelle?« fragte er. »Ich muß das wissen.«

Da holte sie tief Luft und riß sich aus dem vergifteten Traum. Sie schaute hinaus auf den Parkplatz, um zu sehen, ob der Volvo noch da war. Sie schaute zu dem Ecktisch, wo Bill gerade eine Gabel mit Essen zum Munde führte, aber ihr unmerklich zunickte. Sie sah ihren Mann an. »Du würdest alles versprechen, um das Geld zurückzubekommen, nicht?« fragte sie.

»Ich *muß* das Geld wiederhaben. Ich komme da nicht heraus, wenn ich das Geld nicht bekomme«, sagte Frank unwirsch. »Und du weißt, daß es richtig ist. Richtig für mich und richtig für dich.«

»Früher habe ich gedacht, du wüßtest, was für mich und für dich richtig ist. Aber jetzt denke ich anders darüber«, sagte Michelle. »Ich dachte, bei diesem Treffen würde es darum gehen, daß du mich geschlagen hast. Statt dessen geht es darum, daß du das Geld brauchst. Du hast dein Recht verloren, Entscheidungen für uns beide zu treffen, Frank. Ich bin diejenige, die die Entscheidungen für mich und die Kinder treffen muß. Du hast mich im Finsteren gelassen, und wahrscheinlich belügst du mich auch jetzt. Wie soll ich das wissen?« Sie lehnte sich zurück.

»Michelle«, beschwor er sie erneut und beugte sich näher zu ihr. »Ich verhandle nicht. Es ist mein Geld, und ich brauche es. Du mußt es mir geben. Ich kenne den Glaubenssatz von Anwälten: Ein Mandant ist unschuldig, bis er erwiesenermaßen pleite ist. Bruzeman wird mich hängen lassen. Ich will von hier weggehen und dieses Geld sofort holen, meine Freiheit, wo immer es im Moment ist. Und wenn du nicht einverstanden bist, werde ich dich belasten.«

»Waaas?«

»Ich werde dem Staatsanwalt sagen, daß du mitgemacht hast, daß du als Kurier tätig warst – was immer nötig ist.« Frank zuckte mit den Achseln. »Ich werde nicht zulassen, daß alles unter mir zusammenbricht. Du mußt tun, was ich dir sage.«

Michelle konnte es kaum glauben. Noch vor zwei Minuten hatte sie gedacht, wie es wohl sein würde, wieder zu Hause zu sein, alle zusammen. Und jetzt drohte er ihr mit Gefängnis? Sie kannte diesen Mann nicht, das durfte sie keine Minute lang vergessen. Ihre Kinder waren ohne ihn besser dran, und wenn sie für den Rest ihres Lebens nie wieder einen Mann haben würde, wäre auch sie immer noch besser dran.

Sie wollte aufstehen. Er faßte sie am Arm, aber sie riß sich los. »Eine einstweilige Verfügung ist schon ergangen«, sagte sie. »Vergiß das nicht. Rühr mich nicht an. Folge mir nicht. Ich werde nicht mehr mit dir reden. Ich werde nicht mehr mit Bruzeman reden. Du kannst mit meinen Anwälten sprechen, wenn du mit mir Kontakt aufnehmen willst.«

Sein Gesicht wurde blaß. »Michelle, ich hab's nicht so gemeint«, entschuldigte er sich. »Geh nicht. He, ich hab doch nur ...«

»Leb wohl, Frank«, sagte Michelle, stand auf und verließ die Imbißstube.

Sie zitterte noch immer, als sie den Lexus vor der Beratungsstelle parkte. Angie und Bill waren vor ihr da. Angie kam zu ihrer Seite des Wagens gelaufen. »Donnerwetter, du bist aber schnell da rausgekommen«, staunte sie. »Alles in Ordnung?«

Michelle nickte. Bill kam ebenfalls zu ihnen. Er hielt das Tonbandgerät in der Hand, das teilweise noch mit Klebeband bedeckt war. Er hatte es unter dem Tisch befestigt, bevor sie sich gesetzt hatte, und mußte es wieder abgenommen haben, nachdem Frank gegangen war. »Wir haben es im Auto abgehört«, knurrte er. »Heilige Scheiße!«

Michelle war nicht fähig, etwas zu sagen.

»Alles in Ordnung?« fragte Angie nochmals.

Michelle nickte. »Er ist mir nicht gefolgt, oder?« fragte sie.

»Das wird Jada uns sagen«, antwortete Angie. »Sie müßte jede Minute hier sein. Aber ich glaube, es ist an der Zeit, daß du mitkommst und mit Michael über einen Anruf beim Staatsanwalt sprichst. Findest du nicht, Michelle?«

56. *Kapitel -*

von einem Geständnis und einem Kuß

Seit ihrer Rückkehr aus Marblehead fühlte sie sich tausendmal besser. Wer hätte gedacht, daß sie soviel Bosheit in sich hatte? Während sie in ihrem alten Auto zur Arbeit fuhr, lachte sie tatsächlich fröhlich auf. Sie konnte nicht an die Szene denken, ohne zu grinsen. Aber das war eigentlich keine Bosheit. Wie immer die Sache zwischen Reid und Lisa ausgegangen sein mochte, Angie hatte irgendwie das Gefühl, ihre Selbstachtung zurückgewonnen zu haben. Und wenn sie nicht die Hilfe von Jada und Michelle gehabt hätte – oder sollte sie Jenette und Anthea sagen? –, wäre ihr das nie gelungen.

Bei diesem Gedanken mußte sie erneut giggeln. Ob es Reid wohl gelungen war, sich zu befreien? Oder hatte Lisa ihn an der Matratze kleben lassen? Wenn ja, fragte sich Angie, wie er in seine Hosen gekommen war. Das war wie der alte Witz über einen Kerl mit fünf Penissen – seine Hosen paßten wie ein Handschuh. Sie nahm an, daß Reids Hosen, wenn er an der Matratze klebte, passen müßten wie ein Laken. Bei diesem albernen Gedanken prustete sie laut los. Wenn sie doch bloß daran gedacht hätte, sich von all den Polaroids ein oder zwei mitzunehmen. Sie wünschte sich auch, sie hätte die Geistesgegenwart besessen, zu Lisa zu sagen: »O Lisa, es tut mir so, so leid.« Nur um es ihr heimzuzahlen. Aber daran hatte sie nicht gedacht. Nun ja, sie hatte es so perfekt durchgezogen, wie sie konnte, und sie war tief befriedigt. Sie wußte, daß sie, Jada und Michelle für den Rest ihres Lebens darüber lachen würden.

Irgendwie hatte sie das Gefühl, sie könnte jetzt anfangen, ihr

Leben zu leben: Sie würde eine Dauerstellung bekommen, wenn das Budget es zuließ, sie würde anfangen, auf einen neuen Wagen zu sparen, und sie würde ihren Eltern von dem Baby erzählen und sich darauf vorbereiten. Sie hatte keine Angst davor, ihr Kind allein großzuziehen. Irgendwie fühlte sie sich für alles bereit, was das Leben ihr zuteilen würde.

Sie näherte sich dem Büro, und das Lächeln verschwand von ihrem Gesicht. Das einzig Dunkle in den letzten paar Tagen war gewesen, in der Imbißstube zu sitzen und zuzusehen, wie Frank mit Michelle sprach. Weil er sie nicht kannte, hatte sie riskieren können, ihn gelegentlich in ihrem Spiegel zu betrachten, aber selbst im Spiegel reichten seine Intensität und sein Zorn, um sie zu erschrecken. Er war zweifelsfrei ein gutaussehender Mann und außerdem sexy. Aber ebenso zweifelsfrei terrorisierte er Michelle. Sie betete, daß Michelle ihre Entschlossenheit nicht verlieren würde, besonders jetzt, da sie das belastende Band hatten. Ihre Freundinnen hatten ihr geholfen. Jetzt würde sie ihnen helfen, wenn sie sich nur an ihre Pläne hielten.

Angie hatte heute in bezug auf diese Pläne einiges zu tun, und nichts davon würde angenehm sein. Das Wichtigste war, daß sie Michael und den Vorstand darüber informieren mußte, daß Jada ihre Berufung zurückzog. Nach allem, was sie in Jackson vs. Jackson investiert hatten, würden Laura und der Vorstand wahrscheinlich enttäuscht sein. Angie wünschte sich im Innersten noch immer, Jada würde ihre Probleme auf legale Weise zu lösen versuchen, aber gerade sie durfte darauf am wenigsten bestehen.

Schließlich hatten sie sich in Marblehead auch nicht gerade mustergültig benommen. Trotzdem fürchtete sie, das, was Jada im Sinn hatte, könnte viel zu weit gehen und in einer Tragödie enden – für sie alle.

Und dann mußte sie noch etwas Schwieriges tun: Sie mußte mit Michael reden und ihn über ihren Zustand informieren. Sie wußte nicht, warum sie es aufgeschoben hatte; sie hatten kaum miteinander geredet, seit er sie zum Ausgehen aufgefordert hatte. Natürlich hatte sie viel zu tun gehabt, aber das war nicht der einzige Grund, warum sie ihre Schwangerschaft nicht erwähnt hatte. Vielleicht hatte sie Angst, es würde Michael entmutigen. Vielleicht hatte sie auch Angst, es würde ihn nicht entmutigen. Aber als sie auf ihren Parkplatz vor der Beratungsstelle fuhr, wußte sie, daß sie es ihm auf jeden Fall sagen mußte.

Ihr Vormittag war mit Terminen angefüllt. Einmal prallte sie im Flur fast mit Michael zusammen, aber er hatte eine Mandantin bei sich, und sie war unterwegs, um eine vom Empfang abzuholen. Sie tauschten Blicke, sprachen aber kein Wort.

Am frühen Nachmittag fand eine Besprechung aller Mitarbeiter statt, bei der sie ihnen mitteilte, daß der Fall Jackson aus dem Terminplan gestrichen war. Alle waren enttäuscht, aber Michael erhob die meisten Einwände. »Was wird sie denn machen?« fragte er. »Sich einfach mit der Situation abfinden? So tun, als gäbe es sie nicht? Ihre Kinder vergessen?«

»Ich weiß es nicht«, log Angie ruhig. »Vielleicht sucht sie sich privat einen Anwalt.« Sie wußte, das warf ein schlechtes Licht auf sie beide, aber sie wollte diesen Teil der Versammlung einfach hinter sich bringen. Doch Michael ließ das nicht zu. Er trug drei Alternativen vor, die man Jada vorschlagen könne, und hatte auch schon ein endgültiges Szenario im Kopf. Der Typ war wirklich engagiert.

»Bring sie nur her. Laß mich mit ihr reden«, drängte er.

»Ich glaube nicht, daß sie das tun wird. Sie will einfach nicht.«

»Das ist sie uns schuldig«, beharrte er. Doch am Ende mußten er und der Vorstand die Entscheidung akzeptieren. Angie gab ihnen den Brief, den sie und Jada aufgesetzt hatten, und sie wandten sich anderen Angelegenheiten zu. Als Angie merkte, daß Laura und ihre Mutter sie mit etwas wie Enttäuschung betrachteten, hoffte sie, daß sie sich irrte oder es sich nur einbildete. Es war ein schwieriger Fall und mehr gewesen, als sie hatte bewältigen können. Sie hoffte auch, daß es nicht bedeutete, sie wäre ihren Job los, wenn Karen Levin-Thomas zurückkam.

Als sie endlich wieder in ihrem Büro saß und eine einstweilige Verfügung ausfüllte, klopfte es an der Tür. Angie wußte, daß das Michael war. Als sie ihn hereinbat, versuchte sie, sich mental auf das vorzubereiten, was sie tun mußte. Er sah unbehaglich aus, wie er in seinem ausgebeulten Anzug dastand. Er fuhr sich mit den Händen durch die Haare, die vom schlechtesten Friseur in Westchester geschnitten worden sein mußten. »Angie, kann ich dich eine Minute sprechen?« fragte er.

»Natürlich«, sagte Angie. »Der Bezirk braucht sowieso ungefähr eine Woche, um diese einstweiligen Verfügungen zu erlassen. Welchen Unterschied machen da ein paar Minuten?«

Michael setzte sich nicht, sondern lehnte sich ihrem Schreibtisch gegenüber an die Wand. Sie mußte zu ihm aufblicken. Sie fragte sich, ob das ein psychologisches Manöver war, um sie in Verlegenheit zu bringen, oder ob er selbst verlegen war. »Schau, Angie, du brauchst mir nicht aus dem Weg zu gehen. Es tut mir wirklich leid. Ich habe noch nie vorher meinen Beruf und mein Privatleben durcheinandergebracht. Das beweist, wie gern ich dich habe und wie sehr ich deine Gesellschaft genieße. Es tut mir leid, wenn du nicht mit mir ausgehen möchtest. Wahrscheinlich hätte ich dich gar nicht darum bitten sollen. Ich meine, du fühlst dich doch nicht belästigt oder so, oder?«

Angie hätte fast laut aufgelacht, nahm sich aber zusammen, weil sie Michaels Gefühle nicht verletzen wollte. Er war so überaus politisch korrekt, daß er in ihrer Situation nur an die Möglichkeit einer Belästigung denken konnte. Und dabei war er so nett, zurückhaltend und freundlich zu ihr gewesen. »Ich fühle mich nicht belästigt, Michael, sondern geschmeichelt«, gestand Angie. »Offen gesagt, ich kann mir nicht vorstellen, was du in mir siehst.«

Michael rührte sich nicht, und auch sein Gesichtsausdruck veränderte sich nicht. »Ich bin schon ziemlich lange nicht mehr mit einer Frau ausgegangen, Angie, aber ich glaube mich von früher daran zu erinnern, daß das nur ein anderer Ausdruck dafür ist, daß du nicht mit mir ausgehen willst.«

Angie schüttelte den Kopf. Wie konnte sie es ihm sagen? Himmel, sie war es ihm schuldig, sie mußte es tun. Und wenn sie das nicht fertigbrachte, würde er ihr »Geheimnis« bald genug sehen – trotz der weiten Sachen, die sie trug.

Dennoch war es schwer auszusprechen. Sie dachte, wenn die Dinge anders lägen, würde sie diesen Mann vielleicht wirklich haben wollen. Natürlich war es noch viel zu früh, um zu sagen, ob sie überhaupt jemanden wollte, und sie kannte ihn nicht sehr gut. Aber sie wußte, daß die Dinge, an denen ihr früher gelegen hatte, ihr jetzt nichts mehr bedeuteten: Aussehen, Status und Geld waren alles, was Reid zu bieten hatte, und sie waren leer. Michael Rice war kein gutaussehender Mann, aber er war auch nicht das, was

Jada als unansehnlich bezeichnet hätte. Michael war sicher nicht mächtig in der Welt, und wahrscheinlich verdiente er kaum mehr als sie, aber er besaß Integrität und Mitgefühl und eine Wärme, die sie bei Reid nie gespürt hatte. Sie betrachtete sein rundliches Gesicht und seine glänzenden Brillengläser. »Michael, ich finde einfach, es wäre am besten, wenn wir uns momentan auf nichts einlassen. Ich meine, bei mir gibt es Dinge, von denen du nichts weißt.«

»Nun ja, bei mir gibt es auch Dinge, von denen du nichts weißt«, sagte er vernünftig. »Ich dachte, das wäre der Grund, warum man mit jemandem ausgeht: um Dinge über ihn zu erfahren.« Er zuckte mit den Achseln. »Ich bin blöd.« Er wandte sich zur Tür. »Okay, Angie. Vergiß es. Tut mir leid, daß ich dich damit behelligt habe.«

Oh, er hatte alles in den falschen Hals bekommen. Er dachte, es läge an ihm. Wie konnte sie ihm zu erkennen geben, daß das nicht stimmte? »Michael, ich bin schwanger«, platzte sie heraus.

Er drehte sich zu ihr um. Sein Gesicht war ruhig. »Ja. Natürlich bist du schwanger.«

»Du wußtest es? Ich meine, du weißt es?« fragte sie.

»Angie, ich beobachte dich sehr genau. Männer tun das. Und ich war verheiratet. Ich habe meine Frau zwei Schwangerschaften durchleben sehen.«

»Du weißt es?« konnte Angie nur wiederholen. »Du weißt es und willst *trotzdem* mit mir ausgehen?«

»Ja. Findest du das so eigenartig?«

»Ja, eigentlich schon.«

»Dann bin ich halt eigenartig«, sagte er. Er wandte sich erneut zum Gehen, blieb aber dann ruckartig stehen und drehte sich um. »Warte. Du dachtest, ich wüßte nicht... Ist das der Grund, warum du nicht ausgehen wolltest?« Sein Gesicht wurde weicher, und er lächelte. Er kam zum Schreibtisch zurück.

Angie kam sich vor wie eine Idiotin. »Willst du es denn immer noch?« sagte sie.

Statt zu antworten, beugte Michael sich vor, stützte seine Hände auf ihren Schreibtisch und küßte sie.

57. Kapitel -

in dem Cinderella seinen Prinzen verliert

Michelle ging, um das numerierte Postfach zu öffnen, das sie bei Mailboxes Etc. gemietet hatte. Nicht, daß sie irgend etwas erwartete – sie sagte sich selbst, ihre Idee sei dumm gewesen und ihre Annoncen vermutlich auch. Deswegen hatte sie gewartet und sich jeden Tag gesagt, es sei nicht der Mühe wert.

Als sie jetzt die schmale Tür öffnen wollte, fiel ihr plötzlich das andere Fach ein – das Schließfach voller Drogengeld, das Jada vertrauensvoll und unschuldig unter ihrem eigenen Namen gemietet hatte. Michelle hatte wieder Träume, fast jede Nacht, in denen ihr Haus durchsucht wurde. In einem, letzte oder vorletzte Nacht, hatte sie in ihrem alten Bett gelegen und geschlafen, aber als die Polizisten einbrachen, war Jada statt Frank bei ihr gewesen, und sie hatten Jada in Handschellen abgeführt. Michelle hatte das Tresorfach und seinen Inhalt vollkommen geheimgehalten. Selbst Jada hatte nie wieder danach gefragt, und Michelle war sicher, daß sie keinem davon erzählt hatte. Aber sie mußte etwas unternehmen, und zwar bald. Wie lange konnte ihr Glück wohl anhalten? Und wenn es gefunden würde, was würde dann passieren?

Trotz all ihrer Ängste und Alpträume hatte Michelle nichts getan. Typisch für mich, dachte sie angewidert. Wenn ihr niemand sagte, was sie tun sollte, tat sie mit ziemlicher Sicherheit gar nichts. Aber Michelle hatte das Gefühl, daß Nichtstun in ihrer Situation nicht mehr gesund war. Es ging nicht nur um sie und Frank, sondern um die Zukunft ihrer Kinder und nun auch Jadas und vielleicht sogar um Angies Zukunft.

Sie mühte sich mit dem Schlüssel ab und schaffte es schließlich, das Schloß zu öffnen. Zu ihrem Entzücken entdeckte sie hinter der kleinen Tür eine ziemliche Menge Briefe. Sie wollte sie schon herausnehmen, merkte aber, daß sie so dicht gepackt waren, daß sie dabei einige zerreißen würde, und so hielt sie inne und starrte sie nur an. Lauter Anfragen. Anfragen, die *sie* durch ihre Annoncen ausgelöst hatte. Sie betrachtete den Packen Post und traute ihren Augen kaum. Dann begann sie, die Briefe herauszuziehen und zu öffnen. Sie stellte sich an die Theke, und ihre Finger zitterten, als sie die Briefe las und nach Kategorien sortierte. Es waren Antworten von Leuten, die Arbeit suchten – Leuten, die ihre Angestellten werden wollten! Bei einigen sah sie gleich, daß daraus nichts werden würde, aber es gab eine Menge sauber getippter – und einige handgeschriebene –, intelligenter Briefe. Nachdem sie den einen offensichtlich verrückten (und einen obszönen) Brief sowie die beiden Briefe aussortiert hatte, in denen keine Telefonnummer oder Antwortadresse angegeben war, hatte sie sechzehn brauchbare Hilfsangebote.

Doch noch unglaublicher war, daß fünf Briefe ihre Dienste verlangten oder zumindest von Leuten kamen, die daran interessiert waren, mehr über sie zu erfahren.

Diese kleinen Stapel Briefe repräsentierten ein ganz neues Leben. Michelle stand gedankenverloren da. Sie hatte die Macht, solche Reaktionen auszulösen? Und gleich beim ersten Versuch? Mit nur wenigen Anzeigen? Selbst wenn sie nie wieder von diesen Leuten hören würde, hatte sie das Gefühl, eine Art Sieg errungen zu haben. Und noch unglaublicher war für sie, daß sie all das ganz allein getan hatte. Vielleicht würde sie immer noch putzen, aber sie war nicht mehr Cindy, und einen Prinzen brauchte sie auch nicht. Diese Briefe repräsentierten ein neues Leben – die Möglichkeit eines in jedem Sinne sauberen Lebens. Michelle brauchte sich von niemandem abhängig zu machen. Sie konnte selbst für sich und ihre Kinder sorgen.

Sie hatte ihre Dienste nicht in der Nähe angeboten, sondern im Norden von Westchester. Und wenn all das klappte, hatte sie sich vorgenommen, noch weiter vom Schauplatz der Verbrechen ihres Mannes wegzuziehen. Vielleicht würde all das möglich sein. Die Hoffnung war bescheiden genug – arbeiten und für ihre Kinder sorgen zu können. Aber mehr wollte sie nicht. Michelle war an nichts außer Selbsterhaltung und Frieden interessiert. Keine Alpträume mehr. Sie wollte das Gefühl haben, für alles sorgen zu können, was nötig war, und alles bewältigen zu können, was sich ergab. Und diese Briefe – diese kostbaren Briefe – trugen mehr als je etwas zuvor zu ihrem Glauben an diese Möglichkeit bei.

Die Zeit verging, ohne daß sie es merkte. Sie wußte nicht, wie lange sie schon dastand, doch als sie auf die Uhr sah, wurde ihr klar, daß sie zu spät zu dem Termin kommen würde, den Michael Rice für sie vereinbart hatte. Sie stopfte die Briefe in ihre Tasche, stieg in ihren Wagen – den sie jetzt verachtete – und fuhr zum Rathaus des Bezirks.

Je näher sie ihm kam, desto mehr verlor sie das köstliche Gefühl der Leichtigkeit, das sie zuvor empfunden hatte. Statt dessen stieg Angst in ihr hoch. Ihre Brust wurde eng, als zwänge sie sich in eines von Jennas Trikots. Sie wußte den Grund: Sie wollte Staatsanwalt Douglas nicht sehen müssen. Er war der Mann, der ihr Leben ruiniert, sie und ihre Kinder erschreckt und auf eine Weise verletzt hatte, von der sie sich nie erholen würden. Jetzt, da sie die Schuld ihres Mannes erkannt hatte, konnte sie eigentlich nichts mehr gegen Douglas' Einstellung zu Frank Russo einwenden; aber Michelle fürchtete sich vor seiner Einstellung zu ihr. Sie war sicher, daß sie feindselig sein würde. Aber sie mußte herausfinden, ob sie frei war, umzuziehen, Frank zu verlassen und unbehelligt zu leben, soweit es das Gesetz betraf.

Michael wartete schon auf sie, und an seinem Gesichtsausdruck sah sie, daß es nicht gut war, zu spät gekommen zu sein. »Gehen wir«, sagte er ohne jede Vorrede. »Es war nicht einfach, diesen Termin bei Douglas zu bekommen, und ich möchte nicht, daß er uns aus seinem Kalender streicht.« Michelle nickte und folgte ihrem Anwalt in das Gebäude und hinauf in den dritten Stock. George Douglas war ein robuster Mann – kräftig, aber nicht dick. Sein Haar war rötlich und wurde dünn; er hatte es in Streifen über den größtenteils kahlen Schädel frisiert. Sein Gesicht war voller Sommersprossen. Nachdem seine Sekretärin sie angemeldet hatte, kam er sofort aus seinem Büro. »Rice«, sagte er und nickte Michael kurz zu. »Und Sie sind Mrs. Russo?« fragte er.

Michelle konnte nicht sprechen. Er erinnerte sie zu sehr an ihren Vater, einen Mann, der vor fast zwanzig Jahren gestorben war, aber ungefähr die gleiche Größe und Statur gehabt hatte wie Staatsanwalt Douglas. Wenn sie nicht ohnehin schon Angst gehabt hätte, dann hätte diese Reinkarnation sie schlagartig ausgelöst. Typisch für ihr Glück. Wo stand geschrieben, daß dieser Mann, den sie sowieso fürchtete, auch noch einem anderen Mann gleichen mußte, vor dem sie von jeher Angst gehabt hatte? Einen Moment lang dachte sie an Flucht. Aber sie holte nur tief Luft und folgte ihm widerspruchslos in sein Büro. Sein kahler Kopf glänzte zwischen den sorgfältig pomadisierten rötlichen Strähnen, die fest an seinem Schädel klebten.

»Dies ist der stellvertretende Staatsanwalt Ben Michaelson, und das ist Stephen Katz«, stellte Douglas vor. »Michael Rice und seine Mandantin, Mrs. Russo.« Er ließ sich schwer in einen abgenutzten Drehstuhl aus Kunstleder fallen, lehnte sich zurück und verschränkte die Hände vor dem Bauch. »Also«, sagte er, »was haben Sie anzubieten, Rice?«

»Wir sind nicht hier, um irgend etwas anzubieten«, stellte Michael klar. »Wie ich Ihnen schon am Telefon sagte, dies ist eine offene Diskussion, um festzustellen, ob es einen Weg gibt, der Gerechtigkeit bestmöglich zu dienen.«

»Ja, natürlich«, lenkte Douglas ein. Für einen Moment hob Michelle den Kopf aus der defensiven Position, in die sie sich geduckt hatte, und wagte es, ihn anzusehen.

»Na, wenn sie etwas für die Gerechtigkeit tun wollen«, wiederholte Douglas, »dann werde ich Ihnen sagen, was da zu machen ist: Sie können Mrs. Russo verdrahten und uns ein aufgezeichnetes Schuldeingeständnis ihres Mannes bringen. Noch besser wäre, wenn Sie uns sagen könnten, wo sein Versteck ist und *für wen* er gearbeitet hat. Wir wissen bereits, *mit wem* er gearbeitet hat, deshalb bin ich nicht an den Namen seiner Soldaten interessiert.«

Michelle hatte das Gefühl, gleich hier in diesem Sessel zu sterben. All diese Männer waren so hart und so schnell bereit, über sie, ihren Mann und das Leben ihrer Kinder zu verfügen. Und das Demütigendste war, daß sie jetzt wußte, daß Frank schuldig war, und daß die anderen es schon vor ihr gewußt hatten. Sie spürte, wie ihr Tränen in die Augen stiegen, und senkte wieder den Kopf.

»Mrs. Russo ist die Mutter zweier schulpflichtiger Kinder. Und sie ist unschuldig und wußte nichts von irgendwelchen kriminellen Aktivitäten ihres Mannes«, sagte Michael Rice überzeugt. »Und ich würde Sie gern daran erinnern, daß er zwar unter Anklage steht, daß Sie aber noch immer keine Beweise haben und dieses Verfahren nur auf der Basis der Zeugenaussagen von Menschen führen, die möglicherweise unglaubwürdig sind.«

»He, Michael«, sagte Douglas. »Irre ich mich, oder sind Sie hergekommen, um einen Deal zu machen wie die anderen?«

»Nein, das sind wir nicht. Wir wollten Sie nur wissen lassen, daß Mrs. Russo die Absicht hat, den Bezirk zu verlassen und vielleicht auch die Scheidung einzureichen.«

»Oh, wirklich? Wie interessant. Und das ist bloßer Zufall und hat nichts mit Frank Russos Aktivitäten in der letzten Zeit zu tun?«

»George, wir stehen hier nicht vor Gericht, und Mrs. Russo braucht Ihnen ihr Privatleben nicht offenzulegen oder sich auf den fünften Verfassungszusatz zu berufen. Wir möchten nur wissen, ob sie gehen darf«, sagte Michael Rice. »Sie steht ja nicht unter Anklage.«

»Noch nicht, aber sie darf die Stadt trotzdem nicht verlassen«, sagte Douglas. »Wenn Mrs. Russo allerdings bereit wäre, dem Staat dafür, daß sie nicht verfolgt wird, gewisse Beweise zu liefern, dann könnten – *könnten* wir vielleicht zu einer Regelung kommen. Aber sie würde nur dasselbe tun wie meine anderen Zeugen, also bringen Sie die nicht in Verruf, ja?« Michelle empfand Panik, versuchte aber, sich das nicht anmerken zu lassen. »Ich lasse nur dann jemanden gehen, wenn er mir jemand Wichtigeren bringt, nicht jemanden, der bedeutungslos ist.«

Zum erstenmal wandte sich Douglas jetzt direkt an Michelle. »Wissen Sie etwas Brauchbares?« fragte er sie. »Können Sie mir sagen, mit wem er geredet hat? Wen er in Ihr Haus gebracht hat? Können Sie mir sagen, woher die Lieferungen kamen? Welche Vettern hat Frank, die vielleicht, natürlich nur vielleicht, mit ihm in Verbindung stehen? Wen kennt er aus Kolumbien? Haben Sie nicht oft Ferien in Mexiko oder Caracas gemacht? Darauf werden Sie in Zukunft verzichten müssen, Mrs. Russo.«

Sie sah den gräßlichen Mann an. Sie konnte ihm die Wahrheit sagen: »Wenn ich irgend etwas davon gewußt hätte oder wenn Frank etwas in der Art vor mir getan hätte, dann wäre ich nicht länger Mrs. Russo«, sagte sie fest. »Ich möchte nur wissen, ob Sie glauben, daß ich daran beteiligt war, was ich nicht war. Und ob ich meine Kinder von hier wegbringen kann. Ich sorge mich um sie«, hier holte sie tief Luft, »und ich habe keine Beweise dafür, ob Frank schuldig ist oder nicht, aber ich fürchte, er könnte es sein, und das macht mir angst, und ich schäme mich.«

»Sie *fürchten,* er könnte schuldig sein?« fragte Douglas mit falscher Besorgnis in der Stimme. »Sie *fürchten,* er könnte schuldig sein? Lassen Sie sich eins sagen. Sie wissen verdammt genau, daß Ihr Mann das Spiel gespielt hat. Entweder das, oder Sie sind die illoyalste, widerlichste Ehefrau, die ich seit langem gesehen habe. Sie erzählen mir, daß sie diesen Hundesohn verlassen, weil er Schwierigkeiten mit dem Gesetz bekommen hat und sie noch nicht mal *wissen,* ob er schuldig ist? Sie *fürchten* nur, er könnte es sein. Was für eine Frau sind Sie eigentlich, Mrs. Russo?«

»Ihr Ton gefällt mir nicht, Douglas«, sagte Michael scharf. »Es gefällt mir nicht, wie sie mit Mrs. Russo reden. Wir sind guten Glaubens gekommen.«

Douglas sah Michelle an, und sie zwang sich, nicht den Blick abzuwenden. »Wissen Sie«, sagte er, »ich glaube nicht, daß Sie ein Miststück sind, aber ich glaube *allerdings,* daß Sie lügen. Sie fürchten nicht, er könnte schuldig sein. Sie wissen es. Sie wissen genug, um so verdammt schnell wie möglich vor dem Vater Ihrer Kinder wegzulaufen. Nun, dabei werde ich Ihnen helfen, aber Sie müssen mir auch helfen. Wenn Sie guten Glaubens gekommen sind, dann geben Sie mir etwas.«

»Mrs. Russo hat Ihnen nichts zu geben«, parierte Michael. »Sie ist unschuldig, und sie wird sowohl von ihrem Mann als auch von der Polizei terrorisiert. Kommen Sie, George. Das war brutal. Und ihre Kinder sind in der Schule Parias geworden.«

Douglas nahm die Hände von seinem Bauch und verschränkte sie hinter dem Kopf. »Nun, das tut mir sehr leid für die Kinder«, sagte er und schien das ehrlich zu meinen. »Aber wissen sie was? Ich kann nicht jede Frau beweinen, die es jahrelang vorgezogen hat, die Augen zu schließen. Die nicht genau wissen wollte, was ihr Mann tut, denn sonst hätte ja ihr Schiff ins Schaukeln geraten können. Es hätte ihre Welt zusammenbrechen lassen können. Es hätte sogar ihr Einkommen mindern können.« Er machte eine

Pause. »Sie wohnen in einer schönen Straße, Mrs. Russo. Sie fahren ein gutes Auto. Ich weiß das. Wir haben uns Ihre Steuerbescheide und das Geschäftseinkommen Ihres Mannes angesehen. Er ist nicht dumm, das räume ich ein. Aber ich glaube, Sie sind auch nicht dumm. Und ich will keine Frauen hören, die zu mir sagen«, hier hob er die Stimme und sprach in unangenehmem Falsett weiter, *»›Ich habe nicht gewußt, daß er Schädel einschlägt.‹ ›Ich habe nichts gewußt von den dreißig Telefonleitungen und der Tatsache, daß er mehr Wetten annahm als OTB.‹ ›Ich wußte nicht, wer Lefty oder PeeWee wirklich waren.‹* Und dabei wissen Sie es. Sie *wollen* es nur nicht wissen.« Douglas zuckte mit den Achseln. »Was haben Sie für mich, Michael?«

»Was ich habe, ist eine unschuldige Frau, die einige Zusicherungen und etwas Hilfe von den öffentlichen Beamten braucht, die dafür bezahlt werden, ihr zu dienen und sie zu beschützen.«

Douglas stand auf. »Mrs. Russo, wenn Sie unschuldig sind und die Wahrheit sagen, dann muß ich Ihnen leider mitteilen, daß Sie und Ihre Kinder unfairerweise in eine Menge ganz beschissener Unannehmlichkeiten geraten werden. Wir suchen bis zum Prozeß, was wir kriegen können. Sie dürfen den Bezirk nicht verlassen. Sie bekommen keine Garantien dafür, daß wir Sie nicht überwachen oder alles tun, was nötig sein könnte, um Frank Russo zu bekommen. Sie können sogar unter Strafandrohung als Zeugin gegen ihn geladen werden. Sie haben eine einfache Wahl: Geben Sie uns etwas, das uns hilft, oder stehen Sie es mit ihm zusammen durch.«

58. Kapitel -

in dem Rechnungen fällig werden und die Geldlawine ins Rollen kommt

Jada war ein bißchen zu spät von Price Chopper zurückgekommen. Sie hatte die Chance bekommen, zwei Überstunden zu machen, und hatte sie ergriffen. Nicht, daß die neun Dollar, die sie dafür bekam, einen großen Unterschied machen würden. Das Apartment war still. Sie mußte nachdenken und planen. Jetzt setzte sie sich an den Eßtisch und sah die Post durch, die Clinton ihr gegeben hatte, als sie die Kinder das letzte Mal abgeholt hatte.

Zum erstenmal in fast vier Jahren kam sie mit dem Bezahlen der Rechnungen nicht nach. Sie öffnete sie jetzt, und die meisten Briefe trugen den häßlichen roten Stempel »ÜBERFÄLLIG«. Natürlich mußten Telefon, Strom und Hypothek bezahlt werden, aber wie? Ihr erster Lohnscheck von Price Chopper war lächerlich gewesen und würde nicht einmal für die Telefonrechnung reichen, da Tonya anscheinend häufig in White Plains anrief. Jada notierte sich alle ausstehenden Beträge und nahm dann ihr Scheckbuch zur Hand. Sie war noch immer nicht dazu gekommen, ihr Konto bei der County Wide Bank aufzulösen, aber ihr war aufgefallen, wie schnell man ihr die Kontoführung und das Ausstellen von Schecks in Rechnung stellte, da sie ja keine Angestellte mehr war. Bevor das alles passiert war, hatte sie es immer geschafft, ein paar tausend Dollar auf die Seite zu legen. Doch die waren längst fort, und selbst wenn sie für alles nur den geringstmöglichen Betrag zahlte, würde sie bald am Ende sein. Und dabei hatte sie den Ehegatten- und Kindesunterhalt noch gar nicht berücksichtigt. Sie hatte George Creskins Rechnung ignoriert und ihm nur einen Scheck über fünfzig Dollar und einen Brief geschickt, in dem stand, sie habe vor, jeden

Penny zu bezahlen – ganz gleich, wie lange es dauerte. Das hatte nicht funktioniert. Es sah so aus, als würde Creskin jetzt Ansprüche auf ihr – nun ja, Clintons – Haus erheben. Vor einiger Zeit hatte sie das noch lustig gefunden, aber als sie jetzt den letzten Umschlag aufriß, erkannte sie, wie blind sie gewesen war.

Vor ihr lag ein Brief vom Gericht in Westchester, in dem ihr Mißachtung des Gerichts vorgeworfen wurde, weil sie zu spät zahlte und Rechnungen des Gerichts nicht bezahlt hatte. Sie starrte auf den Brief. Was konnte sie denn noch tun? Sie war eine berufstätige Mutter, die manchmal zwei Schichten arbeitete und ein bißchen mehr als den Mindestlohn verdiente. Ihre Kinder hatte man ihr weggenommen, und sie bezahlte die Geliebte ihres Mannes dafür, daß sie sich um sie kümmerte. Und doch bestand die Gefahr der Mißachtung des Gerichts? Jada wurde so wütend, daß sie den Brief zusammenknüllte und durchs Zimmer warf. Unglücklicherweise kam Michelle genau in diesem Moment aus dem Flur, und der harmlose Papierball flog ihr an den Kopf.

»Was ist damit?« fragte Michelle verdutzt.

»Vielleicht werde ich die erste vom Staat erledigte Mutter in der Geschichte unseres Landes«, sagte Jada. »Meinst du, daß sie das in *Time* bringen? Oder in *Newsweek?*«

Michelle hob das Papier auf, glättete es und las. Sie schüttelte den Kopf. »Fast erledigt«, stimmte sie zu und sah ihre Freundin mitfühlend an. »Du kannst nicht noch eine Friedhofsschicht leisten, Jada. Gestern abend bist du mit dem Mund voller Essen eingeschlafen. Ich kann dir sagen, das war kein sehr hübscher Anblick.« Jada lächelte kurz. »Aber das hier klingt, als wärst du verantwortungslos.« Michelle schüttelte den Kopf. »Das ganze System ist verrückt.« Sie gab Jada den zerknitterten Brief zurück. »Vielleicht können Angie und Michael dir helfen.«

»Vergiß sie. Ich habe ihnen schon gesagt, daß mir an einer Berufung nichts liegt. Das ganze System ist lächerlich.« Sie sah auf ihre Uhr. »Komm«, sagte sie. »Wenn ich das System schlagen soll, brauche ich jetzt deine Hilfe.«

Sie holte ihre Jacken, die sie eilig anzogen. Dann nahmen sie ihre Taschen und gingen aus der Tür.

»Pookie!« rief Michelle. Freudig kläffend und mit aufgeregt wedelndem Schwanz stand der kleine Spaniel schon hinter ihr.

»Oh, bitte«, knurrte Jada. »Müssen wir den verdammten Hund mitnehmen? Ich weiß nicht, wie Angie das aushält. Können wir nicht mal ein bißchen Freiheit von diesem Köter haben?«

»Ach, komm... Magst du Pookie etwa nicht?« fragte Michelle und schien wirklich verletzt.

»Eigentlich nicht«, sagte Jada. »Ich gebe zu, man lebt mit dem Hund angenehmer als mit Clinton. Er scheint mit seinem innersten Ich in Kontakt zu sein. Aber er ist trotzdem furchtbar lästig.«

»Ich habe nicht gewußt, daß du wirklich so empfindest«, sagte Michelle niedergeschlagen. »Es tut mir so leid. Meinst du, daß Angie es auch haßt, den Hund hier zu haben?«

Jada schüttelte den Kopf. »Verzeihung«, bat sie. »Ich bin bloß nervös. Achte gar nicht auf mich. Ich weiß nicht, was ich rede. Ich habe nichts dagegen, daß Pookie mitfährt. Hunde treten nicht auf die imaginäre Bremse.«

Mit Pookie im Schlepptau stiegen sie in Michelles Lexus, und Michelle fuhr sehr viel schneller als sonst zur Schule hinüber. Jada suchte in ihrer großen schwarzen Tasche nach der Stoppuhr, die sie brauchte. »Donnerwetter«, sagte Michelle beeindruckt. »Wo hast du *die* denn her?«

»Ich habe sie einem der Unternehmensberater geklaut, die in der Bank diese Untersuchungen durchführten«, gestand Jada.

»Das ist doch nicht dein Ernst?«

»Doch. Einfach aus Bosheit. Ich wußte nicht, daß ich sie brauchen würde, um ein Verbrechen zu begehen.«

Sie erreichten die Schule, als der Bus gerade abfuhr. »Verdammt«, sagte Jada. »Morgen müssen wir früher kommen. Vielleicht während die Kinder einsteigen. Ich muß sehen, wann die günstigste Gelegenheit ist.«

»Nun, es kann nicht vor der Schule stattfinden. Vor allen Leuten«, sagte Michelle.

»Man kann nie wissen«, meinte Jada. »Vielleicht eine Nachricht auf diesem Gerichtsbriefbogen, daß ich sie abholen darf.«

»Das hätte funktionieren können, wenn du ihn nicht zerknittert hättest«, stimmte Michelle zu. »Wäre es nicht am einfachsten, wenn ich sie abhole?«

»Nur wenn du wegen Kidnapping ins Gefängnis möchtest«, sagte Jada.

»Das steht nicht gerade ganz oben auf meiner Prioritätenliste«, gab Michelle zu. »Aber für dich würde ich alles tun, was ich kann, Jada.«

»Das weiß ich. Aber ich kann nicht von dir verlangen, daß du ins Gefängnis gehst.« Jada war damit beschäftigt, sich Notizen zu machen, jeden Halt und die Zeit dafür aufzuschreiben. »Sind das die Brewster-Kinder? Ich kenne Mrs. Brewster. Vielleicht könnten die Kinder da aussteigen…«, überlegte Jada.

Der Schulbus fuhr um eine Ecke und verursachte dabei den üblichen Stau. Sie waren nur einer von vielen Wagen dahinter, da es verboten war, Schulbusse zu überholen. Jada schrieb weiterhin jeden Stopp und die Zeit dafür auf. Nichts funktionierte. Sie konnte ja nicht einfach in den Bus steigen und ihre Kinder packen.

»Wenn ich wegfahre, wenn sie bei mir zu Besuch sind, habe ich das Problem mit Miss Patel«, sagte sie zu Michelle. »Sie würde mich sofort anzeigen. Aber wenn ich sie aus dem Schulbus hole, habe ich Sherrilee nicht. Ich kann ja nicht einfach ins Haus einbrechen und sie holen.« Trotzdem fuhr Michelle weiter dem Bus nach, und Jada machte sich Notizen.

»Gott«, sagte Jada. »Ich muß beten.« Und wie als Antwort auf ihr Gebet kam ihr die Idee. »Kirche!« rief sie atemlos.

»Du willst in die Kirche gehen? Jetzt?« fragte Michelle verblüfft.

»Nein. Nein, ich meine, man kann es von der Kirche aus starten. Vielleicht kann ich mit ihnen in die Kirche gehen und es von dort aus schaffen.«

Michelle riß verständnisvoll die Augen auf. »Es gibt doch einen Gott«, griente sie.

An diesem Abend rief Jada Samuel Dumfries an. Sie hatte seit ihrem Treffen in Boston zweimal mit ihm gesprochen, aber keine guten Nachrichten gehabt. Jetzt erzählte sie ihm aufgeregt, wie es klappen könnte, sich die Kinder zu schnappen. »Aber ich brauche eventuell Hilfe«, gestand sie. »Meine Freundinnen kann ich nicht fragen. Das Unternehmen ist einfach zu gefährlich. Vielleicht meine Eltern…«

»Seien sie nicht albern«, antwortete er. »Ihre Eltern sind zu alt, und die Sache ist zu riskant. Ich werde kommen.«

»Sie?« fragte Jada konsterniert. »Mr. Dumfries, ich bin nicht sicher, ob ich Ihre Auslagen erstatten kann, von einer Rechnung ganz zu schweigen.«

»Ich tue das nicht des finanziellen Gewinns wegen«, sagte er ruhig. »Ich bin sicher, ich kann Ihnen helfen, nach Barbados zu kommen. Das Problem ist nur, daß dies wohl der erste Ort sein dürfte, wo Ihr Mann Sie sucht. Barbados präsentiert in der Tat einige signifikante legale Fragen.«

Jada hatte vergessen, wie förmlich der Mann sich ausdrückte. »Mr. Dumfries, es kann nicht mehr Probleme präsentieren, als ich hier schon habe«, stellte sie fest. »Ich bin entschlossen, es zu tun, und ich möchte Ihnen schon im voraus für all Ihre Hilfe danken.«

»Nun, da ist ein Gefallen, um den ich Sie bitten muß«, sagte er.

»Ja, natürlich. Alles. Alles, was ich tun kann«, willigte Jada ein und fragte sich, was das wohl sein mochte.

»Hätten Sie etwas dagegen, mich beim Vornamen zu nennen?« fragte er mit Lachen in der Stimme.

»Ganz und gar nicht, Samuel«, antwortete sie erleichtert.

Michelle haßte Heimlichtuerei, aber sie wußte nicht, wie sie sonst helfen sollte. Sie wartete, bis Jada aufgelegt hatte – das Apartment war so winzig und überfüllt, daß man fast keine Privatsphäre hatte –, und bat dann, als nächste telefonieren zu dürfen. Jada hatte von Angies Schlafzimmer aus mit ihrem Anwalt gesprochen. Jetzt ging Michelle hinein, nahm den Hörer ab und drückte auf Wahlwiederholung. Als sich eine offizielle Sekretärinnenstimme meldete, konnte Michelle sich für einen Moment nicht mehr an den Namen des entfernten Verwandten erinnern, den Jada erwähnt hatte. Doch dann fiel er ihr wieder ein. »Könnte ich bitte mit Sam sprechen«, sagte sie, und nach einem Augenblick Stille wurde sie durchgestellt.

»Samuel Dumfries«, hörte sie eine gebildete britische Stimme.

Konnte das richtig sein? Michelle überlegte. »Hallo«, begann sie vorsichtig. »Eh ... sind Sie ein Verwandter von Jada Jackson?«

»In welcher Angelegenheit möchten Sie das wissen?« stellte Sam prompt die Gegenfrage.

»Hören Sie, ich bin Jadas beste Freundin. Ich heiße Michelle Russo. Und ich habe eine Möglichkeit, ihr zu helfen, aber dazu muß ich den besten Weg herausfinden.«

»Warum besprechen Sie das nicht mit Mrs. Jackson selbst?« fragte der Mann.

»Nun, das ist etwas kompliziert. Aber hauptsächlich geht es um Geld. Würde viel Geld Jada in Barbados helfen?«

»Geld ist fast immer hilfreich«, sagte Mr. Dumfries. »Aber am hilfreichsten wäre, wenn Mrs. Jackson genug hätte, um anderswohin zu gehen. Warum erklären Sie mir das nicht ein bißchen genauer?«

Michelle holte tief Luft und begann ...

59. *Kapitel -*

alles eingesackt!

Michelle ließ sich von Jada in deren Volvo fahren. Die ganze Bankgeschichte war riskant, aber das war auch alles andere, was sie jetzt versuchten. Sie nahm an, daß es am besten für sie war, wenn man sie nicht sah. Sie hatte keine Ahnung, ob jemand aus Bruzemans Büro, vom Staatsanwalt oder von der Polizei ihr und ihrem Lexus folgte oder nicht. Und sie hatte auch keine Ahnung, ob sie Jada in Gefahr brachte oder nicht. Aber sie sagte sich, daß ihr Handeln nötig war. Sie kauerte sich auf dem Sitz zusammen, so gut es ging, und hoffte, daß ihnen niemand folgen oder sie bemerken würde, als sie auf den Parkplatz der First Westchester Bank fuhren. Sie versuchte, sich auf anderes als ihre Furcht zu konzentrieren: die vorbeiziehende Szenerie, das Brummen des Volvo. »Macht der Motor nicht irgendein Klopfgeräusch?« fragte Michelle. Das hatte ihnen gerade noch gefehlt, daß der Wagen den Geist aufgab, wenn sie mit der Beute auf dem Heimweg waren.

Jada lauschte und zuckte mit den Achseln. »Ich glaube, der Vergaser mag nicht mehr«, seufzte sie. »Wenn irgendwas Eier oder Räder hat, bekommt eine Frau Probleme damit.« Dann bog sie in den Parkplatz der Bank ein und stellte den Wagen ab, ohne ein weiteres Wort zu sagen. Sie hatte Michelle nie auch nur eine einzige Frage über das gestellt, worum sie sie gebeten hatte, und Michelle war zutiefst dankbar für dieses Vertrauen. In ihrem ganzen bisherigen Leben hatte sie keinen loyaleren, stärkeren und lustigeren Menschen kennengelernt als Jada. Wie seltsam, daß ihre beste Freundin auf dieser Welt eine Afroamerikanerin war. Wie hatte Jada sie genannt? Schwesterfreundin? Das war sie. Sie dachte an all ihre High-School-Freundinnen damals im Staate New York und wie illoyal und klatschsüchtig sie sich benommen hatten. Abgesehen davon waren alle fanatisch gewesen und hatten über »Nigger« und »Dschungeltussis« und viel Schlimmeres getuschelt. Sie waren komplette Idiotinnen und nicht einmal gut genug, einen Menschen wie Jada überhaupt nur anzuschauen.

Michelle war so froh und stolz, daß sie ihre Kinder besser erzogen hatte – und daß sie selbst mehr gelernt hatte. Michelle blinzelte mit tiefer Zuneigung zu ihrer Freundin hinüber. Nein. Liebe.

Es war traurig, daß gerade das, was ihnen jetzt beiden Freiheit bringen würde, sie auch trennen würde. Aber das Geld war nötig. Michelle hoffte nur, daß nichts schiefgehen konnte oder würde. Denn wenn das passierte, würde sie es sich nie verzeihen.

»Also, für den Fall, daß du's noch nicht gemerkt hast, wir sind da«, sagte Jada und unterbrach damit Michelles Tagträume. »Was muß ich als nächstes machen?«

»Du gehst in die Bank und öffnest dein Schließfach«, sagte Michelle zu ihr, nahm eine schwarze Tasche mit Reißverschluß und reichte sie Jada. »Tu alles in diese Tasche, und dann verschwinden wir von hier.«

Jada nickte, bereit zu gehen. Aber vorher nahm Michelle ihre Hand. Sie war sehr warm im Vergleich zu Michelles eiskalter Hand. »Jada, ich glaube nicht, daß hier irgend etwas gefährlich ist, aber ich würde lügen, wenn ich sagte, es ist überhaupt kein Risiko dabei.«

»Es sind keine Drogen, nicht?« fragte Jada. »Ich habe dir schon gesagt, daß ich damit nichts zu tun haben will. Nicht, daß ich denken würde, du hättest damit zu tun. Denn du hast mir bereits versichert, daß es keine Drogen sind, und ich glaube dir.«

»Es ist nur so, daß Frank oder einer von seinen Leuten oder Schlimmere mich vielleicht beobachten.« Wer schlimmer wäre, sagte sie nicht... denn wenn man einmal mit der Polizei zu tun gehabt hatte, wollte man ein zweites Mal lieber nicht daran denken.

Jada sah sie an. »Michelle, du stehst mir bei, meine Kinder zurückzubekommen. Ich weiß nicht, was da drin ist, in diesem Tresorfach, meine ich, und ich will es nicht wissen. Aber du bist bereit, mir zu helfen, und das bedeutet mir viel.

Wenn du nicht damals die Sache in die Hand genommen hättest, würden wir Angie nicht kennen. Und ich… ich habe anscheinend nicht den Mut, alles allein zu machen.« Jada drückte Michelles Hand. »Weißt du, was ich meine?« Michelle nickte. Jada lächelte. »Okay. Dann gehe ich jetzt in die Bank, öffne das Tresorfach, stopfe den Inhalt in diese Tasche und komme wieder zurück.«

Michelles Herz flatterte in ihrer Brust, und gleichzeitig schien sie einen Kloß im Hals zu haben. Sie konnte ihren eigenen Speichel nicht schlucken. Und unwillkürlich sah sie (wohl zum zwanzigsten Mal) in den Rückspiegel, um zu schauen, ob ihnen jemand gefolgt war. Sie versuchte erneut zu schlucken. Wenn sie Jada in all das hineinzog, was würde dann passieren, wenn Jada verhaftet und als Komplizin von Frank angeklagt würde? Und was, wenn dasselbe mit ihr passierte, weil sie Jada in die Bank geschickt hatte? Sie würden ihre Kinder beide bestimmt für immer verlieren.

Vielleicht, dachte Michelle, sollte sie die Idee einfach vergessen. Vielleicht sollte sie das ganze verfluchte Geld da lassen, wo es war, fern von Frank und nicht in der Lage, irgend jemandem zu schaden. Das war vermutlich der beste Gedanke: Jada einfach zu sagen, sie solle den Rückwärtsgang einlegen und sie von hier wegbringen. Einen Moment saß sie regungslos da und dachte über die Option nach. Es war ja nicht so, als hätte sie mit dem Geld, das sauber gebündelt in seinem Schließfach im Inneren der Bank lag, irgend etwas vor. Aber um den Deal mit dem Staatsanwalt machen zu können, mußte sie etwas vorzuweisen haben. Das böse Geld könnte in gutes verwandelt werden. Und vielleicht in mehr als einer Hinsicht.

Wieder sah sie in den Rückspiegel. Stand dieser weiße Chevrolet auf der anderen Seite nicht schon lange da? Ein Mann saß allein auf dem Fahrersitz. Der Wagen sah genau wie ein ziviles Polizeifahrzeug aus – karg und ohne besondere Merkmale. War es ein Chavalier? Hatte Frank nicht gesagt, die meisten Undercover-Agenten in Westchester würden Chavaliers fahren? Da schlurfte eine alte Frau mit einer wirklich scheußlichen Dauerwelle über den Parkplatz und stieg auf den Beifahrersitz. Michelle holte tief Luft. Sie wurde verrückt, paranoid.

»Michelle, alles in Ordnung?« fragte Jada alarmiert.

Michelle konnte nicht sprechen vor Erschütterung. Sie nickte nur. Wenn irgend etwas passierte, wenn einer von Franks Leuten sich das Geld nahm, dann wäre es einfach fort. Solange sie Jada nichts antaten. Und wenn die Leute von der Staatsanwaltschaft etwas taten, würde Michelle ihnen einfach die Wahrheit sagen: daß sie das Geld holte, um es ihnen zu bringen.

»Beeil dich, Jada«, konnte Michelle endlich herausstoßen. »Mach dir nicht die Mühe, das Schließfach wieder abzusperren. Du weißt, wie lange Anne dafür immer gebraucht hat. Pack einfach den Umschlag ein, und komm zurück, sobald du kannst. Okay?«

»Okay«, versprach Jada. »Aber bist *du* okay?«

»Ja, alles in Ordnung. Ich bin einfach ein bißchen dehydriert oder so.«

»Also, ich bin gleich wieder da«, sagte Jada fröhlich, öffnete die Tür und schwang ihre langen Beine hinaus. Sie ging über den Gehsteig, und Michelle beobachtete sie und zählte jeden ihrer Schritte. Sie sah auf ihre, nein, Jennas Uhr. Es war sieben Minuten nach zehn, als Jada hinter den Doppeltüren der Bank verschwand. Wie lange konnte es wohl dauern? Zehn Minuten? Fünfzehn? Michelle versuchte, den Kloß in ihrem Hals zu schlucken, und begann zu warten.

Keine zwei Minuten später fuhr ein Polizeiwagen aus der Post Road direkt vor den Eingang der Bank. Michelle geriet in Panik – sie wußte nicht, was sie tun sollte. Ihre Gedanken rasten. Weglaufen hatte keinen Sinn. Und in die Bank sollte sie wohl auch nicht gehen, denn wenn man nach ihr suchte, würde es das nur leichter machen. Nicht, daß sie sie hier draußen nicht finden würden. Sie erinnerte sich an die eiskalten Handschellen, als man sie abgeführt hatte. Sie rieb ihre Handgelenke und glitt zitternd noch tiefer in den Sitz. Sie beobachtete und wartete. Der Polizist auf dem Fahrersitz blieb sitzen, doch auf der anderen Seite wurde die Autotür geöffnet, und ein Polizist stieg aus und überquerte den Gehsteig vor der Bank. Dann wandte er sich nach links und ging an einer Reinigung vorbei in einen Delikatessenladen. Michelle konnte es kaum glauben, aber nach zwei oder drei Minuten kam er wieder heraus, zwei Becher Kaffee in einer Hand, in der anderen ein Gebäckstück, in das er gierig biß. Michelle konnte auf der Vorderseite seiner Uniform überall Krümel entdecken. Er stieg wieder in den Wagen, und Michelle, die sich fühlte, als sei ihr Körper zu Flüssigkeit geworden, sah zu, wie der Polizeiwagen den Parkplatz verließ.

Nach ein paar Minuten konnte sie wieder atmen und sogar denken und sich bewegen. Sie schaute auf ihre Uhr. Es war fast Viertel nach zehn geworden. Jada sollte jetzt schon im Tresorraum sein. Wenn sie in der Bank nicht aufgehalten worden war. Michelle stellte fest, daß sie mit dem Fuß auf den Boden klopfte, und hörte damit auf. Sie drehte den Kopf und musterte nochmals den Parkplatz. Wenn in der Bank Leute auf Jada gewartet hätten, hätten sie inzwischen auch schon Michelle geschnappt.

Sie sah wieder auf die Uhr. Achtzehn Minuten nach zehn. Jada war seit elf Minuten in der Bank. Nun, elf Minuten waren nicht lang. Michelle tappte wieder mit dem Fuß, aber diesmal versuchte sie gar nicht erst, es zu unterbinden. Sie konnte einfach warten und soviel klopfen, wie es zum Abreagieren nötig war.

Sie schaffte es, bis halb elf zu warten, aber dann schien es unerträglich. Wenn Jada in der Bank festgehalten worden war, wenn Michelle sie da hineingezogen hatte, würde sie sich das nie verzeihen. Und Jada würde ihr wiederum vermutlich nie verzeihen. Michelle entschied, daß sie in die Bank gehen mußte, um zu sehen, was dort geschah, aber als sie die Hand schon am Türgriff hatte, überlegte sie es sich anders. Vielleicht war sie diejenige, die sie suchten. Trotz der Kälte des Türgriffs schwitzte ihre Hand. Was sollte es nützen, wenn sie in die Bank ging? Wenn Leute nach ihr Ausschau hielten, würden die sie sehen, und dadurch würde Jada in Schwierigkeiten kommen. Und wenn sie Jada inzwischen gefaßt hatten, würde mit Sicherheit jeden Augenblick jemand zu ihrem Wagen herausstürzen.

Michelle, die seit der elften Klasse (als Frank es ihr abgewöhnte) nicht mehr geraucht hatte, wünschte sich verzweifelt einen tröstlichen Zug aus einer Marlboro. Einen Moment dachte sie sogar daran, in das Delikatessengeschäft zu gehen und sich eine Packung zu kaufen. Doch statt dessen sah sie wieder auf die Uhr. Es war Viertel vor elf. Jada war jetzt seit siebenundzwanzig Minuten in der Bank – fast eine halbe Stunde. Michelle war eiskalt, aber obwohl Jada den Schlüssel hatte steckenlassen, schaltete sie Motor und Heizung nicht ein. Tatsache war, daß sie außer dem wippenden Fuß nichts bewegen konnte. Wenn Jada nie wieder aus der Bank herauskäme, würde die morgige Schlagzeile lauten: EHEFRAU EINES DROGENBOSSES ERFROREN UND MIT ABGEFALLENEM FUSS IN FREMDEM AUTO AUFGEFUNDEN.

Das Komische war, daß Michelle zwar fror, aber dennoch unter den Armen schwitzte. Es war dieser scheußliche, klamme Schweiß, der ihre Kleider ruinierte. Dieser Pullover würde am Ende des Tages in der Mülltonne liegen, falls sie das Ende des Tages noch erlebte.

Eine Frau kam aus der Bank, die ein kleines Mädchen an der Hand hielt. Tatsächlich war das die einzige Person, die sie in der letzten halben Stunde aus der Bank hatte kommen sehen. Vielleicht hatten sie drinnen ein Problem. Vielleicht war die Bank überfallen worden, und alle waren Geiseln. Aber wieso war dann diese Frau heraugekommen? *Michelle,* sagte sie zu sich selbst, *du drehst vollkommen durch, du spinnst einfach.* Die Türen der Bank öffneten sich wieder, und Michelle hielt die Luft an, aber diesmal war es nur eine alte Dame, die mit behutsamen Trippelschritten die Schiefertreppe herunterkam. Sie hielt sich am Geländer fest und wich allem aus, das nach Eis oder Feuchtigkeit aussah.

Dann, endlich, um genau sechs Minuten vor elf, öffneten sich die Türen erneut, und Jada trat heraus. Sie schlenkerte die schwarze Tasche, die angemessen schwer aussah. Sie lief die Treppe hinunter, kam zu dem Volvo, öffnete die Tür und streckte den Kopf hinein. »Mission erfüllt«, verkündete sie begeistert und legte die schwarze Tasche auf Michelles Schoß, ehe sie sich auf den Fahrersitz schob. Solide und gewichtig ruhte die Tasche auf Michelles Oberschenkeln. Jada drehte den Zündschlüssel und ließ den Wagen an, während Michelle in heftiges befreiendes Schluchzen ausbrach.

60. *Kapitel -*

von Freunden, einem Frühstück und einer Nachricht

Michelle hatte Angies Apartment gewienert, daß alles glänzte. Cinderella hatte wieder zugeschlagen. Jada hatte von Price Chopper ein paar Blumen mitgebracht, gemischte Sträuße aus Nelken, Gerbera, Gladiolen und viel Grün. Sie sahen fröhlich aus. Angie schob die Quiche in den Backofen und machte sich daran, den Salat zu mischen und das Dressing zuzugeben. Sie wollte jetzt nichts essen, also hatte sie den kleinen Tisch nur für zwei gedeckt. Ihre Übelkeit war vergangen, aber sie verspürte ständig Heißhunger und hatte deshalb vorher schon einmal gegessen. Später würde sie die Reste verputzen.

Das Apartment war ungewöhnlich ruhig. Ihre Mitbewohnerinnen und die Kinder waren zeitig gegangen, Jada in die Kirche, und Michelle schlug mit ihren Kindern die Zeit tot, bis sie mit ihnen in die erste Kinovorstellung gehen konnte. Damit sollte Angie mehr als genug Zeit für sich haben, aber sie grübelte statt dessen, ob sie überhaupt das Richtige getan hatte.

Jemand klopfte an die Tür. Das war zu früh – ihre Mutter kam gewöhnlich zu spät, und ihr Vater legte Wert darauf, genau pünktlich zu erscheinen. Überrascht ging Angie zur Tür und sah sich unvermittelt Michael gegenüber. Er trug die Sonntagszeitungen und eine große Tüte mit Gebäck. »Ich dachte, ich hätte eine außersinnliche Wahrnehmung«, griente er. »Und die ging genau von hier aus. Gibt es in dieser Hemisphäre jemanden, der sich nach Zeitungen und leeren Kohlehydraten verzehrt?«

Er sah auf seine etwas zerknitterte Art zum Knuddeln aus. Er trug einen roten Pullover und eine von den weiten, ärmellosen

Jacken, die Angie nie verstand, weil sie sieben Schichten Kleidung und Unmengen lange Pulliärmel brauchte, damit ihr warm wurde. »Komm rein«, sagte sie, aber obwohl sie sich um einen herzlichen Ton bemühte, spürte sie, wie widerwillig sie ihn einlud. Ihr reichte, was sie innerhalb der nächsten Stunde ihren Eltern beibringen mußte. Sie konnte nicht erwarten, daß sie es so gut aufnehmen würden wie Michael.

Er trat ein, und seine Augen schweiften kurz durch den Raum. »Wo ist denn deine ganze Armee?« fragte er. »Ich habe genug für alle mitgebracht. Schlafen deine Gäste und Mitbewohner noch?«

»Nein«, gestand sie, »sie sind gegangen.«

Michael musterte den gedeckten Tisch und nahm die Blumen und die Aufgeräumtheit wahr, die Gäste ankündigten. »Ich glaube, meine außersinnliche Wahrnehmung hat mich getrogen«, seufzte er. Seine Schultern sanken herab. »Du hast jemand anderen zum Frühstück eingeladen.« Er reichte ihr die Tüte und sah für einen Moment sehr verlegen aus. »Na ja, er kann gern meine Brötchen essen.«

Angie lächelte. Er war eifersüchtig. Das war süß, und sie erschauerte ein wenig vor Vergnügen, aber nicht auf seine Kosten. »Michael«, stellte sie klar, »der Tisch ist für zwei gedeckt, weil es zwei Gäste gibt, abgesehen von mir: meine Mutter und meinen Vater.«

»Brechen sie zusammen das Brot – oder die Brötchen?« fragte er verdutzt.

Sie konnte erkennen, daß er trotz seines scherzhaften Tons erleichtert war. »Nein, normalerweise nicht«, gestand sie. »Du könntest das hier als Experiment betrachten. Aber da sie nun mal Großeltern werden, dachte ich, es wäre an der Zeit, ihnen die Neuigkeit mitzuteilen. Und zwar beiden gemeinsam.«

»Puh! Der zweite Schlag. Ich bin gleich draußen. Eingestellt habe ich mich auf die ganze Bande hier. Dann denke ich, du erwartest einen Liebhaber. Ich glaube, den psychologischen Teilzeitjob als Berater werde ich doch nicht annehmen«, stöhnte Michael. »Ich liege ja mit meinen überirdischen Wahrnehmungen total daneben.«

Sie begleitete ihn lächelnd zur Tür, hielt sich dann an einem seiner roten Pulloverärmel fest, stellte sich auf die Zehenspitzen und gab ihm einen Kuß. »Danke für die Aufmerksamkeit«, sagte sie. »Aber ich fürchte, der heutige Vormittag wird mit Schwierigkeiten befrachtet sein.«

»Na, die Fracht ist es doch, die zählt«, sagte er. Dann war es ihnen beiden peinlich, und Michael entschuldigte sich für das Wortspiel. »Ruf mich an, falls du es überlebst«, bat er und wollte schon gehen, doch dann drehte er sich noch einmal um. »Angie?« fragte er. »Du hast mir *vor* deinem Vater und deiner Mutter von deiner Schwangerschaft erzählt?« Sie nickte. Er lächelte. »Gut«, stellte er fest und ging mit beschwingten Schritten davon.

Manche Dinge waren so vorhersehbar, daß es geradezu langweilig war. Ihr Vater war auf die Minute pünktlich mit einem überflüssigen Geschenk für den Haushalt erschienen – eine dieser Eismaschinen, die mindestens die Hälfte der Arbeitsfläche in ihrer Küche einnehmen und nur ein einziges Mal benutzt werden würde – wenn überhaupt. »Du hast lange genug gebraucht, mich zur Einweihung einzuladen«, beschwerte er sich, als sei dies eine Smoking-Party für fünfzig Personen, und sie habe es ihm verheimlicht.

Er schnupperte durch die ganze Wohnung, als habe sie womöglich irgendwo an einer Schranktür ein Poster von Fidel Castro versteckt. Dann setzte er sich auf das Sofa und fragte sie nach der Höhe der Miete und eventuellen Nebenkosten, der Laufzeit des Mietvertrages und sämtlichen weiteren finanziellen Details über das Apartment. Sie antwortete, während sie gleichzeitig den Eistee mit Himbeeren und das Vinaigrettedressing zubereitete. Sie wußte, er würde so lange mit seiner Inquisition fortfahren, bis sie sich wehrte. Dann läutete die Türglocke erneut. Angie stellte den Salat auf den Tisch und öffnete.

Natalie stürmte herein, beladen mit zwei Einkaufstüten mit mehr Delikatessen und fertigen Gourmetgerichten, als jede normale Familie in einer Woche essen konnte. »Hi, Liebling«, lächelte sie, und Angie mußte sie küssen, bevor Natalie Estevans Knurren hörte und über die Schulter ihrer Tochter hinweg ihren Exmann erblickte. »Was ist denn das?« fragte sie stirnrunzelnd und stellte ihre Tüten ab.

»Das ist mein Apartment«, verriet Angie. »*Er* ist mein Vater.«

Estevan stand auf. »Davon hast du mir nichts gesagt«, meinte er beleidigt.

Natalie wurde bissig und Estevan defensiv. Dann stürzten sie sich beide auf Angie. Sie brauchte zehn Minuten, um sie zu beruhigen, an den Tisch zu lotsen und das Essen vor sie hinzustellen. Sie konnte die Maulesel zum Salat führen, aber sie konnte sie nicht zum Weiden zwingen. Die beiden saßen einander kriegerisch gegenüber, ihre Mutter starrte ihren Vater feindselig an und ihr Vater sie. Das war ein wichtiger Punkt in einer Ehe, den man nicht vergessen durfte: Sobald man einmal Kinder zusammen hatte, war es nie vorbei. Es gab die Schulabschlüsse, es gab Hochzeiten und Beerdigungen und Geburtstage. Es gab all die Ereignisse, die Familien zusammenführten und bei denen man über einen Tisch hinweg auf eine Person glotzen mußte, der man nie mehr hatte begegnen wollen. Ach ja, dachte Angie, ich bin froh, daß Reid nichts von dem Baby erfahren wird.

Endlich wandte sich Natalie an Angie, die gerade den unberührten Salat abtragen wollte. »Das ist vollkommen unpassend«, ärgerte sich Natalie. »Wenn ich ihn sehen muß, was nicht der Fall ist, kann ich ihn ohne deine Einmischung sehen.«

»Ja? Seit wann? Ich muß dich nicht sehen. Wenn du mich manchmal sehen mußt, bedeutet das noch nicht, daß du mich wirklich zu sehen *bekommst«,* keifte Estevan. »Was bin ich? Ein Ausstellungsstück in einem Museum?«

Angie konnte es nicht ertragen. Sie waren wie Kevon und Frankie, wenn sie sich stritten. Kein Wunder, daß sie unreif war. Sie hatte das von beiden Seiten ihrer Familie geerbt. »Hört mal, es dreht sich nicht darum, was *ihr* braucht. Keiner von euch«, streute sie Salz in die Wunden. »Was ihr gebraucht habt, war, unsere Familie zu zerstören, und das habt ihr gründlich getan. Vielleicht war es nicht das, was *ich* brauchte, aber ich verstehe das trotzdem. Und obwohl ihr beide für mich da wart, wart ihr nie *zusammen* für mich da.«

Ihre Eltern sahen sie an, als hätte sie den Verstand verloren. Dann wirkten beide auf einmal schuldbewußt. Na gut, sollten sie doch. Sie packte die Tüte aus, die ihre Mutter mitgebracht hatte, stellte die Artischockenherzen und den Rote-Bete-Salat auf die Arbeitsplatte und stapelte geräuschvoll die kleinen Plastikbehälter übereinander. »Schaut«, fuhr sie fort, »ich bin euch beiden dankbar, weil ihr mir durch eine wirklich schlimme Zeit geholfen habt.« Sie legte die Arme um ihren Vater und küßte ihn auf die Wange. Dann umarmte sie ihre Mutter. »Du, Daddy, hast mir Mut gemacht, ihn zu verlassen«, sagte sie. »Und du hast mich aufgenommen.« Sie wandte sich an ihre Mutter. »Und du hast mich motiviert und mir einen Job gegeben. Und mich mit neuen Freunden bekannt gemacht.« Sie dachte an Michael und lächelte. »Ihr sollt wissen, daß ich wirklich dankbar bin. Aber ich bin auch traurig, weil wir keine Familie mehr haben. Amerika – ich weiß nicht, alles ist einfach so... das amerikanische Familienleben hat sich dabei aufgelöst. Es gibt keine Familienfeste mehr, keine Abendessen für alle zusammen; die Leute sitzen einzeln vor einem Fernseher und essen etwas, das sie irgendwo fertig gekauft haben. So lebt ihr, und so hätte ich auch gelebt, wenn meine Freundinnen nicht wären.«

»Hör mal«, begann Natalie, »ich glaube nicht, daß ich mich für das Benehmen deines Vaters entschuldigen muß...«

»Sag nicht, daß ich es war, der unsere Ehe zerstört hat«, unterbrach Estevan sie.

»Oh, haltet den Mund. Beide«, befahl Angie. »Ich versuche, etwas *Neues* zu sagen. Ich werde ein Baby haben. Ich bekomme ein Kind, und Reid weiß nichts davon. Er wird sowieso wieder heiraten. Ich habe keinen Ehemann, aber ich werde ein Baby haben. Ich möchte, daß das Kind eine Familie hat. Und das seid ihr.«

Es war eigenartig, so ganz anders, als sie es sich vorgestellt hatte. Angie hatte gedacht, bei dieser Sitzung würden ihre Eltern sie anbrüllen, und statt dessen war sie diejenige, die ihre Eltern anzeterte. Warum gab ihr das ein so schlechtes Gefühl? Vielleicht, weil sie sich wie die Erwachsene fühlte, und sie wünschte sich den Trost, das Kind ihrer Eltern zu sein. Nun, dachte sie, gewöhne dich daran, der Elternteil zu sein. Es fängt in ungefähr viereinhalb Monaten an und wird nicht mehr aufhören, bis du dir die Radieschen von unten betrachtest.

Natalie stand auf. »Du bekommst ein Baby?« fragte sie erschüttert. »O mein Gott!« Estevan sagte gar nichts, aber er stand ebenfalls auf, kam zu ihr und umarmte sie. Die Umarmung fühlte sich gut an. Kein Gebrüll? Keine Vorwürfe? Keine Rufe, sie würde ihr Leben ruinieren, ihre ganze Ausbildung wegwerfen, unfair zu einem ungeborenen Kind sein?

»Wann kommt das Baby?« fragte Natalie. »Ich kann es gar

nicht glauben, daß du es mir nicht schon eher gesagt hast. Wann ist es soweit? Wer ist dein Frauenarzt?«

Ihr Vater küßte sie nur und umarmte sie dann nochmals. »Tja, ich schätze, jetzt kann ich deinen Exmann nicht mehr von irgendwem umbringen lassen, oder?« fragte er.

»Doch, kannst du«, erwiderte Angie trocken. »Weil er nichts mit dem Baby zu tun haben wird. Aber ihr beide schon. Ich werde Hilfe brauchen, und ehrlich gesagt glaube ich, daß ihr auch ein bißchen Familienzusammenhalt nötig habt.« Angie schaute von einem zum anderen. »Ich weiß, wie unmöglich das scheint, aber ich möchte, daß ihr versucht, reif zu werden«, bat sie. »Vertragt euch. Seid Großeltern. Ist das zuviel verlangt?«

Natalie legte einen Arm um die Schultern ihrer Tochter und die andere auf ihren Bauch, um das Baby zu fühlen. »Darf ich?« fragte sie. Angie nickte. Das war nicht die Familie, die sie sich vorgestellt hatte, aber sie würde dafür sorgen, daß sie funktionierte.

61. *Kapitel -*

in dem Staatsanwalt Douglas sein Fett abkriegt

Michelle wollte nicht zu Douglas zurückkehren, dem gräßlichen Staatsanwalt, aber sie hatte eigentlich keine Wahl, und sie nahm an, daß an dem, was er gesagt hatte, mehr Wahres als Unwahres war. All die beleidigenden Dinge, die er über Frauen in ihrer Situation gesagt hatte, hatten auf sie zugetroffen. Sie hatte die Augen vor vielem von dem verschlossen, was Frank getan haben mußte. Der nächste Teil ihres Plans bestand also darin, daß sie und Angie sich mit Michael Rice trafen und einen weiteren Termin bei Douglas vereinbarten. »Wissen Sie, Michelle«, hatte Michael gesagt, »ich habe das Gefühl, daß ich Sie nicht auf ihn vorbereitet habe. Er war zäh, und er wird Sie nicht noch einmal empfangen wollen, wenn Sie nicht irgendeinen handfesten Beweis haben. Und das muß ein ziemlich zwingender Beweis sein.« Michael hatte eine Pause gemacht. »Entweder das, oder Sie müssen bereit sein, als Zeugin gegen Ihren Mann auszusagen.«

Michelle hatte niemandem von dem Geld erzählt, nicht einmal Jada. Der bloße Gedanke daran jagte ihr Schrecken ein. Sie hatte es jetzt im Lexus versteckt, aber sie wußte, wenn man sie damit erwischte, würde man annehmen, daß sie selbst in den Drogenhandel verstrickt war. Und wenn es gestohlen würde oder sie es verlor, wären all ihre Pläne in Gefahr. Das Geld verfolgte sie. Jede Nacht wachte sie ein halbes Dutzend Male auf und sah nach, ob der Lexus noch sicher geparkt und unversehrt war. Sie hätte Angie fast gebeten, statt Angies altem Wrack ihren Wagen in der Garage parken zu lassen, aber sie fürchtete, wenn die Polizei – aus welchem Grund auch immer – den Wagen in Angies Garage fand, wäre ihre

Freundin ebenfalls ruiniert. Sie gingen alle füreinander Risiken ein, aber es mußten Risiken sein, die sie gegenseitig akzeptierten.

Das Blutgeld war eine schreckliche Last. Michelle wollte es dringend loswerden. »Ich habe zwingende Beweise«, sagte sie, ohne mehr zu verraten. »Machen Sie den Termin.« Sie mochte Mr. Douglas nicht, und es würde demütigend sein, zuzugeben, daß er recht gehabt hatte und sie töricht gewesen war. Es würde noch schlimmer sein, als damit ihren Mann zu einer Gefängnisstrafe zu verurteilen. Aber Michelle wußte, es mußte sein. »Sagen Sie ihm, daß ich Beweise habe«, bekräftigte sie, doch auf die Frage in Angies Augen reagierte sie nicht.

Michael Rice nickte nur. »Gibt es irgendeinen Deal, den Sie vereinbaren möchten?« fragte er. »Wenn ja, dann sagen Sie es mir jetzt. Die einzige Art, wie Ihnen das gelingen könnte, ist, den Deal zu machen, bevor Sie den Beweis liefern.«

»Ich werde ihm den Beweis geben. Aussagen werde ich nur, wenn ich muß. Das einzige, was ich will, ist die Erlaubnis, die Stadt und den Bezirk zu verlassen, sofort, und erst wiederzukommen, wenn der Prozeß stattfindet. Ich werde ihm meine Adresse geben, aber ich möchte, daß sie geheimgehalten wird. Ich möchte das volle Sorgerecht für die Kinder, und ich möchte meinen Namen ändern. Ich möchte Schutz, wenn ich zum Prozeß erscheine. Das ist alles.«

»Ich glaube nicht, daß wir damit Probleme haben werden«, sagte Michael. »Douglas kann Ihnen das Sorgerecht nicht garantieren, aber wenn Ihr Mann ...«

»Mein Exmann«, korrigierte Michelle.

»Nun, wenn Frank Russo im Gefängnis landet, bekommen Sie das Sorgerecht. Das kann ich Ihnen versichern. Und ich werde Ihren Fall persönlich bearbeiten. Es sind bescheidene Forderungen, die Sie da stellen. Eigentlich könnten Sie viel mehr aus Douglas herausholen.«

Michelle schüttelte den Kopf. »Es geht nicht um einen Tauschhandel«, wehrte sie ab. »Und ich tue das nicht, um meinen Mann zu bestrafen. Ich möchte einfach saubere Verhältnisse.«

Als sie den Staatsanwalt diesmal trafen, war er ein kleines bißchen höflicher, vielleicht, weil Michael ihn dazu aufgefordert hatte. Aber sein Verhalten war ebenso großspurig wie zuvor und sein Büro ebenso blitzeblank. Michelle fragte sich, wer all die zur Schau gestellten Plaketten und Trophäen polierte, denn sie glänzten alle, und keine war auch nur von einem einzigen Fingerabdruck verunstaltet.

Nur Douglas selbst war verunstaltet. Sein glänzender Kopf war wie gewohnt von den angeklebten Haarsträhnen überzogen. »Nun, so sehen wir uns wieder, Mrs. Russo. Mr. Rice hat mir versichert, daß Sie heute nicht unser beider Zeit verschwenden werden«, schnappte er.

Michelle umklammerte die Tasche auf ihrem Schoß. Dies war die letzte Gelegenheit, es sich noch anders zu überlegen, die letzte Chance, die sie wohl haben würde, ihrem Mann das Gefängnis zu ersparen, dem Vater ihrer Kinder zu ersparen, zum Häftling zu werden. Ihre Hände auf dem Leder ihrer Tasche waren schweißnaß. Sie zweifelte daran, daß jemals irgend jemand aus ihrer irischen Familie mit der Polizei zusammengearbeitet hatte, egal aus welchem Grund. Nun, und was hatte ihnen das eingebracht? Armut und Alkoholismus über zehn Generationen! Sie blickte Douglas direkt an, zwang sich, ihm fest in die Augen zu sehen. Sie waren überraschend blau, aber klein und tief im Fleisch seiner breiten Wangenknochen vergraben. Sie sagte sich, daß sie Frank retten konnte, aber ihre Familie konnte sie nicht retten, wenn sie dies hier nicht tat. Und Frank war schuldig.

»Also, Mrs. Russo?« fragte Douglas ungeduldig. »Was haben Sie?«

»Ich habe etwas gefunden«, sagte Michelle. »Ich habe etwas gefunden, das Ihre Beamten übersehen haben.«

Douglas machte ein ungläubiges Gesicht, die Lippen vorgeschoben, das Kinn gesenkt. »Wir haben Ihr Haus *sehr* gründlich durchsucht, Mrs. Russo.«

»Nun, dies haben Sie nicht gefunden«, sagte Michelle. Sie nahm ein einziges dickes Bündel mit Geld aus der Tasche und legte es auf den bräunlichen Couchtisch zwischen ihnen. Michael Rice beugte sich vor.

»Drogen?« murmelte er. Michelle machte sich nicht einmal die Mühe, den Kopf zu schütteln. Douglas stand auf und ging, ohne das Päckchen zu berühren, zum Schreibtisch, um eine Nummer in sein Telefon zu tippen.

»Ich habe hier möglicherweise einen neuen Sachbeweis«, sagte er. »Ich brauche sofort einen Beamten, einen Stenographen und einen Gerichtsdiener.« Er drehte sich um und setzte sich wieder in seinen Sessel. »Was ist in dem Päckchen? Ist es Geld?« fragte Douglas. Michelle nickte. »Sie haben es also geöffnet?« fragte er. »Nur an einer Ecke«, sagte sie.

»Hundertdollarnoten?« fragte er.

Michelle nickte erneut. »Ich habe das nicht weiter geprüft«, erklärte sie. »Ich wußte nicht, ob ich das überhaupt anfassen durfte. Wegen Fingerabdrücken oder was auch immer. Sie müssen wissen, daß Frank mir gedroht hat, mich in die Sache hineinzuziehen, wenn ich Ihnen das hier aushändige. Wir haben ein Band, auf dem das Gespräch aufgenommen ist.«

»Er weiß also, daß Sie das Geld gefunden haben?«

Michelle nickte wortlos.

»Aber er weiß nicht, daß Sie es abgeben.«

»Nein.« Jemand klopfte an die Tür, und zwei Männer und eine Frau kamen herein.

»Nehmt Frank Russo hoch. Wir haben Beweise«, wies Douglas einen von ihnen an. »Das ist Mrs. Russo. Ich möchte ihre Aussage aufnehmen.« Die Frau setzte sich und nahm eine Art kleiner Maschine aus einer Tasche. »Und ich möchte die Aussage aufzeichnen«, fügte Douglas hinzu. Der uniformierte Beamte brachte einen Recorder, stöpselte ihn ein und stellte das Mikrophon vor Michelle auf den Tisch, während der andere Mann verschwand, um Franks Festnahme vorzubereiten. Armer Frank.

Michael Rice sprach als erster. »Ich möchte klarstellen, daß meine Mandantin, bis sie dies neulich fand, von keinerlei illegaler Aktivität ihres Ehemannes Frank Russo gewußt hat. Und ich möchte auch darauf hinweisen, daß sie diesen Beweis und ihre Aussage freiwillig liefert. Dafür möchte sie das Gericht um Immunität, die Erlaubnis zum Ortswechsel und physischen Schutz bitten, falls das notwendig ist. Gegen den Mann ist bereits eine einstweilige Verfügung ergangen.« Douglas nickte. »Ich möchte darauf eine verbale Antwort, Mr. Douglas«, forderte Michael, »nur für das Tonband.« Er warf der Stenographin einen Blick zu.

»Darin sehe ich kein Problem«, stimmte der Staatsanwalt zu. »Gegen Mrs. Russo werden keine Vorwürfe erhoben.«

Sie besprachen noch einige Präliminarien, aber Michelle hörte nicht mehr zu. Das war es also: das Ende ihrer Ehe. Daß Angie die Scheidungspapiere vorbereitete und alles andere – das bedeutete nichts. Wenn *das hier* geschehen war, gab es kein Zurück mehr. Michelle wollte auch nicht zurück, nicht in ein bequemes Leben, das auf Lügen errichtet war. Sie umklammerte die Tasche. Wie viele weitere Leben waren durch Geld ruiniert worden? So viele, daß ihres keinem außer ihr etwas bedeutete.

Als Michelle aus ihren Gedanken auftauchte, waren Douglas und Michael Rice fertig und sahen sie beide an. »Sind Sie bereit?« fragte Michael, und Michelle bejahte. Sie schaute auf das Päckchen aus braunem Papier auf dem glänzend polierten Couchtisch des Staatsanwalts. Douglas begann, Michelle zu befragen. »Haben Sie dieses Päckchen, das da vor Ihnen liegt, unabhängig und allein gefunden?«

»Ja«, sagte sie.

»Kennzeichnen Sie es einstweilen als Beweisstück II«, befahl Douglas dem Gerichtsdiener. »Und man sagte mir, daß es Geld enthält«, informierte er.

Michelle stimmte wortlos zu. »Bitte antworten Sie laut«, bat die Stenographin.

»Oh, Verzeihung«, sagte Michelle. »Ja, ich habe dieses Geld gefunden. Es sind lauter Hundertdollarnoten. Zumindest glaube ich das.«

Douglas nahm das Bündel und gab es dem Gerichtsdiener. »Würden Sie das bitte zählen?« ordnete er an. Dann wandte er sich an Michelle. »Wo haben Sie dieses Geld gefunden?« fragte er.

»Unter dem Teppich auf dem Schrankboden im Zimmer meiner Tochter«, gab Michelle zu Protokoll.

»Haben unsere Beamten nicht Ihr Haus durchsucht, einschließlich des Schranks?« fragte Douglas stirnrunzelnd.

»Ja«, erwiderte Michelle. »Sie haben mein ganzes Haus zerlegt.« Einen Moment lang zitterte ihre Unterlippe, als sie daran dachte – als sie daran dachte, wie man ihr ganzes Haus auseinandergenommen hatte, genau wie ihr Leben.

Sie holte tief Luft. »Das Geld war sehr gut versteckt. Ich habe es nicht gleich gefunden«, sagte sie. »Wissen Sie, nach dem schrecklichen Durcheinander, das die Beamten hinterlassen hatten, habe ich tagelang aufgeräumt und geputzt...« Sie erzählte die ganze Geschichte, während der Recorder lief und die Stenographin auf ihre eigenartige Maschine einhackte und der Gerichtsdiener auf der anderen Seite des Büros schweigend das Geld zählte.

Douglas unterbrach Michelle einige Male, aber jetzt, da er bekam, was er wollte, war er überraschend herzlich. »Könnte es sich bei diesem Geld um Ersparnisse handeln?« fragte er.

»Nein, das glaube ich nicht. Wir haben ein Sparkonto.«

»Und es ist Geld, von dem Sie nichts wußten?«

»Ja. Ich meine, ja, ich wußte nicht, das es dort war.«

Die Befragung ging weiter. Michael tätschelte ihr ein- oder zweimal die Hand, aber Michelle war jetzt zuversichtlich und sicher, daß sie das Richtige tat. Es dauerte mehr als zwei Stunden, und manche Fragen wiederholte Douglas ständig, aber Michael erinnerte ihn ebensooft daran, daß sie schon beantwortet waren. Michelle sprach klar und gab kurze Antworten, wie Michael ihr geraten hatte. Sie erzählte die Wahrheit, nur den Zeitpunkt und die Geschichte mit dem Banksafe ließ sie aus. Endlich war sie fertig. Sie fühlte sich wie ein ausgewrungener Putzlumpen.

»Mrs. Russo, ich möchte mich bei Ihnen bedanken«, sprach Douglas in ziemlich guter Imitation eines menschlichen Wesens. »Sie haben das Richtige getan. Ich weiß, es kann nicht leicht für Sie gewesen sein.« Der Gerichtsdiener kam mit dem Geld zurück, das jetzt in Plastikbeuteln verstaut war. Er reichte Douglas ein Blatt Papier. »Nun, das ist es«, sagte Douglas zufrieden. »Der Beweis, den wir gebraucht haben. Ich muß Sie bitten, hier zu unterschreiben.« Er sah Michelle scharf an. »Meinen Sie, es könnte noch mehr da sein?« fragte er.

Michelle zuckte mit den Achseln. Das würde nicht im Protokoll erscheinen. »Ich habe im Haus keine weiteren Verstecke gefunden. Aber Sie können gern kommen und es prüfen«, sagte sie, und sie meinte es ernst. »Frank, ich meine, ich glaube, mein Mann hat mir vertraut. Wer weiß?« sagte Michelle. Und endlich standen alle auf, reichten sich die Hände, und sie verließ mit Michael das Büro.

62. Kapitel -

in dem Rice weich wird

Angie mußte an diesem Morgen siebzehn Anrufe erledigen, um für Jada die Erlaubnis zu erwirken, ihren Wochenendbesuch von Samstag auf Sonntag zu verlegen und außerdem mit den Kindern in die Kirche gehen zu dürfen. »Mein Gott«, beklagte sie sich bei Bill, nachdem sie endlich Rückrufe bekommen, Rückrufe getätigt, Dokumente gefaxt, Quittungen dafür per Fax erhalten, mit dem Gerichtsdiener und der Sekretärin des Richters gesprochen und schließlich alles dem Supervisor des Department of Social Welfare vorgetragen hatte, »stell dir vor, was erst nötig wäre, wenn ich versuchen würde, die Erlaubnis zu erwirken, daß die Kinder eine schräge Show besuchen dürfen, statt nur in die Kirche zu gehen.«

»Das wäre kein Problem«, grinste Bill. »Eltern schicken ihre kleinen Mädchen dauernd zu so was. Man nennt das Schönheitswettbewerb für Kinder.«

Angie schüttelte schnaufend den Kopf. »Würdest du mir von all dem Kopien machen – eine für Mrs. Jackson, eine für meine Akte und eine für Mr. Jackson?«

»Soll ich auch eine für Michael, Latoya, Jesse und Janet machen, wenn ich schon mal dabei bin?« fragte Bill.

»Langweilig«, sagte Angie.

»Langweilig? Ich?« fragte Michael, als er ins Zimmer trat.

Bill, der gerade hinauseilte, drückte sich an ihm vorbei und zog die Augenbrauen hoch. »Du? Der junge – na ja, der mittelalte – Lochinvar?«

Michael schaute zu Angie hinüber, die Augenbrauen mißbilligend hochgezogen. »Das wird böse enden, wenn man so ein loses Mundwerk hat«, prophezeite er.

»Ich habe kein Wort gesagt«, protestierte Angie. Michael zog die Brauen noch höher. Angie schüttelte vehement den Kopf, um ihm ihre Unschuld zu versichern. »Weißt du, Bill ist ein Genie, was Büroklatsch betrifft. Er hat Radar oder so was.«

»Von meiner Trennung und Scheidung hat er nichts gewußt«, wandte Michael trocken ein. »Aber er weiß, daß *wir* ein Thema sind.«

»Ich verstehe, was Sie meinen, Herr Anwalt«, sagte Angie und stand auf. »Aber du hast hier nur zwei Möglichkeiten. Du kannst glauben, daß ich dich anlüge, oder du kannst es nicht glauben.« Sie trat näher an ihn heran und legte eine Hand auf seine Schulter, die Fingerspitzen an seinem Nacken. »Für welche entscheidest du dich?«

»Abendessen«, antwortete Michael. »Hummer, denke ich. Und dann werden wir der Sache mit dem losen Mundwerk auf den Grund gehen.«

Angie wurde tatsächlich rot.

Das Abendessen war fabelhaft. Michael führte sie in ein altes Haus, das man zu einem Gasthof umgebaut hatte. »Westchester mit seinen Spelunken ist lausig«, eröffnete er ihr – als sie Platz nahmen an einem Tisch neben dem Kamin. Sie sprachen zuerst über die Arbeit und über ihre Mutter, dann stellte sie ihm ein paar Fragen über seine Jugend. Er war in Minnesota geboren und der älteste von drei Brüdern. Der jüngste war vor elf Monaten an Krebs gestorben.

»Das muß ja grauenvoll für dich gewesen sein. Und dazu noch deine Scheidung«, sagte Angie mitfühlend.

Er schwenkte nachdenklich das Cognacglas in seiner Hand. »Da hast du recht«, gab er zu. Er schaute in sein Glas. »Weißt du, daß deine Augen genau die gleiche Farbe haben wie dieser Courvoisier?« fragte er dann.

Angie schüttelte den Kopf. In dem schummrigen Licht sah Michael fast jungenhaft aus. Und sie merkte, daß er sie von ganzem Herzen mochte. »Es war nicht leicht, meine Frau gehen zu lassen. Sie ist nach Omaha gezogen. Sie hat dort einen Lehrauftrag an der Universität, und ich überließ ihr die Kinder. Die vermisse ich sehr.«

»Das kann ich mir nur zu gut vorstellen.«

»Was ich zu sagen versuche, Angie, ist, daß bei einer Scheidung nicht nur die Frauen leiden. Die Männer leiden manchmal auch.« Er nippte an seinem Cognac. »Ich kann es gar nicht erwarten, meine Töchter zu sehen. Ich habe sie nur gehen lassen, weil das für sie am besten war.«

»So ist man selbst unter widrigen Umständen ein guter Vater«, versuchte Angie zu trösten und dachte an Jada. Michael lächelte sie an.

»Danke«, sagte er und nahm eine glänzende Strähne ihres lockigen Haars zwischen die Finger. »Wie machst du das?« fragte er, und Angie feixte.

»Es wächst einfach so aus meinem Kopf«, alberte sie. »Es macht mich verrückt.«

»Mich macht es auch verrückt«, sagte er leise und vieldeutig.

Seine Stimme, so erotisch und tief, ließ sie die Luft anhalten. Plötzlich erinnerte sich Angie, wie sie die goldenen Strähnen in Reids Haar betrachtet und *ihn* gefragt hatte, wie *er* das mache. Behutsam atmete sie wieder aus. Sie fragte sich, ob es in jeder Beziehung jemanden gab, der anbetete, und jemanden, der angebetet wurde. Und sie fragte sich auch, wer dabei besser dran war.

Sie nahm Michaels Hand und löste ihr Haar sanft aus seinem Griff. Das schien ihn aus seiner Trance zu wecken. »Also, mit wie vielen Leuten lebst du im Augenblick?« fragte er. »Sind die Fünfzig schon voll? Und hast du außer Freundinnen, Hunden und Kindern auch Katzen und Schildkröten und Hamster? Macht ihr an Feiertagen Fiestas und Grillabende? Pinyata-Partys? Schlaft ihr schichtweise?«

»Wir sind nur neunzehn«, scherzte Angie. »Für Kubaner ist das gar nichts. Und Pinyatas machen wir nicht. Die sind mexikanisch.« Sie hielt inne. »Ich weiß, du bist dagegen, Beruf und Privatleben zu vermischen, aber ...«

»So etwas darf *ich* gar nicht sagen«, sagte er mit einer wegwerfenden Handbewegung.

»Na ja, wie auch immer, Jada und Michelle werden bald ausziehen. Sie stellen sich auf eigene Füße.« Sie hätte ihm gern von

Marblehead und dem Rest ihrer kühnen Pläne erzählt, aber Michael war ein Mann, der an das Gesetz glaubte. Sie glaubte nicht, daß er sie anzeigen würde, aber sie war sicher, er würde versuchen, sie an der Mittäterschaft zu hindern. Doch Angie hatte entschieden, das Risiko einzugehen. Sie würde es nur nicht mit Michael teilen.

Aber als er ihr fürsorglich in den Mantel half und sie die Treppe vor dem Restaurant hinunterleitete, spürte sie ein angenehmes Prickeln und hoffte, er würde sie zu einem Kaffee in seine Wohnung einladen. Und sie dachte, daß es da noch andere Dinge gab, die sie gern mit Mr. Rice teilen würde.

63. Kapitel -

in dem Jada Clinton aufs Glatteis führt

»Nein. Nein! NEIN!« schrie Angie. »Schau, wir sind schon so weit gekommen. Ich lasse nicht zu, daß du durchdrehst.« Sie starrte Jada an. Michelle ebenfalls, soweit man bei ihr jemals von »starren« reden konnte. Sie saßen in Angies Küche und tranken gerade ihre jeweils dritte Tasse Kaffee. Alle waren überreizt.

»Liebes, ich muß Angie recht geben. Alles ist bereit zum Countdown«, sagte Michelle zu Jada. »Vermaßle es nicht. Dein Zeug ist gepackt, die neuen Sachen für die Kinder warten auf die Abreise. Wir haben alles in meinem Wagen verstaut. Du hast sogar die Erlaubnis, mit den Kindern in die Kirche zu gehen. Wie kannst du jetzt kneifen? Samuel wird jede Minute hier sein.«

Angie holte tief Luft. »Jada, du weißt, wie schwer mir die Bereitschaft gefallen ist, beim... Verschwinden der Kinder zu helfen. Ich glaube einfach nicht, daß du dir leisten kannst, ein weiteres Risiko einzugehen.«

Jada sah ihre beiden Freundinnen an. »Ich verlange nichts von euch«, stellte sie klar. »Ich werde es auch ganz allein machen. Aber ich werde es tun.«

»Jada, es ist illegal und vielleicht sogar gefährlich«, erinnerte Angie sie.

Jada zuckte mit den Achseln. »Wie alles andere auch, was ich vorhabe.«

Angie stand von ihrem Stuhl auf und sah Michelle an. »Deine Freundin ist komplett verrückt geworden. Ich kann mir das nicht länger anhören. Was ist mit mir? Ihr beide seid bald weg. Aber hier könnte jemand herkommen und herumschnüffeln.«

»Und wenn schon«, sagte Jada. »Es hat nichts mit dir zu tun.«

Angie hob in einer hilflosen Geste die Hände. Sie verschüttete etwas Kaffee auf die Arbeitsplatte. »Michelle, rede du mit deiner verantwortungslosen, rachsüchtigen, Gefahren verachtenden Freundin. Mir fehlt die Geduld.« Sie rannte durch den Flur und schlug die Tür ihre Schlafzimmers hinter sich zu.

Michelle sah Jada an, aber Jada wandte den Kopf ab. »Was sie sagt, hat Sinn, was du sagst, nicht«, urteilte Michelle.

»Oh, schlag dich nicht auf ihre Seite. Du weißt nicht, wie es war, all die Jahre in diesem Haus zu leben! Dein Haus war perfekt. Mein Küchenfußboden bestand aus rohen Spanplatten. Du weißt, wie es ist, wenn man die sauberhalten will. Und die Garagentür, die im Rahmen verfaulte. Und das Badezimmer oben, das nie fertig wurde. Und das Gästezimmer, das nur als Entwurf existierte. Die Deckenlampe im Eßzimmer war eine nackte Birne an einer orangefarbenen Plastikstrippe. Und *jetzt* richtet er das Haus her?« Jada hielt inne, um Luft zu holen. Sie legte eine Hand auf die Arbeitsplatte und verschmierte Angies verschütteten Kaffee. Sie hatte Jahre in diesem Haus verbracht, ständig gestört von seinem unfertigen Zustand, und sich über Clinton geärgert. Trotzdem hatte sie pünktlich die monatliche Hypothek bezahlt, ohne allerdings ihr Haus genießen zu können. »Ich habe ihn *angefleht*. Ich hätte die Wandverkleidung gekauft. Ich hätte sie persönlich ins Haus geschleppt. Ich habe sogar angeboten, jemand *anderen* dafür zu bezahlen, daß er es fertigstellt. Aber er hat es nicht erlaubt. Er war beleidigt. Du hast in einem Schloß gewohnt und ich die ganze Zeit auf einer Baustelle.«

»Jada, beruhige dich. Vergessen wir nicht, was wichtig ist. Ich lasse mein gesamtes Haus hinter mir. Die Teppiche, die Sofas, die Vorhänge. Das ist nicht wichtig, Jada, und du weißt es.«

»Erzähl du mir nicht, was wichtig ist.«

Michelle wich einen Schritt zurück, und Jada konnte sehen, daß sie sie verletzt hatte. Das hatte sie nicht gewollt. Es war nur so, daß diese weißen Frauen sich manchmal aller Dinge so verdammt sicher waren. Und den *schwarzen* Frauen warfen die Leute vor, sie wären herrisch. Jada atmete tief durch.

Sie hatte versucht, es ruhig zu überdenken, aber jedesmal, wenn sie das tat, schien es die letzte unerledigte Sache zu sein, die sie noch vollenden mußte. Sie konnte das Zuhause einfach nicht verlassen, für dessen Erhaltung sie so hart gearbeitet hatte, das Zuhause, das Clinton nicht respektierte, aber jetzt erben würde. Sie ging hinüber zu einem der beiden Kinderbetten und hockte sich auf die Kante. Sie sah Michelle zu, wie sie an der Spüle in ihrer üblichen Art die drei Kaffeebecher abwusch. Jada wußte, daß sie das nur tat, um ihre Verletztheit zu verbergen. »Michelle«, sagte sie. »Es tut mir leid.« Aber Michelle konnte sie nicht hören, weil das Wasser lief. So schwer es Jada auch fiel, um Verzeihung zu bitten, sie war es ihrer Freundin schuldig. Jada stand auf, ging zur Spüle und sah Michelle an. »Es tut mir wirklich leid, Michelle«, wiederholte sie.

»Ist schon gut«, grummelte Michelle. Jada hoffte, daß das stimmte, stellte den Wasserhahn ab und zog ihre Freundin zu dem Kinderbett.

Sie taten schon so viel für sie, daß Jada es schwer fand, um etwas Zusätzliches zu bitten – selbst wenn es nur Verständnis war. Aber sie wünschte sich – und brauchte es –, daß sie verstanden. »Mein ist die Rache, spricht der Herr« war ein Zitat, mit dem Jada immer wieder gerungen hatte, aber ihre Entscheidung fühlte sich so richtig an – selbst wenn es riskant war –, daß sie sicher war, sie ausführen zu müssen. »Setz dich einfach hin und hör zu, ja?« bat sie Michelle. »Ich habe mir alles überlegt. Wenn du einverstanden bist, können wir Angie sicher dazu bewegen, es ebenfalls einzusehen.«

Michelle seufzte tief. »Ein festgeklebter Penis, Kidnapping, Zurückhaltung von Beweismitteln und jetzt … das. Warum suchen wir uns nicht einfach Jobs bei der Mafia?«

»Warum hörst du nicht einfach ein paar Minuten zu?« bat Jada. »Ich sage dir, ich hab mir alles genau überlegt.«

Sie hatte sich wirklich alles genau überlegt.

Michelle rief widerwillig Clinton an. Natürlich meldete sich Tonya (was nur einer der Gründe war, warum Michelle den Anruf erledigen mußte), aber Michelle verlangte Clinton. Obwohl offenkundig war, daß die Frau den Hörer nur ungern abgab, kam Clinton schließlich an den Apparat. Michelle hatte ihre Rolle perfekt gespielt. »Weißt du, ich ziehe um«, hatte sie gesagt. »All diese Probleme mit Frank und so. Jedenfalls dachte ich, daß du vielleicht ein paar von meinen Möbeln willst.« Jada konnte die Antwort ihres Mannes nicht hören, aber falls Tonya am zweiten Apparat mithörte – was sie wahrscheinlich tat –, war Jada ziemlich sicher, wie er reagieren würde. »Ich habe ein großes Sofa und ein Zweiersofa, die ich nicht brauche. Und noch eine Menge anderes Zeug.«

Angie hörte mit, schüttelte mißbilligend den Kopf und verdrehte die Augen gen Himmel. Sie hatte nicht gesagt, daß sie mithelfen würde, aber sie würde es natürlich tun. Clinton, der Nassauer, biß an. Jada wußte, er war die Art von Heuchler, die nicht wollte, daß seine Kinder mit den Kindern eines »Drogendealers« spielten, aber die Möbel dieses Typen, die wollte er gerne in sein Haus nehmen und seine Kinder darauf sitzen lassen. Also wurde vereinbart, daß Tonya und Clinton am Sonntag zum Abholen zu Michelle kommen würden.

Michelle stand an der Arbeitsplatte und traf die Verabredungen mit Clinton. Sie klang vollkommen neutral, als sei es nicht ungewöhnlich, daß sie dem Feind ihrer besten Freundin ein Geschenk anbot. Jada hörte und sah zu und bemerkte dann etwas ganz anderes. Etwas wirklich anderes. Etwas ganz und gar Erstaunliches. »Angie, schau dir das an«, flüsterte sie. »Siehst du das, was ich sehe?«

Angie schaute zu Michelle hinüber und zuckte mit den Achseln. »Ich sehe die Vorbereitung eines Verbrechens«, raunte Angie.

»Nein. Nein. Schau dir die Arbeitsfläche an.« Michelle, die gerade ihr Telefongespräch beendete, stand vor dem Durcheinander benutzten Frühstücksgeschirrs und der fleckigen Platte. *Und sie nahm keinen Schwamm zur Hand.* »Sie guckt direkt auf das Durcheinander und tut nichts dagegen.«

»O mein Gott«, japste Angie. »Du hast recht.«

Jada hatte dafür gesorgt, daß Michelle die Zeit sehr genau verabredete und sicherstellte, daß Clinton begriff, daß er nichts bekommen würde, wenn er nicht pünktlich war. »Ich werde vielleicht nicht da sein, Clinton«, sagte Michelle. »In dem Fall wird dich meine Anwältin hereinlassen, die ich informiere, und du kannst dir die Sachen nehmen.« Michelle legte auf und schaute zu ihren beiden Freundinnen hinüber. »Was glotzt ihr denn so?« fragte sie.

»Michelle, möchtest du nicht die Arbeitsplatte aufräumen?« forderte Jada sie scheinheilig auf.

»Ach, Scheiße«, murrte Michelle. »Wir müssen uns um wichtigere Dinge kümmern.«

»Unglaublich«, staunte Angie.

Jada breitete begeistert die Arme aus. »Cindy, Cindy, du bist erwachsen geworden.«

64. *Kapitel -*

in dem Michelle kurz hinter Gittern landet

Michelle mußte sicher sein, daß sie ein gutes Alibi hatte, damit sie nicht in irgendeiner Weise in das hineingezogen wurde, was sie für sich als »Jadas House-Warming-Party« bezeichnete. Sie nahm an, es wäre am besten, ins Gefängnis zu gehen, denn an keinem Ort wurde man so fotografiert, beobachtet, eingetragen und wieder gestrichen wie dort. Es hatte eine gewisse Ironie – ins Gefängnis zu gehen, um dafür zu sorgen, daß sie nicht ins Gefängnis kam. Aber Michelle nahm an, daß Frank den Unterschied nicht erkennen würde, und der Staatsanwalt würde sicher gern wissen, wo sie sich genau in dem Moment aufgehalten hatte, in dem Jada ihr Husarenstück zu Ende führte.

Michelle hatte viel zu tun gehabt. Sie hatte die fünf potentiellen Arbeitgeber, die Putzhilfen suchten, angerufen, von vier weiteren Briefe erhalten und sich mit den meisten von ihnen getroffen. Und sie hatte potentielles Personal interviewt. Das Theaterspielen in Boston und Marblehead hatte sie geschult – sie hatte sich benommen wie eine selbstsichere Geschäftsfrau oder Chefin, und es schien zu funktionieren; nur mit einem Anwärter, der eindeutig verrückt war, hatte sie Schwierigkeiten gehabt. Später war sie mit Jada und Angie in ihrem Haus gewesen – Frank saß zwischenzeitlich im Gefängnis. Die beiden hatten ihr geholfen, es schmutzig zu machen. Dann benutzte sie es als Testgebiet und Übungsgelände. Einige der ausgewählten Leute waren unbrauchbar. Nachdem sie ihnen fünf Minuten zugesehen hatte, wußte sie, daß sie den Job niemals richtig ausführen würden; aber es waren zwei Frauen dabei – Gladys und Emily –, die tüchtig und motiviert schienen. Sie nahm an, daß sich noch eine weitere geeignete Person auftreiben ließ, und dann könnten sie zu viert neun oder zehn Häuser in der Woche reinigen. Michelle würde hohe Preise verlangen, aber einen erstklassigen Service bieten, und sie rechnete damit, genug verdienen zu können, um gut davon zu leben.

Sie mußte Frank nicht besuchen, aber sie hatte das Gefühl, wenn sie es nicht täte, wäre etwas unvollständig, etwas an ihr noch immer kindisch und erschrocken. Frank würde nicht mehr für sie sorgen, aber er konnte sie auch nicht mehr verletzen, wenn sie ihm nicht die Macht dazu gab. Und das würde sie nicht tun.

Frank war ohne Verzögerung nach der Übergabe des Beweises an den Staatsanwalt festgenommen worden. Nachdem sie das erfahren hatte, war sie kurz in ihrem Haus gewesen, um ihre persönlichen Sachen und die der Kinder einzupacken. Der Umzug war vorbereitet. Aber irgendwie mußte sie die Dinge mit Frank auf die Reihe kriegen. Vierzehn Jahre bedeuteten etwas, und obwohl Michelle nicht gern dachte, daß es die besten Jahre ihres Lebens gewesen waren, bestand noch immer die Möglichkeit, daß sie sich doch als solche herausstellen würden. Auf jeden Fall war es nötig, Frank zu sehen, obwohl sie sich davor fürchtete.

Die Realität des Gefängnisses war erschreckend. Sie mußte durch einen Metalldetektor gehen, sich abtasten lassen und dann einen endlosen grünen Korridor mit schweren, verschlossenen Türen und Sichtfenstern in regelmäßigen Abständen passieren. Sich Frank dort vorzustellen war zutiefst bestürzend. Die Schlüssel am Ring des Wärters klirrten, aber das war das einzige Geräusch, bis er eine weitere vergitterte Tür öffnete und sie in einen Besucherraum führte, in dem Frank hinter einem großen Tisch saß und überraschend klein wirkte.

Er sah nicht gut aus. Er trug graue Arbeitshosen und ein dazu passendes Hemd. Damit machte er den Eindruck eines Hausmeisters oder Mechanikers. Seine normalerweise rötliche Haut sah unter dem dunklen Haar sehr blaß aus. Doch die größte Veränderung war sein Ausdruck. Seine Augen, sein ganzes Gesicht wirkten geschlossen – nicht geschlossen wie im Schlaf, sondern emotional verschlossen. »Hände auf die Tischplatte«, befahl der Wärter, als Michelle sich Frank gegenüber an den Tisch setzte.

Frank warf dem Mann einen giftigen Blick zu, gehorchte aber.

Dann sah er Michelle direkt an und sagte: »Ist es das, was du gewollt hast?«

»Nein. Es ist nicht, was *ich* gewollt habe, Frank.«

»Michelle, in meinen wildesten Träumen hätte ich nie gedacht, daß *du* mich verraten wirst.«

Michelle dachte, sie sei auf alles vorbereitet, aber er machte sie wütend. Es war nach wie vor dasselbe Spiel: alles zu verdrehen, damit stets Michelle die Dumme war; alles, was er tat, war richtig, alles, was sie tat, war falsch. Sie fragte sich, ob er immer so gewesen war und sie es bloß nie bemerkt hatte. Nun, dieses Spiel konnte man auch zu zweit spielen.

»Du hast mir keine Wahl gelassen, Frank«, erklärte sie ruhig. »Du hast mir gedroht. Das hättest du nicht tun sollen. Denn unsere Vereinbarung war, daß wir uns und die Kinder zusammen an die erste Stelle setzen; wir als Individuen kamen zuletzt. Aber du, *du* bist egoistisch und gierig und verantwortungslos gewesen bei dieser ganzen Sache. Du hast nicht an *mich* gedacht, und an die *Kinder* hast du ganz bestimmt nicht gedacht. Sie können sich nicht leisten, daß ihre Mutter im Gefängnis sitzt, Frank. Das ist schlicht unmöglich.«

»Ich habe dich *nie* bedroht«, behauptete Frank.

»Klar. Und du hast mich *nie* geschlagen«, vollendete sie bitter. Sie nahm den Kassettenrecorder aus ihrer Tasche. »Soll ich es dir vorspielen?« half sie seinem Gedächtnis auf die Sprünge. »Möchtest du unser Gespräch in der Imbißstube noch einmal hören?«

»Steck das weg«, sagte er grob. »Sie haben hier überall Kameras.«

»Okay. Ich habe also zwei Kinder, die mich jetzt mehr brauchen denn je. Erinnere dich an sie, Frank. Sie sind schon so traumatisiert, daß ich nicht weiß, wie lange es dauern wird, bis sie sich davon erholen. Wir müssen die Stadt verlassen. Die ganzen Zeitungsberichte haben ihnen, mir und sogar der Schule zugesetzt. Sie müssen ihre Freunde verlassen, die nicht länger ihre Freunde sind, und wir müssen anderswo hingehen und von vorn anfangen – ohne dich. Alles, was wir je getan haben, alles, was wir für sie zu tun versucht haben, ist zerstört. Begreifst du das, Frank?«

»Was ist mit *mir?*« empörte er sich. »Meinst du, für *mich* wäre nicht alles zerstört?«

»Das war deine Entscheidung, Frank«, rückte sie seinen Jammer zurecht.

»Nein, *deine.* Du hast mich hinter Gitter gebracht.« Seine Stimme wurde leiser, aber wild. »Du hast mich verraten. Ich kann es nicht glauben. Ich kann es einfach nicht glauben.«

Michelle erkannte die Wut. Er würde sie wieder schlagen, wenn er könnte. Aber jetzt war sie in Sicherheit. Sie war dankbar für den Tisch zwischen ihnen, für den Wärter, für das Gesetz. »Ich bin sicher, daß das stimmt«, sagte sie. »Du hast nie geglaubt, daß man dich erwischen könnte. Du hast nie geglaubt, daß du bestraft werden könntest. Du hast immer geglaubt, du wärst eine Ausnahme.«

Sie sah sich in dem Raum um. Die Fenster, beide klein, waren aus geriffeltem Glas mit Draht darin. Man konnte den Himmel nicht sehen, man konnte nicht einmal sehen, welches Wetter draußen war.

»Nichts bleibt ungesühnt, Frank.«

»Zu tun, was *du* getan hast, war das Dümmste überhaupt«, knirschte Frank. Doch dieses Wort konnte sie kein einziges Mal mehr hören. Sie unterbrach ihn erregt und sprang dabei fast auf. Der Wärter schaute warnend zu ihnen herüber, aber das war ihr völlig egal.

»Ach, *das* ist es. *Das* ist es, Frank. Die dumme Michelle! Es ist immer die dumme Michelle! Du hast mich fast davon überzeugt, daß ich dumm wäre. Also, die dumme Michelle hat ein neues Geschäft begonnen. Die dumme Michelle zieht mit den Kindern in eine neue Stadt mit einer guten neuen Schule. Und dann wird die dumme Michelle sie ernähren und versuchen, ihnen ein Gefühl von Sicherheit zu geben, obwohl sie einen Daddy haben, der der örtliche Drogenboß war und im Gefängnis sitzt.« Sie hielt inne, um Luft zu holen. »Vergiß nicht, das ist etwas, das ich nie geplant hatte, sondern es ist etwas, das ich tun *mußte,* Frank. Und es geht mir sehr gut. Und ich tue es ohne dich.«

»Wovon redest du?« blaffte er. »Wo ziehst du hin? Wo bringst du meine Kinder hin?«

»Ich reiche die Scheidung ein, Frank. Und ich werde das alleinige Sorgerecht bekommen. Auf lange Sicht mag das eine schädliche Wirkung auf die Kinder haben, aber einstweilen habe ich mich dafür entschieden. Wenn du aus dem Gefängnis kommst...«

»Ich werde nicht lange eingesperrt sein, Michelle. Du weißt, was die Anwälte sagen: ›Ein Mann ist unschuldig, bis er nachweisbar pleite ist.‹ Und ich *kenne* Leute.«

Sie schüttelte nur den Kopf. »Es ist mir *egal,* wen du kennst. Es ist mir egal, was du tust. Ich hoffe, daß du noch mehr Geld versteckt hast, Frank, denn sonst bist du nicht nur schuldig, sondern auch pleite. Es ist mir schnurzpiepe, wohin du gehst. Ich verschwinde von hier.«

Frank schüttelte den Kopf. »Ich kann nicht glauben, daß du dem Staatsanwalt über eine halbe Million Dollar gegeben hast. Du *bist* dumm, Michelle.«

Sie fragte sich, wie oft sie das von Frank gehört hatte, direkt oder indirekt. Sie fragte sich, wie tief sie daran geglaubt hatte, und sie wußte, daß sie jetzt nicht mehr daran glauben mußte. Sie wußte auch, daß sie ihm nichts zu sagen oder sich zu verteidigen brauchte. Sie wußte, von ihnen beiden war einer tatsächlich dumm gewesen. Einer von ihnen hatte ein Leben zerstört, das befriedigend, sogar schön hätte sein können. Aber dagegen konnte sie jetzt nichts mehr tun, nur verhindern, daß sie noch einmal auf diese Weise beleidigt wurde. »Ich glaube, die Besuchszeit ist um«, sagte sie entschlossen. »Oh, und ich habe ja noch etwas für dich.« Sie warf einen Umschlag auf den Tisch.

»Was ist das?« fragte er und sah sich um; seine braunen Augen waren hoffnungsvoll weit geöffnet, die Pupillen wurden groß.

»Die Liste. Die Liste, die ich für dich aufstellen sollte. Von allem, was zerrissen oder verschwunden oder beschädigt oder kaputt ist. Alle Dinge, die der Bezirk dir ersetzen würde.« Sie machte eine Pause. »Sie ist komplett, Frank. Alles Ruinierte oder Zerstörte steht darauf. Bis auf unsere Ehe. Die kannst du anfügen, wenn du willst. Viel Glück, Frank.«

»Ist das alles? Rechnest du nicht damit, mich jemals wiederzusehen?«

»O doch«, sagte sie. »Ich werde dich wiedersehen. Vor Gericht. Ich sage aus.« Und damit drehte sie sich um und ließ ihn endgültig zurück.

65. Kapitel -

»Wir haben Größe, Klasse – und ein Feuerzeug zur Hand!«

Jada wartete um die Ecke im Volvo und hielt einige leere Einkaufstüten bereit. Sie trug ihre Kleider für die Kirche und hatte die Kinder schon abgeholt. Die Sozialarbeiterin würde vor der Kirche zu ihnen stoßen. »Warum warten wir?« fragte Shavonne.

»Weil wir mit einem Freund in die Kirche gehen.« Samuel hielt hinter ihr. »Da ist er. Und jetzt möchte ich, daß ihr euch anständig benehmt.« Sie verfrachtete die Kinder in seinen Wagen und versuchte zu erklären, weshalb.

»Wo fahren wir hin?« löcherte Shavonne sie.

»Wer ist er?« wollte Kevon wissen.

»Er ist ein Freund, und wir gehen zusammen in die Kirche«, sagte Jada. »Ich bin gleich wieder zurück. Ich möchte, daß ihr zehn Minuten hier ruhig sitzen bleibt«, sagte sie. »Shavonne, du hast die Verantwortung. Ich bin gleich wieder da. Ich habe meine Bibel vergessen.« Was stimmte. Sie war im Haus.

Jada wartete am Ende der Straße, bis Clinton und Tonya aus ihrem Haus traten und den Weg entlanggingen, den Jada innerhalb so vieler Jahre morgens mit Michelle gelaufen war. Das schien unendlich lange her. Jada sah sich in der Straße um, da sie wußte, daß sie sie vermutlich niemals wiedersehen würde. Dann, nachdem Clinton und Tonya in Michelles Haus verschwunden waren, faßte Jada die Tüten und ging zum letztenmal in ihr eigenes Haus. Sie nahm die Zeitungen aus den Einkaufstüten. Sie hatte sie schon zu Rollen gedreht. Die beiden Anzünder steckte sie in die Jackentasche. Dann ging sie nach oben und begann, alle Zimmer systematisch zu durchsuchen, damit niemand, kein lebendes Wesen, nicht einmal ein Hamster, zurückblieb. Sie füllte ihre Einkaufstüten mit einigen Lieblingsspielzeugen aller drei Kinder und mit Kleidern, an deren Stelle sie Zeitungspapier hinterließ. Genau wie sie geargwöhnt hatte, hatte Clinton in seiner neu ausgebrochenen Energie angefangen, einige der unfertigen Stellen zu streichen und herzurichten, die ihr in all den Jahren ein Dorn im Auge gewesen waren. Und wie sie geahnt hatte, hatte er auch Farbdosen, Verdünnungsmittel und alles mögliche andere gefährliche Zeug herumliegen. Perfekt.

Unten in der Küche sah sie mit Erstaunen, daß der Sperrholzboden schon zur Hälfte gefliest war. Sie fragte sich, ob er je auch die zweite Hälfte beendet oder ob der Boden für Tonya halb aus Fliesen statt ganz aus Sperrholz bestanden hätte. Sie schüttete die Flasche Kerosin auf das Sperrholz, legte einen Anzünder in einen der hölzernen Schränke und dazu Stöße von Zeitungspapier. Dann nahm sie die Geburtsurkunden der Kinder und fünf Fotoalben aus dem Bücherschrank im Flur, zusammen mit der Bibel. Nichts Wichtiges blieb in den Regalen zurück, nur eine Menge Papier. Sie schüttete etwas von Clintons Farbverdünner darüber. Den zweiten Anzünder vergrub sie in dem unordentlichen Schrank unter der Holztreppe im Flur. Dort stand eine Menge brennbarer Kram herum, aber zur Sicherheit öffnete sie die Farbdosen und warf weiteres Zeitungspapier in den Schrank. Sie fragte sich, ob die Brandstiftung klar erkennbar sein würde. Dann zuckte sie mit den Achseln. Wenn schon. Vielleicht würde es auch wie Selbstentzündung oder ein Konstruktionsfehler aussehen. Schließlich, wie Michelle nicht müde wurde zu wiederholen, passierten die meisten Unfälle im Haushalt.

Aber dies war nicht mehr ihr Haushalt und würde es nie mehr sein. All die Mühe, die sie sich gegeben hatte, all die Arbeitsstunden fern von ihren Kindern! Und sie hatte diese Wände für wichtig gehalten! Dämlich.

Im Wohnzimmer kam sie an ihrem Hochzeitsbild vorbei, machte sich aber nicht die Mühe, es abzunehmen. Sie war überrascht, daß Tonya es nicht abgehängt hatte. Hatte Clinton es vielleicht nicht erlaubt? Es war ihr egal, aber sie nahm die Kerzenleuchter, die ihre Großmutter ihr geschenkt hatte, und steckte sie zu der restlichen Beute in ihren Einkaufstüten. Dann goß sie den

Rest des Kerosins auf die Vorhänge im Wohnzimmer und auf den Boden. Sie stand an der Tür, nahm eine Schachtel Streichhölzer heraus und vergewisserte sich, daß ihre Hände sauber und trocken waren. Sie strich ihr Kleid glatt. Sie hatte elf Minuten gebraucht. Sie mußte zurück zu den Kindern. Vorsichtig trat sie über die Schwelle und entzündete ein Streichholz. Als es brannte, warf sie es ins Haus und sah zu, wie die kleine Flammenlinie über den Flurboden lief, den sie so oft geputzt hatte. Nur zur Sicherheit warf sie die ganze Schachtel hinterher und ein brennendes Streichholz oben drauf. Dann drehte sie sich um und ließ die Tür leicht angelehnt, um die Sauerstoffzufuhr zu erhöhen. Als sie auf den Bürgersteig trat, glaubte sie schon, eine Spur Rauch riechen zu können. Aber sie würde sich nicht gestatten, sich umzudrehen. Die meisten Unfälle passieren im Haushalt, doch dies war nicht mehr ihr Haushalt.

Angie war nicht sonderlich schockiert über die Gier von Clinton und seiner Freundin. Die beiden waren entsetzt gewesen, als sie sie erkannten, denn den Prozeß würden sie wohl nie vergessen. Aber Angie hatte ruhig erklärt, sie handle jetzt als Michelles Anwältin, und hatte sie eine Freigabeerklärung unterschreiben lassen. Doch innerlich tobte sie. Dieser Mann war ein Schmarotzer, der bereit war, seine Kinder seiner eigenen Bequemlichkeit wegen emotional zu verletzen. Statt ihn zu beschenken, hätte sie ihn lieber in der Hölle gesehen. Aber er würde bekommen, was er verdiente.

Michelle hatte ihr gesagt, welche Möbelstücke sie sie mitnehmen lassen konnte, aber Tonya besaß die Frechheit, auch noch eine Kredenz, eine Uhr und eines der Gemälde an der Wand zu verlangen. Es war Angie ein Vergnügen gewesen, höflich, aber bestimmt nein zu sagen.

Sie haßte diesen Plan, sie haßte es, in Michelles Haus zu sein, und sie haßte Clinton und Tonya. Wie hatte sie sich dazu überreden lassen können? Gott sei Dank waren die Männer bei ihr und halfen ihr, die Ruhe zu bewahren. Außerdem waren sie Zeugen.

Michael und Bill wollten Clinton helfen, die Sachen die Straße hinunterzutragen, aber Tonya war mit ihrem Gratis-Schaufensterbummel noch nicht fertig. »Braucht sie ihr großes Bett?« fragte sie.

»Er geht in den Knast, sie wird kein großes Bett brauchen. Und wir könnten ganz bestimmt eines brauchen.«

Angie dachte daran, wie heftig Tonya unter Eid geleugnet hatte, daß sie und Clinton ein Verhältnis hatten. Vielleicht hatte Jada recht: Das System funktionierte einfach nicht. Aber es gab eine gewisse Gerechtigkeit. Ihr schoß die Szene durch den Kopf, in der Reids Prachtstück innig verklebt mit dem Bettlaken gewesen war. Sie konnte nicht anders, sie mußte grinsen. Sie hätte nichts dagegen gehabt, Clinton und Tonya zusammen an dieser Matratze kleben zu sehen, aber man konnte eben nicht alles haben. »Tut mir leid«, sagte sie kühl. »Das gehört Mr. Russo.« Sie spielte die Rolle der Anwältin und hoffte, daß keiner fragen würde, wieso Michelle eine Anwältin brauchte, um ihre Möbel zu verschenken. Aber Clinton war viel zu sehr mit seiner Gier beschäftigt, etwas umsonst zu kriegen, als sich darüber Gedanken zu machen. Sie sah auf ihre Uhr, entschuldigte sich, ging in das südliche Schlafzimmer und schaute aus dem Fenster. Jada mußte inzwischen auf dem Weg zur Kirche sein.

Hatte sie es wirklich getan? Dort, dunkel vor dem Himmel, war die Antwort auf ihre Frage: eine Rauchwolke, die sich im Wind drehte. Angie lief ein Schauder über den Rücken. Die Hölle hat keinen Zorn, dachte sie. Sie ging zurück nach unten zu den anderen ins Wohnzimmer. Das Timing schien perfekt zu klappen. Sie sah noch einmal nach, ob Perücke und Kleidung bereit waren und sie auch den Zweitschlüssel zu dem Volvo hatte. Die anderen nahmen gerade die Kissen vom Sofa, damit Tonya sie tragen konnte, während die drei Männer sich anschickten, das Sofa hochzuheben. Angie öffnete die Tür, und Bill tappte rückwärts die Eingangsstufen hinunter. Michael und Clinton trugen das andere Ende. Sie waren schon fast auf dem Gehsteig, Tonya mit ihrer sperrigen Kissenlast, als Angie im selben Moment Tonyas Stöhnen und Michaels Aufschrei hörte. Bill, der dem Haus den Rücken zuwandte, wußte nicht, was geschah. Als Clinton aufblickte, ließ er abrupt sein Ende des Sofas los. Tonya ließ die Kissen fallen und begann zu rennen. Angie selbst lief auf den Bürgersteig, und obwohl sie das hintere Ende des Volvo um die Ecke warten sah und wußte, daß die Zeit drängte, konnte sie nicht anders; wie Motten vom Licht wurde sie von den Flammen angezogen.

Clintons Haus brannte bereits lichterloh. Aus den oberen Fenstern sah man einen rötlichen Schimmer. Der Rauch, den sie entdeckt hatte, kam nicht aus dem Schornstein, sondern irgendwo von der Rückseite des Hauses. Die Haustür stand offen, und in dem, was einst der Flur gewesen war, konnte Angie sehen, wie leuchtend orangefarbene Flammen an Boden und Wänden züngelten.

»O mein Gott!« schrie Tonya.

»Ist irgend jemand im Haus?« fragte Michael.

Clinton schüttelte mit offenem Mund den Kopf. »Die Kinder sind mit meiner Frau in die Kirche gegangen.«

»Sind Sie sicher?« drängte Bill. »Sind die Kinder fort? Niemand zu Besuch? Keine Katzen, keine Hunde?«

»Meine Stereoanlage!« jammerte Clinton. »Meine Kreissäge!«

»Ich rufe neunelf an«, sagte Michael und rannte zu Michelles Haus zurück.

Aber jemand hatte bereits telefoniert. Der Feuerwehrwagen fuhr hinter ihnen vor, und nur Tonyas Geschrei übertönte seine Sirene. »Hol den Kleinlaster!« kreischte sie. »Hol den Kleinlaster aus der Einfahrt!«

In dem Moment, in dem der erste Feuerwehrmann ausstieg, zerplatzte krachend ein Fenster im Obergeschoß. Der Gestank von schmelzendem Plastik, brennendem Polyester und Nylonteppichen traf sie in einer Übelkeit erregenden Welle. Überall waren Feuerwehrleute. »Es ist niemand im Haus«, informierte Angie den Chef der Truppe. »Das Haus ist leer. Keine Haustiere. Nichts.« Er nickte dankend und rief einen seiner Männer. Angie packte Bill am Ellbogen. »Sag Michael, daß ich gehen muß«, bat sie. »Ich muß es Jada mitteilen.«

Bill nickte. Dann sah er Angie forschend an. »Sie hat das nicht getan«, sagte er mit ernsthaftem Gesicht.

Angie versuchte, ausdruckslos seinen Blick zu erwidern. »Nein, sie hat das nicht getan«, stimmte sie ihm zu. »Sag Michael Bescheid. Und wagt euch nicht in die Nähe des Hauses. Wir brauchen keine toten Helden.«

»Keine Sorge«, beruhigte Bill sie.

66. *Kapitel -*

o mein Gott!

Jada stand mit Samuel vor der Kirche. »Gehen Sie allein hinein«, flüsterte sie, da sie die Sozialarbeiterin kommen sah. Miss Patel wirkte noch sanftmütiger als sonst. Nervös sah sie sich unter all den dunkelhäutigen Menschen um, die in die Kirche strömten. »Möchten Sie mit uns kommen, um den Herrn zu preisen?« fragte Jada und trug die Liebenswürdigkeit dabei so dick wie möglich auf. »Jesus heißt jeden herzlich willkommen.« Das stimmte natürlich, aber Jada glaubte nicht, daß Miss Patel das ebenso empfand oder am Gottesdienst teilnehmen wollte. Zumindest war das Teil von Plan A. Und Plan A war anscheinend – bislang – der einzig notwendige.

»Ich setze mich ganz hinten hin«, sagte Miss Patel. »Oder vielleicht schnappe ich auch ein bißchen Luft. Machen Sie sich keine Sorgen um mich.«

Jada lächelte. Sie machte sich durchaus keine Sorgen. »Gott segne Sie, Miss Patel«, sagte sie und meinte es ehrlich. Mit etwas Glück würde dies das allerletzte Mal sein, daß sie mit der Frau sprach.

Immer mehr Leute trafen ein, und die meisten hatten die Kirche schon betreten. Aber jeder konnte sehen, daß Jada nicht zu spät kam. Sie trug das Baby vor sich, und mit Kevon auf einer und Shavonne auf der anderen Seite ging sie durch den Haupteingang des Kirchenschiffs und achtete darauf, möglichst viele Gemeindemitglieder zu grüßen. Lauter Zeugen. Dann nahm sie ihren Platz ein, so schicklich eine Brandstifterin es nur konnte. Reverend Grant war schon auf der Kanzel und blätterte irgendwelche Ankündigungen durch. Jada faltete die Hände, sagte Shavonne, sie solle aufhören zu zappeln, und versuchte, sich zu sammeln.

Herr, betete sie still, ich habe gerade etwas sehr, sehr Böses getan. Ich weiß das, aber ich kann nicht aufrichtig sagen, daß es mir leid tut. Ich habe kein Gebot gebrochen und niemanden physisch verletzt. Ich hatte nur das Gefühl, für das eintreten zu müssen, was gerecht ist. Vergib mir, Herr, jede Sünde, die ich in deinen Augen begangen habe, und beschütze meine Nachbarn und die Feuerwehrleute, wenn sie dort ankommen. Aber Herr, wenn es dir gefällt, so laß das Haus bis auf die Grundmauern abbrennen. Und hilf mir, meine Kinder fortzubringen.

In diesem Augenblick griff Sherrilee nach der Kette um Jadas Hals und steckte eine blaue Perle in den Mund. Wie stark die Kette wohl sein mag, fragte sich Jada und wog das gegen den Lärm ab, den Sherrilee machen würde, wenn sie ihr die Kette aus den Händchen nahm. Sie suchte in ihrer Tasche und nahm den Sauger einer Babyflasche heraus, den sie Sherrilee manchmal anstelle eines Schnullers gegeben hatte. Sherrilee riß vor Freude die Augen auf, als begrüße sie ihren lange vermißten, allerbesten Freund. Nun, das würde sie ruhig halten.

Der Gottesdienst begann mit einem Lied. Kevon schmetterte aus voller Kehle mit, während Shavonne zuerst nur murmelte. Doch bald bewegte der Geist auch sie, und die letzte Strophe sang sie so laut wie alle anderen. Jada lächelte, schloß die Augen und sprach ein weiteres stilles Gebet. Alles, was sie für ihre Kinder wollte, war, ein gutes Familienleben führen zu können. Sie öffnete die Augen, als das Lied zu Ende war, und schaute über den Mittelgang hinweg nach Samuel Dumfries. Er saß ihr gegenüber und blickte aufmerksam zu dem Geistlichen auf. Er wirkte solide, erfolgreich und aufrecht, der letzte Mensch in dieser Kirche, von dem man annehmen würde, daß er im Begriff war, bei der Entführung von drei Kindern zu helfen. Woran man wieder einmal sah, wie das Aussehen täuschen kann. Der Mann ging für sie ein großes Risiko ein. Jada schloß die Augen wieder. »Bitte, Herr, laß mich damit durchkommen, und sorge dafür, daß meine Freundinnen und Samuel Dumfries keinen Schaden davon haben, daß sie mir helfen.«

Das nächste Lied wurde angekündigt: *Der Herr ist das einzige*

Heim, das du brauchst. Jada lächelte beinahe. Seit sie das Streichholz geworfen hatte und nicht sicher war, wohin sie gehen würde, war der Herr tatsächlich das einzige Heim, das sie hatte. Aber war dies nicht ein Zeichen? Sie glaubte an derlei Dinge. Die Gemeinde sang inbrünstig, und einige Frauen hinter Jada wurden vom Geist ergriffen. Aber das war erst die Aufwärmphase. Als das folgende Lied angekündigt wurde, mußte Jada sich eine Hand vor den Mund halten. »Wir werden jetzt *Zünde eine Fackel für Jesus an* singen«, verkündete Reverend Grant.

O Herr, dachte Jada, selbst für eine Frau, die nicht an solche Dinge glaubt, ist das ein unübersehbares Zeichen. Es hat einige dunkle Tage gegeben, und du hast meine Seele wahrhaftig geprüft, aber dies bedeutet gewiß, daß du mir hilfst.

»Mommie, mir ist heiß«, sagte Kevon. »Kann ich meine Jacke ausziehen?«

»Darf ich«, korrigierte sie ihn, »und die Antwort ist nein. Nicht in der Kirche, Kevon.«

Er seufzte und steckte den Daumen in den Mund. Reverend Grant räusperte sich und begann mit der Predigt. »Wie viele von euch«, fragte er, »haben Gott sprechen hören?« Zur Antwort erhoben sich mehrere Stimmen. »Aber wie viele von euch haben den Herrn *gesehen?*« fragte Reverend Grant. Er erhielt weniger Antworten, aber die Kirche erwärmte sich durch den Geist. »Nicht vielen Menschen wird diese Gabe gewährt«, sagte Reverend Grant. »Moses hörte den Herrn, aber er erblickte nicht sein Antlitz. Moses sah nur einen brennenden Busch. Feuer war das Mittel, durch das der Herr sich Moses zeigte.« Jada biß sich auf die Unterlippe. Das war fast zuviel. »Als Moses die Israeliten durch die Wüste führte, erschien der Herr bei Tag als Rauchsäule und bei Nacht als Feuersäule. Man mußte tapfer sein, um dem Herrn zu folgen. Man mußte mutig genug sein, um die Bindungen seines Zuhauses zu verlassen und auf der Suche nach dem gelobten Land in die Fremde zu ziehen.«

Jada konnte es kaum glauben. Zuhause, Fackeln, brennende Büsche und Flammensäulen. Sie wußte, sie hatte das tun müssen, und ihre letzten Schuldgefühle versiegten. »Danke, Herr«, murmelte sie, und ihre Augen füllten sich mit Tränen. Die Predigt wurde fortgesetzt, aber Jada hörte nicht mehr zu. Sie war bereit, sobald wie möglich zu gehen. Sie sah auf ihre Uhr und bemerkte dann, daß Samuel dasselbe tat.

Als der Chor nach vorn gerufen wurde, stand Jada auf und sorgte dafür, daß die Kinder sich ebenfalls erhoben. Sie bewegte sich auf die Kanzel zu, obwohl Shavonne ihr einen fragenden Blick zuwarf und sagte: »Ich singe nicht.«

»Pssst«, sagte Jada zu ihr.

Diskret wartete Samuel Dumfries, bis er an die Reihe kam, und schloß sich der nach vorn drängenden Menge an. Die Menschen gaben bereits freudige Laute von sich, und Jada wagte es, sich umzudrehen und nachzusehen, ob Miss Patel sie beobachtete, aber entweder verschwand sie in der Menge – sie war sehr klein –, oder sie wartete im Vorraum darauf, daß der ganze Lärm endete. Jada ging an den übrigen Menschen und der Kanzel vorbei zum Seitenschiff und verließ die Kirche. Samuel Dumfries war jetzt direkt hinter ihr.

»Der Wagen ist dort«, sagte er, und sie folgte ihm. Dies war der Moment, den sie gefürchtet und dessentwegen sie gebetet hatte. Wenn die Kinder nicht einverstanden waren, hatte sie geschworen, Samuel zur Umkehr zu bewegen. Sie würde sich allem stellen, dessen man sie anklagen würde.

Was, wenn sie nein sagten? Was, wenn die Kinder genau in dieser Sekunde entschieden, daß das Leben mit ihrem Vater, ein Leben, das sie kannten, das war, was sie haben wollten? Daß sie ihre Freunde, ihre Schule, ihre Großmutter nicht verlassen wollten? Jada fühlte sich bereit, jede notwendige Entscheidung für sie zu treffen, aber sie mußten erkennen, was sie zurückließen, und willens sein, es zu tun. Jada ließ sie in Samuels Auto steigen. Er setzte sich auf den Fahrersitz, sie auf den Beifahrersitz. Dann drehte sie sich um, um ihre Kinder zu beobachten. »Also gut«, sagte sie. »Jetzt hört mir zu. Ich wollte, daß wir alle zusammen sind, als Familie, aber euer Daddy wollte das nicht. Er wollte Tonya. Und er liebt euch. Aber ich liebe euch auch. Er wollte nicht, daß ich euch oft sehe oder mit euch lebe. Also gehen wir von hier fort und an einen Ort, wo wir zusammen sein können. Es sei denn, ihr sagt nein.«

»Wird er unser neuer Daddy?« fragte Kevon und zeigte dabei auf Samuel.

»Nein, natürlich nicht«, versicherte ihm Jada. »Ihr habt nur einen Daddy und nur eine Mama. Aber manchmal können die nicht zusammen leben.«

»Du möchtest also, daß wir bei dir leben?« fragte Shavonne mißtrauisch. Jada sah ihre Tochter an und hielt den Atem an.

»Schätzchen, ich habe *immer* gewollt, daß ihr bei mir lebt. In jeder einzelnen Sekunde. Habt ihr das nicht gewußt? Darüber haben Daddy und ich gestritten. Ich habe mir nie etwas anderes gewünscht.«

»Wirklich?« fragte Shavonne und bekam große Augen wie früher, wenn Jada ihr ein Märchen erzählte.

»Natürlich«, sagte Jada. Würde ihre Tochter mitspielen? Würde ihre Tochter zulassen, daß sie dieses Husarenstück durchzog?

Shavonne beugte sich vor und umarmte ihre Mutter zum erstenmal seit Monaten. So kam es Jada jedenfalls vor. »Wirklich, Mom?« fragte sie, ihre Wange an Jadas gepreßt.

»Wirklich, wirklich. O mein Baby, ich liebe dich«, flüsterte Jada zutiefst bewegt.

»Und wo fahren wir hin?« fragte Kevon neugierig. »Und wer ist er?«

»Wir besuchen eure Großeltern, zumindest vorerst«, sagte Jada. »Und danach, nun ja, das werden wir sehen müssen. Es könnte am Anfang schwierig sein. Eine neue Schule, neue Freunde.«

»Und wir werden da leben?« fragte Kevon. »Am Strand?«

»Ja, Schätzchen. Wir werden es versuchen.«

»Hurra!« schrie Kevon. »Ich werde jeden Tag schwimmen gehen! Können wir direkt am Strand wohnen?«

Aus den Augenwinkeln sah Jada Samuel lächeln. »Ich weiß nicht genau«, sagte Jada. »Shavonne?« fragte sie dann. »Bist du einverstanden?«

»Und wir werden mit dir zusammen sein, Momma? Jeden Tag?« fragte Shavonne.

»Die ganze Zeit«, versprach Jada.

»Ja! Ja!« jubelte Shavonne da, ein bißchen gedämpfter als Kevon, aber sehr viel bewußter.

»Okay«, sagte Jada, drehte sich um und legte ihren Sicherheitsgurt an, während sie Gott im stillen dankte. Dann wandte sie sich an Samuel. »Geben Sie Gas.«

67. *Kapitel -*

von Abschieden und Anfängen

Michelle fuhr vor dem Schalter zum Einchecken an den Straßenrand, stieg aus dem Lexus und winkte einem Träger. »Fliegen wir mit dem Flugzeug zu unserem neuen Haus?« fragte Frankie.

»Nein, Schatz. Wir sagen nur unseren Freunden auf Wiedersehen. Und dann fahren wir zu unserem neuen Haus. Jenna, hol deinen Bruder aus dem Auto, und bleib mit ihm hier am Bordstein stehen.« Dieses eine Mal argumentierte Jenna nicht und folgte. Michelle hatte sich offen und ernsthaft mit ihrer Tochter unterhalten, und Jenna wußte, daß ihnen große Veränderungen bevorstanden. »Ich habe hier eine Menge Gepäck«, rief Michelle dem Träger zu und begann, Jadas neue Koffer auszuladen, alle mit den neuen Kleidern gefüllt, die Jada und Michelle zusammen gekauft hatten. Es würde eine gute Art sein, ihr neues Leben zu beginnen. »Ich habe diese Koffer mit meiner Schwester gepackt«, log Michelle. »Sie parkt gerade ihren Wagen. Und ich werde diesen hier auch gleich parken.« Sie nahm eine Zwanzig-Dollar-Note aus der Tasche. »Hier sind unsere Flugtickets. Könnten Sie vielleicht einfach ein Auge auf diese Sachen und meine Kinder haben, bis ich zurückkomme?«

»Also, offiziell ist das nicht erlaubt.« Die Sicherheitsüberwachung im Flughafen war total. Als würde ein echter Terrorist ehrlich auf Fragen antworten oder sich von diesen Leuten abschrecken lassen.

»Sir«, sagte sie, »meine Schwester hat drei Kinder. Sie haben eine Menge Gepäck. Es paßte nicht alles in einen Wagen. Und sie wird ihr Flugzeug versäumen, wenn ich erst den Wagen einparken und dann das Zeug mit meinen Kindern wieder hierherschleppen muß. Meine Schwester wird jede Minute kommen. Bitte«, sagte sie und nahm einen weiteren Zwanziger heraus. »Ich vertraue Ihnen. Ich bitte Sie nicht darum, es zu durchsuchen.«

Der Mann nahm das Geld und nickte. Michelle lächelte ihn an und fuhr den Lexus dann auf einen relativ nahen Kurzzeitparkplatz. Danach rannte sie zurück, so schnell sie konnte. »Worauf warten wir, Mom?« fragte Jenna gereizt.

»Wir warten darauf, uns von jemandem zu verabschieden«, antwortete Michelle.

»Kann ich reingehen und zugucken, wie die Flugzeuge abheben?« fragte Frankie. »Kann ich Süßigkeiten kriegen? Wenn wir mit Daddy zum Flughafen fahren, kriegen wir immer Süßigkeiten.«

»Du kannst in ein paar Minuten einen Schokoriegel bekommen, wenn wir reingehen«, sagte Michelle und verstieß gegen ihre eigene Regel, daß es vor dem Essen keine Süßigkeiten gab. Sie ließ sich von dem Träger die Tickets zurückgeben und schien endlos lange am Bordstein auf und ab zu tigern, bis Samuel endlich mit Jada und den Kindern vorfuhr.

Jada schwang ihre langen Beine aus dem Auto und sah sich um. »Wir sind bei der falschen Fluggesellschaft«, sagte sie verwirrt.

»Nicht für die Caymans«, erklärte Michelle und sah Samuel an, der nickte.

»Warte einen Moment«, sagte Jada. »Ich habe nicht genug Geld, um dahin zu fliegen. Ich muß mein Glück in Barbados versuchen.«

»Laß uns einfach einchecken«, bat Michelle sie unbeirrt. »Alles unter Kontrolle. Wir können die letzten Neuigkeiten bereden, wenn wir sicher drinnen sind.« Sie sah sich nervös um, als erwarte sie, daß Clinton oder die Polizei jeden Moment heranstürmte.

Jada sah Samuel an, der gelassen das restliche Gepäck auslud. Er nickte aufmunternd. »Michelle, das muß einfach gutgehen«, sagte Jada.

»Es wird sehr gut werden«, antwortete Michelle. Inzwischen stieg Kevon vom Rücksitz des Mietwagens, und er und Frankie begrüßten sich mit stürmischer Freude. Shavonne und Jenna gaben sich so kühl, wie es nur angehende Teenager mit gemischten Gefühlen fertigbringen. »Du mußt mit dem ganzen Gepäck einchecken und die Sicherheitsfragen beantworten«, sagte Michelle zu Jada.

»Es wäre einfacher, wenn ich wüßte, wohin ich fliege«, versetzte Jada barsch. Michelle reichte ihr einen Umschlag und wandte sich wieder dem Träger zu.

»Hier sind meine Schwester und ihr restliches Gepäck«, sagte sie. Er riß weit die Augen auf und musterte die Gruppe: die fünf Kinder verschiedener Hautfarbe, die schlaksige Rothaarige, die große, farbige Frau und der sehr dunkle schwarze Mann waren offenbar mehr, als seine sexuelle Mathematik verarbeiten konnte. Wenn er erst Angie sehen würde! Achselzuckend rollte er den Gepäckwagen zur Tür des Terminals und folgte ihnen ohne weitere Fragen. »Kommt, Kinder. Erste Klasse. Flug 321«, verkündete Michelle.

»Erste Klasse?« fragte Jada, während die Gruppe gemeinsam auf den Schalter zusteuerte. »Aber Michelle, das kann ich mir nicht leisten. Und wenn du das ausgekocht hast, dann könntest und dürftest du das nicht, und selbst wenn du es könntest, sollte ich das Geld für andere Dinge aufsparen ...«

»Nur die Ruhe«, griente Michelle. »Ich denke, das ist endlich mal angebracht.« Sie sah sich um. »Solange Clinton nicht in letzter Minute auftaucht und Angie rechtzeitig kommt, geht alles klar. Jetzt beantworte einfach die Sicherheitsfragen, und laß uns zum Gate gehen.«

Jada übergab ihren Paß und die Tickets der überaus dünnen Frau hinter dem Schalter und sah zu, wie die Koffer auf die Waage geschoben wurden. Vor dem Schalter für die Economy-Class stand eine lange Schlange. Die Frau am Schalter für die erste Klasse blickte auf. »Hier ist die erste Klasse«, sagte sie, als habe Jada sich verirrt.

»Das ist mir bewußt«, sagte Jada kühl.

»Meine Schwester reist immer erster Klasse«, fügte Michelle hinzu. »Haben Sie damit ein Problem?«

Die Frau erholte sich, so gut sie konnte, von ihrem politisch unkorrekten Kommentar. Nun, dachte Jada, das ist das Gute an den Inseln. Da unten gibt es weniger Vorurteile bezüglich der Hautfarbe. All das kann für meine Kinder gut sein. Vielleicht ist ein weißer Vorort tatsächlich zu schwierig.

»Haben Sie alle Ihre Koffer selbst gepackt?« fragte die Angestellte der Airline. Jada nickte. »Und waren sie die ganze Zeit unter ihrer Aufsicht?«

»Ja«, log Jada.

»Hat Ihnen irgend jemand irgendwelche Geschenke gemacht?«

»Nein«, log Jada wieder und sah dabei auf die Tickets.

»Haben Sie irgendwelche versteckten Waffen?« fragte die Frau, und Jada zog die Augenbrauen hoch. War das eine Standardfrage?

»Nur meine Zunge«, sagte sie liebenswürdig, und Samuel und Michelle lachten.

Nun mußte nur noch Samuel seinen Paß und sein Ticket vorweisen. Dann hatten sie eingecheckt. Die ganze Gruppe bewegte sich durch die Metalldetektoren. »Fliegen wir auch?« fragte Jenna verwirrt, obwohl sie die Antwort kannte.

»Kevon sagt, daß sie an den Strand fahren«, sagte Frankie. »Können wir das nicht auch? Nur für ein Weilchen.«

Michelle und Jada scheuchten die Kinder wie gewohnt an Einkaufszentren, Lebensmittel- und Spielwarengeschäften vorbei. Hier gab es die Ablenkung eines Innenhofs voller Fastfood und rollende Gehsteige und auch einen neuen Süßwarenladen – einen, in dem alle nur denkbaren Süßigkeiten in großen Plastikbehältern ausgestellt waren, die sie völlig unwiderstehlich machten. Also gut, dachte Michelle. Geben wir ihnen etwas zu tun, bis Angie kommt. Aber wo blieb Angie? Sie konnten sich nicht ohne sie trennen. Michelle schob die Kinder in Richtung des Süßwarenladens. »Ihr habt vier Minuten, um je eine Tüte voll auszusuchen«, sagte sie zu den Kindern. »Samuel, glauben Sie, daß Sie Sherrilee helfen könnten?«

Er lächelte. »Ich denke, das kann ich schaffen«, sagte er und folgte Sherrilee, die bereits eifrig auf einen Behälter mit knallbunten Schaumwürmern zuwackelte. Er war ein netter Mann. Michelle fragte sich, ob sich zwischen ihm und Jada etwas abspielen würde.

Nachdem sie auf diese Weise einen Moment Ruhe hatten, wandte sich Michelle an ihre Freundin. Jada sah sie an und knurrte: »Okay, was geht hier vor?«

»Es ist alles unter Kontrolle«, beruhigte Michelle. »Du weißt, es ist viel sicherer, auf die Caymans zu fliegen als nach Barbados. Samuel hat den juristischen Teil geregelt und ich den anderen.«

»Was für einen anderen?« fragte Jada.

»Den finanziellen.«

»Die Caymans kosten richtig Geld. Ich kann da nicht hingehen«, sagte Jada. »Wovon redest du eigentlich?«

»Das müssen wir gemeinsam herausfinden«, lachte Michelle unbekümmert.

Angie fuhr den Volvo mit rasender Geschwindigkeit. Sie glaubte, daß Clinton auf dem Merrit Parkway hinter ihr gewesen war, aber sie war nicht hundertprozentig sicher. Tatsächlich hatte sie ihren Job als Lockvogel genossen. Jetzt, in Jadas Wagen, eine schwarze Perücke mit Zöpfen auf dem Kopf und mit dunklem Make-up sowie Jadas Sonnenbrille und Mantel, spielte sie das Kaninchen für Clinton, den Windhund. Genauso war es – wie ein Hunderennen: Sie mußte das Ziel lange vor dem Hund erreichen. Voller Angst beschleunigte sie den Volvo, obwohl sie wußte, daß es auf dem Merrit dauernd Polizisten gab, die nur zu glücklich waren, Strafzettel wegen Geschwindigkeitsüberschreitung zu verteilen. Sie sah auf ihre Uhr. Sie mußte den Flughafen erreichen und den Volvo parken, der mit Michelles gesamtem Gepäck gefüllt war, und zwar rechtzeitig, um sich von ihren beiden Freundinnen und deren Kindern zu verabschieden.

Sie konnte kaum glauben, daß Jada das Land endgültig verließ. Nicht, daß sie hoffte, es würde ihr nicht gelingen. Das war es nicht. Michelle und Jada hatten recht gehabt – das System funktionierte für sie nicht, und sie hatten es verlassen. Als Anwältin billigte sie das nicht, aber als Frau schon. Das Feuer in Jadas Haus war eine ehrliche Aussage gewesen. Angie hatte ihr Kostüm angezogen und sich in den Volvo gesetzt, der um die Ecke geparkt war, aber als sie anfuhr, hatte sie gesehen, daß Tonya auf sie zeigte. Wenn ihr jemand gefolgt war, spielte es keine Rolle – wenn er überhaupt bis zum Flughafen kam, würde er zur falschen Airline gehen.

Angie fuhr auf den Parkplatz der American Airlines, riß Perücke und Sonnenbrille herunter, wischte ihr Gesicht sauber, zog den Mantel aus und rannte zur Haltestelle des Shuttle-Busses. Wenn Clinton sie tatsächlich gesehen hatte, dann war er ihr sicher nicht bis auf den Parkplatz gefolgt. Doch gerade als sie die Straße zur

Abflughalle überquerte, sah sie sich um und glaubte, Clintons Camaro neben dem Volvo einparken zu sehen.

Gott, sie konnte nicht auf den Pendelbus zum anderen Terminal warten! Was wäre, wenn er ihr folgte? Was, wenn er herausbekam, daß es gar nicht Jada war, die er verfolgt hatte, und daß sie ihn hereingelegt hatten? Wußte er schon, daß das Haus nicht versichert war und er die Kinder und seine Gratismahlzeiten verloren hatte? Er würde wütend sein. Angie machte sich klar, daß sie nicht auf einen Bus warten konnte. Taxis gab es nicht. Sie sah einen Kleinbus von Hertz und gab ihm ein Zeichen, sie aufzunehmen, als sei sie unterwegs, um bei Hertz ein Auto zu mieten. Der Bus hielt, und sie kletterte eilig hinein. Nun aber war die Frage, ob der Kleinbus schon an Jadas Terminal vorbei war. Oder erst auf dem Weg dorthin? Würde der Fahrer sie aussteigen lassen? Sie würde sich äußerst dämlich anstellen müssen. Nicht leicht für jemanden, dessen Gehirn so schnell tickte wie Angies in diesem Augenblick. »Muß ich erst mein Gepäck holen, bevor ich mir einen Wagen miete?« fragte sie den Fahrer. »Ich bin so verwirrt.«

»Die meisten Leute tun das«, sagte er und musterte sie, als sei sie schwachsinnig.

»Oh. Könnten Sie mir dann den Wagen zum Terminal B bringen?« fragte sie.

»Lady, das machen wir nicht«, sagte er und lachte. »Sie steigen am besten am Terminal B aus, holen Ihr Gepäck und steigen *dann* in den Kleinbus.«

»Sind wir denn in der Nähe von Terminal B?« fragte sie.

»Nächste Haltestelle«, sagte er, nur zu froh, sie loszuwerden.

Sie sah auf die Uhr. Sie hatte nur noch zwanzig Minuten bis zu Jadas Abflug. Sie stieg aus dem Kleinbus hastig aus, hetzte durch den Terminal, passierte die Sicherheitskontrolle und rannte zum Gate. Gott sei Dank entdeckte sie Michelle und Jada, umgeben von den Kindern, die alle etwas zu kauen schienen, sofort. Sie stürmte auf sie zu und umarmte sie beide. »Ich hab's geschafft!« hechelte sie.

Michelle sah sich um. »Er ist dir nicht gefolgt?«

»Eine Zeitlang dachte ich das, aber ich habe ihn abgehängt.« Sie gab Jada die Schlüssel des Volvo. Jada drehte sich um und gab sie Michelle.

»Er gehört dir«, sagte sie, »obwohl mir schleierhaft ist, wieso du lieber den Volvo als den Lexus willst.«

»Ein neues Leben, ein altes Auto. Für mich ist das sinnvoll«, antwortete Michelle. »Wie auch immer, du verstehst schon. Ich will nichts mehr haben, was Frank mir gekauft hat.« Sie griff in ihre Tasche und nahm ihre eigenen Wagenschlüssel heraus. »Die sind für dich«, sagte sie und gab sie Angie.

»Dein Auto? Oh, nein. Das kann ich nicht annehmen. Es ist vierzigtausend Dollar wert.«

Michelle zuckte mit den Achseln. »Achtunddreißig, weil es bar bezahlt worden ist, aber kümmere dich nicht um die Details. Gott weiß, wo das Geld hergekommen ist. Aber du bist eine unterbezahlte, überarbeitete, wohltätige Mutter, und du wirst den Wagen brauchen. Du kannst nicht in deiner alten Klapperkiste ins Krankenhaus fahren, um dein Baby auf die Welt zu befördern.« Michelle wandte sich an Jada. »Ich wollte warten, bis Angie hier ist, um dir das hier zu geben. Dann wirst du das mit den Caymans begreifen.« Michelle gab Jada eine schwarze Leinentasche.

Jada betrachtete den Inhalt, ein Päckchen in braunem Papier, und zog fragend die Augenbrauen hoch.

»Was ist fünfzehn Zentimeter lang, hat vorne einen Kopf und macht Frauen verrückt?« fragte Michelle.

Jada prustete. »Ich habe keine Ahnung. Ich habe noch nie mit einem weißen Mann geschlafen.«

»Geld«, sagte Michelle streng, ihre ordinäre Freundin ignorierend. »Papiergeld, und zwar eine Menge. Du kannst es im Flugzeug zählen.«

Jada schaute auf die Tasche nieder und dann wieder zu Michelle. »Samuel hat mir versichert, daß du keine Schwierigkeiten haben wirst, das Geld auf die Caymans zu bringen«, sagte Michelle. »Dafür sind die nämlich da. Und versuch bloß nicht, es zurückzugeben. Es ist wie der Lexus. Ich will nichts davon haben. Du tust mir einen Gefallen. Kauf dir und deinen Kindern ein hübsches Haus – eines, das fertig ist.«

Jada stand einen Moment schweigend da, und dann tropften dicke Tränen aus ihren Augen. »Ich hätte nie gedacht, daß ich jemals Freundinnen wie euch beide haben werde, und jetzt muß ich euch verlassen?«

»Flug dreihunderteinundzwanzig auf die Cayman Islands wird aufgerufen. Würden die Passagiere der ersten Klasse und die Premium Gold Passagiere bitte an Bord gehen?«

»Das sind wir, Mom«, sagte Shavonne aufgeregt. »Komm!«

»Ich glaube, ich kann nicht weg.« Jada sah Angie und Michelle unglücklich an.

»Hast du Angst?« fragte Angie. »Ich bin der Meinung, daß du es toll erwischen wirst. Deine Eltern werden zu einem langen Besuch kommen. Und ich glaube, auf Samuel kannst du dich verlassen.«

»Nein, das ist es nicht«, beharrte Jada. »Ich habe keine Angst mehr. Ich kann nur euch beide nicht verlassen.«

»Na, dann verlassen wir dich!« grinste Michelle. »Ich steige in deinen Kombi und fahre. Ich muß Häuser putzen und neue Angestellte überwachen.« Sie sah Angela an und kicherte dann. »Außerdem will Angie ihr Apartment wiederhaben, damit sie endlich einen Ort hat, wo sie mit Michael schlafen kann.«

»Wenigstens braucht sie sich keine Sorgen zu machen, schwanger zu werden«, stellte Jada praktischerweise fest.

»He, woher wollt ihr wissen, daß ich nicht schon mit ihm geschlafen habe?« fragte Angie. »Mit deiner Perücke habe ich ihm wirklich gefallen.« Die Frauen brachen in befreiendes Gelächter aus.

»Nun, wir haben ein Geschenk für dich, das ihm vielleicht nicht gefallen wird«, orakelte Jada. Sie sah Michelle an, die in ihrer großen Tasche kramte und ein eingewickeltes, flaches Päckchen herausnahm.

»Oh, komm. Du hast mir schon viel zuviel geschenkt«, wehrte Angie ab.

»Dies wird dir gefallen, Schwesterfreundin«, feixte Jada.

Angie riß das Papier auf und sah, daß es einen Bilderrahmen enthielt. Aber das Foto darin war unglaublich: Michelle und Jada, die in ihrer Reizwäsche in die Kamera grinsten.

»Du hast mir ein Polaroid aufgehoben! Wie hast du das gemacht? Ihr beide gleichzeitig auf dem Bild. Wer hat die Aufnahme gemacht?«

»Die Kamera. Ich habe sie auf die Kommode gestellt und den Selbstauslöser benutzt. Er hat funktioniert.«

Angie starrte auf das Foto ihrer beiden albern grinsenden Freundinnen in ihrer Hand. »Das schönste Andenken, das ich je bekommen habe«, freute sie sich und zog gerührt die Nase hoch.

Samuel trat zu ihnen, und Angie errötete. »Ich fürchte, ich muß mich jetzt verabschieden. Und ich bringe die Kinder an Bord«, informierte er Jada, »wenn es Ihnen recht ist.«

»Nein«, sagte Jada. »Geben Sie mir noch ein oder zwei Minuten, dann komme ich mit Ihnen.«

»Wirst du mit ihm schlafen?« fragte Michelle Jada.

»Ich kenne ihn doch gar nicht!« flüsterte Jada schockiert.

»Danach habe ich nicht gefragt«, sagte Michelle trocken. »Ich habe vierzehn Jahre lang mit Frank geschlafen und ihn nie gekannt.«

»Jada, es ist Zeit zum Abschied«, drängte Angie, hob die Arme und umarmte die größere Frau.

»Hört mal, ich weiß nicht, ob ich von den Caymans noch einmal hierher zurückkommen kann, wenn ich das durchgezogen habe«, sagte Jada. »Aber das bedeutet nicht, daß ihr mich nicht besuchen könnt. Wir müssen uns nicht verabschieden. Ich meine, nicht für immer.«

»Machst du Witze?« sagte Angie empört. »Ich komme mit dem Baby, sobald wir reisen können.«

»Und ich möchte, daß du dich da unten umsiehst und mir sagst, ob sie auf den Caymans eine Reinigungsfirma brauchen können«, trug Michelle Jada auf. »Da gibt es eine Menge reicher Leute mit Eigentumswohnungen, und sie haben bestimmt keine Lust, diesen ganzen Sand selbst aufzufegen.«

»Solange ich das nicht tun muß«, griente Jada. »Keine unnötige Hausarbeit mehr für mich.«

Der letzte Aufruf für den Flug ertönte. »Einverstanden. Du brauchst keine Fenster zu putzen, aber jetzt *mußt* du gehen«, sagte Michelle.

»Wieso bist du plötzlich die Chefin?«

»Das habt ihr aus mir gemacht. Ihr beide. Ich bin Chefin geworden, und ich habe das allein gemacht. Ich weiß nicht, was ich ohne euch beide getan hätte. Jada, du hast mir Selbstvertrauen gegeben. Und du, Angie, hast mich aufgenommen. Ihr habt mir gezeigt, was wahre Freundinnen sind.« Michelle küßte Jada. »Ich habe es selbst geschafft, aber ich habe dir viel zu verdanken«, sagte sie. Dann küßte sie Angie. »Und dir auch. Und Michael.«

Jada umarmte die beiden anderen. »Jetzt muß ich gehen«, gestand sie, und Tränen rollten über ihre Wangen.

»Ja, das mußt du«, sagte Michelle, plötzlich ernst geworden. »Jada. Jada, versprich mir eine Sache. Versprich uns, daß du nicht wegen der Basketball-Ruhmeshalle zurückkommst.« Angie kicherte. Jada versprach es unter lachenden Schluchzern. Dann drehte sie sich um, ging zu Samuel, hob Sherrilee hoch und schob Kevon und Shavonne sanft vor sich her. Sie wandte sich an Samuel, sagte etwas und ging auf die Frau zu, die die Tickets entgegennahm. Angie, Michelle und die beiden anderen Kinder riefen und winkten.

Jada drehte sich am Ende des Laufganges noch einmal um. Die beiden anderen Frauen standen an der Tür, Arm in Arm, und winkten.

Michelle war in weniger als einer Stunde mit dem Volvo wieder in Westchester. Die Straße war frei, das Fahren war angenehm. Sie vermißte den Lexus oder irgend etwas, das er repräsentierte, nicht. Tatsächlich fühlte es sich gut an, wieder ihren alten Kombi zu haben. Und sie glaubte, daß es Frankie und Jenna auch gefiel. Tatsächlich schienen sie nach ungefähr einer halben Stunde eingeschlafen zu sein.

Michelle dachte an die Jobs, die auf sie warteten. Sie hatte ein Haus gefunden, das sie mieten konnte – nur eine einfache kleine Ranch in Fertigbauweise auf einem halben Morgen Land, aber sie mietete es möbliert, und so war die Entscheidung leicht und bezahlbar. Sie konnte ihr Haus nicht zum Verkauf ausschreiben, denn wenn Frank schuldig gesprochen wurde, würde der Staat vielleicht Anspruch darauf erheben. Das würde sie nicht stören. Der Volvo besaß alles Nötige, und sie wußte, daß ihr Leben zwar nicht leicht werden würde, aber sie war entschlossen, es überschaubar zu halten.

Sie wußte nicht, wann sie angefangen hatte, aber als sie den Highway verließ, merkte sie, daß sie sang. Wie lange hatte sie nicht mehr gesungen? Sie gluckste und sang ein wenig lauter. Es war ein altes Lied, etwas, das ihre Großmutter damals über eine synkopierte Uhr zu schmettern pflegte. »Es war einmal ein Mann wie du und ich, so einfach, wie ein Mann nur sein kann…« Frankie auf dem Rücksitz, der das Lied liebte, wachte auf und fiel ein. Einen

Moment später sang auch Jenna mit. »Die Leute kamen von nah und fern, um die synkopierte Uhr zu hören«, sangen sie alle, und Michelle schaute in den Rückspiegel und lächelte ihren fröhlichen Kindern zu.

Im Flugzeug schaute Jada nach unten. Samuel hatte darauf bestanden, daß sie den Fenstersitz nahm. Man hatte ihnen Champagner und den Kindern Orangensaft serviert. Dann hatten sie ein köstliches Mahl bekommen, Eiscreme mit heißer Karamelsauce und Kekse warm aus dem Ofen würden gleich gereicht werden. Es war das erste und wahrscheinlich letzte Mal, daß Jada in der Luxusklasse flog, aber sie mußte zugeben, daß es sehr angenehm war. Sie schaute wieder aus dem Fenster, und zum erstenmal konnte sie den Ozean unter sich sehen. Sie flogen über eine Insel, sie wußte nicht, über welche. Sie fragte sich, wie die Caymans sein würden. Samuel hatte ihr von seiner Diskussion mit Michelle und seinen vorbereitenden Arbeiten erzählt. Jetzt beugte sich Jada vor und nahm die schwarze Leinentasche auf, die zwischen ihren Füßen lag. Langsam öffnete sie sie, aber sie nahm das Geld nicht heraus, sie schlug nur das Papier eines Bündels auf.

Es waren Hundert-Dollar-Noten, und es sah aus, als wären es Dutzende, nein Hunderte, vielleicht sogar tausend davon! Einen Moment dachte Jada, ihr würde das Herz stehenbleiben. Sie riß die restlichen Päckchen auf, steckte beide Hände in die Tasche und fing an, die Geldbündel zu durchwühlen. Sie sah, daß jedes in der Mitte sorgfältig von einem farbigen Band gehalten war. Solche hatten sie in der Bank auch benutzt. Jedes Bündel enthielt hundert Scheine – zehntausend Dollar. Sie begann, die Bündel zu zählen. Nachdem sie über dreißig hinaus war – mehr als dreihunderttausend Dollar –, fiel ihr das Atmen so schwer, daß sie einfach aufhörte, die Tasche wieder schloß und zu ihren Füßen verstaute. Samuel lächelte sie an.

»Vierhundertzweiunddreißigtausend Dollar«, raunte er. »Den Rest hat sie der Polizei gegeben.«

Jada blinzelte, versuchte zu sprechen, konnte es nicht und räusperte sich. »Und es gehört mir?« fragte sie.

»Ganz und gar. Michelle hat mir gesagt, daß sie nichts damit zu tun haben will. Sie möchte, daß es einer guten Sache dient, und wir sind beide der Meinung, daß Sie eine sind.« Jada schüttelte den Kopf. Sie hatte noch immer Schwierigkeiten, dies zu begreifen.

»Das Geld gehört tatsächlich mir?«

»Ja«, sagte Samuel. »Und Sie werden es brauchen, um sich auf den Caymans zu installieren. Man hat dort viele Vorurteile, aber nur gegen arme Leute. Ich denke, mit diesem Kapital, möglichen Zinsen, die Sie dafür bekommen, und Ihrem neuen Job werden Sie gut zurechtkommen.«

»Welchem neuen Job?« fragte Jada verblüfft.

»Nun, wie ich Ihnen schon sagte, gibt es auf der Insel viele Banken. Ich denke, Sie haben die Wahl, aber von den drei Vorstellungsgesprächen, die ich vereinbart habe, würde ich sagen, daß die Island Bank Ihnen nicht nur den interessantesten Job, sondern auch das beste Gehalt bieten wird.«

Jada lehnte sich in den Komfort des Erste-Klasse-Sitzes zurück. Wie war all das gekommen? Sollte ein Mädchen einfach auf seine Mutter und seine Freundinnen hören, damit alles perfekt klappte? In ihrem Falle hatte es jedenfalls geholfen. Zum erstenmal hatte sie den Mut, Samuel Dumfries direkt anzusehen.

»Ich möchte auch Ihnen für Ihre Hilfe danken«, flüsterte sie überwältigt.

Er lächelte. »Es war mir ein Vergnügen.«

Angie wußte nicht, wie sie sich fühlen würde, wenn sie in das leere Apartment zurückkam. Einsam, nahm sie an. Aber sie drehte die Stereoanlage in dem Lexus voll auf und genoß die Fahrt. Doch als sie ankam, war das Apartment nicht leer.

»Wir dachten, du hättest vielleicht gern ein bißchen Gesellschaft«, sagte ihre Mutter, als Angie hereinkam. Ihr Vater war ebenfalls da, saß auf dem Sofa und las auf seine geheimnisvolle Art ein *Wall Street Journal*, das so zusammengefaltet war, daß das Papier nicht größer war als seine Hand. Daß es so fast unlesbar war, schien ihn nicht zu stören.

»Nun, das ist eine nette Überraschung«, freute sich Angie.

»Und nett oder nicht, ich bin hier und habe das Abendessen mitgebracht«, fügte Estevan hinzu. »Was ein Glück ist, denn wie es in der Fernsehwerbung so richtig heißt: Gewisse Teile müssen zusammengefügt werden.«

Angie war dankbar, daß sie alle da waren. In eine unbelebte Wohnung zu kommen wäre vermutlich mehr gewesen, als sie im Augenblick ertragen konnte. Aber das war noch nicht alles. Natalie führte sie zur Tür des freien Zimmers, das noch vor kurzem mit Jenna, Frankie und Michelle übervölkert gewesen war. Jetzt war es ebenfalls nicht leer – es enthielt eine Wiege, einen Wickeltisch, einen Schaukelstuhl, einen Stapel Plüschtiere und viele, viele verpackte Geschenke. »Von Jada und Michelle«, erklärte ihre Mutter.

»Nein, der Schaukelstuhl ist von mir«, stellte jemand fest. Und als sie sich umdrehte, sah sie Michael mit einer Zange in der Hand hinter sich stehen. »Und sie haben das hier hinterlassen«, grinste er und reichte ihr einen Umschlag.

Liebe Angie,

diesen Brief wirst Du nur erhalten, wenn wir nicht im Knast sind. Das bedeutet, daß unser Plan funktioniert hat und wir nicht für die nächsten zwanzig Jahre die gleichen Spielanzüge tragen müssen.

Ohne Dich hätten wir es nie geschafft (aber Du hättest es ohne uns auch nicht geschafft). Wir sind uns darüber einig, daß wir nie Freundinnen wie einander und Dich hatten. Wir lieben Dich.

Und denke nicht, daß Du ganz allein sein wirst. Michelle verspricht freie Babysitterdienste, und außerdem wird sie Dich zu allen Schulungsabenden für werdende Mütter begleiten und Deine Trainerin sein (es sei denn, Michael möchte das tun. Irgendwie denken wir, er wird es wollen). Jada garantiert Dir jedes Jahr kostenlose Weihnachts- und Sommerferien in der Karibik, bis Dein Kind einundzwanzig ist. Und als wäre das noch nicht genug, fügen wir noch dieses besondere Geschenk bei, das wir für Dich aufgehoben haben. Ach ja – und Jada hätte gern ein Foto von den rauchenden Trümmern ihres Hauses.

Wir lieben Dich, aber das haben wir Dir ja schon gesagt, oder?

Jada & Michelle

Angie lächelte unter Tränen und schaute dann in den Umschlag. In den Falten des Futters verborgen steckte eine weitere Polaroid-Aufnahme. Sie zog sie heraus. Michelle grinste sie strahlend an, Reids Gesicht war direkt neben ihr, aber Reid teilte Michelles Vergnügen ganz und gar nicht. Statt dessen schaute er hilflos auf seine Genitalien hinunter, und es war offensichtlich, daß Mr. Happy seinem Namen nicht gerecht wurde. Nun, dachte Angie fröhlich, so habe ich ein Bild von Daddy, das ich dem Baby zeigen kann. Aber vielleicht sollte ich besser damit warten, bis das Kind einundzwanzig ist. Und dann werde ich Jada und Michelle genau erklären lassen, wie alles gekommen ist.